聊齋志異

第一册

全本 全注 全译

蒲松龄 著

岳麓書社 · 长沙

前　言

《聊斋志异》奠定了蒲松龄在中国文言小说史，尤其是传奇小说史上的崇高地位。

蒲松龄（1640—1715），字留仙，一字剑臣，别号柳泉居士。淄川（今山东淄博市淄川区）人。其祖辈有蒲生池、蒲生汶等人登第入仕。其父蒲槃，因年逾二十尚未考上秀才，加之家境贫困，遂弃儒从商。蒲松龄于十九岁时以县、府、道三个第一名“补博士弟子员，文名籍籍诸生间”（张元《柳泉蒲先生墓表》）。后屡试不第，其中康熙二十六年（1687）乡试，系因书写格式有误而落榜，即所谓“越幅被黜”。康熙五十一年（1712），以七十二岁高龄，援例补岁贡生。在漫长的应考岁月中，他主要靠做幕宾和坐馆为生：康熙九年（1670）入宝应知县孙蕙幕，次年辞职还乡；康熙十二年（1673）始，在本邑王敷政家坐馆；康熙十四年（1675）至唐梦赉家做西宾；康熙十七年（1678）到刑部侍郎高珩家坐馆；次年到本邑大族毕际有家坐馆。康熙二十七年（1688）暮春，在毕家与“神韵派”领袖王士禛相识。因宾主相得，他在毕家坐馆长达三十年之久，约在康熙四十八年（1709），才离开毕家还乡。

《聊斋志异》是蒲松龄的代表作。康熙元年（1662），蒲松龄二十二岁，开始撰写狐鬼故事。康熙十八年（1679）春，三十九岁的蒲松龄初次将手稿集结成书，名为《聊斋志异》，由高珩作序。此后屡有增补。康熙三十九年（1700）前后和康熙四十六年（1707），还有少量补作。其写作历时四十余年，倾注了蒲松龄大半生精力。早期抄本甚多，现存的主要有雍正年间抄本六卷四百八十五篇，题名《异史·聊斋焚余存稿》（1990年中国书店影印本）、蒲氏手稿本半部（1955年北京文学古籍刊印社影印本）、乾隆十六年（1751）铸雪斋抄本十二卷（1974年上海人民出版社影印本、1979年上海古籍出版社标点排印本）、1963年山东周村发现的二十四卷抄本等。乾隆三十一年（1766）青柯亭刻本凡十六卷，由浙江严州知府赵起杲会同图书经营者鲍廷博，据几种规模不一的抄本编校而成，抽掉了三十余篇仅为片言只语的作品，删改了一些有碍时忌的词句。张友鹤会校会注会评本（1962年中华书局上海编辑所排印本、1978年上海古籍出版社重印本）系据蒲氏后裔所藏半部手稿、前出之辑佚本和铸雪斋抄本整理而成，收入全部篇目，结束了青柯亭本独行的历史。其他重要版本还有任笃行全校会注集评本（2000年齐鲁书社排印本）、赵伯陶详注新评本（2016年人民文学出版社排印本），篇目次第大体恢复了《聊斋志异》手稿八册的面貌。

蒲松龄亦能诗、文、词、赋、戏曲，善作俚曲。著有《聊斋文集》《聊斋诗集》《聊斋词集》。戏曲作品有《闹窘》（附南吕宫〔九转货郎儿〕）、《钟妹庆寿》、《闹馆》三种。俚曲有《禳妒咒》《磨难曲》等十一种，合刊为《聊斋俚曲》。另有《农桑经》《省身语录》等有关农事、医药等的通俗读物多种。一说长篇小说《醒世姻缘传》亦为他所作。

第一节　蒲松龄笔下的“痴”：情感、性格与人性

蒲松龄《聊斋自志》曾发出这样的感慨：“集腋为裘，妄续幽冥之录；浮白载笔，仅成孤愤之书。”意思是说，他写了那么多似乎迥异于人间生活的想象力丰富的故事，但目光所注，其实是人的生活，尤其是他本人积郁在心的“孤愤”。

作为两种不同的文类，“诗”与“史”的功能差异甚大。一般说来，“诗”偏于抒情和想象，“史”偏于记事和纪实。但中国古代的“史”，与抒情之间也时常发生密切关联。司马迁的《史记》，被鲁迅誉为“无韵之《离骚》”，这是人们熟知的一个例证；唐人传奇通常以传、记为篇名，如《莺莺传》《霍小玉传》《枕中记》，就文体而言，也属于广义的“史”，但寄寓在作品中的主体的才情和内心世界，却无疑是其美感魅力的重要来源之一。

蒲松龄是一个小说家，也是一个诗人。在他的诗词中，“痴”“狂”两个字眼出现的频率甚高，由此考察他的文化素养和个性特征，不失为一个好的切入点；在他的《聊斋志异》中，可以用“痴”“狂”来加以描述的人物、情节，也极为普遍。其抒情作品和叙事作品的这种关合，不是偶然的、表面的，而是内在的、深刻的，它表明：蒲松龄在诗词中所抒写的主体的性灵，也常常以另一种方式进入其叙事作品。以“痴”为例，他沉潜于《聊斋志异》写作以致妨害了举业的“蠹鱼之痴”，他的“流水高山，通我曹之性命”的知己情结，他的仿佛要把全身心寄托于一隅的执着情怀，他对“不含机心”的人性境界的向往，既是其诗词的重要内容，也是《聊斋志异》的有机组成部分。

一 “蠹鱼之痴，一何可怜”

在蒲松龄那里，科举失利带给他的心理创伤之大超过了生活中的所有挫折。这是因为，在明清时代，一个读书人要证明自己的出类拔萃，要过上较为优裕的生活，考上举人、进士是不二之选。一个跨越不了举人门槛的读书人，不只是生活清贫，他的才情和学识也难以得到社会认可。这种境况，造成了读书人排解不开的科举情结，蒲松龄也不例外。

青年时代的蒲松龄对举业充满了自信。《聊斋诗集》卷四所收他晚年作的《张历友、李希梅为乡饮宾介，仆以老生参与末座，归作口号》有云："忆昔狂歌共夕晨，相期矫首跃云津。"《聊斋文集》卷十《楹联》有云："为诸生时，动思立名当世。"顺治十五年（1658），十九岁的蒲松龄以县、府、道三第一补博士弟子员，成为响当当的诸生（秀才）。所谓"为诸生时"，也就是二十岁以后；他和张历友、李希梅结社赋诗，是青年时代的一件盛事。那时，这几位在童生试中脱颖而出的年轻书生，以才情自负，举人、进士的门槛在他们看来不久就可以越过。蒲松龄万万没有料到，曾经意气风发的他，此后屡试不第，直到七十一岁时才援例出贡，终于摘掉了诸生的帽子。自称"老生"，含有难以言表的辛酸意味。

科举路上的一再受挫，使蒲松龄经常面对旁人的质疑：他是不是缺少应有的才情和学识，否则怎么可能老是考不上举人？在《聊斋志异》中，他用多种方式回应这种质疑，以达到心理平衡。而每一种回应背后，都站着一个内心充满纷扰和痛苦的蒲松龄。

他的第一种回应是：一个人考不上举人、进士，也许是命运的捉弄。《聊斋志异》卷八《司文郎》所写的宋生，原为明末人，"少负才名，不得志于场屋"。甲申之变，罹难而死。但死亡并不是其科举情结的终结，而是换了一种方式继续演绎他的科举情结：过于执着的宋生，死后仍未忘却"生平未酬之愿"，依然执着于用科场得意证明自己的才情和学识。由于他本人已不可能入闱一试，只得极力为"他山之攻"：他尽其所能指点王生写作八股文，王生果然技能大进；无奈王生与宋生一样，总是怀才不遇：先是以"近似""大家"的优等之作"下第"，次年乡试又"以犯规被黜"。这是王生的悲剧，更是宋生的悲剧：生前未能证明自己的才情与学识，死后依然不能如愿。对于王生和宋生均受挫于乡试，《司文郎》归因于"命薄"，就是所谓"造化弄人"。

卷十《素秋》中的俞恂九，其经历和感受是典型的蒲松龄式的。

他和俞恂九一样，也是在十九岁应童子试时，夺得县、府、道三个第一，也曾同样视拾功名如掇草芥，也一再在乡试中被黜……不妨说俞恂九就是蒲松龄的影子，文学创作中本来也不乏这种主体与客体重合的情形。唯其如此，蒲松龄在文末的议论就像是自我感叹：“管城子无食肉相，其来旧矣。初念甚明，而乃持之不坚。宁知糊眼主司，固衡命不衡文耶？一击不中，冥然遂死，蠹鱼之痴，一何可怜！伤哉！雄飞不如雌伏。”这种憭栗自伤的情怀，与他在诗词中的慨叹相互呼应，如《聊斋词集·大江东去（寄王如水）》：“天孙老矣，颠倒了天下几多杰士。蕊宫榜放，直教那抱玉卞和哭死！病鲤暴鳃，飞鸿铩羽，同吊寒江水。见时相对，将从何处说起？　　每每顾影自卑，可怜肮脏骨销磨如此！糊眼冬烘鬼梦时，憎命文章难恃。数卷残书，半窗寒烛，冷落荒斋里。未能免俗，亦云聊复尔尔。”《水调歌头》（饮李希梅斋中作）：“漫说文章价定，请看功名富贵，有甚大低昂？只合行将去，闭眼任苍苍。”蒲松龄将他的怀才不遇归因于命运的不肯眷顾，这是百无聊赖之中的叹息；与此相对，尽管一再失望于命运，他仍然不肯放弃科举，这就是所谓“蠹鱼之痴，一何可怜！”

蒲松龄的第二种回应是：美丑颠倒，公道不彰，以致其才情和学识得不到应有的赏识，他的落榜反而证明了他的卓越。《聊斋志异》卷四《罗刹海市》、卷十二《锦瑟》以象征手法描写了这种丑陋的现实。《罗刹海市》中出现了两个对比分明的生活空间：“罗刹”和“海市”。“罗刹”是大罗刹国的简称，罗刹国即鬼国。“海市”则是海市蜃楼的简称，取义于中国古代有关海市蜃楼的记载，用以象征蒲松龄所幻想的美好社会。在这两个空间中，读者看到了两种截然不同的生活情景：在大罗刹国，人们“所重，不在文章，而在形貌”。而对形貌的去取又是美丑颠倒的：“奇丑者”反被视为“美之极者”，可官拜上卿；“次丑者”可任地方官；“下焉者”亦能“邀贵人宠”，可无衣食之忧。唯有那些长相“似人者”，“褴褛如丐”，为众人所唾弃。在这个以貌取人、貌以丑贵的国度里，“美丰姿”“有‘俊人’之号”的马骥，自然被当成了“怪物”“噬人者”，只要他一出现，人们便“噪奔跌蹶”，一片恐慌。与大罗刹国形成对照，海市龙宫不仅重视外在形象的美，更重视内在的才情与学识。既“美如好女”，又写得一手好文章的马骥，在海市大受赏识，“拜为驸马都尉”，盛名“噪于四海”。现实的“大罗刹国”和理想的“海市龙宫”本来是两无纠葛的，蒲松龄采用传奇志异的手法，让马骥先后游历了这两个地方，于是，现实的丑恶愈显其丑，理想的美好愈显其美。“异史氏”最后点题说：“花面逢迎，世情如鬼。嗜痂之癖，举世一辙。‘小惭小好，大惭大好。’若公然带须眉以游都市，其不骇而走者盖几希矣！彼陵阳痴子，将抱连城玉向何处哭也？呜呼！显荣富贵，当于蜃楼海市中求之耳！”所谓“小惭小好，大惭大好”，用的是韩愈的话，是说他的文章，如果自己感到有些惭愧，世人就会说比较好；如果自己感到非常惭愧，世人就会说极好。一句话，评价文章的标准，完全是倒过来的。这里，蒲松龄其实是说，他之所以一辈子未能跨过举人的门槛，不是八股文写得不好，而是八股文写得太好；不是他的才情和学识不足，而是他的才情和学识太足。

蒲松龄的第三种回应是：他对于备考、应考或许真的没有做到全力以赴。《聊斋志异》卷六《冷生》写了一个佯狂诗酒的冷生：“平城冷生，少最钝，年二十余，未能通一经。忽有狐来，与之燕处。每闻其终夜语，即兄弟诘之，亦不肯泄。如是多日，忽得狂易病，每得题为文，则闭门枯坐，少时，哗然大笑。窥之，则手不停草，而一艺成矣。脱稿，又文思精妙。是年入泮，明年食饩。每逢场作笑，响彻堂壁，由此‘笑生’之名大噪。幸学使退休，不闻。后值某学使规矩严肃，终日危坐堂上。忽闻笑声，怒执之，将以加责。执事官代白其颠，学使怒稍息，释之而黜其名。从此佯狂诗酒。著有《颠草》四卷，超

拔可诵。”这个冷生，看上去与蒲松龄的经历绝无重合之处，实则极为神似。冷生因文思泉涌而忘了考场的规矩，哗然大笑，“响彻堂壁”，令人想见蒲松龄在某次乡试中的“越幅被黜”，也是因为文思澎湃而疏忽了答卷的格式。而两者更为契合之处是：他们以狐为师，“每得题为文”，总是处在一种忘却尘世的状态。这令人想起了蒲松龄的《聊斋志异》写作。据袁世硕考证，蒲松龄“年才及冠便热衷于写狐鬼小说了，后来很长时期，他是既不废举业，‘三年复三年’地应乡试，顽强地挣扎着，又不听友人的劝阻，不断创作他的《聊斋志异》，这两种文墨事业都一直拖到了年逾知天命”①。张笃庆、孙蕙等友人因而一再对他加以规劝。在这些朋友看来，蒲松龄考不上举人，与他沉潜于写作《聊斋志异》而荒废了“举业”脱不开干系。对于朋友们的箴规和好意提醒，蒲松龄当然是心知肚明的，也未必不“心有戚戚焉”。然而他始终割舍不下他的《聊斋志异》写作，一旦沉醉于花妖狐媚的世界，他就忘记了现实生活的存在。这种导致他不能自拔的“蠹鱼之痴”，他用《冷生》做了幽默地展示。

二　流水高山，通我曹之性命

才子佳人遇合的浪漫传统是由唐人传奇建立起来的，一直为后世传奇体作家所延续。据统计，《聊斋志异》中以情爱为题材和涉及情爱的作品，占四分之一左右，多达一百二十篇。这一惊人的数字，显示了《聊斋志异》与唐人传奇的继承关系。

一个作家的魅力，往往在于他的特质，在于他的作品有和其他作品很不相同的地方。如果仅仅追随前辈，亦步亦趋，作品再多也是不足称道的。那么，蒲松龄的情爱题材小说，哪些地方是他个人的，是

①袁世硕：《蒲松龄事迹著述新考》，齐鲁书社，1988，前言第8页。

他与前辈的不同之处？拙见以为，引入比兴手法来写蒲松龄的知己情结，尤能显示《聊斋志异》的独特气质。

以男女遇合象征重大的社会生活内容，在中国古典诗词中源远流长。“导夫先路”的是屈原的《离骚》：这首长诗以屈原再三追求理想中的女性而一一成为泡影的情节，隐喻了屈原对理想的君臣关系的期待、渴望以及理想的幻灭。自此以后，男女遇合的象征方式便为众多诗人所采用。李商隐的《海客》诗用牛郎织女的典故来暗示他与牛、李两党之间“剪不断、理还乱”的关系，王安石的《君难托》以丈夫的中途变心比喻宋神宗对他未能自始至终给予支持，刘基的《美女篇》以“望幸良独难”来象征他在政治生活中被朝廷冷落的艰难处境，种种例证，不胜枚举。但在小说中运用比兴手法，《聊斋志异》之前，尚不多见。

知己情结一向备受中国读书人的重视，蒲松龄亦然。他是富于才华的，在科场上也一度有过辉煌记录，无奈此后数十年间屡试不第。个中原因，除了偶因“闱中越幅被黜”外，主要是文宗们不赏识他的八股文，而蒲松龄对自己的这类文字却是期许甚高的。《聊斋志异》卷三《白于玉》中吴青庵“秋闱被黜”，但仍自信“富贵所固有，不可知者迟早耳”，不妨视为蒲松龄的自白。高自期许而又不被赏识，正是所谓知己难得。

人生难得一知己，这本是中国古代读书人的共同慨叹，即韩愈《杂说》中所说的“千里马常有，而伯乐不常有”。蒲松龄本人辛酸的人生经历，则使这一老生常谈重新带有了刺痛人心的锐利。他经常以此为话头，实在是情不能已。《聊斋文集》卷五《与韩刺史樾依书，寄定州》：“弟素不达时务，惟思世无知己，则顿足欲骂……”《聊斋诗集》卷一《中秋微雨，宿希梅斋》之二：“与君共洒穷途泪，世上何人解怜才！”卷一《寄孙树百》之三：“楚陂犹然策良马，叶公元不爱真龙。”

卷二《偶感》："此生所恨无知己，纵不成名未足哀。"卷三《送喻方伯》："卞和抱荆璞，献上章华台。楚王愤不顾，弃之等尘埃。"《聊斋词集》中的《大江东去》（寄王如水）、《水调歌头》（饮李希梅斋中作），《聊斋志异》中的《司文郎》《素秋》《叶生》等篇都抒写了这种不遇知音的悲愤。

在蒲松龄那里，知己之感已深切到刻骨铭心的程度。片言褒赏常使他终身感激。他早年曾得淄川知县费祎祉嘉许，后来写《折狱》，本是公案题材，蒲松龄在文末的议论却出人意表地转到知己之感方面。《胭脂》也是一篇折狱小说，大多数读者只注意其中"听讼之不可以不慎"的主旨，而忽视了作品对施愚山爱才性格的侧面强调。作家曾自呈"文艺"请黄大宗师过目，得到赞许，于是蒲松龄毕恭毕敬写了《又呈昆圃黄大宗师》。康熙三十二年（1693），任山东布政使的喻成龙，见蒲松龄诗，颇倾慕，派专人请他到幕中住了数日；康熙三十三年（1694），喻成龙离任，蒲松龄赋五古长篇一首，赞美喻"虚衷真爱士"，对自己的赏识有如"暖律吹寒灰"。（《聊斋诗集》卷三《送喻方伯》）诗集中这类表达知己之感的言辞还有多处。如卷二《答汪令公见招》之二："偃蹇自拼人不伍，忽逢青眼涕沾巾！"之三："倘逐紫鳞藏壑去，拟随黄雀报珠来。"卷二《偶感》："穷途已尽行焉往？青眼忽逢涕欲来。一字褒疑华衮赐，千秋业付后人猜。"卷二《送别张明府》小序："且柴桑之钝子，谬增价于品题；而葵藿之愚忱，益衔恩于覆载！"真可以说是连篇累牍了。

《聊斋志异》卷一《叶生》如泣如诉地描写了一个"魂从知己"的故事。"文章词赋，冠绝当时，而所遇不偶，困于名场"的叶生，意外得到县令丁乘鹤的赏识、资助和游扬，他渴望以"闱战"的成功来酬答知己。然而，尽管他的文章掷地有声，令丁乘鹤"击节称叹"，却照样被主试官员黜落。于是，凄人心魄的悲剧迅速达到高潮：先是叶生因为“愧负知己”一病不起，赍恨而殁；紧接着其魂灵竟远随解任的丁乘鹤，跨越山山水水而去！“魂从知己”，以常人的眼光来看当然不可信，但与叶生同等痴情的蒲松龄则深信不疑：“魂从知己，竟忘死耶？闻者疑之，余深信焉。同心倩女，至离枕上之魂；千里良朋，犹识梦中之路。而况茧丝蝇迹，吐学士之心肝；流水高山，通我曹之性命者哉！嗟乎！……天下之昂藏沦落如叶生者，亦复不少，顾安得令威复来，而生死从之也哉？噫！”深情郁勃，一唱三叹，寄寓着蒲松龄对费祎祉等人没齿不忘的感戴之情。

卷三《连城》、卷九《乔女》、卷十《瑞云》等是用比兴手法抒写知己之感的名篇。《连城》的宗旨，如冯镇峦评语所说：“知己是一篇眼目。”少负才名的乔大年以其诗受到史孝廉之女连城的赏识，遂视其为知己，不仅割胸肉救连城一命，甚至在连城病逝后，甘愿与之同死。蒲松龄在文末感叹道：“一笑之知，许之以身，世人或议其痴。彼田横五百人岂尽愚哉！此知希之贵，贤豪所以感结而不能自已也。顾茫茫海内，遂使锦绣才人，仅倾心于蛾眉之一笑也。悲夫！”其中所寓含的，正是蒲松龄本人愿“为知己者死”的情结和怀才不遇的悲愤之情。

如果说《连城》因借助于一个才子佳人故事的框架，迷离淡冶，颇多诗意，《乔女》则以质朴见长。“壑一鼻，跛一足”，既黑且丑，守寡在家的乔女，看来是卑贱之至了；令人意想不到的是：家底殷实、挑选后妻颇为苛求的孟生却深深地钟情于她，为她的高洁的“德”所感动。虽然乔女最终并未嫁给孟生，但正如她自己所说：“独孟生能知我。前虽固拒之，然固已心许之矣。”

《乔女》的重心是写乔女报答知己的“痴”情。“居无何，孟暴疾卒”——孟生的亡故使其家庭濒临崩溃：“孟故无戚党，死后，村中无赖悉凭陵之，家具携取一空，方谋瓜分其田产。家人又各草窃以去，惟一妪抱儿哭帷中。”根据传统社会的礼法，非孟戚属的乔女是不宜过问孟生家事的，但她未顾忌这些，如春潮般汹涌在心头的是超出于生命之上的知己之感。她先是“踵门”求援于孟的友人林生，请他“以片纸告邑宰”；在堂堂五尺男儿林生被无赖辈吓得“闭户不敢复行”时，乔女却无所畏惧，“挺身自诣官”；县令蛮不讲理，将她“呵逐而出”，她也并不气馁，又“哭诉于搢绅之门”。历经折磨，她终于使诸无赖受到惩治。此后，她便竭尽全力为孟生抚养孤儿。如此“侠烈”，真无愧于蒲松龄的赞叹：“知己之感，许之以身，此烈男子之所为也。彼女子何知，而奇伟如是？若遇九方皋，直牡视之矣。”

《瑞云》从另一侧面写出了真知己的境界：不以妍媸易念，不因贵贱变心，人生的境遇无论怎么改变，知己之情也不会有丝毫减弱。小说的情节照例奇幻之至：本来容貌如仙的瑞云，经和生手指一点，竟“连颧彻准”，黑如墨渍。这确乎是“出于幻域”了。但由瑞云的容貌变丑所引发的各种各样的反应却是真实的人情世态的展现：恩客们不再光顾，鸨母视之为下等奴婢。在这种人情世态的反衬下，贺生娶瑞云而归，不在乎任何讪笑的行为，较之《连城》中的乔生为知己者死，却同样感人至深，甚至更加感人。盖一时的义烈之举，不少人都可以做到；而在寻常生活中数十年如一日的坚守，却只有极少数人可以做到。

《聊斋志异》写知己之感的篇章不算太多，但精金美玉，几乎每篇都足以传诵。之所以引人入胜，不只是因为中国古代的知识阶层普遍敏感于这一话题，在数千年的文学创作中，已经有了丰富厚重的积淀，还因为蒲松龄以他擅长的比兴手法，既将自身的体验融入其中，又不局限于狭小的个人身世之感的范围，而是富于魅力地把它处理为具有相对永恒性的一般人生问题，因而能引起读者广泛而深切的共鸣。

三　怀之专一，鬼神可通

《庄子·达生》有云：“用志不分，乃凝于神。”所谓“用志不分”，指的是对某种境界、某种事业的孜孜不倦地追求，沉湎、执着，几乎忘却了人生或现实的其他部分。这种状态，蒲松龄《聊斋志异》卷二《阿宝》简洁地称之为“性痴”：“性痴则其志凝，故书痴者文必工，艺痴者技必良。世之落拓而无成者，皆自谓不痴者也。”

明清之际的张岱，其《五异人传》曾以悖论的方式阐述一个见解：“人无癖不可与交，以其无深情也；人无疵不可与交，以其无真气也。”“痴”是深情的性格化的表现，不“痴”则无深情，则难以专注。《聊斋志异》中的大量“情痴”，可由此加以阐释。

例如卷二《婴宁》中的男主角王子服。他初见婴宁，便“注目不移，竟忘顾忌”；回家后，“垂头而睡，不语亦不食”，“肌革锐减”；吴生编造的关于婴宁住处的谎言，他深信不疑，竟独自一人，步行数十里去山中找寻。王子服的所作所为，从常识来看荒唐之极，然而，就是这种与理性相悖的痴情，最终为他赢得了一份圆满的爱情。

卷二《阿宝》中的孙子楚，他身上集中了多种类型的“痴”：“痴于书，不知理家人生业”；“性迂讷，人诳之，辄信为真。或值座有歌妓，则必遥望却走。或知其然，诱之来，使妓狎逼之，则赪颜彻颈，汗珠珠下滴”。而给人印象最深的是他对阿宝的深情不渝。清明节出游，孙子楚意外见到了阿宝，情荡神摇，不能自持，以致和倩娘一样魂离躯体：他的身子回家了，“直上床卧，终日不起，冥如醉，唤之不醒”；他的灵魂却随着阿宝去了，“坐卧依之，夜辄与狎，甚相得”。唯其一往情深，所以，当他的灵魂被巫招回家之后，一点不懈的思念使他“归复病，冥然绝食，梦中辄呼宝名”。精诚所至，终于魂化鹦鹉，再次飞到阿宝的处所。阿宝被感动了，一个美丽的爱情故事得以完成。

卷七《青娥》中的神镵，是一个象征“痴情”的意象。十三岁的霍桓爱上了“美异常伦”的少女青娥，求母亲去提亲，遭到拒绝。正当霍桓“行思坐筹，无以为计”之时，道士送给他一把神镵。《青娥》

两次描写了这把神镵的功用：第一次，霍桓凭着它，“穴两重垣”，来到青娥家的中庭，又“穿墉入”，进了青娥的卧室，实现了“近芳泽”的愿望。以此为契机，后终与青娥结为眷属。第二次，当青娥随其成仙的父亲遁入仙府后，霍桓寻至，被青娥之父骗出；霍“愤极，腰中出镵，凿石攻进，且攻且骂，瞬息洞入三四尺许”，终得与青娥重聚。古语有云：“精诚所至，金石为开。”这把神镵，正是霍桓的精诚之心的象征。

卷三《连城》中的乔生、卷五《花姑子》中的安幼舆、卷八《嫦娥》中的宗子美等，也都是王子服、孙子楚、霍桓一类的“情痴”。他们的故事，仅仅从情爱的角度来看，也是缠绵悱恻、凄丽动人的。但细加品味，又不难发现，这些作品还有其超出了情爱的内涵。《阿宝》结尾，蒲松龄将“情痴”类比为“书痴”“艺痴”，以“志凝”作为其共同特征的概括，所关注的正是其人格精神：他们把握住自己的信念，不为外物所动，直到臻于完满的程度。那种坚守理想的崇高自觉，是所有杰出人物的共同特点，也是作为小说艺术家的蒲松龄的特点。

卷十《葛巾》、卷十一《黄英》《石清虚》侧重于描写“雅癖”，一种深入骨髓的癖好。《葛巾》所说的“怀之专一，鬼神可通”，其实是强调了精诚或深情的力量。常大用“癖好牡丹”，而他的故乡洛阳恰是盛产牡丹之地。但他仍不满足，“闻曹州牡丹甲齐、鲁，心向往之。适以他事如曹，因假搢绅之园居焉。时方二月，牡丹未华，惟徘徊园中，目注句萌，以望其拆。作《怀牡丹》诗百绝。未几，花渐含苞，而资斧将匮；寻典春衣，流连忘返”。常大用沉浸于对牡丹花的爱恋之中，牡丹花精被感动了，遂幻化为窈窕淑女，与常大用恋爱、结婚。《黄英》的构思与之相近：马子才癖好菊花，“闻有佳种必购之，千里不惮”。菊花的精灵为之动心，黄英和陶三郎姊弟遂翩然步入了他的生活。

《石清虚》又是一种写法。它细致描写了邢云飞与一块美石的悲欢离合，在曲折悲凉的情节进展中，邢云飞的雅癖上升为人格精神，被赋予了严峻的悲剧感。邢云飞珍视美石，“雕紫檀为座，供诸案头”；为了拥有这块美石，他甘愿折损三年寿数。与“尚书某”的冲突尤其剧烈：“有尚书某，购以百金，邢曰：‘虽万金不易也。’尚书怒，阴以他事中伤之。邢被收，典质田产。尚书托他人风示其子。子告邢，邢愿以死殉石。妻窃与子谋，献石尚书家。邢出狱始知，骂妻殴子，屡欲自经，皆以家人觉救得不死。”这段情节表明，“雅癖”，即对美的热爱，不仅仅是一种高雅的情趣，更是一种不计利钝成败的艺术精神。对美的事物的热爱，其实就是爱一个更高境界的灵魂。这里容不得任何庸俗，更容不得丝毫卑鄙。

卷六《鸽异》从反面写出了这种排除任何利害之见的艺术精神。“邹平张公子幼量”，癖好鸽，“按经而求，务尽其种。其养之也，如保婴儿”，“齐鲁养鸽家，无如公子最；公子亦以鸽自诩。”张幼量的好鸽似乎也算得深情执着了。最初，鸽精便是这样看他的，因而幻化为“白衣少年”，与之订交。白鸽精万万没有料到，张幼量竟是势利中人：“有父执某公，为贵官，一日见公子，问：‘畜鸽几许？’公子唯唯以退。疑某意爱好之也，思所以报而割爱良难。又念长者之求，不可重拂。且不敢以常鸽应，选二白鸽笼送之，自以千金之赠不啻也。”邢云飞好石，性命以之；张幼量好鸽，却用来讨好贵官。这种势利之见与超功利的艺术精神是格格不入的，足以造成美的毁灭。蒲松龄以一个惊心动魄的细节写出了这种悲剧：“他日见某公，颇有德色，而某殊无一申谢语。心不能忍，问：‘前禽佳否？’答云：‘亦肥美。’张惊曰：‘烹之乎？’曰：‘然。’张大惊曰：‘此非常鸽，乃俗所言“鞑靼”者也！’某回思曰：‘味亦殊无异处。’”美就这样被庸俗毁灭了。不“痴”的人，当然不可能成为一流的艺术家。

四　瘦竹无心类我痴

蒲松龄还常常用“痴”来表示不含机心、天真烂漫的性情。《聊斋诗集》卷二《逃暑石隐园》之二：“瘦竹无心类我痴。”卷三《答朱子青见过惠酒》：“镜影萧萧白发新，痴顽署作葛天民。”《聊斋词集·大圣乐（自遣）》：“我将披发远去，便拟访乔松万仞巅。恐桃花流水，渔舟再入，村巷别迁。……能飞度，怕云间天上，无此痴仙。”说的都是这种意义上的“痴”。它与执着于某一境界或理想的“性痴”以及耽于知己之情，“直将依以性命”的“痴”有其相通之处，但又有区别。这种“痴”较多静谧芳馨的、弥漫着桃花源气息的诗意。

《黄英》中有个富于象征意味的意象，“醉陶”：菊精幻化的陶生，在一次大醉之后，卧地化为菊，“短干粉朵，嗅之有酒香，名之‘醉陶’，浇以酒则茂”。这个意象来源于东晋时代的“隐逸诗人之宗”陶渊明。据萧统《陶渊明传》，陶渊明对酒和菊花别具深情，任彭泽令时，“公田悉令吏种秫，曰：‘吾常得醉于酒，足矣。’”“尝九月九日出宅边菊丛中坐，久之，满手把菊。忽值弘送酒至，即便就酌，醉而归。”“采菊东篱下，悠然见南山”更是传诵千古的名句。

“醉陶”是真率与旷达性情的象征，潜在地引导着《黄英》的情节设计、人物关系。作品中出现了两类人物：一类是有某种雅癖但在真率旷达方面有所不足的名士，即马子才；另一类是黄英、陶三郎姊弟，他们真率旷达，不拘于外在形迹。黄英、陶三郎姊弟与马子才之间带有喜剧意味的纠葛构成了《黄英》的主体内容。黄英姊弟住进马子才家以后，因见马子才“家清贫”，为了不给他增加负担，陶三郎提出了卖菊以谋生的计划。“马素介，闻陶言，甚鄙之，曰：‘仆以君风流高士，当能安贫。今作是论，则以东篱为市井，有辱黄花矣。’陶笑曰：‘自食其力不为贪。贩花为业不为俗。人固不可苟求富，然亦不必务求贫也。’马不语，陶起而出。”马子才酷好菊花，延续了陶渊明的高士传统；他的“介”，也就是清高，当然是令人敬佩的。但马子才对清高的理解过于拘谨，在他看来，即使是自食其力，也不能把菊花当成商品，否则就是“贪”“俗”。菊花是清高的象征，拿来出售是马子才接受不了的做法。现实的人生受制于一个特定的文化文本，这就是拘迂。

在卖菊致富后，陶氏姊弟“一年增舍，二年起夏屋。……渐而旧日花畦，尽为廊舍”。这些举动令马子才更为不安，在他看来，清贫是读书人的本色，赚那么多钱，住那么豪华的房子，都与读书人的本色不合，有损“清德”。面对马子才的批评，黄英的回答是：“妾非贪鄙，但不少致丰盈，遂令千载下人，谓渊明贫贱骨，百世不能发迹，故聊为我家彭泽解嘲耳。”历史上的陶渊明，不肯“为五斗米折腰”，毅然辞去彭泽令，躬耕隐居，安于清贫。作为陶渊明的后代，黄英要为祖上摘掉贫穷的帽子。经她这么一说，她的卖菊致富、广置产业就不是一般的富家翁举动，反倒与陶渊明的真率、旷达格调一致。

马子才和黄英的婚姻生活充满了喜剧性。马子才与黄英成亲时，黄英“以故居陋，欲使就南第居，若赘焉”，马不依；婚后，他“耻以妻富”，为保全自己的“清高”，把马、陶两家的家具什物分得一清二楚：“恒嘱黄英作南北籍，以防淆乱。而家所需，黄英辄取诸南第。不半岁，家中触类皆陶家物。马立遣人一一赍还之，戒勿复取。未浃旬，又杂之。凡数更，马不胜烦。黄英笑曰：‘陈仲子毋乃劳乎？’马惭，不复稽，一切听诸黄英。”马子才之所以“惭”，是因为他执拗地要与“富婆”黄英划清界限，而到头来还是只能由着黄英。在黄英大兴土木，“楼舍连亘”，原有的马、陶两第“合为一”后，马子才的底线再次被触碰，他受不了，遂“于园中筑茅茨”，与黄英分居了。起初，“马安之。然过数日，苦念黄英。招之不肯至，不得已反就之，隔宿辄至，以为常。黄英笑曰：‘东食西宿，廉者当不如是。’马亦自笑，无以对，遂复合居如初。”马子才的“自笑”，是对其拘迂的自我调侃，也是对黄英的旷达真率的含蓄认同。

蒲松龄善于描写小儿女不含机心的聪慧。卷五《花姑子》中的花姑子，是个獐精幻化的姑娘，有着婴儿似的纯真。一天日暮时分，救过他父亲性命的安幼舆，来到她家，父亲叫花姑子去煨酒。这个正当“芳容韶齿”的女孩，在煨酒时却只顾玩紫姑的游戏，以致“酒沸火腾”，吓得大叫。花姑子的憨，是蒲松龄所称道的“寄慧于憨”“憨者慧之极”，是不含机心的聪慧，而与智商欠缺的“傻”没有一丝瓜葛。卷六《小谢》中的两个“小鬼头”，小谢和秋容，也是这种天真稚气的形象。正直、倜傥的陶生来到她们的生活中，令她们情绪欢快，忍不住要跟他淘气，或“翘一足踹生腹”；或“以左手捋髭，右手轻批颐颊作小响”；或“以细物穿鼻”，使陶生“奇痒，大嚏”；或“曲肱几上观生读，既而掩生卷”。无拘无束，任情“憨跳”，没有那种故作的矜持，也没有那种未老先衰的老成，只有不含机心的小儿女才有如此生机。

“不含机心”是蒲松龄所向往的人性境界。从《聊斋志异》的情节设计来看，“不含机心”者，与狐鬼也能融洽相处；反之则会荆棘丛生，导致种种不快甚至悲剧。《葛巾》中的常大用，癖好牡丹，牡丹花精葛巾、玉版因而幻化为女子，分别与他和他的弟弟大器成婚，感情和谐，“家又日富”。无奈常大用机心太重，他根据种种疑点推断二女可能是“花妖”，于是多方试探。结果是悲剧性的：“女（葛巾）蹙然变色，遽出，呼玉版抱儿至，谓生曰：‘三年前感君见思，遂呈身相报；今见猜疑，何可复聚！’因与玉版皆举儿遥掷之，儿堕地并没。生方惊顾，则二女俱渺矣。悔恨不已。”与常大用形成对照，《黄英》中的马子才在知晓黄英的菊精身份后，一点也不疑忌，反而“益敬爱之”，所以能始终保持家庭生活的美满，生一女，“后女长成，嫁于世家。黄英终老，亦无他异”。他如殷天官、耿去病、朱尔旦、张于旦、“广平冯生”等，也都摒弃机心，与狐鬼精魅坦然相处，而狐鬼精魅也以同样的坦诚热情相报，光风霁月的生活情调，就是这样酿成的。蒲松龄写这些故事，大概是有感于人类生活中有太多的机变诡诈吧。

第二节　蒲松龄笔下的“狂”：从豪侠到“狂生”

在小说中大量描写豪侠义士，这一传统也是由唐人传奇建立起来的。《聊斋志异》的主角是“狂生”、狐女，他们中不少具有侠的风采。或昂扬乐观，倜傥卓异，乐于在狐鬼的天地里一发豪兴，比如《章阿端》中的“卫辉戚生”；或恩怨分明，言必信，行必果，比如《大力将军》中的查伊璜、吴六一，《田七郎》中的田七郎；或矢志复仇，“利与害非所计及也”，女侠的复仇尤其惊心动魄：商三官亲自杀了害死父亲的仇人（《商三官》）；细侯为了回到满生身边，甚至手刃了“抱中儿”——她和那个骗娶她的“龌龊商”所生的孩子（《细侯》）。这些都显然延续了唐人传奇的血脉。

但《聊斋志异》豪侠题材的魅力，绝不在于它沿着唐人传奇的轨迹平稳运行。蒲松龄是一个具有强烈历史意识的作家，他不仅了解自己的时代，也了解文学的传统。在时代和传统的双重背景下，他敏锐地意识到自己的存在：他应该从背景中浮现出来。一个作家如果只去适应过去的种种套路，他又有什么必要写一部新作品呢?

蒲松龄是实现了他的艺术追求的。他笔下的豪侠题材尽管是传统的，但他借以表达的对理想的生命形态的向往之情却是新颖的。那种锋芒毕露的“忤世之狂”，那种豪迈进取的人生祈向，那种不拘礼法的洒脱情怀，既是蒲松龄诗词中的重要内容，也是《聊斋志异》的有机组成部分，既包含了蒲松龄的人生体验，也融合了他的文化教养，内涵丰富，耐人寻味。

一　“湖海气豪常忤世”

钱锺书《管锥编》将“狂”分为两类：一为避世之狂，“迹似任真，心实饰伪，甘遭诽笑，求免疑猜”；一为忤世之狂，“称心而言，率性而行”。对避世之狂，人们往往给予同情，而对忤世之狂，则通常有所保留，也许是因为这不符合明哲保身的古训。

与“人之常情”形成对照，蒲松龄却偏爱忤世之狂。在《聊斋文集》中，他对时弊的指责时有所见，且大都源于切身感受，如卷十《淄邑流弊》《淄邑漕弊》《盐法论》等所提出的问题，每一件都可落到实处，并非书生的故作慷慨。蒲松龄长期生活在乡村，对底层社会的喜怒哀乐，他的观察和体验，比起那些身居显位的人，更为直接和深切。

蒲松龄偏爱忤世之狂，也许是个人性格使然。他当然不是锋芒外露的人，在有些情况下，他还显得老成有余，例如《聊斋文集》卷五《与李希梅》，就说过这样的话：“闻城内风波，良可骇惧！此非好消息，兄宜早退，勿复犹豫，盖明哲保身者当然也。”《聊斋志异》卷九《张鸿渐》，也把当出头鸟悬为厉禁：“张鸿渐，永平人，年十八为郡名士。时卢龙令赵某贪暴，人民共苦之。有范生被杖毙，同学忿其冤，将鸣部院，求张为刀笔之词，约其共事，张许之。妻方氏美而贤，闻其谋，谏曰：‘大凡秀才作事，可以共胜，而不可以共败。胜则人人贪天功，一败则纷然瓦解，不能成聚。今势力世界，曲直难以理定；君又孤，脱有翻覆，急难者谁也！’张服其言，悔之，乃婉谢诸生，但为创词而去。”不过，方正感毕竟是蒲松龄性格的主导面，正如其《与韩刺史樾依书，寄定州》所云：“弟素不达时务……感于民情，则怆恻欲泣，利与害非所计及也。”蒲松龄是有担当的。例如康熙四十九年（1710），“邑中已革漕粮经承康利贞，厚赂新城已罢刑部尚书王士禛（渔洋）、同邑进士谭再生（无竞）为之关说，复其旧职。合县闻之皆惊”[①]。蒲松龄为此愤然上书王士禛，又与张益公一道致书谭再生，两封信都写得词气尖锐，表现了蒲松龄嫉恶如仇的一面。

蒲松龄热情地肯定忤世之狂，也是他理想的自我人格的表现。比起现实的自我人格来，理想的自我人格往往更为纯粹。元好问论诗绝句有云：“心画心声总失真，文章宁复见为人。高情千古闲居赋，争信安仁拜路尘。”元好问反对文章的伪饰，这一命意当然挺好；但如果因此否定了“人”与“文”的合理差距，就不合适了。盖现实中的人格发展总是不如理想中那么健全，那么完善，因而既不能把理想的人格等同于现实的人格，也不能简单地用现实人格去否定理想人格的真实性。具体到蒲松龄，不难看到，在现实生活中，因为生存的需要，不免有诸多顾忌，提倡明哲保身实有其不得已的苦衷；而在内心深处，他其实更为赞赏不随流俗、刚正不阿的风骨。《聊斋诗集》卷一《漫兴》诗“湖海气豪常忤世”，《聊斋诗集》续录《雪夜》诗“共知畴昔为人浅，自笑颠狂与世违”，都表达了这种情怀。而最能显示这种情怀的是《聊斋文集》卷四《灌仲孺论》。使酒骂座的灌夫一向被视为粗莽无术之辈，蒲松龄却对之大加赞许：“真圣贤也，真佛菩萨也！”“粗莽骂座，识者短其无术，不知此正仲孺之所以为真圣贤、佛菩萨，而世人不之识也！夫田蚡以贵戚而为丞相，权争日月……夫谁敢有侮之焉者？而独仲孺者，有诸内必形诸外……。”

正是秉承着这样一腔忤世之狂，蒲松龄直面社会人生的真实境况，写出了《商三官》（卷三）、《伍秋月》（卷五）、《窦氏》（卷五）、《向杲》（卷六）、《席方平》（卷十）等力度极大的名篇，塑造了一群刚烈顽强、不屈不挠的形象。

《商三官》写了一个悲壮的女侠。商三官之父“以醉谑忤邑豪”，

①路大荒：《蒲松龄年谱》，齐鲁书社，1980，第57页。

“豪嗾家奴乱捶之，舁归而死”。这年三官才十六岁。她的两个哥哥“讼不得直，负屈归”，“谋留父尸，张再讼之本”。三官说：“人被杀而不理，时事可知矣。天将为汝兄弟专生一阎罗包老耶？骨骸暴露，于心何忍矣？”她看清了世道的黑暗，不对官府抱一丝希望。不久，“三官夜遁，不知所往”，“几半年，杳不可寻。会豪诞辰，招优为戏”，当夜，邑豪为一伶人杀死。原来，这伶人就是商三官。她一个弱女子，竟报了杀父之仇。

《席方平》写得尤其激动人心：在曲折的情节进展过程中，使全篇生气充盈的是席方平的性格力量。席方平为父伸冤，一告于城隍，不得直；二告于郡司，“郡司扑席，仍批城隍覆案。席至邑，备受械梏，惨冤不能自舒”。但他仍不退缩，又三告于冥王。不料，冥王——这位冥府主宰，也加入了迫害席方平的行列。面对冥王的笞杖、火床、解锯，席方平毫无惧色，刑法越酷，越反衬出席方平的刚毅坚强：“笞二十”，席方平答以“受笞允当，谁叫我无钱也”的愤怒讥讽；火床揉捺，席方平应以“大冤未伸，寸心不死”的壮气豪情；“锯解其体”，锯得小鬼也忍不住赞叹：“壮哉此汉！”席方平万死不辞的刚烈性格，就这样如浮雕一般凸现在读者眼前。

与《商三官》《席方平》《向杲》侧重于写刚烈坚毅的人物不同，《潞令》（卷六）、《聂政》（卷六）、《颠道人》（卷七）、《狂生》（卷九）、《鸮鸟》（卷十二）、《一员官》（卷十二）等篇，所表现的则是一种笑傲权贵的豪宕气概，一种凭高视下的豪侠气度。那种信笔挥洒的自由书写，那种应付裕如的倜傥风度，让读者感到精神上的高扬和奋发，对恶势力产生富于幽默意味的蔑视。且看《鸮鸟》。“长山杨令，性奇贪。康熙乙亥间，西塞用兵，市民间骡马运粮。杨假此搜括，地方头畜一空。”“有山西二商”，“健骡四头，俱被抢掠，道远失业，不能归”，乃哀求“益都令董、莱芜令范、新城令孙”为之说情。“三公怜

其情，许之。遂共谄杨”。三人以令语劝杨，杨也以令语敷衍三人，相持不下之际：“忽一少年傲岸而入，袍服华整，举手作礼。共挽坐，酌以大斗。少年笑曰：‘酒且勿饮。闻诸公雅令，愿献刍荛。’众请之，少年曰：‘天上有玉帝，地下有皇帝，有一古人洪武朱皇帝。手执三尺剑，道是“贪官剥皮”。’众大笑。杨恚骂曰：‘何处狂生敢尔！’命隶执之。少年跃登几上，化为鸮，冲帘飞出，集庭树间，四顾室中，作笑声。主人击之，且飞且笑而去。”蒲松龄讽刺“性奇贪”的“长山杨令”，没有使用一个触目惊心的字眼或者场面，但此人的厚颜无耻，卑鄙狡诈，寥寥数笔，便已活灵活现。讽刺他，嘲弄他，却又并未给予实际的惩罚，只是由鸮鸟幻化成“袍服华整”的“少年”，“傲然而入”，借行令风趣地道出“贪官剥皮”，以示警告，而在场的所有人都忍俊不禁地笑了。《鸮鸟》一共用了数个“笑”字：“少年笑曰”；“众大笑”；“作笑声”；“且飞且笑而去”。这是“狂生”面对权势者的“笑”，携带着正义和正气，伴随着傲然神情，因而饱含嘲弄和蔑视意味。蒲松龄记叙完毕，还要悠然自得地议论几句：“鸮所至，人最厌其笑，儿女共唾之，以为不祥。此一笑，则何异于凤鸣哉！”《颠道人》所着力表现的也是这种对肉食者“意近玩弄”的戏谑举动和“笑而却走”的不屑神态。

如果说，在《席方平》等作品中，蒲松龄执着于完成惩恶扬善的情节，其叙事风格带有明显的紧张感，《鸮鸟》则是轻松自在的。蒲松龄驾着一片情感的流云，在精神上、气度上俯瞰邪恶，中国读书人从深厚的文化素养中得来的书卷气在这一境界中焕发出新的活力：他并不回避现实人生，也不排斥生动的细节描写，而将人格的优越感和现实的生活内容融入浑涵澹宕的气象中。激情不再流溢在外，也没有了剑拔弩张的冲突，因果关系变得无关宏旨。但是，作品同样具有旺盛的生命力：仪态万方，逸趣横生，从中不仅可体味到蒲松龄坦荡从容的人生态度、行止自如的悠然神情，还可感受到邪恶势力的委琐、卑贱和不堪一击，正义得到了轻松却神圣的伸张。

二　英雄性不羁

《论语·子路》有云："狂者进取。"指的是一种豪迈进取的人生态度，带有鲜明的入世性质。蒲松龄便是如此。《聊斋诗集》卷一《树百问余可仿古时何人，作此答之》有云："重门洞豁见中藏，意气轩轩更发扬。他日勋名上麟阁，风规雅似郭汾阳。"人们对这首诗有两种不同的理解，或以为是以郭子仪比孙树百，或以为是以郭子仪自比，但不管是哪一种阐释，都可见出蒲松龄那种书生意气和向往于建功立业的人生期许。《聊斋诗集》卷一《壮士行》也是这种抱负的侧面抒写：对生活、对前途、对功名，怀有不加掩饰的期待。这种抱负带有极强的少年人不知世事艰难的青春色彩，当它经由情感的渲染和想象的发挥而渗透到作品中时，则展现为"豪放""磊落""倜傥不羁"等个性风度，也就是《聊斋诗集》续录《久废吟咏，忽得树老家报，侘傺不成寐，破戒作三律，即寄呈教，聊当慰藉，想为我千里一笑也》所云"英雄性不羁"。

《聊斋志异》描写了大量"性不羁"的"狂生"。在恐怖的狐鬼世界里，在令人"口噤闭而不言"的阴森气氛中，他们反倒兴会淋漓，胸胆开张。例如卷一《狐嫁女》中的殷天官："少贫，有胆略。邑有故家之第，广数十亩，楼宇连亘。常见怪异，以故废无居人。久之，蓬蒿渐满，白昼亦无敢入者。会公与诸生饮，或戏云：'有能寄此一宿者，共醵为筵。'公跃起曰：'是亦何难！'携一席往。"这种摧枯拉朽的气概，这种意气雄放的生命形态，所体现的正是侠的气质。

其他如卷一《青凤》中的耿去病、卷二《陆判》中的朱尔旦、卷四《捉鬼射狐》中的李著明、卷四《胡四相公》中的"莱芜张虚一"、卷五《章阿端》中的"卫辉戚生"等，也都是这类豪放自纵、性情不羁的“狂生”。荒亭空宅，杂草蓊郁，鬼鸣狐啸，怪异迭现——这些“狂生”却能无所芥蒂地徜徉其中，以其面对怪异的坦然风度令狐鬼钦服，结果，情节的进展大大出乎人们的意料：狐鬼世界的恐怖阴森往往只是“鄙琐者自怪之耳”，实际上倒是光风霁月、富于诗意的。且看殷天官进入那座“常见怪异”“蓬蒿渐满”的“故家之第”后的情形：殷天官处变不惊，群狐非但不与天官为难，还钦迟不已地奉之为座上宾。这说明，豪迈的人生气概是可以改变生活色调的。《小谢》《陆判》等篇所渲染的也是这种令人欣然的情景。陶望三与小谢、秋容患难与共的情爱，陆判与朱尔旦超出于形迹之外的友谊……是多么亲切融洽！蒲松龄以此表达了他的一片情愫：对于“不羁”的“狂生”来说，没有什么是可怕的；在“鄙琐者”所不敢涉足的生活领域内，他们却可以大有作为。这里，“狂生”的无所疑惧与“英雄”的积极奋发，其人生态度是相通的。

在《聊斋志异》中，“狂生”的“不羁”风度时常和酒联系在一起。这或许与中国文化的某些要素有关：一、“狂”在生活中常常衍化成奔放、洒脱的状态，因而与酒结下了不解之缘。汉代郦食其谒见刘邦时自称“高阳酒徒”，即意在表明自己气度不凡。二、由于“狂”总是与耿介、方正、浪漫情调等密切相关，具有这种个性的人，一旦在社会生活中遭遇挫折，便可能在艺术的天地里追求自由、放达的境界，即使处于顺境，也不妨壮思腾飞，欲揽明月，借酒力超越凡近。蒲松龄是深知个中因缘的，所以对酒充满了亲切之感。他在诗中一再写到饮酒的豪兴，郁闷和失意消解于其中，而憧憬和向往也在放歌纵饮的节拍中得以自然流露。如《聊斋诗集》卷一《饮希梅斋中》：“樽酒狂歌剑气横，壮怀喜遇故人倾。竹溪水暖流春恨，梅阁香寒解宿酲。”卷一《九日同王如水登高，时定甫欲北上》之二：“拟携斗酒临高处，与尔论文天地间。”之三：“何人作赋怀王粲？此日登临忆孟嘉。一醉只须眠绿草，满头无用插黄花。搔残短发风吹帽，卧趁斜阳云作家。莫向樽前辞潦倒，不妨对菊市中赊。”卷二《仿刘孔集》：“相将共杯酌，豪饮能十壶。”卷二《遣怀》之二：“雅士长贫诗作累，豪襟欲纵酒为徒。”卷二《九日同邱行素兄弟登豹山》：“酒如庄列增人放，海样乾坤任我闲。知己相逢无好景，茱萸相对一开颜。”卷四《二月四日，往哭孙嗣服，三台在目。因忆二十许时，两人载酒登临，歌呼竟日，曾几何时，故人已谢世矣！适值辰日，不能尽哀，因托于词》：“第一峰头蜡屐过，醉挝羯鼓发高歌。少年狂辄逢欢剧，强酒君能较我多。”卷四《重阳载酒柳亭作，呈毕七兄莱仲》：“我醉颠狂歌落梅，曲肘支颐卧莓苔。”卷五《十二日孙圣佐见招赏菊》：“登堂把酒对黄花，老子颠狂意兴嘉。喜涉东篱晤良友，年年九月到君家。”《聊斋诗集》续录《九日与定甫兄弟饮西园，和壁间韵，即呈如水》之一：“倒冠歌舞狂生醉，戏马台前独振衣。”之二：“滥醉离亭平野暮，月明空翠上罗衣。”

蒲松龄这种与酒相依为命的情感，评点家但明伦也体会到了。《聊斋志异》卷一《考城隍》“有花有酒春常在，无烛无灯夜自明”句下，但评云：“至有花有酒二语，亦自写其胸襟尔。”在《聊斋志异》中，那些为蒲松龄所激赏的“狂生”，无不有着烂漫的酒兴。如卷一《娇娜》，孔生与公子下帷攻读，“相约五日一饮”。《狐嫁女》中殷天官贸然闯入狐的天地，参与的一项重要活动即是畅饮。《青凤》中“狂放不羁”的耿去病亦然。卷二《陆判》，“性豪放”的朱尔旦与陆判每聚必饮。卷七《郭秀才》由饮酒引出一片飘逸不凡的意趣。卷十《神女》写米生因饮酒后的孟浪举动，竟得与神女缔结良缘。这一系列情节安排，都表现了蒲松龄对饮酒的钟情。

卷二《酒友》中的车生，是酒徒，也是豪侠。他“家不中资”，却“耽饮，夜非浮三白不能寝也，以故床头樽常不空”，并因此与狐成了“酒友”：“一夜睡醒，转侧间，似有人共卧者”，“摸之，则茸茸有物，似猫而巨。烛之，狐也，酣醉而犬卧”。车生看看自己的酒瓶，“则空矣”，知道是狐喝掉了，忍不住笑道：“此我酒友也。”“不忍惊，覆衣加臂，与之共寝。”这是多么坦荡的胸襟，这是多么倜傥的风度！在人际交往中不含一丝机心，这是豪侠精神的题中应有之意，也属于“豪放不羁”的范畴。

三 此种性情，俗子不晓

不拘礼法，也是《聊斋志异》“狂生”的性格特征之一。卷一《青凤》中的耿去病，豪纵奔放，从不知道拘谨为何物。青凤一家正“酒胾满案，围坐笑语”，耿突然闯入，笑呼曰：“有不速之客一人来！”致使“群惊奔匿”。青凤叔父让他饮酒，他竟自许“通家”，要青凤全家都来共席。青凤叔父请他讲《涂山外传》，他“略述涂山女佐禹之功，粉饰多词，妙绪泉涌”。见到来“共听”的青凤，“人间无其丽”，遂“瞻顾女郎，停睇不转。女觉之，俯其首。生隐蹑莲钩，女急敛足，亦无愠怒。生神志飞扬，不能自主，拍案曰：‘得妇如此，南面王不易也！’”目无礼法，一至于此！卷四《辛十四娘》中的“广平冯生”亦然。一日他“昧爽偶行，遇一少女（即辛十四娘），着红帔，……心窃好之”。“薄暮醉归”，意外发现辛十四娘在一僧寺中，当即“往觇其异”。辛十四娘之父出来接待，请他进入后院，他乘醉遽问曰：“闻有女公子，未遭良匹，窃不自揣，愿以镜台自献。”十四娘之父推脱道：“弱息十九人，嫁者十有二。醮命任之荆人，老夫不与焉。”冯生却一口咬定：“小生只要得今朝领小奚奴带露行者。”闻房内嘤嘤腻语，便乘醉搴帘，大呼曰：“伉俪既不可得，当一见颜色，以消吾憾！”致使“遍室张皇”。这类压根儿不知礼法为何物的“狂生”，还有《鲁公女》中的张于旦、《章阿端》中的戚生、《小谢》中的陶望三等。

有学者对这一现象做过解释，认为《聊斋志异》大半是鬼神妖异之谈，不食人间烟火，也就不受礼教之类的约束，所以比较自由。聂绀弩否定这种意见，他反驳说：“我意不然。不错，这书是有许多鬼神或草木鸟兽虫鱼的精灵，但这些只是形式，是现象。它的内容、实质，却都是人，是人的生活。是把鬼神草木鸟兽虫鱼之类变成人，写它们的人的生活，而不是相反，使人变成草木鸟兽虫鱼之类而写它们的生活。”[①]上面两种思路，各有其理由，也各有其局限。就第一种说法而言，在蒲松龄那里，狐鬼精灵比人少一些束缚确是毋庸置疑的情形，《鲁公女》就明明说过“生有拘束，死无禁忌”，由鬼的“无禁忌”也可推知狐的“无禁忌”。这样说来，聂绀弩否认狐鬼精魅形象塑造的特殊性，不免武断。不过，“无禁忌”之说还不足以解释“狂生”的目无礼法，这是因为，大多数“狂生”恰恰并不是“鬼神或草木鸟兽虫鱼”所幻化，而是实实在在的人；他们与狐鬼精灵的交往，毕竟体现出人所具有的社会性，只是，对这种社会性的解释，不能像聂绀弩那样做简单化处理。

从中国文学的传统来看，《聊斋志异》中的“狂生”，与豪侠一脉相承。说到豪侠，我们通常关注的是其打抱不平的人格风范、意气风发的风度气质和纵横江湖的非凡功夫，其实，轰轰烈烈的恋爱生活也可以是豪侠的一个特征。《礼记》是儒家的五部经典之一。其《儒行》篇明确地把“侠”作为与“儒”相对立的概念来用。儒崇尚理性，侠看重感情。儒以理性为基点，旨在建立规范化的社会秩序，故提倡克制感性的欲望；侠从感情出发，热爱无拘无束的欢乐生活，甚至不惜破坏社会秩序。中国自来有“女祸”的说法，把红颜视为祸水。这可以说是儒家理念的通俗化。与此形成对照，从曹植到李白，在他们所

①聂绀弩：《〈聊斋志异〉关于妇女的解放思想及其矛盾》，见《蒲松龄研究集刊》第一辑，齐鲁书社，1980。

写的“游侠儿”中，纵情于声色乃是其生活标志之一。所以，汉代的司马相如和卓文君，他们那种不循礼法的结合方式，往往被视为游侠行径；而唐人传奇中的“黄衫客”（豪侠），则常常以成全一对恋人为职志。《聊斋志异》中的“狂生”，从这种豪侠传统获得了强有力的支持。

“礼岂为我辈设”的叙事惯例也为蒲松龄提供了想象资源。此语出于晋代的阮籍，意在表达对西晋皇室司马氏的不屑：司马氏以礼法绳人，不过是为打击政敌寻找借口，哪里是真的信奉礼法！我阮籍是真的践行礼法的人，所以不必理会司马氏那个礼法。这是“礼岂为我辈设”的实质内涵。而自唐代开始，在叙事文学如唐人传奇、宋元话本、元明戏曲、明清小说中，大量描写才子佳人的遇合，“礼岂为我辈设”则已成为一个叙事惯例，其特征是：“狂生”通常都可以“无禁忌”地谈恋爱。例如，在王实甫的《西厢记》杂剧中，张生见了莺莺，不妨目不转睛地盯着她看，婚前的私下结合也并非大不了的事。在汤显祖的《牡丹亭》传奇中，柳梦梅与杜丽娘从相悦到结合的过程，也不能用庄重来加以要求，尤其是男主角柳梦梅，汤显祖着力渲染的是他的风流倜傥。这样一种叙事惯例的形成，既有生活原型作为依据，也与叙事传统的惯性作用有关。蒲松龄对“狂生”的描写，不用说，是对这种叙事惯例的认可，并以其出色才情，赋予了这一惯例以新的活力。这里需要补充说明的是：“礼岂为我辈设”是“狂生”才有的待遇，其他芸芸众生是不能攀比的。所以，在《聊斋志异》的一部分作品中，蒲松龄仍强调礼法，如《金生色》《金姑夫》《土偶》等。这是因为：《金生色》等是为芸芸众生说法，他们是不能像“狂生”那样“无禁忌”的。

第三节 《聊斋志异》的风度：韵与气的融合

中国古代的白话小说和文言小说，源于两个不同的系统。白话小说源于民间的“说话”，一经问世便镀上了商品的烙印，为了畅销，曲折的情节和通俗的讲述便成为题中应有之意。而文言小说一支的传奇却是传、记辞章化的结果，成熟于诗情盎然的唐代，其经典作品有元稹《莺莺传》、蒋防《霍小玉传》、白行简《李娃传》等。

唐人传奇是叙事文学，却具有辞章的气质，讲究风度的绰约多姿；忌俗，更排斥鲁莽和狂悍。越是出色的辞章化传奇，在风度上越是讲究。《聊斋志异》继承和发扬了这一传统，以韵与气的融合，丰富了文言叙事文学的美感特征。

一 雅：韵的基点

韵的基点是雅。没有雅，便无从谈韵。雅正、雅淡意味着士大夫的政治态度、处世哲学和人生修养；雅致、雅兴、雅怀等等，标示着文人生活的特色。那么，蒲松龄是如何赋予作品以醇雅风度的呢？

雅与俗之分首先表现在人物设计上。蒲松龄所着力刻画和极为欣赏的，通常是那些体现了士大夫禀赋的文人骚客，例如俞恂九、俞谨庵（《素秋》），贾奉雉、郎秀才（《贾奉雉》），于去恶、方子晋、陶圣俞（《于去恶》），陶望三（《小谢》）等。蒲松龄当然也写了其他阶层的人物，如商人、妓女、媒婆、武士，但或者被他“雅”化了，或者被用来作为“雅”的衬托。总之，“雅”的氛围常常弥漫在《聊斋志异》中。

比如蒲松龄对于商人形象的处理。《聊斋志异》写到商人或以商人为主角的有数十篇，粗略划分，大体包括三类：小贩、一般商人和“文学士”出身的商人，而蒲松龄着力描写的则是“文学士”出身的商人。

蒲松龄赋予他们的，多是书生意气。卷三《雷曹》中的乐云鹤忠于友情，风骨秀拔，后因家计艰难，感慨说："人生富贵须及时，戚戚终岁，恐先狗马填沟壑，负此生矣，不如早自图也。"于是弃文从贾。蒲松龄对他的这一人生选择欣赏备至："乐子文章名一世，忽觉苍苍之位置我者不在是，遂弃毛锥如脱屣，此与燕颔投笔者何以少异？""燕颔投笔"，这是古代读书人抒写壮怀时常用的典故，用来比喻弃文从贾，就不是对"从贾"的一般颂扬（一般颂扬在"三言""二拍"中也是有的），而是从书生意气的角度来加以称道，确乎更多一些"一箫一剑平生意"的意味。卷四《罗刹海市》中的"贾人子"马骥，情形又有不同：乐云鹤是豪迈地弃文从贾，而马骥则是在经商后并不放弃他引以自豪的文业，并因才华横溢大得龙君赏识。其他如卷九《刘夫人》中的廉生，"少笃学"，后受刘夫人之托外出经商，依旧"嗜读，操筹不忘书卷；所与游，皆文学士"。卷十一《白秋练》中的慕蟾宫，年十六，父"以文业迂，使去而学贾"，而他"每舟中无事，辄便吟诵"。这些"文学士"出身的商人，构成一个洋溢着士大夫古典精神和人生情趣的生活圈。

去读而贾，贾又不忘文业，这样的安排或许与蒲松龄的家世有些关系。据《蒲氏世系表》，他的父亲蒲槃便有下述经历："少力学而家苦贫。操童子业，至二十余不得售，遂去而贾。数年间，乡中称为素封。然权子母之余，不忘经史，其博洽淹贯，宿儒不能及也。"但这只是原因之一。就艺术的考虑而言，蒲松龄放笔书写一批"文学士"出身的商人，对形成作品的醇雅气象具有重要作用。

蒲松龄对"雅"的好感还渗透到某些细微之处。有些人物，如《黄英》中的马子才、《葛巾》中的常大用、《石清虚》中的邢云飞等，蒲松龄所关注的并不是其社会身份，而是他们的"雅癖"：马子才好菊，常大用好牡丹，邢云飞好石。有些人物，其实并无多少人格缺陷，仅

由于“不知风雅”，便大受嘲弄，如卷十一《嘉平公子》中的“嘉平某公子”。他“风仪秀美”，女鬼温姬以为他必定意绪风流，遂托以终身，结果屡次失望。一天，温姬听窗外雨声不止，遂吟曰：“凄风冷雨满江城。”求公子续之，公子辞以不解。女曰：“公子如此一人，何乃不知风雅？使妾清兴消矣！”另一次，“公子有谕仆帖置案上，中多错谬：‘椒’讹‘菽’，‘姜’讹‘江’，‘可恨’讹‘可浪’。女见之，书其后：‘何事“可浪”？“花菽生江”。有婿如此，不如为娼！’遂告公子曰：‘妾初以公子世家文人，故蒙羞自荐。不图虚有其表！以貌取人，毋乃为天下笑乎！’言已而没”。在情节构造中以是否风雅作为臧否的主要标尺，足以见出蒲氏的趣味。

《聊斋志异》对于场景的设计也注意营造清远之感。“结庐在人境，而无车马喧。”陶渊明的这两句诗表明，境界的清远之感不是由物理学上的清远决定的。具体到叙事文学作品，可以说，清远与否并不取决于题材的选择。远山苍翠，固然易于清远，但更重要的是主体的超凡脱俗，所以，陶渊明“悠然见南山”，主要不在于南山的存在，而在于“采菊东篱下”的诗人万尘息吹，一真孤露，与自然达成了默契。权势名利，固然易于凡近，但也存乎主体的不能绝俗，所以，潘岳与石崇等人谄事贾谧，每候其出，辄望尘而拜，不是因为“尘”的存在，而是由于这些委琐的心灵丧失了尊严和品格。具体到《聊斋志异》，蒲松龄写才士的倜傥洒脱，写音乐的轻盈荡漾，写卓越的技艺，写美妙的风景，固然表现了他的修养、素质，无不具有高风绝尘、从容放逸的意味，而即使涉笔亵事，也大都一片澄澈，比如卷十一《晚霞》写阿端与晚霞在蛱蝶部童子协助下的一次类于“野合”的幽欢：“童挽（阿端）出，南启一户，折而西，又辟双扉。见莲花数十亩，皆生平地上，叶大如席，花大如盖，落瓣堆梗下盈尺。童引入其中，曰：‘姑坐此。’遂去。少时，一美人拨莲花而入，则晚霞也。相见惊喜，各道相思，略述生平。遂以石压荷盖令侧，雅可幛蔽；又匀铺莲瓣而藉之，忻与狎寝。”天然妙境，清新出尘，诚如冯镇峦所评：“视桑间野合，濮上于飞者，有仙凡之别。”“人间所谓兰闺洞房，贱如粪壤。”

与蒲松龄形成对照，某些心理上浅近凡俗的作家，即使写秘府幽洞，亦浊气逼人。如清代的长白浩歌子。其《萤窗异草》初编卷一《天宝遗迹》显然是对《聊斋志异》卷九《查牙山洞》的模拟：都是写一洞窟，其险莫测，主人公冒险深入，睹诸异迹，后当地县令“以丸泥封窦”（“以丸泥封其洞”）。但蒲松龄笔下的异迹“怪怪奇奇”，皆灵想之所独辟，总非人间所有；而长白浩歌子所涂抹的，不过满纸污浊之气而已。譬如他写杨贵妃的石像：“妃坐小石床，亦裸其上衣，酥乳轻圆，麝脐微露，无不历历可见。然而黛低云弹，容如腼腆，且以纤手扪绣带，一似欲解而不胜其羞者。”笔路秽浊，倒人胃口，何能望《聊斋》于万一！其篇末假托随园老人评为“刻画奇诡，几与《聊斋》相埒”，真有些不自量力了。

二　韵：雅的升华

人物的雅化和境界的清远构成了《聊斋志异》的高雅风度，韵则是这种风度的进一步升华。宋范温《潜溪诗眼》载王定观与范温对话，就“韵”与“雅”的区别做了辨析。“定观曰：‘不俗之为韵。’余曰：‘夫俗者，恶之先；韵者，美之极。书画之不俗，譬如人之不为恶。自不为恶至于圣贤，其间等级固多，则不俗之去韵远矣。’”所谓“不俗”，就是雅。

韵本来指音韵。到了魏晋时期，在人物品藻的风气中，韵被用来指一个人的情调、个性，有清远、通达、放旷之美。人物品藻的这种见解，转到绘画上，就要求人物画表现出人的风姿神采。转到文学上，“要求审美意象‘简古’‘澹泊’‘平淡’”，“包含有比较深的意蕴，即所谓‘余意’‘真味’‘至味’‘深远无穷之味’”。[1]一句话，要求作品在平淡简易中有意到笔不到的意境。它在《聊斋志异》中具体呈现为意境的天然浑成和“言有尽而意无穷”的气象，即杜甫诗所谓“篇终接浑茫”。

所谓意境的天然浑成，指作家心灵活跃，如寒塘渡鹤，不可拘泥，但随意命笔，默以神会，一切的凭虚创构都成为情思的表象。《聊斋志异》中以表达某种审美意绪或诗情为宗旨的几篇小说，如卷五《荷花三娘子》（写荷花之神韵），卷十《葛巾》（写牡丹花之风雅），卷十一《香玉》（写白牡丹之性情），用美人比花，正是这方面的绝好例证。其实，用美人比花并不新鲜，唐玄宗就曾戏谑地称杨贵妃为海棠花，清初王晫《看花述异记》更全篇以“美人是花真身，花是美人小影”立意，记叙作者看花而与诸位美人邂逅的韵事。不过，王晫的描写，只是把每一种花与历史上某一相关美女牵连起来，花自是花，美人自是美人，花和美人都少了灵性，不能经由客观的外在色相的描绘构成意绪、心灵与直感相交融的意境。蒲松龄则不然。他于花的表象中渗入精神，以缠绵悱恻的情思透过物、我之壁，从而消除隔阂，刊落芜杂，把自己对每一种花的独特审美感受融入对女性的生意盎然的描绘之中。例如《香玉》对于白牡丹精幻化出的香玉的刻画。“牡丹高丈余，花时璀璨似锦”——蒲松龄由此切入来写香玉的装束、举止、神情：身着“素衣”，与白牡丹的色彩相符；进门时“盈盈而入”，与花枝的摇曳多姿吻合；自道“妾弱质，不堪复戕”，暗示出花易凋零。更进一层，蒲松龄以白牡丹“花时璀燦似锦”给予人的热烈印象为基点，赋予香玉深情明慧的性格，并自始至终以此作为描写香玉的中心。《香玉》的一个核心关目是，本来已经枯萎的白牡丹，因感于黄生的情意，又再度萌芽：

---

①叶朗：《中国美学史大纲》，上海人民出版社，1985，第220、313页。

“生视花芽，日益肥茂，春尽，盈二尺许。归后，以金遗道士，嘱令朝夕培养之。次年四月至宫，则花一朵，含苞未放。方流连间，花摇摇欲拆。少时已开，花大如盘，俨然有小美人坐蕊中，裁三四指许；转瞬飘然欲下，则香玉也。笑曰：‘妾忍风雨以待君，君来何迟也！’遂入室。”这是赋花，又是写人。但明伦评得好：“种则情种，根则情根，苞则情苞，蕊则情蕊。忍风雨以待君二句，无限深情，一时全绽。”是情的“绽”，也是花的“绽”，形神合一，丝毫没有“隔”的感觉。

所谓“篇终接混茫”，所谓“言有尽而意无穷”，都指向“含不尽之意见于言外”这一美的极致。天地氤氲秀结，四时朝暮垂垂，宇宙、社会、人生，无不以其无限中的有限或有限中的无限，诱发着人类心智的眷恋与向往。可以说，耐人品味，这是生命魅力的源泉，也是“韵”的魅力所在。就此而言，《聊斋志异》中首先引起我们留意的是那些精要天然的短章，如《快刀》《沂水秀才》《鸮鸟》《雨钱》《潍水狐》《镜听》《孙必振》《三朝元老》《狐联》等。《快刀》的文字不长：“明末，济属多盗，邑各置兵，捕得辄杀之。章丘盗尤多。有一兵佩刀甚利，杀辄导窾。一日，捕盗十余名，押赴市曹。内一盗识兵，逡巡告曰：‘闻君刀最快，斩首无二割。求杀我！’兵曰：‘诺。其谨依我，无离也。’盗从之刑处，出刀挥之，豁然头落。数步之外犹圆转，而大赞曰：‘好快刀！’”从首二句交代的背景看，刀光剑影、鲜血横流似是题中应有之意；况且蒲松龄也并非不能写那种沉郁凝重的文字，《公孙九娘》《鬼哭》《野狗》等篇，读来如听悲风呼啸，都以沉郁凝重见长。但《快刀》却又是如此风趣，确乎是小品文的风味。蒲松龄以他的轻快灵动的描写，着力表现的乃是一种目空一切的名士气：即使是泰山压顶，即使是黄河溃口，也依然可以远眺山间白云，道一声：“好风景！”这里有几分庄意，也有几分禅的气息。不是对现实的逃避，不是对邪恶的视而不见，而是不屑一顾。面对身体所不能抗拒的灾难，仍能在精神上保持一种气度。

卷五《骂鸭》也以幽默风趣而令人陶醉。“邑西白家庄居民某，盗邻鸭烹之。至夜，觉肤痒；天明视之，茸生鸭毛，触之则痛。大惧，无术可医。夜梦一人告之曰：‘汝病乃天罚。须得失者骂，毛乃可落。’而邻翁素雅量，每失物未尝征于声色。某诡告翁曰：‘鸭乃某甲所盗。彼深畏骂焉，骂之亦可警将来。’翁笑曰：‘谁有闲气骂恶人。’卒不骂。某益窘，因实告邻翁。翁乃骂，其病良已。”陈蒲清《中国古代寓言史》认为：“这则怪诞的故事可以使人想到：人犯了错误，必须敢于正视，接受批评。”这样理解当然不能算错。只是，《骂鸭》的劝诫采取的不是寓言的形式（寓言的含义十分明确），而是意味蕴藉。这里既没有表现某种磅礴伟岸的人格，如《席方平》，也没有抒发热烈激昂的爱憎情感，如《罗刹海市》。蒲松龄写了一个盗鸭者，然而并未对他戟指怒目，甚至没有拉下脸孔说几句稍稍难听的话，而是悠然地看着他，让他出了个小小的洋相。这是多么意味深长的调侃！艺术家饱经沧桑，情怀夷简，于是处处可发现情趣，于是处处可发现理趣，情理交融，一派静穆、浑然之境。这是艺术的境界，也是人生的境界。

三　内在生命与外在情趣的沟通

“夫长篇之有神韵，正如高岸深谷之能微远。”[①] 从技巧的角度来看，化实境为虚境，推远山入烟云，也许是使长篇具有韵味的有效方式。蒲松龄明了此理，他在《聊斋志异》结尾常常故设疑团，就是为了引发读者的悬想。如卷二《凤阳士人》：“三郎愕然问故，士以梦告。三郎大异之。盖是夜，三郎亦梦遇姊泣诉，愤激投石也。三梦相符，但不知丽人何许耳。”卷二《巧娘》：“高邮翁紫霞，客于广而闻之。地

①钱锺书：《谈艺录》（补订本），中华书局，1984，第200页。

名遗脱，亦未知所终矣。”

然而，技巧绝不是无往而不胜的法宝。一切技巧的功能，都是有限的，只有活泼动荡的人生，才足以构成艺术的探究无穷的底蕴。从把握人生的角度来看《聊斋志异》，可以说，蒲松龄既擅长以高度写实的手法直触人生世相，也擅长通过象征来追索人生的真谛，情深思苦，寄情八荒，大有“念天地之悠悠，独怆然而涕下”之慨。唯其是以象征表达人生，所以“幽渺以为理，想象以为事，惝恍以为情”，也就不流于粗莽直露，倒是更多一些雄深雅健的意味。

蒲松龄笔下的象征主要采取了两种方式：意象的象征；变形的象征。而以变形的象征用得最为广泛，也最具审美价值。其象征意义是由形象的变形而产生的。所谓形象的变形，不是指狐鬼精灵的超自然的神奇力量；赋予狐鬼等以神奇性只是古代搜奇叙异传统的延续，目的是加强情节的紧张性、神秘性，有助于创造异乎寻常的情境或氛围，增加欣赏的快感，或者故意夸大其词，借以取得调侃、诙谐的效果。这里说的变形，是指狐鬼与人的关系的变化。在许多人看来，狐鬼总是邪恶的、恐怖的，与人处于对立的位置。它们的出现，往往伴随着人的敌意、戒备，即使是在蒲松龄的时代，这一情形也大量存在。例如关于林四娘的记叙。林云铭《林四娘记》中的陈宝钥，对女鬼林四娘，起初便深怀敌意；在王士禛《池北偶谈》里，陈宝钥对她虽非满怀敌意，却也心存戒惧；而蒲松龄《林四娘》中的陈宝钥，却是另一种态度：“公意其鬼，而心好之。”虽然明知其是鬼，仍然心存喜爱，丝毫没有通常的人鬼交往时的紧张和仇视。在蒲氏笔下，人对狐鬼精魅的这种亲切感，不是个别例外，而是普遍现象，殷天官、耿去病、朱尔旦、张于旦、“广平冯生”等，无一不对狐鬼充满友好之情，而狐鬼也同样善意地与他们交往。

人与狐鬼精魅关系的这种变化，当然可以造成新的因果关系，构成有趣的故事，但蒲松龄更重要的目的却是借以寓托生活的哲理，内心的“孤愤”。余集《〈聊斋志异〉序》说得好：“嗟夫！世固有服声被色，俨然人类，叩其所藏，有鬼蜮之不足比，而豺虎之难与方者。下堂见蚤，出门触蜂，纷纷沓沓，莫可穷诘。惜无禹鼎铸其情状，镯镂决其阴霾，不得已而涉想于杳冥荒怪之域，以为异类有情，或者尚堪晤对；鬼谋虽远，庶其警彼贪淫。呜呼！先生之志荒，而先生之心苦矣！”

正是凭借总体关系的变形，蒲松龄有力地表达出了“人不如鬼”“人不如怪”这类旨在批判现实丑类的命题，从而激发和引导读者去深思，去熟虑，而不是仅将《聊斋志异》“媲美齐谐”。一些司空见惯的生活现象，经过蒲松龄的艺术处理，具有了振聋发聩的力量。比如描写张虚一经历的《胡四相公》。张虚一是学使张道一的仲兄，因生计艰难，“往视弟，愿望颇奢。月余而归，甚违初意，咨嗟马上，嗒丧若偶”。就在他垂头丧气之际，其狐友胡四相公遣人送给他满簏白银。但明伦感慨地评了一句：“兄弟之情，何遂不及于朋友？况学使而不及一狐哉？”“人不如狐”，这是《聊斋志异》反复加以渲染的象征意蕴。蒲松龄在《莲香》中也曾写道：“天下所难得者，非人身哉？奈何具此身者，往往而置之，遂至觍然而生不如狐，泯然而死不如鬼。”这种议论，起到了画龙点睛的作用。

在《聊斋志异》中，还有另外一种变形的象征：蒲松龄让一个变形的形象闯入现实世界，从而激起一连串异乎寻常的反应——现实世界中那些难以迅速、完整观察到的层面瞬间呈现于读者的视野之内。例如卷九《佟客》。董生“好击剑，每慷慨自负”，又以“忠臣孝子”“毅然自许”，而实则为人委琐。佟客略施异术，幻设了一个群贼隔院拷打其父的场景。董生“近壁凝听，但闻人作怒声曰：‘教汝子速出即刑，便赦汝！’少顷，似加搒掠，呻吟不绝者，真其父也。生提戈欲往，佟止之曰：‘此去恐无生理，宜审万全。’生皇然请教，佟曰：‘盗坐名相索，必将甘心焉。君无他骨肉，宜嘱后事于妻子，我启户为君警厮仆。’生诺，入告其妻。妻牵衣泣。生壮念顿消，遂共登楼上，寻弓觅矢，以备盗攻。”董生把父亲的生死置诸脑后，其真实的人品转眼间暴露无遗。这里，蒲松龄借助于一个神奇的力量，揭开了董生之流平日的包装。在卷九《凤仙》中，好胜的凤仙可在镜中现形：其夫刘赤水如“有事荒废”，攻书不勤，“则其容戚”；“数日攻苦，则其容笑”。由于这个镜中现形的凤仙的介入，才有刘赤水“朝夕悬之，如对师保”，刻苦攻读，未敢稍懈的反应。这种变形所引起的后果不是怪诞，而恰好是人情世态的真切呈现，小说中的具体形象也就超越其表层含义而构成意味深长的象征，令读者徘徊四顾，百感交集。

意象的象征也可称为“局部象征”。其特点是：小说中的某一意象在作品中处于核心位置，理解它的象征意蕴往往是理解作品的关键，换句话说，这些象征性意象左右着小说的场面、人物、结构。《阿绣》是一个经典例证。作品主要写了三个人物：刘子固、阿绣和狐女。狐女是《阿绣》的主角：她两次三番幻化成阿绣的形象，进入刘子固的生活中。如果这只是一个情爱故事，那么，她或许像《小谢》中的小谢和秋容那样，二女侍一夫，与刘子固缔结姻缘，或者与阿绣争风吃醋……总之，她一定会把情爱的得失看得很重。然而，这个狐女并非如此。原来，她一再幻化为阿绣的目的，是要借刘子固来确认一下，她是否跟阿绣一样的美。狐女的人生内容，就是坚持不懈，以臻于阿绣那般美的境界。狐女说：“阿绣，吾妹也，前世不幸夭殂。生时，与余从母至天宫，见西王母，心窃爱慕，归则刻意效之。妹子较我慧，一月神似；我学三月而后成，然终不及妹。今已隔世，自谓过之，不意犹昔耳。”“今已隔世”，而犹念念不忘，这种对于美的生死不渝的向往，仅从表层含义来看，也有动人心弦的魅力。但是，《阿绣》显然还有更深的意蕴，稍加品味，便不难联想到历史上和现实中的数不清的“中国的脊梁”：屈原《离骚》中那个高吟着“路曼曼其修远兮，吾将上下而求索”的富于悲剧色彩的主人公，汉代那个“啮雪与旃毛并咽之”，“掘野鼠去草实而食之，杖汉节牧羊”，“留匈奴十九年”而终不屈节的志士苏武，文学史上那个在“茅屋为秋风所破”的境遇中依然心系“天下寒士”，致力于写出传世之作的杜甫……而就蒲松龄本人而言，他孜孜不倦地写作《聊斋志异》，不也正是一个心悬伟大艺术目标的“狐女”？由于狐女对美的追求已成为象征，《阿绣》的意义也就不再栖息在题材之内，而是凝结着厚重的社会人生内容，生气远出，杳而弥深，映射出创作主体的人格光彩。

从情节构成的角度看，有些象征性意象，不仅在内容上支配了整个作品，而且深度参与情节的运行，离开了它们，情节将无法推进；同时，又不能将它们仅仅视为情节的一环，它们带有高于其具体片断的富于涵盖性的意蕴。例如卷七《青娥》中的神镵。它在小说中发挥了两个作用：一、它自身与情节结合在一起，推动着情节的进展，如果没有这把小镵，故事将不复成立；二、它又具有明显的象征意味。古语说：“精诚所至，金石为开。”这把小镵，正是霍桓的精诚之心凝结而成。与小镵作用相近的象征性意象，还有《促织》中成名之子化成的蟋蟀，《向杲》中向杲化成的老虎，《阿宝》中孙子楚化成的鹦鹉等。

从上述分析可以看出：在蒲松龄那里，经由象征而渗透在字里行间的韵，不是冗弱的、纤细的，而是力中见韵，健拔中见韵，或者用传统的说法，这是气与韵的完美融合。这样的韵，才真是“言有尽而意无穷”，达到了技而进乎道的境界，达到了内在生命与外在情趣的沟通。

结　语

传奇小说是中国古代文言小说的主要品种之一，它的产生、发展，主要经历了三个阶段。

唐人传奇代表它的第一个阶段。作为传、记辞章化的产物，可称为辞章化传奇。它集中展示"无关大体"的浪漫人生，对恋爱、豪侠、隐逸给予关注。如果与中晚唐诗比较，不难发现，二者有着相当程度的一致性。元白的风情诗与唐人传奇的恋爱叙事，刘叉、李涉等的游侠诗与唐人传奇的豪侠叙事，刘禹锡、杜牧等感慨盛衰无常的怀古诗与唐人传奇的隐逸叙事，二者的相互呼应并非偶然。可以说，作为抒情文体的中晚唐诗词，与作为叙事文体的唐人传奇，拥有一片共同的疆域，诗意或诗化是其不可或缺的美感魅力的来源。

唐人传奇的理想境界是兼顾"史才、诗笔、议论"，但三者之间其实很难完全协调。在中国文化传统中，议论的职能是载道或明道，尽管法家之道不同于儒家之道，道家之道不同于墨家之道，入流的"九家"之道不同于不入流的小说家之道，但载道或明道的职能却是一样的。历史叙事也偏于明道，即总结历史经验。言志的诗则较多抒发感慨，当然这些感慨主要是针对社会公共生活而发；而源于风诗和汉乐府一脉的歌诗，则对男女私情有更多的包容或表达，更多感性色彩。唐人传奇偏于描写感性的生活，"议论"往往从感性的描写生发出来。如果这种感性的生活确乎不能见容于主流舆论，如崔莺莺与张生的恋爱，则以文为戏地予以非议，以示"政治正确"，而真正的情感倾向则要从其具体的感性生活描写来体会。

宋人传奇代表了传奇小说发展的第二个阶段。如果说唐人传奇可名之曰辞章化传奇，那么，在宋代，典型的辞章化传奇已经衰落，取而代之的是与话本合流的话本体传奇。其特点是：为取悦于市民而塑造了大量放诞不检的青年女性；受天真稚拙的想象的支配，唐人传奇中的豪侠被改造为鲁智深、李逵式的好汉，隐逸情调则几乎消失无踪；人物对话杂用口语；直接描写人物心理，开创了一个新的叙事惯例。上述四个特点表明，话本情趣的涌入和话本表达方式的介入极大地改变了传奇小说的面貌。以往学界较多关注唐人多写时事，宋人多讲故事，唐人少教训，宋人多教训，其实尚未揭示出唐宋两代传奇小说的核心差异。唐人传奇是濡染了辞章趣味的传记，宋人传奇则是濡染了话本趣味的传记。

宋代以后，传奇小说进入第三个发展阶段。在经历了宋辽金元的长期衰落之后，传奇小说至明代再度重振。中篇传奇小说发轫于元代宋梅洞的《娇红记》，至明代臻于鼎盛，其题材处理、人物刻画的路数与《西厢记诸宫调》相近；作为流行于市井的通俗读物，其审美品格与民间的说唱文学相近，不仅深刻影响了明中叶后的艳情小说、世情小说和才子佳人小说，也间接启迪了蒲松龄的《聊斋志异》。瞿祐《剪灯新话》、李昌祺《剪灯余话》，承继了唐代的辞章化传奇和宋代的话本体传奇，兼收并蓄，为传奇小说注入了新的活力。古文的传奇化在明代蔚然成风，从明初高启的《书博鸡者事》，到晚明的《小青传》，绵延相续，另成一脉。清代的蒲松龄，熔唐、宋、元、明各类传奇小说和叙事文体于一炉，终于攀登上了“一览众山小”的高峰。

陈文新

聊斋自志[1]

原文

披萝带荔，三闾氏感而为《骚》[2]；牛鬼蛇神，长爪郎吟而成癖[3]。自鸣天籁，不择好音，有由然矣。松落落秋萤之火，魑魅争光[4]；逐逐野马之尘[5]，魍魉见笑[6]。才非干宝，雅爱搜神[7]；情类黄州，喜人谈鬼[8]。闻则命笔，遂以成篇。久之，四方同人又以邮筒[9]相寄，因而物以好聚，所积益夥。甚者，人非化外，事或奇于断发之乡[10]；睫在目前，怪有过于飞头之国[11]。遄飞逸兴，狂固难辞；永托旷怀，痴且不讳。展如之人[12]，得毋

译文

身披薜荔、女萝的山鬼，引起屈原的感慨而将它写入《离骚》中；牛鬼蛇神之类虚幻怪诞的事物，李贺却痴迷地吟咏成癖。直抒胸臆而得不事雕琢之诗文，不顾及世俗的喜好，是有来由的啊。我失意落寞，犹如秋季的萤火虫散发微光，却想着与魑魅争光；追名逐利，随世浮沉，最终被鬼魅嘲笑。我没有干宝的才华，却也喜好奇闻异事；性情好比被贬黄州的苏轼，喜欢跟人谈鬼说怪。凡是听到的故事就记录下来，于是便有了一篇篇文章。时间久了，各地的朋友纷纷用书信寄来神鬼故事，又因喜好搜集，于是所积累的故事越来越多。甚至人在中原，发生的事比蛮荒之地更为奇异；眼前出现的怪事，竟比飞头国更加离奇。超逸豪放的意兴勃发飞扬，狂放不羁在所难免；长久地寄托旷放的胸怀，如痴如醉也

向我胡卢[13]耶！然五父衢头，或涉滥听[14]；而三生石上，颇悟前因[15]。放纵之言，有未可概以人废者。

不必讳言。诚实真率之人，岂不是要因此笑我了！然而在五父衢头所听闻的，也许是些无稽之谈；而三生石上的故事，颇令人解悟因果轮回。因此，即使是放纵之言，或许也有些道理，不能一律因人而废。

注释 **1** 康熙十八年(1679)，蒲松龄将已完成的文章初步集结，题名《聊斋志异》，作此序。文中饱含自伤之情，标明自己执着撰写志异之文，属于寄托忧愤。文中引经据典，兼具自辩、自信、自负之意。 **2**“披萝”二句："披萝带荔"，语本《九歌·山鬼》："若有人兮山之阿，被薜荔兮带女萝。"三闾氏，指屈原。屈原，战国楚诗人，曾做过三闾大夫。三闾大夫，是战国时期楚国特设的官职，是主持宗庙祭祀，兼管贵族屈、景、昭三大氏子弟教育的闲职。屈原被贬后任此职，因"忧愁幽思"而作《离骚》。 **3**“牛鬼”二句：中晚唐诗人李贺作诗喜写神怪，其诗风以奇谲诞幻著称。杜牧《李贺集序》云："牛鬼蛇神，不足为其虚荒诞幻也。"李贺身材细瘦，指爪修长，故有"长爪郎"之称。 **4** 魑魅(chī mèi)争光：据晋裴启《语林》载，嵇康于灯下弹琴，见一鬼怪，于是将灯吹灭，说："耻与魑魅争光。"这里反用其意以自嘲。 **5** 逐逐：竞求，急于得利。野马之尘：《庄子·逍遥游》："野马也，尘埃也，生物之以息相吹也。"这里比喻尘世名利。 **6** 魍魉(wǎng liǎng)见笑：《南史·刘粹传》附《刘损传》记载，刘损族人刘伯龙家贫，欲贩卖营利，一鬼在旁抚掌大笑。伯龙曰："贫穷固有命，乃复为鬼所笑也。" **7**““才非”二句：东晋干宝喜爱搜集怪异之事，集成《搜神记》，为后世语志怪者所推崇。 **8**“情类”二句：宋叶梦得《避暑录话》载，苏轼被贬黄州时，日与人聚谈，强人说鬼，或辞无有，便说："姑妄言之。" **9** 邮筒：传递书信的竹筒，此指书信。 **10** 断发之乡：指蛮荒之地。《史记·吴太伯世家》："太伯、仲雍乃奔荆蛮，文身断发。" **11** 飞头之国：

唐段成式《酉阳杂俎·异境》:"岭南溪洞中,往往有飞头者,故有飞头獠子之号。" **12** 展如之人:诚实之人。 **13** 胡卢:指喉间的笑声。 **14** "然五父"二句:《史记·孔子世家》载,叔梁纥与颜氏女野合而生孔子,颜氏讳言叔梁纥葬处。颜氏死后,孔子"乃殡五父之衢,盖其慎也"。五父衢,古道路名,故址在今山东曲阜市东南。滥听,无稽传说。 **15** "而三生"二句:唐袁郊《甘泽谣·圆观》载,僧人圆观能知前生、今生、来生事,他与李源友善,同游三峡,见一妇人汲水,对李源说:"是某托身之所。更后十二年中秋月夜,杭州天竺寺外,与君相见。"届时李源到杭州,见一牧童唱道:"三生石上旧精魂,赏月吟风不要论。惭愧情人远相访,此身虽异性长存。"李源于是知晓牧童就是圆观后身。

原文

松悬弧[1]时,先大人梦一病瘠瞿昙[2],偏袒入室,药膏如钱,圆黏乳际,寤而松生,果符墨志。且也少羸多病,长命不犹[3]。门庭之凄寂则冷淡如僧,笔墨之耕耘则萧条似钵。每搔首自念,勿亦面壁人[4]果是吾前生耶?盖有漏根因,未结人天之果[5];而随风荡堕,竟成藩溷之花[6]。茫茫六道,何可谓无其理哉!

独是子夜荧荧,灯昏欲蕊[7];萧斋瑟瑟,案冷疑

译文

我出生时,先父梦见一个病瘦和尚,身穿袈裟,袒露右肩走入房中,铜钱大小的膏药贴在胸上,醒来后我已经出生,果然胸口有一块黑痣。而且我小时候体弱多病,长大后命也不如人。门庭凄清冷落,家里冷清得犹如僧门一般;舞文弄墨谋生,好似僧人持钵化缘。每每挠头自念,那病和尚果真是我的前身吗?大概是修行未到家,有漏之因尚未能结升天之果,却似随风飘荡落在厕所里的花瓣,转生人间也是贫贱。轮回难测,怎能说它没有道理呢!

只是半夜灯光昏昏欲灭,书斋萧瑟,桌案冰冷。我见识浅陋,妄想集腋

冰[8]。集腋为裘，妄续幽冥之录[9]；浮白[10]载笔，仅成孤愤之书[11]。寄托如此，亦足悲矣。嗟乎！惊霜寒雀，抱树无温；吊月秋虫，偎阑自热。知我者，其在青林黑塞[12]间乎！

康熙己未春日。

成裘，续写《幽明录》；喝酒解忧，奋笔疾书，写成这用以抒发胸中愤懑的作品。将理想寄托在志怪中，也真是可悲啊。唉！霜雪后受惊的麻雀，抱紧树枝也感受不到温度；冷月之夜的秋虫，紧靠栏杆独自取暖。理解我的知己，大概在那青林黑塞间吧！

康熙十八年春天。

注释

1 悬弧：《礼记·内则》："子生，男子设弧于门左，女子设帨于门右。"弧，木弓。后以"悬弧"表男子诞生。 **2** 瞿昙：瞿昙是古代天竺人的一个姓，旧时因释迦牟尼姓瞿昙，故常以瞿昙代表释迦牟尼。此处借指僧人。 **3** 长命不犹：长大成人后命运不好。不犹，不如别人。 **4** 面壁人：此指蒲松龄先父所梦之僧人。面壁，佛教语。面对墙壁默坐静修。 **5** "盖有漏"二句：《景德传灯录》载，梁武帝问达摩："朕即位以来，造寺写经，度僧不可胜记，有何功德？"师曰："并无功德。"帝问何以无功德，师曰："此但人天小果，有漏之因，如影随形，虽有非实。"帝曰："如何是真功德？"答曰："净智妙圆，体自空寂，如是功德，不以世求。"有漏，佛教语。即有烦恼。佛教谓人类由于烦恼所产生的过失、苦果，令人在迷妄的世界中流转不停，难以脱离生死苦海，此称为看漏。人天，佛教语。六道轮回中的人道和天道。 **6** "而随风"二句：《梁书·范缜传》："缜在齐世，尝侍竟陵王子良。子良精信释佛，而缜盛称无佛。子良问曰：'君不信因果，世间何得有富贵，何得有贫贱？'缜答曰：'人之生譬如一树花，同发一枝，俱开一蒂，随风而堕，自有拂帘幌堕于茵席之上，自有关篱墙落于粪溷之侧。贵贱虽复殊途，因果竟在何处？'"溷，粪坑。 **7** 蕊：指灯油将尽，灯芯结花。 **8** 疑冰:结冰。疑,通“凝”。 **9** 幽冥之录:南朝刘义庆著《幽冥录》,记神鬼怪异事。这里泛指志怪小说。 **10** 浮白:满饮一杯酒。浮,旧时行酒令罚酒之称,后指满饮。白,酒杯。 **11** 孤愤之书:战国韩非著有《孤愤》。《史记·老子韩非列传》司马贞索引云:“孤愤,愤孤直不容于时也。”此指代《聊斋志异》。 **12** 青林黑塞:杜甫《梦李白二首》(其一):“恐非平生魂,路远不可测。魂来枫林青,魂返关塞黑。”后因以“青林黑塞”喻指知己朋友所在之处。

目 录

卷一

卷二

卷一

考城隍

原文

予姊丈[1]之祖宋公，讳焘，邑廪生[2]。一日病卧，见吏人持牒，牵白颠马[3]来，云："请赴试。"公言："文宗[4]未临，何遽得考？"吏不言，但敦促之。公力疾[5]乘马从去，路甚生疏，至一城郭，如王者都。移时[6]入府廨[7]，宫室壮丽。上坐十余官，都不知何人，惟关壮缪[8]可识。檐下设几、墩各二，先有一秀才坐其末，公便与连肩[9]。几上各有笔札。俄题纸飞下，视之八字，云"一人二人，有心无心"。二公文成，呈

译文

我姐夫的祖父宋焘公，曾是县学的秀才。有一天，他生病卧床不起，忽然看见官差一手拿着文书，一手牵着白额大马朝他走来，说："请相公参加考试。"宋公不解地问："学政大人尚未来临，怎能如此仓促开考呢？"官差并不搭理，只是催促他赶快上路。宋公只得勉强撑起身子，上马跟他前去，所走的道路都很陌生。过了不久，来到一座城镇，好像帝王的都城一般。一会儿，他们就进入了官衙，只见宫殿宏伟壮丽，大堂上坐着十几个官员，宋公都不认得是什么人，只认得有一个是关公。屋檐下摆放着两套案桌和坐墩，已经有一个秀才坐在后边了，于是宋公就在他旁边坐下。书案上摆着纸和笔，很快就有一张试卷从大殿飞了过来。一看，上面写着八个字"一人二人，有心无心"。他们两人写好文章后，便把卷子呈交到殿上。宋公的

殿上。公文中有云："有心为善，虽善不赏；无心为恶，虽恶不罚。"诸神传赞不已。召公上，谕曰："河南缺一城隍，君称其职。"

文章中有两句话："刻意做好事，虽然也是善，但不应给予奖赏；无意做坏事，虽然也是恶，但不应给予处罚。"殿上各位考官对此卷交口称赞，互相传看。神官召宋公上殿，对他说："正好河南缺一个城隍，你很适合担任此职。"

注释 1 姊丈：姐夫。 2 廪生：明清时期，府、州、县学生员（俗称秀才）每月都给廪膳，补助其生活，故称。 3 白颠马：即额头有白色毛发的马。颠，额头。 4 文宗：本指文坛领袖，此处指学政，即主掌一省教育的官员。 5 力疾：勉强支撑生病的身体。 6 移时：经过一段时间。 7 府廨(xiè)：官署。 8 关壮缪：即关羽。蜀汉后主刘禅曾追谥关羽为壮缪侯，故后世以"壮缪"称之。 9 连肩：肩并肩靠着坐。

公方悟，顿首泣曰："辱膺宠命[1]，何敢多辞？但老母七旬，奉养无人，请得终其天年，惟听录用。"上一帝王像者，即命稽母寿籍[2]。有长须吏捧册翻阅一过，白："有阳算[3]九年。"共踌躇[4]间，关帝曰："不妨令张生摄篆[5]九年，瓜代[6]可也。"乃谓公："应即赴任，今推[7]仁孝之心，给

宋公直到这时才恍然大悟，于是一边叩头一边哭诉道："小人承蒙诸位老爷厚爱荣获此职，岂敢推辞？但家中尚有七十老母，无人照料，恳请等老母终天年后，再听录用。"大堂上有一位帝王模样的神官，即刻命人查看他母亲的寿命。一个长胡子书吏拿着生死簿翻阅了一遍，启禀说："太夫人还有九年阳寿。"各官员正在犹豫不决时，关圣帝君说："不妨让张秀才先代理九年，然后再让宋秀才接替。"于是，王者就对宋公说："本来你要立即赴任的，现在念你一片仁孝之

假[8]九年，及期当复相召。”又勉励秀才数语，二公稽首[9]并下。秀才握手，送诸郊野，自言长山[10]张某。以诗赠别，都忘其词，中有“有花有酒春常在，无烛无灯夜自明”之句。

心，就准你九年的假，等期限到了再召你前来。”接着又对张秀才说了几句鼓励的话，两人叩头谢恩后就一起退下殿来。张秀才握着宋公的手，一直送到郊外，他自称是长山张某。临别时，他赠给宋公一首诗，但宋公大部分都忘了，只记得其中有“有花有酒春常在，无烛无灯夜自明”两句。

注释　1 辱膺宠命：古代受任命时表示感谢的客套话，承蒙接受您的任命。　2 寿籍：指记录人生死年限的簿册，即“生死簿”。　3 阳算：在阳世的寿命。算，数目，代指寿命。　4 踌躇(chóu chú)：犹豫不决。　5 摄篆：指代理官职。古代官印多用篆书，故以此指称官职。　6 瓜代：任期已满，换人接替。　7 推：推许，赞许。　8 给假：准许休假。给，原义交付、赠予，此为准许、批准。　9 稽(qǐ)首：古代最隆重的一种跪拜礼。常为臣子拜见君主时所用，跪下并拱手至地，头也至地。　10 长山：即长山县，位置在今山东邹平长山镇。

公既骑，乃别而去，及抵里[1]，豁若梦寤。时卒已三日。母闻棺中呻吟，扶出，半日始能语。问之长山，果有张生，于是日死矣。后九年，母果卒。营葬既毕，浣濯[2]入室

宋公上马后，就告别而去，等回到家，感觉就像刚从梦中醒来一样。原来，他已经死了三天。宋公的老母亲听见棺材内有呻吟声，就赶忙把他扶了出来，他过了大半天才能讲话。宋公忙派人去长山打听消息，果然有位张秀才当天就去世了。过了九年，他母亲真的就亡故了。于是，宋公安葬好母亲，沐浴更衣后，进入卧房里无疾而终。

而殁。其岳家居城中西门里，忽见公镂膺朱幩[3]，舆马[4]甚众。登其堂，一拜而行，相共惊疑，不知其为神。奔询乡中，则已殁矣。公有自记小传，惜乱后无存，此其略耳。

宋公的岳父住在城内的西门里，他忽然看见宋公骑着华丽的骏马，周围簇拥着很多车马差役。只见宋公走进堂屋，向他一拜而去，大家对此都感到惊讶疑惑，还不知道宋公已经成神。宋公岳父家赶忙派人回乡打探，才知道宋公已经死了。宋公曾写过自己的小传，可惜战乱过后没能保存下来，我在此只是述其大概罢了。

注释 1 里：基层行政单位，古代五家为邻，五邻为里。 2 浣濯(huàn zhuó)：洗涤，清洗。 3 镂膺朱幩(fén)：形容马饰华美。镂膺，马胸部镂金饰带。朱幩，缠在马口两旁上的红绸带。 4 舆马：车马。舆，车。

耳中人

原文

谭晋玄，邑诸生[1]也。笃信导引之术[2]，寒暑不辍。行之数月，若有所得。一日，方趺坐[3]，闻耳中小语如蝇，曰："可以见[4]矣。"开目即不复闻，合眸定息，又闻如故。谓是丹[5]将

译文

谭晋玄，是县学的生员，他很迷信导引之术，无论严冬还是酷暑都坚持练习，从无间断。如此练了几个月，似乎有所收获。一天，他正盘腿打坐，忽然听到耳朵里有人小声说话，如同苍蝇"嗡嗡"叫："可以出来了。"谭生睁开眼睛却什么也听不见，闭上眼将呼吸安定下来，又听到同样的声音。他就认为是内丹快要修成，暗自

成,窃喜。自是每坐辄闻,因思俟其再言,当应以觇[6]之。一日,又言,乃微应曰:“可以见矣。”

俄觉耳中习习然[7]似有物出。微睨[8]之,小人长三寸许,貌狞恶,如夜叉[9]状,旋转地上。心窃异之,姑凝神以观其变。忽有邻人假物,扣门而呼。小人闻之,意甚张皇,绕屋而转,如鼠失窟。谭觉神魂俱失,不复知小人何所之矣。遂得颠疾[10],号叫不休,医药半年,始渐愈。

高兴。从此,谭生每当打坐时都会听到说话声,于是就想着等再有声响时,自己就回应一句,看看会怎么样。一天,他听到耳朵里又有说话声,就悄悄回答道:“可以出来了。”

很快,谭生就感觉耳朵里又痛又痒,似乎有什么东西往外爬。瞥眼一瞧,原来是个三寸来长的小人,面貌丑恶狰狞,长得像夜叉一样,在地上不停地旋转。谭生心里觉得很惊奇,就聚精会神地盯着小人,看他有什么变化。忽然,邻居家有人来借东西,敲门呼号。小人听到了,十分惊慌,绕着屋子转圈,好像找不到洞穴的老鼠一样。谭生顿时感觉好似丢了神魂,也不知道小人到底跑哪儿去了。从此他就得了癫痫病,不停地呼号,医治服药了半年,病情才渐渐好转。

注释 **1** 诸生:明清时期,凡经考试入府、州、县学的生员,通称诸生。 **2** 导引之术:我国古代强身除病的一种养生方法,类似于现在的保健操和气功。导引即导形引气。导形就是以特定的目标做规定动作,按需要进行练习;引气即以动作改变身体内的气血运行方向。 **3** 趺(fū)坐:即结跏(jiā)趺坐。打坐时,互交二足,将右脚盘放于左腿上,左脚盘放于右腿上的坐姿。在诸坐法中,以此坐法最为安稳而不易疲倦,是初学佛法者修行的一个方便法门。 **4** 见(xiàn):同“现”,出现。 **5** 丹:指内丹。道教内丹学派将人体比作鼎炉,“精”“气”比为药物,以“神”炼之,则精、气、神可凝成“圣胎”,即为“内丹”。 6 觇(chān):窥测,观察。 7 习习然:形容痛痒等感觉。 8 睨(nì):斜着眼看。 9 夜叉:佛经中记载的一种鬼怪,性凶恶,行动迅捷,有神通,可飞行、隐身。 10 颠疾:癫痫病。

尸 变

原文

阳信[1]某翁者,邑之蔡店人。村去城五六里,父子设临路店,宿行商。有车夫数人,往来负贩,辄寓其家。一日昏暮,四人偕来,望门投止[2],则翁家客宿邸满[3]。四人计无复之[4],坚请容纳。翁沉吟,思得一所,似恐不当客意。客言:“但求一席厦宇[5],更不敢有所择。”时翁有子妇新死,停尸室中,子出购材木未归。翁以灵所室寂,遂穿衢[6]导客往。

译文

阳信有位老人家,是蔡店村人。村子离县城有五六里,老人家和儿子就在路边开了家客栈,供来往商旅住宿。有几个来来往往贩运货物的车夫,经常住在他店里。一天黄昏,四个车夫一起来到客栈投宿,可是老先生家的客房已经住满了。四人实在想不出别的办法,就坚持请老人家收留他们住下。老先生沉思片刻,想起个地方,但又担心客人们不满意。客人们说:“我们只求有住的地方就够了,哪还敢挑三拣四呢?”当时老先生的儿媳妇刚死不久,就把尸体放在一间屋子里,他儿子出去买棺材板还没回来。老先生觉得灵堂比较寂静,于是就带着四个人穿街过巷到了那儿。

注释 1 阳信:即今山东省滨州市阳信县。 2 望门投止:原意为在窘迫中见有人家就去投宿,此处指到旅店住宿。 3 客宿邸(dǐ)满:住的客人很多,客房已经住满。 4 计无复之:再无别的办法可想,不得不这样。 5 厦宇:堂下四周的廊屋。 6 穿衢(qú):穿过大路。

入其庐,灯昏案上,案后有搭帐衣[1],纸衾[2]覆逝者。又观寝所,则复室[3]中有连榻。四客奔波颇困,甫就枕,鼻息渐粗。惟一客尚朦胧,忽闻灵床上察察有声,急开目,则灵前灯火照视甚了。女尸已揭衾起,俄而下,渐入卧室。面淡金色,生绢抹额[4]。俯近榻前,遍吹卧客者三。客大惧,恐将及己,潜引被覆首,闭息忍咽以听之。未几,女果来,吹之如诸客。觉出房去,即闻纸衾声,出首微窥,见僵卧犹初矣。客惧甚,不敢作声,阴以

进了屋,只见桌子上点着一盏昏暗的油灯,后面灵床上挂着帷帐,亡妇身上盖了层纸被子。再看住的地方,里屋内有一排通铺。四个人旅途奔波已经很困倦了,于是倒头就睡,刚躺下就鼾声连连,声音越来越大。只有一个客人还蒙蒙眬眬没睡着,忽然,听见灵床上"嚓嚓"作响,他赶忙睁开眼睛。此时,灵床前的灯光照得很清楚。只见女尸已经把被子掀开坐起,不一会儿就下了床,渐渐走进卧房。她脸呈淡金色,额头上带着条生绢发箍。她走到床前俯下身来,对睡着的三个人吹了个遍。没睡着的那个客人吓得要死,害怕一会儿就吹到自己,便悄悄地用被子把头蒙上。他屏住呼吸,连口水都不敢咽,静静地听着外边的动静。不一会儿,女尸果然走过来,像对其他客人一样,对着他吹气。又过了会儿,感觉女尸已经走出去了,听到纸被发出声响,他这才把头伸出来,偷瞄了一眼,只见女尸已像开始那样僵卧在灵床里。客人吓得心

足踏诸客，而诸客绝无少动。

惊肉跳，又不敢作声，就偷偷用脚蹬其他旅伴，可是他们都一动也不动。

注释 1 搭帐衣：灵堂内搭设障隔灵床的帷帐。 2 纸衾：盖在尸体上的纸被。 3 复室：套房。 4 抹额：也称额带、发箍。妇女包于额头上的装饰。

顾念无计，不如着衣以窜。裁[1]起振衣，而察察之声又作，客惧，复伏，缩首衾中。觉女复来，连续吹数数[2]始去。少间，闻灵床作响，知其复卧。乃从被底渐渐出手得袴，遽就着之，白足奔出。尸亦起，似将逐客。比其离帏，而客已拔关出矣，尸驰从之。客且奔且号，村中人无有警者。欲叩主人之门，又恐迟为所及，遂望邑城路，极力窜去。至东郊，瞥见兰若[3]，闻木鱼声，乃急挝[4]山门。道人讶其非常，又不即纳[5]。旋踵[6]，尸已至，去身盈

他左思右想实在想不出什么办法，不如穿上衣服逃跑算了。起来刚要穿衣服，"嚓嚓"声再次响起，客人吓得又躺下来，把头缩进被子里。感觉女尸又走过来，对着自己接连吹了好几次才离开。不一会儿，又听见灵床有动静，知道女尸又躺下了。于是，他就慢慢把手从被子底下伸出来，摸到裤子后赶快穿上，光着脚狂奔出去。女尸也站起来，似乎要追客人。等她离开帷帐，客人已经拔开门闩跑了出去，女尸就在后面紧追不舍。客人边跑边号叫，但村子里没有人被惊醒。他想敲店主人家的门，又怕门开晚了被女尸追上，于是就朝着通往县城的路拼命狂奔。到了城东郊，他看见一座寺庙，隐约听到木鱼声，就急忙敲门。庙里的人听到有人大声砸门，感到很惊讶，认为不是寻常事，就没有马上放他进来。很快，女尸就追过来，离他只有一尺远，客人更

尺，客窘益甚。门外有白杨，围四五尺许，因以树自幛[7]。彼右则左之，彼左则右之。尸益怒，然各寖倦[8]矣。尸顿立，客汗促气逆[9]，庇树间。尸暴起，伸两臂隔树探扑之。客惊仆，尸捉之不得，抱树而僵。

加窘迫了。他看到寺庙外边有一株四五尺粗的白杨树，就跑过去躲在树后。女尸扑到右边，他就躲到左边，扑到左边，就躲到右边。女尸更加恼怒，不过双方都渐渐疲惫了。女尸停下来站着一动也不动，客人则汗流浃背，气喘吁吁，躲藏在树后。突然，女尸猛地扑了过来。伸开胳膊从树干两侧探手抓他。客人吓瘫在地，女尸捉不住他，就抱着树干慢慢变僵硬了。

注释 1 裁：通“才”。 2 数数(shuò)：多次。 3 兰若(rě)：梵语音译名词，全称阿兰若，原意是森林，引申为“寂静处”“空闲处”，后用来指称佛寺。 4 挝(zhuā)：敲击。 5 纳：此处指开门放人进去。 6 旋踵：转身，比喻时间很短。 7 幛：本指屏风、帷幕。也作“障”，遮蔽。 8 寖(jìn)倦：渐渐疲倦。 9 气逆：气自腹中时时上冲。

道人窃听良久，无声，始渐出，见客卧地上。烛之，死，然心下丝丝有动气。负入，终夜始苏。饮以汤水而问之，客具以状对。时晨钟已尽，晓色迷濛，道人觇[1]树上，果见僵女，大骇。报邑宰[2]，宰亲诣质验[3]，使

庙里的和尚隔着门偷偷听了好大一晌，等没动静了，才慢慢走出来，看见客人倒在地上。用烛光一照，似乎已经死了，不过心口还有丝丝热气。于是和尚就把他背进来，过了一整夜，他才苏醒过来。和尚就给他喂了些热水，询问了事情的经过，客人就把经历的事情一五一十地告诉了他。这时候，晨钟已经敲过，天色朦胧渐亮。和尚就到杨树那儿察看，果然发现一具女僵尸，大为惊骇。于是连忙报官，县令听闻亲自

人拔女手，牢不可开。审谛[4]之，则左右四指并卷如钩，入木没甲[5]。又数人力拔乃得下。视指穴，如凿孔然。遣役探翁家，则以尸亡客毙，纷纷正哗。役告之故，翁乃从往，舁[6]尸归。客泣告宰曰："身四人出，今一人归，此情何以信乡里？"宰与之牒[7]，赍[8]送以归。

前来勘验。他让人把女尸的手拔出来，但是抓得太牢，怎么也掰不开。仔细观察，女尸左右手四指像铁钩一样卷着，嵌到树里没过了指甲。县令只好又找了几个人，一起使劲才拔出来。再看女尸在树上抓的洞，像用锥子凿出的孔一样。县令派衙役去老先生家查探，他家里正因尸体失踪，客人暴毙而乱作一团。衙役就把情况告诉他，于是老先生就跟着衙役前往寺庙，把尸体抬回了家。客人向县令哭诉说："我们四个人一起出门，现今就我一人回去，这事怎么能让家乡人相信呢？"县令就给他出具了证明文书，送给他一些路费让他回去了。

注释　1 觇(chān)：窥视，查看。　2 邑宰：县令。　3 质验：质证勘验。　4 审谛：仔细地看。　5 没甲：没过了指甲。　6 舁(yú)：抬。　7 牒：文牒，此处指官府出具的证明文件。　8 赍(jī)：把东西送给别人。

喷　水

原文

莱阳[1]宋玉叔[2]先生为部曹[3]时，所僦[4]第甚

译文

莱阳宋玉叔先生在某部任司官时，租赁的宅邸十分荒凉败落。一天晚上，两个

荒落。一夜，二婢奉太夫人宿厅上，闻院内扑扑有声，如缝工之喷衣者。太夫人促婢起，穴窗[5]窥视。见一老妪，短身驼背，白发如帚，冠一髻[6]，长二尺许。周院环走，竦急作鹤步[7]，行且喷，水出不穷。婢愕返白，太夫人亦惊起，两婢扶窗下聚观之。妪忽逼窗，直喷棂内，窗纸破裂，三人俱仆，而家人不之知也。

丫环侍奉太夫人在厅堂休息，忽然听到院子里有“噗噗”的响声，好像裁缝做衣服时，嘴里含水往布料上喷一样。太夫人急忙命丫环起来察看，丫环在窗户上抠破一个洞，偷偷往外看。只见一个低矮的驼背老太婆，白头发如扫帚一样，头上盘着一个二尺多长的发髻。她在院子里绕着圈，像鹤一样一耸一耸地迈着大步急走，边走边喷水，好像喷不完似的。丫环吓了一跳，赶紧跑回来禀告，宋母也吓得赶紧起床，让两个丫环搀着她一起到窗户下观看。忽然老太婆逼近窗户，水冲着窗棂直喷过来，窗户纸都被冲破了。屋里的三个人都倒在地上，这些情况家里其他人都不知道。

注释　1 莱阳：即今山东莱阳，位于山东东部，名称来自“日月出东莱之阳”。　2 宋玉叔：即宋琬(wǎn)，字玉叔，号荔裳，山东莱阳人。他是明末清初著名诗人，曾任户部河南司主事。　3 部曹：汉代尚书分曹治事，魏晋以后，渐改吏曹为吏部，但六部各司仍有称曹的。明清时期，部曹就成为各部司官之通称。　4 僦(jiù)：租赁。　5 穴窗：在窗户上打个洞。　6 髻(jì)：在头顶或脑后盘成各种形状的头发。　7 竦急作鹤步：像鹤一样，一耸一耸地迈着大步行走。竦，同“耸”。

东曦[1]既上，家人毕集，叩门不应，方骇。撬扉[2]入，见一主

第二天太阳出来了，家人都聚在一起，敲厅堂的门却无人回应，这才惊骇起来。赶紧撬门而入，发现太夫人和两个丫环都

二婢骈[3]死一室,一婢鬲[4]下犹温,扶灌之,移时而醒,乃述所见。先生至,哀愤欲死。细穷没处[5],掘深三尺余,渐露白发。又掘之,得一尸如所见状,面肥肿如生。令击之,骨肉皆烂,皮内尽清水。

死在了一间屋子里。其中一个丫环胸口还有热气,把她扶起来灌了些热水,过了一段时间才苏醒,她就把昨晚看到的给众人讲了一遍。宋玉叔先生来到后,哀痛愤恨得要死。仔细搜寻老太婆消失的地方,在那儿挖了三尺多深,渐渐露出一些白头发。继续挖掘,挖出一具尸体,外形跟丫环说的一模一样,面庞肥肿像个活人。宋公就命人击打死尸,骨肉都打得稀烂,皮囊里全是清水。

注释 1 东曦(xī):传说日神名羲和,因太阳从东方升起,故又称东曦。此处指初升的太阳。 2 撬(qiào)扉:撬开门。 3 骈(pián):本意为对偶,引申为都、皆。 4 鬲(gé):通“膈”,哺乳动物胸腔和腹腔之间的膜状肌肉,收缩时胸腔扩大,松弛时胸腔缩小,也称膈膜。 5 没(mò)处:消失的地方。

瞳人语

原文

长安士方栋,颇有才名,而佻脱[1]不持仪节。每陌上[2]见游女,辄轻薄尾缀之。清明前一日,偶步郊郭[3]。见

译文

长安有个叫方栋的书生,颇负才名,但他为人轻佻,不遵守礼节。每当在郊外遇到游玩的女子,他就很轻薄地尾随。有一年,清明节的前一天,方栋偶然到城郊游玩,看到一辆小车,车上挂着红色的帘

一小车，朱茀绣幰[4]，青衣数辈款段[5]以从。内一婢乘小驷[6]，容光绝美。稍稍近觇[7]之，见车幔洞开，内坐二八女郎，红妆艳丽，尤生平所未睹。目眩神夺，瞻恋弗舍，或先或后，从驰数里。忽闻女郎呼婢近车侧，曰："为我垂帘下。何处风狂儿郎，频来窥瞻！"婢乃下帘，怒顾生曰："此芙蓉城[8]七郎子新妇归宁，非同田舍娘子，放教秀才胡觑！"言已，掬辙土扬生。

子和绣花帷幔，几个青衣婢女骑着马慢慢地跟在车后。其中有个婢女骑着一匹小马，容貌绝美，光彩照人。方栋稍向前偷看，只见车帘大开，里面坐着一位十六七岁的姑娘，梳妆打扮非常艳丽，更是他平生从未见过的佳人。方栋只觉得眼花缭乱，情醉神迷，他恋恋不舍地看着姑娘，一会儿跑到车前，一会儿跟在车后，这样跟出去好几里。忽然，方栋听到车内的姑娘把婢女叫到车边，说道："给我把车帘子放下来。哪里来的狂妄书生，总是来偷看！"婢女于是把车帘放下来，愤怒地回头对着方栋说："这是芙蓉城里七郎的新娘，回娘家探望，不是那些庄稼户人的媳妇儿，岂能随便让你这秀才偷看！"婢女说完，从车道沟里抓起一把土朝方栋扬了过去。

注释 1 佻(tiāo)脱：举止轻慢。 2 陌上：本指田间小路，此处指郊外的小路。 3 郊郭：城外，郊外。 4 朱茀(fú)绣幰(xiǎn)：大红的车帘，绣花的车帷，此处指女子乘坐的车。 5 款段：马行动迟缓的样子，此处指骑马慢行。 6 小驷(sì)：小马。驷，四马一车，泛指马。 7 觇(chān)：窥视。 8 芙蓉城：传说中的仙境之地。

生眯目不可开。才一拭视，而车马已

方栋的眼睛被土眯住睁不开，等用手揉揉再看，姑娘的车马已经走远，不见踪迹。

渺。惊疑而返，觉目终不快，倩人[1]启睑拨视，则睛上生小翳[2]，经宿益剧，泪簌簌不得止；翳渐大，数日厚如钱；右睛起旋螺[3]。百药无效，懊闷欲绝，颇思自忏悔。闻《光明经》[4]能解厄，持一卷，浼人[5]教诵。初犹烦躁，久渐自安。旦晚无事，惟趺坐捻珠[6]。持之一年，万缘俱净。

他既惊恐又疑惑地返回家中，总觉得眼睛不舒服。请人翻开眼皮一看，眼珠上长出了一层小膜。过了一晚上更加严重，眼泪簌簌流个不停；白色的膜越来越大，过了几天后，就有铜钱那么厚；右边的那个眼珠上长了螺旋状的厚膜。方栋用了各种药物都治不好，心中十分懊悔，郁闷得要死，对自己的所作所为感到非常后悔。他听闻《光明经》能消除灾祸，就拿来一卷，央请别人教他诵经。刚开始，他读起来仍然心烦意乱，时间久了心也就渐渐安定下来。这样他早晚再也无事，只是盘腿坐着手捻佛珠诵经。就这样持续一年，方栋心中的杂念消失得干干净净。

注释　1 倩(qìng)人：请托别人。　2 小翳(yì)：小片的薄膜。翳，遮蔽瞳孔的薄膜。　3 旋螺：此处指薄膜厚结成螺旋形。　4《光明经》：全称《金光明经》，持诵人可得四大天王保护，得安稳康乐。　5 浼(měi)人：央求人，请人帮忙。　6 趺坐捻珠：盘坐着，用手捻数着佛珠。

忽闻左目中小语如蝇，曰："黑漆似，叵耐杀人[1]！"右目中应曰："可同小遨游，出此闷气。"渐觉两鼻中蠕蠕作痒，似有物出，

有一天，他忽然听到左边眼睛中有蚊蝇一样小的声音，说道："黑漆漆的，难受死人啦！"右边眼睛中有声音应答道："我们可以一同出去游玩一下，出出心里的闷气。"方栋渐渐觉得两个鼻孔中像是有虫子蠕动着痒起来，好像有东西从里面爬出来走了。

离孔而去。久之乃返，复自鼻入眶中。又言曰：“许时[2]不窥园亭，珍珠兰[3]遽枯瘠死！”生素喜香兰，园中多种植，日常自灌溉，自失明，久置不问。忽闻此言，遽问妻：“兰花何使憔悴死？”妻诘其所自知。因告之故。妻趋验之，花果槁矣，大异之。静匿房中以俟之，见有小人，自生鼻内出，大不及豆，营营[4]然竟出门去。渐远，遂迷所在。俄连臂归，飞上面，如蜂蚁之投穴者。如此二三日。又闻左言曰：“隧道[5]迂，还往甚非所便，不如自启门。”右应曰：“我壁子厚，大不易。”左曰：“我试辟，得与而俱。”遂觉左眶内隐似抓裂。

过了很久它们才返回来，仍从鼻孔爬到眼眶里。方栋又听到它们说：“好久没去花园中的亭子，珍珠兰都快要枯死了！”方栋平时很喜欢香气四溢的兰花，于是在园中种植了许多兰花，以前自己常去浇水打理，自从两眼失明后，就很久没有过问。方栋忽然听到这话，就急忙问妻子：“怎么花园中的兰花都快枯死了？”妻子追问他是如何知道兰花要枯死了，方栋就把事情的缘由告诉妻子。妻子立刻到花园中察看，果然发现兰花枯萎了，感到十分怪异。她静静地躲在屋里等着一探究竟，过了一会儿见有小人从方栋的鼻子中爬出来，还没有一粒豆子大，“嘤嘤”叫着飞到门外去了，越飞越远，不知道去了哪里。过了一会儿，两个小人又携手回来，飞落到方栋脸上，好像蜜蜂和蚂蚁回巢一样，就这样持续了两三天。方栋又听到左眼中的小人说：“这条隧道弯弯曲曲的，出入很不方便，不如自己另外打通一扇门。”右眼睛中的小人应声说道：“挡着我的墙壁太厚，要打通很不容易。”左眼的小人说：“我先试试能不能打通，如果能打通，就和你一起用吧。”于是方栋觉得左眼眶隐隐作痛，好像被抓裂一样。过了许久，方栋睁开眼睛一看，竟然非常清楚地看到屋子里面的桌椅摆设。

有顷开视，豁见几物。喜告妻，妻审之，则脂膜破小窍，黑睛荧荧[6]，才如劈椒[7]。越一宿，幛尽消。细视，竟重瞳也。但右目旋螺如故。乃知两瞳人合居一眶矣。生虽一目眇，而较之双目者殊更了了[8]。由是益自检束，乡中称盛德焉。

他欣喜若狂地告诉了妻子此事。妻子仔细察看他的眼睛，发现左眼中那层膜破开了一个小洞，黑色眼珠闪闪发亮，才露出花椒子那么大小的小点。过了一晚上，左眼的那层膜完全消失了。仔细一看，竟然是两个瞳仁。而右眼里的膜，还像以前一样螺旋着，这才明白两个瞳仁里的小人合住在一个眼眶里了。方栋虽然瞎了一只眼睛，看东西却比那些有两个眼睛的人更清楚。从此以后，他言行更加检点，自我约束，乡里人都称赞他品德高尚。

注释 **1** 叵(pǒ)耐杀人：令人难以忍耐。叵，不可。杀，形容极甚之词。 **2** 许时：过了一段时间。 **3** 珍珠兰：也称珠兰，初夏开花，有香味。 **4** 营营：虫子往来的飞声。 **5** 隧道：地下暗道。这里指眼睛通向鼻孔的潜道。 **6** 荧荧：指眼光闪烁的样子。 **7** 劈椒：绽裂的花椒内的黑子，类指露出一小点黑色的瞳孔。 **8** 了了：清楚。

异史氏曰："乡有士人，偕二友于途，遥见少妇控驴出其前，戏而吟曰：'有美人兮！'顾二友曰：'驱之！'相与笑骋，俄追及，乃其子妇，心赧气丧[1]，默不复语。友伪为不知也者，评骘殊亵[2]。

异史氏说："乡里有个书生，有一天和两个朋友走在路上，远远看见一个少妇骑着毛驴走在他们前面，他戏谑地说道：'有美人啊！'回头招呼两个朋友说：'追上她！'于是三人一边嬉笑一边追了上去。不一会儿追上后，一看竟是他的儿媳，心里羞愧难当、垂头丧气，默默不再说话。两个朋友却假装不知道，用很

士人忸怩，吃吃[3]而言曰：'此长男妇也。'各隐笑而罢。轻薄者往往自侮，良可笑也。至于眯目失明，又鬼神之惨报矣。芙蓉城主不知何神，岂菩萨现身耶？然小郎君生辟门户，鬼神虽恶，亦何尝不许人自新哉！"

猥亵的话对少妇评头品足。书生非常尴尬，支支吾吾地说：'这是我大儿子的媳妇儿。'朋友这才偷笑作罢。轻薄的人往往自取其辱，实在是可笑啊！至于方栋双眼被眯失明，是鬼神给他的惨痛报应啊。芙蓉城主不知道是何方神圣，难道是菩萨现身吗？然而小人又为方栋打破厚膜，让他重见天日，说明鬼神虽然严厉，但何尝不允许人改过自新呢！"

注释 1 心赧(nǎn)气丧：心里羞愧，泄气。赧，原指因羞愧而脸红。 2 评骘(zhì)殊亵：评头品足十分猥亵、下流。 3 吃吃(chī)：形容说话结结巴巴、吞吐含混。

画 壁

原文

江西孟龙潭与朱孝廉[1]客都中，偶涉一兰若，殿宇禅舍，俱不甚弘敞，惟一老僧挂褡[2]其中。见客入，肃衣出迓[3]，导与随喜[4]。殿中塑志公[5]像，两壁

译文

江西人孟龙潭与朱举人一同客居在京城。有一天他们偶然走到一座寺院，看到殿堂和僧房都不太宽敞，只有一个老僧暂时在此投宿。老僧见有客人来，于是整理好衣服出来迎接，带领他们到寺内各处游览。寺中大殿中央塑着高僧宝志像，两边墙上绘有精妙绝伦的壁画，画中的人物都

图绘精妙，人物如生。东壁画散花天女[6]，内一垂髫[7]者，拈花微笑，樱唇欲动，眼波将流。朱注目久，不觉神摇意夺，恍然凝思；身忽飘飘如驾云雾，已到壁上。见殿阁重重，非复人世。一老僧说法座上，偏袒[8]绕视者甚众，朱亦杂立其中。少间，似有人暗牵其裾。回顾，则垂髫儿，辗然[9]竟去，履即从之，过曲栏，入一小舍，朱次且不敢前。女回首，举手中花遥遥作招状，乃趋之。舍内寂无人，遽拥之，亦不甚拒，遂与狎好。既而闭户去，嘱勿咳。夜乃复至。如此二日，女伴觉之，共搜得生，戏谓女曰："腹内小郎已许大，尚发蓬蓬学处子耶？"共

栩栩如生。东面墙壁上画着散花的天女，其中有一个披发少女，手里拈着鲜花，面带微笑，樱桃小口微张着像要说话，含情脉脉，眼睛流波闪亮。朱举人紧盯着这少女看了半天，不知不觉间神魂颠倒，恍恍惚惚陷入凝思。忽然间，他觉得自己飘飘飞了起来，像腾云驾雾一样，已经来到墙壁中。他看到重重叠叠的殿堂楼阁，不像是人间景象。一个老僧在座上宣讲佛法，周围许多僧人围着听讲，朱举人也夹在这些僧人中站立着。不一会儿，好像有人偷拉他的衣襟。朱举人回头一看，正是画中的那个披发少女，对着他颔首一笑就离开了。朱举人立即抬脚跟上去，走过一条曲曲折折的长廊，看到少女进了一间小屋，他心里犹豫着停下脚步不敢往前走。少女回转过头，举起手中的花，远远地招呼他过去，朱举人这才跟上前。朱举人见小屋里寂静无人，就上前抱住少女，她也不怎么抗拒，于是两人亲热起来。完事后少女关上门出去，嘱咐朱举人不要咳嗽发出声响。到了夜里，少女又过来。这样过了两天，朱举人被少女的女伴们发觉了，她们一起把他搜出来，对少女开玩笑说："肚子里的孩子已经这么大了，还想着披发装作大姑娘啊？"说着她

捧簪珥，促令上鬟[10]。女含羞不语。一女曰：“妹妹姊姊，吾等勿久住，恐人不欢。”群笑而去。生视女，髻云高簇，鬟凤低垂，比垂髫时尤艳绝也。四顾无人，渐入猥亵，兰麝熏心，乐方未艾。

们一起拿来发簪、耳环，催促她梳妆成少妇的发髻。少女羞得说不出话来。一个女伴说道：“姐妹们，我们不要在这里久赖着了，恐怕惹人家不高兴。”众女伴哄闹着离开了。朱举人再看少女，只见她梳着高耸的云髻，发髻上插着低垂的凤钗，比垂发时更加美艳绝伦。他四顾无人，便渐渐地和她亲热起来，只觉得兰花麝香的气味沁人心脾，两人不停欢爱。

注释 1 孝廉：明清科举制度，举人由乡试产生，与汉代孝廉推举相似，因称举人为孝廉。 2 挂褡(dā)：行脚僧投宿暂住的意思，也称“挂锡”“挂单”等。 3 出迓(yà)：出外迎接。 4 随喜：佛家用语，意思是指随意向僧人布施财物，也指游观寺院。 5 志公：南朝僧人宝志。 6 散花天女：佛教故事中的神女，散花供佛。 7 垂髫：古时称童稚为垂髫，此处指未曾束发的少女。 8 偏袒：袒露右肩，此处指和尚。 9 辴(chǎn)然：微笑的样子。 10 上鬟(huán)：旧时习俗，女子出嫁时梳妆冠笄、插戴首饰，又称“上头”。

忽闻吉莫靴[1]铿铿甚厉，缧锁[2]锵然，旋有纷嚣腾辨[3]之声。女惊起，与朱窃窥，则见一金甲使者[4]，黑面如漆，绾锁挈槌[5]，众女环绕之。使者曰：“全未？”答言：

忽然，他们听到急促的皮靴声，还有铿锵作响的锁链声，接着又是人群的争辩喧哗声。少女听到后惊慌起身，和朱举人一起偷偷往外看，见到一个穿着金甲的使者，脸色像漆一样黑，手里握着锁链，提着大锤，众天女都围在他身边。金甲使者问道：“全到齐了吗？”众天女回答：“已

"已全。"使者曰:"如有藏匿下界人即共出首,勿贻伊戚[6]。"又同声言:"无。"使者反身鹗顾,似将搜匿。女大惧,面如死灰,张皇谓朱曰:"可急匿榻下。"乃启壁上小扉,猝遁去。朱伏不敢少息。俄闻靴声至房内,复出。未几,烦喧渐远,心稍安;然户外辄有往来语论者。朱局蹐[7]既久,觉耳际蝉鸣,目中火出,景状殆不可忍,惟静听以待女归,竟不复忆身之何自来也。

经都到了。"他又说:"如果谁藏匿了下界的凡人,你们要马上告发,不要给自己找麻烦!"众天女同声回答:"没有。"金甲使者转过身来,像鱼鹰一样四下察看,好像在搜查藏匿的人。少女十分害怕,吓得面如死灰,张皇失措地对朱举人说:"赶快藏到床底下。"她打开墙上的小门,仓皇逃走了,朱举人趴在床下,大气也不敢出。不久,他听到皮靴声到了屋子里,后来又走了出去。过了一会儿,屋外的喧闹声渐渐远去,他的心才稍稍安稳;然而大门外总是有来往议论的人。朱举人惴惴不安地趴了很久,只觉得耳中作响,如同蝉鸣一样,双眼直冒金星,情形几乎无法忍受,但也只能静静不动听着,等待少女回来,竟然记不得自己是从哪里来的了。

注释 1 吉莫靴:皮靴。吉莫,皮革。 2 缧(léi)锁:羁押犯人的锁链。 3 腾辨:本意是恣意辩论,此处指人群喧哗。 4 金甲使者:身着铁制铠甲的使者。 5 绾(wǎn)锁挈槌:意思是拿着刑拘的武器。锁,锁具;槌,锤类武器。 6 勿贻伊戚:意思为不要自招罪罚。 7 局蹐(jú jí):因畏缩恐惧而不安的样子。

时孟龙潭在殿中,转瞬不见朱,疑以问僧。僧笑曰:"往听说

当时孟龙潭正在大殿中,一转眼就找不到了朱举人,于是很奇怪地问老僧。老僧笑着说:"他去听佛法宣讲去了。"孟龙

法去矣。”问：“何处？”曰：“不远。”少时，以指弹壁而呼曰：“朱檀越[1]！何久游不归？”旋见壁间画有朱像，倾耳伫立，若有听察。僧又呼曰：“游侣久待矣！”遂飘忽自壁而下，灰心木立[2]，目瞪足软。孟大骇，从容问之。盖方伏榻下，闻叩声如雷，故出房窥听也。共视拈花人，螺髻翘然[3]，不复垂髫矣。朱惊拜老僧而问其故。僧笑曰：“幻由人生，贫道何能解！”朱气结而不扬，孟心骇而无主。即起，历阶而出。

潭问道：“去了哪里？”老僧回答说：“不远处。”过了一会儿，老僧举起手指敲着墙壁，高声喊道：“朱施主！怎么游玩了这么久还不归来？”就见壁画上出现了朱举人的画像，侧耳站着好像听见了什么。老僧又高喊道：“你的游伴等你很久了。”于是朱举人飘飘忽忽从墙壁上飘落下来，灰心丧气地呆呆站立着，目瞪口呆，腿脚发软。孟龙潭大吃一惊，仔细问朱举人怎么回事。这才知道原来他正趴在床下，忽然听到炸雷一样的叩门声，于是走出房间听听动静。这时，他们再看壁画上那个拈花少女，已经盘起上翘的妇人发髻，不再是披发少女打扮了。朱举人惊异地向老僧行礼，询问他怎么回事。老僧笑着说：“幻觉本就生自人心，贫僧怎么能说得清啊！”朱举人胸中郁闷不堪，孟龙潭心中惊骇，六神无主。两人匆忙起身告辞，沿着台阶一步步走了出去。

注释 1 檀越：“陀那钵底”的音译，即“施主”，也作“檀那”。 2 灰心木立：心如死灰，形似槁木。 3 螺髻翘然：螺形的发髻高高翘起，为已婚妇女的发式。

异史氏曰：“‘幻由人生’，此言类有道

异史氏说：“幻象由人心所生，这话像是有道之人说的。人有淫心，于是生出了猥

者。人有淫心，是生亵境；人有亵心，是生怖境。菩萨点化愚蒙，千幻并作，皆人心所自动耳。老婆心切[1]，惜不闻其言下大悟，披发入山[2]也。”

琐的幻境；人有污秽之心，于是生出了恐怖的幻境。菩萨为了点化那些愚钝蒙昧的人，让他们历经千种幻象，这些幻象都是从人心生出来的。菩萨为了点化愚昧的人，做出千种幻境都是人心中自己所生出来的。法师教人心切，可惜这些愚昧之人却听不懂这些微言法语里的大智慧，不能披发遁入深山隐居。”

注释 1 老婆心切：教人心切。佛家称教人开悟的人为老太婆，寓慈悲。 2 披发入山：指远离尘世隐居。

山魈[1]

原文

孙太白尝言：其曾祖肄业[2]于南山柳沟寺，麦秋旋里[3]，经旬[4]始返。启斋门，则案上尘生，窗间丝满，命仆粪除[5]，至晚始觉清爽可坐。乃拂榻陈卧具，扃扉[6]就枕，月色已满窗矣。辗转移时，万

译文

孙太白曾对人讲过一件怪事：他曾祖父曾在南山柳沟寺读书，到秋天麦收后回了趟老家，过了十多天才返回。他打开书斋门，只见桌子上落满灰尘，窗户间也挂满了蜘蛛网。于是孙公命仆人打扫房间，忙到晚上才觉得清爽整洁，可以坐下了。于是就摆好床，铺上被褥，关上门准备休息，此时，月光洒满了窗户。孙公躺在床上翻来覆去，过了很长时间也没睡着，四周寂

籁俱寂。忽闻风声隆隆，山门豁然作响，窃谓寺僧失扃。注念[7]间，风声渐近居庐，俄而房门辟矣。大疑之，思未定，声已入屋。又有靴声铿铿然[8]，渐傍寝门。心始怖。俄而寝门辟矣。

急视之，一大鬼鞠躬塞入，突立榻前，殆与梁齐。面似老瓜皮色，目光睒闪[9]，绕室四顾，张巨口如盆，齿疏疏长三寸许，舌动喉鸣，呵喇之声，响连四壁。公惧极，又念咫尺之地，势无所逃，不如因而刺之。乃阴抽枕下佩刀，遽拔而斫[10]之，中腹，作石缶声。鬼大怒，伸巨爪攫公。公少缩，鬼攫[11]得衾捽[12]之，忿忿而去。公随衾堕，伏地号呼。家人持火

静无声。忽然，听到屋外风声呼啸，隆隆作响，寺院大门猛地发出巨大声响，他暗自认为是僧人忘了关门。正在思虑时，风声逐渐接近他的住所，突然卧房的门打开了。孙公正大惑不解，神思未定时，风声已经进了屋。又听到好像有人穿着靴子走路，"噔噔"作响，声音逐渐靠近卧房的门。孙公这才害怕起来。不一会儿，房门自动打开了。

孙公猛然抬头一看，见一个大鬼弯着腰正要挤进来，一下子就站到床前，大概和房梁一般高。它的脸好像老瓜皮的颜色，目光闪烁，满屋子四处打量；张着血盆大口，牙齿稀疏，有三寸来长；翻动着舌头，喉咙"呵喇"作响，震得四周的墙壁都有回声。孙公害怕极了，又转念一想，恶鬼近在咫尺，自己势必难以逃脱，不如趁着距离很近刺杀它。于是就偷偷抽出枕头底下的佩刀，猛然拔刀砍去，一刀砍中了鬼的肚子，发出撞击石盆一样的声响。恶鬼大怒，伸出爪子抓孙公，孙公一缩身子，鬼一把抓住被子揪住不放，愤愤离去。孙公随被子掉下来，趴在地上大声呼号。家人听见了，赶紧拿着火把一起跑过来，发现房门依旧关着；推开窗户

奔集，则门闭如故，排窗入，见公状，大骇。扶曳登床，始言其故。共验之，则衾夹于寝门之隙。启扉检照，见有爪痕如箕，五指着处皆穿。既明，不敢复留，负笈[13]而归。后问僧人，无复他异。

跳进来，看到孙公狼狈的样子，都大为惊骇。家人把孙公扶上床，他这才把刚才发生的事讲述了一遍。大家一起查验一番，发现被子夹在卧房的门缝里，打开门拿灯一照，见被子上有一个像簸箕一样大的爪痕，五个指头抓着的地方都穿透了。天亮后，孙公不敢再住在那儿，就背着书箱回家了。后来询问寺院的僧人，都说再没发生什么奇怪的事儿。

注释 **1** 山魈(xiāo)：此处指山中的鬼怪。 **2** 肄(yì)业：学习。 **3** 麦秋旋里：秋季收完麦子后返回家乡。 **4** 经旬：经过十几天。旬，十日为一旬，此处指一段时间。 **5** 粪除：打扫，清除。 **6** 扃(jiōng)扉：关上门。扃，从外面关闭门户用的门闩，此处作动词用，指关门。 **7** 注念：思虑。 **8** 铿铿(kēng)然：指声音洪亮。 **9** 睒(shǎn)闪：目光闪烁的样子。 **10** 斫(zhuó)：用刀斧砍。 **11** 攫(jué)：用爪子抓取。 **12** 捽(zuó)：揪住不放。 **13** 负笈(jí)：背着书箱。

咬 鬼

原文

沈麟生云：其友某翁者，夏月[1]昼寝，矇眬间，见一女子搴帘[2]入，以白布裹首，缞服[3]麻

译文

沈麟生说：他的朋友某先生，夏季的一天在午睡，蒙眬之间，看到一个女子掀开门帘走进屋来。她用白布裹头，身上披麻戴孝，穿着麻布裙，径直往里屋走

裙，向内室去。疑邻妇访内人[4]者，又转念，何遽以凶服入人家？正自皇惑，女子已出。细审之，年可三十余，颜色黄肿，眉目蹙蹙然[5]，神情可畏。又逡巡[6]不去，渐逼卧榻。遂伪睡以观其变。无何，女子摄衣登床，压腹上，觉如百钧[7]重。心虽了了[8]，而举其手，手如缚；举其足，足如痿[9]也。急欲号救，而苦不能声。女子以喙嗅翁面，颧鼻眉额殆遍。觉喙冷如冰，气寒透骨。翁窘急中，思得计，待嗅至颐颊，当即因而啮[10]之。

去。某先生怀疑是邻家妇女过来拜访妻子，但转念一想，为何此人会穿着丧服突然闯到自己家来？正在疑惑不解时，女子已经出来了。某先生仔细一瞧，女子大约有三十多岁，面色发黄，脸很是臃肿，愁眉苦脸的神情，看上去令人生畏。她徘徊着不肯离去，渐渐逼近卧榻。某先生就假装睡着了，看她有何举动。没过多久，女子提起衣裙登到床上，压在某先生的肚子上，某先生顿觉无比沉重。他心里虽然清清楚楚，但想抬起手，手却好像被绑住了；想抬起脚，脚却好像麻痹失去了知觉。他急忙想喊救命，却苦于发不出声音。这时，女子用嘴嗅某先生的脸，颧骨、鼻子、眉毛、额头都嗅了个遍。某先生只觉女子嘴若寒冰，寒气都渗透到了骨头里。他在窘迫焦急之中，想出一个办法，打算等女子嗅到脸颊时，就趁机用牙咬她。

注释　1 夏月：即夏天。　2 搴(qiān)帘：掀开帘子。　3 缞(cuī)服：用麻布制成的丧服。　4 内人：妻子。　5 蹙蹙(cù)然：愁眉不展，忧愁苦恼的样子。　6 逡(qūn)巡：有所顾虑而徘徊不前。　7 百钧：指非常沉重。钧，重量单位，古代三十斤为一钧。　8 了了(liǎo)：此处指内心清楚明白。　9 痿(wěi)：身体某一部分因病变而萎缩、麻痹或失去功能。　10 啮(niè)：咬。

未几，果及颐。翁乘势力龁[1]其颧，齿没于肉。女负痛身离，且挣且啼。翁龁益力，但觉血液交颐，湿流枕畔。相持正苦，庭外忽闻夫人声，急呼有鬼，一缓颊而女子已飘忽遁去。夫人奔入，无所见，笑其魇梦[2]之诬。翁述其异，且言有血证焉。相与检视，如屋漏之水，流枕浃席。伏而嗅之，腥臭异常，翁乃大吐。过数日，口中尚有余臭云。

不一会儿，女子果然嗅到他脸边。某先生就乘势用力咬她的颧骨，牙齿都没入肉里。女子疼得起身想离去，一边挣扎一边哭哭啼啼。某先生就咬得更用力，只觉鲜血流得满脸都是，把枕头都浸湿了。正苦苦相持时，忽然庭外传来某先生夫人的声音，于是他急忙大呼有鬼，一松口，女子已经飘然逃走了。夫人跑进来后什么也没见到，便笑他是做噩梦说胡话。某先生就讲述了刚才的怪事，并称有污血为证。两人一起检验查看，见所说的“血”像屋漏时的雨水似的，流得枕头和席子上到处都是。俯身闻了闻，腥臭无比，某先生大吐不止。过了几天，据说嘴里还有余臭。

注释　1 龁(hé)：咬。　2 魇(yǎn)梦：噩梦。

捉　狐

原文

孙翁者，余姻家[1]清服之伯父也，素有胆。一日，昼卧，仿佛

译文

孙老先生，是我姻亲清服的伯父，向来胆很大。一日他在白天睡觉，感到似乎有什么东西爬上了床，于是就感觉身子飘

有物登床，遂觉身摇摇如驾云雾。窃意无乃魇狐[2]耶？微窥之，物大如猫，黄毛而碧嘴，自足边来。蠕蠕[3]伏行，如恐翁寤[4]。逡巡附体，着足足痿，着股股软。甫及腹，翁骤起，按而捉之，握其项。物鸣，急莫能脱。翁亟呼[5]夫人，以带縶[6]其腰，乃执带之两端，笑曰："闻汝善化，今注目在此，看作如何化法。"言次，物忽缩其腹细如管，几脱去。翁乃大愕，急力缚之，则又鼓其腹粗于碗，坚不可下。力稍懈，又缩之。翁恐其脱，命夫人急杀之。夫人张皇四顾，不知刀之所在，翁左顾示以处。比回首，则带在手如环然，物已渺矣。

飘摇摇好像在腾云驾雾。他暗想莫非是狐精作祟不成？微微睁开眼睛一瞧，见有个像猫一般大的动物，黄色的皮毛，绿色的嘴巴，正从他脚边过来。它伏起身子缓缓移动着，好像怕把床上的人惊醒。狐狸徘徊着爬上了孙老先生的身体，碰到他的脚，脚就麻痹，碰到他的大腿，大腿就瘫软。刚爬到他的肚子上，孙老先生猛然坐起身，一把按住狐狸捉住了它，紧紧握住它的颈部。狐狸急声号叫，怎么也挣脱不了。孙老先生匆忙喊夫人过来，用带子捆住狐狸的腰，拿着带子的两端笑着说："听说你善于变化，如今在我眼皮底下，看你如何变化。"说完，狐狸忽然把肚子缩成管子粗细，几乎要逃脱。孙老先生于是大吃一惊，急忙用力捆结实，狐狸又把肚子鼓成碗口那么粗，十分坚硬，很难捆牢。孙老先生用力稍稍有点松懈，狐狸又趁机缩小。他担心狐狸挣脱了，命夫人赶紧把它杀了。孙夫人惊慌地看了看四周，不晓得刀放哪儿了，孙老先生便把脸向左边一转，示意放刀的地方。等他回过头再看，带子还在手上，像套了个空环，狐狸已经杳无踪影了。

注释 1 姻家：联姻的家族或其成员。 2 魇(yǎn)狐：此处指中了狐精的魇魅之术。 3 蠕蠕(rú)：形容缓慢移动的样子。 4 寤(wù)：睡醒。 5 亟(jí)呼：匆忙呼喊。 6 絷(zhí)：用绳子捆绑。

荞中怪

原文

长山[1]安翁者，性喜操农功。秋间荞[2]熟，刈[3]堆陇畔[4]。时近村有盗稼者，因命佃人乘月辇运登场[5]。俟其装载归，而自留逻守。遂枕戈[6]露卧，目稍瞑，忽闻有人践荞根咋咋作响。心疑暴客，急举首，则一大鬼高丈余，赤发髩须[7]，去身已近。大怖，不遑他计，踊身[8]暴起，狠刺之，鬼鸣如雷而逝。恐其复来，荷戈而归。迎佃人于途，告以所见，且戒勿往，众未深信。

译文

长山县有个安老头儿，天生就喜欢干农活。秋季荞麦熟了，收割完后就堆在田垄旁边。当时邻村有偷庄稼的，于是安老头儿就命佃户乘着月光把荞麦运到场上。等他们装车回去了，安老头儿便独自留下巡逻看守。他枕着长矛躺在外边睡觉，眼睛刚闭上，忽然听见有人踩到荞麦根，发出“咋咋”的声响。安老头儿怀疑是偷庄稼的来了，急忙抬头望去，只见一个大鬼身高丈余，长着红色的头发，乱糟糟的胡子，已经来到近前了。老头儿大为惊恐，来不及多想，猛地纵身跃起，拿着长矛朝恶鬼狠狠刺过去。大鬼嘶鸣如雷，一下子就消失了。老头儿害怕它再来。就扛着长矛回家了。他在路上遇到佃户，便把刚才所见告诉了他们，并告诫他们不要再过去，众人听了并不是很相信。

越日，曝[9]麦于场，忽闻空际有声，翁骇曰："鬼物来矣！"乃奔，众亦奔。移时复聚，翁命多设弓弩以俟之。翼日[10]，果复来，数矢齐发，物惧而遁，二三日竟不复来。麦既登仓，禾黠杂遝[11]，翁命收积为垛，而亲登践实[12]之，高至数尺。忽遥望骇曰："鬼物至矣！"众急觅弓矢，物已奔翁。翁仆，龁其额而去。共登视，则去额骨如掌，昏不知人。负至家中，遂卒。后不复见，不知其为何怪也。

第二天，大家正在场上晒麦子，忽然听到天空中有声响，老头儿惊骇地说："是恶鬼来了！"于是撒腿就跑，佃户们也跟着一起跑。过了一会儿，大家又聚到一起，老头儿命人多准备弓弩防备。明日，恶鬼果然又来了，数支弓箭一起朝它射去，鬼害怕逃走了。此后两三天竟然没再来。荞麦都已经收进粮仓，地上只剩下散乱的秸秆，老头命人把秸秆收拾起来堆成麦秸垛，并亲自登上去用脚踩结实，麦秸垛有几尺高。忽然，老头儿向远处张望，惊喊道："恶鬼又来了！"大家急忙寻找弓箭，而鬼怪已经直奔老头儿扑去。老头儿被扑倒在地，鬼撕咬他的额头，随即就跑了。佃户们爬上麦秸垛一看，只见老头儿被咬掉了巴掌大的一块额骨，昏过去不省人事。等大家把他背到家里，很快就死了。恶鬼此后再没有出现过，最终也不知道是什么怪物。

注释　1 长山：清代长山县在今山东邹平东部和淄博西北部一带。 2 荞：即荞麦。 3 刈(yì)：割。 4 陇畔：田垄旁边。陇，通"垄"，在耕地上培成的一行一行的土埂。 5 辇运登场：辇运，运输；登场，将谷物收割后运到场(cháng)上。 6 枕戈：枕着长矛。戈是一种流行于先秦时期的兵器，此处代指长矛一类的武器。 7 鬡(níng)须：散乱的胡须。 8 踊身：纵身跃起。 9 曝(pù)：晒。 10 翼日：第二天。翼，通"翌"。 11 禾黠

(jiē)杂遝(tà):指秸秆散乱在地上。杂遝,凌乱、杂乱。藍,同“秸”;遝,通“沓”。 12 践实:指用脚把秸秆踩结实。

宅 妖

原文

长山李公,大司寇[1]之侄也。宅多妖异,尝见厦有春凳[2],肉红色,甚修润[3]。李以故无此物,近抚按之,随手而曲,殆如肉软,骇而却走[4]。旋回视,则四足移动,渐入壁中。又见壁间倚白梃[5],洁泽修长。近扶之,腻然[6]而倒,委蛇[7]入壁,移时始没。

译文

长山县的李公,是刑部尚书的侄子。他家的住宅有很多妖异之事,曾见到屋里摆着条肉红色的长凳,非常光润华美。李公因为家中此前并没有这件东西,就走过去用手抚弄按捺,长凳随手弯曲,还像肉一样柔软,李公急忙惊骇地走开。回头再看,长凳的四条腿竟然自行走动,渐渐进入墙壁中。他还曾见到一根白色的长木棍倚靠着墙壁,表面光洁润滑。走上前用手一扶,棍子居然软软地倒了下去,弯弯曲曲地没入墙壁,很快就不见了。

注释 1 大司寇:相传夏、商时就有司寇的官职,掌管治安。西周时期,设立大司寇,辅佐周王行使司法权,清代指刑部尚书。 2 春凳:可供两人坐的一种长条板凳。古人嫁女儿时,在板凳上放置被褥,贴喜花,请人抬着送进夫家。 3 修润:光润华美。 4 却走:退避,退走。 5 白梃(tǐng):白色的木棍。 6 腻然:柔软的样子。 7 委蛇(wēi yí):同“逶迤”,弯弯曲曲的样子。

康熙十七年[1]，王生俊升设帐[2]其家。日暮，灯火初张，生着履卧榻上。忽见小人长三寸许，自外入。略一盘旋，即复去。少顷，荷二小凳来，设堂中，宛如小儿辈用粱藍心[3]所制者。又顷之，二小人舁[4]一棺入，仅长四寸许，停置凳上。安厝[5]未已，一女子率厮婢[6]数人来，率细小如前状。女子衰衣[7]，麻绠[8]束腰际，布裹首。以袖掩口，嘤嘤而哭，声类巨蝇。生睥睨[9]良久，毛森立[10]，如霜被于体。因大呼，遽走，颠[11]床下，摇战[12]莫能起。馆中人闻声毕集，堂中人物杳然矣。

康熙十七年，王俊升到李公家开馆授徒。一天傍晚，刚点上灯火，王生穿着鞋躺床上休息。忽然，他看到一个三寸来长的小人儿从外边走进来。在地上稍稍转了一圈，就走出去了。不一会儿，小人儿扛着两个板凳又来了，摆放在屋子中间，凳子好像是小孩子用高粱秆的芯做成的。又过了片刻，两个小人儿抬着一副棺材进来，棺材仅有四寸来长，小人儿将其停放在板凳上。灵柩还没安放好，就见一个女人率领几个仆人走了进来，跟之前的小人儿一般细小。女子穿着丧服，腰间系着麻绳，头上裹着白布。她用袖子掩着嘴，“嘤嘤”地哭泣，声音像是只大苍蝇“嗡嗡”叫。王生偷偷看了很久，吓得汗毛竖立，浑身发冷，好像结了霜一样。于是就大声呼喊急忙要跑，跌落在床下，身体不停地颤抖，怎么也起不来。学馆里的人听到喊声都赶了过来，而屋子里的小人儿和他们搬来的东西早已不见了。

注释 1 康熙十七年：1678年。 2 设帐：此处指教师开馆收徒。 3 粱藍心：高粱秆的芯。 4 舁（yú）：用手抬着。 5 安厝（cuò）：停放灵柩待葬。 6 厮婢：小厮、婢女，泛指奴仆。 7 衰（cuī）衣：丧服。衰，同“缞”。 8 麻绠：麻绳。 9 睥睨（pì nì）：斜着眼睛看，此处指偷窥。 10 毛森立:毛发竖起来。 11 颠:此处指跌落、摔倒。 12 摇战:摇动战栗。

王六郎

原文

许姓,家淄之北郭[1],业渔。每夜携酒河上,饮且渔。饮则酹地[2],祝[3]云:"河中溺鬼得饮。"以为常。他人渔,迄[4]无所获,而许独满筐。

译文

有一个姓许的人,家住在淄川的北城,以捕鱼为生。每天夜里,他都要带着酒到河边去,一边喝酒一边捕鱼。在喝酒前,他总是先倒一杯洒在地上,祷告说:"河里的淹死鬼都上来喝酒吧!"他经常这么做。其他在这里捕鱼的人,几乎毫无所获,只有他每天都满筐而归。

注释 1 淄之北郭:指淄川县城的北郊。 2 酹(lèi)地:浇酒于地以祭鬼神。意同"酹奠"。 3 祝:祭告。 4 迄(qì):接近,庶几。

一夕,方独酌,有少年来,徘徊其侧。让之饮,慨与同酌。既而终夜不获一鱼,意颇失。少年起曰:"请于下流[1]为君驱之。"遂飘然去。少间,复返

有一天夜晚,许某正在独自喝酒,有一个少年过来,在他身旁徘徊。许某请他一起喝酒,少年没有推辞,爽快地和许某对饮起来。结果这一整夜许某竟然没有捕到一条鱼,心里颇感失望。少年站起身说道:"请让我到下游为你赶鱼吧。"说完,少年就飘然朝下游走去。不一会儿,少年返回来说:

曰:“鱼大至矣。”果闻唼呷[2]有声。举网而得数头,皆盈尺。喜极,申谢[3]。欲归,赠以鱼,不受,曰:“屡叨佳酝,区区何足云报。如不弃,要当以为常耳。”许曰:“方共一夕,何言屡也?如肯永顾,诚所甚愿,但愧无以为情。”询其姓字[4],曰:“姓王,无字,相见可呼王六郎。”遂别。

“一大群鱼来啦!”果然听到河里大群鱼吞吐的声音。许某撒了渔网,捕了好几条一尺多长的大鱼。他十分高兴,连忙向少年致谢。少年想要回去时,许某要送鱼给他,少年却不肯要,对许某说:“屡次叨扰喝你的好酒,区区小事哪里说得上报答,如果你不嫌弃,以后可以经常相聚。”许某说:“我们不过才相聚一晚,怎么说多次呢?如果愿意常来相聚,我真是求之不得,只是惭愧不知道如何报答你为我赶鱼的情意。”于是便询问少年的姓名表字,少年回答道:“我姓王,没有字号,下次见面可以叫我王六郎。”说完,少年便告辞而去。

注释 1 下流:河的下游。 2 唼呷(shà xiā):鱼吞吸食物的声音。 3 申谢:道谢。 4 姓字:姓名和表字。古时男子幼时起名,二十岁左右行冠礼另起别名,即“字”。

明日,许货鱼,益沽酒[1]。晚至河干[2],少年已先在,遂与欢饮。饮数杯,辄为许驱鱼。如是半载,忽告许曰:“拜识清扬[3],情逾骨肉,然相别有日矣。”语甚凄楚。惊问之,欲言而止

第二天,许某把鱼卖掉,又多买了些酒。当天晚上,许某来到河边,只见少年已经先到了,两人坐下畅饮。喝了几杯后,少年便起身又为许某赶鱼。就这样过了半年。有一天,少年忽然对许某说:“和你相识以后,我们的情谊超过了亲兄弟,然而我们分别的日子就要到了。”少年说得非常悲伤。许某诧异地问怎么回

者再，乃曰："情好如吾两人，言之或勿讶耶？今将别，无妨明告：我实鬼也。素嗜酒，沉醉溺死数年于此矣。前君之获鱼独胜于他人者，皆仆之暗驱，以报酹奠耳。明日业满[4]，当有代者，将往投生。相聚只今夕，故不能无感。"许初闻甚骇，然亲狎既久，不复恐怖。因亦欷歔[5]，酌而言曰："六郎饮此，勿戚也。相见遽违，良足悲恻。然业满劫脱，正宜相贺，悲乃不伦[6]。"遂与畅饮。因问："代者何人？"曰："兄于河畔视之，亭午[7]有女子渡河而溺者，是也。"听村鸡既唱，洒涕而别。明日敬伺河边以觇其异。果有妇人抱婴儿来，及河而堕。儿抛岸上，扬手掷足而

事，少年犹豫再三，欲言又止，最后才说："感情像我们这样好，我说出来你不会惊讶吧？如今我们就要分别，不妨跟你说实话：我其实是鬼，生前素来嗜酒如命，喝醉后溺死在这里，已经好几年了。以前你捕的鱼远比别人的多，那都是因为我暗中帮你驱赶，以此来报答你的奠酒之恩。明天我的罪业受罚已满，将有人来代替我，我将转生投胎，你我相聚只此一晚了，所以我不能不感慨。"许某初听非常害怕，然而毕竟彼此亲近了很久，也就不再害怕，也因为要分别而难过唏嘘。许某斟满一杯酒，说道："六郎，请喝下这杯酒，不要再难过了。我们刚熟悉却又要不能再见，实在令人很悲伤，但你罪业已满，脱离苦海，应该祝贺才是，悲伤反倒不合情理了。"于是，两人接着开怀畅饮。许某于是问："代替你的是什么人呢？"六郎说："兄长明天可以在河边看着，正午时分，会有一个渡河溺水而死的女子，她就是替我的人。"两人喝到听见村里的鸡打鸣，这才挥泪告别。第二天，许某在河边，暗中观察有什么异常的事情发生。中午时，果然有一个怀抱婴儿的少妇，走到河边就掉进水里。婴儿被抛到岸上，手抓

啼。妇沉浮者屡矣,忽淋淋攀岸以出。藉地少息,抱儿径去。当妇溺时,意良不忍,思欲奔救;转念是所以代六郎者,故止不救。及妇自出,疑其言不验。抵暮,渔旧处,少年复至,曰:“今又聚首[8],且不言别矣。”问其故。曰:“女子已相代矣;仆怜其抱中儿,代弟一人遂残二命,故舍之。更代不知何期。或吾两人之缘未尽耶?”许感叹曰:“此仁人之心,可以通上帝矣。”由此相聚如初。

脚蹬啼哭不止。少妇在水里浮浮沉沉,忽然水淋淋地扒着河岸爬了上来,她坐在地上休息了一会儿,就抱起孩子径直走了。当少妇掉入水里时,许某于心不忍,想要跑过去相救,但转念想到她是六郎的替身,所以就停下没有去救人。等到少妇从河里爬出来,许某怀疑六郎说的没有应验。当天傍晚,许某仍去老地方捕鱼,少年又来到那里,说:“如今我们又相聚了,可以暂时不说分别的事了。”许某向他询问缘由,六郎说道:“本来那少妇是来代替我的,但是我可怜她怀中的婴儿,不忍心为了代替我一人而带走两个人的性命,因此放弃了。下次不知何时再有替死的人,或许这就是我们的缘分未尽吧?”许某慨叹道:“像你这样的仁爱之心,一定能够感动上天的。”从此以后,两人便像以前那样相聚。

注释 1 益沽酒:多买些酒。益,增加;沽,买。 2 河干:河岸。 3 清扬:称赞人的容颜风采奕奕。 4 业满:佛家用语,通过受苦、为善与罪孽相抵,乃业满。 5 欷歔(xī xū):同“唏嘘”。叹息声,抽咽声。 6 不伦:不合情理。 7 亭午:正午。 8 聚首:相聚,相会。

数日，又来告别，许疑其复有代者，曰：“非也。前一念恻隐，果达帝天[1]。今授为招远县邬镇土地，来日赴任。倘不忘故交，当一往探，勿惮修阻[2]。”许贺曰：“君正直为神，甚慰人心。但人神路隔，即不惮修阻，将复如何？”少年曰：“但往，勿虑。”再三叮咛而去。许归，即欲治装东下，妻笑曰：“此去数百里，即有其地，恐土偶[3]不可以共语。”许不听，竟抵招远。问之居人，果有邬镇。寻至其处，息肩逆旅[4]，问祠所在。主人惊曰：“得无客姓为许？”许曰：“然。何见知？”又曰：“得勿客邑为淄？”曰：“然。何见知？”主人不答，遽出。俄而丈夫抱子，媳女窥门，杂沓

过了几天后，王六郎又来告别，许某疑心又有了替代六郎的人。六郎说：“并非如此，我上次的一念恻隐之心果然感动了上天，现在任命我为招远县邬镇的土地神。这几日就要去赴任，如果你不忘咱们的老交情，可以去看望我，不要嫌路远险阻啊。”许某祝贺道：“贤弟因为行为正直而做了神仙，真让人欣慰。但人和神不在一个世界，即使我不怕路远前去，又怎么样才能见到你呢？”六郎说：“你只管前往，其他不必担心。”六郎再三嘱咐之后就走了。许某回到家，就要置办行李东下看望六郎。他的妻子笑着说：“招远距离这有几百里路，即使真有邬镇这个地方，恐怕和泥塑的神像也无法交谈。”许某不听，最终去了招远。他向当地人打听，果然有个邬镇。他找到那个地方，住进一家客店，向店主打听土地祠在哪里。店主惊异地问：“这位客官莫非姓许？”许某回答说：“是的，但你是如何知道的？”店主又问：“客官莫非是淄川人？”许某说：“是的，但你又是怎么知道的？”店主人并不回答，急忙走出去。过了一会儿，只见男人们抱着小孩，媳妇姑娘都挤在门口偷看，镇里人纷纷赶来，围成一堵墙。许某

而来，环如墙堵。许益惊。众乃告曰："数夜前梦神言：淄川许友当即来，可助以资斧[5]。祇候[6]已久。"许亦异之，乃往祭于祠而祝曰："别君后，寤寐不去心，远践曩约[7]。又蒙梦示居人，感篆中怀[8]。愧无腆物[9]，仅有卮酒，如不弃，当如河上之饮。"祝毕，焚钱纸。俄见风起座后，旋转移时始散。

更加惊异，大家告诉他："前几夜，我们梦见土地神说：一个淄川姓许的朋友就要到此地，请资助他些盘缠。所以我们在此地已经恭候大驾多时了。"许某非常奇怪，便到土地祠祭祀，祷告说："自从与君分别后，梦里都铭记挂念于心，因此远道而来赴先前的约定。又承蒙你托梦让这里的人资助我，心中万分感激。只是惭愧我没有丰厚的礼物，只有一杯薄酒，如果不嫌弃，请你像过去在河边那样畅饮吧。"祷告完毕，许某又烧了些纸钱。很快只见神座后面刮起一阵旋风，旋转了许久才慢慢散去。

注释 1 帝天：上天。 2 勿惮(dàn)修阻：不要害怕路途遥远难行。惮，怕；修阻，路远难行。 3 土偶：泥塑的神像。 4 息肩逆旅：住在旅馆里休息。息肩，放下肩上担休息；逆旅，迎接宾客之处，即旅店。 5 资斧：路费。 6 祇(zhī)候：恭候。 7 曩(nǎng)约：先前的约定。 8 感篆中怀：感激之情铭记于心。篆，刻；中，心。 9 腆(tiǎn)物：丰厚的礼物。腆，丰厚。

夜梦少年来，衣冠楚楚，大异平时。谢曰："远劳顾问，喜泪交并。但任微职，不便会面，咫尺河山[1]，甚怆于怀。居人薄有所赠，聊

当天夜里，许某梦到六郎衣冠楚楚地前来，与先前大不一样。六郎致谢说道："有劳你远道而来看望我，我非常感动，真是喜泪交加。只是我如今虽然小官在身，但不方便与你相会，真是咫尺却隔天涯，心中十分凄凉。这里的人会有微薄的礼物相送，

酬夙好[2]。归如有期，尚当走送。”居数日，许欲归，众留殷恳，朝请暮邀，日更数主。许坚辞欲行。众乃折柬抱襆[3]，争来致赆[4]，不终朝，馈遗盈橐[5]。苍头稚子，毕集祖送[6]。出村，欻[7]有羊角风[8]起，随行十余里。许再拜曰：“六郎珍重！勿劳远涉。君心仁爱，自能造福一方，无庸故人嘱也。”风盘旋久之，乃去。村人亦嗟讶而返。

聊表一下酬谢，就算我对好友的一番心意吧。你定下回去的日期，我必来相送。”许某在邬镇住了几天，打算回去，大家都殷切地挽留他，每天早晚都轮流请客，一天好几家来请。许某坚决要告辞，这里的人纷纷拿着礼单，抱着包袱，争着前来送行。不到一个早晨，馈赠的礼物就装满了行囊。镇上的男女老幼，都聚集来送许某回家。出了村，忽然地上刮起一阵旋风，跟随着许某走了十多里路。许某对着旋风再三拜谢说：“六郎珍重！不必劳烦再远送了。你有仁爱之心，一定能造福一方百姓，就无须老朋友我再嘱咐什么了。”那阵风又盘旋许久，才依依不舍地离去。村中送行的人也都感叹着返回去了。

注释 1 咫尺河山：近在咫尺却如隔河山。 2 夙(sù)好：旧交，指昔日交好之情。 3 折柬抱襆：拿着礼帖，抱着礼品。柬，信札。 4 致赆(jìn)：送行赠礼。 5 橐(tuó)：一种口袋。 6 祖送：饯行送别。祖，出行以前祭祀路神。 7 欻(xū)：忽然。 8 羊角风：旋风，出自《庄子》“抟扶摇羊角而上者九万里”。迷信认为鬼神驾风而行。

许归，家稍裕，遂不复渔。后见招远人问之，其灵应如响[1]

许某回到家里，家境变得稍稍宽裕一些，便不再捕鱼。后来他遇到招远的人，向他们打听土地爷的情况，都说十分灵验，有

云。或言即章丘石坑庄。未知孰是。

求必应。又有人说六郎是在章丘县的石坑庄。不知道谁说的正确。

注释 1 灵应如响:十分灵验,有求必应。响,回响。

异史氏曰:"置身青云,无忘贫贱,此其所以神也。今日车中贵介[1],宁复识戴笠人[2]哉?余乡有林下者[3],家綦贫。有童稚交[4],任肥秩,计投之必相周顾。竭力办装,奔涉千里,殊失所望。泻囊货骑[5],始得归。其族弟甚谐,作《月令》[6]嘲之云:'是月也,哥哥至,貂帽解,伞盖不张,马化为驴,靴始收声。'念此可为一笑。"

异史氏说:"身居高位仍不忘记贫贱之交,这就是他成为神仙的原因。现在那些坐在车里面的达官贵人,还认得戴着斗笠的穷朋友吗?我的乡里有一个不出来做官的人,家境非常贫寒。他有一个年幼时交好的朋友,如今任了肥差,心想着投奔一定会得到周济。于是他花光钱财置办了行装,奔波上千里路去投奔,结果大失所望。他花光了所有钱财,卖掉了坐骑才勉强回家。他的一个族弟是幽默诙谐之人,作《月令》嘲笑他:'这个月,哥哥回来了,貂皮帽子也解下来了,马车上的伞盖也没有张开,马也变成了驴,走路靴子也没了声音。'念这个可权当一笑。"

注释 1 贵介:地位高贵的大人物。 2 戴笠人:指贫贱时结交的故人。 3 林下者:指乡居不仕之人。 4 童稚交:幼年时结交的朋友。 5 泻囊货骑:花空钱袋,卖掉坐骑。 6 作《月令》:《月令》,《礼记》篇名,记述每年农历十二个月的时令及事宜,此处指模拟《月令》的文式作文。

偷 桃

原文

童时[1]赴郡试。值春节，旧例，先一日，各行商贾，彩楼鼓吹[2]赴藩司[3]，名曰“演春”。余从友人戏瞩[4]。是日，游人如堵[5]。堂上四官皆赤衣，东西相向坐。时方稚，亦不解其何官，但闻人语哜嘈[6]，鼓吹聒耳[7]。忽有一人率披发童，荷担而上，似有所白。万声汹动[8]，亦不闻其为何语，但视堂上作笑声，即有青衣人大声命作剧[9]。其人应命方兴[10]，问：“作何剧？”堂上相顾数语，吏下，宣问所长。答言：“能颠倒生物[11]。”吏以白官，少顷复下，命取桃子。

译文

我在做童生的时候，一次到济南府参加考试。当时正逢春节，按照旧时的惯例，立春前一天，各行各业的商人要准备彩楼鼓吹到布政使衙门表演庆贺，名为“演春”。我便跟着朋友前去看热闹。当天，游人众多，衙门四周围得像堵墙一样。大堂上有四位穿红色衣服的官员，东西相向而坐。我当时年纪小，也不知道是什么官，只是听到四周人声嘈杂，锣鼓喧天聒得耳朵疼。忽然有一个人带着一个披头散发的小童，挑着担子走上堂去，好像在禀报什么。当时人声鼎沸，十分吵闹，也听不清他在说什么，只见堂上官员在笑，随即便有青衣人大声下令让他表演戏法。那人答应了一声站起身来，问道：“不知表演什么戏法？”堂上的人互相商量了几句，差吏便出来问他擅长什么戏法。他回答说：“小人能变出当季不生长的东西。”差吏便报告给堂上官员，不一会儿又走下来，命令他取桃子。

注释 1 童时：指做童生的时候。明清时期的科举制度规定，凡是习举业的读书人，不管年龄大小，未考取秀才资格之前，都称为童生或儒童。但有时候，童生并不完全等同于未考上秀才的学子。根据明朝史书记载，只有通过了县试、府试两场考核的学子才能被称作童生，成为童生方有资格参加院试，成绩佼佼者才能成为秀才。 2 彩楼鼓吹：彩楼，张灯结彩为楼；鼓吹，打鼓、吹奏唢呐等乐器。 3 藩司：即布政使，在清代，布政使为巡抚的属官，专管一省或数个府的民政、财政、田土、户籍、钱粮、官员考核等。 4 戏瞩：围观，看热闹。 5 游人如堵：游人像一堵墙一样，形容游玩人数众多。堵，墙壁。 6 哜嘈(jì cáo)：形容说话声音又急又乱。 7 聒(guō)耳：形容声音嘈杂刺耳。 8 万声汹动：指各种声音混杂，十分吵闹。 9 作剧：表演戏法。 10 应命方兴：听从命令才站起来。兴，起来。 11 颠倒生物：意思是能变出反季节的植物。

术人应诺[1]，解衣覆笥[2]上，故作怨状，曰："官长殊不了了！坚冰未解，安所得桃？不取，又恐为南面者[3]所怒，奈何！"其子曰："父已诺之，又焉[4]辞？"术人惆怅[5]良久，乃曰："我筹之烂熟[6]：春初雪积，人间何处可觅？惟王母[7]园中四时常不凋谢，或有之。必窃之天上，乃可。"子曰："嘻！天可阶而升乎[8]？"曰："有术在。"

变戏法儿的连声答应，解开衣服盖在竹箱子上，故意做出一副抱怨的样子，说："官老爷真是不明事理！现在天气这么冷，坚硬的冰都没有融化，哪里能弄到桃子呢？弄不到，恐怕又要惹恼了官老爷，这可怎么办啊！"他儿子说："父亲既然已经答应了，又怎能推辞呢？"变戏法儿的人闷闷不乐想了很长时间，才说："我想来想去，现在初春雪还没化，人间到哪里可以找到呢？唯有王母娘娘蟠桃园中的桃树，一年四季都不会凋谢，或许会有。一定要到天上偷桃子才行。"儿子就问："嘻！天能踩着

乃启笥，出绳一团，约数十丈，理其端，望空中掷去；绳即悬立空际，若有物以挂之。未几，愈掷愈高，渺入云中，手中绳亦尽。乃呼子曰："儿来！余老惫[9]，体重拙[10]，不能行，得汝一往。"遂以绳授子，曰："持此可登。"子受绳有难色，怨曰："阿翁亦大愦愦[11]！如此一线之绳，欲我附之以登万仞[12]之高天，倘中道断绝，骸骨何存矣！"父又强呜[13]拍之，曰："我已失口[14]，追悔无及，烦儿一行。儿勿苦，倘窃得来，必有百金赏，当为儿娶一美妇。"

台阶上去吗？"回答说："我有办法。"于是，父亲就打开竹箱，拿出一团绳子，大约有数十丈长，整理出一头，朝天空抛去；绳子当即悬挂在空中，好像挂在什么东西上。没多久，绳子越抛越高，远远地伸入云中，他手中的绳子也抛完了。于是就喊儿子："小子过来！我年老体衰，身体笨重，爬不上去了，还得你走一趟。"父亲就把绳子递给儿子，吩咐说："你抓着它就能爬上去了。"儿子接过绳子面露难色，抱怨道："爹爹真是太糊涂了！如此细的一根绳子，想让我靠它爬上万仞高的天，倘若中途断了，我怎能保得住骸骨啊！"父亲又勉强安慰，拍拍他说："我已经夸下海口，现在追悔不及，麻烦小子你走一趟。孩儿不要嫌辛苦，假如你能偷来桃子，大人定会赏给你百两银子，给你娶一个漂亮老婆。"

注释 1 应诺：答应。 2 笥(sì)：盛饭或盛衣物的方形竹器。 3 南面者：古代以面朝南为尊位，君主临朝南面而坐，因此把登上帝位称为"南面为王"。此处代指堂上的官长。 4 焉：此处用作疑问代词，哪里，怎么。 5 惆怅：闷闷不乐，失意烦闷。 6 筹之烂熟：此处指筹划得极为周密。 7 王母：王母娘娘，道教神话中的女神。传说王母娘娘有一座蟠桃园，里面种有仙桃，三千年一熟，人吃了可长生不老。 8 天可阶而升乎：天可以走台阶上去吗？阶，台阶，此处是名词作动词。 9 老惫：

年老体衰。 10 重拙:笨拙,迟钝。 11 愦愦(kuì):糊涂,昏乱。 12 万仞(rèn):仞,长度单位,周代一仞合八尺,一尺约合二十三厘米。此处指天非常高。 13 强鸣:勉强安慰。鸣,本意为说话声,此处代指安慰的话。 14 失口:未经考虑脱口而出。

子乃持索,盘旋而上,手移足随,如蛛趁丝[1],渐入云霄,不可复见。久之,坠一桃如碗大。术人喜,持献公堂。堂上传示良久,亦不知其真伪。忽而绳落地上,术人惊曰:"殆矣!上有人断吾绳,儿将焉托[2]?"移时,一物坠,视之,其子首也。捧而泣曰:"是必偷桃为监者[3]所觉。吾儿休[4]矣!"又移时,一足落,无何,肢体纷堕,无复存者。术人大悲,一一拾置笥中而阖[5]之,曰:"老夫止此儿,日从我南北游。今承严命[6],不意罹[7]此奇惨!当负去瘗[8]之。"乃

于是,儿子就抓着绳子盘旋而上,手脚上下挪动,像蜘蛛踩在蛛丝上,渐渐爬上云霄,消失不见了。过了很久,天上掉下一个碗一般大的桃子。变戏法儿的喜出望外,赶紧捧着献上公堂。堂上的官员传看了很长时间,也不知道桃子是真是假。忽然绳子落到地上,变戏法儿的大惊失色道:"危险了!上边有人把我的绳子砍断了,我儿子可怎么下来啊?"不一会儿,有个东西掉下来,变戏法儿的走近一看,原来是儿子的人头。他捧着儿子的头号啕大哭:"这肯定是偷桃子的时候被看守蟠桃园的神将察觉了。我儿子这下完了!"又过了会儿,落下来一只脚,没多久,肢体纷纷坠落,再也没有其他的东西了。变戏法儿的大为悲痛,把肢体一一拾起来收入竹箱里,并合上盖子,说:"老夫只有这一个儿子,天天跟我走南闯北。如今因奉了各位老爷严厉的命令,没想到遭遇如此惨的祸患!我得把他背回去埋

升堂而跪曰:“为桃故,杀吾子矣!如怜小人而助之葬,当结草以图报[9]耳。”坐官骇诧[10],各有赐金。术人受而缠诸腰,乃扣笥而呼曰:“八八儿,不出谢赏,将何待?”忽一蓬头童首抵笥盖而出,望北稽首,则其子也。以其术奇,故至今犹记之。后闻白莲教能为此术,意此其苗裔[11]耶?

了。”于是他就走上大堂跪下说:“为了取桃子,竟害死了我的儿子啊!各位老爷如果可怜小人,能帮我安葬了他,我来世定当结草报答。”堂上坐着的几位官员惊异得不得了,各自赏给他一些银子。变戏法儿的拿了钱盘在腰间,于是敲敲箱子说:“八八儿,还不出来谢赏,等什么呢?”忽然一个头发乱蓬蓬的小童头顶箱盖爬了出来,朝着北边大堂方向叩头,一看,正是变戏法儿的儿子。由于他的法术很神奇,所以我到现在还记得。此后听说白莲教也会这种法术,想来这父子俩是白莲教的党羽吧?

注释 1 如蛛趁丝:如同蜘蛛沿着蛛网攀爬。 2 托:凭借,依赖。 3 监者:此处指看管蟠桃园的神将。 4 休:结束,完结。 5 阖(hé):关闭。 6 严命:严厉的命令。 7 罹(lí):遭遇(疾病或灾难)。 8 瘗(yì):埋葬。 9 结草以图报:死了也要报答恩惠。春秋时期,晋国的魏武子生了病,他嘱咐儿子魏颗说:“我若死了,你一定要将让我的侍妾改嫁。”不久魏武子病重,又对魏颗说:“我死之后,一定要让她为我殉葬。”等魏武子死后,魏颗没有把侍妾杀死陪葬,而是把她嫁人了。魏颗解释说:“人在病重的时候,神志是昏乱不清的,我做此决定,是按照父亲神志清醒时的吩咐。”后来,秦桓公出兵伐晋,晋军和秦军交战,魏颗与秦将杜回相遇,二人厮杀在一起,正在打得难解难分之际,魏颗突然见一位老人用草绳套住杜回,把他绊倒在地,结果被魏颗俘获。晚上魏颗做梦,那个老者对他说:“我就是那个出嫁侍妾的父亲,白天特来助战以报答你的恩德。”　**10** 骇诧(chà):惊异。　**11** 苗裔(yì):本意为后世子孙,此指党羽、徒众。

种　梨

原文

有乡人[1]货[2]梨于市,颇甘芳[3],价腾贵[4]。有道士破巾絮衣[5],丐[6]于车前,乡人咄[7]之,亦不去。乡人怒,加以叱骂[8]。道士曰:“一车数百颗,老衲[9]止丐其一,于居士[10]亦无大损,何怒为?”观者劝置劣者一枚令去,乡人执不肯[11]。

译文

有个乡下人来到集市上卖梨,他的梨味道很甜美,价钱卖得很贵。有个道士戴着破头巾,穿着烂棉袄在卖梨的车前乞讨,乡下人呵斥他,他也不走。乡下人勃然大怒,对他破口大骂。道士说:“你一车几百个梨,贫道我只讨一个吃,对居士你也没有什么大的损失,为何发这么大火呢?”旁观的人劝乡下人挑个不好的打发他走,乡下人坚持不肯。

注释　**1** 乡人:乡下的平民百姓。　**2** 货:贩卖,此处名词作动词。　**3** 甘芳:指梨的味道甘甜香美。　**4** 腾贵:物价飞涨,此处指价格高昂。　**5** 絮衣:此处指破烂的棉衣。　**6** 丐:乞讨,此处名词作动词。　**7** 咄(duō):呵斥,斥责。　**8** 叱(chì)骂:辱骂。　**9** 老衲:和尚、道士的谦称。起先,出家人穿的衣服由别人不用的布块补缀而成,称为衲衣,故出家人以“老衲”“贫衲”自称。　**10** 居士:出家人对在家信道之人的泛称。　**11** 执不肯:坚持不肯。

肆中佣保者[1]，见喋聒[2]不堪，遂出钱市[3]一枚付道士。道士拜谢，谓众曰："出家人不解吝惜[4]。我有佳梨，请出供客。"或曰："既有之，何不自食？"曰："吾特需此核作种。"于是掬梨大啖[5]，且尽[6]，把核于手，解肩上镵[7]，坎地[8]深数寸，纳之，而覆以土。向市人索汤[9]沃灌[10]，好事者于临路店索得沸沈[11]，道士接浸坎处。万目攒视[12]，见有勾萌[13]出，渐大。俄成树，枝叶扶疏[14]，倏[15]而花，倏而实，硕大芳馥[16]，累累满树。道士乃即树头摘赐观者，顷刻向尽。已，乃以镵伐树，丁丁[17]良久乃断。带叶荷肩头，从容徐步而去。

旁边店铺里的伙计，见他们啰啰唆唆吵个不停，实在受不了，就拿钱买了一个梨递给道士。道士拜谢后对众人说："出家人不晓得什么是吝啬。既然有好梨，就请让我拿出来给大家尝尝。"有人问："你既然有梨，为何不自己吃呢？"道士回答道："我只是需要梨核做种子而已。"于是就捧起梨大口地吃起来，等吃完了，把梨核放在手上，解下肩膀上扛的铲子，在地上挖了一个坑，有几寸深，把梨核放进去并盖上土埋好。道士向集市上的人索要热水浇灌，有个好事的人在临街店铺要来一壶滚烫的开水，道士接过来就浇到坑里去了。集市上有很多人围观，只见有一株嫩芽破土而出，渐渐长大。很快就长成了梨树，枝繁叶茂，不一会儿就开了花，继而结了果子，满树都结满了梨，个儿很大，而且芳香四溢。道士就爬到树上摘梨送给围观的人，顷刻之间就分完了。然后，道士就拿起铲子砍树，"叮叮当当"砍了很久才砍断。道士连树带叶子一起扛在肩上，不慌不忙地走了。

注释 1 肆中佣保者：店铺里雇佣的伙计。 2 喋聒(dié guō)：指讲话啰啰唆唆，使人厌烦。 3 市：购买。 4 不解吝惜：不懂得吝啬、爱惜。吝惜，过分爱惜，舍不得拿出。 5 掬梨大啖(dàn)：捧着梨大口咀嚼。 6 且尽：将要吃完，快要吃完。 7 镵(chán)：古代一种刨土的工具，装上弯曲的长柄，用以掘土。 8 坎地：刨土掘地。 9 汤：此处指热水。 10 沃灌：浇灌。 11 沸沈：滚烫的开水。 12 万目攒(cuán)视：众人一起聚拢围观。攒，聚拢，聚集。 13 勾萌：草木芽苗，曲者为勾，直者为萌。此处指梨核生的新芽。 14 扶疏：枝叶茂盛的样子。 15 倏(shū)：忽然，很快。 16 芳馥(fù)：芳香。 17 丁丁：指砍树时叮叮当当的声响。

初，道士作法时，乡人亦杂立众中，引领注目[1]，竟忘其业。道士既去，始顾车中，则梨已空矣，方悟适所俵散[2]，皆己物也。又细视车上一靶[3]亡，是新凿断者。心大愤恨，急迹之[4]，转过墙隅[5]，则断靶弃垣下[6]，始知所伐梨本即是物也。道士不知所在。一市粲然[7]。

起初道士作法时，那个乡下人也混在人群中，伸长脖子专注地盯着，竟忘记了卖梨的事。等道士走后，他才回头看了看自己的车，发现梨都已经不见了。他这才明白过来，刚才道士分发的梨都是自己车上的。乡下人又仔细察看，发现一根车把不见了，是刚刚被人凿断的。他心里大为光火，急忙循着道士的踪迹追去，转过墙角，发现断掉的车把被扔在墙根下，才知道道士砍的梨树就是这个东西。道士已经不见踪影，满集市的人都哄然大笑。

注释 1 引领注目：伸长脖子专注地看。领，指脖子。 2 俵(biào)散：分发。 3 一靶(bà)亡：一根车把不见了。 4 迹之：循着踪迹追寻。 5 墙隅(yú)：墙角。 6 垣(yuán)下：墙根下。 7 粲然：开怀大笑。

异史氏曰:“乡人愦愦,憨状可掬[1],其见笑于市人,有以哉[2]。每见乡中称素封[3]者,良朋乞[4]米则怫然[5],且计曰:‘是数日之资也。’或劝济一危难,饭一茕独[6],则又忿然,又计曰:‘此十人、五人之食也。’甚而父子兄弟,较尽锱铢[7]。及至淫博迷心[8],则倾囊不吝;刀锯临颈,则赎命不遑[9]。诸如此类,正不胜道[10],蠢尔[11]乡人,又何足怪?”

异史氏说:“这个乡下人糊里糊涂,傻傻的样子真是可笑,他被集市上的人嘲笑也是有道理的啊。每每见到乡下那些土财主,一有好友前来借米就很不高兴,并且计较说:‘这是好几天的花费啊。’有人劝他救济身处危难的人,给孤独无依的人施舍些吃的,则又愤愤不平,还计较说:‘这够五个人、十个人吃的了。’甚至对父子兄弟,也要锱铢必较。等到他被嫖娼赌博迷惑了心志,又把钱全拿出来挥霍,毫不吝惜;等犯了罪,刀锯架在脖子上时,拿钱赎命还来不及。诸如此类的事,讲也讲不完,这个无知蠢笨的乡下人,又有什么奇怪的呢?”

注释 1 憨状可掬:形容憨态十分明显,好像可以用手捧取一样。 2 有以哉:是有其道理的。 3 素封:指没有官位爵禄而家境富有的人。素,平民百姓。封,指封地,古代贵族多受封土地、人口,生活过得很富裕。 4 乞:乞求,此处指借米。 5 怫(fú)然:生气的样子。 6 茕(qióng)独:此处指孤苦无依的人。 7 较尽锱铢:极小的钱也要计较。锱、铢为古代很小的重量单位,借指薄财微利。 8 淫博迷心:嫖娼、赌博迷惑心志。 9 不遑(huáng):来不及,没有时间。 10 不胜道:讲也讲不完。 11 蠢尔:无知蠢笨的样子。

劳山[1]道士

原文

邑有王生，行七[2]，故家子[3]。少慕道[4]，闻劳山多仙人，负笈往游。登一顶，有观宇[5]甚幽。一道士坐蒲团上，素发垂领[6]，而神观爽迈[7]。叩而与语，理甚玄妙[8]。请师之，道士曰："恐娇惰[9]不能作苦。"答言："能之。"其门人甚众，薄暮[10]毕集，王俱与稽首，遂留观中。凌晨，道士呼王去，授以斧，使随众采樵，王谨受教。过月余，手足重茧[11]，不堪其苦，阴有归志[12]。

译文

我们县有个姓王的书生，排行老七。他是世家子弟，从小就仰慕修仙之道。听说崂山上有很多仙人，他就背上行李前去访仙问道。他登上山顶，看见一座道观很是幽静，有位道长正在蒲团上打坐。他白发垂领，精神焕发，爽朗超逸。于是王生上前施礼，与他交谈，道士说的话深奥微妙。王生便请求道士收他为徒，道士说："恐怕你娇气懒惰，吃不了苦。"王生回答说："我能吃苦。"道士的弟子很多，傍晚时分都聚集过来，王生就跟着大家一起向道士叩头，于是就留在了观中。第二天清晨，道士把王生喊过去，给他一把斧头，叫他跟着大伙儿一起去砍柴。王生小心谨慎遵从教诲，这样过了一个多月，他的手脚都磨出了厚厚的茧子，王生实在受不了这样的辛劳，就暗自萌发回家的念头。

注释　1 劳山：即崂山，在今山东省青岛市东北部。　2 行七：在家中排行第七。　3 故家子：大户人家的后代。　4 慕道：爱慕神仙之道。　5 观宇：道观庙宇。　6 素发垂领：白头发垂到领子上。　7 神观爽迈：指人的精神容态爽朗超逸。　8 玄妙：复杂深奥，令人难以理解。 9 娇惰：娇气懒惰。 10 薄暮：傍晚。 11 重(chóng)茧：一层层的茧子，指茧子很厚。 12 阴有归志：暗自萌发回家的念头。

一夕归，见二人与师共酌，日已暮，尚无灯烛。师乃剪纸如镜，粘壁间，俄顷，月明辉室[1]，光鉴毫芒[2]。诸门人环听奔走。一客曰："良宵胜乐[3]，不可不同。"乃于案上取壶酒，分赉[4]诸徒，且嘱尽醉。王自思：七八人，壶酒何能遍给？遂各觅盎盂[5]，竞饮先釂[6]，惟恐樽[7]尽，而往复挹注[8]，竟不少减，心奇之。

有一天晚上，王生打柴回来，见有两个人和师父一起饮酒，天已经黑了，屋里还没上灯烛，师父就把纸剪成镜子的形状，贴在墙壁上。不一会儿，就化为一轮明月，照亮了整个房间，连细微的须发都看得清清楚楚。道士的弟子们都在四周听候吩咐差遣，一位客人说："这么美好的月夜，不能不跟大伙儿一同分享啊。"于是就从桌子上拿起酒壶，分赏各位弟子，并且嘱咐他们要一醉方休。王生心想：我们七八个人，一壶酒怎么够分呢？于是大伙儿找来坛坛罐罐，争先恐后地倒酒，唯恐酒壶空了。然而，众人这么来来回回地倒，壶里的酒竟一点不少，王生心里很是好奇。

注释 1 辉室：光辉照满了房间。 2 光鉴毫芒：指月光明亮，纤毫都能照得清清楚楚。鉴，照。 3 胜乐：美好而快乐。 4 赉(lài)：赏赐。 5 盎盂：盎，腹大口小的瓦盆。盂，一种盛酒的器皿，形似小桶。 6 竞饮先釂(jiào)：此处指争抢着喝酒。釂，饮酒干杯。 7 樽：酒樽，盛酒的容器。酒樽一般为圆形，直壁，有盖，腹较深，有兽衔环耳，下有三足。 8 挹(yì)注：把液体盛出来再注入，此处指用酒壶倒酒。

俄一客曰:“蒙赐月明之照,乃尔[1]寂饮,何不呼嫦娥[2]来?”乃以箸[3]掷月中,见一美人,自光中出,初不盈尺,至地遂与人等。纤腰秀项[4],翩翩作《霓裳舞》[5]。已而歌曰:“仙仙乎[6],而还乎,而幽我于广寒乎!”其声清越[7],烈如箫管。歌毕,盘旋而起,跃登几上,惊顾之间,已复为箸,三人大笑。又一客曰:“今宵最乐,然不胜酒力矣。其饯我于月宫可乎?”三人移席,渐入月中。众视三人,坐月中饮,须眉毕见,如影之在镜中。移时,月渐暗,门人燃烛来,则道士独坐,而客杳矣。几上肴核[8]尚存,壁上月,纸圆如镜而已。道士问众:“饮足乎?”曰:

过了会儿,一位客人说:“承蒙赐以明月相照,但咱们这么寂寥清饮,尚未尽兴,何不把嫦娥叫过来呢?”于是,他就拿起筷子往月亮里一投,只见一个美人从月光中走了出来,起初不到一尺高,等落到地上就和人一样大小。她蛮腰纤细,脖颈修长,风姿翩翩地跳起了《霓裳舞》。跳完舞又舒展歌喉,唱道:“飘摇起舞啊,你何时能够回来啊,为何把我一个人幽闭在广寒宫啊!”她的歌声清脆悠扬,就像吹奏箫管一样嘹亮。唱完歌,她就盘旋着跳了起来,跳到桌子上。众人正在惊奇围观时,她已经变回了筷子,道士和客人们哈哈大笑。这时,另一位客人说:“今晚真是高兴,可我已有些醉了,不知大家能否在月宫为我饯行?”说完,三人就带着酒席渐渐进入了月亮。众弟子看着他们三人在月宫中饮酒,眉毛胡子都瞧得清清楚楚,就像照在镜子里似的。又过了会儿,月色渐渐暗淡下去,有弟子点上蜡烛送来,只看见道士一个在那里坐着,刚才的客人都已经不见了。桌子上还残留着菜肴果品,再看墙上的月亮,不过是一张镜子形状的圆纸片罢了。道士问大家:“你们喝够了吗?”弟子们回答说:“喝够了。”“既然都喝够了,就

"足矣。""足,宜早寝,勿误樵苏[9]。"众诺而退。王窃忻慕[10],归念遂息。

早早休息吧,不要耽误明天砍柴。"大家答应着退了下去,王生心里很高兴,对仙术仰慕不已,就打消了回家的念头。

注释 **1** 乃尔:如此。 **2** 嫦娥:传说中月宫里的仙子。她本是后羿的妻子,因偷吃仙药而飞入月宫。 **3** 箸:筷子。 **4** 秀项:修长的脖颈。 **5**《霓裳舞》:即《霓裳羽衣曲》,是一种唐代的宫廷乐舞。相传为唐玄宗所作,用于在太清宫祭献老子时演奏。 **6** 仙仙乎:翩翩起舞,步伐轻盈的样子。 **7** 清越:指声音清脆悠扬。 **8** 肴核:肴,鱼肉等荤菜。核,水果。此处泛指菜肴果品。 **9** 樵苏:砍柴割草。 **10** 忻(xīn)慕:高兴而仰慕。

又一月,苦不可忍,而道士并不传教一术。心不能待,辞曰:"弟子数百里受业[1]仙师,纵不能得长生术,或小有传习,亦可慰求教之心。今阅[2]两三月,不过早樵而暮归。弟子在家,未谙[3]此苦。"道士笑曰:"我固谓不能作苦,今果然。明早当遣汝行。"王曰:"弟子操作[4]多日,师略授小技,此来为不负也。"道士问:"何术之求?"王

又过了一个月,王生实在受不了苦,而道士也没有教他任何法术。他不想再等下去,就向道士告辞说:"弟子我从数百里外前来拜师学仙,即使不能求得长生之术,哪怕您教个小法术,也能安慰我求教之心。现在过去两三个月了,每天不过是早起打柴,傍晚而归。弟子在家里从没受过这等辛苦。"道士呵呵一笑道:"我早就说你不能吃苦,现在果然如此。明日一早,就送你回去。"王生说:"弟子在这里劳作多日,还请师父传我个小法术,也不枉来此一遭。"道士问他:"你想求什么法术?"王生说:"我每次见到您行走时,都能穿墙而过,

曰:“每见师行处,墙壁所不能隔,但得此法足矣。”道士笑而允之。乃传以诀,令自咒毕,呼曰:“入之!”王面墙不敢入。又曰:“试入之。”王果从容入,及墙而阻。道士曰:“俯首辄入,勿逡巡[5]!”王果去墙数步,奔而入,及墙,虚若无物,回视,果在墙外矣。大喜,入谢。道士曰:“归宜洁持[6],否则不验。”遂助资斧[7],遣之归。

抵家,自诩[8]遇仙,坚壁所不能阻。妻不信,王效其作为,去墙数尺,奔而入。头触硬壁,蓦然而踣[9]。妻扶视之,额上坟起,如巨卵焉。妻揶揄[10]之。王渐忿,骂老道士之无良而已。

能学到这个法术我就心满意足了。”道士笑着答应了他,于是就传给他一个口诀,令其念完,然后喊道:“进去!”王生对着墙不敢进去,道士又说:“你试着往里走走。”王生就缓缓迈步,到墙壁前又停下了。道士说:“你一低头就进去了,不要犹豫。”王生就从离墙几步远的地方跑着冲了进去。等碰到墙壁,感觉空空的什么都没有,回头一看,身体果然已在墙外边了。王生大为惊喜,赶紧返回道观拜谢师父。道士叮嘱他说:“回去之后要行持清白,否则法术就不灵了。”于是就送些盘缠,放他回家去了。

王生回到家,就向妻子夸口说遇到了神仙,学会了穿墙术,再坚硬的墙也阻挡不了他。妻子不相信,王生就照着学法那天的举动,离墙数尺,飞奔而入。结果头碰到坚硬的墙壁,一下子就摔倒在地。妻子过去扶他起来,只见他额头上鼓起鸡蛋大一个包。妻子就嘲笑他,王生又气又恨,大骂老道士无良。

注释 1 受业:跟随老师学习。 2 阅:指经历。 3 谙:熟悉。 4 操作:操劳辛苦。 5 逡(qūn)巡:有所顾虑而徘徊不前。 6 洁持:保持修行清白。 7 资斧:旅费。 8 自诩(xǔ):自我夸耀,说大话。 9 踣(bó):跌倒。 10 揶揄(yé yú):嘲笑。

异史氏曰:"闻此事,未有不大笑者,而不知世之为王生者,正复不少。今有伧父[1],喜疢毒[2]而畏药石,遂有舐痈吮痔[3]者,进宣威逞暴[4]之术,以迎其旨,诒[5]之曰:'执此术也以往,可以横行而无碍。'初试未尝不小效,遂谓天下之大,举可以如是行矣,势不至触硬壁而颠蹶[6]不止也。"

异史氏说:"听到这个故事的人,没有不捧腹大笑的,但他们不知道世上像王生那样的人还不少呢。现在有些粗鄙无知的人,喜欢疾病而畏惧药石,于是就有些毫无底线的人向他拍马屁,给他出一些显示淫威、逞露凶暴的坏主意,以迎合他的口味。糊弄他说:'只要掌握了这种办法,就可以横行无阻了。'起初运用,未尝没有点效果,于是他就自大地认为,可以在天下肆意妄为了。这种人,不撞到墙上碰得头破血流,摔倒在地,是不会消停的。"

注释 1 伧父:乡野村夫,粗鄙无知的人。 2 疢(chèn)毒:此处泛指疾病。 3 舐痈吮痔:(shì yōng shǔn zhì):为讨好人,而情愿舔别人屁股上生的痔疮。指毫无下限地巴结讨好人。 4 宣威逞暴:显示淫威,逞露凶暴。 5 诒(dài):通"绐",欺骗。 6 颠蹶(jué):摔倒跌落,也可引申为覆灭败亡。

长清僧

原文

长清[1]僧某，道行高洁[2]，年八十余，犹健。一日，颠仆不起，寺僧奔救，已圆寂[3]矣。僧不自知死，魂飘去，至河南界。河南有故绅子[4]，率十余骑，按鹰猎兔。马逸[5]，坠毙[6]。魂适相值[7]，翕然而合[8]。遂渐苏，厮仆环问之，张目[9]曰："胡至此？"众扶归。入门，则粉白黛绿者[10]，纷集顾问。大骇曰："我僧也，胡至此？"家人以为妄，共提耳悟之[11]。僧亦不自申解，但闭目不复有言。饷以脱粟[12]则食，酒肉则拒。夜独宿，不受妻妾奉。

译文

长清有个僧人，修行功力深厚，品行纯洁，八十多岁了，身体还很健康。一天，他摔倒了没起来，等寺庙里的和尚赶来抢救时，已经圆寂了。僧人不知道自己已经死了，魂魄飘然离去，到了河南地界。河南有个世家子弟，当时率领十几人骑马驾鹰打野兔。忽然马受惊狂奔，世家公子坠马而亡。正好这时僧人的魂魄与其相遇，一下子就跟尸体合上了。世家公子渐渐醒过来，仆人们围上来询问伤势如何，他张开眼睛说："我怎么到这里了？"众人就把他扶回去了。进了家门，众妻妾浓妆艳抹，纷纷前来探视问候。他大惊道："我是僧人，怎么到这里了？"家人以为他在说胡话，于是就殷切开导，希望他能明白过来。僧人也不为自己辩解，只是闭上眼睛，一言不发。给他粗米饭就吃，酒肉一概拒绝。晚上他一个人睡，不让妻妾侍奉。

注释　1 长清：清代县名，在今山东济南。　2 道行高洁：此处指僧人修行功力深厚，品行高尚纯洁。　3 圆寂：佛教用语，本指修行人诸德圆满、诸恶寂灭，证入不生不灭的涅槃境界。后泛指僧尼故去。 4 故绅子：世家大族的子弟，官宦子弟。古代士大夫束在腰间的大带子，下垂部分叫绅，后世用来借指官员。 5 马逸：马受惊后狂奔。 6 坠毙：落马摔死。 7 相值：相遇。 8 翕（xī）然而合：指僧人的魂魄与尸体自然融合。 9 目：睁开眼睛，此处名词作动词。 10 粉白黛绿者：脸上抹着白粉，眉毛画黛的人。此处指官宦子弟的妻妾。 11 提耳悟之：提着耳朵开导，使其醒悟，指殷切教导。 12 脱粟：脱去谷皮的粗米，此处泛指谷物。

数日后，忽思少步[1]，众皆喜。既出，少定，即有诸仆纷来，钱簿谷籍，杂请会计[2]。公子托以病倦，悉谢绝之。惟问："山东长清县知之否？"共答："知之。"曰："我郁无聊赖[3]，欲往游瞩，宜即治任[4]。"众谓："新瘳[5]，未应远涉[6]。"不听，翼日遂发。抵长清，视风物[7]如昨，无烦问途，竟至兰若[8]。弟子数人见贵客至，伏谒[9]甚恭。乃问："老僧焉往？"答云："吾师曩已物化[10]。"问墓所，群导

几天后，他忽然想出去走走，众人都很高兴。出门后，刚稍稍安静了一会儿，就有仆人纷纷走过来，拿着账簿和粮册请他清点数目。公子就推托自己生病疲倦，一概谢绝了。只问："山东长清县你们知道吗？仆人齐声回答："知道。"他接着说："我最近心情郁闷，对什么都不感兴趣，想前往长清游玩，你们可以现在就去收拾行李。"众人劝说道："公子病刚好，不应当出远门。"但他不听，第二天就出发了。到达长清后，见景物和往日一样，不用向人打听道路，就直接走到寺庙去了。僧人的几个弟子见有贵客光临，都恭敬地迎接。公子就问："老和尚到哪儿去了？"众和尚回答说："我们师父此前已经圆寂了。"问坟墓在何处，众人就领他过去，到那里后，只见三尺高的一座孤坟，

以往，则三尺孤坟，荒草犹未合[11]也。众僧不知何意。既而戒马欲归[12]，嘱曰：“汝师戒行之僧，所遗手泽[13]宜恪守，勿俾损坏[14]。众唯唯[15]，乃行。

上面的荒草还没有长满。僧人们不知道他是什么意思。看过坟墓，公子就准备马匹想回去了，临行前嘱咐道：“你们的师父是个严守戒律的僧人，他留下的教诲应该严格遵守，不要违背破坏。”众人恭敬地点头答应，于是他就走了。

注释　**1** 少步：稍微走动，散步。　**2** 会计：计算数目，此处指清点账册。　**3** 郁无聊赖：因郁闷而精神空虚。　**4** 治任：整理行装。　**5** 新瘳(chōu)：病刚好。瘳，病愈。　**6** 远涉：长途跋涉。　**7** 风物：此处泛指景物。　**8** 兰若(rě)：梵语音译名词，全称阿兰若，原意是森林，引申为“寂静处”“空闲处”，后用来指称佛寺。　**9** 伏谒：谒见尊贵的人，伏地通姓名。此处指恭敬迎接客人到来。　**10** 物化：指死亡。　**11** 未合：荒草还没有长满坟头。　**12** 戒马欲归：准备马匹想要打道回府。　**13** 手泽：先人的遗物或手迹。此处指僧人生前的教导。　**14** 勿俾(bǐ)损坏：不要使……损毁。此处指不要违背老僧生前的教诲。　**15** 唯唯：恭敬的应答声。

既归，灰心木坐[1]，了不勾当[2]家务。居数月，出门自遁[3]，直抵旧寺，谓弟子曰：“我即汝师。”众疑其谬，相视而笑。乃述返魂之由，又言生平所为，悉符，众乃信。居以故榻，事之如平日。后公

世家公子回去后，心如死灰，整日打坐，毫不料理家务。住了几个月，便出门逃走了，径直来到长清的寺庙，对弟子们说：“我就是你们的师父。”众人怀疑他在说胡话，都相视而笑。于是他就讲述了还魂的缘由，又讲起老和尚生前所作所为，都与实际相符，众人这才相信。僧人们就让他住在以前的房间，像之前

子家屡以舆马来，哀请之，略不顾瞻[4]。又年余，夫人遣纪纲[5]至，多所馈遗[6]，金帛皆却之，惟受布袍一袭而已。友人或至其乡，敬造之[7]，见其人默然诚笃，年仅而立[8]，而辄道[9]其八十余年事。

一样服侍他。后来世家公子家屡屡派车马前来，苦苦哀求请他回去，他看都不看一眼。又过了一年多，公子的夫人派遣管家前来，赠送了很多财物，金银布帛他一概拒绝，只接受了一件布袍而已。朋友有时到长清来，恭敬地前去拜访，见他沉默寡言，诚恳笃实，虽然只有三十岁，却总说起八十多年来的往事。

注释　**1** 灰心木坐：心如死灰，呆呆地打坐。　**2** 了不勾当：一点也不料理。勾当，料理，打理。　**3** 自遁(dùn)：独自一人逃走。　**4** 顾瞻：回视，泛指看。　**5** 纪纲：家中掌管事务的仆人，此处指管家。　**6** 馈遗：馈赠，赠送。　**7** 敬造之：恭敬地前去拜访。造，拜访。　**8** 而立：三十岁。古人认为，人三十岁时已经比较成熟，这个时候做事合于礼，言行都很得当，可以在社会立足，故称“而立”。　**9** 辄道：总是说起。辄，总是，往往。

异史氏曰：“人死则魂散，其千里而不散者，性定[1]故耳。予于僧，不异之乎其再生，而异之乎其入纷华靡丽[2]之乡，而能绝人[3]以逃世也。若眼睛一闪，而兰麝熏心[4]，有求死而不得者矣，况僧乎哉！”

异史氏说：“人死后魂魄就会散去，老和尚之所以魂魄出走千里而不散灭，是心性坚定的缘故啊。对这位老僧，他死而复生我并不觉得奇异，当他进入繁华奢靡的场所而能拒绝和俗人交往，逃避世事，这才令我觉得奇异。像他这样，眨眼之间便能获得荣华富贵，对有的人来说，是不惜性命，求之不得的事啊，何况是生活清贫的僧人呢！”

注释　1 性定:心性坚定。　2 靡丽:华丽,奢侈。　3 绝人:拒绝与人交往。　4 兰麝(shè)熏心:此处指富贵奢华的生活。兰麝,兰花和麝香,泛指名贵的香料。

蛇　人

原文

东郡[1]某甲,以弄蛇为业。尝蓄驯蛇二,皆青色,其大者呼之大青,小曰二青。二青额有赤点,尤灵驯[2],盘旋无不如意。蛇人爱之,异于他蛇。期年[3],大青死,思补其缺,未暇遑[4]也。一夜,寄宿山寺,既明,启笥[5],二青亦渺[6]。蛇人怅恨欲死,冥搜[7]亟呼,迄无影兆[8]。然每至丰林茂草,辄纵之去,俾得自适,寻复还,以此故,冀[9]其自至。坐伺之,日既高,亦已绝望,怏怏遂行。出门数武[10],闻丛薪

译文

东郡有个人以耍蛇为生。他曾驯养了两条蛇,都是青色的。他管大的叫大青,小的叫二青。二青额头上有块红斑,尤其灵巧温驯,指挥它上下盘旋,非常合意。耍蛇人对它特别宠爱,比对别的蛇都要好。过了一年,大青死了,耍蛇人想再找条蛇补缺,但一直没时间寻觅。一天晚上,他在山里的寺庙过夜,等天亮打开竹箱一看,二青也不见了。耍蛇人惆怅恼恨得要死。尽管他大声疾呼,尽力寻找,仍是毫无踪迹。以前,每走到草木繁盛的地方,耍蛇人都会把蛇放出去,等它们自由活动够了,很快就会回来。因此,他希望这次二青还会自己回来,于是就坐在草地上等着。直到太阳升得很高了,还不见踪影,耍蛇人这下彻底绝望,只好闷闷不乐地上路。出门刚走几步,就听

错楚[11]中窸窣[12]作响，停趾愕顾[13]，则二青来也。大喜，如获拱璧[14]。息肩路隅，蛇亦顿止。视其后，小蛇从焉。抚之曰："我以汝为逝矣。小侣而所荐耶？"出饵饲之，兼饲小蛇。小蛇虽不去，然瑟缩[15]不敢食。二青含哺[16]之，宛似主人之让客者。蛇人又饲之，乃食。食已，随二青俱入笥中。荷去教之，旋折辄中规矩，与二青无少异，因名之小青。炫技[17]四方，获利无算[18]。

见杂草丛中窸窣作响。他停下来惊讶地回视，是二青回来了。耍蛇人喜出望外，如获至宝，他就在路边放下担子，蛇也跟着停下来。再看它后边，还跟着一条小蛇。耍蛇人抚摸着二青说道："我以为你跑丢了呢。你是要把这个小伙伴引荐给我吗？"于是他就拿出饵料喂它们吃。小蛇虽然没离去，但缩成一团瑟瑟发抖，不敢进食。二青就用嘴含着吃的喂它，好像是主人在请客人吃东西一样。耍蛇人见状，就再给它喂食，它这才开吃。吃过食物，小蛇就跟着二青一起爬进竹箱。耍蛇人带着它训练，小蛇盘旋回转都合乎指令，和二青没什么区别，于是就叫它小青。耍蛇人带着两条青蛇四处表演，赚了很多钱。

注释　1 东郡：秦朝时的郡名，在今河南省濮阳市。　2 灵驯：指蛇有灵性而听从命令。　3 期(jī)年：一整年。　4 暇遑：空闲。　5 笥(sì)：竹箱子。　6 渺：消失不见。　7 冥搜：尽力寻找。　8 影兆：踪影，迹象。　9 冀：希望。　10 武：原指半步，此处指脚步。　11 丛薪错楚：草木杂乱。错，交错，杂乱。楚，泛指荆棘灌木。　12 窸窣(xī sū)：形容轻微细碎的声音。　13 愕顾：惊讶地回看。　14 拱璧：指大块的玉璧，比喻极其珍贵的东西。拱，两手合抱。璧，圆形中间有孔的扁平玉器，古代在典礼时用作礼器，亦可作饰物。　15 瑟缩：蜷缩成一团，瑟瑟发抖。　16 含哺：用嘴衔着食物喂养。　17 炫技：炫耀技能，此处指表演。　18 无算：算不清楚，指获利很多。

大抵蛇人之弄蛇也，止以二尺为率[1]，大则过重，辄便更易。缘二青驯，故未遽弃。又二三年，长三尺余，卧则笥为之满，遂决去之。一日，至淄邑[2]东山间，饲以美饵，祝而纵之。既去，顷之复来，蜿蜒[3]笥外。蛇人挥曰："去之！世无百年不散之筵。从此隐身大谷，必且为神龙，笥中何可以久居也？"蛇乃去，蛇人目送之。已而复返，挥之不去，以首触笥，小青在中亦震震而动。蛇人悟曰："得毋欲别小青耶？"乃发笥，小青径出，因与交首吐舌，似相告语。已而委蛇[4]并去。方意小青不还，俄而踽踽[5]独来，竟入笥卧。由此随在物色[6]，迄无佳者，而小青亦渐大，不可弄。后得

通常耍蛇人操弄的蛇，仅以二尺为标准，再大就有些重，需要立即更换。因为二青实在很温驯，所以耍蛇人没立即抛弃它。又过两三年，二青长到三尺多长，盘在竹箱里塞得满满的，于是耍蛇人就决心放它离去。一天，他走到淄川的东山里，让它美美地吃了一顿，道别后就放它走了。二青走后，过了一会儿又回来，在竹箱外来回盘绕。耍蛇人就挥手呵斥道："走吧！世上没有百年不散的宴席。你从此藏身于深谷中，必定会成为神龙，竹箱怎么能够长久居住呢？"二青听他这么讲就爬走了，耍蛇人目送它离去。过了一会儿，它又回来了，挥手赶也不走，用头触碰竹箱，小青在里头也不停地窜动。耍蛇人这才明白过来，问："你是不是要和小青道别啊？"刚打开竹箱，小青一下子蹿出来，二青和它头颈缠绕在一起，互相碰触信子，好像在跟它嘱咐什么。过了一会儿，小青跟着二青一起弯弯曲曲地爬走了。耍蛇人觉得它不会回来，谁知不久小青又独自归来，爬入箱内卧下。此后，耍蛇人到处寻找新蛇，始终没找到合适的，而小青也渐渐长大，有些不方便耍弄。后来，他得到一条也还

一头，亦颇驯，然终不如小青良。而小青粗于儿臂矣。

算很驯服的，然而到底不如小青出色。这时候，小青已经长到小孩儿胳膊那么粗了。

注释 1 率(lǜ)：标准。 2 淄邑：淄博县城，在今山东淄博。 3 蜿蜒(wān yán)：指蛇爬行时弯弯曲曲的样子。 4 委蛇(wēi yí)：同“逶迤”，蛇爬行时弯弯曲曲的样子。 5 踽踽(jǔ)：孤零零的样子。 6 随在物色：随时随地寻找。

先是，二青在山中，樵人多见之。又数年，长数尺，围如碗，渐出逐人。因而行旅相戒，罔[1]敢出其途。一日，蛇人经其处，蛇暴出如风，蛇人大怖而奔，蛇逐益急。回顾已将及矣，而视其首，朱点俨然，始悟为二青。下担呼曰：“二青，二青！”蛇顿止，昂首久之，纵身绕蛇人如昔弄状。觉其意殊不恶，但躯巨重，不胜其绕，仆地呼祷[2]，乃释之。又以首触笥，蛇人悟其意，

起先，二青在山里，樵夫经常看见它。又过几年，二青长到好几尺长，有碗口那么粗，渐渐出来追逐行人。因而，来往的商旅都互相告诫，不敢经过它出没的地方。一天，耍蛇人经过二青的领地，突然有条大蛇狂风般猛地蹿出，他吓得掉头就跑，大蛇追得更紧了。回头一看，蛇已经快追上自己了，再看它的额头，明显有一块红斑，这才明白原来是二青。于是耍蛇人放下担子，呼喊道：“二青，二青！”大蛇听见声音就停下来，昂起头盯着他看。过了很久，它爬上前去，盘绕在耍蛇人身上，就像从前表演时那样。耍蛇人感到它没什么恶意，只是身躯太沉重，经不住它这么盘绕，就扑倒在地上，呼号请它下来，于是二青就放开了他。二青又用头碰触竹箱，耍蛇人明白它的意思，就打开箱子把

开笥出小青。二蛇相见,交缠如饴糖[3]状,久之始开。蛇人乃祝小青曰:“我久欲与汝别,今有伴矣。”谓二青曰:“原君引之来,可还引之去。更嘱一言:深山不乏食饮,勿扰行人,以犯天谴。”二蛇垂头,似相领受。遽起,大者前,小者后,过处,林木为之中分。蛇人伫立望之,不见乃去。此后行人如常,不知二蛇何往也。

小青放了出来。两条蛇一见面,紧紧地缠绕在一起,就像麦芽糖粘在一起那样,过了好长时间才分开。耍蛇人就对小青说:“我早就想跟你道别,如今你总算遇到伴儿了。”又对二青说:“小青原本是你带来的,现在你可以把它带走。我再嘱咐一句:你在深山里不缺吃喝,以后不要再惊扰行人,以免遭受天谴。”两条蛇低下头,好像在接受他的劝告。忽然抬起头,大的在前,小的在后,所过之处,树木草丛都被它们从中间分开,倒伏在两边。耍蛇人站在那儿望着它们,直到看不见了才离去。从此以后,行人往来又恢复了往日的安宁,不知道那两条蛇去哪了。

注释 1 罔(wǎng):不,没有。 2 呼祷:喊叫求饶。 3 饴(yí)糖:以含有淀粉的粮食,如小麦、大麦、玉米等为原料,经糖化后加工制得。饴糖味甜爽口,黏性很强。 此处比喻两条蛇缠绕得很紧密。

异史氏曰:“蛇,蠢然一物耳,乃恋恋有故人之意[1],且其从谏也如转圜[2]。独怪俨然而人也者,以十年把臂之交[3],数世蒙恩之主,转思下井复投石焉。又不然,则药石相投[4],悍

异史氏说:“蛇,只是没有灵智的动物罢了,也还对老友恋恋不舍,并且很容易就听从劝告。唯独奇怪的是,有些看起来人模人样儿的家伙,对十年过从亲密的老朋友,对几代蒙受恩惠的主人,转眼就想着落井下石。要不然,就是对别人的好心规劝毫不理睬,还恼羞

然不顾,且怒而仇焉者,不且出斯蛇下哉?”

成怒把人家当作仇人报复。难道不是比蛇都不如吗?”

注释 1 有故人之意:怀有老朋友的感情。 2 从谏也如转圜(yuán):意思是很容易听从别人的劝告。转圜,转动圆形器物,指很容易做到的事。圜,同“圆”。 3 把臂之交:形容关系很亲密。把臂,挽着手臂。 4 药石相投:用药物及砭石给人治病,引申为对人苦口劝诫。

斫蟒

原文

胡田村[1]胡姓者,兄弟采樵[2],深入幽谷。遇巨蟒,兄在前为所吞。弟初骇欲奔,见兄被噬[3],遂怒出樵斧,斫蟒首。首伤而吞不已[4]。然头虽已没[5],幸肩际不能下。弟急极无计,乃两手持兄足,力与蟒争,竟曳[6]兄出。蟒亦负痛去。视兄,则鼻耳俱化,奄[7]将气尽。肩负以行,途中凡十余息,始至家。医养半

译文

胡田村有户姓胡的人家,兄弟两人有次进到深山幽谷砍柴。忽然遇到一条巨蟒,哥哥走在前边被蟒蛇吞了。弟弟起初吓得想撒腿就跑,但看见哥哥被蛇吞咬,于是愤怒地拿出砍柴的斧头,朝着蟒蛇的头部砍去。蛇脑袋受了伤,但仍继续吞咽,虽然哥哥头已经被吞下,幸而肩膀卡住了蛇的嘴巴,一时吞不下去。弟弟急得没办法,就用两手抓住哥哥的脚跟用力与蟒蛇争夺,最终竟然把哥哥拽了出来。蟒蛇也疼得离开了。再看哥哥,鼻子、耳朵都化掉了,已经奄奄一息。弟弟就背着哥哥回家,一路上休息了十几次才走到

年,方愈。至今面目皆瘢痕[8],鼻耳处惟孔存焉。

噫！农人中乃有弟弟[9]如此者哉！或言:“蟒不为害,乃德义所感。”信然！

家。哥哥医治休养了半年才好。至今脸上仍都是疤痕,鼻子、耳朵只剩下了孔洞。

噫！农夫当中,竟然有如此孝悌的弟弟啊！有人说:“蟒蛇之所以没有害死哥哥,是被弟弟的道德仁义所感化。”确实如此啊！

注释 1 胡田村:今山东淄博张店区有湖田村,可能指此。 2 采樵(qiáo):砍柴。 3 噬(shì):吞。 4 吞不已:不停地吞。已,停止。 5 没(mò):消失。此处指头被蟒蛇吞了进去。 6 曳(yè):拖,拉。 7 奄:气息微弱。 8 瘢(bān)痕:创伤或疮疤愈合后在皮肤上留下的痕迹。 9 弟弟(tì dì):即悌弟,懂得敬事兄长的弟弟。

犬 奸

原文

青州[1]贾某客于外,恒经岁不归[2]。家蓄一白犬,妻引与交[3],犬习为常。一日,夫至,与妻共卧,犬突入,登榻啮贾人,竟死。后里舍[4]稍闻之,共为不平,鸣于官[5]。官械妇[6],妇不肯伏[7],收

译文

青州有位商人客居外地,经常一整年都不回家。家里养了一只白狗,他妻就引诱狗跟自己交合,狗也对此习以为常。一天,丈夫回到家,与妻子同床休息,狗突然闯了进来,爬上床就撕咬商人,竟然把他咬死了。此后,同乡的人渐渐听闻此事,都为商人鸣不平,于是告到了官府。知府对妇人动用刑具,妇人仍不肯

之。命缚犬来，始取妇出。犬忽见妇，直前碎衣作交状，妇始无词。使两役解[8]部院[9]，一解人而一解犬。有欲观其合者，共敛钱赂役[10]，役乃牵聚令交。所止处，观者常数百人，役以此网利[11]焉。后人犬俱寸磔[12]以死。

鸣呼！天地之大，真无所不有矣。然人面而兽交者，独一妇也乎哉？

招认，于是就把她关押起来。知府命人把狗绑来，又把妇人带出来。狗忽然见到妇人，径直扑上前去撕碎她的衣服，做出交合的姿势，妇人这才无话可说。知府命两个衙役押解妇人和狗到巡抚衙门，一人押着妇人，一人押着狗。有人想看妇人和狗交合，就一起凑钱贿赂衙役，衙役就牵着狗让它跟妇人在一起交合。所到之处，常常有好几百人围观，衙役借此赚了很多钱。后来，妇人和狗都被凌迟处死了。

鸣呼！天地之大，真是无奇不有啊。然而长着人的面孔，却跟畜生交合的，难道只有这一个妇人吗？

注释　1 青州：此处为青州府，在今山东省青州市，地处山东半岛中部。 2 恒经岁不归：经常整年都不回家。恒，总是。经岁，一整年。 3 交：此处指妇人与犬交合。 4 里舍：同乡的人。 5 鸣于官：到官府报案。 6 官械妇：官府给妇人戴上刑具。械，加上刑具，名词作动词。 7 伏：服法，认罪。 8 解(jiè)：押解，指押送犯人。 9 部院：此处指巡抚衙门。清代巡抚一般还兼任六部侍郎衔，或都察院右副都御史衔，故又称“部院”。 10 赂役：贿赂差役。 11 网利：网罗钱财。 12 寸磔(zhé)：即凌迟处死。

异史氏为之判[1]曰：“会于濮上[2]，古所交讥[3]；约

异史氏为此事写了判词说：“男女在濮水之滨幽会，自古受人讥讽；在

于桑中[4]，人且不齿[5]。乃某者，不堪雌守之苦[6]，浪思苟合[7]之欢。夜叉伏床，竟是家中牝兽[8]；捷卿入窦[9]，遂为被底情郎。云雨台[10]前，乱摇续貂之尾[11]；温柔乡里，频款曳象之腰[12]。锐锥处于皮囊[13]，一纵股而脱颖[14]；留情结于镞项[15]，甫饮羽[16]而生根。忽思异类之交，直属匪夷之想[17]。龙吠奸而为奸[18]，妒残凶杀，律难治以萧曹[19]；人非兽而实兽，奸秽淫腥，肉不食于豺虎。呜呼！人奸杀，则拟女以剐[20]；至于犬奸杀，阳世遂无其刑。人不良，则罚人作犬；至于犬不良，阴曹应穷于法。宜支解以追魂魄，请押赴以问阎罗。”

桑间相约，也为人所不齿。有的女人受不了独守空房的痛苦，竟然放浪地生起苟合交欢的念头。母夜叉趴在床上，竟然是家里的雌兽；公狗的阳具进入洞穴，就成了被窝里的情郎。床上，狗乱摆动着尾巴；温柔乡里，女子频频摇晃着细腰。狗的阳具藏于体内，一抬腿便‘脱颖而出’；奸情结在箭头之上，刚射进去就落地生根。忽然想到人兽异类相交，真是匪夷所思。狗本来是防备奸人的，自己却成了奸夫，因为嫉妒而残杀原夫，实在难以按照法律治罪；人不是兽类却有兽行，犯下污秽腥臭的奸淫之行，就连猛虎、豺狼也不愿吃她的肉。呜呼！人犯了奸杀则应当处以磔刑；至于狗犯了奸杀阳世却没有相应的刑罚。人为非作歹要被罚做狗；至于狗犯法，阴曹地府估计也无计可施。应当把它肢解，再捉拿其魂魄，把它押到阎王那里，问问该如何处置。”

注释　**1** 判：即判词，断语。此处为做出判决，名词作动词。　**2** 濮上：指春秋时期卫国的濮水之滨。濮上以侈靡之乐闻名于世，男女亦多于此处幽会，故后世用以指代侈靡淫乱的音乐、风俗的流行地。　**3** 交讯：

共相讥笑。 4 桑中:卫国地名,亦名桑间,经常有青年男女在其中约会。 5 不齿:指不愿意提到或羞与为伍。 6 雌守之苦:女性守节的辛苦。 7 苟合:此处指不正当的性关系。 8 牝(pìn)兽:雌性动物。 9 捷卿入窦:捷卿,狗的代称。窦,洞穴。 10 云雨台:原指男女幽会之处,此处指床上。 11 续貂之尾:此处化用"狗尾续貂"典故,指狗尾。 12 频款曳象之腰:款,摇动。曳象之腰,纤细的腰部。 13 此句是说公狗未发情前,阳具藏于体内。 14 此句是说公狗发情后,阳具伸出体外。脱颖,原指锥子刺破口袋露出尖。 15 镞(zú)项:箭头。 16 饮羽:箭深没羽,形容射箭的力量极强。此处指狗在交合时,用力猛烈。 17 匪夷之想:离奇的念头,荒诞的想法。 18 尨(máng)吠奸而为奸:此句意思是,狗本来是看家护院提防坏人的,自己却与女主人发生奸情。尨,指多毛的狗。 19 萧曹:萧何和曹参是西汉初年的丞相,萧何是汉朝法律制度的草创者,曹参继任后沿袭不变。此处代指法律。 20 剐(guǎ):千刀万剐。

雹　神

原文

王公筠苍[1],莅任[2]楚中,拟登龙虎山[3]谒天师[4]。及湖[5],甫登舟,即有一人驾小艇来,使舟中人为通。公见之,貌修伟[6],怀中出天师刺[7],曰:"闻驺从[8]将临,先遣负弩[9]。"

译文

王筠苍先生,在前往楚地上任的时候,想去龙虎山拜谒张天师。等走到鄱阳湖时,刚上船,便有一人驾小舟前来,请船上的人为其通禀。王公看此人身材魁梧,仪表堂堂,他从怀里拿出天师的名片,说:"听闻大驾光临,天师先派我前来相迎。"王公惊讶天师能预知来事,愈

公讶其预知，益神之，诚意而往。

发觉得他神奇，于是就诚心实意地前去拜望。

注释 **1** 王公筠苍：王孟震，字筠苍，淄川（今属山东淄博）人。万历进士，官至左通政，因触犯魏忠贤被革职。 **2** 莅(lì)任：指（官员）赴任。 **3** 龙虎山：道教名山，在今江西鹰潭。东汉中叶，张道陵曾在此炼丹，传说"丹成而龙虎现"，山因而得名。 **4** 天师：东汉时，张道陵创立正一派，被后世道教尊为祖天师，天师职位的继承采用世袭嗣教制度，故其后人也被称为天师。 **5** 湖：此指江西鄱阳湖，是中国最大的淡水湖泊。 **6** 修伟：身材魁梧，仪表不凡。 **7** 刺：名片。纸张发明以前，拜访者把名字和其他介绍文字刻在竹片或木片上，作为给被拜访者的见面文书。纸张流行后，"刺"由竹木片改成了更便于携带的纸张。 **8** 驺(zōu)从：古代贵族官僚出门时所带的骑马侍从。此处代指王筠苍一行人。 **9** 负弩：指背负弓弩，开路先导。古代迎接贵宾之礼。

天师治具相款[1]。其服役者，衣冠须鬣[2]多不类常人，前使者亦侍其侧。少间，向天师细语，天师谓公曰："此先生同乡，不之识耶[3]？"公问之。曰："此即世所传雹神李左车[4]也。"公愕然改容[5]。天师曰："适言奉旨雨雹[6]，故告辞耳。"公

天师精心准备饭菜招待王公。在席间操持的服务人员，穿衣打扮以及须发都跟普通人不同，之前的那位使者也在一旁侍奉。过了一会儿，王公小声向天师询问那人是谁，天师对他说："他和先生是同乡，你难道不认识吗？"王公便问是哪一位。天师回答说："他就是世人所说的雹神李左车啊。"王公惊愕地变了脸色。天师说："他正好奉旨降冰雹，所以要告辞了。"王公就问到哪里降冰雹，

问何处，曰章丘[7]。公以接壤关切，离席乞免。天师曰："此上帝玉敕[8]，雹有额数，何能相徇[9]？"公哀不已。天师垂思良久，乃顾而嘱曰："其多降山谷，勿伤禾稼可也。"又嘱："贵客在坐，文去勿武[10]。"

天师回答是章丘。王公因为章丘和自己家乡接壤，就起身离席，恳求李左车不要前往。天师劝道："这是上帝的旨意，所下的冰雹多少都有定额，如何能徇私呢？"王公苦苦哀求。天师低头想了很长时间，就回过头对李左车嘱咐说："多降在山谷，不要毁伤庄稼就可以。"又叮嘱说："有贵客在座，安静离去即可，不要动静太大。"

注释 1 治具相款：准备饭菜款待。 2 须鬣(liè)：胡须。 3 不之识耶：难道不认识吗？此处为倒装，应为"不识之耶"。 4 李左车：赵国名将李牧之孙，秦汉之际谋士。秦末，六国义军并起，李左车辅佐赵王歇，因战功被封为广武君。韩信击破赵国后，继续任用李左车，收复燕、齐之地。李左车死后被民间奉为"雹神"。李左车是赵（河北）人，因山东建有李左车祠，故天师称王荅筠与其是同乡。 5 改容：改变表情、态度。 6 雨(yù)雹：下冰雹。雨，降雨，此处指降冰雹，名词作动词。 7 章丘：今山东济南章丘区。 8 玉敕：即御敕，上帝亲自下达的命令。敕，皇帝的诏令，此处指上帝的命令。 9 徇：曲从，徇私。 10 文去勿武：温和地离去，动静不要过于激烈。李左车是负责降冰雹的神，能兴风雨，故天师有此叮嘱。

神出，至庭中，忽足下生烟，氤氲匝地[1]。俄延逾刻[2]，极力腾起，裁高于庭树；又起，高于楼阁。

雹神出来走到庭院当中，忽然脚下生起烟雾，很快就弥漫遍地。过了有一刻钟，他奋力跳起，比院子里的树略微高些；又继续跳起，高度超过了楼房。忽然

霹雳一声，向北飞去，屋宇震动，筵器摆簸[3]。公骇曰："去乃作雷霆耶！"天师曰："适[4]戒之，所以迟迟[5]，不然，平地一声，便逝去矣。"公别归，志[6]其月日，遣人问章丘。是日果大雨雹，沟渠皆满，而田中仅数枚焉。

电闪雷鸣，他向北方飞去，房屋震动，桌子上的杯盘也颠簸摇摆起来。王公吃惊地说："他走的时候竟然电闪雷鸣啊！"天师说："刚才我已告诫他，所以才慢慢离去。不然，在平地上一声雷响就可离去了。"王公告辞后就回去了，他记下当天的日期，派人到章丘询问。那一天果然下了很大的冰雹，沟渠都填满了，而田地里仅有几枚而已。

注释　1 氤氲(yīn yūn)匝地：云烟遍地。氤氲，烟云弥漫的样子。匝地，遍地。　2 逾刻：超过一刻钟，古代一刻约为现在十五分钟。　3 摆簸：摇摆颠簸。　4 适：适才，刚刚。　5 迟迟：时间长或时间拖得很晚，此处指雹神离去很慢。　6 志：记录。

狐嫁女

原文

历城殷天官[1]，少贫，有胆略。邑有故家之第[2]，广数十亩，楼宇连亘[3]。常见怪异，以故废无居人。久之，蓬蒿[4]渐满，白昼亦无敢

译文

历城的殷尚书，年轻时家境贫寒，胆子却很大。县里有个世家大族的宅院，方圆几十亩地，房屋连绵不绝。因为经常出现怪异的事，所以废弃无人居住。时间长了，里面逐渐长满荒草，即使在白天也没人敢进去。有一次，殷公和县学的生员们一起

入者。会公与诸生饮，或戏云："有能寄此一宿者，共醵为筵[5]。"公跃起曰："是亦何难！"携一席往。众送诸门，戏曰："吾等暂候之，如有所见，当急号。"公笑云："有鬼狐，当捉证耳。"遂入。见长莎蔽径[6]，蒿艾如麻。时值上弦[7]，幸月色昏黄，门户可辨。摩娑数进[8]，始抵后楼。登月台[9]，光洁可爱，遂止焉。西望月明，惟衔山一线[10]耳。坐良久，更无少异，窃笑传言之讹[11]。

饮酒，其中有人开玩笑说："如果有人能在那个宅子里睡上一晚，我们就共同出钱请他吃酒宴。"殷公一跃而起，说道："这有什么难的！"于是就带上一张席子前去。众人把他送到那家大门口，开玩笑说："我们暂时在这儿等着，你如果见到妖怪，就赶紧呼喊。"殷公笑着说："如有鬼狐的话，我一定捉住做个证明。"说完就进去了。只见里边长满了高高的莎草，把道路都遮蔽了，艾蒿长得密密麻麻。当时正好是上弦月，幸好有昏黄的月光，门窗依稀还能辨认出来。殷公摸索着穿过几重院落，才到后面的楼阁。登上月台，见上面光滑整洁，十分喜爱，就待在那里。他向西边望了望月亮，见月亮和远山衔接在一起，只剩一线月光。殷公坐了很长时间，也不见丁点怪异发生，便暗笑那些传言实在荒谬。

注释　1 历城殷天官：历城，清代隶属山东济南府，即今济南市历城区，是山东重要的政治、经济、文化中心。殷天官，即殷士儋，字正甫，又字棠川，济南历城人，因官至内阁大学士，人称"殷阁老"。天官，明清时期对吏部尚书的尊称。殷士儋曾做过礼部尚书，可能蒲松龄书写有误。　2 第：宅院，府邸。　3 连亘(gèn)：连绵不绝。　4 蓬蒿(hāo)：飞蓬和蒿草，泛指野草。　5 共醵(jù)为筵：一起凑钱请吃饭。醵，凑钱。　6 长莎(suō)蔽径：高高的莎草遮住了道路。莎，即莎草，多年生草本植物。茎直立，三棱形，叶线形。根茎可供药用。　7 上弦：农历初八左右，从地球上看，月亮已移到太阳以东九十度角，这时月亮如弓形，阴暗占据大半，称为上弦月。 **8** 摩娑(suō)数进：摸索着走进数重庭院。摩娑，指用手轻轻按着并一下一下地移动，又作“摩挲”。 **9** 月台：在古建筑中，正房、正殿突出连着前阶的平台。由于此类平台宽敞而通透，一般前无遮拦，是看月亮的好地方，故称月台。 **10** 衔山一线：明月看上去和山衔接在一起，如同一条线。 **11** 讹(é)：错误，荒谬。

席地枕石，卧看牛女[1]。一更向尽[2]，恍惚欲寐。楼下有履声，籍籍[3]而上。假寐睨之，见一青衣人，挑莲灯，猝见公，惊而却退。语后人曰：“有生人在。”下问：“谁也？”答云：“不识。”俄一老翁上，就公谛视，曰：“此殷尚书，其睡已酣。但办吾事，相公[4]倜傥[5]，或不叱怪。”乃相率入楼，楼门尽辟。移时，往来者益众。楼上灯辉如昼。公稍稍转侧，作嚏咳。翁闻公醒，乃出跪而言曰：“小人有箕帚女[6]，今夜于归[7]。不意有触贵人，

于是他就把席子铺地上，枕着石头，躺着遥望牵牛星、织女星。一更将尽的时候，殷公恍惚要睡着了。忽然听见楼下有凌乱的脚步声，正在朝楼上走去。他便假装睡觉，眯着眼睛偷看，见一个穿青衣的人，挑着莲花灯走上来。他突然发现了殷公，猛然一惊，连忙往后退，对后边的人说：“有生人在月台上。”下面的人问：“是谁呀？”青衣人回答说：“不认识。”过了片刻，一个老头儿走上来，靠近殷公仔细看了看，说：“这是殷尚书，他已经睡得很熟了。我们只管办自己的事，殷相公为人洒脱，不拘小节，或许不会责怪。”于是便领着人相继上楼，把门都打开了。过了一会儿，来往的人更多了。楼上灯火辉煌，就像白天一样。殷公稍微翻了翻身，故意打了个喷嚏。老翁听见他醒了，于是走出来跪下说：“小人有个粗笨的女儿，今晚要出嫁。没想到触犯了贵人，还望您不要太怪

望勿深罪。”公起，曳之曰：“不知今夕嘉礼[8]，惭无以贺。”翁曰：“贵人光临，压除凶煞[9]，幸矣。即烦陪坐，倍益[10]光宠。”公喜，应之。入视楼中，陈设绮丽[11]。遂有妇人出拜，年可四十余。翁曰：“此拙荆[12]。”公揖之。俄闻笙乐[13]聒耳，有奔而上者，曰：“至矣！”

罪。”殷公站起身，拉起老头儿说：“不知今夜你家操办婚礼，很惭愧我没带贺礼来。”老头儿说：“贵人大驾光临，能镇压消除凶灾恶煞，小人已经觉得很荣幸了。要是麻烦您能陪坐一会儿，那对我来说更是倍加光彩恩宠了。”殷公很高兴，便答应了他。他走进楼一看，只见里面布置得奢侈华丽。这时有个妇人出来拜见，年纪有四十多岁。老头儿说：“这是我的妻子。”殷公便向她作揖。不一会儿，就听见吹笙奏乐，声音震耳欲聋，有人跑上来说：“迎亲队伍到了！”

注释　1 牛女：牵牛星和织女星。　2 向尽：将要结束。　3 籍籍：凌乱的样子。　4 相公：古代对宰相的敬称。殷士儋曾做过内阁大学士，也可视同宰相。　5 倜傥(tì tǎng)：洒脱，不拘束。此处指殷士儋为人不拘小节。　6 箕帚(jī zhǒu)女：对女儿的谦称，指女儿没有才貌，只能干一些家务活。箕帚，以箕帚扫除，操持家中杂务。　7 于归：出嫁。　8 嘉礼：此处指婚礼。　9 压除凶煞：镇压除去凶神恶煞。　10 倍益：成倍增加。　11 绮(qǐ)丽：华美艳丽。　12 拙荆：古代丈夫对妻子的谦称。“荆”为一种灌木，在古代可用来制作妇女的发钗，称为“荆钗”，是简陋的饰品。　13 笙乐：笙是簧管乐器，一般有十七根长短簧管(其中三根不发音)插于铜斗中，奏时，手按指孔，利用吹吸气流振动簧片发音。古代迎亲时多吹笙奏乐。

翁趋迎[1]，公亦立俟。少选[2]，笼纱一簇[3]，导新郎入。年可十七八，丰采韶秀[4]。翁命先与贵客为礼。少年目公，公若为傧[5]，执半主礼。次翁婿交拜，已，乃即席。少间，粉黛云从，酒胾雾霈[6]，玉碗金瓯[7]，光映几案。酒数行，翁唤女奴请小姐来。女奴诺而入，良久不出。翁自起，搴帏促之。俄婢媪辈拥新人出，环珮璆然[8]，麝兰散馥[9]。翁命向上拜。起，即坐母侧。微目之，翠凤明珰[10]，容华绝世。

既而酌以金爵，大容数斗。公思此物可以持验同人，阴内[11]袖中。伪醉隐几[12]，颓然而寝。皆曰："相公醉矣。"居无何，闻新

老头儿一路小跑出门迎接，殷公也站起身等候。不一会儿，一簇纱布灯笼引导着新郎进来。看他模样，大概有十七八岁，相貌俊美清秀。老头儿让他先给殷公行了礼。新郎看着殷公，殷公就好像是接引宾客的傧相一样，还了半主礼。然后老头儿和女婿互相行礼，拜完后，大家就入席了。过了一会儿，丫环们浓妆艳抹，纷纷走上来伺候，端上热气腾腾的美酒佳肴，玉碗金盆，交相辉映，桌子都被照亮了。酒过三巡，老头儿叫丫环去请小姐来。丫环应声而去，过了很久还不出来。老头儿站起身，自己掀开帘子过去催促。过了一会儿，丫环仆妇们簇拥着新娘子出来了，只听玉环玉佩叮当作响，兰麝芳香四溢。老头儿命女儿拜见上座客人。她起身后，就坐到母亲的旁边。殷公稍微看了一眼，只见她头上插着翡翠凤钗，耳朵上戴着明珠耳坠，容貌艳丽，举世无双。

过了一会儿，老头儿改用金爵斟酒，金爵容量很大，能盛好几斗酒。殷公心想，这东西可以拿回去给朋友作证，于是就偷偷地把金爵放进衣袖中。他假装喝醉酒趴在桌子上，无精打采假装睡着了。众人都说："相公喝醉了。"没多久，听新郎说要告辞。笙管鼓乐猛然间响了起来，大家纷纷下楼

郎告行，笙乐暴作，纷纷下楼而去。已而主人敛酒具，少一爵，冥搜[13]不得。或窃议卧客，翁急戒勿语，惟恐公闻。移时，内外俱寂，公始起。暗无灯火，惟脂香酒气，充溢四堵。视东方既白，乃从容出。探袖中，金爵犹在。及门，则诸生先俟，疑其夜出而早入者。公出爵示之。众骇问，公以状告。共思此物非寒士所有，乃信之。

走了。随后主人收拾酒具，发现少了一只金爵，怎么也找不到。有人便私下议论，可能是趴着的殷相公把金爵拿走了，老头儿赶紧告诫他们不要乱讲，唯恐殷公听见。又过了一会儿，里里外外都安静下来，殷公这才起来。房内暗无灯火，唯有胭脂的香气和酒气充斥整个房间。殷公见东方已经发白，从容地走下楼。把手伸进袖子摸了摸，金爵还在里面。他走到大门口，众生员已经事先在那里等候了，都怀疑他是夜里出来早晨又进去的。殷公就拿出金爵给他们看。众人惊讶地向他询问，殷公就把夜里的情形告诉了他们。大家都认为如此贵重的东西不是穷书生所能有的，于是就相信了他的话。

注释　1 趋迎：小步快走，上前迎接。表示对客人十分恭敬。　2 少选：不一会儿。　3 笼纱一簇(cù)：一簇纱布灯笼。笼纱，即纱笼，用绢纱做外罩的灯笼。　4 韶秀：指仪容清秀。　5 傧(bīn)：举行婚礼时代表主人接引宾客的人。　6 酒胾(zì)雾霈(pèi)：指美酒佳肴热气腾腾。胾，切成大块的肉。霈，本意为雨量很大，引申为水汽蒸腾。　7 金瓯(ōu)：金盆。　8 环珮璆(qiú)然：玉环玉佩互相碰撞发出声响。璆，玉佩相击的声音。　9 散馥(fù)：散发芳香。　10 翠凤明珰(dāng)：发髻上插着翡翠凤钗，耳朵上戴着明珠耳饰。珰，妇女戴在耳垂上的一种装饰品。　11 内(nà)：同“纳”，收入。　12 隐(yìn)几：趴在几案上。　13 冥搜：尽力寻找。

后举进士，任于肥丘。有世家朱姓宴公，命取巨觥[1]，久之不至。有细奴掩口与主人语，主人有怒色。俄奉金爵劝客饮。谛视之，款式雕文，与狐物更无殊别。大疑，问所从制。答云："爵凡八只，大人[2]为京卿[3]时，觅良工监制。此世传物，什袭[4]已久。缘明府辱临，适取诸箱簏，仅存其七，疑家人所窃取，而十年尘封如故，殊不可解。"公笑曰："金杯羽化[5]矣。然世守之珍不可失。仆有一具，颇近似之，当以奉赠。"终筵归署，拣爵驰送之[6]。主人审视，骇绝。亲诣谢公，诘所自来，公乃历陈颠末[7]。始知千里之物，狐能摄致，而不敢终留也。

后来殷公考中了进士，到肥丘当官。当地有户姓朱的世家大族设宴招待他，命人去拿大酒杯，过了很久都没来。有个小童捂嘴和主人说了几句话，主人脸上出现了怒色。不一会儿，主人拿出金爵劝客人喝酒。殷公仔细看了看，金爵的样式和上面雕刻的纹饰，与之前狐狸的没有丝毫区别。他大为疑惑，便问主人金爵是什么地方制造的。主人回答说："这样的金爵一共有八只，是父亲大人在京城做官时，找能工巧匠监制的。这是家传的宝物，珍藏了很长时间了。因为大人大驾光临，刚才从竹箱里取出来，竟然仅存七只，怀疑是仆人偷去了，然而箱子上十年来的尘土依然和原来一样，实在难以理解。"殷公笑着说："你那只金爵是成仙飞走了。然而传世的珍宝不可丢失，我也有一只，和你的金爵非常相似，应当赠送给你。"酒席结束后，殷公回到官署，找出金爵，立刻派人骑马送至朱家。主人拿着金爵仔细观察，大为惊恐。他亲自到官署向殷公道谢，并询问金爵的来历。殷公于是就讲述了事情的始末。这才知道千里以外的东西，狐狸也能摄取到手，却不敢始终自己留着。

注释 1 巨觥(gōng):巨大的酒杯。 2 大人:对父亲的尊称。 3 京卿:京堂。明清时期,对都察院、通政司、詹事府、国子监及大理寺、太常寺、太仆寺、光禄寺、鸿胪寺等长官,概称京堂。 4 什袭:原指把物品层层包起,后形容珍重地收藏。 5 羽化:本指道士成仙飞升,此处指金爵丢失不见。 6 驰送之:骑马送过去。 7 颠末:指事情的始末。

娇 娜

原文

孔生雪笠,圣裔[1]也。为人蕴藉[2],工诗。有执友[3]令天台,寄函招之。生往,令适卒,落拓不得归,寓菩陀寺,佣为寺僧抄录。寺西百余步,有单先生第,先生故公子,以大讼萧条[4],眷口寡,移而乡居,宅遂旷[5]焉。

译文

书生孔雪笠,是孔圣人的后裔,他为人宽厚有涵养,善于作诗。他有个志趣相投的好友在天台县做县令,来信邀他前去。孔生应邀前往,那个县令却正好去世了,他流落在当地回不了家,只好寄居在菩陀寺,被寺里的僧人雇佣抄录经书。菩陀寺西面百步远的地方,有单先生的府邸,单先生本是世家公子,因为惹了一场大官司而家道败落,家里人丁减少,便迁到乡下居住,宅子于是空置起来。

注释 1 圣裔:孔子的后代。孔子被尊为圣人,其子孙被尊称为"圣裔"。 2 蕴藉:宽厚有涵养。 3 执友:志趣相投的朋友。 4 以大讼萧条:因为一场大官司而家道衰落。讼,诉讼;萧条,此处指家境衰落。 5 旷:此处指荒废。

一日，大雪崩腾[1]，寂无行旅。偶过其门，一少年出，丰采甚都。见生，趋与为礼，略致慰问，即屈降临。生爱悦之，慨然从入。屋宇都不甚广，处处悉悬锦幕，壁上多古人书画。案头书一册，签曰《琅嬛琐记》[2]。翻阅一过，皆目所未睹。生以居单第，意为第主，即亦不审官阀[3]。少年细诘行踪，意怜之，劝设帐授徒[4]。生叹曰："羁旅之人，谁作曹丘[5]者？"少年曰："倘不以驽骀[6]见斥，愿拜门墙[7]。"生喜，不敢当师，请为友。便问："宅何久锢？"答曰："此为单府，曩以公子乡居，是以久旷。仆皇甫氏，祖居陕。以家宅焚于野火，暂借安顿。"生始知非单。当晚，谈笑甚欢，即留共榻。

有一天，大雪飞扬，路上静悄悄的，没有行人。孔生偶然经过单家门前，看见一个少年从里面走出来，容貌非常俊美，神采奕奕。少年看到孔生，便上前向他行礼，略微问候几句之后，少年就邀请他到家里做客。孔生很喜欢他，爽快地跟他进了大门。院里的房屋虽然都不太宽敞，但处处挂着锦缎帏幔，墙壁上还有许多古人字画。书案上放着一册书，封面题名《琅嬛琐记》。孔生随手翻阅了一看，里面的内容他都未曾见过。孔生见少年住在单家宅院，认为他是单家的主人，也就不询问他的出身门第。少年详细问了孔生的经历，心里非常同情，劝他开学馆教书。孔生叹息说道："我是流落异乡的人，谁肯做我的推荐人呢？"少年说："如果不嫌弃我愚笨，我愿意拜您为师。"孔生大喜，不敢做少年的老师，请以朋友相称。孔生便问少年说："您家宅院为什么总是关着门？"少年回答道："这是单家的宅院，先前因为单公子回乡下居住，空闲很久。我姓皇甫，祖上居住在陕西。因为家宅被野火烧毁，暂时借居这里安顿。"孔生这才知道少年不是单家人。当天晚上，两人相谈甚欢，少年便留下孔生同睡。

注释 1 崩腾：飞扬，飘飞。 2《琅嬛琐记》：虚拟的书名。古有记载西晋张华游神仙洞府的《琅嬛记》，后世便以此名代指奇书秘籍。 3 官阀：官位和门第。 4 设帐授徒：开学馆收学生。 5 曹丘：指汉初的曹丘生，曹丘生宣扬季布使他享有盛名，后以“曹丘”或“曹丘生”，代指推荐人。 6 驽骀(tái)：能力低下的劣马，比喻平庸无才。 7 拜门墙：拜为老师。门墙，师门。

昧爽[1]，即有僮子炽炭火于室。少年先起入内，生尚拥被坐。僮入白：“太公[2]来。”生惊起。一叟入，鬓发皤然，向生殷谢曰：“先生不弃顽儿，遂肯赐教。小子初学涂鸦[3]，勿以友故，行辈视之[4]也。”已，乃进锦衣一袭，貂帽、袜、履各一事。视生盥栉[5]已，乃呼酒荐馔。几、榻、裙、衣，不知何名，光彩射目。酒数行，叟兴辞[6]，曳杖而去。餐讫，公子呈课业，类皆古文词，并无时艺[7]。问之，笑云：“仆不求进取也。”抵暮，更酌曰：“今夕尽欢，明

第二天一早，就有童仆进屋点上炭火。少年先起床进了内屋，孔生还裹着被子坐在床上。童仆进来说：“太公来了。”孔生连忙起身。一位白发飘飘的老人进来，向孔生殷诚感谢说：“承蒙先生不嫌弃我那愚笨顽劣的儿子，不吝教他读书。小子他才刚开始写文章，不要因为当他是朋友而像同辈一样看待。”说完，老人送给他一套绸缎衣服，一顶貂皮帽子，鞋子和袜子各一双。老人等孔生梳洗完毕，就吩咐摆上酒菜。孔生见房内的桌椅床榻、衣裙着装都不知道是用什么东西做成的，光彩艳丽。酒过几巡，老人起身告辞，拄着拐杖离开。吃完饭，皇甫公子呈上功课让孔生看，都是古文诗词，并没有当时科举考试的八股文。孔生问他怎么回事，公子笑答道：“我学习不是为了考取功名。”到了傍晚，公子又倒酒说：“今晚我们开怀畅饮，明天就不允许这样

日便不许矣。”呼僮曰：“视太公寝未？已寝，可暗唤香奴来。”僮去，先以绣囊将琵琶至。少顷，一婢入，红妆艳绝。公子命弹《湘妃》[8]，婢以牙拨[9]勾动，激扬哀烈，节拍不类夙闻。又命以巨觞行酒，三更始罢。次日，早起共读。公子最惠[10]，过目成咏，二三月后，命笔警绝[11]。相约五日一饮，每饮必招香奴。一夕，酒酣气热，目注之。公子已会其意，曰：“此婢乃为老父所豢养。兄旷邈无家[12]，我夙夜代筹久矣，行当为君谋一佳偶。”生曰：“如果惠好[13]，必如香奴者。”公子笑曰：“君诚‘少所见而多所怪’者矣。以此为佳，君愿亦易足也。”居半载，生欲翱翔[14]郊郭，至门，则双扉外扃[15]，

了。”他又唤来童仆说：“去看看太公睡了没有。如果睡下了，悄悄把香奴带过来。”童仆去后不久，先用绣囊装着琵琶带回来。过了一会儿，一个婢女进来，身穿鲜艳的红装，艳丽动人。公子让她弹奏《湘妃怨》，婢女用象牙拨片勾弦，旋律时而激扬时而哀烈，节奏不像孔生以往听到那样。公子又吩咐众人用大杯喝酒，一直喝到三更才作罢。第二天，两人早晨起来一同读书。公子非常聪慧，过目成诵，两三个月后，写出的文章就已经警策精妙，令人称绝。他们约好每五日就一起喝酒，每次都叫来香奴助兴。一天晚上，喝到酒兴正旺、头脑发热的时候，孔生两只眼睛直盯着香奴。公子已经明白了他的心思，说道：“这个婢女是我老父亲收养的。兄长远居在此又没有妻室，我日夜替你筹划很久了，一定为你找到一位称心如意的佳偶。”孔生说：“倘若真替我寻找伴侣，一定要找像香奴这样的。”公子笑着说：“你真成了大家说的‘少见而多怪’的人啦，如果认为香奴就是合适人选，你的愿望也太容易满足了。”住了半年多，孔生想去郊外游玩，到了大门口，却发现两扇门从外面反锁着，于是询问公子，公子

问之，公子曰："家君恐交游纷意念，故谢客耳。"生亦安之。

回答说："家父担忧我交往游玩太多而扰乱心绪，无心学习，所以就闭门谢客。"孔生听后心也安定下来。

注释 1 昧爽：拂晓。 2 太公：古时对祖父辈老人的尊称。 3 初学涂鸦：刚刚开始学习作文。涂鸦，本指随意书画或写作。 4 行辈视之：当作同辈人来看待。 5 盥栉(guàn zhì)：洗脸，梳头。 6 兴辞：起身告辞。 7 时艺：明清时，称科举应试的八股文为"时艺"或"时文"。 8《湘妃》：传说舜有二妃娥皇、女英，舜死后投湘水成为湘水之神。这里指乐曲《湘妃怨》。 9 牙拨：象牙拨子，用来拨弹乐器丝弦。 10 惠：通"慧"，聪明。 11 命笔警绝：命笔，作文；警绝，警策绝妙。 12 旷邈无家：指在外独居无妻。 13 惠好：见爱加恩。惠，恩惠。 14 翱翔：遨游，游玩。 15 扃(jiōng)：指关门的闩、钩等，此处借指关门。

时盛暑溽热，移斋园亭。生胸间肿起如桃，一夜如碗，痛楚呻吟。公子朝夕省视，眠食俱废。又数日，创剧，益绝食饮。太公亦至，相对太息。公子曰："儿前夜思先生清恙[1]，娇娜妹子能疗之，遣人于外祖母处呼令归。何久不至？"俄僮入白："娜姑至，姨

当时正值盛夏时节，潮湿闷热，他们便把书房移到园亭中。孔生的胸膛上突然肿起一个桃子大小的脓包，过了一晚上变得像碗一样大，他疼痛难忍，不停地呻吟。公子朝夕探视，顾不上吃饭睡觉。又过了几天，孔生胸前的脓疮疼痛更加厉害，渐渐地吃饭喝水也不行了。太公也过来探望，也只能和公子相对叹息。公子说："我前天夜里思量，孔先生的病，娇娜妹妹能够治疗。我已经派人到外祖母家去叫她了，为何这么久还没有到呀？"很

与松姑同来。”父子即趋入内。少间，引妹来视生。年约十三四，娇波流慧，细柳[2]生姿。生望见颜色，嚬呻[3]顿忘，精神为之一爽。公子便言：“此兄良友，不啻同胞[4]也，妹子好医之。”女乃敛羞容，揄[5]长袖，就榻诊视。把握之间，觉芳气胜兰。女笑曰：“宜有是疾，心脉动[6]矣。然症虽危，可治；但肤块已凝，非伐皮削肉不可。”乃脱臂上金钏安患处，徐徐按下之。创突起寸许，高出钏外，而根际余肿，尽束在内，不似前如碗阔矣。乃一手启罗衿，解佩刀，刃薄于纸，把钏握刃，轻轻附根而割，紫血流溢，沾染床席。生贪近娇姿，不惟不觉其苦，且恐速竣割事，偎傍不久。未几，割

快，童仆进来说道：“娇娜姑娘已经到了，姨妈和阿松姑娘也一同来了。”父子俩急忙赶到内室。不一会儿，公子领着妹妹娇娜来为孔生诊病。娇娜年纪约十三四岁，眼波流转，透着聪慧，身段如柳枝一样窈窕多姿。孔生一见到娇娜的艳丽风姿，顿时忘记疼痛呻吟，精神也为之一爽。公子便对妹妹说：“这是哥哥我的好朋友，情谊不亚于亲兄弟，妹妹一定要为他用心医治。”娇娜收敛起娇容，挥动长袖，靠近床边为孔生诊病。娇娜把脉的时候，孔生闻到她身上芳香怡人，都胜过了兰花。娇娜笑着说：“本来就应该得这种病，心脉都动荡了。虽然病情比较严重，但还可以医治；只是疮块已经凝结，必须割皮削肉不可。”娇娜说完就摘下手臂上的金钏，放到病患处慢慢地压下去。疮口鼓起一寸多，高出金钏露了出来，疮根的瘀肿都被收在圈里，不像以前碗口般大了。娇娜一手掀起衣襟，解下身上佩刀，刀刃比纸还薄。她一手按着钏一手握刀，沿着疮根轻轻割起来。疮口的紫血顺着刀流出来，沾满了床席。孔生贪恋能接近娇娜的美姿，不但不觉疼痛，反而还担心早早割完而不能和她长久依偎。不一会儿，疮上的烂肉

断腐肉，团团然如树上削下之瘿[7]。又呼水来，为洗割处。口吐红丸，如弹大，着肉上，按令旋转。才一周，觉热火蒸腾；再一周，习习作痒；三周已，遍体清凉，沁入骨髓。女收丸入咽，曰：“愈矣！”趋步出。

都被割下来，一团团就像病树上削下的瘤子。娇娜又吩咐人拿水来，为他洗干净伤口。然后娇娜从嘴里吐出一粒红丸，有弹丸大小，放到割去烂疮的肉上，按着它旋转。刚转了一圈，孔生就觉得胸前热气腾腾；再转一圈，就觉得疮口习习发痒；转到第三圈，更觉得浑身清凉，透入骨髓。娇娜收起红丸放回口中，说道：“治好了！”便起身快步走出。

注释　1 清恙：称人患病的敬词。恙，病。　2 细柳：指女子纤细的腰。　3 颦呻(pín shēn)：蹙眉呻吟。颦，同“颦”。　4 不啻(chì)同胞：和同胞没什么两样。不啻，不异于。　5 揄(yú)：挥。　6 心脉动：指情感波动，内心荡漾。　7 瘿(yǐng)：树瘤。

生跃起走谢，沉痼[1]若失。而悬想容辉，苦不自已。自是废卷痴坐[2]，无复聊赖。公子已窥之，曰：“弟为兄物色，得一佳偶。”问：“何人？”曰：“亦弟眷属。”生凝思良久，但云：“勿须！”面壁吟曰：“曾经沧海难为水，除却巫山不是云。”公子会其旨，曰：“家君

孔生一跃而起，追上前致谢，觉得延绵多日的病痛像是一下子消失了。而苦念娇娜的美貌，无法控制自己。从此以后，孔生每日闭卷无心读书，百无聊赖地呆坐着。公子已经明白他的心思，对他说道：“小弟为大哥物色了很久，终于找到一个好伴侣。”孔生问：“是谁？”公子回答道：“也是我的一个亲属。”孔生沉思了很长时间，只是说：“不必了。”然后面对墙壁吟：“曾经沧海难为水，除却巫山不是云。”公子明白了他的意思，说：“家

仰慕鸿才，常欲附为婚姻。但止一少妹，齿太稚[3]。有姨女阿松，年十八矣，颇不粗陋。如不见信，松姊日涉园亭，伺前厢可望见之。”生如其教，果见娇娜偕丽人来，画黛弯蛾[4]，莲钩蹴凤[5]，与娇娜相伯仲也。生大悦，请公子作伐[6]。公子翼日自内出，贺曰：“谐矣。”乃除别院，为生成礼。是夕，鼓吹阗咽[7]，尘落漫飞，以望中仙人，忽同衾幄[8]，遂疑广寒宫殿，未必在云霄矣。合卺[9]之后，甚惬心怀。

父仰慕您博学多才，常常想与你结为姻亲。但是我只有这一个小妹，而且年龄又太小。我姨妈家有个女儿叫阿松，已经十八岁了，长相也不俗。如果你不相信，阿松表姐每天都来园亭游玩，你在前厢房等着，就可以望见她。”孔生按公子说的去做，果然看到娇娜带着一个美人前来。这女子眉毛如蚕蛾的触须，纤细的小脚穿着凤头绣鞋，美貌和娇娜不相上下。孔生非常欢喜，便请公子做媒。第二天，公子从内宅出来，向孔生祝贺说：“事情成了。”于是收拾出另外一个院子，为孔生举行婚礼。结婚那天夜里，鼓乐齐鸣，房屋上的灰尘都被震下四处飘飞，十分热闹。孔生觉得阿松好似月中的仙女，忽然同床共枕，不禁怀疑广寒宫殿未必只在云霄了。结婚之后，孔生心中非常满意。

注释 1 沉痼(gù)：重病积久难愈。 2 废卷(juàn)痴坐：丢下书卷呆坐。卷，指书，唐以前的书多为长卷，后代指书。 3 齿太稚：年纪太小。齿，年龄。 4 画黛弯蛾：描画的双眉像蚕蛾的触须那样弯曲细长。旧时常喻女子细眉为“蛾眉”。 5 莲钩蹴(cù)凤：纤瘦的小脚穿着凤头鞋。莲，金莲，比喻女子的小脚；蹴，踏；凤，鞋头上的绣凤。 6 作伐：做媒。 7 鼓吹阗咽(tián yuān)：鼓吹之声并作。吹，指唢呐之类乐器；阗，众声并作；咽，有节奏的鼓声。 8 衾幄：锦被与罗帐。 9 合卺(jǐn)：古时结婚礼仪之一。一瓠分成两瓢，叫“卺”，新婚夫妇各执一半对饮，叫“合卺”。

一夕，公子谓生曰："切磋[1]之惠，无日可以忘之。近单公子解讼[2]归，索宅甚急，意将弃此而西。势难复聚，因而离绪萦怀。"生愿从之而去。公子劝还乡闾，生难之。公子曰："勿虑，可即送君行。"无何，太公引松娘至，以黄金百两赠生。公子以左右手与生夫妇相把握，嘱闭目勿视。飘然履空，但觉耳际风鸣。久之，曰："至矣。"启目，果见故里。始知公子非人。喜叩家门，母出非望，又睹美妇，方共忻慰[3]，及回顾，则公子逝矣。松娘事姑孝，艳色贤名，声闻遐迩。

一天夜里，公子忽然对孔生说："和你一起切磋学问得到的教诲，我没有一天不记在心里。但是最近单公子的官司已经了结，就要回来，要回宅子的事催得很急。我家想搬离此地西去。看样子以后很难再相聚，因而离别让我心烦意乱。"孔生说愿意跟随他们一起西行。但是公子劝他还是回家乡好，孔生感到回家很困难。公子说："不用担忧，可以立即送你们走。"没过一会儿，太公领着松娘来，并赠送给孔生一百两黄金。公子伸出两手分别握住孔生夫妇的手，叮嘱他们闭上眼睛不要看。孔生觉得自己飘然腾空，只听到耳边的风声呼呼作响。过了很久，公子说："到了。"孔生睁开眼一看，果然回到了家乡。孔生这才知道公子并非凡人。孔生高兴地敲开家门，母亲喜出望外，又看到儿子带来漂亮的媳妇儿，全家人正喜气洋洋，等回头一看，公子已经毫无踪迹了。松娘侍奉婆婆非常孝顺，她美貌贤惠的名声远近闻名。

注释　1 切磋：研讨切磋学问。　2 解讼：官司了结。讼，诉讼。　3 忻慰：欣慰。

后生举进士[1],授延安司李[2],携家之任。母以道远不行。松娘生一男,名小宦。生以忤直指[3]罢官,罣碍[4]不得归。偶猎郊野,逢一美少年跨骊驹[5],频频瞻顾。细视,则皇甫公子也。揽辔停骖[6],悲喜交至。邀生去,至一村,树木浓昏,荫翳天日。入其家,则金沤浮钉[7],宛然世家。问妹子,已嫁;岳母,已亡,深相感悼。经宿别去,偕妻同返。娇娜亦至,抱生子掇提而弄曰:"姊姊乱吾种矣。"生拜谢曩德。笑曰:"姊夫贵矣。创口已合,未忘痛耶?"妹夫吴郎亦来谒拜。信宿乃去。

后来孔生科举考中进士,被授予延安府司理,他带着家眷去赴任。只有母亲因为路途遥远,而没有同去。松娘生下一个男孩,取名小宦。孔生后来因冒犯巡按御史而被罢官,因革职查办回不了家乡。有一次他偶然到郊外打猎,碰到一位骑着黑马的美貌少年,频频回头看他,孔生仔细一看,原来正是皇甫公子。皇甫公子急忙收紧马缰,停下马来,两人相认,不禁悲喜交加。公子邀请孔生一起到一个村子,村里树木茂密,高大参天,浓浓的树荫遮住了太阳。孔生进入公子家,只见大门上装饰着涂金大钉,好像世家大族。孔生问公子的妹妹娇娜,才知道她已经出嫁;又听说岳母也已经去世,感觉非常伤心。孔生住了一晚后离去,又带着妻子和孩子返回。此时正好娇娜也到来,她抱起孔生的儿子上下抛着玩,开玩笑说:"姐姐乱了我们的种啦。"孔生再次拜谢娇娜先前救治自己的恩德,娇娜笑着说:"姐夫现在显贵了,好了疮疤还没有忘记疼吧?"她的丈夫吴郎也前来拜见。孔生一家在这里住了两夜才离开。

注释 1 举进士:考中进士。 2 延安司李:延安府的推官。司李,也称"司理",为宋代各州掌狱讼的官员。明清时推官的职掌与之相似。 3 直指：直指使。汉代派侍御史为“直指使”，这里指明清时巡按御史之类官员。 4 罣碍：指官吏获咎而罢官，留在任所听候处理。罣，同“挂”。 5 骊驹（lí jū）：纯黑色的马。亦泛指马。 6 揽辔（pèi）停骖（cān）：收缰勒住辔头，让马停下来。骖，泛指马。 7 金沤（ōu）浮钉：装饰在大门上的涂金圆钉，为古代贵族世家常用的门饰。

一日，公子有忧色，谓生曰：“天降凶殃，能相救否？”生不知何事，但锐自任[1]。公子趋出，招一家俱入，罗拜堂上。生大骇，亟问。公子曰：“余非人类，狐也。今有雷霆之劫。君肯以身赴难，一门可望生全；不然，请抱子而行，无相累。”生矢共生死。乃使仗剑于门，嘱曰：“雷霆轰击，勿动也！”生如所教。果见阴云昼暝，昏黑如䃜[2]。回视旧居，无复闬闳[3]，惟见高冢[4]岿然，巨穴无底。方错愕[5]间，霹雳一声，摆簸山岳，急雨狂风，老树为拔。生目眩耳聋，屹不

一天，公子面带忧色，对孔生说：“上天降下大祸，您能救我吗？”孔生虽然不知道什么事，但一口答应这是自己应当做的。公子急忙起身出去，召集全家人过来，在堂上一一向孔生拜谢。孔生大为吃惊，急忙询问怎么回事。公子说：“我们并不是人类，而是狐狸。如今要遭受天雷大劫，您如果愿意以身抵挡，出手相救，我们全家还有希望保全；否则的话，请您抱着孩子赶紧走吧，免得受拖累。”孔生发誓要和他们共生死。于是公子让孔生手执利剑守在门口，叮嘱他说：“即使遭到霹雳轰击，也千万不要动！”孔生按照公子所说去做。果然看见天空阴云密布，白天顿时如同黑夜，像是盖了一块大黑石板。孔生回视原先住的房子，再也看不到深宅大院，只有一座高大的坟冢立着，下面有一个深不见底的大洞。正在孔生仓促间惊魂不定的时候，忽然一声霹雳巨响，震得地动山摇，一阵狂风暴雨，把老树都连根拔起。

少动。忽于繁烟黑絮之中，见一鬼物，利喙长爪，自穴攫一人出，随烟直上。瞥睹衣履，念似娇娜。乃急跃离地，以剑击之，随手堕落。忽而崩雷暴裂，生仆，遂毙。

孔生虽然只觉得耳聋眼花，但依然站在那里不动。在浓浓黑烟中，忽然看见一个恶鬼怪物，长得尖嘴长爪，从深洞中抓出一个人来，随着烟雾直上而去。孔生一瞥那人的衣裳鞋子，觉得很像娇娜。于是急忙一跃而起，挥舞着利剑向怪物刺去，被抓的人也随手坠落。突然空中又是一阵天崩地裂般的炸雷，孔生被震倒在地死了。

注释 **1** 锐自任：立即表示自己愿意承担。锐，迅疾。 **2** 瑿(yī)：黑石。 **3** 闬闳(hàn hóng)：里巷门，此处指皇甫公子的宅舍。 **4** 冢：坟。 **5** 错愕：仓促间感到惊愕。

少间，晴霁[1]，娇娜已能自苏。见生死于旁，大哭曰："孔郎为我而死，我何生矣！"松娘亦出，共舁生归。娇娜使松娘捧其首，兄以金簪拨其齿，自乃撮其颐，以舌度红丸入，又接吻而呵之。红丸随气入喉，格格作响，移时，豁然而苏。见眷口[2]满前，恍如梦寤。于是一门团圆，惊定而喜。生以幽圹不可

过了一会儿，乌云散去，天空放晴，娇娜已经自己苏醒。当她看到孔生死在身旁，大声痛哭道："孔郎为了救我而死，我怎么能苟活！"松娘也从洞内出来，和娇娜一起把孔生抬回去。娇娜让松娘捧着孔生的头，让哥哥用金簪拨开他的牙齿；自己用手捏着孔生的面颊让他张开嘴，用舌头把红色药丸送进他嘴里，又嘴对嘴地吹气。红丸随着气流进入孔生的喉咙，发出"格格"的响声。不一会儿，孔生忽然苏醒过来。孔生见亲人都在面前，仿佛从梦里醒来一样。于是一家人团圆，由惊转喜。孔生认为坟墓之地不

久居，议同旋里[3]。满堂交赞，惟娇娜不乐。生请与吴郎俱，又虑翁媪不肯离幼子，终日议不果。忽吴家一小奴，汗流气促而至。惊致研诘[4]，则吴郎家亦同日遭劫，一门俱没。娇娜顿足悲伤，涕不可止。共慰劝之。而同归之计遂决。

可久住，和大家商议一同回家乡。满屋的人都称赞叫好，只有娇娜一人不高兴。孔生请她与吴郎一同前去，但娇娜又担心公婆舍不得小儿子，结果商量了一天也没什么结果。忽然，吴家的一个小仆人，满头是汗气喘吁吁地跑进来。大家惊恐地追问他，才知吴家也在同一天遭受大难，全家都死了。娇娜一听，悲伤得直跺脚，大哭不止。大家一起慰劝她。于是，随孔生一同回家乡的计划就定了下来。

注释 1 晴霁：天晴。霁，晴。 2 眷口：家人。 3 旋里：返回家乡。里，家乡，故里。 4 研诘：仔细询问。研，穷究。

生入城，勾当[1]数日，遂连夜趣装[2]。既归，以闲园寓公子，恒反关之；生及松娘至，始发扃。生与公子兄妹，棋酒谈宴，若一家然。小宦长成，貌韶秀，有狐意。出游都市，共知为狐儿也。

孔生进城，料理了几天杂事，回来就连夜整理行装。孔生回到家乡后，把自己闲置的园子收拾出来让公子一家住，园门平常总是反锁着；只有孔生和松娘前来时，才打开门。孔生与公子兄妹常在一起下棋饮酒，闲谈聚会，像一家人那样亲密。孔生的儿子小宦长大后，容貌秀美俊朗，有狐狸的性情。他到城里街市上游玩，人们都知道他是狐狸生的儿子。

注释 1 勾当：整理，料理。 2 趣(cù)装：急忙整理行装。趣，同“促”，急忙。

异史氏曰："余于孔生，不羡其得艳妻，而羡其得腻友[1]也。观其容，可以忘饥；听其声，可以解颐[2]。得此良友，时一谈宴，则'色授魂与'，尤胜于'颠倒衣裳'矣"。

异史氏说："我对于孔生，并不羡慕他得到一个美艳动人的妻子，而是羡慕他得到一个美丽亲密的女友。看到她的容貌，可以让人忘记饥饿，听到她的声音，可以让人眉开眼笑。能得到这样一个好友，经常一起喝酒畅谈，这种'色授魂与'的精神爱恋，远胜过'颠倒衣裳'的肉欲欢爱啊！"

注释 1 腻友：美丽而亲密的女友。腻，指女子肤如凝脂。 2 解颐：开口笑。

僧 孽

原文

张某暴卒[1]，随鬼使[2]去见冥王[3]。王稽簿[4]，怒鬼使误捉，责令送归。张下，私浼[5]鬼使，求观冥狱。鬼导历九幽[6]，刀山、剑树[7]，一一指点。末至一处，有一僧扎股穿绳[8]而倒悬之，号痛欲绝。近视，则其兄也。

译文

张某突然暴毙而亡，跟随着鬼差去见阎王。阎王拿过生死簿检查了一番，发现是鬼差误捉了人，勃然大怒，命他把人送回去。张某退下堂，私下客气地请求鬼差带自己参观地狱。于是鬼差就带着他游历了九层地狱，刀山、剑树一一指给他看。最后到一个地方，见一个僧人大腿被绳子刺穿倒挂着，他疼得要死，大声哀号。张某走近一瞧，原来是他的哥哥。张某

张见之惊哀,问:“何罪至此?”鬼曰:“是为僧,广募金钱,悉供淫赌,故罚之。欲脱此厄,须其自忏。”张既苏,疑兄已死。时其兄居兴福寺,因往探之。入门,便闻其号痛声。入室,见疮生股间,脓血崩溃,挂足壁上,宛然冥司倒悬状。骇问其故,曰:“挂之稍可,不则痛彻心腑。”张因告以所见。僧大骇,乃戒荤酒,虔诵经咒。半月寻愈。遂为戒僧[9]。

异史氏曰:“鬼狱茫茫,恶人每以自解,而不知昭昭[10]之祸,即冥冥[11]之罚也。可勿惧哉!”

见此情景既惊吓又难过,便问:“他有什么罪,竟落得这个下场?”鬼差就说:“他作为僧人,大肆募集钱财,把钱都拿去嫖娼赌博,所以如此惩处。如果想解脱困厄,必须要自己忏悔才行。”张某苏醒后,怀疑哥哥已经死了。当时,他哥哥住在兴福寺,于是就前往探视。刚进寺门,就听到他痛苦的哀号声。进房后,只见他大腿上生了恶疮,化脓崩溃,鲜血直流,脚倒挂在墙壁上,简直跟地狱里的情形一模一样。他惊恐地询问缘由,僧人回答说:“倒挂着还稍稍好一些,不然痛得撕心裂肺。”张某就把在地狱看到的情形告诉了他。僧人吓得要死,于是就戒除了酒肉,虔诚讽诵佛经咒语。过了半个月渐渐好了。于是,他成了一个严守清规戒律的僧人。

异史氏说:“地狱渺茫难以见到,恶人常常以此自我宽慰,而不知道人世间发生的清清楚楚的灾祸,就是幽冥中无形的惩罚啊。难道不令人畏惧吗!”

注释 1 暴卒:指突然死亡。 2 鬼使:鬼差,阴间的差役。 3 冥王:即阎罗王,相传为阴间的主宰。 4 稽(jī)簿:检查簿册。 5 浼(měi):客气地请求。 6 九幽:民间传说,地狱有九重,又称“九幽”,此处泛指地狱。 7 刀山、剑树:刀山,即刀山地狱。据说此狱山势嶙峻险恶,遍布刀刃。罪犯至此,或经空中抛下,或由厉鬼驱赶上山,个个穿肠破肚,血流成河，惨不忍睹。剑树，即剑林地狱。据说此狱中有树，高广无边，其上有刺如利剑，罪犯至此，或被空中抛下，或因内心迷惑而自上剑树，穿肉透骨，惨不忍睹。 **8** 扎股穿绳：绳子刺穿大腿。 **9** 戒僧：遵守清规戒律的僧人。 **10** 昭昭：明亮，清楚。 **11** 冥冥：暗中，无形之中。多指凡人无法预测，人力无法控制等不可理解的状况。

妖 术

原文

于公者，少任侠[1]，喜拳勇[2]，力能持高壶[3]作旋风舞。崇祯[4]间，殿试[5]在都，仆疫不起[6]，患之。会市上有善卜者，能决人生死，将代问之。既至，未言，卜者曰："君莫欲问仆病乎？"公骇应之。曰："病者无害，君可危。"公乃自卜，卜者起卦，愕然曰："君三日当死！"公惊诧良久。卜者从容曰："鄙人有小术，报我十金，当代禳[7]之。"公

译文

从前有位于公，年轻时行侠仗义，喜爱拳术，他力气大得能抓起高壶像旋风般舞动。崇祯年间，他在京城参加殿试，随行的仆人患病不起，于公替他担心。正好集市上有个精通算命的人，能断定人的生死，于公就想代仆人问一下吉凶。他到算命人那里还没开口，算命先生就说："你难道不是想问仆人的疾病吗？"于公非常惊讶，连连点头称是。算命先生对他说："生病的人没什么大碍，你恐怕就很危险了。"于公就让他给自己算一卦，算命人起卦后惊愕地说："你三日内必死无疑！"于公诧异了半天，算命人从容地说："鄙人略通法术，只要给我十两银子，我就可以为你祛除灾殃。"于公认为死生有命，既然是命中

自念生死已定，术岂能解，不应而起欲出，卜者曰：“惜此小费，勿悔！勿悔！”爱公者皆为公惧，劝罄橐[8]以哀之。公不听。

注定，又岂是法术能化解的，于是就没答应，刚起身要走，算命人警告他说：“吝惜这点小钱，可不要后悔！可不要后悔！”关心于公的人都替他捏把汗，纷纷劝他拿出所有的钱，恳求算命人帮他消灾。于公对此毫不理会。

注释 1 任侠：行侠仗义，以抑强扶弱为己任。 2 拳勇：本指勇武，此处引申为武术。 3 高壶：练武之人用的健身器材。下部为球形，其上有供抓举的把，多用铁铸成。一说为投壶。 4 崇祯：明朝崇祯皇帝年号，此时为明朝末期。 5 殿试：科举考试的最后环节，通常在皇宫举行。名次由皇帝亲自选定，考中者方能成为进士。 6 仆疫不起：仆人患病无法起床。 7 禳(ráng)：祈祷消除灾祸。 8 罄橐(qìng tuó)：竭尽囊中所有钱财。

倏忽[1]至三日，公端坐旅舍，静以觇[2]之，终日无恙[3]。至夜，阖户挑灯，倚剑危坐。一漏[4]向尽，更无死法。意欲就枕，忽闻窗隙窣窣[5]有声。急视之，一小人荷戈入，及地，则高如人。公捉剑起，急击之，飘忽未中。遂遽小，复寻窗隙，意欲遁去。公

转眼到了第三天，于公在旅馆内正襟危坐，静静地观察屋里的情况，一整天都没出什么事。到了晚上，他关上门点亮油灯，拿着宝剑笔直地坐着，没有丝毫懈怠。等到快一更了，还是没有丝毫死亡的征兆。他刚想上床入睡，忽然听见窗户缝里有窸窸窣窣的声响。赶忙跑过去察看，见一个小人扛着戈钻了进来，等落到地上就变得和人一样高。于公赶紧拿起宝剑起身，猛然刺过去，那人突然飘忽摇摆起来，一击未中。它很快又变回原来大小，

疾斫之，应手而倒。烛之，则纸人，已腰断矣。公不敢卧，又坐待之。逾时，一物穿窗入，怪狞[6]如鬼。才及地，急击之，断而为两，皆蠕动。恐其复起，又连击之，剑剑皆中，其声不耎[7]。审视，则土偶，片片已碎。

想找个窗户缝逃走。于公见状急速挥剑，小人应手而倒。于公拿灯一照，原来是个纸人，腰已经被砍断了。于公不敢躺下，继续坐着等候。过了一会儿，突然有个东西穿窗而入，它面目狰狞，长得像恶鬼。才刚落地，于公上去挥出一剑，怪物被砍成两截，都在地上不停地蠕动。于公害怕它再起来，又连续挥剑，招招命中，发出"咔咔"的清脆声响。俯身一看，原来是个泥人，已经被劈成一块块的碎片。

注释 1 倏(shū)忽：形容时间过得很快。 2 觇(chān)：察看。 3 无恙(yàng)：没有意外发生。恙，本义为疾病，此处灾祸。 4 一漏：一更，晚上七点至九点。 5 窣窣(sū)：形容声音细小的样子。 6 怪狞：面容怪异凶恶。 7 不耎(ruǎn)：形容声音不沉闷，很清脆。耎，同"软"。

于是移坐窗下，目注隙中。久之，闻窗外如牛喘，有物推窗棂，房壁震摇，其势欲倾。公惧覆压[1]，计不如出而斗之，遂剨然脱扃[2]，奔而出。见一巨鬼，高与檐齐，昏月中，见其面黑如煤，眼闪烁有黄光；上无衣，

于是，他就把椅子搬到窗户下，眼睛紧盯着窗户缝儿。过了很久，听见外边有牛一样的喘气声，有什么东西在用力推窗户，震得墙壁直摇，房子好像要被晃塌了。于公担心房子塌了被压在下边，心里盘算着还不如出去跟怪物拼了。于是他就猛地用剑砍断门闩跑出去。只见外边有一个大鬼，有房檐那么高，借着昏暗的月光看去，只见他的脸黑得像煤炭一样，眼睛里闪着黄光；上身赤裸，足下无鞋，手里拿着弓，腰

下无履，手弓而腰矢。公方骇，鬼则弯矣。公以剑拨矢，矢堕。欲击之，则又弯矣。公急跃避，矢贯[3]于壁，战战有声。鬼怒甚，拔佩刀，挥如风，望公力劈。公猱进[4]，刀中庭石，石立断。公出其股间，削鬼中踝，铿然[5]有声。鬼益怒，吼如雷，转身复剁。公又伏身入，刀落，断公裙。公已及胁下[6]，猛斫之，亦铿然有声，鬼仆而僵。公乱击之，声硬如柝[7]。烛之，则一木偶，高大如人。弓矢尚缠腰际，刻画狰狞，剑击处，皆有血出。公因秉烛待旦[8]。方悟鬼物皆卜人遣之，欲致人于死，以神其术也。

里别着箭。于公正在惊惧时，大鬼已经开弓放箭朝他射了过来。于公就用剑拨打飞矢，箭落在了地上。刚想上前进攻，箭又射了过来。于公急忙跳起躲开，箭射穿了墙壁，颤动着嗡嗡作响。大鬼见状怒火中烧，拔出佩刀，挥舞得好似一阵狂风，照着于公就用力劈了过来。于公提起宝剑，招式敏捷地迎击，大鬼一刀砍在庭院的石头上，石头瞬间被劈成两半。于公健步上前，从鬼的两腿间钻出，朝着鬼的脚踝猛然出击，只听"仓啷"一声响。大鬼更加愤怒，吼声如雷，转身举刀剁了下去。于公又屈身躲在其胯下，刀落下来砍断了他的裤裙。于公已经闪到鬼的肋下，挥剑猛砍，同样又发出"仓啷"的声响。大鬼应声而倒，僵卧在地上，于公上前一阵乱砍，声音沉闷，好像敲打木梆一样。拿灯一照，原来是个木偶，和人一样大小。腰里还系着弓箭，面目刻画得凶恶恐怖，被剑击中的地方鲜血直流。于公就拿着蜡烛一直坐到天亮。他到这时才明白过来，夜里的鬼物都是算命人派来的，想以此置他于死地，好跟别人吹嘘自己卜卦灵验。

注释 1 覆压:倾覆压住。 2 剨(huò)然脱扃(jiōng):此处指猛地用剑劈开门闩。剨,象声词。 3 贯:射穿。 4 猱(náo)进:像猴子一样动作轻捷,此处指剑招敏捷。 5 铿(kēng)然:形容声音洪亮。 6 胁下:从腋下到肋骨尽处的部分。 7 柝(tuò):打更用的梆子。 8 秉烛待旦:手持点燃的蜡烛等待天亮。

次日,遍告交知[1],与共诣卜所。卜人遥见公,瞥不可见[2]。或曰:"此翳形术[3]也,犬血可破。"公如其言,戒备而往。卜人又匿如前。急以犬血沃立处,但见卜人头面皆为犬血模糊,目灼灼[4]如鬼立。乃执付有司而杀之。

第二天,于公向知道算命一事的所有朋友诉说了昨夜的经过,众人一起来到算命人的住所。算命人远远地看见于公,转眼就消失了。有人说:"这是隐身法,用狗血可以破除。"于公就按其所言,准备好了又再去找算命人。这次算命人故伎重施,又隐形不见。于公急忙把狗血泼向他刚才站着的地方,只见算命人满头狗血模糊,眼睛闪闪发光,跟个鬼似的站在那儿。于公就把他交到官府处死了。

注释 1 交知:知心朋友,此处特指知道算命一事的朋友。 2 瞥不可见:一下子就不见了。瞥,忽然,突然。 3 翳(yì)形术:隐身法。翳,遮盖,隐藏。 4 灼灼:形容眼睛明亮的样子。

异史氏曰:"尝谓买卜[1]为一痴。世之讲此道而不爽[2]于生死者几人?卜之而爽,犹不卜也。且即明明告我以死期之至,将复

异史氏说:"我曾说花钱算命可谓愚蠢。世上的算命先生能准确算出人生死的有几个呢?算卦不灵和没算卦一个样。况且,就算明白告诉我死期将至又会如何呢?更何况那些通过谋

如何？况有借人命以神其术者，其可畏不尤甚耶！”

害他人性命来显示自己料事如神的术士，岂不更加令人畏惧吗？”

注释 **1** 买卜：花钱算命。 **2** 爽：差错。

野 狗

原文

于七之乱[1]，杀人如麻。乡民李化龙，自山中窜归[2]。值大兵宵进[3]，恐罹炎昆之祸[4]，急无所匿，僵卧[5]于死人之丛，诈作尸。兵过既尽，未敢遽出。忽见阙[6]头断臂之尸，起立如林。内一尸断首犹连肩上，口中作语曰：“野狗子来，奈何？”群尸参差而应[7]曰：“奈何！”俄顷，蹶然[8]尽倒，遂寂无声。

李方惊颤欲起，有一物来，兽首人身，伏啮人首，遍吸其脑。李惧，

译文

平定于七之乱时，死的人非常多。乡民李化龙从山里逃窜回来，正好遇到官军晚上行进，他害怕官军滥杀，情急之下找不到藏身的地方，于是就直挺挺地躺在死人堆里，假装成死尸。官军全都走后，他不敢贸然出来。他忽然看到断头缺胳膊的尸体纷纷站立起来，好像一片树林。其中一个尸体，脑袋断了还连在肩膀上，嘴里说道：“等会儿野狗子来了该怎么办？”群尸七嘴八舌地附和回应，都说：“怎么办啊！”过了片刻，他们忽然又都倒在地上，于是便寂静无声。

李化龙正担惊受怕，颤颤巍巍想起身时，有一个怪物走了过来。它长着野兽的脑袋人的身子，趴在地上咬死人的头，挨个吸食人的脑浆。李化龙十分恐惧，赶

匿首尸下。物来拨李肩,欲得李首。李力伏,俾不可得。物乃推覆尸而移之,首见。李大惧,手索腰下,得巨石如碗,握之。物俯身欲龁,李骤起,大呼,击其首,中嘴。物嗥如鸱[9],掩口负痛而奔,吐血道上。就视之,于血中得二齿,中曲而端锐,长四寸余。怀归以示人,皆不知其何物也。

紧把头藏在尸体下边。怪物过来拨动他的肩膀,想把脑袋扒出来。李化龙死死地把头往下埋,不让它找到自己的头。于是怪物就把压在上边的尸体推开,李化龙的头露了出来。李化龙非常害怕,手一摸腰下,找到一块碗一般大的石头,便用手握紧。怪物俯身想咬他,李化龙猛地起身大声呼喊,用石头砸怪物的脑袋,击中了嘴巴。怪物像猫头鹰似的号叫着,捂着嘴负痛跑了,它吐了一口血在路上。李化龙追过去察看,在血中捡到两颗牙齿,中间弯曲,一端尖锐,有四寸来长。他把牙齿揣怀里带回去给人看,都不知道这是什么怪物。

注释 **1** 于七之乱:于七,本名小喜,又名乐吾,清初山东栖霞人,家世殷富,是邑中大户,祖父经商,父亲当过军官。于七习文好武,曾考中武举。他为人正直和气,时常为乡亲排解纠纷,在地方上有很高的威望。因不满清王朝的统治,顺治五年(1648),于七在董樵等人协助下,发动了第一次反清起义。由于清廷事前获悉情报,采取剿抚并济的手段,使起义军遭沉重打击,于七在动摇中受招安,致使起义失败。顺治十八年(1661)秋,于七第二次领导农民起义抗清,登、莱二府民众纷起响应,反清烈火燃遍胶东。清廷深恐斗争蔓延,派万余名满蒙八旗兵和九省两万多名绿营兵围攻起义军。于七率众英勇抵抗,但寡不敌众,除于七等极少人突围,大批起义官兵及家属被杀害。本文所说的"杀人如麻",应该指于七第二次起义。 **2** 窜归:逃窜而归。 **3** 大兵宵进:军队夜间行进。 **4** 炎昆之祸:此处指官兵不分好坏,一律屠杀。炎昆,出自《尚书·胤征》:

"火炎昆冈，玉石俱焚。" 5 僵卧：直挺挺地卧倒。 6 阙：残缺。 7 参差(cēn cī)而应：众说纷纭，七嘴八舌地回应。参差，长短、高低、大小不一致。 8 蹶(jué)然：摔倒的样子。 9 物嗥如鸱(chī)：怪物发出像猫头鹰般的号叫声。鸱，猫头鹰。

三生

原文

刘孝廉[1]能记前身事[2]。与先文贲兄[3]为同年[4]，尝历历[5]言之。一世为搢绅[6]，行多玷[7]，六十二岁而没。初见冥王，待以乡先生[8]礼，赐坐，饮以茶。觑冥王盏中，茶色清澈，己盏中浊如醪[9]。暗疑迷魂汤[10]得勿此耶？乘冥王他顾，以盏就案角泻之，伪为尽者。

译文

有位姓刘的举人，能记得前生的事情。刘举人和我的族兄文贲是同年，曾对他清楚地讲述过前三世的经历。这位刘举人第一世是当官的，行为多不检点，做过不少缺德事，活到六十二岁就死了。他刚开始见到阎王，阎王以乡绅之礼接待他，还赐座上茶。他侧眼一看，阎王杯中的茶汤清澈透亮，而自己杯中的茶水却像醪酒一样浑浊不堪。心里就犯嘀咕：人们常说的迷魂汤就是这个吧？于是，举人就趁着阎王向别处看时，悄悄端起茶杯从桌角把茶水倒掉，假装自己把茶喝完了。

注释 1 孝廉：原是汉武帝时设立的察举考试，为任用官员的一种科目，孝廉是"孝顺亲长、廉能正直"的意思。明清时期用来称呼举人。 2 前身事：前生的事情。 3 先文贲兄：指作者的族兄蒲兆昌(字文贲)，贲为贵的讹字。 4 同年：科举时代同一年考中的人，彼此称为同年。 5 历历：清清楚楚，明明白白。 6 搢绅：当官的人。原意是插笏（古代朝会时官宦所执的手板，有事就写在上面，以备遗忘）于衣带绅，束在衣服外面的大带子。 7 行多玷（diàn）：所作所为有很多污点。 8 乡先生：此处指辞官或退休后，在乡间生活的官员。 9 醪（láo）：浊酒。 10 迷魂汤：又称孟婆汤，据说鬼魂喝下之后便会忘记前生的事情。

俄顷，稽前生恶录，怒命群鬼捽下[1]，罚作马。即有厉鬼絷[2]去，行至一家，门限[3]甚高，不可逾。方趑趄[4]间，鬼力楚[5]之，痛甚而蹶。自顾，则身已在枥[6]下矣。但闻人曰："骊马[7]生驹矣，牡也。"心甚明了，但不能言。觉大馁[8]，不得已，就牝马求乳。逾四五年，体修伟。甚畏挞楚，见鞭则惧而逸。主人骑，必覆障泥[9]，缓辔[10]徐徐，犹不甚苦。惟奴仆圉人[11]，不加鞯装[12]以行，两踝夹击，痛彻心腑。于是愤甚，三日不食，遂死。

过了一会儿，阎王查看到他前生作恶多端，勃然大怒，命令众鬼卒把他抓下去，罚他来世做马。立即有鬼差上前，把他捆走了。鬼差把他带到一家大门口，门槛太高，跨不过去。正在犹豫不前时，鬼差猛然用力打他，举人疼痛难忍，跌倒在地。再看自己，身子已经伏在马槽下了。只听见有人喊："黑马生马驹了，是匹公的。"他心里很清醒，但是说不出话来。感觉饿极了，不得已拱到母马身下找奶吃。过了四五年，他长得又高又壮，但特别怕挨打，一看到鞭子就吓得惊慌奔逃。主人骑他时，一定会搭上障泥，放缓辔头，让他小步慢行，因此还不觉得很难受。只是家里的下人和养马的骑马时，鞍垫、障泥什么都不配就上路，还用脚踝夹击马的肚子，痛得心肝欲碎。于是，他愤恨至极，三天不吃草料，就饿死了。

注释 1 捽(zuó)下：揪住带走。 2 絷(zhí)：拘捕，捆绑。 3 门限：门槛。 4 趑趄(zī jū)：犹豫不决，举步不前。 5 力楚：使劲鞭打。楚，本意为荆条，此处为抽打，名词作动词。 6 枥：喂马的石槽。 7 骊(lí)马：纯黑色的马。 8 大馁(něi)：非常饥饿。 9 障泥：垂于马腹两侧，用于遮挡尘土的东西，多用麻布或皮革制成。 10 辔(pèi)：驾驭牲口用的嚼子和缰绳。 11 圉(yǔ)人：掌管养马放牧等事的官员，此处指养马的人。 12 鞯(jiān)装：马鞍下垫的软垫。

至冥司，冥王查其罚限未满，责其规避，剥其皮革，罚为犬。意懊丧，不欲行，群鬼乱挞之，痛极而窜于野。自念不如死，愤投绝壁，颠莫能起。自顾，则身伏窦中[1]，牝犬舐而腓字[2]之，乃知身已复生于人世矣。稍长，见便液，亦知秽，然嗅之而香，但立念[3]不食耳。为犬经年，常忿欲死，又恐罪其规避，而主人又豢养[4]不肯戮。乃故啮主人，脱股肉，主人怒，杖杀之。

冥王鞫状[5]，怒其狂

到了阴曹地府，阎王查看他受罚期限，发现还没有满，就斥责他有意逃避，命鬼剥了马皮，罚他来世做狗。他懊恼不已，沮丧着不愿前行，群鬼上前一阵毒打，他疼痛难忍，流窜到了荒郊野外。他心想还不如死了算了，悲愤之余从悬崖绝壁跳了下去，摔在地上动弹不得。再一看自己，已经趴在狗洞里，母狗正舔舐照顾着他，于是就明白又生到人间了。等他稍微长大了些，每看到粪尿，心里也知道是污秽，但闻起来很香，不过心里下决心不去吃罢了。在他做狗的一年里，常常愤恨想死，但又害怕阎王怪罪逃避惩罚。而且主人又对他好生喂养，不肯杀掉。于是他就故意咬主人，从大腿上撕扯下一块肉，主人怒不可遏，将他用乱棍打死了。

猘[6]，笞数百，俾作蛇。囚于幽室，暗不见天。闷甚，缘壁而上，穴屋而出。自视，则身伏茂草，居然蛇矣。遂矢志[7]不残生类，饥吞木实。积年余，每思自尽不可，害人而死又不可，欲求一善死之策而未得也。一日，卧草中，闻车过，遽出当路，车驰压之，断为两。冥王讶其速至，因蒲伏自剖[8]。冥王以无罪见杀，原之，准其满限复为人，是为刘公。公生而能言，文章书史[9]，过辄成诵，辛酉举孝廉。每劝人：乘马必厚其障泥，股夹之刑，胜于鞭楚也。

阎王审理案情后，对他疯狂的举动大为震怒，抽了他几百鞭子，罚他做蛇。他被关在密室之中，暗无天日，屋子里很闷，他就沿着墙壁向上爬，在房顶打了个洞爬了出来。一看，自己身子盘在草丛里，居然变成了蛇。于是他就立志不再残害生灵，饿了就吞食果实。过了一年多，他经常想自杀不可，害人而死也不行，又苦苦找不到一个妥善的死法。一天，他卧在草丛里，听到有马车经过，立刻蹿出来挡在路中间，马车飞奔过去把他压成了两截。阎王很惊讶他这么快又回来了，他匍匐在地上诉说了自己的遭遇。阎王认为他没犯什么罪而遇害，就原谅了他，准许他期满后重新为人，这就是现在的刘公。刘公生下来就会讲话，读书作文，看一眼就能背诵，在辛酉年考中了举人。他每每劝人：骑马必须要多加障泥，马被人用腿夹着，比挨鞭子还要痛苦。

注释 1 窦中：指狗洞里。 2 腓(féi)字：庇护怜爱。 3 立念：意念坚固不动摇。 4 豢(huàn)养：喂养。 5 鞫(jū)状：审问犯人案件情况。 6 狂猘(zhì)：疯狂凶猛。 7 矢志：指立下誓愿和志向，以示决心。矢，射出去的箭。 8 蒲伏自剖：匍匐在地上自我辩白。 9 书史：儒家经典和历史书籍。

异史氏曰:“毛角之俦[1],乃有王公大人在其中。所以然者,王公大人之内,原未必无毛角者在其中也。故贱者为善,如求花而种其树。贵者为善,如已花而培其本。种者可大,培者可久。不然,且将负盐车[2],受羁𣫭[3],与之为马[4]。不然,且将啖[5]便液,受烹割,与之为犬。又不然,且将披鳞介,葬鹤、鹳,与之为蛇。”

异史氏说:“披毛戴角的动物里,竟然有王公贵族。之所以会这样,是因为王公大人中原本未必没有衣冠禽兽。所以下贱的人做善事,好比为了求得鲜花而去栽树,劳心费力。尊贵的人行善,好比是已经开了花而去培育根本,劳少而功多。种下的种子可以长成大树,培育根本能活得更为长久。不然,就要被罚去做马,拉着大车,忍受笼头、绳索的束缚。不然,就被罚去做狗,食粪饮尿,遭受屠杀烹煮。再不然,就被罚去做蛇,葬身鹤、鹳之腹。”

注释 1 俦(chóu):同伴,同类。 2 盐车:运盐的马车,指很重的大车。 3 羁𣫭(zhí):马络头和绊马索,此处指受拘束。 4 与之为马:让他变作马。与,使、让。 5 啖(dàn):吃。

狐入瓶

原文

万村石氏之妇祟于狐[1],患之而不能遣。扉[2]后有瓶,每闻妇翁

译文

万村有一户姓石的,家里的媳妇被狐狸作祟,深受其害却没办法驱除狐狸。她家门后边有个瓶子,狐狸每当听到妇人

来，狐辄遁匿[3]其中。妇窥之熟，暗计而不言。一日，窜入，妇急以絮[4]塞瓶口，置釜[5]中，燂汤而沸之[6]。瓶热，狐呼曰：“热甚！勿恶作剧。”妇不语，号益急，久之无声。拔塞而验之，毛一堆，血数点而已。

的公公来了，就逃走躲在瓶子里。妇人曾多次看到，心里暗自盘算而不发一言。一天，狐狸又钻进瓶子里，妇人急忙用棉絮堵住瓶口，把瓶子放到锅里，烧开水煮。瓶子温度越来越高，狐狸呼叫道：“太热了！你不要恶作剧啊。”妇人不说话，而狐狸号叫得更急了，久而久之没了声响。妇人拔开棉絮查验，只剩下一堆毛，几滴血而已。

注释 1 祟于狐：被狐狸作祟。祟，鬼怪害人。 2 扉：门。 3 遁匿：逃避，隐藏。 4 絮：此处指棉絮。 5 釜(fǔ)：古代的炊事用具，口及底均为圆形而无足，必须安置在炉灶之上，此处指锅。 6 燂(tán)汤而沸之：把水放在火上烧开。燂，放在火上加热。

鬼 哭

原文

谢迁之变[1]，宦第皆为贼窟。王学使七襄[2]之宅，盗聚尤众。城破兵入，扫荡群丑，尸填墀[3]，血至充门[4]而流。公入城，扛尸涤血[5]而居。往往白昼见

译文

谢迁之乱时，官员的府邸都被贼寇占据。王七襄学政的宅子，聚集的强盗特别多。官兵攻破城时，扫荡贼寇，台阶前堆满了尸体，血水流得把门都快堵住了。王公入城后，命人扛出尸体，清洗污血，住了下来。经常大白

鬼，夜则床下磷飞[6]，墙角鬼哭。

一日，王生皞迪[7]寄宿公家，闻床底小声连呼："皞迪！皞迪！"已而声渐大，曰："我死得苦！"因哭，满庭皆哭。公闻，仗剑而入，大言曰："汝不识我王学院耶？"但闻百声嗤嗤，笑之以鼻[8]。公于是设水陆道场[9]，命释道忏度之[10]。夜抛鬼饭，则见磷火荧荧，随地皆出。先是，阍人[11]王姓者疾笃，昏不知人事者数日矣。是夕，忽欠伸若醒，妇以食进。王曰："适主人不知何事，施饭于庭，我亦随众啖噉。食已方归，故不饥耳。"由此鬼怪遂绝。岂钹铙[12]钟鼓，焰口瑜伽[13]，果有益耶？

天都能见到鬼，等到了晚上，床底下磷火纷飞，墙角还有鬼哭的声音。

有一天，书生王皞迪寄宿在王公家，听到床底有人小声连续呼喊："皞迪！皞迪！"过了一会儿，声音渐渐变大，说："我死得好苦啊！"这么一哭，引来满院子一片哭声。王公听到了，拿着剑走进去，大声道："你不认识我王学院吗？"只听到一阵阵"嗤嗤"的笑声，似乎在讥笑他。王公于是就设立水陆道场，命和尚、道士拜忏超度冤魂。晚上给鬼施舍吃的，只见遍地都冒出鬼火。此前，有个姓王的守门人生了重病，昏迷过去不省人事好几天了。当晚，他忽然伸了伸腿脚，好像醒了过来，妻子就喂他吃些东西。王某说："刚才主人不知怎么回事，在庭院里施舍饭食，我也跟着大家吃。吃完了才回来，所以肚子不饿。"从此，鬼怪就消失不见了。难道和尚、道士们敲打奏乐，放焰口做法事，果真有效吗？

注释 1 谢迁之变：谢迁，山东高苑（今高青县）人。顺治三年(1646)，谢迁率千余人在高苑发动反清起义，攻克高苑，不久又攻破长山县城。1647 年攻占淄川县城，但很快遭到清兵围剿，血战两个月，最终失败。 2 王学使七襄:即王昌胤,字七襄,山东淄川人。他在清朝初年曾任北直隶学政。 3 墀(chí):台阶前的空地。 4 充门:一说为满门,一说为堵住了门。 5 涤血:清洗污血。 6 磷飞:磷火飞动。磷,即鬼火。旧传为人畜死后,其血所化。实际上是动物尸骨中分解出的磷化氢的自燃现象。其焰淡蓝或淡绿色,光微弱,浮游空中,在暗中可见。 7 王生皞(hào)迪:毕际有的外甥,自幼丧母,寄养在毕家,而蒲松龄也长期在毕家教书。 8 笑之以鼻:从鼻子里发出冷笑的声音。表示讥笑和蔑视。 9 水陆道场:又称水陆法会,佛教超度法会的一种。僧尼设坛诵经,礼佛拜忏,遍施饮食,以超度水陆一切亡灵,普济六道四生。 10 忏度之:通过做忏悔来超度亡魂。 11 阍(hūn)人:看门的人。 12 钹铙(bó náo):钹,一般为铜质,圆形,中间隆起部分大,正中有孔,两片相击发声。大的称铙,小的称钹。 13 焰口瑜伽:佛教一种施食饿鬼的法事。

异史氏曰:"邪怪之物,唯德可以已之。当陷城之时,王公势正烜赫[1],闻声者皆股栗[2],而鬼且揶揄[3]之。想鬼物逆知[4]其不令终[5]耶?普告天下大人先生:出人面犹不可以吓鬼,愿无出鬼面以吓人也!"

异史氏说:"邪怪一类的东西,唯有道德可以祛除。当官兵攻破城的时候,王公的声势正显赫无比,听到他名字的人无不两腿发抖,然而鬼却敢嘲讽他。想来鬼物应该预知到他结局不会太好吧?在此普告天下的大人先生们:做出人的样子都吓不了鬼,希望你们不要做出鬼的样子来吓唬人了!"

注释 1 烜赫:声势显赫。 2 股栗:腿发抖。栗,发抖,哆嗦。 3 揶揄:戏弄,嘲讽。 4 逆知:预知。 5 不令终:没有好下场。王七襄在家乡为非作歹,鱼肉百姓,劣迹斑斑,曾被告发,很可能下场不好。

真定女

原文

真定界[1]有孤女，方六七岁，收养于夫家。相居二三年，夫诱与交而孕。腹膨膨[2]而以为病也，告之母。母曰：“动否？”曰：“动。”又益异之。然以其齿太稚[3]，不敢决。未几[4]，生男。母叹曰：“不图[5]拳母，竟生锥儿！”

译文

真定县地界，有一个女孤儿，年纪六七岁就做了童养媳，被丈夫家收养。女孩儿在夫家住了两三年，有一次丈夫引诱她交合，结果怀了孕。她肚子鼓得圆圆的，以为是生病了，便告诉婆婆。婆婆问：“肚子里有东西动吗？”回答说：“动。”婆婆更加觉得奇异。然而，因为女孩儿年纪太小，所以不敢断定是不是真的怀孕了。没过多久，生下一个男孩儿。婆婆感叹说：“没想到拳头大的母亲，竟然生下了一个锥子大的儿子！”

注释　**1** 真定界：真定，即今河北正定。界，境内。　**2** 膨膨：气满鼓胀的样子，此处指肚子圆滚。　**3** 齿太稚：年纪太小。　**4** 未几：没多久。　**5** 不图：没想到。

焦螟

原文

董侍读默庵[1]家为狐所扰，瓦砾砖石，忽如雹

译文

董默庵侍读家，被狐狸骚扰，瓦砾跟砖石，有时忽然就像冰雹一样落下来，

落，家人相率奔匿，待其间歇，乃敢出操作[2]。公患之，假作庭孙司马[3]第移避之。而狐扰犹故。一日朝中待漏[4]，适言其异。大臣或言，关东[5]道士焦螟居内城[6]，总持敕勒之术[7]，颇有效。公造庐[8]而请之。道士朱书符[9]，使归粘壁上。狐竟不惧，抛掷有加焉。

吓得家人都纷纷跑着躲藏，等狐狸停下的间歇，才敢出来干活。董公为此很忧虑，因此就借了孙作庭司马的府第，搬过去以避开狐狸。但是狐狸依然像过去一样继续骚扰他。一天，董公在等候上早朝时，正好说起这件怪事。有位大臣说，关东道士焦螟住在内城，总领画符驱怪的法术，非常灵验。董公就亲自前往道士住的地方邀请。道士以朱砂画符，让他带回去贴在墙上。狐狸竟然不害怕，瓦砾、石块扔得更多了。

注释　**1** 董侍读默庵：董讷，字兹重，号默庵。山东平原人。自幼聪慧过人，读书过目不忘，高中探花。官至两江总督。董讷为政识大体，有惠于民。　**2** 操作：此处指劳作、干活。　**3** 孙司马：孙光祀，字溯玉，号作庭。祖籍山东平阴，后迁居历城。顺治十二年(1655)中进士，选庶吉士，翌年授礼科给事中，官至兵部右侍郎。他为官敢言，吴三桂叛乱时，孙光祀秘密上疏，建议将正在京师的吴三桂之子吴应熊处死，以杜绝内患。平叛过程中，又积极出谋划策，为平定三藩之乱立下大功。司马，为周代掌管军事的卿大夫，后用来称呼兵部尚书，少司马即兵部侍郎。　**4** 待漏：古代上朝时，大臣在五更前到朝房等待上朝的时刻。漏，铜壶滴漏，计时器，此处代指时间。　**5** 关东：清代指山海关以东的地区。　**6** 内城：清代北京城分内外，内城大致相当于现在的二环以内。清代规定，内城不能住汉人，汉人必须迁往外城，内城只准八旗官兵和家眷居住，以拱卫皇城。从顺治开始，部分汉人大臣也被允许居住在内城。　**7** 总持敕勒之术：统领画符驱鬼的法术。总持，总管、统领。敕勒，本意为敕命勒令,道士在画符时通常会书写“敕令”字样,以招遣神将,此处泛指道教法术。 **8** 造庐:亲自登门拜访。 **9** 朱书符:以朱砂画符。古人认为朱砂可辟邪,画符十分灵验。

公复告道士。道士怒,亲诣公家,筑坛作法。俄见一巨狐伏坛下,家人受虐已久,衔恨綦甚[1],一婢近击之,婢忽仆地气绝。道士曰:“此物猖獗[2],我尚不能遽服之,女子何轻犯尔尔[3]。”既而曰:“可借鞫狐[4]词,亦得。”戟指[5]咒移时,婢忽起,长跪。道士诘其里居。婢作狐言:“我西域产,入都者一十八辈。”道士曰:“辇毂下[6],何容尔辈久居?可速去!”狐不答。道士击案怒曰:“汝欲梗[7]吾令耶?再若迁延,法不汝宥[8]!”狐乃蹙怖作色[9],愿谨奉教。道士又速[10]之。婢又仆绝,良久始苏。俄见白

董公又把情况告诉道士。道士颇为恼怒,就亲自到董公家里,建起道坛作法。很快,就看见一只巨大的狐狸趴在道坛下面。家里人受狐狸虐待很久了,对它恨之入骨,一个丫环走近击打它,却忽然扑倒在地上断气了。道士说:“这个妖物猖獗得很,我都不能够立刻制服它,你这个女子怎么敢如此轻率地冒犯它呢?”接着又说:“可以借她来审问狐狸,这样也好。”于是道士把食指和中指并在一起,指点着丫环念了一会儿咒,丫环忽然爬起来,直直地跪着。道士问它住在哪里。丫环用狐狸的腔调说:“我是西域来的,进入都城的同类共有十八个。”道士说:“天子脚下,怎么能容你们久住?可速速离去!”狐狸不回答。道士拍着桌子怒斥道:“你想拒绝我的命令吗?要是再拖延下去,我的道法不会宽恕你们!”狐狸这才眉头紧皱,吓得变了脸色,愿意照道士说的去做。道士再次催促它快走。丫环又倒在地上昏过去,过了很久才苏醒。没多

块四五团，滚滚如球，附檐际[11]而行，次第追逐，顷刻俱去。由是遂安。

久，看见四五个白色的圆团，像球一样贴着房檐边滚动，一个挨一个追逐着，不一会儿都走了。从此，董公家就安稳下来。

注释 1 衔恨綦(qí)甚：心中怀着极度的怨恨。綦，极度，尤其。 2 猖獗：凶猛而放肆。 3 尔尔：如此。 4 鞫(jū)狐：审问狐狸。 5 戟(jǐ)指：伸出食指和中指，像戟一样。表示愤怒或勇武的样子。 6 辇毂(gǔ)下：皇帝的车驾之下，此处指京城。 7 梗：阻碍，违抗。 8 宥(yòu)：宽恕，原谅。 9 蹙(cù)怖作色：忧愁恐惧，吓得变了脸色。 10 速：催促。 11 檐际：屋檐边。

叶 生

原文

淮阳[1]叶生者，失其名字。文章词赋，冠绝[2]当时，而所遇不偶[3]，困于名场[4]。会关东丁乘鹤来令[5]是邑，见其文，奇之，召与语，大悦。使即官署，受灯火[6]，时赐钱谷恤[7]其家。值科试[8]，公游扬于学使[9]，遂领冠军[10]。公期望綦切[11]。闱后，[12]索文

译文

淮阳有个姓叶的书生，忘记了他的名字。叶生的文章词赋，在当时首屈一指，可运气不是太好，科举考试总是名落孙山。正赶上关东的丁乘鹤来淮阳当县令。他见到叶生的文章，大为称奇，便召他前来谈话，聊得非常高兴。于是丁公便让叶生在官府住下，领些灯火钱，并时常送给他银子和粮米补贴家用。到了考试的时候，丁公在学使面前把叶生夸赞了一番，使他以第一名的成绩获取参加乡试的资格。丁公对叶生抱有很大的希望。乡试结束后，丁公

读之，击节称叹。不意时数限人[13]，文章憎命[14]，榜既放，依然铩羽[15]。生嗒丧[16]而归，愧负知己，形销骨立，痴若木偶。公闻，召之来而慰之，生零涕不已。

要来叶生的文稿阅读，连连击节称叹。没想到人受命运的限制，文章憎恶人的命运通达，等发榜后，叶生仍旧铩羽而归。他垂头丧气地回到家，惭愧自己辜负了丁公的期望，身体日渐消瘦成了皮包骨头，人也呆呆的，如同木偶一般。丁公听说了，把他叫过来劝慰一番，叶生感动得泪流不止。

注释 1 淮阳：今河南周口淮阳县。 2 冠绝：远远超过。 3 所遇不偶：命运遭遇不太好。偶，本意为匹配，此处指顺利。 4 名场：本意为名利场，此处指考场。科举登第可以扬名，故称。 5 令：担任县令。 6 受灯火：给一些灯火钱，指微薄的补助。 7 恤：救济，接济。 8 科试：明清时期，每届乡试之前，由各省学政巡回所属府州举行考试。凡欲参加乡试的生员，都要通过此试方能获取资格。 9 游扬于学使：在学政面前称赞。游扬，夸赞，褒奖。学使，即学政，中央政府派往各省的督学官，按期至所属各府、厅考试童生及生员。 10 领冠军：考了第一名。 11 綦(qí)切：极度关切。 12 闱(wéi)后：秋闱之后。乡试是由南、北直隶和各布政使司举行的地方考试。由于考期在秋季八月，故又称秋闱。闱，指考场。 13 时数限人：此处指因时运不济而做事受阻。 14 文章憎命：好的文章憎恶命运通达，形容有才能的人遭遇不好。出自杜甫《天末怀李白》："文章憎命达，魑魅喜人过。" 15 铩(shā)羽：鸟的翅膀受摧残，比喻遭受挫折或失败。 16 嗒(tà)丧：失意而丧气。

公怜之，相期考满[1]入都，携与俱北。生甚

丁公很同情他，约好等自己三年任满进京时，带着他一同北上。叶生更加感

感佩[2]。辞而归，杜门[3]不出。无何，寝疾[4]。公遗问[5]不绝，而服药百裹[6]，殊罔所效[7]。公适以忤上官[8]免，将解任[9]去。函致生，其略云："仆东归有日，所以迟迟者，待足下耳。足下朝至，则仆夕发矣。"传之卧榻。生持书啜泣[10]，寄语来使："疾革难遽瘥[11]，请先发。"使人返白。公不忍去，徐待之。逾数日，门者忽通叶生至。公喜，迎而问之。生曰："以犬马[12]病，劳夫子久待，万虑不宁。今幸可从杖履[13]。"公乃束装戒旦[14]。抵里，命子师事生，夙夜与俱。

激。辞别丁公回到家，从此闭门不出。没过多久，叶生得病卧床不起。丁公不断派人送东西慰问。可是叶生服用了一百多包药，还是没什么起色。丁公碰巧这时因冒犯上司被免职，将要解职离去。他给叶生写了封信，大致意思是："我东归的日期已经定了，之所以迟迟未动身，是为了等待你啊。你要是早上能来，我晚上就可以上路。"丁公派人把信送到叶生床前，叶生拿着信痛哭流涕，他让送信人带话给丁公说："我的病很重，很难马上痊愈，请您先出发吧。"送信人回去禀报，丁公还是不忍离去，仍慢慢等他。过了几天，看门的人忽然通报说叶生来了。丁公喜出望外，赶忙出门相迎，并问他身体如何。叶生说："因为小人的病，有劳先生您等这么久，我心里怎么想也不安宁。如今终于有幸可以跟随在您身边了。"丁公于是整理行装，打算一早就走。丁公回到家乡，令儿子拜叶生为师，并要他早晚都和叶生在一起。

注释　1 考满：指官吏的考绩期限已满。清代官员一般每三年考核政绩一次，根据政绩优劣记功或降罚，故考满亦常为任满。　2 感佩：感激而钦佩。　3 杜门：闭门。　4 寝疾：卧病在床，指患了重病无法行走。　5 遗(wèi)问：赠送物品并慰问。　6 服药百裹：吃了一百多包药。

裹,指药包。 7 殊罔所效:一点效果都没有。罔,无。 8 忤(wǔ)上官:跟上司关系不和,指得罪领导。 9 解任:解职,卸任。 10 啜(chuò)泣:抽抽搭搭地哭。 11 疾革难遽瘥(chài):病很重,短时间内难以恢复。疾革,病情危急。瘥,痊愈。 12 犬马:叶生对自己的谦称。 13 从杖履:指跟随在长辈身边,随侍左右。 14 束装:收拾行装。戒旦:等待天亮。

公子名再昌,时年十六,尚不能文。然绝惠,凡文艺[1]三两过,辄无遗忘。居之期岁[2],便能落笔成文。益之公力,遂入邑庠[3]。生以生平所拟举子业[4]悉录授读,闱中七题[5],并无脱漏,中亚魁[6]。公一日谓生曰:"君出余绪[7],遂使孺子成名。然黄钟长弃[8]奈何!"生曰:"是殆有命!借福泽为文章吐气[9],使天下人知半生沦落,非战之罪也[10],愿亦足矣。且士得一人知己可无憾,何必抛却白纻,乃谓之利市哉?[11]"

丁公子名叫再昌,当时十六岁,还不能写文章。然而人极聪明,只要把文章看上两三遍,就不会再忘记。叶生住了一年,他就能下笔成文。再加以丁公帮忙,丁公子就进了县学读书。叶生把自己过去写的备考文章,全部抄下来教丁公子诵读。结果乡试出的七个题目,都在准备的范文中,没有一个脱漏的,丁公子一举考了第六名。一天,丁公对叶生说:"阁下只是拿出自己学问的微末部分,就使小儿成名了。然而像您这样的贤才却被长期埋没,该如何是好呢!"叶生说:"这恐怕是我命该如此吧!不过如今能借令公子的福气,使我的文章扬眉吐气,让天下人知道我半生沦落,并非能力不行,那么我也心满意足了。况且读书之人能得到一位知己,也没什么遗憾了。又何必非要科第高中,脱掉布衣换上官服,才算是发达呢?"

注释 1 文艺：此处指供学生学习参考的八股文范文。 2 期(jī)岁：一整年。 3 入邑庠：进入县学读书，即成为生员。 4 生平所拟举子业：指叶生此前为准备考试而写的习作。 5 闱中七题：在乡试头场考试中，共有七道试题。前三道取自“四书义”，后四道取自“五经义”。乡试共三场，其中以头场成绩为重，头场成绩优异，即可考中。 6 亚魁：乡试第六名。乡试中，考中者称为举人，第一名称解元，第二名称为亚元，第三、四、五名称为经魁，第六名称为亚魁。中试的举人原则上可获得选官资格，均可参加次年在京师举行的会试。 7 余绪：微末，残余的部分。 8 黄钟长弃：比喻贤才被埋没。黄钟，是十二律之一，声调最为洪大响亮，比喻卓越的人才。 9 吐气：扬眉吐气。 10 非战之罪也：不是打仗能力不行而导致的失败。出自《史记·项羽本纪》：“然今卒困于此，此天之亡我，非战之罪也。”此处指叶生并非是因文章写得不好而落榜。 11 何必抛却白纻，乃谓之利市哉：何必一定要自己考中功名，才算是发达走运呢？白纻，白色的麻布衣服，多为平民百姓所穿，抛却白纻即换上官服。利市，此处指吉利、交好运。

公以其久客，恐误岁试[1]，劝令归省。生惨然不乐，公不忍强，嘱公子至都为之纳粟[2]。公子又捷南宫[3]，授部中主政[4]，携生赴监，与共晨夕。逾岁，生入北闱[5]，竟领乡荐[6]。会公子差南河典务[7]，因谓生曰：“此去离贵乡不远。先生奋

丁公担心叶生长期客居在外，耽误参加岁试，于是就劝他回家。叶生听了闷闷不乐。丁公不忍再勉强，就叮嘱儿子到京城参加会试时，为叶生捐个监生。丁公子会试又一举考中，授职在部里做主事。他便带着叶生一同到国子监，早晚都跟他在一起。过了一年，叶生参加顺天府乡试，终于考中了举人。正碰上丁公子被派往南河主持公务，他就对叶生说：“这里距您的家乡不远。先生，如今平步青云，应该

迹云霄[8],锦还为快[9]。"生亦喜。择吉就道,抵淮阳界,命仆马送生归。

衣锦还乡,畅快一番了。"叶生也很高兴。于是他们挑好日子上路,等走到淮阳地界,丁公子派仆人用马送叶生先回家。

注释 1 岁试:清代学政每三年考试省内生员一次,在外省者须返回本省考试。 2 纳粟:明清时期,富家子弟向朝廷捐献钱谷,即可进国子监为监生。 3 捷南宫:指会试考中成为贡士。捷,获胜。南宫,本为南方星宿名,汉时用以比拟尚书省,唐宋时又称礼部为南宫,而会试由礼部主持,故又代指会试。会试,意思是共会一处,比试科艺。由礼部主持,在京师举行考试,因考试在春天,又称春试或春闱。应考者为各省的举人,录取者称贡士。会试后,贡士再由皇帝亲自考试,择优取为进士。 4 部中主政:中央六部的主事,为中央各部低层办事官吏。 5 入北闱:参加北京举办的乡试。 6 领乡荐:考中举人。唐宋时期,进京考进士的人,需要由州县荐举,故称。 7 差南河典务:被外派到南河办理公务。差,指派,派遣。南河,指江南省的河道。 8 奋迹云霄:指叶生考中举人后平步青云,前程远大。 9 锦还为快:衣锦还乡,快慰平生。

归见门户萧条,意甚悲恻。逡巡至庭中,妻携簸具以出,见生,掷具骇走。生凄然曰:"我今贵矣。三四年不觌,何遂顿不相识?"妻遥谓曰:"君死已久,何复言

叶生到家一看,只见家中萧条破败,心里非常难过。他徘徊着走到院子里,妻子正端着簸箕从屋里出来,猛然看到叶生,吓得扔了簸箕就走。叶生伤感地说:"我现在已经显贵了!才三四年不见,为何连我都不认识了?"妻子远远站在一边对他说:"你已经死很久了,怎么又说显贵了呢?我之所以长期放着你的棺木没有下葬,是因为家里穷,

贵？所以久淹君柩者，以家贫子幼耳。今阿大亦已成立，行将卜窀穸[1]。勿作怪异吓生人。"生闻之，怃然惆怅。逡巡入室，见灵柩俨然，扑地而灭。妻惊视之，衣冠履舄如脱委焉。大恸，抱衣悲哭。子自塾中归，见结驷[2]于门，审所自来，骇奔告母。母挥涕告诉。又细询从者，始得颠末。从者返，公子闻之，涕堕垂膺。即命驾哭诸其室；出橐营丧，葬以孝廉礼。又厚遗其子，为延师教读。言于学使，逾年游泮[3]。

儿子还小需要照料。现在阿大已经长大成人，正要找墓地安葬你。你可不要作怪惊吓活人。"叶生听妻子讲完，很是失意惆怅。他徘徊着走进屋，看见棺材还停放在那儿，便一下子倒在地上消失不见了。妻子惊恐地靠近察看，只见叶生的衣帽鞋袜散落在地上，好像蛇蜕下的皮一样空空的。她悲痛欲绝，抱起地上的衣服伤心地大哭起来。儿子从学堂回来，看见门前拴着马，就询问仆人从何处来，听了答复，吓得匆忙跑去告诉母亲。母亲便流着眼泪把刚才所见之事告诉了儿子。母子俩又仔细询问外边的随从，才得知事情的始末。仆人返回去，把情况报告给丁公子，丁公子听闻后，泪水直流，浸湿了衣襟。他立即坐马车前往叶家，来到叶生的灵堂大哭，并出钱给他操办了丧事，以举人规格的葬礼安葬了叶生。又送了很多钱财给叶生的儿子，并聘请老师教他读书。后来经过丁公子向学使推荐，第二年叶生的儿子就进入县学成了秀才。

注释　1 窀穸(zhūn xī)：墓穴。　2 结驷：拴着的马。　3 游泮(pàn)：进学，成为秀才。泮，指泮宫，周代诸侯所设的学校。代指府、州、县所设各种学校。

异史氏曰："魂从知己，竟忘死耶？闻者疑之，余深信焉。同心倩女，至离枕上之魂；[1]千里良朋，犹识梦中之路。[2]而况茧丝蝇迹[3]，吐学士之心肝；流水高山，通我曹之性命者哉！嗟乎！遇合难期，遭逢不偶。行踪落落，对影长愁；傲骨嶙嶙，搔头自爱。叹面目之酸涩，来鬼物之揶揄。频居康了[4]之中，则须发之条条可丑；一落孙山之外，则文章之处处皆疵。古今痛哭之人，卞和惟尔；颠倒逸群之物，伯乐伊谁？抱刺于怀，三年灭字[5]；侧身以望，四海无家。人生世上，只须合眼放步，以听造物之低昂而已。天下之昂藏[6]沦落如叶生者，亦复不少，顾安得令威[7]复来，而生死从之也哉？噫！"

异史氏说："一个人的魂魄跟随知己，竟然会忘记已经死亡了吗？听说此事的人都很怀疑，我却深信不疑。《离魂记》中的倩女，一心思念心爱的人，以至魂魄能离开肉体；张敏和高惠这对挚友，即使远隔千里也会在梦中相会。更何况劳心费力撰写的文章，凝聚着读书人的心血；像钟子期那样的知音，实在是跟读书人性命相通的人啊！嗟乎！与知己相遇是难以预期的，读书人经常会遭逢孤独寂寞、不被理解的境遇。自己行踪孤单落寞，只能久久对着影子忧愁；傲骨铮铮，只得挠着头自爱自怜。落榜的书生，感叹自己面目酸涩，甚至连鬼怪也前来嘲弄。由于屡考不中，每根头发、每根胡子看起来都丑陋不堪；一旦名落孙山，那么文章看起来处处都是瑕疵。古今痛哭最出名的人，要数卞和；而面对超群之才被埋没的颠倒之事，谁才是慧眼识贤的伯乐呢？像祢衡那样，把名片抱在怀中，三年后字迹都磨灭了；侧身望去，四海无家。人生在世，只需闭上眼睛，放开步子走，听任造物主给自己安排的富贵贫贱。天下像叶生那样沦落的贤士，还有不少，只是怎样才能让丁令威那样的人再度出现，好跟他生死相随呢？噫！"

注释 1 据陈玄祐《离魂记》记载:张倩娘与表兄王宙从小相爱。倩娘长大后,父亲竟将其另许他人。倩娘因此抑郁成病,王宙也托故赴长安,与倩娘诀别。不料倩娘魂魄离开身体,半夜追来船上,乃和王宙一起出走蜀地。后来夫妇返家,倩娘的魂魄才与床上的躯体合一。 2《文选》李善注引《韩非子》记载:战国时期,张敏与高惠是好友,两人分处异地不能相聚,张敏便在梦中前去寻访高惠,找了几次都因迷路而返。 3 茧丝蝇迹:指劳心费力撰写文章。茧丝,比喻文章章句妥帖;蝇迹,指蝇头小字。 4 康了:指落榜。《说郛》引宋范正敏《遁斋闲览》:柳冕秀才性多忌讳,因"乐"与"落"谐音,应举时,他常把安乐说为安康。等考榜公布后,柳冕派仆人前去查看结果。仆人回来后,柳冕问自己是否考中,仆人回答说:"秀才康了也。"此后便以康了作为落第的隐语。 5《三国志·魏书·荀彧传》注引《平原祢衡传》:祢衡曾从荆州北游许都,当时许都人才荟萃,祢衡曾写一张名帖藏在怀中,等字都磨灭了,也没找到赏识自己的人。 6 昂藏:形容人仪表雄伟,器宇不凡。此处指贤能之士。 7 令威:据《搜神后记》载,丁令威是汉代辽东人,学道灵虚山,学成后化为仙鹤返回辽东。曾在空中吟诗:"有鸟有鸟丁令威,去家千年今始归。城郭如故人民非,何不学仙冢累累。"

四十千

原文

新城[1]王大司马[2],有主计仆[3],家称素封。忽梦一人奔入,曰:"汝欠四十千[4],今

译文

新城王大司马家中,有个管账的仆人,虽然只是平头百姓,但家境非常富有。一天,他忽然梦见一个人跑进来对他说:"你欠我的四十千钱,现在应该还了。"问

宜还矣。”问之不答，径入内去。既醒，妻产男。知为夙孽[5]，遂以四十千捆置一室，凡儿衣食病药，皆取给焉。过三四岁，视室中钱，仅存七百。适乳媪抱儿至，调笑于侧，因呼之曰：“四十千将尽，汝宜行矣！”言已，儿忽颜色蹙变[6]，项折目张[7]；再抚之，气已绝矣。乃以余资治葬具而瘗[8]之。此可为负欠[9]者戒也。

昔有老而无子者问诸高僧。僧曰：“汝不欠人者，人又不欠汝者，乌得子？”盖生佳儿所以报我之缘，生顽儿所以取我之债。生者勿喜，死者勿悲也。

他怎么一回事，那人也不回答，径直向里屋走去。他醒来时，妻子正好生了一个男孩儿。于是，他就知道这孩子是前世的冤孽来讨债的，便拿出四十千钱捆在一起，放在一间屋子里。凡是儿子穿衣吃饭、生病抓药，一切费用都从这四十千钱里支取。过了三四年，再看那四十千钱，已经只剩七百了。正好，奶妈把孩子抱过来，在一旁逗弄调笑，这个仆人就对孩子喊道：“四十千快用完了，你该走了！”话刚说完，小孩儿突然眉头紧锁，脸色大变脖子耷拉下来，眼睛瞪得圆圆的；再一摸，孩子已经断气了。于是他就把剩下的钱买了棺材把小孩儿埋了。这个故事可以当作是对欠债不还者的告诫。

从前有个老而无子的人，询问高僧为何自己没有孩子。高僧回答说：“你不欠人家的债，人家也不欠你的债，哪能有孩子呢？”大概是生了好孩子，是来向我报答善缘的；生了顽劣的孩子，是来向我讨要欠账的。由此看来，生了孩子不要高兴，孩子死了也不要悲伤。

注释 1 新城：在今山东淄博市桓台县新城镇。 2 王大司马：即王象乾，字子廓，号霁宇，桓台新城人。官佥都御史。曾经理播州，镇压苗族人民起义，后官至兵部尚书。他机警有胆略，历任督抚多年，威震九边。累加太子太师，以病乞归。大司马，兵部尚书的别称。 **3** 主计仆：掌管计算账目的仆人。 **4** 四十千：即四万枚铜钱，古代一千枚铜钱折银一两，四十千相当于四十两银子。 **5** 夙孽：前世的冤孽。 **6** 蹙(cù)变：急速变化。 **7** 项折目张：脖子低垂，张大眼睛。 **8** 瘗(yì)：埋葬。 **9** 负欠：拖欠别人钱财不还。

成 仙

原文

文登周生，与成生少共笔砚[1]，遂订为杵臼交[2]。而成贫，故终岁依周。以齿则周为长，呼周妻以嫂。节序[3]登堂，如一家焉。周妻生子，产后暴卒，继聘王氏，成以少故，未尝请见之也。一日，王氏弟来省姊，宴于内寝。成适至，家人通白，周坐命邀之，成不入，辞去。周追之而还，移席外舍。

译文

文登有一个姓周的书生，与一个姓成的书生从小一起读书，于是结为不计较富贵贫贱的好友。成生家境贫寒，一年到头要依靠周生的接济。论年龄周生较大，所以成生称周生的妻子为嫂嫂。每当逢年过节，成生都要登门拜访，亲密如同一家人。后来周生的妻子生孩子，产后得急病暴死，周生续娶了王氏，成生因为新嫂比自己年纪小，所以没有请求拜见。一天，王氏的弟弟来探望姐姐，周生在内室里设宴招待他。正好此时成生来访，仆人前来通报，周生坐在席上命人邀他前来，成生避嫌没有进去，告辞要走。周生将成生追回来，将酒席移到外室同宴。

注释 1 共笔砚:即同窗读书。 2 杵臼交:不计富贵贫贱的朋友。杵臼,捣米的木杵和石臼。 3 节序:四时八节,泛指节日。旧称春夏秋冬四季四序,称四立、两分、两至为八节。

甫坐,即有人白别业[1]之仆为邑宰[2]重笞者。先是,黄吏部家牧佣,牛蹊周田,以是相诟。牧佣奔告主,捉仆送官,遂被笞责。周诘得其故,大怒曰:"黄家牧猪奴[3],何敢尔!其先世为大父[4]服役,促得志,乃无人耶!"气填吭臆[5],忿而起,欲往寻黄。成捺而止之,曰:"强梁[6]世界,原无皂白。况今日官宰,半强寇不操矛弧[7]者耶?"周不听。成谏止再三,至泣下,周乃止。怒终不释,转侧达旦,谓家人曰:"黄家欺我,我仇也,姑置之。邑令为朝廷官,非势家官,纵有互争,亦须两造[8],

大家刚刚坐下,就有人前来禀告说庄田里的仆人被县太爷重重鞭笞了一顿。此前,吏部官员黄家的放牛仆人放的牛踩踏了周家的农田,两家仆人因此争吵谩骂起来。黄家放牛的仆人跑回去告诉主人,于是黄家抓了周家的仆人送到官府,周家的仆人受鞭笞处罚。周生问清楚原委,勃然大怒,骂道:"黄家这赌棍,怎么敢这样嚣张!黄家上辈的人还是我祖父的差役,刚刚得志就目中无人吗!"周生气得起身就要找黄家人算账。成生连忙按住他阻止道:"强人横行的世界,本就没有青红皂白。何况如今的官府,难道多半不是拿着长矛弓弩的强盗吗?"周生不听,成生再三劝说,以至流泪苦求,周生才勉强答应不去。然而周生最终还是怒气难消,翻来覆去直到天亮也睡不着,他对家人说:"黄家欺辱我,就是我的仇人,这暂且不提。县官作为朝廷命官,并不是权贵人家任命的,即使互起争端,也应该由两家对质,哪能像狗一样,主人一教唆

何至如狗之随嗾[9]者？我亦呈治其佣，视彼将何处分。”家人悉怂恿之，计遂决。以状赴宰，宰裂而掷之，周怒，语侵宰。宰惭恚[10]，因逮系之。

就汪汪直叫呢？我也要呈状惩治他家的仆人，倒是看看县官会怎么处置。”家人也都怂恿他，于是他就下定了决心。周生写了状纸呈给县令，县令看后一把撕碎扔到地上。周生十分气愤，言语上冒犯了县令。县令恼羞成怒，下令抓捕周生把他关进监狱。

注释 1 别业：正宅之外的园林宅舍，此指外围的田庄。 2 邑宰：县邑之长，即县令。 3 牧猪奴：赌徒，此处是骂黄吏部出身下贱。 4 大父：祖父。 5 气填吭臆：怒气充咽填胸。吭，咽喉；臆，胸膛。 6 强梁：强暴凶横。 7 矛弧：矛和弓，此处指杀人凶器。 8 两造：诉讼的双方。 9 嗾(sǒu)：指挥狗的声音。 10 惭恚(huì)：恼羞成怒。

辰后，成往访周，始知入城讼理。急奔劝止，则已在囹圄[1]矣。顿足无所为计。时获海寇三名，宰与黄赂嘱之，使捏周同党。据词申黜顶衣[2]，搒掠[3]酷惨。成入狱，相顾凄酸。谋叩阙[4]。周曰：“身系重犴[5]，如鸟在笼，虽有弱弟，止堪供囚饭耳。”成锐身自任。曰：“是

这天辰时刚过，成生又去拜访周生，才知道他去县城告状理论去了。成生急忙追过去阻止，然而周生已经被关进监狱。成生急得捶胸顿足，一时也无计可施。当时，官府抓住三个海盗。县令与黄家人合谋花钱买通了海盗，诬陷周生是他们的同党。官府根据这些假证词，申报革去了周生的功名，并对他严刑拷打，十分残忍。成生来监狱探望，两人相见，凄楚辛酸。两人商量着要把冤情直接上告朝廷。周生说：“我身陷牢狱，像鸟被困在笼子里一样。家里虽有一个年少的弟弟，但不过给我送送饭罢

予责也。难而不急，乌用友也！”乃行。周弟赆之，则去已久矣。至都，无门入控。相传驾将出猎，成预隐木市中。俄驾过，伏舞哀号，遂得准。驿送而下，着部院[6]审奏。时阅十月余，周已诬服论辟[7]。院接御批，大骇，复提躬谳[8]。黄亦骇，谋杀周。因赂监者，绝其饮食，弟来馈问，苦禁拒之。成又为赴院声屈，始蒙提问，业已饥饿不起。院台怒，杖毙监者。黄大怖，纳数千金，嘱为营脱，以是得朦胧题免[9]。宰以枉法拟流。

了。”成生自告奋勇，说：“这是我的责任，有难而不能急救，朋友还有什么用！”说完就启程赴京。周生的弟弟送盘缠给他时，他已经走了很远。成生到了京城，然而上告无门。后来，他听说皇帝要出城打猎，成生先暗藏到树林中。不一会儿，皇帝的车马经过，成生连忙跪倒在地，哭号喊冤，于是皇帝准了他的状纸。状纸由驿站送下去，命山东巡抚重审回奏。此时，距离周生入狱已经十多个月，周生被屈打成招，定罪当斩。巡抚接到皇上御批，大吃一惊，要提阅卷宗亲自复审。黄家知道后也非常害怕，暗中谋划要杀了周生。他们于是买通看监的狱卒，断掉周生的饭食，周生的弟弟前来送饭探监，也被拒绝。成生又到巡抚那里喊冤，才争得尽快提审，这时周生已经饿得无法动弹。巡抚大怒，下令将看守的狱卒打死。黄家更加害怕，拿出数千两银子托人求情开脱，巡抚才终于含糊其辞免了他的罪。县令因为徇私枉法，被判流放。

注释　1 囹圄(líng yǔ)：本秦代监狱名，后为牢狱代称。　2 黜顶衣：革去功名。黜，革免；顶衣，生员冠服，代指其功名。古代生员革除功名后，才能施刑审讯。　3 搒(péng)掠：严刑拷打。　4 叩阙：指向朝廷告御状。阙，指帝阙，即宫门。　5 重犴(chóng àn)：牢狱深处，指拘禁重犯的地方。　6 部院：本指六部和都察院，这里指巡抚。　7 诬服论辟：屈打成招，定罪论死。辟,死刑。 **8** 躬谳(yàn):亲自重审。谳,审讯定案。 **9** 朦胧题免:含糊其辞地报请朝廷免罪。题,上奏公事。

周放归,益肝胆成。成自经讼系,世情灰冷,招周偕隐。周溺[1]少妇,辄迂笑之。成虽不言,而意甚决。别后,数日不至。周使探诸其家,家人方疑其在周所;两无所见,始疑。周心知其异,遣人踪迹之,寺观岩壑,物色殆遍。时以金帛恤其子。

周生被放归后,对成生更为肝胆相照。成生经过这场官司,也看破尘世,心灰意冷,邀请周生一同归隐山林。然而周生因为贪恋年轻的妻子,就笑话成生迂腐。成生虽然不再多言,但是归隐之心已定。两人分别后,成生一连几天没来拜访。周生派人到成家去打听,而成家还认为他在周家;两头都不见踪迹,大家这才怀疑起来。周生心里知道缘由,急忙派人四处寻找,然而远近的寺观、深山峡谷都找遍了,但成生还是毫无踪影。周生只好经常送些钱财衣物,抚恤成生的儿子。

注释 **1** 溺:溺爱,沉迷。

又八九年,成忽自至,黄巾氅服[1],岸然道貌。周喜,把臂曰:"君何往,使我寻欲遍。"成笑曰:"孤云野鹤,栖无定所。别后幸复顽健。"周命置酒,略通间阔,欲为变易道装。成笑不语。

又过了八九年,成生忽然自己回来了。他头戴道冠,身着道袍,完全一副道士模样。周生大喜,拉着成生的胳膊说:"你到哪里去了,让我们到处找也没找到。"成生笑着说:"我孤云野鹤,居无定所,所幸分别后身体还健康。"周生命人赶快摆酒招待,小叙一番后,周生就想让成生换下道袍。成生只是笑而不答。周

周曰:“愚哉!何弃妻孥[2]犹敝屣也?”成笑曰:“不然。人将弃予,其何人之能弃。”问所栖止[3],答在劳山[4]上清宫。既而抵足寝,梦成裸伏胸上,气不得息。讶问何为,殊不答。忽惊而寤,呼成不应。坐而索之,杳然不知所往。定移时,始觉在成榻,骇曰:“昨不醉,何颠倒至此耶!”乃呼家人。家人火之,俨然成也。周固多髭[5],以手自捋,则疏无几茎。取镜自照,讶曰:“成生在此,我何往?”已而大悟,知成以幻术招隐。意欲归内,弟以其貌异,禁不听前。周亦无以自明,即命仆马往寻成。

生说:“你真傻啊!怎么能像扔旧鞋一样抛弃妻子儿女呢?”成生笑着答道:“这么说不对呀,是人世间抛弃了我,我又能抛弃谁呢?”周生又问成生的住处,成生说是在崂山的上清宫。当晚两人就脚对脚一起睡,周生梦见成生光着身子压在自己胸上,喘不过气来。他惊讶地问为何如此,成生却不回答。周生忽然就醒过来,喊成生无人应答,坐起身去找,发现成生不知去向。周生定了定神,过了一会儿,才发现自己睡在成生睡的地方,惊骇地自语道:“昨晚也没有喝醉,怎么糊涂到这种程度!”于是喊起家人。家人拿着灯一照,只见成生一个人坐在那里。周生原来胡子浓密,可现在用手一捋,稀稀拉拉没有几根。周生拿来镜子一照,惊讶地说:“成生在这里,那么我到哪里去了呢?”过了一会儿,他才恍然大悟:原来是成生用幻术劝他隐居。周生想去内室,但弟弟因为他相貌不对,不让他进去。他自己也说不清楚,只好命仆人备好车马前去寻找成生。

注释 1 黄巾氅(chǎng)服:指道冠道袍。黄巾,即黄冠,道士戴的一种束发冠;氅,道士袍服的别称。 2 妻孥(nú):妻子和儿女。 3 栖止:停留休息的地方,此处指住所。 4 劳山:即崂山,在今山东青岛。 5 髭(zī):嘴上边的胡子。

数日，入劳山，马行疾，仆不能及。休止树下，见羽客[1]往来甚众。内一道人目周，周因以成问。道士笑曰："耳其名矣，似在上清。"言已径去。周目送之，见一矢之外，又与一人语，亦不数言而去。与言者渐至，乃同社生[2]。见周，愕曰："数年不晤，人以君学道名山，今尚游戏人间[3]耶？"周述其异。生惊曰："我适遇之，而以为君也。去无几时，或亦不远。"周大异，曰："怪哉！何自己面目觌面[4]而不之识？"仆寻至，急驰之，竟无踪兆。一望寥阔，进退难以自主。自念无家可归，遂决意穷追。而怪险不复可骑，遂以马付仆归，迤逦[5]自往。遥见一

走了好几天，他们来到崂山。周生的马走得快，仆人没有跟上来。他就停下坐在树下边休息边等，只见许多道士来来往往。其中一个道士不停地看周生，他就上前打听成生的下落。这个道士笑着说："听说过这个名字，好像住在上清宫。"说完就径直走了。周生目送道士离开，见他走了一箭远，又同另一个人说话，也是没说几句就走了。和道士说话的那个人渐渐走了过来，周生一看原来是社学的同学。那人看见周生，吃惊地问："几年不见，听别人说你在名山学道，怎么现在还游戏人间呢？"周生明白他把自己当成了成生，就向他叙述了发生的怪事。那人惊讶地说："我刚才还遇见他，以为是周生你呢！他刚离开一会儿，也许还没有走远。"周生大为吃惊，说道："真是奇怪！怎么自己的脸对面碰上还认不出来啊？"这时仆人寻过来，他们急忙骑马追赶那个道士，竟然毫无踪迹。周生四下一看，周围茫然无际，不禁感觉不知所措，进退两难。周生心里寻思，自己已经无家可归，不如索性追上成生。但是山路越来越艰险，不能再骑马了，于是就把马交给仆人让他回去，自己曲折前往。周生走了一段路，远远望见一个道童独自坐在那里，

僮独坐，趋近问程，且告以故。僮自言为成弟子，代荷衣粮，导与俱行。星饭露宿，逴行[6]殊远。三日始至，又非世之所谓上清。时十月中，山花满路，不类初冬。僮入报，成即遽出，始认己形。执手入，置酒宴语。见异彩之禽，驯人不惊，声如笙簧，时来鸣于座上，心甚异之。然尘俗念切，无意留连。

便上前问路，并告诉他来此找成生的事。道童自称就是成生的弟子，代周生拿着干粮衣物，引导着他一块前去。他们一路披星戴月，风餐露宿，走了很远。走了三天才到，但不是世人说的上清宫。当时正值十月中旬，山路两边却长满了鲜花，一点不像初冬时节。道童进门通报，成生立即出门迎接，周生这才认出自己的面貌。两人手挽着手走进大殿，摆上酒席，边喝酒边交谈。周生看见一些色彩奇异的禽鸟，十分驯服，见人也不惊慌，叫声像笙簧一样美妙动听，不时还飞到桌上鸣唱，周生感觉非常惊奇。然而周生仍然念念不忘尘世，无意在此长待下去。

注释　1 羽客：即道士。道教认为可以修炼羽化成仙，故美称道士为羽客、羽士。　2 同社生：社学的同学。清代，大乡、镇设立社学，近乡子弟入学肄业。　3 游戏人间：在现实生活中抱着洒然超脱的态度，混迹人间。　4 觌(dí)面：当面。　5 迤逦(yǐ lǐ)：曲折连绵。　6 逴(chuō)行：远行。

地下有蒲团二，曳与并坐。至二更后，万虑俱寂[1]，忽似瞥然一盹，身觉与成易位。疑之，自捋颔下，则于思[2]

地上有两个蒲团，成生拉着周生并坐到上面。大约二更天后，周生不再乱想，心中万念俱寂，忽然好像打了一个盹，觉得自己身体又和成生换了回来。周生心生怀疑，捋了捋下巴，胡子已经和以前

者如故矣。既曙，浩然思返。成固留之。越三日，乃曰：“乞少寐息[3]，早送君行。”甫交睫，闻成呼曰：“行装已具矣。”遂起从之，所行殊非旧途。觉无几时，里居已在望中。成坐候路侧，俾自归。周强之不得，因踽踽至家门。叩不能应，思欲越墙，觉身飘似叶，一跃已过。凡逾数重垣，始抵卧室，灯烛荧然，内人未寝，哝哝与人语。舐窗一窥，则妻与一厮仆同杯饮，状甚狎亵。于是怒火如焚，计将掩执[4]，又恐孤力难胜。遂潜身脱扃而出，奔告成，且乞为助。成慨然从之，直抵内寝。周举石挝[5]门，内张皇甚。擂愈急，内闭益坚。成拨以剑，划然顿辟。周奔入，仆冲户

一样浓密了。天亮后，周生又归家心切，执意要走，成生又强留他。过了三天后，成生才对周生说：“请稍微休息一下，然后我早早送你回家。”周生刚合眼，就听见成生喊道：“行李都准备齐了。”于是周生起身跟着上路，所走的并不是原来的道路。但周生觉得没多久，就看到了自家的屋子。成生坐在路旁等候，让周生自己回家。周生强拉着成生，但他坚决不肯，周生只好一个人慢慢走回家门口。他敲了几下门但没有人答声，刚想翻墙进去，就感觉自己轻飘飘像树叶一样，一跃就进了院墙。又翻过了几道墙，周生才到了卧房。只见屋里灯光还亮着，妻子王氏还没有睡觉，听到她和别人唧唧哝哝地说话。周生用舌头舔开窗纸一看，见妻子正与一个仆人同杯喝酒，非常亲密。周生怒火中烧，想立即进屋抓他们现行，但又担心自己一个人难以对付。于是他悄悄跑出大门告知成生，请他来帮忙。成生痛快地跟上周生，一直进到了卧室。周生拿起一块石头砸门，屋里人非常惊慌，砸得越急门顶得越紧。成生用剑拨门，门就像被划破一样打开了。周生跑进去捉人，那个仆人冲出门向外跑。于是成生从门外一剑砍去，砍

而走。成在门外,以剑击之,断其肩臂。周执妻拷讯,乃知被收时即与仆私。周借剑决其首,罥[6]肠庭树间。乃从成出,寻途而返。蓦然忽醒,则身在卧榻,惊而言曰:“怪梦参差,使人骇惧!”成笑曰:“梦者兄以为真,真者乃以为梦。”周愕而问之。成出剑示之,溅血犹存。周惊怛[7]欲绝,窃疑成诪张为幻[8]。成知其意,乃促装送之归。

断了仆人的臂膀。周生抓住妻子拷问,才知道自己当年被关进监狱时她就与这个仆人私通了。周生拿过成生的剑砍下妻子的头,又把她的肠子挂在院里的树上。然后周生才跟着成生原路返回。这时,周生忽然醒来,原来自己还躺在床上,他惊异地说:“做了一个荒诞奇怪的梦,真让人又惊又怕!”成生在一旁笑着说:“梦里的事,兄长却以为是真事,而真事,兄长却以为是做梦。”周生惊讶地问成生怎么回事。成生拿出剑给他看,只见剑上还有血迹。周生害怕得要死,但心中怀疑成生用幻术来骗自己。成生知道他的心思,于是就催促收拾行装送他回家去。

注释　**1** 万虑俱寂:各种尘世杂念都消失,内心归于空寂。　**2** 于思(sāi):浓密的胡须。思,通“鬐”,多须貌。　**3** 乞少寐息:请求稍微休息一下。寐息,休息。　**4** 掩执:突入捉拿。掩,乘其不备行动。　**5** 挝(zhuā):打,敲打。　**6** 罥(juàn):挂,缠绕。　**7** 惊怛(dá):又惊又悲。怛,忧伤,悲苦。　**8** 诪(zhōu)张为幻:施弄幻术骗人。诪张,欺诳。为幻,施法术制造幻觉。

荏苒[1]至里门,乃曰:“畴昔[2]之夜,倚剑而相待者,非此处耶!吾

不一会儿,两人辗转到周生家的村口,成生说:“先前那天夜里,我不是在这里倚着剑等你嘛!我厌恶看到世间的污

厌见恶浊，请还待君于此。如过晡[3]不来，予自去。”周至家，门户萧索，似无居人。还入弟家。弟见兄，双泪遽坠，曰：“兄去后，盗夜杀嫂，刳[4]肠去，酷惨可悼。于今官捕未获。”周如梦醒，因以情告，戒勿究。弟错愕良久。周问其子，乃命老妪抱至。周曰：“此襁褓物[5]，宗绪[6]所关，弟善视之。兄欲辞人世矣。”遂起，径去。弟涕泗[7]追挽，笑行不顾。至野外见成，与俱行。遥回顾，曰：“忍事最乐。”弟欲有言，成阔袖一举，即不可见。怅立移时，痛哭而返。周弟朴拙，不善治家人生产，居数年，家益贫。周子渐长，不能延师，因自教读。一日，早至斋，见案头有

浊，请让我还在这里等你吧。如果过了申时你还没有回来，我自己就回去了。”周生到了家，看到门前冷清，好像无人居住一样。周生又进到弟弟家里。弟弟看见他，不禁失声痛哭，说道：“哥哥你走后，一天夜里有强盗闯进来杀了嫂子，还把她的肠子掏了出来，死状极惨。至今官府还没有将凶手缉拿归案。”周生这才大梦初醒，于是告诉了弟弟实情，并嘱咐他不要再追究此事。弟弟听后惊愕了很长时间。周生又问起了自己的孩子，弟弟让老妈子抱过来。周生说：“这个襁褓中的孩子，事关周家宗脉延续，请弟弟好生照看，兄长我要告别人世间了。”周生说完就起身离开了。弟弟流着泪追出来挽留，周生笑着头也不回走了。周生到郊外见到等候的成生，和他一起上路。周生又远远地回过头来喊道：“凡事能忍耐，就是最大的乐事了。”弟弟还想说什么，成生一甩宽大的衣袖，两人立刻消失不见了。弟弟惆怅地呆立很久，痛哭着回了家。周生的弟弟为人忠厚老实，但不会管理家人和产业，过了几年，家境越发贫穷。周生的孩子也渐渐长大了，但是没钱为他请老师，弟弟只好亲自来教他读书。一天清早弟弟来到书

函书，缄封甚固，签题“仲氏启”[8]，审之为兄迹。开视，则虚无所有，只见爪甲一枚，长二指许，心怪之。以甲置研[9]上，出问家人所自来，并无知者。回视，则研石粲粲，化为黄金，大惊。以试铜铁，皆然。由此大富。以千金赐成氏子，因相传两家有点金术云。

房，看到桌子上放着一封信，封得很严实，信封上写着“仲弟启”字样，细看是哥哥的笔迹。弟弟打开信一看，里面却一个字也没有，只有一片指甲，二指来长，心里十分奇怪。他把指甲放在砚台上，走出书房问家人这封信是谁送来的，结果没有人知道。等他回到书房一看，砚台已经闪闪发光变成了黄金，弟弟大吃一惊。弟弟又把指甲放在铜铁上试验，结果也都一样变成了黄金。从此，周家富裕起来。弟弟又拿出千金给成生的儿子，因此乡里传言他们两家会点金术。

注释　1 荏苒(rěn rǎn):形容时间飞逝。 2 畴昔:先前，往昔。 3 晡(bū):申时，下午三点到五点。 4 刳(kū):剖开后再挖空。 5 襁褓物:婴儿。襁褓，包裹婴儿的衣被。 6 宗绪:宗族后裔，指传宗接代。绪，丝线末端，比喻后裔。 7 涕泗(tì sì):涕指眼泪，泗指鼻涕。 8 签题“仲氏启”:信封上写着“二弟启”。签，指封套上书写收信人信息的位置。仲氏，二弟，居伯后。 9 研:同“砚”，砚台。

新　郎

原文

江南梅孝廉耦长[1]，言其乡孙公，为德州[2]宰，

译文

江南举人梅耦长，曾说他的同乡孙公，在德州当知府的时候，审问过一桩奇

鞫一奇案。初,村人有为子娶妇者,新人入门,戚里[3]毕贺。饮至更余,新郎出,见新妇炫装[4],趋转舍后,疑而尾之。宅后有长溪。小桥通之。见新妇渡桥径去,益疑。呼之不应。遥以手招婿,婿急趁[5]之。相去盈尺,而卒不可及。行数里,入村落。妇止,谓婿曰:"君家寂寞,我不惯住。请与郎暂居妾家数日,便同归省[6]。"言已,抽簪扣扉轧然,有女僮出应门。妇先入,不得已,从之。既入,则岳父母俱在堂上,谓婿曰:"我女少娇惯,未尝一刻离膝下[7],一旦去故里,心辄戚戚[8]。今同郎来,甚慰系念[9]。居数日,当送两人归。"乃为除室[10],床褥备具,遂居之。

案。起初,有个村民为儿子娶媳妇。新媳妇过门后,乡里乡亲都来道贺。喜酒喝到一更多时,新郎走出屋,看见新娘子穿着光鲜的衣服往屋后走去。新郎起了疑心,就跟在她后面。屋子后面有一条长长的溪流,上面有一座小桥连通两岸。他看见新娘子过了桥继续前行,于是更加怀疑。在后面喊她也不回应,只是远远地向他招手,新郎急忙赶过去,离新娘只有一尺多远,但始终赶不上她。走了几里路,两人走进一个村子。新娘停下脚步,对丈夫说:"在你家太寂寞了,我住不惯。请郎君和我暂时在娘家住几天,到时咱们再一起回你家看望公婆。"说罢,她便抽出簪子"嗒嗒"敲门,有个小女孩应声出来开门。新娘先走进去,新郎不得已也跟着进去了。进门后,只见岳父岳母都在堂上坐着,对新郎说:"我女儿从小娇生惯养,一刻都没有离开过我们,一旦离开家,心里就很难过。如今她跟你一起回来,我们惦念女儿的心也算是十分宽慰。你们先住下,过几天就送你俩回去。"于是就给他们打扫房间,把床铺被褥都准备好,两人就住了下来。

注释 1 江南梅孝廉耦(ǒu)长:江南,清朝顺治二年(1645)设有江南行省,康熙六年(1667)分江南省为江苏、安徽两省。梅孝廉耦长,即梅庚,字耦长,安徽宣城人,曾中举人,任浙江泰顺县知县,能诗善画,为时推重。 2 德州:即今山东德州。 3 戚里:泛指亲戚邻里。 4 炫装:穿着打扮花枝招展,华丽夺目。 5 趁:追赶。 6 归省:从外地回到家乡探亲。 7 膝下:儿女幼时常在父母跟前,此处指女儿在身边。 8 戚戚:指忧伤难过的样子。 9 甚慰系念:挂念之心很是安慰。 10 除室:打扫房间,收拾屋子。

家中客见新郎久不至,共索之。室中惟新妇在,不知婿之何往。由是遐迩[1]访问,并无耗息[2]。翁媪零涕,谓其必死。将半载,妇家悼女无偶,遂请于村人父,欲别醮女[3]。村人父益悲,曰:“骸骨衣裳,无可验证,何知吾儿遂为异物[4]?纵其奄丧[5],周岁而嫁,当亦未晚,胡为如是急耶!”妇父益衔[6]之,讼于庭[7]。孙公怪疑,无所措力[8],断令待以三年,存案,遣去。

新郎家的客人见他出去很长时间都没回来,就一起出去寻找。只有新娘一个人待在屋里,也不知道新郎到哪里去了。于是,众人把远近都找了个遍,仍没有一点消息。公公婆婆痛哭流涕,认为儿子必定死了。快过了半年,媳妇娘家觉得女儿守寡怪可怜的,就和新郎父亲商量,打算把女儿改嫁他人。新郎父亲听了更加悲痛,说:“我儿子现在尸骨衣物都还没有找到,死活无从验证,你们怎么就知道我儿子一定做了鬼呢?就算死了,媳妇过一年再嫁人也不算晚,你们为何这么着急呢?”新娘的父亲听他这么说,心里更加怨恨,于是就告到官府。孙公审理这个案子时,觉得事情很蹊跷,但一时又无从解决,只好判定女方家再等三年,官府立案存档后,就把两家人打发走了。

注释 1 遐迩(xiá ěr):远处和近处。 2 耗息:消息,音讯。 3 醮(jiào)女:让女儿改嫁。 4 为异物:成了鬼物,借指死亡。 5 奄丧:忽然故去,猝死。 6 衔(xián):衔恨。 7 庭:此处指官府。 8 措力:处置,解决。

村人子居女家,家人亦大相忻待[1]。每与妇议归,妇亦诺之,而因循[2]不即行。积半年余,中心徘徊,万虑不安。欲独归,而妇固留之。一日,合家遑遽[3],似有急难。仓卒谓婿曰:“本拟三二日遣夫妇偕归,不意仪装未备,忽遘闵凶[4]。不得已先送郎还。”于是送出门,旋踵[5]即返,周旋[6]言动,颇甚草草。方欲觅途,回视院宇无存,但见高冢,大惊。寻路急归至家,历言端末,因与投官陈诉。孙公拘妇父谕之,送女于归,使合卺[7]焉。

村民的儿子住在新娘家里,家人对他热情招待。每当他与媳妇商量回家时,媳妇也都答应,就是拖着不肯即刻动身。在岳父家住了半年多,新郎心里有些犹豫,整天焦虑不安。想自己一个人回去,媳妇又坚决挽留。一天,忽然全家人慌慌张张的,似乎有什么紧急的危难要发生。新娘的父亲这才急忙对女婿说:“本来打算三两天后就送你们夫妻俩一起回家,没想到行李还没准备妥当,突然就遇到了灾祸。实在没办法,就先送女婿你回去吧。”于是,就把新郎送出门,马上就转身回去,临别时的言谈举止,显得十分草率。新郎正想找回去的路,回头一看,岳父家的房屋院落荡然无存,只看见一座高高的坟冢,他大吃一惊,找到路便急匆匆地赶回家。他把事情从头到尾讲了一遍,并和家人到官府讲明情况。孙公就传唤新娘的父亲,把新郎出走的原委告诉了他,令他把女儿送回,于是二人才得以完婚。

注释　1 大相忻(xīn)待:隆重地招待。　2 因循:拖延。　3 遑遽(huáng jù):惊惧不安。　4 闵(mǐn)凶:忧患凶丧之事。　5 旋踵(zhǒng):指转身,形容时间很短。　6 周旋:此处指应酬,打交道。　7 合卺(jǐn):新郎、新娘在结婚当天的新房内共饮交杯酒,代指结婚。卺,古代举行婚礼时用作酒器的瓢。

灵　官[1]

原文

朝天观[2]道士某,喜吐纳之术[3]。有翁假寓观中,适同所好,遂为玄友[4]。居数年,每至郊祭[5]时,辄先旬日[6]而去,郊后乃返。道士疑而问之。翁曰:"我两人莫逆[7],可以实告,我狐也。郊期至,则诸神清秽[8],我无所容,故行遁[9]耳。"

译文

朝天观有一个道士,喜欢吐纳之术。有一个老头借住在道观中,碰巧也跟他一样,很喜欢吐纳养生的法术,于是两人便成了道友。老头在道观住了几年,每逢举办郊祭时,他都提前十天离去,等祭祀完了,他才回来。道士对此起了疑心,就问他怎么回事。老头儿说:"我们两人是志同道合的好朋友,可以对你透露实情,我其实是狐仙。郊祭日期快到时,诸位神仙都要清理污秽,我无处容身,所以只好出去躲避。"

注释　1 灵官:灵官是道教崇奉的护法尊神。道教有五百灵官的说法。其中最有名的是"王灵官"。王灵官原名王恶,是淮阴(今属江苏)的庙神。道教天师萨守坚真人路过时,见人用童男童女祭祀庙神,大怒道:"此等邪神，该焚其庙！”说毕，雷火穿空，上焚此庙，人莫能救。王恶不服，奏告于天庭。天帝即赐慧眼并金鞭，准其阴随萨真人，察有过错，即可报复前仇。十二年间，王恶以慧眼观察无遗，竟无过错可归咎于萨真人。后至闽中，拜萨真人为师，誓佐行持。萨真人乃以“善”易其名，改王恶为王善，并且奏告天庭，录为雷部三五火车雷公，又称豁落灵官。道教宫观大多供奉王灵官，其形象赤面髯须，身披金甲红袍，三目怒视，脚踏风火轮，手举金鞭，形象极其威武勇猛，令人畏惧。 2 朝天观：即北京朝天宫，建于明宣宗宣德八年(1433)。最初有南京朝天宫，是明太祖朱元璋下诏御赐，取“朝拜上天”“朝见天子”之意。迁都北京后，另建朝天宫，为举行盛典前练习礼仪的场所，以及官僚子弟袭封前学习朝见天子礼仪的地方。 3 吐纳之术：道教吐故纳新的呼吸术。吐纳即呼吸，呼吸包括外呼吸和内呼吸。外呼吸是指在肺内进行的外界空气与血液的气体交换，也称肺呼吸。所谓内呼吸，是血液与组织细胞的气体交换，也称组织呼吸。气功的呼吸，主要调整肺呼吸，使之达到古人形容的“吐惟细细，纳惟绵绵”的均匀、细缓、深长的程度。进而对内呼吸产生良好的影响。相传，当吐纳达到高层次时，则无息可调。呼吸微微，忽然遽断，进入胎息境界。 4 玄友：道友。 5 郊祭：古代帝王于冬至日在南郊举行祭天的典礼。 6 旬日：十天。 7 莫逆：指两人意气相投，交往密切友好。 8 清秽：清理污秽。 9 行遁：逃避，离开。

又一年，及期而去，久不复返，疑之。一日忽至，因问其故。答曰：“我几不复见子矣！曩欲远避，心颇怠，视阴沟甚隐，遂潜伏卷瓮[1]下。

又过一年，郊祭日子快到的时候，老头儿又走了，这次时间过了很久都没有回来，道士感到很疑惑。一天，老头儿忽然回来了，道士问他是什么原因，老头儿说：“我差点就见不到你了！上次我本想躲得远远的，但又心生倦怠，见阴沟里很

不意灵官粪除[2]至此，瞥为所睹，愤欲加鞭[3]，余惧而逃。灵官追逐甚急。至黄河上，濒将及矣。大窘无计，窜伏溷[4]中。神恶其秽，始返身去。既出，臭恶沾染，不可复游人世。乃投水自濯讫，又蛰隐[5]穴中几百日，垢浊始净。今来相别，兼以致嘱，君亦宜隐身他去，大劫将来，此非福地也。”言已，辞去，道士依言别徙。未几而有甲申之变[6]。

隐蔽，就悄悄趴在卷瓮底下。想不到灵官清扫到这里，一眼就看到了我，他很生气，想挥鞭，吓得我急忙逃跑。灵官追得很急。我跑到黄河边儿，眼看他就要追上了，我当时窘迫得实在没办法，就窜进茅厕趴在粪坑里。神灵嫌弃茅房污秽，才转身走了。我出来后，身上沾满了臭粪，不能再到人间游历。于是我就跳入水中清洗，又在洞穴中隐藏了将近一百天，身上的污垢才清理干净。今天我是来跟你道别的，顺带叮嘱你，你也应当到别的地方隐居起来，大劫就要来了，这里不是好地方。”说完，就告辞离去。道士就照老头儿说的也搬到别处了。没过多久，便发生了甲申之变。

注释 1 卷瓮：一种小缸，古代排水沟的开口处常用去掉底部的卷瓮为之。 2 粪除：打扫，清理。 3 加鞭：鞭打。此处的“鞭”非皮鞭，而是一种类似短棍的金属兵器，上有节，无锋刃。相传王灵官手持金鞭。 4 溷(hùn)：厕所。 5 蛰隐：潜伏隐藏。 6 甲申之变：1644 年，李自成攻入北京，明朝作为全国统一政权灭亡，随后清军入关。

情

芝蘭室

王 兰

原文

利津[1]王兰，暴病死，阎王覆勘[2]，乃鬼卒之误勾也。责送还生，则尸已败。鬼惧罪，谓王曰："人而鬼也则苦，鬼而仙也则乐。苟乐矣，何必生？"王以为然。鬼曰："此处一狐，金丹成矣，窃其丹吞之，则魂不散，可以长存。但凭所之[3]，无不如意。子愿之否？"王从之。鬼导去，入一高第[4]，见楼阁渠然[5]，而悄无一人。有狐在月下，仰首望空际，气一呼，有丸自口中出，直上入月中。一吸，复落，以口承之，则又呼之，如是不已。鬼潜伺其侧，俟其吐，急掇于手[6]，付王吞之。狐惊，盛气相

译文

利津的王兰，有一天突然暴毙而亡。到了地府，阎王核查生死簿时，发现是鬼卒勾错了魂魄，于是就命鬼差把他送还阳世。可是，王兰的尸体已经腐烂，鬼差惧怕阎王怪罪，就对他说："人死了做鬼很痛苦，但鬼变成仙则很快乐。如果能享受神仙之乐，又何必复生为人呢？"王兰听了心有所动，觉得鬼讲的有道理。鬼差告诉他："此处有一狐仙，它已经炼成了金丹。我帮你把它的金丹偷过来吃掉，那你的魂魄就永不会消散，能够长存于世。而且，你想去什么地方，就能去什么地方，一切随心所欲。不知你愿意吗？"王兰就听从了它的话。鬼差就带着王兰来到一座深宅大院，只见楼阁高大宽广，里边静悄悄的，一个人都没有。有一只狐狸蹲在月亮底下，正抬头望着夜空。它张嘴一呼，有一颗小丸从口里飞出，一直飞到月亮上。它又一吸气，小丸就落下来，用嘴接住，如此反复不已。鬼差就悄悄靠前，隐藏在狐狸身旁，等它刚吐出金丹，立即一把抓了过来，赶紧交给王兰生吞下。狐狸猛然一惊，怒气冲冲地扑了过去，

向，见二人在，恐不敌，愤恨而去。	见到对方有两个人，怕自己不是对手，只好愤恨离去。

注释 1 利津：位于山东省北部的东营市利津县。 2 覆勘：审核。 3 但凭所之：随你去任何地方。之，去，往。 4 高第：高大的房屋。 5 渠然：形容建筑高大宽广的样子。 6 急掇(duō)于手：急忙抓在手里。掇，抓取。

王与鬼别，至其家，妻子见之，咸惧却走。王告以故，乃渐集。由此在家寝处如平时。其友张某者闻而省之，相见话温凉[1]。因谓张曰："我与若家夙贫，今有术可以致富，子能从我游乎？"张唯唯。王曰："我能不药而医，不卜而断。我欲现身，恐识我者相惊怪，附子而行，可乎？"张又唯唯。于是即日趣装，至山西界。遇富室有女，得暴疾，眩然瞀瞑[2]，前后药禳既穷。张造其庐，以术自炫[3]。富翁止此女，	王兰和鬼差道别后，就回到了家里。妻子儿女看到他，都吓得撒腿就跑。王兰就把经过告诉了他们，家人这才渐渐聚了过来。从此，他就和往常一样和家人生活在一起。有位张姓朋友，听说王兰死而复生，就过来探望。两人见面后互相寒暄了几句，王兰就对朋友说："咱们两家向来贫穷，如今我有办法可以发财，你能跟我一起干吗？"张某满口答应。王兰又说："我不用开药就能治病，不需算卦就能预测吉凶。我如果显现原形，恐怕认识我的人都会感到惊诧，所以出门就附到你身上，可以吗？"张某又一口答应下来。于是，两人当天就收拾行装出发了。他们走到山西，遇到有个富翁的女儿得了重病，神志不清，整日昏迷不醒。前前后后吃药、求神，各种方法都用遍了，可仍不见好转。张某就来到他家，吹嘘自己手段如何高

甚珍惜之，能医者，愿以千金相酬报。

张请视之，从翁入室，见女瞑卧[4]，启其衾，抚其体，女昏不觉。王私告张曰："此魂亡也，当为觅之。"张乃告翁："病虽危，可救。"问："需何药？"俱言："不须。女公子魂离他所，业遣神觅之矣。"约一时许，王忽来，具言已得。张乃请翁再入，又抚之。少顷女欠伸[5]，目遽张。翁大喜，抚问。女言："向戏园中，见一少年郎，挟弹弹雀[6]，数人牵骏马，从诸其后。急欲奔避，横被阻止。少年以弓授儿，教儿弹。方羞诃之，便携儿马上，累骑[7]而行。笑曰：'我乐与子戏，勿羞也。'数里入山中，我马上号且骂，

明。富翁就这一个宝贝女儿，平日对她格外疼爱，就说谁能治好自己女儿的病，就用千两白银相报答。

于是，张某就要求先看看病人，跟随富翁来到了内室，只见一个女孩儿昏睡在床，掀开被子摸了摸，仍昏迷不觉。王兰就悄悄告诉张某："她这是丢了魂，我会给找回来的。"于是，张某就告诉富翁说："病情虽然严重，但还有救。"富翁问："需要什么药呢？"张某就说："什么药都不用，你家女公子是丢了魂，我已经派神将去找了。"大约过了一个时辰，王兰忽然回来，说魂魄已经找到。张某就请富翁再进去看看，富翁摸了摸女儿。不一会儿，女孩打了个哈欠，弯身伸腰，一下子睁开了眼睛。富翁大为欣喜，就一边安抚她，一边询问。女孩儿说："之前在花园里玩耍，看见一个少年拿着弹弓打麻雀，还有几个人在后边牵着马。我急忙跑开，却被他们拦住。那个少年把弹弓递过来，要教我打鸟。我羞得满脸通红，正在呵斥他时，他搂着我一把抱上了马，同马而行。他还笑着说：'我就是喜欢和你玩耍，妹妹你不要害羞嘛。'走了好几里就进了山，我在马上又是呼号又是叫骂，他气得不行，就把我

少年怒，推堕路旁，欲归无路。适有一人至，捉儿臂，疾若驰，瞬息至家，忽若梦醒。”翁神之，果贻[8]千金。王夜与张谋，留二百金作路用，余尽摄去，款门[9]而付其子。又命以三百馈[10]张氏，乃复还。次日与翁别，不见金藏何所，益奇之，厚礼而送之。

推落在路边。我想回家又不认得路，恰好这时来了个人，他抓着我的胳膊飞快地往回走，像疾马奔驰一样，转眼我就到家了。我感觉恍恍惚惚就像从梦中醒来一样。”富翁惊讶张某神通广大，果然以千两银子相赠。晚上，王兰与张某商量，留下二百两作路费，剩下的自己都作法带回去。王兰到家敲门，把钱交给儿子，又吩咐他给张家送去三百两。办完事儿，王兰又回到富翁家。第二天张某向富翁道别，富翁不知他把银子藏在哪里，越发觉得神奇，就赠给他丰厚的礼物，把他送走了。

注释 1 温凉：嘘寒问暖。 2 眩然瞀(mào)瞑：眩然，头昏眼花；瞀，心绪紊乱。 3 自炫：自夸。 4 瞑卧：闭着眼躺在床上。 5 欠伸：打哈欠，伸懒腰。 6 挟弹(dàn)弹(tán)雀：拿弹弓打麻雀。 7 累骑：两人骑一匹马。 8 贻(yí)：赠送。 9 款门：敲门。款，叩，敲。 10 馈(kuì)：赠送。

逾数日，张于郊外遇同乡人贺才。才饮博[1]，不事生业，奇贫如丐。闻张得异术，获金无算，因奔寻之，王劝薄赠令归。才不改故行，旬日荡尽，将复觅

过了几天，张某在郊外遇到同乡贺才。贺才喜欢酗酒豪赌，不务正业，穷得像个要饭的。他听说张某习得奇异法术，靠这个挣了不少钱，于是就跑来找他。王兰劝张某出点钱打发他走人。贺才拿了钱，旧习不改，十来天就挥霍完了，又想再找张某要钱。这次王兰已提前知道，就

张。王已知之，曰：“才狂悖[2]，不可与处，只宜赂之使去，纵祸犹浅。”逾日，才果至，强从与俱。张曰：“我固知汝复来。日事酗赌，千金何能满无底窦[3]？诚改若所为，我百金相赠。”才诺之，张泻囊[4]授之。才去，以百金在橐，赌益豪，益之狭邪游[5]，挥洒如土。邑中捕役疑而执之，质于官，拷掠[6]酷惨。才实告金所自来。乃遣隶押才捉张。数日，创剧[7]，毙于途。魂不忘张，复往依之，因与王会。

一日，聚饮于烟墩[8]，才大醉狂呼，王止之，不听。适巡方御史[9]过，闻呼搜之，获张。张惧，以实告。御史怒，笞而牒于神[10]。夜梦金甲人告曰：“查王兰无

告诫张某说：“贺才为人狂妄悖逆，难以相处，只适合给他些钱，让他走人，这样就算他闯了什么祸，对你的危害也浅一些。”第二天，贺才果然来了，强行要求跟着张某一起干。张某说：“我早就料到你会再来。像你这样花天酒地，放肆豪赌，纵有千金，岂能填满你的无底洞？如果你能痛改前非，我就送你一百两银子。”贺才当场满口答应，张某就把口袋里的钱全给了他。贺才回去后，仗着自己有百两银子，就更加放肆地赌博，还逛妓院吃花酒，整日挥金如土。县衙的捕快怀疑贺才干了见不得人的勾当，就把他带走交官府审讯。贺才被严刑拷打，实在撑不住，就把得银经过供了出来。县令就派差役押着贺才前去捉拿张某。但过了几天，由于受伤严重，贺才死在了路上。他死后，魂魄仍不忘记找张某，就跑过去依附于张某，因此跟王兰的魂魄聚在一起。

一天，他们在废弃的烽火台聚饮，贺才喝得烂醉，狂乱呼号起来，王兰竭力制止也不听。正好御史巡查经过这里，听到号叫声便命人搜寻，就把张某拿获了。张某十分害怕，就一五一十地把情况全部交代了。御史听闻很是震怒，就令手下鞭打

辜而死，今为鬼仙。医亦仁术，不可律以妖魅。今奉帝命，授为清道使[11]。贺才邪荡，已罚窜铁围山[12]。张某无罪，当宥之。”御史醒而异之，乃释张。张治装旋里[13]。囊中存数百金，敬以半送王家。王氏子孙以此致富焉。

张某，自己写了份公文请示神明。晚上，御史做了个梦，有金甲神将对他说：“经查王兰属于无辜而死，现在是鬼仙。他为人治病也算仁义之术，不可把他当作妖魅来处罚。现在上帝有旨，任命他为清道使。贺才邪行放荡，已经流放到铁围山去了。张某无罪，当宽大处理。”御史醒来后，颇感惊讶，就放了张某。张某收拾行装回到家乡，口袋里还有几百两银子，就拿出一半送给王兰家。王家子孙因此富裕起来。

注释　**1** 饮博：喝酒赌博。　**2** 狂悖：狂妄悖逆。　**3** 无底窦：无底洞。　**4** 泻囊：倾囊，把袋子里的钱都拿出来。　**5** 狭邪游：嫖娼。狭邪，通“狭斜”，本指小街曲巷，引申为青楼。　**6** 搒掠：刑讯鞭打。　**7** 创剧：指伤口恶化。　**8** 烟墩：烽火台。　**9** 巡方御史：即巡按御史。明清时期，都察院御史奉命巡按地方。　**10** 牒于神：向神灵写文书汇报案情。　**11** 清道使：高级神灵的侍从。　**12** 铁围山：指世界尽头的荒蛮之地。　**13** 旋里：回家。

鹰虎神

原文

郡城[1]东岳庙[2]在南郭。大门左右，神高丈余，俗名“鹰虎神”，狰狞

译文

郡城的东岳庙在南郊。大门左右各有一尊神像，有一丈多高，当地称作“鹰虎神”，面目狰狞恐怖。庙里住着一个姓

可畏。庙中道士任姓，每鸡鸣，辄起焚诵[3]。有偷儿预[4]匿廊间，伺道士起，潜入寝室，搜括[5]财物。奈室无长物[6]，惟于荐底[7]得钱三百，纳腰中，拔关[8]而出，将登千佛山[9]。南窜许时，方至山下。见一巨丈夫自山上来，左臂苍鹰，适与相遇。近视之，面铜青色，依稀似庙门中所习见[10]者。大恐，蹲伏而战。神诧曰："盗钱安往？"偷儿益惧，叩不已。神揪令还入庙，使倾所盗钱，跪守之。道士课毕，回顾骇愕。盗历历自述。道士收其钱而遣之。

任的道士。他每天鸡鸣时分就起来烧香念经。一天，有个小偷事先躲在走廊里，等道士起来，就偷偷溜进寝室搜寻财物。无奈房间里没有什么值钱的东西，小偷只在草垫子底下找到三百钱，于是就塞腰里，拔开门闩走到外边，准备爬上千佛山逃跑。他向南跑了好长时间，才到山下。忽然看见一个身躯高大的男子从山上走下来，他左胳膊上驾着苍鹰，正好与小偷迎面相遇。小偷走近前一看，此人脸色如青铜，仿佛庙门两侧常见的神像。小偷非常害怕，蹲在地上浑身发抖。神呵斥他说："你偷了钱要往哪里去？"小偷听了更加害怕，不住地磕头。神一把揪住他，命他返回东岳庙，让他把偷的钱都拿出来，跪在地上守着。道士做完早课，回头一看大吃一惊。小偷一五一十地讲明经过。道士便把钱收起来，打发他走了。

注释　1 郡城：即府城。蒲松龄的家乡淄川在清代隶属济南府(今济南)。　2 东岳庙：祭祀东岳大帝的庙宇。东岳大帝又称泰山神，在民间传说中，东岳大帝主管世人的生死。泰山神作为泰山的化身，是上天与人间沟通的神圣使者，是历代帝王受命于天，治理天下的保护神。　3 焚诵：焚香诵经，指道士做早课。　4 预：事先，提前。　5 搜括：搜刮。　6 长物：原指多余的东西，此处指值钱的东西。　7 荐底：草垫子底下。　8 拔关：拔开门闩。 **9** 千佛山:在济南市南。因隋朝开皇年间山上凿刻有众多佛像,故得名。 **10** 习见:经常见到。

王 成

原文

王成,平原故家子。性最懒,生涯日落,惟剩破屋数间,与妻卧牛衣[1]中,交谪[2]不堪。时盛夏燠热。村外故有周氏园,墙宇尽倾,惟存一亭。村人多寄宿其中,王亦在焉。既晓,睡者尽去,红日三竿,王始起,逡巡欲归。见草际金钗一股,拾视之,镌有细字云:“仪宾府制。”王祖为衡府仪宾[3],家中故物,多此款式,因把钗踌躇。欻一妪来寻钗。王虽贫,然性介[4],遽出授之。妪喜,极赞盛德,曰:“钗直几

译文

王成,原来是平原县官宦人家的子弟。他生性极为懒惰,因而家境日渐没落。后来只剩下几间破屋子,他和妻子睡在破草席上,两人经常吵架,日子过得很艰难。当时正是盛夏,天气闷热。村子外边原来有座周家花园,围墙、房屋都倒塌了,只剩下一个亭子。村里很多人都过去寄宿,王成也在其中。有一次天亮后,睡觉的人都走了,已经日照三竿,王成才起来,他拖拖拉拉想要回家。忽然看见草丛中有一根金钗,拾起来一看,上面刻着“仪宾府造”一行小字。王成的祖父原来是衡王府的女婿,家里的旧物,很多都是这种款式,于是他拿着金钗来回端详。这时有个老太太来找发钗,王成虽然很贫穷,但为人耿直,急忙把金钗拿出来交给她。老太太很高兴,极力称赞王成的品德,说:“发钗能值几个钱呢?可这是我已故丈夫

何？先夫之遗泽也。”问：“夫君伊谁？”答云：“故仪宾王柬之也。”王惊曰：“吾祖也，何以相遇？”妪亦惊曰：“汝即王柬之之孙耶？我乃狐仙，百年前与君祖缱绻，君祖殁，老身遂隐。过此遗钗，适入子手，非天数耶？”王亦曾闻祖有狐妻，信其言，便邀临顾。妪从之。

王呼妻出见，负败絮，菜色[5]黯焉。妪叹曰：“嘻！王柬之之孙，乃一贫至此哉！”又顾败灶无烟，曰：“家计若此，何以聊生？”妻因细述贫状，呜咽饮泣。妪以钗授妇，使姑质钱市米，三日外请复相见。王挽留之。妪曰：“汝一妻犹不能存活，我在，仰屋而居，复何裨益？”遂径去。王为妻言其

的遗物。”王成问：“您丈夫是谁呀？”老太太回答说：“是已故仪宾王柬之。”王成吃惊地说：“他是我的祖父，你们是怎么相遇的？”老太太也惊讶地说：“你就是王柬之的孙子吗？我是狐仙，一百年前，我和你祖父有段姻缘，你祖父死后，我就隐居起来了。之前经过这里遗失了金钗，碰巧被你捡到，难道不是上天的安排吗？”王成之前也听说祖父有个狐妻，便相信了老太太的话，邀请她到家里看看。老太太就跟他去了。

到家后，王成叫妻子出来见客，只见她穿得破破烂烂，脸色饥黄，黯淡无光。老太太叹息道：“唉！王柬之的孙子，竟然穷到这种地步！”又见破败的炉灶内没有一丝烟火，就说：“家里生计成这个样子，你们靠什么生活呢？”王成的妻子就详细讲述了家里贫困的状况，说着不禁呜咽哭泣起来。老太太把金钗交给王成妻子，让她暂且换些钱买米，并说三天后会再来相见。王成挽留她，老太太说：“你连一个老婆尚且养活不了，我待在这里，只能对着屋顶发呆，有什么用呢？”说完径自走了。王成向妻子讲述了老太太的来历，妻子很害怕。王成对她的仁义交口称赞，并让妻

故，妻大怖。王诵其义，使姑事之，妻诺。逾三日，果至，出数金，籴[6]粟麦各一石。夜与妇宿短榻。妇初惧之，然察其意殊拳拳，遂不之疑。

子把她当婆婆一样侍奉，妻子答应了。三天后，老太太果然又来了。她拿出一些银子，让王成买了谷子、麦子各一石。夜里她就和王成的妻子一起睡在短床上。妇人开始很害怕，但见她心意诚恳，也便不再疑心了。

注释 1 牛衣：用麻或草织的给牛保暖的护被。形容夫妻共同过着穷困的生活。 2 谪：争吵。 3 仪宾：明代对宗室亲王、郡王之婿的称谓。 4 介：耿直。 5 菜色：指人因靠吃菜充饥而营养不良的脸色。 6 籴(dí)：买入。

翌日，谓王曰："孙勿惰，宜操小生业，坐食乌可长也！"王告以无资。妪曰："汝祖在时，金帛凭所取。我以世外人，无需是物，故未尝多取。积花粉之金四十两，至今犹存。久贮亦无所用，可将去悉以市葛，刻日赴都，可得微息。"王从之，购五十余端以归。妪命趣装，计六七日可达燕都[1]。嘱曰："宜勤勿惰，宜急勿缓，迟之一

第二天，老太太对王成说："孙儿不要再懒惰了，你应该做点小买卖，坐吃山空怎么能长久呢？"王成就讲自己没有本钱。老婆婆说："你祖父在世的时候，金银绸缎任我随便拿。我因为是世外之人，不需要这些东西，所以从来都没多拿过。只积攒了四十两的脂粉钱，至今还存着。我放了这么久也没什么用，你可以拿去全买成葛布，立即赶赴京城，可以赚点利钱。"王成听从她的话，买了五十多匹葛布回来。老太太让他马上收拾行装，计算着六七天就可以到达京城。她嘱咐王成说："路上你要勤快，可不要偷懒，赶路要快，不要迟缓。如果晚到一天，

日，悔之已晚！”王敬诺，囊货就路。

中途遇雨，衣履浸濡。王生平未历风霜，委顿[2]不堪，因暂休旅舍。不意淙淙彻暮，檐雨如绳，过宿，泞益甚。见往来行人践淖没胫，心畏苦之。待至亭午，始渐燥，而阴云复合，雨又滂沱，信宿[3]乃行。将近京，传闻葛价翔贵[4]，心窃喜。入都，解装客店，主人深惜其晚。先是，南道初通，葛至绝少。贝勒府购致甚急，价顿昂，较常可三倍。前一日方购足，后来者并皆失望。主人以故告王。王郁郁不得志。越日，葛至愈多，价益下，王以无利不肯售。迟十余日，计食耗烦多，倍益忧闷。主人劝令贱卖，改而他图。从之，亏资十余两，悉脱去。早

后悔就晚了。”王成恭敬地答应了，带着货物上了路。

王成在路上遇到大雨，衣服鞋子全湿透了。他平生从未经历过风霜之苦，累得实在受不了，就暂时住在旅店休息。不料大雨“哗哗”下了一整夜，雨水顺着房檐像绳子一样流下来。过了一夜，道路更加泥泞。王成见来往的行人，在泥泞中赶路，泥水都没过了小腿，心中叫苦不迭，很是畏惧。等到中午，路面才渐渐干燥。但很快阴云密布，又下起了大雨，王成只好连住两夜才走。快到京城时，听说葛布价格不断上涨，王成心里暗暗高兴。等进了城，来到客店解下行装，店主对他迟来深感惋惜。原先，通往南方的道路刚开通，京城的葛布极少。当时贝勒府急着购买，布价顿时上涨，比平时贵三倍。王成来的前一天，贝勒府才收购完，后到的人都很失望。店主人把事情原委告诉王成，王成听了闷闷不乐。又过了一天，运到京城的葛布越来越多，价格跌得更低了，王成因为没有利润不肯出售。这样拖了十几天，他盘算着食宿已经花费很多，心里更加忧愁烦闷。店主人劝他把葛布低价卖掉，可以改做别的打算。王成听

起，将作归计，启视囊中，则金亡矣。惊告主人，主人无所为计。或劝鸣官，责主人偿。王叹曰："此我数也，于主人何干？"主人闻而德之，赠金五两，慰之使归。

从了建议，亏了十几两银子，把布全卖了。第二天早晨，王成打算回去，打开行囊一看，银子全没了。他惊慌地告诉店主，店主人也没有办法。有人劝王成报官，要店主赔偿。王成叹气说："这是我命该如此，和店主有什么关系？"店主听说后很感激，就送了他五两银子，安慰让他回家。

注释　1 燕都：北京。　2 委顿：疲乏，憔悴。　3 信宿：连住两夜。　4 翔贵：物价上涨。

自念无以见祖母，蹀躞[1]内外，进退维谷[2]。适见斗鹑者，一赌辄数千，每市一鹑，恒百钱不止。意忽动，计囊中资，仅足贩鹑，以商主人，主人亟怂恿[3]之。且约假寓，饮食不取其直。王喜，遂行。购鹑盈儋，复入都。主人喜，贺其速售。至夜，大雨彻曙。天明，衢水如河，淋零犹未休也。居以待晴，连绵数日，更无

王成自觉没脸回去见祖母，正里里外外徘徊不定，进退两难时，恰巧看见街上有斗鹌鹑的，一赌就是几千文。每买一只鹌鹑，常常花费不止一百文。他忽然动了心，算了算行囊中的钱，仅够贩卖鹌鹑的，就回去同店主人商量。店主人便极力怂恿他不妨一试，并且约定他可以借住在店中，管饭吃，不收钱。王成很高兴，就出去买鹌鹑去了。他买了满满一担鹌鹑回到京城。店主人很高兴，祝贺他能早日卖光。到夜里下起了大雨，一直下到天亮。第二天，街上水流如河，雨淅淅沥沥仍下个不停。王成只好住在店里等待天晴。可是雨一连下了几天还没停止。王成起身检

休止。起视,笼中鹑渐死。王大惧,不知计之所出。越日,死愈多,仅余数头,并一笼饲之。经宿往窥,则一鹑仅存。因告主人,不觉涕堕,主人亦为扼腕[4]。王自度金尽罔归,但欲觅死,主人劝慰之。共往视鹑,审谛之曰:“此似英物。诸鹑之死,未必非此之斗杀之也。君暇亦无所事,请把之,如其良也,赌亦可以谋生。”王如其教。既驯,主人令持向街头,赌酒食。鹑健甚,辄赢。主人喜,以金授王,使复与子弟决赌,三战三胜。半年许,蓄积二十金,心益慰,视鹑如命。

视笼子,鹌鹑渐渐死了一些。他害怕极了,不知如何是好。又过了一天,鹌鹑死得更多了,仅剩下几只,王成就把它们放到一个笼子里养着。过了一夜再去看,只有一只鹌鹑还活着。王成把情况告诉店主人,忍不住落泪痛哭。店主人也为他扼腕叹息,王成觉得银两亏耗尽,自己有家难回,一心只想寻死。店主人便劝慰他,同他一起去看那只活下来的鹌鹑。店主人仔细审视一番后说:“这只鹌鹑看起来似乎勇猛出众。那些鹌鹑之所以死去,未必不是被它打斗死的。你现在闲着也没事,可以训练一下它,如果真是个良种,用来赌博也可以谋生。”王成便照着店主人的吩咐去做,等鹌鹑训好以后,店主人让他拿着到街上赌些酒食试试。这只鹌鹑十分雄健,每斗必赢。店主人很高兴,就给了王成些银子,让他去跟专门斗鹌鹑的人赌,结果三战三胜。过了半年多,王成靠斗鹌鹑积攒了二十两银子,他心里感到很宽慰,便把这只鹌鹑看作性命一般。

注释 1 蹀躞(dié xiè):往来徘徊。 2 进退维谷:进退都陷于困难的境地。形容进退两难。 3 怂恿:鼓动、撺掇别人去做某事。 4 扼腕:用一只手握住自己另一只手的手腕,表示振奋、愤怒、惋惜等情绪。

先是，大亲王好鹑，每值上元[1]，辄放民间把鹑者入邸相角。主人谓王曰："今大富宜可立致，所不可知者，在子之命矣。"因告以故，导与俱往。嘱曰："脱败，则丧气出耳。倘有万分一，鹑斗胜，王必欲市之，君勿应；如固强之，惟予首是瞻，待首肯而后应之。"王曰："诺。"

至邸，则鹑人肩摩于墀下。顷之，王出御殿。左右宣言："有愿斗者上。"即有一人把鹑，趋而进。王命放鹑，客亦放。略一腾踔[2]，客鹑已败。王大笑。俄顷，登而败者数人。主人曰："可矣。"相将俱登。王相之，曰："睛有怒脉，此健羽也，不可轻敌。"命取铁喙者当之。一再腾跃，而王鹑铩羽[3]。更选

起先，有个大亲王酷爱斗鹌鹑，每逢元宵节，就放民间养鹌鹑的人进王府跟他比试。店主人告诉王成："现在发大财的机会到了，就是不知道你小子命怎么样。"于是就把王府斗鹌鹑一事告诉了他，并带他一起前去，店主人嘱咐说："你如果败了，就垂头丧气出来。假如万一斗赢了，大亲王肯定要买下来，你不要答应。如果他一定要强买，你只需看我的脸色行事，等我点头后再答应他。"王成说："好。"

两人来到王府，见斗鹌鹑的人在台阶下挤作一团。不一会儿，王爷走出御殿。左右随从发话道："有想斗的上来。"立即有一人手拿鹌鹑，小步跑进去。王爷下令放出鹌鹑，客人也放出自己的。只鹌鹑刚一扑腾，客方便败下阵来，王爷哈哈大笑。没多久，登台败下来的已有好几个。店主人对王成说："可以上了。"于是和王成一起相伴登上擂台。王爷端详了一下王成的鹌鹑，说："这只眼睛里有怒脉，是个勇猛善斗的角色，不可轻敌。"于是命人拿来一只叫铁嘴的鹌鹑对阵。经过一番腾跃搏斗，王爷的鹌鹑败下阵来。王爷再挑选更好的鹌鹑来斗，换一只败一只。王爷见

其良，再易再败。王急命取宫中玉鹑。片时把出，素羽如鹭，神骏不凡。王成意馁，跪而求罢，曰："大王之鹑神物也，恐伤吾禽，丧吾业矣。"王笑曰："纵之，脱斗而死，当厚尔偿。"成乃纵之，玉鹑直奔之。而玉鹑方来，则伏如怒鸡以待之。玉鹑健啄，则起如翔鹤以击之。进退颉颃[4]，相持约一伏时，玉鹑渐懈，而其怒益烈，其斗益急。未几，雪毛摧落，垂翅而逃。观者千人，罔不叹羡。

状不妙，急忙命人取来宫中的玉鹑。片刻后，有人把着鹌鹑出来，只见它一身白色的羽毛像鹭鸟一样，气度神骏不凡。王成有些胆怯，便下跪请求停战，哀求道："大王的鹌鹑是神物，小人怕伤了我的鸟，砸了自己的饭碗。"亲王笑着说："放出来吧，如果你的斗死了，我会重重地赔偿。"王成这才放出鹌鹑，玉鹑朝它直扑过来。而玉鹑刚扑过来，王成的鹌鹑像发怒的雄鸡一样趴着严阵以待。玉鹑猛地一啄，王成的鹌鹑突然跃起，像飞翔的仙鹤似的向下啄击。两只鹌鹑缠斗在一起，忽进忽退，忽上忽下，相持了大约一伏时，玉鹑体力不支，渐渐松懈下来，而王成的鹌鹑怒气更为激烈，打斗越来越急。没多久，玉鹑雪白的羽毛被纷纷啄落，垂着翅膀落荒而逃。围观的上千人，无不赞叹羡慕。

注释　1 上元：俗以农历正月十五日为上元节，也叫元宵节。　2 腾踔(chuò)：跳起，凌空。　3 铩(shā)羽：翅膀被摧残，比喻失意或失败。　4 颉颃(xié háng)：本指鸟上下飞翔。后来指双方比较，不相上下。

王乃索取而亲把之，自喙至爪，审周一过，问成曰："鹑可货否？"答曰："小人无恒

王爷于是把王成的鹌鹑要过来亲自把玩，从嘴到爪，仔细审视一遍，问王成："鹌鹑卖吗？"王成回答说："小人没什么固定产业，与这只鹌鹑相依为命，不

产[1]，与相依为命，不愿售也。”王曰：“赐尔重直，中人之产可致。颇愿之乎？”成俯思良久，曰：“本不乐置；顾大王既爱好之，苟使小人得衣食业，又何求？”王问直，答以千金。王笑曰：“痴男子！此何珍宝而千金直也？”成曰：“大王不以为宝，臣以为连城之璧不过也。”王曰：“如何？”曰：“小人把向市中，日得数金，易升斗粟，一家十余食指，无冻馁忧，是何宝如之？”王曰：“予不相亏，便与二百金。”成摇首。又增百数。

成目视主人，主人色不动，乃曰：“承大王命，请减百价。”王曰：“休矣！谁肯以九百易一鹑者！”成囊鹑欲行。王呼曰：“鹑人来，实给六百，肯则售，否则已

愿意卖。”王爷便说：“我赏你一大笔钱，中等人家的财产马上可以到手。你很情愿了吧？”王成低头考虑了很久，说：“小人本不乐意卖，考虑到大王既然这么喜欢，如果真能让我得到一份衣食无忧的产业，我还要求什么呢？”王爷问他要多少钱，王成回答说一千两银子。王爷笑着说：“你这个傻家伙！这是什么珍宝，能值一千两银子？”王成说：“大王不把它当作宝贝，小人我却认为价值连城的宝玉也没它贵重。”王爷问：“这怎么讲？”王成说：“小人拿着它到集市斗赌，每天能得几两银子，换成一升半斗谷米，一家十几口靠它吃饭，不用担心忍饥受冻，您说有什么宝物能比得上它？”亲王听后就说：“我也不亏待你，就给你二百两银子。”王成摇摇头。王爷又加了一百两。

这时，王成看了看店主人，见店主人不动声色，便说：“承蒙大王命令，我就减一百两。”亲王说：“算了吧！谁会出九百两银子买一只鹌鹑！”王成装起鹌鹑就要走，亲王忙喊道：“斗鹌鹑的人回来！我实价出六百两，你肯就卖，不肯就算了！”王成又看了看店主人，店主人仍没什么表情。王成心里已经非常满足，唯

耳。”成又目主人，主人仍自若。成心愿盈溢，惟恐失时，曰：“以此数售，心实怏怏[2]。但交而不成，则获戾滋大。无已，即如王命。”王喜，即秤付之。成囊金，拜赐而出。主人怼曰：“我言如何？子乃急自鬻[3]也！再少靳[4]之，八百金在掌中矣。”成归，掷金案上，请主人自取之，主人不受。又固让之，乃盘计饭直而受之。王治装归。至家，历述所为，出金相庆。妪命治良田三百亩，起屋作器，居然世家。妪早起使成督耕、妇督织。稍惰，辄诃之。夫妻相安，不敢有怨词。过三年，家益富，妪辞欲去。夫妻共挽之，至泣下，妪亦遂止。旭旦[5]候之，已杳然矣。

恐错失机会，就答应说：“按这个价钱卖给你，小人心里实在不情愿。但讨价还价了半天，如果还不成，得罪了王爷我罪过就大了。实在没办法，就照王爷的命令吧！”王爷很高兴，立刻称银子交给他。王成装好银子，拜谢过赏赐就出来了。店主人埋怨说：“之前我怎么说的？你就这样急着自己做主卖了。再稍微还一下价，八百两银子就到手了。”王成回去后，把银子放桌上，多少随店主人拿，店主人推辞不要。王成执意相让，店主人就算了一下他的饭钱，如数收下了。王成收拾好行装返回。到家后，他向家人述说了自己的经历，拿出银子一起庆贺。老太太让他买了三百亩良田，盖新房，添置家具，王家居然又成了世家大族。老太太每天很早就起床，让王成督促佣工耕种，王成的妻子督促家人纺织。两人稍有懒惰，老太太就训斥他俩。夫妇二人安安分分，不敢有怨言。过了三年，家里更富裕了，老太太却忽然辞别要走。王成夫妇声泪俱下地一起挽留，她这才留下。第二天早晨，王成夫妇去问安时，她已经杳无踪影了。

注释 1 恒产:指田地房屋等比较固定的产业。 2 怏怏:形容不满意或不高兴的神情。 3 鬻(yù):卖。 4 靳(jìn):不肯给予,此处指还价。 5 旭旦:初升的太阳,亦指日出时。

异史氏曰:"富皆得于勤,此独得于惰,亦创闻也。不知一贫彻骨,而至性不移,此天所以始弃之而终怜之也。懒中岂果有富贵乎哉?"

异史氏说:"富贵都是靠勤劳获得的,王成却因懒惰致富,也算是前所未闻的事。但人们不知道王成为人,虽然一贫如洗,却能够坚持正道,这就是上天一开始抛弃他,但最终爱护他的原因啊。懒惰中难道真有富贵吗?"

青　凤

原文

太原[1]耿氏,故大家,第宅弘阔。后凌夷[2],楼舍连亘,半旷废[3]之,因生怪异,堂门辄自开掩,家人恒中夜骇哗。耿患之,移居别墅,留一老翁门焉。由此荒落益甚,或闻笑语歌吹声。

耿有从子[4]去病,狂放不羁,嘱翁有所闻见,

译文

太原有一户姓耿的人家,祖上是世家大族,宅院宽阔宏丽。后来家道中落,成片成片的房屋空着没人居住,渐渐荒废大半,于是就生出一些怪异的事来,大堂的门常常自开自闭,家里人半夜经常吓得大呼小叫。耿老爷对此感到十分忧虑,就搬到别墅去住,只留下一个看门的老头儿。从此,宅院就更加荒凉破败,有时却能听到欢歌笑语以及吹奏乐器声。

耿老爷有个侄子叫耿去病,性格狂

奔告之。至夜，见楼上灯光明灭，走报生。生欲入觇其异，止之，不听。门户素所习识，竟拨蒿蓬，曲折而入。登楼，初无少异。穿楼而过，闻人语切切。潜窥之，见巨烛双烧，其明如昼。一叟儒冠南面坐，一媪相对，俱年四十余。东向一少年，可二十许。右一女郎，裁及笄[5]耳。酒胾[6]满案，围坐笑语。生突入，笑呼曰："有不速之客[7]一人来！"群惊奔匿。独叟诧问："谁何[8]入人闺闼？"生曰："此我家也，君占之，旨酒自饮，不邀主人，毋乃太吝？"

叟审谛之，曰："非主人也。"生曰："我狂生耿去病，主人之从子耳。"叟致敬曰："久仰山斗[9]。"乃揖生入，便

放不羁。他叮嘱看门的老头儿，如果发现什么奇怪的事，就跑过来告诉他。到了晚上，老头儿见楼上灯光闪烁，就赶紧跑去告诉耿生。耿去病想进去一探究竟，即使老头儿极力劝阻，也不听从。院子里的屋舍耿生向来都很熟悉，他拨开荒草，左绕右拐地往里走。刚登上楼，耿生还没察觉有什么奇异。等穿过楼去，听见有人在轻声说话。上前偷偷一看，见屋子里点着两根巨大的蜡烛，明亮得如同白昼。一个戴着儒生帽子的老先生面朝南坐着，对面坐了个老太太，两人都有四十来岁。朝东坐着一个少年，约二十岁。右边是一个女孩，年纪十五六岁的样子。只见桌子上摆满了酒肉，四个人围在一起正说说笑笑。耿生突然闯入，大笑着喊道："一个不请自到的客人来啦！"屋里人吓得四散而去藏匿起来，唯独老先生出来叱责："你是谁？为何闯进人家里来？"耿生说："这是我的家。你占着就算了，还独自享用美酒，也不邀请主人，岂非太吝啬了？"

老先生仔细打量了他一番，说："你不是这家的主人。"耿生说："我是狂生耿去病，是耿老爷的侄子。"老先生一听，赶紧施礼客气道："久仰大名。"于是他就作揖请耿

呼家人易馔[10]，生止之。叟乃酌客。生曰："吾辈通家[11]，座客无庸见避，还祈招饮。"叟呼："孝儿！"俄少年自外入。叟曰："此豚儿[12]也。"揖而坐，略审门阀[13]。叟自言："义君姓胡。"生素豪，谈论风生，孝儿亦倜傥，倾吐间，雅相爱悦。生二十一，长孝儿二岁，因弟之。	生入座，招呼家人换一桌酒菜上来，耿生连忙制止。老先生就给他斟了杯酒。耿生说："咱们也算是一家人，刚才在座的各位无须回避，还是把大家请回来一起喝吧。"老先生就喊道："孝儿！"一会儿，有个少年从外边走了进来，老先生介绍说："这是我的儿子。"少年向耿生作揖而坐，耿生就大致询问他们家世。老先生说："我姓胡，名义君。"耿生一向性情豪放，席间谈笑风生。孝儿也很洒脱，言谈之间不觉互相倾慕。耿生二十一岁，比孝儿大两岁，因此就呼他为弟。

注释　**1** 太原：今山西太原。　**2** 凌夷：衰败。　**3** 旷废：荒废。　**4** 从子：从祖兄弟或从父兄弟的儿子，此处指侄子。　**5** 及笄(jī)：古代女子满十五岁结发，用笄贯之，指已到了结婚的年龄。　**6** 胾(zì)：切成大块的肉。　**7** 不速之客：没有受邀请就自行到来的客人。　**8** 谁何：是什么人。　**9** 久仰山斗：即久仰大名，多用作表示钦佩、仰慕之辞。山斗，泰山北斗。　**10** 易馔：撤下酒菜，换上新菜。　**11** 通家：彼此世代交情深厚，如同一家。　**12** 豚儿：对自己儿子的贱称，类似"犬子"。　**13** 门阀：门第和阀阅。此处指家世情况。

叟曰："闻君祖纂《涂山外传》，知之乎？"答曰："知之。"叟曰："我涂山氏[1]之苗裔也。唐	老先生问他："听说你的祖上曾编纂过一本《涂山外传》，你知道此书吗？"耿生回答说："我知道。"老先生说："我就是涂山氏的后裔，唐朝以后的谱系我还记

以后，谱系犹能忆之，五代[2]而上无传焉。幸公子一垂教也。”生略述涂山女佐禹之功[3]，粉饰多词，妙绪泉涌。叟大喜，谓子曰：“今幸得闻所未闻。公子亦非他人，可请阿母及青凤来共听之，亦令知我祖德也。”

孝儿入帏中，少时，媪偕女郎出。审顾之，弱态生娇，秋波流慧，人间无其丽也。叟指媪曰：“此为老荆。”又指女郎：“此青凤，鄙人之犹女[4]也。颇慧，所闻见辄记不忘，故唤令听之。”生谈竟而饮，瞻顾[5]女郎，停睇不转[6]。女觉之，俯其首。生隐蹑莲钩[7]，女急敛足，亦无愠怒。生神志飞扬，不能自主，拍案曰：“得妇如此，南面王不易也！”媪见生渐醉，益狂，与

得，但唐以前五代的世系没能保留下来。希望公子能为我讲述一下。”于是耿生就大致讲述了涂山氏帮助夏禹治水的功绩，又多加粉饰，妙语连珠，滔滔不绝。老先生听后大为欢喜，就对儿子说：“今天有幸听了这么多未知晓的事。耿公子也不是外人，可以把你母亲和青凤都请过来一起听听，也让她们了解一下我们祖上的功德。”

孝儿就进了帷帐，不一会儿，老太太带着女孩儿一起走了出来。耿生仔细端详，见女孩儿生得身姿娇弱，眼神里透着聪慧，世间没有比她更美丽的女子了。老先生指着老太太说：“这是我老伴儿。”又指着女孩儿说：“这是我的侄女青凤。她人很聪明，听过的事过耳不忘，所以也把她叫过来一起听听。”耿生讲完涂山氏的传说，就继续喝酒。他目不转睛地盯着青凤，前后打量，女孩儿发觉了，就低下头。耿生偷偷地踩她的小脚，女孩儿急忙把双脚缩回来，脸上却看不出生气懊恼。耿生心魂动荡，神采飞扬，有些控制不住自己，就拍桌子嚷嚷：“要是能娶到这样的女人，就算让我面南称王也不换！”老太太见他越来越醉，更为狂放，就和女孩儿一同

女俱起，遽搴帏去。生失望，乃辞叟出，而心萦萦[8]，不能忘情于青凤也。

起身，掀起帘子回屋了。耿生大失所望，就向老先生道别回去了。耿生离开后，满脑子都是青凤，魂牵梦绕，一刻也忘不了。

注释 1 涂山氏：据说是大禹的妻子，为九尾白狐所化。 2 五代：指唐以前的梁、陈、齐、周、隋五个朝代。此处泛指上古时代。 3 涂山女佐禹之功：据说大禹曾娶涂山氏为妻，大禹在外治理洪水，涂山氏在家抚养、教导儿子，并给大禹送饭，故有功劳。 4 犹女：侄女。 5 瞻顾：向前看又向后看。 6 停睇(dì)不转：由于看得出神，眼珠停下来不转动。 7 隐蹑莲钩：悄悄地踩青凤的小脚。莲钩，指女子的小脚。 8 萦萦：缠绕的样子。

至夜复往，则兰麝犹芳[1]，凝待[2]终宵，寂无声欬[3]。归与妻谋，欲携家而居之，冀得一遇。妻不从，生乃自往，读于楼下。夜方凭几[4]，一鬼披发入，面黑如漆，张目视生。生笑，染指研墨自涂，灼灼然相与对视，鬼惭而去。次夜，更既深，灭烛欲寝，闻楼后发扃[5]，辟之閛然[6]。生急起窥觇，则扉半

到了夜里，耿生又找过去，室内却空无一人，昨晚麝香和兰花的芬芳还在。他就在那儿痴痴地等了一晚，四周寂静无声，始终无人出现。回到家后，他就和妻子商量，想把全家都搬过去住，希望以后有机会能再遇到青凤。妻子不同意，耿生就自己搬了过去。他白天在楼下读书，晚上正倚着桌子休息，一个鬼披头散发闯了进来，面容漆黑，瞪大眼睛盯着耿生。耿生见状呵呵一笑，用手染了些墨把脸涂黑，也瞪大眼睛与鬼互相对视，鬼自讨没趣，就灰溜溜地走了。第二天晚上，时间已经很晚了，耿生刚要吹灭蜡烛睡觉，忽

启。俄闻履声细碎，有烛光自房中出。视之，则青凤也。骤见生，骇而却退，遽阖双扉。

生长跽[7]而致词曰："小生不避险恶，实以卿故。幸无他人，得一握手为笑，死不憾耳。"女遥语曰："惓惓深情，妾岂不知？但叔闺训[8]严谨，不敢奉命。"生固哀之，曰："亦不敢望肌肤之亲，但一见颜色足矣。"女似肯可，启关出，捉之臂而曳之。生狂喜，相将[9]入楼下，拥而加诸膝。女曰："幸有夙分[10]，过此一夕，即相思无益矣。"问何故，曰："阿叔畏君狂，故化厉鬼以相吓，而君不动也。今已卜居[11]他所，一家皆移什物赴新居，而妾留守，明日即发矣。"言已，欲去，云：

然听见楼后边有拔门闩的声音，"砰"一声响，门被打开了。耿生急忙起身查看，只见门半开着。一会儿，又听见细碎的脚步声，有烛光从房里映出来。耿生上前一看，原来是青凤。她猛然看到耿生，吓得连连后退，赶紧把门关上。

耿生直直地跪在地上，隔门对青凤说："小生不避险恶，住在这里，实在是为了你啊。幸好现在没有其他人，如果能把手言欢，就算死了也无怨无悔。"青凤远远站在屋里说："公子一片深情，我怎会不知呢？但叔叔闺训极为严厉，我实在不能答应你的要求。"耿生就一再哀求说："我也不敢指望能和你有肌肤之亲，只要求见上一面就心满意足了。"青凤好像是答应了，就把门打开走出来，伸手抓着耿生的胳膊把他拉了过来。耿生欣喜若狂，和青凤携手走下楼，将青凤一把抱在膝盖上，两人搂在一起。青凤对他说："幸好有前世定下的缘分，能和你过此一晚，往后就算是再想也没用了。"耿生问什么原因，她就说："我叔叔担心你狂放不羁，所以化为厉鬼吓唬你，而你却不为所动。如今他已经在别处安家了，一家人正在搬东西过去。我留在这儿看东西，明天也要出发了。"讲

“恐叔归。”生强止之，欲与为欢。

方持论间，叟掩入[12]。女羞惧无以自容，俯首倚床，拈带不语。叟怒曰：“贱婢辱吾门户！不速去，鞭挞且从其后！”女低头急去，叟亦出。尾而听之，诃诟万端，闻青凤嘤嘤啜泣。生心意如割，大声曰：“罪在小生，与青凤何与！倘宥青凤，刀锯铁钺[13]，小生愿身受之！”良久寂然，生乃归寝。自此第内绝不复声息矣。

完，青凤就要离开，说：“我担心叔叔会返回。”耿生强行阻拦她离去，想和她共觅男女之欢。

两人正争执时，老头儿突然闯进来。青凤又羞又怕，简直无地自容，就低着头靠在床边，手里抓着衣带，默不出声。老头儿怒斥道：“你这个小贱人，辱败我家门户，还不赶快滚！看我回去拿鞭子好好收拾你！”青凤垂着头急忙跑了出去，老头儿也跟着走了。耿生赶忙尾随过去，一路上听到老头儿对青凤百般羞辱，而青凤不住地娇声哭泣。耿生心如刀绞，就走上前高声道：“都是小生的罪过，与青凤何干！如果能原谅她，就算刀砍斧剁，小生也愿一人承担！”过了好大一会儿，骂声、哭泣声都消失了，耿生这才回去休息。从此以后，这栋宅子再也没有异常的声响了。

注释 **1** 兰麝犹芳：指香气犹存。 **2** 凝待：专心等待。 **3** 声欬(kài)：咳嗽发出的声响。 **4** 凭几：靠着桌子。 **5** 发扃(jiōng)：打开门。扃，从外面关闭门户用的门闩、门环等。 **6** 閛(pēng)然：指关门声。 **7** 长跽(jì)：直直地跪着。 **8** 闺训：指对女子的管教。 **9** 相将：相随，相伴。 **10** 夙分：前世的缘分。 **11** 卜居：选地方住。古人挑房子时多进行占卜，以求得吉宅，故称。 **12** 掩入：出其不意，悄悄闯入。 **13** 铁钺(fū yuè)：同“斧钺”，砍刀和大斧，腰斩、砍头用的刑具。此处指严厉的惩罚。

生叔闻而奇之，愿售以居，不较直[1]。生喜，携家口而迁焉。居逾年，甚适，而未尝须臾忘青凤也。会清明上墓归，见小狐二，为犬逼逐。其一投荒窜去，一则皇急[2]道上，望见生，依依哀啼，阘耳辑首[3]，似乞其援。生怜之，启裳衿[4]，提抱以归。闭门，置床上，则青凤也。大喜，慰问。女曰："适与婢子戏，遘[5]此大厄。脱非郎君，必葬犬腹。望无以非类见憎。"生曰："日切怀思，系于魂梦。见卿如获异宝，何憎之云？"女曰："此天数也，不因颠覆[6]，何得相从？然幸矣，婢子必言妾已死，可与君坚永约[7]耳。"生喜，另舍居之。

耿生的叔叔听说了此事，颇觉惊奇，便不计较价钱，愿意把宅邸卖给他居住。耿生很高兴，就带全家人搬了进来。住了一年多，感觉很合意，然而心中无时无刻不想着青凤。恰逢清明，耿生扫墓回来，在路上看到两只小狐狸被猎犬紧追。其中一只钻到荒草丛中逃走了，另一只在路上惊恐地急奔。它望见耿生，留恋不舍地哀嚎着。小狐狸耷拉着耳朵，缩着脑袋，好像在向他乞求帮助。耿生很可怜它，就掀开衣服，把狐狸提起来抱在怀里，带回家去了。他到家关上门，把狐狸放在床上，再一看，竟然是青凤！耿生喜出望外，急忙走过去慰问了一番。青凤说："刚才我正跟丫环玩耍，忽然遭此大难。要不是公子出手相救，我肯定就葬身犬腹了。希望你不要因为我是异类而讨厌。"耿生说："我对你日思夜想，魂牵梦绕，现在见到你如获至宝，怎么会嫌弃呢？"青凤说："看来这是天意啊，若不是遇到这场灾难，我们怎么能够在一起呢？不过的确很幸运，丫环回去肯定说我已经死了，这下我就能和你永远在一起了。"耿生听了心花怒放，就另外腾出一间房子让她住下。

注释 1 不较直：不计较价钱。 2 皇急：惊恐急迫。 3 阘(tà)耳辑首：耷拉着耳朵，缩着头，害怕乞怜的样子。 4 裳衿：裳，指男子穿着的下衣。衿，衣襟，指上衣。 5 遘(gòu)：遇到，碰上。 6 颠覆：此处指困厄、艰险。 7 坚永约：坚持终身的约定，指两人白头到老。

积二年余，生方夜读，孝儿忽入。生辍读，讶诘所来。孝儿伏地怆然曰："家君有横难，非君莫拯。将自诣恳[1]，恐不见纳，故以某来。"问："何事？"曰："公子识莫三郎否？"曰："此吾年家子[2]也。"孝儿曰："明日将过，倘携有猎狐，望君留之也。"生曰："楼下之羞，耿耿在念[3]，他事不敢预闻[4]。必欲仆效绵薄[5]，非青凤来不可！"孝儿零涕曰："凤妹已野死三年矣。"生拂衣曰："既尔，则恨滋深耳！"执卷高吟，殊不顾瞻。孝儿起，哭失声，掩面而去。生如[6]青凤

过了两年多，一天晚上，耿生正在读书，孝儿忽然走了进来。耿生就放下书，惊讶地问他前来有何事。孝儿趴在地上悲伤地说："家父将要遭遇横祸，除了你，没人能救得了他。他本打算亲自来恳求你的，担心会被拒之门外，所以就派我来了。"耿生问他："究竟有何事？"他说："公子你认识莫三郎吗？"耿生说："当然认识，他是我科考同年的儿子。"孝儿说："明天他打猎会路过这里，如果有携带狐狸，希望你能把它留下来。"耿生怒气冲冲地说："那天晚楼下的羞辱，我从没忘记。你们家的事我不敢过问。如果一定要我帮忙，非青凤来不可！"孝儿声泪俱下地说："青凤妹妹已经死在野外三年了。"耿生一甩袖子，恨恨地说："既然这样，那我就更痛恨了！"于是，他就拿起书大声吟诵，对孝儿看都不看一眼。孝儿就从地上起来，放声大哭，捂着脸离开了。耿生来到青凤的住所，把刚才的事

所，告以故。女失色曰："果救之否？"曰："救则救之，适不之诺者，亦聊以报前横耳。"女乃喜曰："妾少孤，依叔成立[7]。昔虽获罪，乃家范应尔。"生曰："诚然，但使人不能无介介[8]耳。卿果死，定不相援。"女笑曰："忍哉！"

告诉了她。青凤大惊失色道："你到底救不救他？"耿生说："救还是要救的，刚才我之所以没答应，只不过是为了报复他先前的蛮横罢了。"青凤就欣喜地说："我从小父亲就死了，是跟着叔叔长大的。以前虽然获罪受罚，但也是因为家规如此。"耿生仍赌气说："的确如此，但他做得太过分了，总让人难以释怀。如果你真死了，我肯定不会救他。"青凤笑着说："你还真忍心啊！"

注释　1 诣恳：登门恳求。　2 年家子：科举同年考中的称同年，年家子即科举同年的儿子。　3 耿耿在念：形容令人牵挂或不愉快的事在心里难以排解。　4 预闻：参与并知情。　5 效绵薄：尽绵薄之力，微薄之力。　6 如：往，到。　7 成立：成长自立。　8 介介：耿耿于怀。

次日，莫三郎果至，镂膺虎韔[1]，仆从甚赫。生门逆之[2]，见获禽甚多，中一黑狐，血殷毛革，抚之，皮肉犹温。便托裘敝[3]，乞得缀补。莫慨然解赠，生即付青凤，乃与客饮。客既去，女抱狐于怀，三日而苏，展转复

第二日，莫三郎果然打猎途经这里。他骑着佩有镂金胸带的骏马，挎着虎皮弓袋，后面跟着众多仆从。耿生在门口迎接，看到他捕获众多猎物，其中有一只黑狐，鲜血染红了皮毛，用手一摸，身上还有热气。耿生就借口说自己皮袄破了，想拿这只狐狸的皮补一下。莫三郎一听，就很爽快地解下黑狐送给了他。耿生就把狐狸交给青凤，自己陪着客人喝酒。等人都走了，青凤把狐狸抱在怀里照料。过了三天，黑

化为叟。举目见凤，疑非人间。女历言其情。叟乃下拜，惭谢前愆[4]，喜顾女曰：“我固谓汝不死，今果然矣。”女谓生曰：“君如念妾，还乞以楼宅相假，使妾得以申返哺之私[5]。”生诺之。叟赧然[6]谢别而去，入夜，果举家来。由此如家人父子，无复猜忌矣。生斋居，孝儿时共谈宴。生嫡出子[7]渐长，遂使傅[8]之，盖循循善教，有师范[9]焉。

狐才苏醒过来，身子一翻就又变成了胡老先生。他睁眼看着青凤，怀疑自己不是在人间。青凤把事情经过告诉了他。老先生就向耿生施礼下拜，为之前的罪过惭愧地道歉，又高兴地看着青凤说：“我早就说你没死，现在果然如此。”青凤对耿生说：“如果你心里还有我，希望你能把那座楼借给我们暂住一下，使我好报答叔叔的养育之恩。”耿生答应了她的请求。老先生红着脸道谢辞别后就走了，到晚上，全家果然都搬了回来。从此以后，他和耿生情同父子，再也没有什么猜疑。耿生住在书房里，孝儿时常过来和他谈天饮酒。耿生正妻生的儿子长大后，就请孝儿做他的老师。孝儿教学循循善诱，很有师长的风范。

注释　1 镂膺虎韔(lòu yīng hǔ chàng)：镂金装饰的马带和虎皮制成的弓袋。　2 门逆之：在门口迎接。逆，迎接。　3 裘敝：皮袄破了。　4 惭谢前愆(qiān)：惭愧地为之前的过错道歉。谢，道歉。愆，过错。　5 申返哺之私：表达对父母等长辈的孝心。返哺，据说乌鸦长大后，能觅食喂养母鸟。比喻子女孝养父母。　6 赧(nǎn)然：红着脸，难为情的样子。　7 嫡出子：正妻生的孩子。　8 傅：教导。　9 师范：此处指教师的风范。

画 皮

原文

太原王生，早行，遇一女郎，抱襆[1]独奔，甚艰于步。急走趁[2]之，乃二八姝丽[3]，心相爱乐。问："何夙夜踽踽独行[4]？"女曰："行道之人，不能解愁忧，何劳相问？"生曰："卿何愁忧？或可效力，不辞也。"女黯然曰："父母贪赂，鬻[5]妾朱门。嫡[6]妒甚，朝詈[7]而夕楚辱[8]之，所弗堪也，将远遁耳。"问："何之？"曰："在亡之人[9]，乌有定所。"生言："敝庐不远，即烦枉顾。"女喜，从之。

生代携襆物，导与同归。女顾室无人，问："君何无家口？"答云：

译文

太原有位姓王的书生，一天早上赶路，遇到一个年轻姑娘，独自抱着包袱急走，步履甚为艰辛。王生赶忙快步追上去，一看，原来是个十六七岁的漂亮姑娘，心里很喜欢她。王生问她："姑娘，你为何天不亮就孤零零地赶路呢？"女子回答说："你是个过路人，也不能分担我的忧愁，又何必相问呢？"王生说："你有什么忧愁？我或许可以帮上忙，一定不会推辞。"女子黯然伤神道："我父母贪图钱财，把我卖到富贵人家当小妾。那家的大夫人嫉妒心很强，对我每天早骂晚打，我实在受不了，想逃得远远的。"王生又问："你打算去哪儿？"女子说："我是个逃亡的人，哪有一定去处呢？"王生便说："正好我家离这儿不远，就烦请你到我那儿委屈一下吧。"女子听他这么说，心里很高兴，就答应了。

王生替她携带包袱，领着她一起回到家。女子四周看了一下，见屋子里没人，就问："先生怎么没有家小呢？"王生回答说："这里是书房，所以没人。"女子说："这

"斋[10]耳。"女曰:"此所良佳。如怜妾而活之,须秘密,勿泄。"生诺之。乃与寝合。使匿密室,过数日而人不知也。生微告妻。妻陈,疑为大家媵妾[11],劝遣之,生不听。偶适市,遇一道士,顾生而愕。问:"何所遇?"答言:"无之。"道士曰:"君身邪气萦绕[12],何言无?"生又力白,道士乃去,曰:"惑哉!世固有死将临而不悟者!"

个地方挺好的。您如果可怜我,想让我活下去,请一定要保密,千万别把此事泄露出去。"王生答应了她。当晚,两人就睡在了一起。王生把女子藏匿在密室之中,过了好几天外人都不知道。某天,王生向妻子稍稍透露了此事。妻子陈氏听闻后,怀疑这个女子是大户人家的小妾,劝王生打发她走,王生执意不肯。一天,王生到集市上,遇见一个道士,他一见王生就很惊愕地问道:"你最近遇到什么了?"王生回答说:"没什么啊。"道士说:"你浑身都被邪气缠绕,怎么说没有呢?"王生又极力辩解,道士无奈地离开了,临走时感叹:"真不明白呀!世上竟然有死到临头还执迷不悟的人!"

注释 1 襆(fú):同"袱",包裹东西用的布单,此处指包袱。 2 趁:追赶。 3 二八姝丽:二八,十六岁;姝丽,美丽、漂亮。 4 踽踽(jǔ)独行:孤零零地走路。 5 鬻(yù):卖。 6 嫡(dí):宗法制度下指家庭的正支(跟"庶"相对),此处指正妻。 7 詈(lì):骂。 8 楚辱:本意为苦痛与耻辱,此处指责罚羞辱。 9 在亡之人:逃亡的人。 10 斋:此处指书房。 11 媵(yìng)妾:本指随嫁的人,此处指小妾。 12 萦(yíng)绕:盘旋缠绕。

生以其言异，颇疑女。转思明明丽人，何至为妖，意道士借魇禳[1]以猎食者。无何[2]，至斋门，门内杜，不得入。心疑所作，乃逾垝垣[3]，则室门亦闭。蹑迹[4]而窗窥之，见一狞鬼，面翠色，齿巉巉[5]如锯。铺人皮于榻上，执采笔而绘之。已而掷笔，举皮，如振衣状，披于身，遂化为女子。睹此状，大惧，兽伏而出[6]。急追道士，不知所往。遍迹之，遇于野，长跪乞救。道士曰："请遣除之。此物亦良苦，甫能觅代者，予亦不忍伤其生。"乃以蝇拂[7]授生，令挂寝门。临别，约会于青帝[8]庙。

王生感觉道士的话非同寻常，于是对女子颇起疑心。转而又想，明明是个美丽的姑娘，怎么会是妖怪呢，猜测道士可能是借驱鬼镇邪之名来骗吃骗喝。不一会儿，王生就走到了书斋门口，大门从里头关着进不去。王生对女子这么做颇为怀疑，于是就翻过残破的围墙进了院子，不料房门也关着。他蹑手蹑脚地走到窗户前，往屋里偷看，只见一个面目狰狞的恶鬼，脸色青翠，牙齿又尖又长，像锯齿一样。它把一张人皮铺在床上，手里正拿着彩笔作画，不一会儿就画好了。恶鬼丢下笔，举起人皮，像抖衣服一样把它披在身上，于是就变成了女子的模样。王生目睹此景，恐惧万分，伏在地上像兽类一样爬了出来。他急忙追寻那位道士，可是不知到哪儿去了。王生四处找了个遍，终于在野外遇到了他，于是就跪在道士面前哀求救命。道士对他说："那就让我把它赶跑吧。它也是饱受痛苦，刚刚找到能代替自己的人，终于可以投胎了，我也不忍心伤它性命。"道士就把拂尘交给王生，让他挂在卧房门口。临别时，二人约定在青帝庙会面。

注释 1 魇禳(yǎn ráng):道教驱鬼镇邪的法术。 2 无何:没多长时间。 3 垝(guǐ)垣:坍塌的破墙。 4 蹑迹:本意为追踪,此处指放轻脚步走路。 5 巉巉(chán):形容山势峭拔险峻,此处指鬼的牙齿长而尖锐。 6 兽伏而出:像野兽一样伏在地上爬出来。 7 蝇拂:驱蝇除尘的用具,也称拂尘,多以马尾制成。 8 青帝:道教认为上天由五位大帝主管,其中主管东方的是青帝。

生归,不敢入斋,乃寝内室,悬拂焉。一更许,闻门外戢戢[1]有声。自不敢窥也,使妻窥之。但见女子来,望拂子不敢进;立而切齿[2],良久乃去。少时,复来,骂曰:"道士吓我,终不然,宁入口而吐之耶!"取拂碎之,坏寝门而入,径登生床,裂生腹,掬生心而去。妻号,婢入烛之,生已死,腔血狼藉[3]。陈骇涕不敢声。

明日,使弟二郎奔告道士。道士怒曰:"我固怜之,鬼子乃敢尔!"即从生弟来。女子已失所在。既而仰首四望,

王生回去后,不敢进书斋,就睡在卧房里,把拂尘挂在门口。到了夜里一更左右,他听到门外有窸窸窣窣的声音。王生自己不敢看,就叫妻子去看发生了什么情况。只见那个女子走了过来,看到悬挂在门口的拂尘不敢进来;站在那儿咬牙切齿,过了好大一晌才离开。过了一会儿,她又走回来,破口大骂道:"臭道士想吓唬我,我才不会害怕呢!难道要我把吃到嘴的肉吐出来吗?"说着,恶鬼就一把抓下拂尘扯碎,破门而入,直接登上王生睡觉的床,撕开王生的肚子,挖出心脏而去。王生的妻子号啕大哭,丫环拿蜡烛进来照了照,发现王生已经死了,腔子里血肉模糊,一片狼藉。陈氏吓得哭不出声来。

第二天,陈氏让王生的弟弟二郎跑去告诉道士。道士愤怒地说:"我本来还可怜它,这恶鬼胆敢如此猖狂!"于是就跟着二郎到家里。这时,那个女子早已不

曰:“幸遁未远。”问:“南院谁家?”二郎曰:“小生所舍也。”道士曰:“现在君所。”二郎愕然,以为未有。道士问曰:“曾否有不识者一人来?”答曰:“仆早赴青帝庙,良不知,当归问之。”去,少顷而返,曰:“果有之。晨间一妪来,欲佣为仆家操作,室人[4]止之,尚在也。”道士曰:“即是物矣。”

见踪影。道士抬起头环顾四周,说:“幸好它还没跑远。”他问:“南院是谁家?”二郎说:“是小生我的住所。”道士说:“鬼就在你家。”二郎听闻十分惊愕,认为不会在自己家。道士问他:“是否曾有你不认识的人来过?”二郎回答说:“我一早就去了青帝庙,确实不知道有人来,要回去问一问。”二郎就返回家,过了一会儿,又回到哥哥家,说:“果然有人来了我家。早上来了一个老太太,想让我家雇她当仆人,我妻子把她留了下来,现在还在家里。”道士说:“就是她了。”

注释 1 戢戢(jí):象声词,形容细小的声音。 2 切齿:牙齿相磨切,表示极端愤怒。 3 狼藉:杂乱不堪,乱七八糟。 4 室人:妻子的别称。

遂与俱往。仗木剑,立庭心,呼曰:“孽魅!偿我拂子来!”妪在室,惶遽无色[1],出门欲遁。道士逐击之,妪仆,人皮划然而脱,化为厉鬼,卧嗥[2]如猪。道士以木剑枭其首,身变作浓烟,匝地作堆[3]。道士出一葫芦,拔其塞,

于是道士跟着二郎来到他家。道士手持木剑,站在庭院当中,呵斥道:“妖孽!还我的拂尘来!”那老太太在屋子里惊恐万分,吓得面无颜色,出门想要逃跑。道士追上前去用剑打她,老太太跌倒在地,人皮“哗”一声裂开脱落下来,现出了厉鬼的原形,它趴在地上像猪一样吼叫着。道士用木剑砍下厉鬼的脑袋,只见它的身子变成了一股浓烟,在地上绕成一堆。道士拿出一个葫芦,拔开塞子,把它放到浓

置烟中，飗飗[4]然如口吸气，瞬息烟尽。道士塞口入囊。共视人皮，眉目手足，无不备具。道士卷之，如卷画轴声，亦囊之。乃别欲去，陈氏拜迎于门，哭求回生之法。道士谢不能。陈益悲，伏地不起。道士沉思曰："我术浅，诚不能起死。我指一人，或能之，往求必合[5]有效。"问："何人？"曰："市上有疯者，时卧粪土中。试叩而哀之。倘狂辱夫人，夫人勿怒也。"

烟中，只听见葫芦口"呼呼"直响，好似人在用嘴吸气一样，转眼间浓烟就被吸干净了。道士塞上口，把葫芦收进行囊中。大家再去看地上的人皮，上面眉毛、眼睛、手、脚，无不具备。道士把人皮卷起来，像卷画轴一样"哗啦"作响，也把它收进行囊里。一切完毕后，道士就告别大家准备离去。陈氏跪在门口，哭着向道士哀求救活丈夫的方法。道士推辞说自己无能为力。陈氏听了更加悲痛，趴在地上不肯起来。道士见状沉思了一会儿，说："我法术浅陋，确实不能起死回生。我给你指一个人，他或许能办到，你前去求他，应该会有效。"陈氏问："是什么人？"道士说："集市上有个疯子，时常躺在粪土当中。你磕头哀求他试试。倘若他发狂侮辱夫人，您也不要生气。"

注释 **1** 惶遽(jù)无色：惊慌失措，面无颜色。 **2** 嗥(háo)：野兽的吼叫声。 **3** 匝地作堆：此处指浓烟遍地，绕作一堆。 **4** 飗飗(liú)：风吹的样子。 **5** 合：应该，应当。

二郎亦习知[1]之，乃别道士，与嫂俱往。见乞人颠歌道上，鼻涕三尺，秽不可近。陈膝行[2]

二郎对那个疯子也很熟悉，就告别了道士，和嫂嫂一同前往。到了集市上，他们看见一个乞丐在路上疯疯癫癫地唱着歌，鼻涕流出来三尺，身上污秽恶臭，让

而前，乞人笑曰："佳人爱我乎？"陈告之故。又大笑曰："人尽夫也，活之何为？"陈固哀之，乃曰："异哉！人死而乞活于我，我阎摩[3]耶？"怒以杖击陈，陈忍痛受之，市人渐集如堵。乞人咯痰唾盈把，举向陈吻曰："食之！"陈红涨于面，有难色；既思道士之嘱，遂强啖焉。觉入喉中，硬如团絮，格格[4]而下，停结胸间。乞人大笑曰："佳人爱我哉！"遂起行已，不顾。尾之，入于庙中。迫而求之，不知所在；前后冥搜[5]，殊无端兆[6]，惭恨而归。

人难以靠近。陈氏跪着挪到他跟前，乞丐笑着问："美人你喜欢我吗？"陈氏把事情经过告诉了他。乞丐又大笑道："人人都能做你的丈夫，把他救活干什么呢？"陈氏一再哀求，乞丐就说："奇怪！人死了还要我救活他，难道我是阎王爷吗？"说完就恼怒地拿起棍子朝陈氏打去，陈氏忍着疼痛挨打，集市上看热闹的人逐渐聚拢过来，密密麻麻像围了堵墙。乞丐又咳出满满一把的痰，举到陈氏嘴边说："吃了它！"陈氏脸涨得通红，面有难色；又想起道士的叮嘱，就强忍着恶心吃了下去。感觉咽到喉咙里，硬得像团棉絮，咯咯作响地往下走，最后停聚在胸口那儿。乞丐大笑说："美人真的喜欢我呀！"于是起身离去，不再理会陈氏。陈氏和二郎跟着来到庙里，想上前再求他，却找不到人在哪儿；前前后后尽力搜寻，毫无踪影可觅，只好又羞愧又懊恼地回家了。

注释 1 习知：熟知，一向知道。 2 膝行：跪在地上挪动膝盖前行。 3 阎摩：即阎罗王，民间信仰中掌管阴间的神灵。 4 格格：也作"咯咯"，象声词。 5 冥搜：尽力寻找。 6 端兆：端倪，迹象。

既悼夫亡之惨，又悔食唾之羞，俯仰哀啼，但愿即死。方欲展血[1]敛尸，家人伫望[2]，无敢近者。陈抱尸收肠，且理且哭。哭极声嘶[3]，顿欲呕。觉鬲中[4]结物，突奔而出，不及回首，已落腔中。惊而视之，乃人心也。在腔中突突犹跃，热气腾蒸如烟然。大异之。急以两手合腔，极力抱挤，少懈，则气氤氲[5]自缝中出。乃裂缯帛急束之。以手抚尸，渐温，覆以衾裯[6]。中夜启视，有鼻息矣。天明，竟活，为言："恍惚若梦，但觉腹隐痛耳。"视破处，痂结如钱，寻愈。

陈氏回到家里，既哀悼丈夫死得如此凄惨，又悔恨自己吃了别人的痰唾的羞辱，呼天抢地地哀号，只求速死。她想给丈夫抹干污血收殓尸体，但家人都站在远处看着，没有敢上前的。陈氏只好自己抱起王生的尸体，收拾流在外边的肠子，边清理边痛哭。她哭得太厉害了，当声嘶力竭时，突然感到想呕吐。她感觉胸腹之间的那个硬块，忽然从里边涌出，还没等她转过头，那东西已经落在王生胸腔里了。陈氏吃惊地一看，竟然是一颗人心。它在王生胸腔里"突突"跳着，还冒着腾腾热气，好似烟雾一般。陈氏大感惊异，急忙用两手把丈夫的胸腔合拢起来，用力拼挤在一块儿，稍微有松动，就有缕缕热气从缝隙中飘出来。于是，她撕开绸帛，急忙把王生的腹胸缠紧。她再用手抚摸尸体，感觉渐渐有了体温，就又给丈夫盖了层被褥。半夜，她起来探视，发觉丈夫鼻孔里已经有了气息。等天亮了，王生竟然活了过来，他对陈氏说："我现在感觉自己恍恍惚惚像做梦一样，只是觉得肚子那儿有些隐隐作痛。"再看被撕破的地方，结了一块铜钱大小的血痂，不久，王生就痊愈了。

注释　1 展血：擦拭污血。　2 伫望：站在远处看着。　3 嘶：声音发哑。　4 鬲中：胸腹交接的地方。　5 氤氲(yīn yūn)：烟气弥漫的样子。　6 衾裯(qīn chóu)：指被褥、床单等卧具。

异史氏曰："愚哉世人！明明妖也，而以为美。迷哉愚人！明明忠也，而以为妄。然爱人之色而渔[1]之，妻亦将食人之唾而甘之矣。天道好还[2]，但愚而迷者不寤耳。可哀也夫！"

异史氏说："世人真是愚蠢啊！明明是妖怪，偏偏以为是美人。愚笨的人真是执迷不悟啊！明明是忠言，偏偏以为是妄语。然而，他贪图别的女人的美色而想方设法猎取，结果，自己的妻子也将心甘情愿地去吃别人的痰唾。善恶到头终有报，只不过世上的糊涂人不能明白罢了。真是可哀可叹啊！"

注释　1 渔：猎取，获取。　2 天道好还：指上天公正无私，善恶终有报应。

贾　儿

原文

楚[1]客有贾于外[2]者，妇独居。梦与人交，醒而扪[3]之，小丈夫也。察其情，与人异，知为狐。未几，下床

译文

楚地有个人在外地做生意，留下妻子独自在家。一天夜里，她梦到自己和人做爱，就醒过来用手摸了摸，果真有一个小个子男人在床上。妇人察觉他形貌与人不同，于是就明白遇到狐精了。过了会儿，那个

去，门未开而已逝矣。入暮，邀庖媪[4]伴焉。有子十岁，素别榻卧，亦招与俱。夜既深，媪、儿皆寐，狐复来，妇喃喃如梦语。媪觉，呼之，狐遂去。自是，身忽忽[5]若有亡。至夜，遂不敢息烛，戒子睡勿熟。夜阑[6]，儿及媪倚壁少寐，既醒，失妇，意其出遗[7]，久待不至，始疑。媪惧，不敢往觅。儿执火遍照之，至他室，则母裸卧其中。近扶之，亦不羞缩。自是遂狂，歌哭叫詈[8]，日万状。夜厌与人居，另榻寝儿，媪亦遣去。

男人下床离开，房门并没有打开人就消失不见了。第二天晚上，妇人就把做饭的老太太叫过来陪伴她睡觉。她有个十岁的儿子，平时都在其他房间睡觉，也把他叫了过来睡在一起。到深夜，等老太太和儿子都睡着后，狐精又来了，妇人喃喃自语，像是在说梦话。老太太察觉有人来，就大声呼喊，狐精赶紧跑掉了。从此，妇人就恍恍惚惚的，好像丢了魂魄一样。到晚上，她就不敢熄灭蜡烛，告诫儿子也不要睡熟。深夜，儿子和老太太靠着墙打起盹来。他们醒来一看，妇人不见了，觉得可能是出去方便，等了好大一晌，还是不见人来，这才起了疑心。老太太害怕，不敢出去找。小孩儿就拿着蜡烛四处寻找，走到另一间屋里，看见母亲赤身裸体躺在地上，走过去扶她起来，她也不害羞遮掩。从此，妇人就疯疯癫癫的，整天哭哭闹闹，骂骂咧咧，花样百出。她晚上不喜欢和人一起睡，就让儿子睡在另一张床上，把老太太也打发走。

注释 1 楚：此处指湖南、湖北一带。 2 贾(gǔ)于外：在外地做生意。 3 扪(mén)：摸。 4 庖媪：负责做饭的老太太。 5 忽忽：恍恍惚惚。 6 夜阑：深夜。 7 出遗：出外上厕所。 8 詈(lì)：骂。

儿每闻母笑语，辄起火之。母反怒诃儿，儿亦不为意，因共壮儿胆[1]。然嬉戏无节[2]，日效杇者[3]，以砖石叠窗上，止之不听。或去其一石，则滚地作娇啼，人无敢气触[4]之。过数日，两窗尽塞，无少明。已，乃合泥涂壁孔，终日营营[5]，不惮[6]其劳。涂已，无所作，遂把厨刀霍霍磨之。见者皆憎其顽，不以人齿[7]。儿宵分[8]隐刀于怀，以瓢覆灯，伺母呓语[9]，急启灯，杜门[10]声喊。久之无异，乃离门，扬言诈作欲溲[11]状。欻[12]有一物如狸，突奔门隙。急击之，仅断其尾，约二寸许，湿血犹滴。初，挑灯起，母便诟骂，儿若弗闻。击之不中，懊恨而寝。自念

儿子每当夜里听到母亲欢声笑语，就起来掌灯查看。母亲反而对儿子严厉责骂，他也不当回事儿，因此人们都觉得这个孩子胆大。然而，他玩耍起来也没有分寸，每天学着泥瓦匠的样子在窗台上垒砖头，家里人劝他也不听。要是有人拿掉一块石头，他就撒泼打滚，哭哭啼啼喊个不停，于是就没人敢再招惹他。过了几天，两个窗户都被塞得满满的，一点光也不透。垒完窗户，他又和泥涂抹墙上的孔洞，整天忙得不可开交，毫不觉得辛苦。涂完墙，没什么可干的，他就抄起菜刀"霍霍"地磨个不停。凡是见到的人，都厌恶他太顽劣，对他很鄙视。到了晚上，这小孩儿就悄悄把刀藏在怀里，用水瓢扣住油灯，等母亲又开始说梦话时，急忙把瓢拿开露出灯光，关上门大声喊叫。过了很久，见没什么异常，他就离开房门，谎称想去撒尿。忽然，有个像狸猫一样的东西朝着门缝跑过来。小孩儿猛砍过去，仅砍断了一截尾巴，大约有两寸来长，鲜血直滴。起初，他挑灯起来时，母亲还对他破口大骂，他就像没听见一样。小孩儿没砍中要害，就懊恼地回去休息了。他心里想，虽然没能杀死狐狸，估计以后它也不敢再来了。等到天亮，他察看血迹，

虽不即戮,可以幸其不来。及明,视血迹逾垣而去。迹之[13],入何氏园中。至夜果绝,儿窃喜,但母痴卧如死。	狐狸应该是翻墙逃走了,就顺着踪迹找过去,一直走到何家花园里。当天晚上,狐精果然没再来,小孩儿心里暗自高兴。他母亲却呆呆地躺在床上,一动不动,像是死了一样。

注释 1 共壮儿胆:都认为小孩儿胆子大。 2 无节:放肆没有节制。节,度。 3 杇(wū)者:泥瓦匠。 4 气触:轻微地触犯。 5 营营:本意为奔逐钻营,此处指辛苦操劳。 6 惮:怕,畏惧。 7 不以人齿:不把他当人看待,表示极端鄙视。 8 宵分:夜半。 9 呓语:说梦话。 10 杜门:关上门。 11 溲(sōu):小便。 12 欻(xū):忽然。 13 迹之:追寻踪迹。

未几,贾人归,就榻问讯。妇谩骂,视若仇。儿以状对,翁惊,延医药之,妇泻药诟骂。潜以药入汤水杂饮之,数日渐安。父子俱喜,一夜睡醒,失妇所在,父子又觅得于别室。由是复颠,不欲与夫同室处,向夕,竟奔他室。挽之,骂益甚。翁无策,尽扃他扉。妇奔去,则门自辟。翁	过了没多久,商人回到家,他来到妻子床前询问病情。妻子却对他破口大骂,像是见到仇人一般。小孩儿就把前后经过告诉了父亲,他的父亲听了大吃一惊,于是就请医生过来诊治,结果妇人把汤药泼在地上,嘴里骂个不停。商人只好把药掺在汤水里让她喝下去,过了几天才渐渐安定下来。父子俩都很高兴,谁知一天半夜醒来后,妇人又不见了,父子俩在别的房间找到了她。此后,她又变得疯疯癫癫,不情愿跟丈夫睡在一起,一到晚上就跑到其他房间里。家人过去搀扶她,她却骂得更厉害。商人没有办法,只得把家里所有的门都关

患之，驱禳备至，殊无少验。

儿薄暮潜入何氏园，伏莽中[1]，将以探狐所在。月初升，乍闻人语。暗拨蓬科[2]，见二人来饮，一长鬣[3]奴捧壶，衣老棕色。语俱细隐，不甚可辨。移时，闻一人曰："明日可取白酒一瓻[4]来。"顷之，俱去，惟长鬣独留，脱衣卧庭石上。审顾之，四肢皆如人，但尾垂后部。儿欲归，恐狐觉，遂终夜伏。未明，又闻二人以次复来，哝哝入竹丛中。儿乃归。翁问所往，答宿阿伯家。

上，但只要妇人往外跑，门就会自动打开。他为此很忧虑，就请道士驱邪，用尽了各种手段，也不见有什么效验。

一天傍晚，小孩儿潜入何家花园，趴在草丛里，想探寻出狐精藏身之所。月亮刚升起来，他忽然听到有人在说话，偷偷拨开草丛，看见有两个人来到这里喝酒，还有一个长胡子的家奴捧着酒壶站在一旁，穿着深棕色的衣服。两人说话声音又小又低，听不大清楚。过了一会儿，他听见其中一个人说："明天可以拿瓶白酒来。"不久，两人都离开了，唯独长须仆人留下来，解开衣服躺在石头上休息。小孩儿仔细一看，只见他四肢长得和人一样，但是身后垂着一条狐狸尾巴。他想回家去，但又担心狐精发觉，就在草丛里趴了一晚。天没亮，又听见两人过来，他们咕咕哝哝说着话走进竹林里。小孩儿这才返回家去。父亲问他去哪了，他回答说在伯父家睡了一晚。

注释 1 莽中：杂草丛中。 2 蓬科：蓬草，泛指杂草丛。 3 长鬣(liè)：长长的胡子。 4 瓻(chī)：装酒的大陶瓶。

适从父入市，见帽肆挂狐尾，乞翁市之。

当天，小孩儿正好跟父亲去赶集，看见帽子店里挂着狐狸尾巴，就央求父亲买下。

翁不顾，儿牵父衣娇聒[1]之。翁不忍过拂[2]，市焉。父贸易廛中，儿戏弄其侧，乘父他顾，盗钱去，沽白酒，寄肆廊[3]。有舅氏城居，素业猎，儿奔其家。舅他出，妗[4]诘母疾，答云："连日稍可。又以耗子啮衣，怒涕不解，故遣我乞猎药耳。"妗检椟，出钱许，裹付儿。儿少之。妗欲作汤饼啖儿。儿觑室无人，自发药裹，窃盈掬[5]而怀之。乃趋告妗："俾勿举火[6]，父待市中，不遑食[7]也。"遂去，隐以药置酒中，遨游市上，抵暮方归。父问所在，托在舅家。

父亲不搭理他，他就拽住父亲的衣服撒娇吵闹。父亲不忍心一再拒绝，就买下来了。父亲在街边的商铺谈生意时，小孩儿就在一旁嬉闹玩耍，趁父亲不注意，他就偷走钱袋，跑去买了些白酒，暂存在店铺的走廊下。他有个舅舅住在城里，是个猎户，小孩儿跑到他家。正逢舅舅外出，舅妈就问他母亲的病情如何，他回答说："这几天稍微好点儿了。但因为老鼠咬坏了衣服，又惹得她哭哭啼啼很不高兴，所以家里就让我来讨些打猎用的毒药。"舅妈在箱子里翻了翻，拿出一钱多毒药包好交给他。小孩儿嫌太少。舅妈想给他做汤饼吃，他见屋里没人，就自己打开药包，偷抓了一大把藏在怀里。小孩跑到舅妈那儿说："你不用生火了，我爹还在集市上等我呢，来不及吃了。"他离开舅舅家，悄悄地把毒药倒在酒里，然后就在集市上四处闲逛，一直到晚上才回家。父亲问他去哪儿了，他就借口说去舅舅家了。

注释　1 聒(guō)：嘈杂，吵闹。　2 过拂：一再拒绝。　3 肆廊：此处指酒店前的走廊。　4 妗(jìn)：舅妈。　5 盈掬：满满一把。　6 举火：生火，此处指做饭。　7 不遑食：来不及吃饭。

儿自是日游廛肆[1]间。一日，见长鬣杂在人中。儿审之确，阴缀系[2]之，渐与语，诘其居里，答言北村。亦询儿，儿伪云山洞。长鬣怪其洞居。儿笑曰："我世居洞府，君固否耶？"其人益惊，便诘姓氏。儿曰："我胡氏子。曾在何处，见君从两郎，顾忘之耶？"其人熟审之，若信若疑。

儿微启下裳，少少露其假尾，曰："我辈混迹人中，但此物犹存，为可恨[3]耳。"其人问："在市欲何为？"儿曰："父遣我沽。"其人亦以沽告。儿问："沽未？"曰："吾侪多贫，故常窃时多。"儿曰："此役亦良苦，耽惊忧。"其人曰："受主人遣，不得不尔。"因问："主人伊谁？"曰：

自那天以后，小孩儿每天都到街边的商店闲逛。一天，他忽然发现那个长须仆人夹杂在人群中。小孩儿走过去仔细瞧了瞧，确定就是在何家花园见到的那个狐精。于是他就悄悄尾随，慢慢儿跟他搭话，问他住在哪儿，那人说住在北村。他也问小孩儿家住何处，小孩儿就撒谎说住在山洞里。长须人很奇怪他为何住在山洞里，小孩儿就笑着说："我家世世代代住在洞府里，你本来不也是吗？"长须人听闻更加吃惊，就问他姓甚名谁。小孩儿说："我是胡家子弟，曾在某处见到你跟着两个男的，难道你忘了吗？"那个人盯着他仔细打量，对他说的半信半疑。

小孩儿就轻轻撩起下裳，稍稍露出一点儿假尾巴，说："我们混杂在人群中，只有这个去不掉，实在是遗憾。"那人就问："你来集上干什么？"小孩儿就说："父亲命我前来打酒。"那人告诉他自己也是来买酒的。小孩儿就问："你买了吗？"长须人说："我们比较穷，根本买不起，所以经常偷酒喝。"小孩儿就说："这个差事实在辛苦，总是担惊受怕。"那人说："受主人差遣，不得不干啊。"小孩儿于是就问："你家主人是谁啊？"回答说："就是你之

"即曩所见两郎兄弟也。一私北郭王氏妇,一宿东村某翁家。翁家儿大恶,被断尾,十日始瘥[4],今复往矣。"言已,欲别,曰:"勿误我事。"儿曰:"窃之难,不若沽之易。我先沽寄廊下,敬以相赠。我囊中尚有余钱,不愁沽也。"其人愧无以报。儿曰:"我本同类,何靳[5]些须?暇时,尚当与君痛饮耳。"遂与俱去,取酒授之,乃归。

前见到的两兄弟。一个和北城王家媳妇私通,一个住在东村商人家里。东村那家的儿子实在太坏了,主人的尾巴被砍断了一截,过了十天才痊愈。主人现在又回他家去了。"讲完,长须人就要告辞,说:"别耽误了我的事。"小孩儿就说:"偷酒太难了,不如买酒容易。我先前有买好的酒寄存在酒店廊下,就送给你吧。我口袋里还有多余的钱,不愁买酒。"那人惭愧无以为报,小孩儿就哄他说:"我们本来就是同类,何必计较这些呢?改天有空了,咱们好好喝一顿。"于是小孩儿跟着长须人一起到酒店,取酒交给他,就回家了。

注释　**1** 廛肆(chán sì):街边的商铺。　**2** 缀系:跟随,跟踪。　**3** 恨:此处为遗憾的意思。　**4** 瘥(chài):疾病痊愈。　**5** 靳(jìn):吝惜。

至夜,母竟安寝,不复奔。心知有异,告父同往验之,则两狐毙于亭上,一狐死于草中,喙津津尚有血出。酒瓶犹在,持而摇之,未尽也。父惊问:"何不早告?"儿曰:"此

当晚,小孩儿的母亲就安稳地睡下,不再往外跑了。他知道肯定出了什么事,于是就把详情告诉父亲,两人一同前去何家花园查验,只见两只狐狸死在亭子里,一只死在草丛中,嘴角还淌着鲜血。酒瓶还在地上,拿起来晃了晃,里面的酒还没喝完。父亲惊讶地问:"你为何不早告诉我呢?"小孩儿说:"狐精最为灵敏狡猾,

物最灵,一泄,则彼知之。”翁喜曰:“我儿讨狐之陈平[1]也。”于是父子荷狐归。见一狐秃尾,刀痕俨然。自是遂安。而妇瘠[2]殊甚,心渐明了,但益之嗽,呕痰数升,寻卒。北郭王氏妇,向祟于狐,至是问之,则狐绝而病亦愈。翁由此奇儿,教之骑射。后贵至总戎[3]。

一旦泄露它们就知道了。”父亲高兴地说:“我儿子简直就是捕捉狐狸的陈平啊!”于是父子俩就把狐狸背回家,发现一只狐狸的尾巴秃着,上面明显有条刀疤。从此以后,商人家彻底安宁了。然而,妇人消瘦得很严重,虽然神志渐渐明了,但咳嗽得很厉害,一发作就吐好几升痰,没多久便死了。城北的王家媳妇,之前一直被狐精祸害,去她家一打听,狐患已消绝,妇人的病也好了。父亲由此认为儿子是个奇才,就让人教他骑马射箭。小孩儿长大后官至总兵。

注释 1 陈平:秦末汉初著名谋士,辅佐刘邦建立汉朝,后担任丞相,为人机智多谋,屡出奇计。 2 瘠:身体瘦弱。 3 总戎:即总兵,清朝为正二品武官,最多可统领万余人。

蛇 癖

原文

王蒲令[1]之仆吕奉宁,性嗜蛇。每得小蛇,则全吞之,如啖葱状;大者以刀寸寸断之[2],始掬

译文

王蒲令有个仆人叫吕奉宁,生性喜爱吃蛇。每当得到小蛇,就整个吞下,像吃葱一样;大蛇就用刀切成寸段,再用手抓着吃。嚼得“咔嚓”作响,血水都沾到

以食。嚼之铮铮[3]，血水沾颐[4]。且善嗅，尝隔墙闻蛇香，急奔墙外，果得蛇盈尺。时无佩刀，先啮其头，尾尚蜿蜒[5]于口际。

了脸上。他嗅觉很灵敏，曾隔着墙就闻到蛇肉的香味，急忙跑到墙外，果然找到一条一尺多长的蛇。当时他没带佩刀，就一口把蛇头咬掉，蛇的尾巴还在他嘴边扭动。

注释 **1** 王蒲令：即王启泰，字大来，顺治二年(1645)中举人，曾任山西蒲县(今属临汾)知县。 **2** 寸寸断之：指把蛇切成一寸一寸的段。 **3** 铮铮：形容金属撞击所发出的响亮声音，此处指嚼蛇肉和骨头发出的声响。 **4** 颐：面颊，腮帮子。 **5** 蜿蜒(wān yán)：蛇类爬行弯弯曲曲的样子。

卷二

金世成

原文

金世成，长山人，素不检[1]。忽出家作头陀[2]，类颠，啖不洁以为美。犬羊遗秽[3]于前，辄伏啖之。自号为佛。愚民妇异其所为，执弟子礼[4]者以千万计。金诃使食矢[5]，无敢违者。创殿阁，所费不赀[6]，人咸乐输[7]之。邑令南公[8]恶其怪，执而笞之，使修圣庙[9]。门人竞相告曰："佛遭难！"争募救之。宫殿旬月而成，其金钱之集，尤捷于酷吏[10]之追呼也。

译文

金世成是长山人，行为一向不检点。忽然有一天出家做了和尚，他疯疯癫癫的，常常把脏东西当成美味来吃。碰到狗跟羊在面前拉屎，他就趴地上吃。金世成自称为佛。愚夫愚妇见他行为怪异，就以弟子的身份去侍候他，这样的人有成千上万。金世成训斥这些人，让他们去吃屎，没人敢违抗。他修建庙宇楼阁，花钱无数，人人都乐于捐献钱财。县令南公厌恶金世成举止怪异，便把他抓来打板子，命他修建孔庙。金世成的门人竞相奔告说："活佛有难！"于是弟子们抢着捐钱营救。孔庙宫殿一个月就修好了，其聚集金钱之快速，远超过酷吏的追逼索要。

注释　**1** 素不检：向来行为不检点。检，约束，检点。　**2** 头陀：梵语音译，原意为浣洗烦恼，是一种佛教僧侣所修的苦行。后世也用以指行脚乞食的僧人。 3 遗秽：排泄粪便。 4 执弟子礼：以弟子对待师长的礼节来对待对方。 5 矢：通“屎”。 6 所费不赀(zī)：花费的钱财多得数不过来。赀，计算。 7 输：捐献。 8 邑令南公：指长山县令南之杰，字颐园，蕲水人(今属湖北)，康熙十年(1671)任长山知县。 9 圣庙：即孔庙，也称文庙。是祭祀孔子的祠庙建筑。由于孔子创立的儒家学说对于维护社会统治所起到的重要作用，使得历代王朝对孔子尊崇备至，从而把修庙祀孔作为国家大事来办，到了明清时期，每一州、府、县治所在都有孔庙。 10 酷吏：是指用残酷的方法进行审讯、征税的官吏或差役。

异史氏曰：“予闻金道人，人皆就其名而呼之，谓为‘今世成佛’。品[1]至啖秽，极矣。笞之不足辱，罚之适有济[2]，南令公处法[3]何良也！然学宫圮[4]而烦妖道，亦士大夫[5]之羞矣。”

异史氏说：“我听说过金道人的事，人们都顺着他的名字称呼他，说是‘今世成佛’。其人品到了吃屎的地步，真是下贱极了。杖责不足以令其感到羞辱，处罚他恰好能做一件有意义的事，南令公处理事情的方法多么好啊！然而学宫倒塌了却要靠妖道来修整，也是士大夫的羞耻啊。”

注释 1 品：人品，德行的品级。 2 有济：此处指做有价值、有意义的事。 3 处法：处理的方法。 4 圮(pǐ)：毁坏，倒塌。 5 士大夫：古代对读书人和官吏的统称。

董 生

原文

董生，字遐思，青州之西鄙[1]人。冬月薄暮，展被于榻而炽炭焉。方将篝灯[2]，适友人招饮，遂扃户[3]去。至友人所，座有医人，善太素脉[4]，遍诊诸客。末顾王生九思及董曰："余阅人多矣，脉之奇无如两君者：贵脉而有贱兆[5]，寿脉而有促征[6]。此非鄙人所敢知也。然而董君实甚。"共惊问之。曰："某至此亦穷于术，未敢臆决[7]，愿两君自慎之。"二人初闻甚骇，既以为模棱语[8]，置[9]不为意。

译文

有个姓董的书生，字遐思，是青州西郊人。一年冬季，天色将晚，他刚把床铺好，将火炕的炭烧着。正要点灯时，恰巧有朋友来请他喝酒，于是他就锁上门走了。来到朋友家，在座的有位医生，擅长用太素脉断人吉凶，在席间给各位客人看了个遍。最后他瞧着王九思和董生说："我看过的人多了，但脉象从未有像二位这样奇特的：原本富贵的脉象却有贫贱的征兆，而长寿的脉象却有短命的迹象。此中缘由非我所能知晓啊。不过董相公的情况可能更严重些。"众人都惊讶地询问。医生说："我的能力有限，也就到这个程度了，不敢妄加推断，希望您二位小心为好。"两人乍一听，心里很害怕，转而又觉得他的话模棱两可，就没放在心上。

注释　1 青州之西鄙：青州在今山东省青州市。西鄙，西郊。　2 篝(gōu)灯：点灯，具体指把灯点着放在灯笼里。　3 扃(jiōng)户：锁上门，插上门。　4 太素脉：是一种通过脉搏变化来预言人贵贱、吉凶、祸福的方术。　5 兆：征兆，兆头。　6 促征：短命的征兆。　7 臆决：主观决断。 8 模棱语：模棱两可，不清不楚的话。 9 置：搁置在一边。

半夜，董归，见斋门虚掩[1]，大疑。醺[2]中自忆，必去时忙促，故忘扃键[3]。入室，未遑爇火[4]，先以手入衾中，探其温否。才一探入，则腻[5]有卧人，大愕，敛手[6]。急火之，竟为姝丽[7]，韶颜稚齿[8]，神仙不殊。狂喜，戏探下体，则毛尾修然[9]。大惧，欲遁。女已醒，出手捉生臂，问："君何往？"董益惧，战栗哀求，愿乞怜恕。女笑曰："何所见而畏我？"董曰："我不畏首而畏尾。"女又笑曰："君误矣。尾于何有？"引董手，强使复探，则髀[10]肉如脂，尻骨童童[11]。笑曰："何如？醉态矇眬，不知所见伊何[12]，遂诬人若此。"

半夜，董生回到家，见房门虚掩，心里很疑惑。他喝得醉醺醺的，自己回想，可能是走的时候太匆忙，忘记锁门了。走进卧房，还没来得及点灯，他先把手伸进被窝，摸摸炕烧得暖和不暖和。刚伸进去，就摸着滑滑的，感觉有人躺在里边，他大吃一惊，赶紧把手抽出来。董生急忙点上灯一看，竟然是一位美人，只见她生得青春貌美，宛若天仙。董生狂喜，又伸手进去戏弄美人的下体，却摸到一条毛茸茸的尾巴。他十分害怕，想赶快逃跑。这时床上的女子已经醒了，一把抓住董生的胳膊，问："公子要去哪儿啊？"董生更加害怕了，吓得浑身直哆嗦，恳求女子饶过他。女子笑着问他："你看到什么了，这么怕我？"董生哀求道："我不害怕你的长相，只是害怕你的尾巴。"女子听了咯咯笑道："公子你弄错了，哪儿有什么尾巴呢？"于是，她就强拉着董生的手，让他伸进去再摸一摸，只觉大腿处光滑若凝脂，尾骨光溜溜的什么也没有。女子嗔笑着说："怎么样？我看明明是你自己喝多了，也不知看见了什么，就如此诬陷奴家。"

注释　1 虚掩:门虽关闭而未锁死。 2 醺(xūn):醉酒。 3 键:门闩。 4 爇(ruò)火:烧火,此处指点灯。 5 腻:此处指手感光滑。 6 敛手:缩手。 7 姝丽:佳丽,美人。姝,美好。 8 韶颜稚齿:年轻而容貌美好。 9 毛尾修然:毛茸茸的尾巴很长。 10 髀(bì):大腿。 11 尻(kāo)骨童童:尾骨光光的。 12 伊何:是什么。

董固喜其丽,至此益惑,反自咎适然之错,然疑其所来无因。女曰:"君不忆东邻之黄发女乎?屈指移居者已十年矣。尔时我未笄[1],君垂髫[2]也。"董恍然曰:"卿周氏之阿琐耶?"女曰:"是矣。"董曰:"卿言之,我仿佛忆之。十年不见,遂苗条如此。然何遽能来?"女曰:"妾适痴郎,四五年,翁姑相继逝,又不幸为文君[3]。剩妾一身,茕[4]无所依。忆孩时相识者惟君,故来相见就[5]。入门已暮,邀饮者适至,遂潜隐以待君归。待之既久,足冰肌粟[6],故借被以自温耳,幸勿见疑。"

董生本来就贪爱她的美貌,这么一讲,就更加糊涂,反而自责起来,怪自己刚才疏忽搞错了。然而,他还是怀疑女子来历不明。女子就说:"你不记得以前东边邻居家的黄毛丫头了吗?屈指算来,我家搬走到现在也有十年了。那时我还没到十五岁,你也只是个小孩儿。"董生恍然有所悟,就问:"你是周家的阿琐吗?"女子说:"正是。"董生说:"我听你这么一说,好像想起来了。十年不见,没想到你长得这么苗条。可是,你怎么突然到我家来呢?"女子就说:"我嫁给了一个傻丈夫,过了四五年,公公婆婆都相继死了,没多久我也守了寡。现在孤单一人,无亲无靠,想了想小时候认识的人就只有你了,所以前来投奔。刚到的时候,天已经黑了,正赶上有人叫你去喝酒,于是我就躲在一旁等你回来。时间长了,我冻得手脚冰凉,浑身起鸡皮疙瘩,不得已才借被窝暖和一下,希望公子不要见怪。"

注释 1 未笄(jī):古代女子十五岁要盘发加发笄,视为成年。未笄指女子未成年。笄,用来束发的簪子。 2 垂髫(tiáo):古时儿童不束发,头发下垂,故以垂髫指儿童时期。髫,小儿下垂的短发。 3 为文君:成了寡妇。卓文君是西汉蜀地的寡妇,后嫁给司马相如,后世即以"文君"代称寡妇。 4 茕(qióng):孤独的样子。 5 来相见就:前来投奔。 6 足冰肌粟:脚底冰凉,身上起鸡皮疙瘩。

董喜,解衣共寝,意殊自得。月余,渐羸[1]瘦,家人怪问,辄言不自知。久之,面目益支离[2],乃惧,复造善脉者诊之。医曰:"此妖脉也。前日之死征验矣,疾不可为也。"董大哭,不去,医不得已,为之针手灸脐,而赠以药,嘱曰:"如有所遇,力绝之。"董亦自危,既归,女笑要[3]之。怫然[4]曰:"勿复相纠缠,我行且死!"走不顾。女大惭,亦怒曰:"汝尚欲生耶!"至夜,董服药独寝,甫交睫[5],梦与女交,醒已遗矣。益恐,移寝于内,妻子火守之。

董生听了心花怒放,就脱了衣服和美人同枕共眠,心里美得不得了。过了一个多月,他身子渐渐消瘦,家人觉得奇怪,问他原因,他说不知道怎么回事。时间长了,董生面色愈发憔悴,这时他才害怕起来,又去找那位擅长号脉的医生诊治。医生告诉他:"你这是妖脉,此前死亡的征兆现在应验了,恕我无能为力。"董生号啕大哭,不肯离去,医生没办法,就给他在手上扎针,在肚脐上灸艾,又送给他药,告诫说:"如果再遇到什么,一定要尽力拒绝。"董生也认识到了危险,回家后,美女又笑着向他求欢。董生怒气冲冲地说:"不要再纠缠了,我都快死了!"说完掉头就跑,对她毫不理睬。女子羞愧难当,也生气地说:"你还想活命吗!"到了晚上,董生喝了药独自一人就寝,刚合上眼,就梦见和那个女子做爱,醒来一看,又遗精了。董生愈发害怕,赶紧搬到里屋去睡,让妻子

梦如故,窥女子已失所在。积数日,董吐血斗余而死。

点上灯守在身旁。睡下后,又做了同样的梦,醒来一瞧,女子已经消失不见了。几天后,董生吐了一斗多的血,凄惨而死。

注释　1 羸(léi):瘦弱。　2 支离:此处指因病而面容憔悴,神色衰颓。　3 要:邀请,此处指求欢。　4 怫(fú)然:恼怒的样子。　5 交睫:合上眼。

王九思在斋中,见一女子来,悦其美而私之。诘所自[1],曰:"妾,遐思之邻也。渠[2]旧与妾善,不意为狐惑而死。此辈妖气可畏,读书人宜慎相防。"王益佩之,遂相欢待。居数日,迷罔病瘠[3]。忽梦董曰:"与君好者,狐也。杀我矣,又欲杀我友。我已诉之冥府,泄此幽愤。七日之夜,当炷香室外,勿忘却。"醒而异之,谓女曰:"我病甚,恐将委沟壑[4],或劝勿室也。"女曰:"命当寿,室亦生,不寿,勿室亦死也。"坐与调笑,王

王九思正在房中读书,忽然见一个女子走了过来,他贪恋女子的美色,两人便睡在一起。王生问她从哪儿来,女子就说:"我是董遐思的邻居。他过去跟我是相好,不料被狐狸精魅惑而死。这类怪物妖气阴森,令人害怕,读书人应小心提防。"王生听了更加钦佩,就欢快地款待她。两人住了几天,王生就感觉精神恍惚,身体消瘦。忽然梦到董生告诉他:"现在跟你相好的女子,就是狐狸精。她已经杀了我,现在又想来害你!我已向地府状告她,一定要出这口气!七天之内,晚上你要在外边点上香,千万别忘了。"王生醒来觉得很惊异,就对女子说:"我病得很厉害,恐怕活不久了,有人劝我不要再跟你睡。"女子劝他说:"人生在世,死生有命。若命不该死,怎么寻欢作乐都没事;若命不该活,再怎么节制也没用。"说完就坐

心不能自持，又乱之，已而悔之，而不能绝。

下挑逗王生，王生把持不住，就又和她乱搞一通，做完就后悔了，但就是断不了。

注释 1 诘所自：问她从哪儿来。 2 渠：他。 3 迷罔病瘠：精神萎靡不振，身体瘦弱。 4 恐将委沟壑：恐怕要死在山沟荒野中，此处指奄奄一息，不久于人世。

及暮，插香户上，女来，拔弃之。夜又梦董来让其违嘱。次夜，暗嘱家人，俟寝后潜炷香室外。女在榻上，忽惊曰："又置香耶？"王言不知。女急起得香，又折灭之。入曰："谁教君为此者？"王曰："或室人忧病，信巫家厌禳[1]耳。"女彷徨不乐。家人潜窥香灭，又炷之。女忽叹曰："君福泽良厚。我误害遐思而奔子，诚我之过，我将与彼就质[2]于冥曹。君如不忘夙好，勿坏我皮囊也。"逡巡[3]下榻，仆地而死。烛之，狐也。犹恐其活，遽呼家人，剥其革

等到晚上，王生在门前插上香，女子来后就把香拔下来扔掉。夜里，王九思又梦见董生责怪他违背嘱托。第二天晚上，王生就悄悄吩咐仆人，等他睡下了再偷偷把香点上。女子突然从床上惊醒，问："你又点香了？"王生假装不知道，女子急忙起床，找到香就一把掐断。她回屋问王生："是谁教你这么干的？"王生就说："可能是家里人担心我的病情，就听信巫师的话，做的消灾法事吧。"女子听了，心里狐疑不决，闷闷不乐。仆人暗中看到香灭了，就再次点着。女子忽然长叹道："公子你福报深厚，我错害了遐思而又跑到你这儿，的确是我的过错。现在我要去地府和他对质，如果你还没忘记之前的恩爱，请不要毁坏我的肉身。"说完，女子徘徊着从床上下来，倒在地上死了。王生拿灯光一照，原来是只狐狸。王生担心它再活过来，就连忙叫仆人把

而悬焉。

王病甚，见狐来曰：“我诉诸法曹[4]。法曹谓董君见色而动，死当其罪。但咎[5]我不当惑人，追金丹去，复令还生。皮囊何在？”曰：“家人不知，已脱之矣。”狐惨然曰：“余杀人多矣，今死已晚，然忍哉君乎[6]！”恨恨而去。王病几危[7]，半年乃瘥[8]。

狐狸剥皮挂起来。

王九思病情越来越重，恍惚中见到狐狸走过来对他说：“我已经向地府的法官申诉了。法官认为董生见色起心，死了罪有应得。但是怪罪我不应当魅惑人，就收走了我的金丹，让我还阳再生，如今我的肉身在哪呢？”王生就撒谎说：“仆人不晓得情况，已经把皮剥了。”狐狸悲痛地说：“我害人太多，今日丧命也算晚了，不过你难道就忍心吗？”说完，她就恨恨离去。王生的病差点要了命，过了半年才好。

注释 1 厌禳(ráng)：以巫术祈祷鬼神除灾降福。 2 质：对质。 3 逡(qūn)巡：来回徘徊，不敢前行。 4 法曹：此处指地府的法官。曹，古代分科办事的官署。 5 咎(jiù)：怪罪。 6 忍哉君乎：你难道就忍心吗？为“君忍乎哉”的倒装用法。 7 几危：差点就很危险了。几，几乎，差点。 8 瘥(chài)：疾病痊愈。

龁石[1]

原文

新城王钦文[2]太翁家，有圉人[3]王姓，幼入劳山[4]学道，久之，不火食[5]，

译文

新城王钦文老先生家有个姓王的马夫，小时候曾入崂山学道，时间长了不食人间烟火，只吃一些松子和白石。

惟啖松子及白石。遍体生毛。既数年,念母老归里,渐复火食,犹啖石如故。向日视之,即知石之甘苦酸咸,如啖芋[6]然。母死,复入山,今又十七八年矣。

他浑身长满了毛。这样过了几年,他想念老母亲,便回到家里,渐渐又恢复了正常饮食,但仍旧吃石头。他拿石头对着太阳看,就能知道石头的各种味道,吃起来就像嚼芋头一样。老母死后,他又进入深山,如今又过了十七八年。

注释 1 龁(hé)石:吃石头。龁,咬。 2 王钦文:即王与敕,字钦文,顺治元年(1644)拔贡,曾任经筵讲官。他是清初著名诗人王士祯的父亲。 3 圉(yǔ)人:养马的人,即马夫。 4 劳山:即崂山,位于今山东青岛东北部。 5 火食:熟食,人间烟火食。 6 芋:芋头。

庙鬼

原文

新城诸生[1]王启后者,方伯中宇公象坤曾孙[2]。见一妇人入室,貌肥黑不扬。笑近坐榻,意甚亵[3]。王拒之,不去。由此坐卧辄见之,而意坚定,终不摇。妇怒,批其颊有声,而亦不甚痛。

译文

新城有个书生叫王启后,是布政使中宇公象坤的曾孙。有一天,王生看见一个妇人走进屋里,长得又胖又黑,其貌不扬。她笑嘻嘻地靠近王生坐到床上,样子很放荡。王生拒绝和她乱来,妇人却赖着不肯走。从此,王生不论坐着还是躺着,总是见到她。王生意志坚定,丝毫不动心。妇人恼羞成怒,用手“噼里啪啦”打王生

妇以带悬梁上，捽与并缢[4]。王不觉自投梁下，引颈作缢状。人见其足离地，挺然[5]立空中，即亦不能死。

的脸，然而王生也并不觉得怎么痛。妇人又把带子系梁上，揪住王生的头发，逼他一起上吊。王生不知不觉来到房梁下，伸着脖子做出上吊的姿势。有人见他双脚离地，直挺挺地立在半空，然而却死不了。

自是病颠，忽曰："彼将与我投河矣。"望河狂奔，曳之乃止。如此百端，日常数作，术药罔效。一日，忽见有武士绾锁[6]而入，怒叱曰："朴诚者汝何敢扰！"即絷[7]妇项，自棂中出。才至窗外，妇不复人形，目电闪，口血赤如盆。忆城隍庙中有泥鬼四，绝类[8]其一焉。于是病若失。

从此，王生就得了疯癫病。一天，他忽然说："她要跟我跳河了！"说完就朝河边狂奔，幸而有人把他拽住，这才停下来。像这样的事层出不穷，一天发作好几次，吃药、作法都没什么效果。一天，王生忽然看见有个武士拿着铁锁链走进来，怒气冲冲地呵斥道："你怎敢欺扰淳朴诚实的人！"当时就用铁链套住妇人的脖子，把她从窗棂中拉了出去。刚拖到院子里，妇人就不再是人形，目如闪电，张着血盆大口。王生忽然想起城隍庙里有四个泥塑的鬼，其中一个很像这个妖怪。从此，王生的疯癫病就消失了。

注释　1 诸生：明清时期，经考试录取而进入中央、府、州、县各级学校学习的生员。生员有增生、附生、廪生、例生等，统称诸生。　2 方伯：先秦时期指一方诸侯之长，后泛指地方长官。明清时期为布政使的代称。中宇公象坤：即王象坤，字中宇，山东新城人，明朝官员，曾任山西左布政使。　3 亵(xiè)：放荡。　4 捽(zuó)与并缢：揪着头发一起上吊。捽，揪。缢，上吊。　5 挺然：直挺挺的样子。　6 绾(wǎn)锁：手上盘绕着锁链。绾，盘绕。　7 絷(zhí)：拴捆，拘执。　8 绝类：极为类似。

陆 判

原文

陵阳[1]朱尔旦，字小明。性豪放，然素钝[2]，学虽笃[3]，尚未知名。一日，文社[4]众饮，或戏之云：“君有豪名，能深夜负十王殿[5]左廊判官[6]来，众当醵[7]作筵。”盖陵阳有十王殿，神鬼皆木雕，妆饰如生。东庑[8]有立判，绿面赤须，貌尤狞恶。或夜闻两廊下拷讯声，入者，毛皆森竖，故众以此难朱。朱笑起，径去。居无何，门外大呼曰：“我请髯宗师[9]至矣！”众起。俄负判入，置几上，奉觞酹[10]之三。众睹之，瑟缩[11]不安于座，仍请负去。朱又把酒灌地，祝曰：“门生狂率不文[12]，大宗师谅不

译文

陵阳有个人叫朱尔旦，字小明。他性情豪放，不过人向来愚钝，读书虽然很用功，但并没有什么名气。一天，文社的朋友聚饮，有人戏弄他说：“您向来有豪爽之名，如果能深夜把十王殿左廊下的判官背过来，我们大伙儿就凑钱给你摆宴席。”原来，陵阳有座十王殿，里面供奉的鬼神都由木头雕刻而成，装饰刻画得栩栩如生。在东边的走廊下立着一座判官像，他绿色面庞，赤红胡子，面貌特别凶恶恐怖。据说，曾有人晚上听见两排走廊下发出拷打审讯的声音。凡是进那里参观的人，都吓得毛骨悚然，所以大伙儿才借此为难朱尔旦。朱尔旦听后，笑着站起身，出门直奔十王殿而去。没过多久，门外就有人大呼大叫：“我把大胡子宗师请过来了！”大家忙站起身迎接。片刻间，朱尔旦就背着判官进了屋，把他放在桌子上，拿起酒壶连斟三杯酒在地上。众人看着判官，吓得缩成一团，瑟瑟发抖，坐都坐不稳，于是就请朱尔旦再背回去。他就又倒了杯酒洒在地上，祷告说：“弟子狂率无礼，想必大宗

为怪。荒舍匪遥，合乘兴来觅饮，幸勿为畛畦[13]。”乃负之去。

师不会怪罪。我家离这儿不远，以后您要有兴致，请到我家来喝酒，不要因人鬼殊途而受限制。”说完，就把判官背走了。

注释 1 陵阳：今山东莒县。 2 钝：愚钝。 3 笃：勤奋用功。 4 文社：明清时期，志趣相投的文人所结成的团体，以切磋文章为主。 5 十王殿：道教认为地府由十个阎王共同管理，故称其庙宇为十王殿。 6 判官：在地府协助阎王审判幽魂的官员。 7 醵(jù)：凑钱喝酒。 8 庑(wǔ)：大堂周围的走廊或廊屋。 9 宗师：明清时期称学使为宗师，此处代指判官。 10 酹(lèi)：把酒洒在地上表示祭奠。 11 瑟缩：蜷缩着瑟瑟发抖。 12 狂率不文：狂放率性，不讲究礼法。文，指斯文，规矩。 13 畛畦(zhěn qí)：原指田间小路，引申为界限、分隔。

次日，众果招饮。抵暮，半醉而归，兴未阑[1]，挑灯独酌。忽有人搴帘入，视之，则判官也。朱起曰：“噫，吾殆将死矣！前夕冒渎[2]，今来加斧锧[3]耶？”判启浓髯微笑曰：“非也。昨蒙高义[4]相订，夜偶暇，敬践达人[5]之约。”朱大悦，牵衣促坐，自起涤器爇火[6]。判曰：“天道[7]温和，可以冷饮。”朱如命，置

第二天，大伙儿果然宴请朱尔旦喝酒。傍晚，他喝得半醉才回家，感觉尚未尽兴，便点亮灯，继续自斟自饮起来。忽然，有人揭起帘子走进来，一瞧，原来是判官。朱尔旦站起来道：“哎，看来我是要死了！昨晚多有冒犯亵渎，今天是要遭受刀砍斧剁吧？”判官张开长满浓须的大嘴微笑着说：“不是的，昨晚承蒙你盛情邀请，今夜偶尔有片刻闲暇，故恭敬前来赴你这位豁达豪放之人的约请。”朱尔旦听了大为高兴，就拉着判官的衣袖催促入座，亲自洗刷杯盘，烧火烫酒。判官说：“天气比较暖和，喝冷酒就行了。”朱尔旦就遵命

瓶案上，奔告家人治肴果。妻闻，大骇，戒勿出。朱不听，立俟[8]治具以出。易盏交酬[9]，始询姓氏。曰："我陆姓，无名字。"与谈典故，应答如响。问："知制艺[10]否？"曰："妍媸[11]亦颇辨之。阴司诵读，与阳世亦略同。"陆豪饮，一举十觥[12]。朱因竟日饮，遂不觉玉山倾颓[13]，伏几醺睡[14]。比醒，则残烛昏黄，鬼客已去。

不再烧火，他把酒瓶放在桌上，跑去吩咐家人准备菜肴果品。他妻子听了，吓得心惊胆战，告诫丈夫不要出去。朱尔旦不听，站着等妻子准备好后，就自己端了出去。他跟判官推杯换盏，喝得很起兴。这时，朱尔旦才询问判官姓名。判官说："我姓陆，没有名字。"和他交谈历史典故，应答如流。又问他是否懂得八股文，判官回答说："文章的好坏我也能分出来。阴曹地府读书，与阳间大致相同。"陆判官酒量很大，一口气喝了十大杯。朱尔旦陪他喝了一晚的酒，不知不觉就倒了下去，趴在桌子上酣睡起来。等他醒来，只见残灯昏黄，判官已经走了。

注释　**1** 兴未阑：尚未尽兴。　**2** 冒渎：冒犯亵渎。　**3** 加斧锧(zhì)：指遭受重刑处罚。锧，垫刀的砧板。　**4** 高义：深情，盛情。　**5** 达人：通情达理，不拘世俗之人。　**6** 涤器爇(ruò)火：清洗餐具，准备生火温酒。爇，点燃。　**7** 天道：此处指天气。　**8** 立俟：站着等待。　**9** 交酬：互相敬酒。　**10** 制艺：指八股文。　**11** 妍媸(yán chī)：美和丑。　**12** 一举十觥(gōng)：一连喝了十大杯。觥是中国古代盛酒器。流行于商晚期至西周早期。椭圆形或方形器身，圈足或四足。带盖，盖做成有角的兽头或长鼻上卷的象头状。　**13** 玉山倾颓：指喝醉酒身子倒下。　**14** 醺睡：喝醉酒睡去。

自是，三两日辄一来，情益洽，时抵足卧[1]。朱献窗稿[2]，陆辄红勒[3]之，都言不佳。一夜，朱醉先寝，陆犹自酌。忽醉梦中，觉脏腑微痛。醒而视之，则陆危坐床前，破腔出肠胃，条条整理。愕曰："夙无仇怨，何以见杀？"陆笑云："勿惧！我与君易慧心耳。"从容纳肠已，复合之，末以裹足布束朱腰。作用[4]毕，视榻上亦无血迹，腹间觉少麻木。见陆置肉块几上，问之。曰："此君心也。作文不快，知君之毛窍[5]塞耳。适在冥间，于千万心中，拣得佳者一枚，为君易之，留此以补缺数。"乃起，掩扉去。天明解视，则创缝已合，有缍而赤者存焉。

此后，陆判官每隔两三天就来一次，两人交情更加融洽，有时还脚挨着脚，同床而眠。朱尔旦拿出文稿让陆判官过目，陆判官就用红笔给他修改，说写得都不怎么好。一天晚上，朱尔旦喝醉酒先上床休息，陆判官仍在自斟自饮。朱尔旦在醉梦中，忽然感到肚子微痛。醒来睁眼一看，只见陆判官端坐床前，正在给自己开膛破肚，取出自己的肠胃，一条条清理。朱尔旦惊愕地问："我和你素无仇怨，为何要杀我？"陆判官笑着说："别害怕，我正在给你换一颗慧心。"说着，就从容地把肠子收纳好，又把肚子缝合好，最后用裹脚布缠在朱尔旦腰间。一切都弄完了，再看床上一点血迹都没有，只是感觉肚子稍稍有些麻木。朱尔旦见陆判官把一坨肉块放在桌上，便问是什么东西。陆判官说："这是你的心脏。我看你写文章才思不敏捷，就知道你的心窍被堵塞了。刚才在地府，我从成千上万颗心脏中，给你挑选了一颗好的换上，留下这个还得拿回去补缺数。"说完，陆判官就站起身，关上门走了。等天亮后，朱尔旦解开裹脚布查看，创口已经愈合，只有一条红线还留在那儿。

从此以后，朱尔旦文思大有进步，看书

自是文思大进，过眼不忘。数日，又出文示陆，陆曰：“可矣。但君福薄，不能大显贵，乡、科[6]而已。”问：“何时？”曰：“今岁必魁[7]。”未几，科试冠军，秋闱[8]果中经元[9]。同社中诸生素揶揄[10]之，及见闱墨[11]，相视而惊，细询始知其异。共求朱先容[12]，愿纳交[13]陆。陆诺之。众大设[14]以待之。更初，陆至，赤髯生动，目炯炯如电。众茫乎无色，齿欲相击，渐引去。

过目不忘。过几天再拿文稿给陆判官看，陆判官说：“你写得可以了。但是，你福德浅薄，不能大富大贵，也就能中个秀才、举人而已。”朱尔旦又问自己何时能登科，陆判官说：“今年必定能考第一名。”没过多久，朱尔旦考秀才就得了冠军，秋闱考举人果然高中经元。文社中的朋友平时经常嘲弄他，等看到他的卷子，个个目瞪口呆，无不惊讶，仔细询问后才知道其中的异样。于是大伙儿都请求朱尔旦先为介绍，愿跟陆判官交朋友。陆判官对此满口答应。文社一干人就举行隆重的欢迎仪式，准备了丰盛的酒菜，等候陆判官光临。到了晚上一更初，陆判官来了，他鲜红的胡子颤颤巍巍，双目炯炯放光犹如闪电，吓得这帮人面无颜色，唇齿发抖。没多久，书生们就逐渐退去了。

注释 1 抵足卧：脚对着脚躺着。 2 窗稿：平日习作的文稿。 3 红勒：用红笔修改。 4 作用：此处指动手术。 5 毛窍：本意为毛孔，此处指心窍。古人认为，心藏神，心窍通利则神志清爽，心窍为邪闭阻则神昏。 6 乡、科：乡试、科试，指考中秀才、举人。 7 魁(kuí)：第一名。 8 秋闱：乡试的代称。乡试考期在秋季八月，故又称秋闱。闱，考场。 9 经元：乡试考举人时，前五名称经元，也称经魁。 10 揶揄：挖苦，嘲笑。 11 闱墨：清代科举考试中，从中式的试卷中挑选优秀的文章加以刊印，供后来准备应考的人阅读研习。 12 先容：事先为人介绍。 **13** 纳交:结交。 **14** 大设:举行隆重的欢迎仪式,摆下丰盛的酒菜。

朱乃携陆归饮,既醺,朱曰:“湔肠伐胃[1],受赐已多。尚有一事相烦,不知可否?”陆便请命。朱曰:“心肠可易,面目想亦可更。山荆予结发人[2],下体颇亦不恶,但头面不甚佳丽。欲烦君刀斧,如何?”陆笑曰:“诺!容徐图之。”过数日,半夜来叩关[3]。朱急起延入,烛之,见襟[4]裹一物。诘之,曰:“君曩所嘱,向艰物色。适得一美人首,敬报君命。”

朱拨视,颈血犹湿。陆立促急入,勿惊禽犬。朱虑门户夜扃,陆至,以手推扉,扉自开。引至卧室,见夫人侧身眠。陆以头授

朱尔旦便带陆判官回自己家喝酒。等喝得醉醺醺了,朱尔旦说:“此前清理肠胃,已经蒙受您很多恩惠。如今还有一事相求,不知可不可以?”陆判官就请他吩咐。朱尔旦说:“心肠都能换,那人的面容想必也可以更换。我夫人是原配妻子,身材倒还不错,就是脸长得不怎么好看。想麻烦你再给她动一下手术,如何?”陆判官笑着说:“好吧!不过请给我些时间,容我慢慢准备。”过了几天,陆判官深夜来敲门,朱尔旦赶紧下床招呼他进来。点上灯一看,陆判官用衣襟包着个东西,问是何物,回答说:“受你此前的嘱托,我一直找不到合适的,恰巧刚才得到一颗美女的头颅,这才前来交差复命。”

朱尔旦拨开衣襟一瞧,脖子上的血还湿乎乎的。陆判官马上催促朱尔旦赶快领他到朱夫人房间去,不要惊动鸡犬。朱尔旦一想,夫人晚上肯定上了门闩,陆判官走上前用手轻轻一推,门就开了。朱尔旦带他进入卧室,看见夫人正侧躺着睡觉。陆判官就把人头交给朱尔旦抱着,自己一手从靴子里拿出把明晃晃的利刃,一手按住

朱抱之，自于靴中出白刃如匕首，按夫人项，着力如切腐状，迎刃而解，首落枕畔。急于生怀取美人头合项上，详审端正，而后按捺[5]。已而移枕塞肩际，命朱瘗[6]首静所，乃去。朱妻醒，觉颈间微麻，面颊甲错[7]，搓之，得血片。甚骇，呼婢汲盥[8]。婢见面血狼藉，惊绝，濯之，盆水尽赤。举首则面目全非，又骇极。夫人引镜自照，错愕不能自解，朱入告之。因反覆细视，则长眉掩鬓，笑靥承颧[9]，画中人也。解领验之，有红线一周，上下肉色，判然[10]而异。

朱夫人的脖子，就像刀切豆腐似的用力，朱夫人的脖子顺势裂开，滚落在枕边。他赶紧从朱尔旦怀中拿过美人的头，合在朱夫人的脖子上，仔细对准部位后，用力往下按压。都弄好了，陆判官就把枕头塞到朱夫人肩膀下，叫朱尔旦把换下来的头找个僻静的地方埋掉，然后就走了。朱夫人醒来后，觉得脖子间微微发麻，面庞干燥，像是沾了什么东西，就用手一搓，结果掉下来一撮血片。她很害怕，喊丫环打盆洗脸水来。丫环进来见夫人满脸都是血，面容一片模糊，差点晕过去，给她洗脸，整盆水都染成了红色。抬起头再瞧，夫人已经面目全非，完全变了个人，丫环又吓得不得了。朱夫人拿起镜子一照，惊愕万分，自己也弄不清到底发生了什么。这时，朱尔旦走进来，把经过告诉了她。朱夫人就对着镜子反复端详，只见长眉一直延伸到鬓角，微微一笑，嘴角就露出两个酒窝捧着颧骨，简直就像画里的美人一样。再解开衣领查验，果然有一圈红线，线痕上下的肤色截然不同。

注释　1 湔(jiān)肠伐胃：清洗肠胃。　2 结发人：指妻子。古代男女成婚时要共髻束发，故以此代指原配。　3 叩关：敲门。　4 襟(jīn)：上衣或袍子的胸前部分。　5 按捺(àn nà)：用手按压。　6 瘗(yì)：掩埋。　7 甲错：此处指长有鱼鳞状的血污痂块。　8 汲盥(guàn)：打水洗脸、手。 **9** 笑靥(yè)承颧(quán):微笑时,嘴角露出两个酒窝捧着颜面骨。 **10** 判然:形容差别特别分明。

先是,吴侍御[1]有女甚美,未嫁而丧二夫,故十九犹未醮[2]也。上元[3]游十王殿,时游人甚杂,内有无赖贼窥而艳之,遂阴访居里,乘夜梯入。穴寝门,杀一婢于床下,逼女与淫,女力拒声喊,贼怒,亦杀之。吴夫人微闻闹声,呼婢往视,见尸骇绝。举家尽起,停尸堂上,置首项侧,一门啼号,纷腾终夜。诘旦[4]启衾,则身在而失其首。遍挞侍女,谓所守不坚,致葬犬腹。

侍御告郡,郡严限捕贼,三月而罪人弗得。渐有以朱家换头之异闻吴公者。吴疑之,遣媪探诸其家。入

先前,吴御史有个女儿生得貌若天仙,曾先后订了两桩亲事,还没过门丈夫就死了,所以直到十九岁还没嫁人。元宵节那天,吴家小姐去十王殿进香,当时游客繁杂,其中有个采花贼盯上了她,心生艳羡,就暗地里摸清了她的住处,晚上爬梯子进入了她家的院子。采花贼挖洞钻入小姐闺房,在床边杀死一个丫环,又逼着要奸淫小姐。她拼死抵抗,大声呼号,采花贼恼怒之下就痛下杀手,砍掉了她的头。吴夫人隐约听到喧闹声,就叫丫环过去探视,丫环看到两具尸体惊恐万分。全家人都惊慌起来,把尸体停放在厅堂上,头颅安放在脖子旁边。一家人哭哭啼啼,折腾了一夜。第二天清晨,揭开尸布一看,身体还在,而头却不见了。御史把家里的丫环统统鞭打了一顿,怪罪她们不好好看守尸体,以致小姐的头颅被野狗叼去。

吴御史告到知府衙门,知府严令捕快限期捉拿盗贼,过了三个月,仍然没捉到凶手。渐渐有人把朱尔旦妻子换头的事禀报给吴御史,他就起了疑心,于是派家里的老

见夫人，骇走以告吴公。公视女尸故存，惊疑无以自决。猜朱以左道[5]杀女，往诘朱。朱曰："室人梦易其首，实不解其何故，谓仆杀之，则冤也。"吴不信，讼之。收家人鞫[6]之，一如朱言，郡守不能决。朱归，求计于陆。陆曰："不难，当使伊女自言之。"吴夜梦女曰："儿为苏溪杨大年所杀，无与朱孝廉[7]。彼不艳其妻，陆判官取儿头与之易之，是儿身死而头生也，愿勿相仇。"醒告夫人，所梦同。乃言于官。问之，果有杨大年。执而械[8]之，遂伏其罪。吴乃诣朱，请见夫人，由此为翁婿。乃以朱妻首合女尸而葬焉。

妈子去朱家打探。她进门见到朱夫人，吓得拔腿就跑，赶快把消息报告给吴公。吴公见女儿尸身犹存，对老妈子所说的既惊讶又怀疑，拿不定主意。他猜测可能是朱尔旦用邪术杀了自己女儿，就到朱家问难。朱尔旦跟他解释说："我妻子做梦换了头，实在不知道是怎么一回事，大人您说是我杀的小姐，那真是冤枉！"吴公不相信，就告到官府。知府把朱家老小审问个遍，都跟朱尔旦说的一模一样，知府也没办法，只得把人放了。朱尔旦回到家，就向陆判官求教，判官说："此事不难，我让吴家小姐自己去说。"当晚，吴公就梦到女儿托梦说："孩儿是被苏溪的杨大年所害，跟朱举人无关。他嫌妻子长得不好看，陆判官就拿我的头给朱夫人换上了，我现在也算是身死而头存，希望您不要跟他结仇。"吴公醒后把梦告诉夫人，夫人说自己也做了同样的梦。于是吴公就把梦中之事报给官府。一查，果然有杨大年这个人，便把他捉拿归案，最终认罪伏法。吴公就前去拜访朱尔旦，请与朱夫人相见，从此两人就结成翁婿。朱尔旦就把自己夫人的头颅和吴小姐的尸体合在一起安葬了。

注释 1 侍御:即御史,负责监察百官,批评时政。 2 醮(jiào):指女子出嫁。 3 上元:即元宵节。正月是农历的元月,古人称“夜”为“宵”,所以把一年中第一个月圆之夜正月十五称为元宵节。 4 诘旦:清晨。 5 左道:旁门左道的妖术。 6 鞫(jū):审问。 7 孝廉:汉代地方举荐孝义、清廉之人入朝为官,后以此指称举人。 8 械:戴上枷锁等刑具,名词作动词用。

朱三入礼闱[1],皆以场规[2]被放,于是灰心仕进。积三十年,一夕,陆告曰:“君寿不永矣。”问其期,对以五日。“能相救否?”曰:“惟天所命,人何能私?且自达人观之,生死一耳,何必生之为乐,死之为悲?”朱以为然,即治衣衾、棺椁[3]。既竟,盛服而没。翌日,夫人方扶柩哭,朱忽冉冉[4]自外至。夫人惧,朱曰:“我诚鬼,不异生时。虑尔寡母孤儿,殊恋恋耳。”夫人大恸,涕垂膺[5],朱依依[6]慰解之。夫人曰:“古有还魂之说,君既有灵,何不再

朱尔旦三次参加会试,每次都因违反考场规定而被逐,于是他就对科举当官心灰意冷。又过了三十年,一晚陆判官前来告诉他:“你寿命将尽了。”朱尔旦问期限,陆判官说只有五天。朱尔旦问:“还有救吗?”陆判官说:“这只能听天由命,岂是人能私自决定的?况且,在达观的人看来,生和死本是一回事,何必以为活着就快乐,死了就悲伤呢?”朱尔旦觉得很有道理,就准备制作寿衣、寿被和棺材。一切都准备妥当后,他就穿着华丽的衣服亡故了。第二天,夫人正扶着灵柩痛哭,朱尔旦忽然飘飘悠悠从外面进来。夫人吓了一跳,朱尔旦说:“我现在确实是鬼,但和活着的时候没什么不同。因担心你们孤儿寡母,就恋恋不舍回来看看。”夫人听后难过万分,眼泪沾湿了衣襟,朱尔旦就柔声和气地宽慰劝解。夫人说:“古时候有还魂的说法,你既然

生？”朱曰：“天数不可违也。”问：“在阴司作何务？”曰：“陆判荐我督案务[7]，授有官爵，亦无所苦。”夫人欲再语，朱曰：“陆判与我同来，可设酒馔。”趋而出。夫人依言营备。但闻室中笑语，亮气高声，宛若生前。半夜窥之，窅然[8]已逝。

能显灵，为何不再生呢？”朱尔旦回答道：“天命难以违背啊。”夫人又问：“你在阴曹做什么事呢？”朱尔旦回答说：“陆判官推荐我办理文案，冥府加封了我官爵，也没受什么苦。”夫人还想再说几句，朱尔旦说：“陆判官和我一道前来，你可以摆些酒菜。”说完就快步走了出去。夫人照他说的准备了一桌酒菜，只听二人声高气宏，屋内欢声笑语，宛如生前一样。半夜再来看，两人已无踪影。

注释　1 礼闱：指考进士时的会试。因由礼部主办，所以称礼闱。　2 场规：考场的规定。　3 棺椁(guǒ)：棺材和套棺。椁，古代套在内棺外面的大棺。　4 冉冉(rǎn)：渐渐地，慢慢地。　5 膺(yīng)：胸部。　6 依依：留恋不舍的样子。　7 督案务：监督管理公文事务。　8 窅(yǎo)然：悠远深邃的样子。

自是三数日辄一来，时而留宿缱绻[1]，家中事就便经纪[2]。子玮方五岁，来辄捉抱，至七八岁，则灯下教读。子亦惠，九岁能文，十五入邑庠[3]，竟不知无父也。从此，来渐疏，日月至焉而已。又

从此以后，朱尔旦每过几天就回来一次，有时还在家过夜，和妻子亲热一番，顺便料理一下家事。儿子朱玮时年五岁，朱尔旦每次回家都要把他搂在怀里抱一抱，等长到七八岁，就在灯下教他读书。朱玮很聪慧，九岁就会写文章，十五岁就考中了秀才，他竟然一直都没感觉到自己父亲已经亡故了。此后，朱尔旦回家的次数越来越少，几个月才回来一次。有一天晚

一夕来谓夫人曰:“今与卿永诀矣。”问何往,曰:“承帝命为太华卿[4],行将远赴,事烦途隔,故不能来。”母子持之哭,曰:“勿尔。儿已成立,家计尚可存活,岂有百岁不拆之鸾凤[5]耶?”顾子曰:“好为人,勿堕父业。十年后一相见耳。”径出门去,于是遂绝。

上,朱尔旦到家跟夫人说:“今天我要跟你永别了。”妻子问他要去哪里,他说:“我被天帝任命为华山的神官,马上就要远赴他乡。那里公务繁忙,路途遥远,所以不能再回家探望了。”母子俩抱着朱尔旦痛哭流涕,朱尔旦劝慰道:“不要这样子。儿子已经长大成人,家里生计还能维持下去,世上哪儿有百年不散的夫妻呢?”又看着儿子劝勉说:“你要好好做人,不要毁了你爹我留下的家业。十年后,我们还能再见一面。”说完就径直走出家门,从此再也没有回来。

注释 1 缱绻(qiǎn quǎn):情意缠绵,难舍难分。此处指与妻子相亲昵。 2 经纪:料理,处理。 3 邑庠(xiáng):县里官办的学校。 4 太华卿:西岳华山的神官。 5 鸾(luán)凤:鸾鸟和凤凰,都是古代传说中的神鸟。此处借指夫妻。

后玮二十五举进士,官行人[1]。奉命祭西岳,道经华阴[2],忽有舆从羽葆[3],驰冲卤簿[4]。讶之,审视车中人,其父也,下马哭伏道左。父停舆曰:“官声好,我目瞑矣。”玮伏不起,朱促

后来,朱玮二十五岁时考中了进士,担任行人一职。他奉皇帝之命去华山祭祀,途经华阴时,忽然有一队车马华盖朝着仪仗队冲过来。朱玮很惊讶,仔细一看对面车里的人,正是他父亲朱尔旦。朱玮就赶紧下马,哭着跪在道旁。他父亲停下车子,对他讲:“你的官声很好,我死也瞑目了。”朱玮趴在地上不肯起来,朱尔旦

舆行,火驰不顾。去数步,回望,解佩刀遣人持赠。遥语曰:“佩之当贵。”玮欲追从,见舆马人从,飘忽若风,瞬息不见。痛恨良久。抽刀视之,制极精工,镌字一行,曰:“胆欲大而心欲小,智欲圆而行欲方。”玮后官至司马[5],生五子,曰沉,曰潜,曰沕[6],曰浑,曰深。一夕,梦父曰:“佩刀宜赠浑也。”从之。浑仕为总宪[7],有政声。

就催促马车起行,头也不回地疾驰而去。刚跑出几步,他又回头看了看,朱玮还趴在原地,就解下佩刀,派人给儿子送过去。朱尔旦远远地对他喊话:“佩戴上这把刀,你日后必定显贵。”朱玮想追上去,但见车马随从像风一样,瞬间就消失不见了。他痛心悔恨了很久。他抽出刀一看,制作十分精良,刀身镌刻着一行字,上写着:“胆子要大而心要细,考虑要周全而品行要端正。”朱玮后来当到了同知,生了五个儿子,分别叫:朱沉、朱潜、朱沕、朱浑、朱深。一天晚上,朱玮梦到父亲对他说:“佩刀应该送给浑儿。”于是他就照做了。朱浑后来官至都察院左都御史,为官声名卓著。

注释 1 行人:负责出使四方的官员。 2 华阴:华阴市今由陕西省渭南市代管,因境内的西岳华山而闻名,位于关中平原东部,东起潼关,西邻华州区,南依秦岭,北临渭水。 3 舆从羽葆:泛指车马仪仗。 4 卤簿:官员出行的仪仗队。 5 司马:明清时期称“同知”为司马。同知为知府的副职。 6 沕(mì):隐没。 7 总宪:即左都御史的别称,正二品,负责监察、纠劾事务,兼管审理重大案件和考核官吏。

异史氏曰:“断鹤续凫[1],矫作[2]者妄。移花接木,创始者奇。而况

异史氏说:“砍断仙鹤的长腿,而接上鸭子的短腿,这种矫揉造作的人真可谓虚妄。把花朵剪下来嫁接到另一株树上,

加凿削于心肝，施刀锥于颈项者哉？陆公者，可谓媸皮裹妍骨[3]矣。明季[4]至今，为岁不远，陵阳陆公犹存乎？尚有灵焉否也？为之执鞭[5]，所欣慕[6]焉。”

发明这个方法的人也真是神奇。更何况以刀斧换取心肝，移接头颅的人呢？陆判官，可以说是丑陋的外表下藏着美好的风骨啊。从明末到现在，年代还不算远，陵阳陆公这样的人还存在吗？他还会再显灵吗？如果有的话，就算为他赶马车，我也心甘情愿啊。”

注释　1 断鹤续凫(fú)：砍断仙鹤的长腿，而接上鸭子的短腿。比喻任意妄为。　2 矫作：做作。　3 媸皮裹妍骨：丑陋的外表下藏着美好的风骨。　4 明季：明朝末年。季，最末。　5 为之执鞭：拿马鞭为他赶车。表示对某人极为钦佩。　6 欣(xīn)慕：高兴而仰慕。

婴　宁

原文

王子服，莒[1]之罗店人，早孤，绝惠[2]，十四入泮[3]。母最爱之，寻常不令游郊野。聘萧氏，未嫁而夭，故求凰未就[4]也。会上元，有舅氏子吴生，邀同眺瞩[5]。方至村外，舅家有

译文

王子服是莒县罗店人，自幼丧父，他聪明绝顶，十四岁就中了秀才。母亲对他特别疼爱，平常都不让他去野外郊游。家里曾给王子服聘了萧家的小姐，可是还没过门就夭折了，所以一直未娶。元宵节那天，舅舅家的儿子吴生来邀请他一同出去游玩。刚走到村外，舅舅家的仆人追了过来，把吴生叫了回去。王生见郊外游玩

仆来，招吴去。生见游女如云，乘兴独遨。有女郎携婢，拈[6]梅花一枝，容华绝代，笑容可掬。生注目不移，竟忘顾忌。女过去数武[7]，顾婢子笑曰："个儿郎目灼灼似贼！"遗花地上，笑语自去。生拾花怅然，神魂丧失，怏怏遂返。至家，藏花枕底，垂头而睡，不语亦不食。母忧之，醮禳[8]益剧，肌革锐减[9]。医师诊视，投剂发表[10]，忽忽若迷。母抚问所由，默然不答。

的女子众多，就乘着兴致独自闲逛。忽然看到一个姑娘带着丫环，手里搓转着一枝梅花，她风姿绝代，笑靥如花。王生目不转睛地盯着姑娘，竟然一点也不顾忌。女子朝他走近几步，回头笑着对丫环说："你看，对面那个小子眼光直直的，像贼一样。"随手把梅花扔在地上，就和丫环说笑着离开了。王生回过神，赶紧把花捡起来，怅然若失，痴痴地像丢了魂似的，怏怏不乐返回了家。到家里，他把梅花藏在枕头底下，倒头便睡，醒来后沉默不语，不吃不喝。母亲见他这样很忧虑，虽然请了道士作法消灾，但王生的病越来越重，消瘦得很厉害。又延请医生诊治，开方抓药，祛除疾病，但王子服吃了几服仍然迷迷糊糊，不见起色。母亲就问他是怎么回事，王生还是沉默不语。

注释　1 莒(jǔ)：在今山东省日照市莒县一带。　2 绝惠：聪明绝顶，极为聪慧。　3 入泮(pàn)：入县学成为生员。泮，学校前的池塘，此处代指学校。　4 求凰未就：指独身一人。凤凰，古代传说中的百鸟之王。雄的叫凤，雌的叫凰。汉代司马相如为追求卓文君，曾创作琴曲《凤求凰》，其中有"凤兮凤兮归故乡，遨游四海求其凰"句。　5 眺瞩(tiào zhǔ)：登高望远，此处指郊游。　6 拈(niǎn)：用手搓转。　7 数武：几步。武，指脚步。　8 醮禳：祈祷消灾。　9 肌革锐减：消瘦得很厉害。　10 发表：中医指用药把疾病从身体内散发出去。

适吴生来，嘱秘诘之。吴至榻前，生见之泪下，吴就榻慰解，渐致研诘[1]，生具吐其实，且求谋画。吴笑曰："君意亦痴！此愿有何难遂？当代访之。徒步于野，必非世家，如其未字[2]，事固谐矣。不然，拚[3]以重赂，计必允遂。但得痊瘳[4]，成事在我。"生闻之，不觉解颐[5]。吴出告母，物色女子居里，而探访既穷，并无踪迹。母大忧，无所为计。然自吴去后，颜顿开，食亦略进。数日，吴复来，生问所谋。吴绐[6]之曰："已得之矣。我以为谁何人，乃我姑之女，即君姨妹，今尚待聘。虽内戚有婚姻之嫌[7]，实告之，无不谐者。"生喜溢眉宇，问："居何里？"吴诡曰[8]："西南山中，去

一天，恰好吴生前来拜访，王母就嘱咐他，暗地里问问儿子到底发生了什么事。吴生走近床前，王子服一见他就掉眼泪。吴生赶忙靠在床边好生宽慰，渐渐仔细询问，王生全部吐露实情，还请求吴生给出个主意。吴生笑道："你真是个痴人！这个心愿有什么难实现的？我定当替你找到她。既然她是步行到郊外，肯定不是大户人家的小姐，如果她还没定亲，事情就好办了。要不然，咱们就多给些钱，想必也定能如愿。你只要保养好身体，这事就交给我来办吧。"王生听了，不知不觉脸上露出了笑容。吴生出来把情况告诉了王母，而后就四处打探那个姑娘的住处，然而费尽周折，也没找到任何踪迹。王母虽然很担心，可一点办法也没有。不过自吴生走后，王子服就愁眉顿开，可以稍微吃些东西了。过了几天，吴生又来了，王生就问他事情进展如何。吴生骗他说："人已经找到了，我还以为是谁呢，原来是我姑姑的女儿，也就是你的姨表妹，现在还待聘闺中。虽然亲戚之间通婚有忌讳，但只要实话实说，凭你一片真心，没有不成的。"王生喜上眉梢，就问："她家住哪儿？"吴生就瞎编道："住在西南边的山里，离这儿大

此可三十余里。”生又嘱再四，吴锐身[9]自任而去。

约有三十里。”王生又反复叮嘱，吴生则自告奋勇地应承下来，然后就走了。

注释 1 研诘：仔细询问。 2 未字：指女子尚未许配。 3 拚(pàn)：不顾惜。 4 痊瘳(chōu)：病情痊愈。 5 解颐：脸上露出笑容。 6 绐(dài)：欺骗。 7 内戚有婚姻之嫌：指姨表亲结婚有近亲的禁忌。 8 诡曰：谎称，说谎。 9 锐身：挺身，敢于承担风险。

生由是饮食渐加，日就平复[1]。探视枕底，花虽枯，未便雕落，凝思把玩，如见其人。怪吴不至，折柬[2]招之，吴支托[3]不肯赴招。生恚怒[4]，悒悒不欢。母虑其复病，急为议姻，略与商榷[5]，辄摇首不愿，惟日盼吴。吴迄无耗[6]，益怨恨之。转思三十里非遥，何必仰息[7]他人？怀梅袖中，负气自往，而家人不知也。

王生从此饮食逐渐增加，身体也一天天好起来。他掀起枕头一瞧，花朵虽然已经枯萎，但还未凋落。他拿着梅花凝神把玩，就好像见到了那个姑娘。过了段时间，吴生仍没有音讯，王生怪他一直不来，就写信催他过来一趟，可吴生支吾推托，就是不肯见面。王生怨恨恼怒，心情又郁闷起来。母亲担心他旧病复发，想赶紧为他张罗婚事，刚一跟他商量，他就摇头拒绝，每天就盼着吴生能过来。吴生始终没有消息，王生就更加怨恨了。他转念一想，三十里并不算很远，何必非要仰仗别人呢？他就把梅花放进袖子里，赌气自行前往，家里人也不知道他去哪儿了。

注释 1 平复：此处指病情好转。 2 折柬：写信。 3 支托：支吾推托。 4 恚(huì)怒：怨恨恼怒。 5 商榷(què)：商讨。 6 无耗：没有消息。 7 仰息：仰人鼻息，指依赖他人。

伶仃[1]独步，无可问程，但望南山行去。约三十余里，乱山合沓[2]，空翠爽肌。寂无人行，止有鸟道[3]。遥望谷底，丛花乱树中，隐隐有小里落[4]。下山入村，见舍宇无多，皆茅屋，而意甚修雅[5]。北向一家，门前皆丝柳，墙内桃杏尤繁，间以修竹，野鸟格磔[6]其中。意其园亭，不敢遽入。回顾对户，有巨石滑洁，因坐少憩[7]。

俄闻墙内有女子长呼“小荣”，其声娇细。方伫听间，一女郎由东而西，执杏花一朵，俯首自簪。举头见生，遂不复簪，含笑撚花而入。审视之，即上元途中所遇也。心骤喜，但念无以阶进，欲呼姨氏，顾从无还往，惧有讹误。门内无人可问，坐卧徘徊，

王生只身前往，路上冷冷清清，连个问路的人都没有，他就望着南山走去。大约走了三十里，只见山间层峦叠嶂，满目翠绿，爽彻肌肤。山里幽寂无声，渺无人迹，只有一条小道。远远向谷底望去，在丛花乱树中，隐隐约约有个小村庄。王生下山走进村子，见村子里房屋不多，都是茅草房，不过氛围很雅致。村北有一家，门前种着垂柳，院子里桃树、杏树枝繁叶茂，其间点缀着片片竹林，野鸟欢鸣其中，一派生机盎然。王生猜测这应是别人家的花园，就不敢贸然闯入。回头看对面那户人家，门前有一块光滑的大石头，他就坐在上面稍事休息。

过了一会儿，他忽然听到园子里有女人在呼喊“小荣”，声音娇弱纤细。王生站着正听得出神，一个姑娘从东向西走来，手里拿着一朵杏花，低头正往头发上插。她抬起头看到王生，就不再插花，而是默默含笑，拈花回去了。王生仔细打量，此人正是元宵节游玩途中见到的那个女子。他心头猛喜，但又想不出该怎么套近乎，想开口叫姨妈，可是又想起从没跟姨妈家打过交道，害怕搞错了。门里无人可询问，他就坐立不安，走来走去，从早一直

自朝至于日昃[8]，盈盈望断[9]，并忘饥渴。

等到太阳偏西，朝院里眼巴巴看着，真是望眼欲穿，焦急得连饥渴都忘记了。

注释 1 伶仃(líng dīng)：孤独一人。 2 合沓：重重叠叠。 3 鸟道：指山路险峻，只有鸟才能飞过。 4 里落：村里聚落。 5 修雅：此处指环境优雅。 6 格磔(zhé)：鸟鸣叫的声音。 7 憩(qì)：休息。 8 日昃(zè)：太阳偏西。 9 盈盈望断：干巴巴看着，望眼欲穿。

时见女子露半面来窥，似讶其不去者。忽一老媪扶杖出，顾生曰："何处郎君，闻自辰刻[1]便来，以至于今。意将何为？得勿饥耶？"生急起揖之，答云："将以盼亲[2]。"媪聋聩[3]不闻，又大言之。乃问："贵戚何姓？"生不能答。媪笑曰："奇哉！姓名尚自不知，何亲可探？我视郎君，亦书痴耳。不如从我来，啖以粗粝[4]，家有短榻可卧。待明朝归，询知姓氏，再来探访，不晚也。"生方腹馁[5]思啖，又从此渐近丽

这时，那个女子半露着脸从门缝窥探，见王生还未离去，似乎很惊讶。忽然，一个老太太拄着拐杖出来，看着王生问："小伙子，你是哪儿来的啊？听说你早上七八点就来了，一直等到现在。你打算做什么呀？难道肚子不饿吗？"王生急忙站起来作揖，回答说："我是来探亲的。"老太太耳聋听不见，王生又大声说了一遍。老太太就问："你亲戚贵姓？"王生答不上来。老太太就笑着说："真奇怪，连姓名都不知道，你这探的什么亲？我看你这小伙子也是个书呆子。不如跟我进来，吃点粗茶淡饭，家里还多出张短床，可以休息一晚。等明早再回去，打听清楚亲戚姓氏，再来探访也不迟。"王生饿着肚子，正想吃些东西，这下又可以接近美女，心中大喜。他跟着老太太走进

人，大喜。从媪入，见门内白石砌路，夹道红花，片片坠阶上。曲折而西，又启一关，豆棚花架满庭中。肃客[6]入舍，粉壁光明如镜。窗外海棠枝朵，探入室中，裀藉[7]几榻，罔不洁泽。甫坐，即有人自窗外隐约相窥。媪唤："小荣，可速作黍。"外有婢子噭[8]声而应。

坐次，具展宗阀[9]。媪曰："郎君外祖，莫姓吴否？"曰："然。"媪惊曰："是吾甥也！尊堂，我妹子。年来以家窭贫[10]，又无三尺之男，遂至音问梗塞[11]。甥长成如许，尚不相识。"生曰："此来即为姨也，匆遽遂忘姓氏。"媪曰："老身秦姓，并无诞育，弱息[12]亦为庶产[13]。渠母改醮，遗我鞠养[14]。颇亦不钝，但少教训，嬉不知愁。少顷，使来拜识。"

去，只见院子里用白石铺路，道路两旁满是鲜红的花朵，片片花瓣洒落在台阶上。沿着小路曲折向西，又走过一道门，庭院中满是豆棚花架。主人把王生请进屋，只见室内墙壁刷得粉白，光亮得好似一面镜子。窗户外，海棠树的枝条伸进房内，房间里的桌椅板凳以及床上的铺盖无不光鲜整洁。王生刚坐下，就有人隐约从窗外向屋内窥视。老太太吆喝道："小荣，快去做饭。"门外便有丫环高声应答。

坐了一会儿，两人谈到家世。老太太问："小伙子，你的外祖父家是不是姓吴？"王生说："是啊。"老太太大吃一惊："你是我外甥啊！你娘就是我妹妹。这些年，因为家里贫穷，又没个男孩儿，所以就跟你家没什么联系了。外甥你都长这么大了，我还不认识呢。"王生说："我这次来就是拜访老姨您的，匆忙之下就忘记姓什么了。"老太太说："老身姓秦，并没有孩子，现在有个小女儿也是庶出的。她母亲改嫁了，就送给我抚养。人也不笨，就是缺少管教，整天嘻嘻哈哈不知道忧愁。待会儿，让她来拜见你。"

注释 1 辰刻:早上七至九点。 2 盼亲:探亲。 3 聋聩(kuì):耳聋。 4 粗粝:糙米饭。 5 腹馁(něi):肚子饿。 6 肃客:请客人进门。 7 裀(yīn)藉:坐垫,床垫。裀,通"茵"。 8 嗷(jiào):号呼。 9 宗阀:家世门第。 10 窭(jù)贫:贫穷。 11 梗塞:阻塞。 12 弱息:幼小的孩子。 13 庶产:指孩子是小妾所生。古代宗法制度中,正妻为"嫡",侧室为"庶"。 14 鞠(jū)养:抚养,养育。

未几,婢子具饭,雏尾盈握[1]。媪劝餐已,婢来敛具[2]。媪曰:"唤宁姑来。"婢应去。良久,闻户外隐有笑声。媪又唤曰:"婴宁,汝姨兄在此。"户外嗤嗤笑不已。婢推之以入,犹掩其口,笑不可遏。媪瞋目[3]曰:"有客在,咤咤叱叱,是何景象?"女忍笑而立,生揖之。媪曰:"此王郎,汝姨子。一家尚不相识,可笑人也。"生问:"妹子年几何矣?"媪未能解,生又言之。女复笑,不可仰视。媪谓生曰:"我言少教诲,此可见矣。年已十六,呆痴裁如婴儿。"

没多久,丫环把饭菜端了上来,有肥嫩的小鸡。老太太劝王生多吃点。吃过饭,丫环过来收拾碗筷,老太太说:"把宁姑叫来。"丫环应声而去。过了很久,听见门外隐约有笑声。老太太又喊道:"婴宁,你姨表哥在这儿呢。"门外仍是"嗤嗤"笑个不停,丫环推着她进了屋,婴宁还是捂着嘴笑个不停。老太太瞪了她一眼,说:"有客人在,还咋咋呼呼,像什么样子?"女子忍住笑声,站在一旁,王生起身作揖。老太太说:"这是王公子,你姨妈的儿子。一家人还不认识,真是让人笑话。"王生就问道:"这位妹妹今年多大了?"老太太没听清,他又说了一遍。女子又哈哈大笑起来,笑得头都抬不起来。老太太就跟他说:"我就说她缺少管教吧,你可都看到了。人都十六了,呆呆傻傻的还像个婴儿。"

生曰:“小于甥一岁。”曰:“阿甥已十七矣,得非庚午属马者耶?”生首应之。又问:“甥妇阿谁?”答曰:“无之。”曰:“如甥才貌,何十七岁犹未聘?婴宁亦无姑家[4],极相匹敌[5]。惜有内亲之嫌。”生无语,目注婴宁,不遑他瞬。

婢向女小语云:“目灼灼,贼腔未改!”女又大笑,顾婢曰:“视碧桃开未?”遽起,以袖掩口,细碎连步而出。至门外,笑声始纵。媪亦起,唤婢襆被,为生安置。曰:“阿甥来不易,宜留三五日,迟迟送汝归。如嫌幽闷,舍后有小园,可供消遣,有书可读。”

王生说:“那比我小一岁。”老太太问道:“外甥你都十七了呀,莫不是庚午年生,属马的?”王生点头称是。老太太又问:“外甥你媳妇是谁啊?”回答说:“尚未成亲。”老太太就说:“外甥一表人才,为什么十七了还没订亲呢?婴宁也还没婆家,我看你俩挺合适。可惜姨表亲有忌讳。”王生听了就默不作声,紧盯着婴宁,根本没工夫看别的。

丫环就小声对婴宁说:“这人见了小姐眼睛就发光,贼样一点没改!”女子听了又大笑,就对丫环说:“咱们去看看碧桃开花了没。”她站起来,用袖子遮着嘴,迈着小碎步走了出去。到门外,才又放声大笑。老太太也站起身,叫丫环收拾床铺,好让王生歇息。她说:“外甥你来一次不容易,最好能留下住个三五天,等迟几日再送你回去。你要是嫌闷得慌,屋后有个小花园可供消遣,家里也有书读。”

注释 1 雏尾盈握:小鸡的尾巴满满的一把。形容鸡长得肥。 2 敛具:收拾餐具。 3 瞋目:瞪大眼睛表示愤怒。 4 姑家:婆家。 5 匹敌:匹配,般配。

次日，至舍后，果有园半亩，细草铺毡，杨花糁径[1]。有草舍三楹，花木四合其所。穿花小步，闻树头苏苏有声，仰视，则婴宁在上，见生来，狂笑欲堕。生曰："勿尔，堕矣！"女且下且笑，不能自止。方将及地，失手而堕，笑乃止。生扶之，阴挼[2]其腕。女笑又作，倚树不能行，良久乃罢。

生俟其笑歇，乃出袖中花示之。女接之，曰："枯矣，何留之？"曰："此上元妹子所遗，故存之。"问："存之何益？"曰："以示相爱不忘。自上元相遇，凝思成病，自分化为异物，不图得见颜色，幸垂怜悯。"女曰："此大细事[3]，至戚何所靳惜[4]？待郎行时，园中花，当唤老奴来，折一巨捆负送之。"生曰："妹

第二天，王生到屋后散步，果然有半亩花园，细茸茸的青草犹如铺了层地毯，柳絮一团团散落在小路上。园子里有三间草房，四周花团锦簇，草木环绕。他穿过花丛小步走着，听见树梢"簌簌"有声，抬头看，原来是婴宁在树上。她见王生走过来，一阵狂笑，差点从树上掉下来。王生赶忙说："别笑了，小心掉下来。"婴宁一边笑一边往下爬，根本就停不下来。快要着地时，失手摔下来，笑声这才停止。王生急忙上前搀扶，偷偷地捏了把她的手腕，婴宁又笑起来，靠着树走不动路，过了好大一晌才停下。

王生等婴宁笑够了，就从袖子里掏出梅花给她看。婴宁接过来瞧了瞧，说："花都枯了，还留着干吗？"王生说："这是元宵节妹妹丢的，所以就一直留着。"婴宁问："留着又有什么用呢？"回答说："以此表示我对你爱慕不忘啊。自从上次元宵节相会，我想你想出了病，原以为活不成了，没想到能再次见到你，希望可怜可怜我。"婴宁就说："这不算什么大事，自家亲戚有什么舍不得？等你走时，这园子里的花，我叫老仆人采一大捆送给你就是了。"王生说："妹妹你是在说

子痴耶？”女曰：“何便是痴？”生曰：“我非爱花，爱撚花之人耳。”女曰：“葭莩[5]之情，爱何待言？”生曰：“我所谓爱，非瓜葛之爱[6]，乃夫妻之爱。”女曰：“有以异乎？”曰：“夜共枕席耳。”女俯首思良久，曰：“我不惯与生人睡。”语未已，婢潜至，生惶恐遁去。

痴话吗？”婴宁说：“哪里在说痴话呢？”王生就挑明了讲：“我不是喜欢花，我是喜欢拿花的人。”婴宁不解地问：“咱们是远亲，你对我有爱还用说吗？”王生解释道：“我所说的爱，不是亲情之爱，而是夫妻之爱。”婴宁问：“有什么区别吗？”王生回答说：“夫妻之爱，晚上是要睡在一起的。”婴宁低下头想了好大一会儿，才说：“我不习惯跟陌生人睡。”话还没说完，丫环悄悄走上跟前，王生慌忙走开了。

注释 1 杨花糁(sǎn)径：柳絮一团团散落在小路上。 2 捘(zùn)：捏。 3 大细事：极小的事。 4 靳(jìn)惜：吝惜。 5 葭莩(jiā fú)：芦苇秆里的薄膜，比喻亲戚关系疏远淡薄。此处指亲情。 6 瓜葛之爱：瓜葛，瓜与葛都是蔓生植物，比喻辗转相连的亲戚关系或社会关系。此处指亲情。

少时，会母所，母问何往，女答以园中共话。媪曰：“饭熟已久，有何长言，周遮[1]乃尔。”女曰：“大哥欲我共寝。”言未已，生大窘，急目瞪之。女微笑而止。幸媪不闻，犹絮絮究诘[2]。生

没多久，王生和婴宁在老太太的屋里又见了面。老太太问她去哪儿了，她就说刚才跟王生在园子里聊天。老太太说：“饭早都做好了，有什么话没完没了说这么久。”婴宁就说：“大哥他想和我一起睡觉。”话还没说完，王生尴尬极了，急忙用眼睛瞪她。婴宁就笑着不言语了。幸亏老太太耳朵不好使没听见，还絮絮叨叨地

急以他词掩之，因小语责女。女曰："适此语不应说耶？"生曰："此背人语。"女曰："背他人，岂得背老母？且寝处亦常事，何讳[3]之？"生恨其痴，无术可悟之。

问个不停。王生急忙用别的话遮掩过去，于是他就小声责怪婴宁，婴宁反问道："刚才这些话不应该说吗？"王生说："这是背人的话。"婴宁就说："背别人，岂能背老母？况且睡觉也是经常的事，有什么可避讳的？"王生心里抱怨她痴呆，实在没办法让她明白过来。

食方竟，家人捉双卫[4]来寻生。先是，母待生久不归，始疑。村中搜觅已遍，竟无踪兆，因往寻吴。吴忆曩[5]言，因教于西南山村行觅。凡历数村，始至于此。生出门，适相值，便入告媪，且请偕女同归。媪喜曰："我有志，匪伊朝夕[6]。但残躯不能远涉。得甥携妹子去，识认阿姨，大好！"呼婴宁，宁笑至。媪曰："有何喜，笑辄不辍？若不笑，当为全人。"因怒之以目。乃曰："大哥欲同汝去，可便装束。"又饷家人酒

刚吃完饭，王生家里有人牵着两头毛驴来找他。原来，王生母亲等了很久，也不见儿子回来，便起了疑心。在村子里找了个遍，也不见踪影，于是就去找吴生打听。吴生回想起之前说的话，就让王家到西南边的山村去找找。总共走了好几个村子，才找到这里。王生刚出门，正好碰上来人，他就返回禀告老太太自己要走了，并恳请能把婴宁接回家去。老太太高兴地说："我早就想到你家走走，不是一天两天了，只是年老体衰走不了几步路。外甥你能带着妹妹一起回去，让她和姨妈见见面，真是太好了！"于是就喊婴宁，婴宁笑着走了过来。老太太责怪道："有什么可喜的，笑个没完？要是没这个爱笑的毛病，你这丫头就十全十美了。"于是就生气地瞪了她两眼。又说："大哥想带你一起回去，你也收拾收拾吧。"老太太又好酒好菜

食，始送之出，曰："姨家田产丰裕，能养冗人[7]。到彼且勿归，小学诗礼，亦好事翁姑。即烦阿姨择一良匹与汝。"二人遂发。至山坳回顾，犹依稀见媪倚门北望也。

招待了王家人，然后才送他们出去。并叮嘱婴宁说："你姨妈家田产富裕，能养闲人。你这次过去了，先别急着回来，也稍微学点诗书礼法，以后也好侍奉公婆。顺便麻烦你姨妈给你找个好丈夫。"听完，王生和婴宁就出发了。走到山坳回头再看，仍依稀看到老太太靠着门向北边张望。

注释 1 周遮：说话啰啰唆唆。 2 究诘：追问结果或原委。 3 讳(huì)：因有所顾忌而不敢说或不愿说。 4 双卫：两头毛驴。 5 曩(nǎng)：从前。 6 匪伊朝夕：不止一天。 7 冗人：闲人。

抵家，母睹姝丽，惊问为谁。生以姨女对。母曰："前吴郎与儿言者，诈也。我未有姊，何以得甥？"问女，女曰："我非母出。父为秦氏，没时，儿在褓[1]中，不能记忆。"母曰："我一姊适秦氏，良确。然殂谢[2]已久，那得复存？"因审诘面庞、志赘[3]，一一符合。又疑曰："是矣。然亡已多年，何得复存？"

王生一行回到家，母亲看见婴宁美丽动人，惊问是谁。王生回答说是姨家的姑娘。王母说："之前吴郎给你说的，都是骗你的。我从没有姐姐，哪儿来的外甥女呢？"又询问婴宁，她回答说："我不是现在这个娘生的。我父亲姓秦，他离世时，我还在襁褓中，什么都不记得。"王母说："我确实有个姐姐嫁给了秦家。但她已经死了好多年，哪还能活着呢？"于是就详细询问婴宁母亲的长相、痣疣，都和实际情况一一对得上。又疑惑地说："你讲的都不错。可是人都死这么多年了，怎么还可能活着呢？"

疑虑间，吴生至，女避入室。吴询得故，惘然久之，忽曰："此女名婴宁耶？"生然之，吴亟称怪事。问所自知，吴曰："秦家姑去世后，姑丈鳏居[4]，祟于狐，病瘠死。狐生女名婴宁，绷卧床上[5]，家人皆见之。姑丈殁，狐犹时来。后求天师符黏壁上，狐遂携女去。将勿此耶？"彼此疑参[6]，但闻室中嗤嗤，皆婴宁笑声。母曰："此女亦太憨生。"吴生请面之，母入室，女犹浓笑不顾。母促令出，始极力忍笑，又面壁移时，方出。才一展拜，翻然遽入，放声大笑。满室妇女，为之粲然[7]。

正在疑惑时，吴生赶到了，婴宁就避到里屋去。吴生询问了事情的经过，久久陷入疑惑，忽然问："这个女子是叫婴宁吗？"王生回答说是，吴生就大为称奇。问他知道些什么，吴生就说："秦家姑姑死后，姑父一人独居，曾被狐狸精迷惑，后来就病死了。狐精生了个女儿名叫婴宁，用被子包着放在床上，一家人都看见了。姑父死后，狐精还时常过来。后来请了一张天师符贴在墙上，狐精就带着女儿走了。那个婴儿莫非就是她吗？"众人正疑惑猜测时，只听见婴宁在里屋"嗤嗤"笑个不停。王母就说："这姑娘也太憨了。"吴生想见见她，王母就走到里屋，婴宁仍大笑不止，并不理她。王母催她快点出去，这才极力忍住笑，又对着墙壁平复了好一会儿才走出来。对吴生刚施礼拜过，就又转身跑了回去，放声大笑起来。惹得满屋子妇女哄堂大笑。

注释　1 襁：即襁褓，指未满周岁的婴儿。　2 殂(cú)谢：死亡。　3 志赘：痣和疣。志，通"痣"。　4 鳏(guān)居：失去配偶，独自居住。　5 绷卧床上：用被子包着放在床上。　6 疑参：疑惑猜测。　7 粲然：笑容灿烂的样子。

吴请往觇其异，就便执柯[1]。寻至村所，庐舍全无，山花零落而已。吴忆姑葬处，仿佛不远，然坟垅湮没[2]，莫可辨识，诧叹而返。母疑其为鬼，入告吴言，女略无骇意。又吊[3]其无家，亦殊无悲意，孜孜[4]憨笑而已，众莫之测。母令与少女同寝止，昧爽[5]即来省问，操女红[6]精巧绝伦。但善笑，禁之亦不可止。然笑处嫣然[7]，狂而不损其媚，人皆乐之。邻女少妇，争承迎之。

吴生自请去婴宁家查看是否有异常，顺便替王生做媒。他找到那个村子后，发现一间房屋都没有，只有一些凋零的野花散落在地。吴生想起王生姑姑的坟墓好像离这儿不远，只是坟头荒芜，已经无法辨识，他就诧异感叹地回去了。王母听后，怀疑王生之前遇到的是鬼，就进屋把吴生的话告诉婴宁，婴宁一点也不害怕。又可怜她无家无靠，她也毫不悲伤难过，只是不停地憨笑而已，众人都捉摸不透。王母就令婴宁和自己小女儿住在一起，天刚亮她就起来给王母请安，针线活做得精巧之极。就是喜欢笑，怎么禁止都没用。然而，她笑起来很好看，即便大笑也不减妩媚，人人都很喜欢她。邻里的妇女、姑娘，纷纷争着迎请她到家做客。

注释　1 执柯：做媒。　2 坟垅湮没：此处指坟被荒草埋没。　3 吊：可怜，怜悯。　4 孜孜：一刻也不停的样子。　5 昧爽：拂晓，黎明。　6 女红(gōng)：亦作“女工”，指妇女所做的纺织、刺绣、缝纫等。　7 嫣然：美好的样子。

母择吉为之合卺[1]，而终恐为鬼物，窃于日中窥之，形影殊无少异。至日，使华妆行

王母挑了个好日子让二人拜堂成亲，但总是担心婴宁是鬼，就在太阳底下偷看她的身影，与人没什么不同。到了结婚那天，给婴宁穿戴打扮华丽行新娘礼，她笑得

新妇礼，女笑极不能俯仰，遂罢。生以其憨痴，恐泄漏房中隐事，而女殊密秘，不肯道一语。每值母忧怒，女至，一笑即解。奴婢小过，恐遭鞭楚，辄求诣母共话，罪婢投见[2]，恒得免。而爱花成癖，物色遍戚党。窃典金钗，购佳种，数月，阶砌藩溷[3]无非花者。

庭后有木香一架，故邻西家，女每攀登其上，摘供簪玩[4]。母时遇见，辄诃之，女卒不改。一日，西人子见之，凝注倾倒。女不避而笑。西人子谓女意属己，心益荡。女指墙底笑而下，西人子谓示约处，大悦。及昏而往，女果在焉。就而淫之，则阴如锥刺，痛彻于心，大号而踣[5]。细视非

实在厉害，无法行礼，只得作罢。王生担心她这么呆呆傻傻的，万一把房中之事泄露出去如何是好。然而婴宁对此却严守秘密，不肯对外讲一句。每当王母忧愁恼怒时，婴宁过去，一笑便能化解。奴婢们犯了小错，害怕遭受鞭打，就央求婴宁先到王母那儿聊聊天，然后他们才过去拜见，过错往往能得到赦免。婴宁爱花成癖，只要亲戚朋友家有好花的，她都找遍了。她又私下把金钗典当了，拿钱购买优良花种，几个月后，院子里连台阶和茅房都栽满了花。

后院有一架木香，靠近西边邻居家。婴宁常常爬到架子上，摘些花戴头上，或插在瓶里玩赏。母亲每次看到她爬上爬下，都要呵斥，可她始终不改。一天，邻家少爷看到她采花，被她的美貌深深吸引，就一直盯着看。婴宁一点也不回避，还嬉笑不停。他就以为婴宁对自己有意思，更加心魂动荡。婴宁指了指墙根，笑着爬下去了。邻家少爷就以为是在暗示他幽会的地方，开心得不得了。等到黄昏，他就翻墙过去，果然发现有个女子站在那儿。他急忙扑上前欲奸淫，猛然感觉下身像被锥子刺了一下，疼得心如刀绞，惨叫着摔在地上。仔细一看并不是什么女子，而是靠在墙边的一

女，则一枯木卧墙边，所接乃水淋窍[6]也。

根枯木，下身插入的，是一个被水淋泡的树洞。

注释 1 合卺(jǐn)：指结婚。 2 投见：拜见。 3 藩溷(hùn)：篱笆和厕所。 4 簪玩：戴在发髻上，或插于瓶中赏玩。 5 踣(bó)：跌倒。 6 水淋窍：被雨水淋泡的树洞。

邻父闻声，急奔研问，呻而不言。妻来，始以实告。爇火烛窍，见中有巨蝎，如小蟹然，翁碎木，捉杀之。负子至家，半夜寻卒。邻人讼生，讦发[1]婴宁妖异。邑宰素仰生才，稔知[2]其笃行士，谓邻翁讼诬，将杖责之，生为乞免，遂释而出。母谓女曰："憨狂尔尔，早知过喜而伏忧也。邑令神明，幸不牵累。设鹘突[3]官宰，必逮妇女质公堂，我儿何颜见戚里？"女正色，矢[4]不复笑。母曰："人罔不笑，但须有时。"而女由是竟不复笑，虽故逗之，

邻居父亲听到儿子惨叫，慌忙跑过来询问详情，他呻吟着并不回答。等妻子过来了，才吐露实情。点上灯一照，见木头窟窿里有一只大蝎子，跟小螃蟹一般大。老头劈开木头，捉住蝎子将其打死，邻家把儿子背回家，半夜就咽气了。邻家就把王生告到官府，揭发婴宁妖异作怪。县令平时很倾慕王生的才华，一向了解他是笃实忠厚之人，就认定邻家老头是蓄意诬告，准备打他板子，后来王生替老头求情，县令就把他放了。王母就埋怨婴宁："看你憨傻痴狂的样子，我早就料到会有乐极生悲的一天。多亏县太爷明察，才没牵连拖累到你。要是碰上个糊涂官儿，非把你抓到衙门大堂对质不可，那我儿子还有什么脸再见乡亲父老呢？"婴宁立即一脸严肃，发誓再也不笑了。母亲就说："人哪有不笑的？但要看清什么时候该笑，什么时候不该笑。"然而，婴宁从此就真的

亦终不笑,然竟日未尝有戚容。

不再笑了,即使故意逗她,也始终不笑,不过,整日也不见她哀愁伤感。

注释 1 讦(jié)发:揭发别人的隐私。 2 稔(rěn)知:熟知,一向了解。 3 鹘(hú)突:糊糊涂涂,不明事理。 4 矢:发誓。矢,通“誓”。

一夕,对生零涕,异之。女哽咽曰:“曩以相从日浅,言之恐致骇怪。今日察姑及郎,皆过爱无有异心,直告或无妨乎?妾本狐产,母临去,以妾托鬼母,相依十余年,始有今日。妾又无兄弟,所恃者惟君。老母岑寂山阿,无人怜而合厝[1]之,九泉辄为悼恨。君倘不惜烦费,使地下人消此怨恫[2],庶养女者不忍溺弃[3]。”生诺之,然虑坟冢迷于荒草,女但言无虑。

一天晚上,婴宁对着王生伤心地哭起来,王生大感诧异。她哽咽着说:“之前我跟你交往时间不长,担心说了你会大惊小怪,担惊受怕。现在我觉得婆婆和夫君都对我特别疼爱,没有其他心思,我直说也无妨吧?我本是狐狸生的,娘亲临走时,把我托付给鬼母,我俩相依为命十几年,才有了今天。我又没有兄弟,能依靠的就只有夫君了。如今老母亲孤零零地在荒山野岭,没人可怜她,为其迁坟合葬,她因此在九泉之下遗憾无穷。你如果不怕麻烦和破费,能使亡魂消除怨恨和痛苦,也算我略尽孝心,让养女儿的也有个安慰。”王生答应了她,然而担心坟冢埋没荒野不好寻找,婴宁就说不用担心。

刻日,夫妇舆榇[4]而往。女于荒烟错楚中,指示墓处,果得媪尸,肤革犹存,女抚哭哀痛。舁归,寻秦氏墓合葬焉。是

选好日子,夫妇二人就用车拉着棺材前往。婴宁在杂乱的荒草中指点坟墓方位,果然挖掘出了老太太的尸体,皮肤、头发还保存完好,婴宁抚尸痛哭。把

夜，生梦媪来称谢，寤而述之。女曰："妾夜见之，嘱勿惊郎君耳。"生恨不邀留。女曰："彼鬼也。生人多，阳气胜，何能久居？"生问小荣，曰："是亦狐，最黠，狐母留以视妾，每摄饵[5]相哺，故德之，常不去心。昨问母，云已嫁之。"由是岁值寒食[6]，夫妇登秦墓，拜扫无缺。女逾年生一子，在怀抱中，不畏生人，见人辄笑，亦大有母风云。

尸体拉回去后，又找到秦家墓地合葬。当晚，王生梦见老太太前来道谢，醒来后王生把此事告诉了婴宁。婴宁说："我昨晚见她来了，叮嘱不要惊吓到夫君。"王生遗憾没能留下她。婴宁劝道："她是鬼魂，这里都是活人，阳气旺盛，怎么能久留呢？"王生又问起小荣，婴宁说："她也是狐狸，最机灵了，是我娘亲留下照顾我的，她经常给我弄吃的，所以我时常念她的好。昨晚我问鬼母，她说小荣也出嫁了。"此后，每到清明，夫妇二人都会去秦家墓地，祭拜扫墓从未间断。过了一年，婴宁生下一个儿子，还在怀抱中就不怕生人，见人就笑，大有母亲当初的风范。

注释 1 合厝(cuò)：合葬。 2 怨恫：怨恨哀痛。 3 溺弃：古人重男轻女，生了女孩往往淹死或抛弃。婴宁的意思是，如果自己能尽些孝心，对鬼母的辛苦养育也是安慰。 4 舆榇(chèn)：用车拉着棺材。 5 摄饵：拿吃的过来。 6 寒食：寒食是中国古代传统节日，一般在清明前两天(一说清明前一天)。按风俗，家家禁火，只吃冷食，故名。此处代指清明。

异史氏曰："观其孜孜憨笑，似全无心肝者。而墙下恶作剧，其黠[1]孰甚焉！至凄恋鬼母，反笑为哭，我婴宁何尝憨耶？窃

异史氏说："看婴宁平时憨笑个不停，好像没心没肺的傻丫头。然而她在墙下搞的恶作剧，也是相当狡猾啊！至于凄切地怀恋鬼母，反笑为哭，我们的婴宁何尝憨傻呢？我听说山里有一

闻山中有草，名‘笑矣乎’，嗅之，则笑不可止。房中植此一种，则合欢、忘忧，并无颜色矣。若解语花[2]，正嫌其作态[3]耳。”

种草名叫‘笑矣乎’，人要是闻了它，就会大笑不止。如果能在家里种上一株，那相比之下，合欢树、忘忧草也要逊色呢。至于解语花，扭捏作态，正令人讨厌。”

注释 1 黠(xiá)：聪明而狡猾。 2 解语花：指善于逢迎人意的女子。 3 作态：故意做出某种态度或表情。

聂小倩

原文

宁采臣，浙人，性慷爽，廉隅[1]自重。每对人言：“生平无二色[2]。”适赴金华，至北郭，解装[3]兰若。寺中殿塔壮丽，然蓬蒿没人，似绝行踪。东西僧舍，双扉虚掩，惟南一小舍，扃键如新。又顾殿东隅，修竹拱把[4]，阶下有巨池，野藕已花，意甚乐其幽杳。会学使按临，城舍价昂，

译文

有个浙江人叫宁采臣，性情慷慨豪爽，品行端正，洁身自好。经常对人讲：“我宁某除了自己老婆，什么女人都不碰。”有一次，他到金华去，走到城北，就在一座寺院里过夜。这座寺院殿宇壮丽，佛塔巍峨，然而院子里长满了一人多高的荒草，好像荒无人迹。东西两侧的寮房，门都虚掩着，只有南边一间小屋，看门锁像是新的。再朝大殿东边望去，高高的翠竹有合把那么粗，台阶下有个大水池，池中的野荷已经开花。宁采臣很喜欢这里素雅清幽的环境。当时正好学政到金华主持考

思便留止，遂散步以待僧归。

试，城里房租很高，他就想留在这里住下，于是就边散步边等寺僧回来。

日暮，有士人来，启南扉，宁趋为礼，且告以意。士人曰：“此间无房主，仆亦侨居。能甘荒落，旦暮惠教，幸甚！”宁喜，藉藁[5]代床，支板作几，为久客计。是夜，月明高洁，清光似水，二人促膝殿廊，各展姓字。士人自言燕姓，字赤霞。宁疑为赴试者，而听其音声，殊不类浙。诘之，自言秦人，语甚朴诚。既而相对词竭，遂拱别归寝。

到傍晚，有个人回来，打开了南边的门，宁采臣就连忙上前施礼，并说自己想留宿一晚。那人回话道：“这里房子没有主人，我也是过来借宿的。仁兄甘愿居住在荒凉之地，若能早晚得到你的指教，实在是荣幸。”宁采臣很高兴，就在地上铺了些茅草当床，支起木板当桌子，打算多住些时日。晚上，皓月当空，皎洁的月光洒在庭院里好像清水。两人就在大殿走廊下互通了姓名，促膝聊天。那人说自己姓燕，字赤霞。宁采臣猜他是赴试的考生，然而听声音又不像浙江人。便问他是哪里人，他说自己是陕西人，言辞很是淳朴坦诚。过了会儿，话说得差不多了，就拱手道别，各自回房歇息了。

注释　1 廉隅：指人品行端正。　2 无二色：指不跟妻子以外的女人发生关系。　3 解装：放下行李，指住宿过夜。　4 拱把：一把粗，两手合围大小。　5 藁(gǎo)：一种中空的野草。

宁以新居，久不成寐。闻舍北喁喁[1]，如有家口。起，伏北壁石窗下，微窥之，见短墙外

宁采臣由于刚来，很长时间都没睡着。他隐隐约约听见屋子北边有人在小声说话，好像有人家。宁采臣于是就起身，趴在北墙根石窗下悄悄往外看。只

一小院落，有妇可四十余。又一媪衣黰绯[2]，插蓬沓[3]，鲐背[4]龙钟，偶语月下。妇曰："小倩何久不来？"媪曰："殆好至矣。"妇曰："将无向姥姥有怨言否？"曰："不闻，但意似蹙蹙[5]。"妇曰："婢子不宜好相识。"言未已，有十七八女子来，仿佛艳绝。媪笑曰："背地不言人，我两个正谈道，小妖婢悄来无迹响，幸不訾着短处。"又曰："小娘子端好是画中人，遮莫老身是男子，也被摄魂去。"女曰："姥姥不相誉，更阿谁道好？"妇人女子又不知何言。宁意其邻人眷口，寝不复听。又许时，始寂无声。

见墙外有个小院落，院儿里有个四十多岁的妇女。还有个老太婆，穿着褪色的红衣裳，头上插着大银发饰，老态龙钟，正和那个女人在月下说话。妇人问："小倩这么久了怎么还不来？"老太婆说："大概快到了吧。"妇人说："她是不是曾跟姥姥抱怨过什么？"老太婆说："这我倒没听她说过，但好似一副闷闷不乐的神态。"妇人接话道："这个小丫头，就不能给她好脸看。"话音未落，有一个十七八岁的女孩儿走了过来，容貌美艳绝人。老太婆笑着说："背地里不能说人长短，我们俩正念叨呢，你这小妖精就不声不吭地来了，幸好没说你坏话。"又说："小娘子真是画里的美人儿。要是老身是个男的，魂也得被你勾了去。"女子就说："要不是姥姥你夸我几句，还有谁会说我好呢？"后来妇人跟女子又说了几句，听不清楚讲的什么。宁采臣想，这些人大概是邻居家眷，就回去睡觉，不再听了。又过了一会儿，才一点声音都没了。

注释　1 喁喁(yú)：小声说话的声音。　2 黰(yè)绯：褪了色的红衣服。3 蓬沓：妇女所戴的发饰，下方有像梳子一样的齿。　4 鲐(tái)背：老人背上生斑如鲐鱼纹，代指高寿的人。　5 蹙蹙(cù)：忧虑不安。

方将睡去，觉有人至寝所，急起审顾，则北院女子也。惊问之，女笑曰："月夜不寐，愿修燕好[1]。"宁正容曰："卿防物议，我畏人言。略一失足，廉耻道丧。"女云："夜无知者。"宁又咄之。女逡巡若复有词。宁叱："速去！不然，当呼南舍生知。"女惧，乃退。至户外忽返，以黄金一铤置褥上。宁掇掷庭墀[2]，曰："非义之物，污我囊橐[3]！"女惭，出，拾金自言曰："此汉当是铁石。"

宁采臣刚要睡着，发觉有人走了进来，急忙起身察看，原来是刚才北院的那个姑娘。他吃了一惊，问她为何前来，女子笑着说："今晚月色这么好，我一个人实在睡不着，想同你亲热一番。"宁采臣义正词严地说："你要注意提防别人的议论，我可是害怕被人指指点点。万一失足，廉耻就丧尽了。"女子说："晚上没人知道。"宁采臣又继续斥责她，女子徘徊着好像要再说些什么。宁采臣就高声呵斥："快走！不然，我就喊南屋的人来啦！"女子吓得赶紧退出去了。她走到门外，又忽然返回，拿出一锭金子放在被褥上。宁采臣伸手，把金子扔到院子里的台阶上，说："不义之财，休要玷污了我的钱袋！"女子羞愧地出了屋，拾起金子自言自语道："这个汉子真是心如铁石。"

注释 1 燕好：指男欢女爱。 2 庭墀(chí)：院子里的台阶。 3 囊橐(náng tuó)：袋子。

诘旦，有兰溪生携一仆来候试，寓于东厢，至夜暴亡。足心有小孔，如锥刺者，细细有血

第二天早上，寺院里有个从兰溪来的书生，带着一个仆人参加考试，住在东厢房，到了夜里突然暴毙而亡。察看尸身，脚底有一个小眼儿，像锥子刺破的一

出,俱莫知故。经宿,一仆死,症亦如之。向晚,燕生归,宁质之,燕以为魅。宁素抗直,颇不在意。

宵分,女子复至,谓宁曰:“妾阅人多矣,未有刚肠如君者。君诚圣贤,妾不敢欺。小倩,姓聂氏,十八夭殂[1],葬寺侧,被妖物威胁,历役贱务,觍颜向人,实非所乐。今寺中无可杀者,恐当以夜叉来。”宁骇求计,女曰:“与燕生同室可免。”问:“何不惑燕生?”曰:“彼奇人也,固不敢近。”又问:“迷人若何?”曰:“狎昵我者,隐以锥刺其足,彼即茫若迷,因摄血以供妖饮。又惑以金,非金也,乃罗刹鬼骨,留之能截取人心肝。二者,凡以投时好耳。”

样,细细地有血渗出来,谁也不知道什么原因。又过一晚,那个仆人也死了,症状和此前一模一样。傍晚,燕赤霞回来了,宁采臣便去询问,他认为是鬼魅所为。宁采臣为人一向刚直,于是就毫不在意。

半夜,那个女子又来了,对宁采臣说:“我见的男人多了,从没有像公子这样刚正不阿的。你实在是圣贤,我对你实不敢欺瞒。我名叫小倩,姓聂,十八岁就死了,埋在寺庙旁边,一直被妖怪胁迫,经常被役使,干这种下贱之事,不顾廉耻地勾引男人,实在不是心甘情愿。如今,寺院里没有能害的人了,恐怕夜叉会亲自来。”宁采臣也害怕起来,就问她该怎么办。女子说:“跟燕生住一起就能躲过一劫。”宁采臣不解地问:“你为何不魅惑燕生呢?”小倩回答说:“他是个奇人,所以我不敢靠近。”又问:“你迷惑人是怎么个情况?”小倩说:“凡是对我搂搂抱抱,动手动脚的,我就悄悄地用锥子刺破他的脚心,那个人就会昏迷过去,然后趁机就吸干他的血给妖怪喝。还有的用黄金来魅惑,其实并不是真金,而是罗刹鬼的骨头,留下来能摘取人的心肝。这两种办法,都是投人所好。”

宁感谢，问戒备之期，答以明宵。临别泣曰："妾堕玄海[2]，求岸不得。郎君义气干云，必能拔生救苦。倘肯囊妾朽骨，归葬安宅，不啻再造。"宁毅然诺之。因问葬处，曰："但记白杨之上，有乌巢者是也。"言已出门，纷然而灭。

宁采臣感谢小倩讲了这么多真相，就问她何时需要戒备，小倩回答说明天晚上。小倩临走前哭泣着说："妾身不幸坠入苦海，找不到岸，郎君义薄云天，必定能救我于苦海。如果你能把我的遗骨包起来，送回家安葬，不亚于再造之恩。"宁采臣毅然答应了。就问她埋葬在哪儿，小倩说："你只要记住有乌鸦巢的那棵白杨树就是了。"说完就走出门外，一下就消失了。

注释　1 夭殂(cú)：夭折。　2 玄海：此处指苦海。

明日，恐燕他出，早诣邀致。辰后，具酒馔，留意察燕。既约同宿，辞以性癖耽寂。宁不听，强携卧具来。燕不得已，移榻从之，嘱曰："仆知足下丈夫，倾风良切[1]。要有微衷，难以遽白。幸勿翻窥箧襆[2]，违之，两俱不利。"宁谨受教。既而各寝，燕以箱箧置窗上。就

第二天，宁采臣怕燕赤霞外出，一大早就邀请他过来。七八点钟，宁采臣便准备好酒菜相待，边吃边观察燕赤霞。饭后，宁采臣就提出晚上想和燕赤霞同屋休息，燕赤霞推辞说自己喜欢一个人安安静静的。宁采臣不理会，把燕赤霞的铺盖强行搬了过来，燕赤霞见势不得已，只得过来住。他叮嘱宁采臣说："我知道仁兄是个大丈夫，很仰慕你的为人。但有些话一时不方便讲，请你千万不要好奇去翻箱子和包袱里的东西。要是违背了约定，对大家都不好。"宁采臣就恭谨地答应了。晚上两人各自就寝，

枕移时,齁[3]如雷吼,宁不能寐。

近一更许,窗外隐隐有人影。俄而近窗来窥,目光睒闪[4]。宁惧,方欲呼燕,忽有物裂箧而出,耀若匹练,触折窗上石棂[5],飙然一射,即遽敛入,宛如电灭。燕觉而起,宁伪睡以觇之。燕捧箧检征,取一物,对月嗅视,白光晶莹,长可二寸,径韭叶许。已而数重包固,仍置破箧中。自语曰:"何物老魅,直尔大胆,致坏箧子。"遂复卧。宁大奇之,因起问之,且告以所见。燕曰:"既相知爱,何敢深隐。我剑客也,若非石棂,妖当立毙;虽然,亦伤。"问:"所缄何物?"曰:"剑也。适嗅之,有妖气。"宁欲观之,慨

燕赤霞把箱子放在窗台上。躺下不久,燕赤霞就鼾声如雷,宁采臣却睡不着。

将近一更的时候,窗户外隐隐约约有人影晃动。不一会儿,"那人"走近窗户往屋里窥探,目光忽闪忽闪的。宁采臣很害怕,正要喊燕赤霞,忽然有个东西破箱而出,一道白光飞过,好似洁白的丝绸,猛然撞断了窗户上的石格子,突然一射,又收了回来,就像一道闪电划过那样。燕赤霞觉察到声响就起来了,宁采臣则继续假装睡觉,偷偷观察情况。只见燕赤霞捧着箱子仔细端详,从里边取出一个东西,对着月光又是闻又是看,只见它晶莹闪烁泛着白光,大概有两寸长,有韭菜叶那么宽。查看过后,把它层层包紧,仍放回已经破裂的箱子里。听他自言自语地说:"何方老妖,竟敢如此大胆,把我的箱子都打坏了。"说完又睡下了。宁采臣大为惊奇,就起身询问发生了什么事,并将看到的告诉他。燕赤霞说:"既然咱们俩相知相爱,我岂敢隐瞒。我是个剑客,刚才要不是打在石棂上,妖怪早就被击毙了。虽然如此,它也受了伤。"宁采臣又问:"你收起来的是什么东西?"燕赤霞回答说:"是剑,我刚才闻了闻,上边有妖气。"宁采臣想瞧一下,燕赤霞就慷慨

清

出相示，荧荧然一小剑也。于是益厚重燕。

地拿出来给他看，原来是一把荧荧发光的小剑。于是他对燕赤霞更加崇敬。

注释 1 倾风良切：仰慕对方的风采。 2 箧襆(qiè fú)：箱子和包袱。 3 齁(hōu)：打鼾的声音。 4 睒(shǎn)闪：目光闪烁的样子。 5 石棂(líng)：石头做的窗户格子。

明日，视窗外，有血迹。遂出寺北，见荒坟累累，果有白杨，乌巢其颠。迨营谋既就，趣装欲归。燕生设祖帐[1]，情义殷渥[2]。以破革囊赠宁，曰："此剑袋也，宝藏可远魑魅。"宁欲从授其术，曰："如君信义刚直，可以为此。然君犹富贵中人，非此道中人也。"宁托有妹葬此，发掘女骨，敛以衣衾，赁舟而归。

第二天，宁采臣查视窗外，发现有斑斑血迹。他就出了寺院往北走，只见荒冢累累，果然有一棵白杨树，顶部有个乌鸦巢。打定主意后，宁采臣就收拾行李准备回去。燕赤霞给他摆酒饯行，情义很是深厚。他拿出一个破袋子送给宁采臣，说："这是装剑的袋子，你要好好珍惜，能够远避鬼怪。"宁采臣想跟他学习剑术，他说："像仁兄这般重情重义、刚正不阿的人，当然可以学习。只不过，你是荣华富贵中人，不是干我们这行的。"宁采臣就托词说有个表妹埋在了这里，要挖出来用衣服包好，带回去安葬。一切完毕后，他就租了一只船回去了。

宁斋临野，因营坟葬诸斋外，祭而祝曰："怜卿孤魂，葬近蜗居，歌哭相闻，庶不见凌于雄鬼。一瓯浆水饮，殊

宁采臣的房舍临近郊外，于是就在屋外给小倩修了一座坟墓，祭祀后宁采臣祷告说："可怜你魂魄孤单，就把你葬在我的陋室边上，你哭声幽咽如歌，我都听得到，以后，你不会再被厉鬼欺凌了。这一

不清旨，幸不为嫌！”祝毕而返，后有人呼曰：“缓待同行！”回顾，则小倩也。欢喜谢曰：“君信义，十死不足以报。请从归，拜识姑嫜[3]，媵御[4]无悔。”审谛之，肌映流霞，足翘细笋，白昼端相，娇丽尤绝。遂与俱至斋中。嘱坐少待，先入白母，母愕然。时宁妻久病，母戒勿言，恐所骇惊。

言次，女已翩然入，拜伏地下。宁曰：“此小倩也。”母惊顾不遑。女谓母曰：“儿飘然一身，远父母兄弟。蒙公子露覆[5]，泽被发肤，愿执箕帚，以报高义。”母见其绰约可爱，始敢与言，曰：“小娘子惠顾吾儿，老身喜不可已。但生平止此儿，用承祧绪[6]，不敢令有鬼偶。”

碗清水你就喝了吧，虽然味道不甚清醇，希望你不要嫌弃。”宁采臣说完就准备回去了，听到有人在后边呼喊：“请留步，等我一起走！”回头一看，原来是小倩。她欣喜地感谢道：“你真是诚信有义，我就算为你死十回也报答不了你的恩情。请让我跟着你一起回去，好拜见高堂，就算当婢女也无怨无悔。”宁采臣仔细打量小倩，只见她生得肌肤光滑，白里透红犹如霞光，小脚翘起好似细笋，白天看，相貌尤其艳丽娇美。于是他就带着小倩一起回屋。宁采臣嘱咐她稍坐一会儿，自己进屋先禀告母亲，他母亲听了十分震惊。当时，宁采臣的妻子久病在床，母亲就告诫不要对她说，担心她受惊吓。

两人正说着，小倩从外边走了进来，趴在地上磕头跪拜。宁采臣介绍说：“她就是小倩。”宁母惊恐地望着她，不知说什么。小倩对宁母说：“孩儿在外孤苦一人，远离父母兄弟。今承蒙公子庇护，对我恩重如山，我愿意做他的小妾，以报答他的义行。”宁母见她长得温柔美丽、可爱动人，这才敢跟她说话，说道：“小娘子你愿意照料我儿子，老身很是高兴。但我只有这么一个儿子，指着他传宗接代，不敢叫他娶个女鬼为

女曰："儿实无二心。泉下人既不见信于老母，请以兄事，依高堂，奉晨昏，如何？"母怜其诚，允之。即欲拜嫂，母辞以疾，乃止。女即入厨下，代母尸饔[7]。入房穿榻，似熟居者。

妾。"小倩说："孩儿我实无二心，身为已死之人，既然您不相信我，那就请让我认宁大哥做兄长，跟着母亲一起过，早晚伺候您老人家如何？"宁母可怜她一片至诚，就答应了。小倩想立即过去拜见嫂子，宁母就以生病为由婉拒了，小倩这才作罢。她就走到厨房，替母亲料理饭菜。小倩在屋子里走来走去，好像久住的人一样熟悉。

注释　1 祖帐：临别时，为践行搭设的帐幕。　2 殷渥：指感情深厚真挚。　3 姑嫜(zhāng)：指男方的父母。　4 媵(yìng)御：奴婢，小妾。　5 露覆：庇护，荫蔽。　6 承祧(tiāo)绪：传宗接代。　7 尸饔(yōng)：料理饭菜。

日暮，母畏惧之，辞使归寝，不为设床褥。女窥知母意，即竟去。过斋欲入，却退，徘徊户外，似有所惧。生呼之，女曰："室有剑气畏人。向道途之不奉见者，良以此故。"宁悟为革囊，取悬他室。女乃入，就烛下坐。移时，殊不一语。久之，问："夜读否？妾少

到了傍晚，宁采臣的母亲有些恐惧，就让小倩回去休息，但没给她准备床铺。小倩心里明白了宁母的意思，于是立即就离开了。她走过书斋时，想进去跟宁采臣说话，却又退了回来，在门外徘徊不定，似乎有什么害怕的东西。宁采臣招呼她进来，她说："房间里剑气让人害怕。之前在途中之所以没拜见你，也是这个原因。"宁采臣这才明白是燕赤霞送的皮袋子的缘故，就取下来挂在了其他房间。小倩这才进来，坐在灯下。过了会儿，不见她说一句话。又过了很久，她问："你夜里读书吗？我小

诵《楞严经》，今强半遗忘。浼求一卷，夜暇，就兄正之。”宁诺。又坐，默然，二更向尽，不言去，宁促之。愀然[1]曰：“异域孤魂，殊怯荒墓。”宁曰：“斋中别无床寝，且兄妹亦宜远嫌。”女起，颦蹙[2]而欲啼，足恇儴[3]而懒步，从容出门，涉阶而没。宁窃怜之，欲留宿别榻，又惧母嗔。女朝旦朝母，捧匜沃盥[4]，下堂操作，无不曲承母志。黄昏告退，辄过斋头，就烛诵经。觉宁将寝，始惨然出。

时候读过《楞严经》，现在大多忘记了。恳请你能借我一卷，晚上你要是有空，我好跟大哥请教。”宁采臣就答应了。小倩还是坐着，沉默不语，二更都要过去了，小倩还不走，宁采臣就催她离开。小倩脸色忽然变得很哀伤，说：“作为他乡的孤魂，我真的害怕那荒凉的坟墓。”宁采臣就说：“我房间里也没有多余的床铺，况且我们作为兄妹也要避嫌。”小倩就站起身，面色不悦，眉头紧皱，好像快要哭了出来，迈出脚却又不想走。走走停停，等出了门，下台阶时就消失不见了。宁采臣心里很可怜她，想把她留在别的房间住下，又担心母亲不高兴。此后，小倩每天起来后都去拜见宁母，亲自端上洗脸水，伺候老夫人盥洗梳头，然后又下堂操持家务，所做无不顺承宁母心意。傍晚时她就退下，来到书房在灯下读佛经。感觉宁采臣要休息了，方才伤感地离去。

注释　1 愀(qiǎo)然：神色忽然变得不愉快。　2 颦蹙(pín cù)：紧锁眉头，闷闷不乐。　3 恇儴(kuāng ráng)：走路很困难的样子。　4 捧匜(yí)沃盥(guàn)：打水洗脸洗手。

先是，宁妻病废，母劬[1]不堪。自得女，逸甚，心德之。日渐稔[2]，亲爱如己出，竟忘其为鬼，不忍晚令去，留与同卧起。女初来未尝饮食，半年渐啜稀饱[3]。母子皆溺爱之，讳言其鬼，人亦不之辨也。无何，宁妻亡，母阴有纳女意，然恐于子不利。女微知之，乘间告母曰："居年余，当知儿肝鬲。为不欲祸行人，故从郎君来。区区无他意，止以公子光明磊落，为天人所钦瞩，实欲依赞[4]三数年，借博封诰，以光泉壤。"母亦知无恶，但惧不能延宗嗣。女曰："子女惟天所授。郎君注福籍，有亢宗[5]子三，不以鬼妻而遂夺也。"母信之，与子议。宁喜，因列筵告戚党。或请

起先，宁采臣的妻子病倒后，宁母操劳过度，疲惫不堪。自从有了小倩的帮忙，就轻松多了，心里对她很感激。时日渐长，宁母对小倩更为熟悉，把她当成自己的亲生闺女一样看待，竟然忘记她是鬼魂，到了晚上也不忍心再让她离去，就让她留下和自己一同休息。小倩刚来时从没有吃过东西，半年后才逐渐喝些稀饭。母子两人对她都很宠爱，忌讳说她是鬼，别人也更分辨不出了。没多久，宁采臣的妻子病逝了，宁母就有纳小倩做媳妇的心思，然而担心对儿子不利。小倩稍稍察觉了宁母的心思，就找个机会对她讲："我在家里也住了一年多，您应当知道孩儿的心意。我是不想再祸害人，才跟着宁大哥回来的。我绝对没其他意思，只是因为宁大哥做人光明磊落，为神明所钦佩，我其实只想跟随他三五年，积累些福报，也好博个封诰，在阴间荣耀一番。"宁母也知道小倩没有恶意，但担心她不能生育。小倩就说："子女都是上天赐予的。宁大哥命里福报深厚，将来会生三个能光宗耀祖的儿子，并不会因为娶鬼妻而被剥夺。"宁母就相信了她说的，便找儿子商议。宁采臣听了很高兴，就大摆宴席，遍请亲朋好友。有

觌新妇，女慨然华妆出，一堂尽眙[6]，反不疑其鬼，疑为仙。由是五党诸内眷，咸执贽以贺，争拜识之。女善画兰、梅，辄以尺幅酬答，得者藏什袭[7]以为荣。

人建议把新娘子请出来让大家伙看看，小倩便穿着华丽的衣服大大方方地走出来，满堂人都瞪大了眼睛，不但不疑心是鬼，反而认为是仙女下凡。于是，远亲近邻家的女眷，都带着礼物纷纷表示祝贺，争着和小倩拜会认识。小倩擅长画幽兰、墨梅，就常用画作还礼。凡是受赠的人，都把画好好珍藏起来，以此为荣耀。

注释　1 劬(qú)：过分辛劳。　2 稔(rěn)：熟知，熟悉。　3 稀饨：稀粥。　4 依赞：依靠，跟随。　5 亢宗：振兴家业，光宗耀祖。　6 眙(chì)：瞪大眼睛看。　7 什袭：珍藏。

一日，俯颈窗前，怊怅若失[1]。忽问："革囊何在？"曰："以卿畏之，故缄置他所。"曰："妾受生气已久，当不复畏，宜取挂床头。"宁诘其意，曰："三日来，心怔忡[2]无停息，意金华妖物，恨妾远遁，恐旦晚寻及也。"宁果携革囊来。女反复审视，曰："此剑仙将盛人头者也。敝败至此，不知杀人几何许！妾今日

一天，小倩低着头在窗前坐着，满脸的伤感惆怅。她忽然问："之前的皮袋子在哪儿？"宁采臣说："因为你害怕，我就把它收起来放到别的地方了。"小倩说："我现在接受人的生气已久，应该不惧怕了。可以把它取来挂在床头。"宁采臣问她是何用意，回答说："近三天来，我心口跳得厉害，想着可能是金华的老妖恨我逃跑，恐怕迟早会找上门。"宁采臣就把皮袋子拿过来。小倩反复查看，说："这是剑仙装人头的袋子啊。破成这样子，不知道杀了多少人！我现在看着，还直起鸡皮疙瘩。"于是就把袋子挂在床头，次日小倩

视之，肌犹粟栗。”乃悬之，次日又命移悬户上。

夜对烛坐，约宁勿寝。欻[3]有一物，如飞鸟堕。女惊匿夹幕间。宁视之，物如夜叉状，电目血舌，睒闪攫拿而前。至门却步，逡巡久之，渐近革囊，以爪摘取，似将抓裂。囊忽格然一响，大可合蒉[4]，恍惚有鬼物突出半身，揪夜叉入，声遂寂然，囊亦顿缩如故。宁骇诧，女亦出，大喜曰：“无恙矣！”共视囊中，清水数斗而已。后数年，宁果登进士，女举一男，纳妾后，又各生一男，皆仕进有声。

又叫他挂在门上。

晚上两人燃灯对坐，小倩嘱咐宁采臣不要睡觉。忽然有什么东西像飞鸟一样落下。小倩惊慌地藏到帷帐后面。宁采臣一看，这个怪物生得夜叉模样，双眼似电，舌头血红，张牙舞爪朝他跑过来。怪物走到门口，突然后退了几步，徘徊了很久，渐渐靠近袋子，用爪子抓了下来，好像要把袋子撕碎。突然，皮袋子“咯噔”一声响，变成像装土的筐子那么大，恍惚中有个鬼怪从里边探出半个身子，一把将夜叉揪了进去，然后声音就消失了，袋子又缩回原来大小。宁采臣大为惊骇，小倩走出来十分高兴地说：“没事了！”他们再往袋子里看，只有几斗清水而已。几年后，宁采臣果然中了进士，小倩也生了一个男孩。宁采臣后来又纳了一个小妾，她和小倩又各生了一个男孩。这三个孩子长大后，都做了官，名声很好。

注释　1 怊(chāo)怅若失：失意时感伤惆怅的情绪。　2 怔忡(zhēng chōng)：心脏剧烈跳动。　3 欻(xū)：忽然，急速。　4 蒉(kuì)：装土的筐子。

义鼠

原文

杨天一言：见二鼠出，其一为蛇所吞。其一瞪目如椒[1]，意似甚恨怒，然遥望不敢前。蛇果腹蜿蜒入穴，方将过半，鼠奔来，力嚼其尾。蛇怒，退身出。鼠故便捷，欻然遁去，蛇追不及而返。及入穴，鼠又来，嚼如前状。蛇入则来，蛇出则往，如是者久。蛇出，吐死鼠于地上。鼠来嗅之，啾啾如悼息[2]，衔之而去。友人张历友[3]为作《义鼠行》。

译文

杨天一说：他见过两只老鼠从洞里出来，其中一只被蛇吞了。另一只眼睛瞪得大大的，像花椒粒一样，看样子好像极为愤怒，但是远远地望着不敢上前。蛇吃饱后就爬回洞里，身子刚进去一半，那只老鼠飞奔过来，用力咬它的尾巴。蛇发怒了，把身子退出来。老鼠本来就很灵巧敏捷，一下子就跑开了，蛇追不上又返回。刚要钻进洞，老鼠又跑过来，像之前一样啃咬。只要是蛇进洞老鼠就跑过来，蛇出洞就跑开，如此折腾了很长时间。最终，蛇爬出来把死老鼠吐到地上。那只老鼠跑过来闻了闻，"啾啾"叫着好像在悼念，并把尸体衔走了。我的朋友张历友为此写了篇《义鼠行》。

注释　1 椒：花椒。此处形容老鼠眼睛瞪得很圆。　2 悼息：哀伤叹息。　3 张历友：即张笃庆，字历友，山东淄川人，曾与蒲松龄等人结郢中诗社。

义鼠行

莫吟黄鹄歌，不唱猛虎行。
请为歌义鼠，义鼠令人惊！
今年禾未熟，野田多鼯鼪。
荒村无余食，物微亦惜生。
一鼠方觅食，避人草间行。
饥蛇从东来，巨颡资以盈。
鼠肝一以尽，蛇腹胀膨亨。
行者为叹息，徘徊激深情。
何期来义鼠，见此大义明。
意气一为动，勇力忽交并。
狐兔悲同类，奋身起斗争。
螳臂当车轮，怒蛙亦峥嵘。
此鼠义且黠，捐躯在所轻。
蝮蛇入石窟，婉蜒正纵横。
此鼠啮其尾，掉击互訇訇。
观者塞路隅，移时力犹勍。
蝮蛇不得志，窜伏水苴中。
义鼠自兹逝，垂此壮烈声。

地 震

原文

康熙七年[1]六月十七日戌时，地大震。余适客稷下[2]，方与表兄李笃之对烛饮。忽闻有声如雷，自东南来，向西北去。众骇异，不解其故。俄而几案摆簸，酒杯倾覆，屋梁椽柱，错折有声。相顾失色。久之，方知地震，各疾趋出。见楼阁房舍，仆而复起，墙倾屋塌之声，与儿啼女号，喧如鼎沸。人眩晕不能立，坐地上随地转侧。河水倾泼丈余，鸡鸣犬吠满城中。逾一时许，始稍定。视街上，则男女裸体相聚，竞相告语，并忘其未衣也。后闻某处井倾仄[3]不可汲，某家楼台南北易向，栖霞山裂，沂水陷穴，广数亩。此真非常之奇变也。

译文

康熙七年六月十七日戌时，发生了地震。当时，我刚好客居在稷下，正和表兄李笃之对着蜡烛喝酒。忽然听见雷鸣般的响声，从东南而来，向西北而去。大家都感到害怕诧异，不知道其中的缘故。一会儿，桌子忽然摇摆颠簸，酒杯也打翻了，房梁、椽子、柱子，纷纷错位折断，“咔嚓”作响。大家你看着我，我看着你，吓得面无颜色。过了很久，才知道是地震，众人赶忙从屋里跑出来。只见楼阁房屋，倒在地上又颠起来，墙倒房塌声和孩子们的哭声、妇女的号叫声，吵吵嚷嚷如同开锅的沸水。人晕得站不起来，坐在地上随地面翻滚。河水翻腾涌出堤岸一丈多高，满城到处鸡鸣狗叫。过了约一个时辰，才稍微平定下来。再看街上，男的女的光着身子聚集在一起，争着相互讲述刚才发生的事，都忘记自己身上没穿衣服。后来听说某处的水井倾斜打不了水，某家的楼台南北调换了方位，栖霞山也裂开了，沂水陷出洞穴，有好几亩大。这真是非同寻常的奇异变故啊！

注释 1 康熙七年:1668年。 2 稷下:战国时期,稷下在齐国首都临淄(今属淄博)稷门一带。而在蒲松龄笔下,稷下多代指济南。 3 倾仄:倾斜。

有邑人妇夜起溲溺[1],回则狼衔其子。妇急与狼争。狼一缓颊[2],妇夺儿出,携抱中,狼蹲不去。妇大号,邻人奔集,狼乃去。妇惊定作喜,指天画地,述狼衔儿状,己夺儿状。良久,忽悟一身未着寸缕,乃奔。此与地震时男女两忘者同一情状也。人之惶急无谋,一何[3]可笑!

县城里,有个妇人晚上起来撒尿,回去时看到狼把孩子叼跑了。妇人急忙追上去和狼争夺。狼一松口,妇人把儿子夺了下来,紧紧搂在怀里,狼蹲着却不走开。妇人大声呼喊,邻居纷纷赶过来,狼这才走了。妇人惊魂安定下来,高兴地用手指天画地,滔滔不绝地讲述狼把孩子叼走时的情景,自己又是如何把儿子夺回来的。过了很久,才想起自己原来一丝不挂,于是就跑开了。这应该和地震时男女忘记穿衣服是一种情况。人在慌乱紧急没办法时,是多么可笑啊!

注释 1 溲溺:撒尿。 2 缓颊:此处意为松口。 3 一何:多么。

海公子

原文

东海古迹岛[1],有五色耐冬花[2],四时不凋。

译文

东海古迹岛上长着五彩山茶花,一年四季都不凋谢。海岛上从来都无人居

而岛中古无居人，人亦罕到之。登州[3]张生好奇，喜游猎，闻其佳胜，备酒食，自掉扁舟而往。至则花正繁，香闻数里，树有大至十余围者。反复留连，甚慊[4]所好，开尊[5]自酌，恨无同游。

忽花中一丽人来，红裳炫目，略无伦比。见张，笑曰："妾自谓兴致不凡，不图先有同调。"张惊问："何人？"曰："我胶娼也，适从海公子来。彼寻胜翱翔，妾以艰于步履，故留此耳。"张方苦寂，得美人，大悦，招坐共饮。女言词温婉，荡人心志，张爱好之。恐海公子来，不得尽欢，因挽与乱，女忻从之。

住，也很少有人上岛。登州有个姓张的人喜好奇异，喜欢游玩打猎，听说那里风景绝佳，就准备好酒食，自己亲驾小舟前往。登岛上岸，正赶上鲜花盛开，香飘数里，有的树有十数围那么粗。张生赏花观景，流连忘返，心里十分满足，就取酒自斟自饮，对无人同游甚为遗憾。

忽然，花丛中走出一个美女，穿着鲜红的衣裳，绚丽耀眼，张生所见之人没有能比得上她的。她见到张生笑着说："我自觉兴致不凡，没想到已经有同样情调的人捷足先至了。"张生惊讶地问："你是何人？"美人回答说："我是胶州的风尘女子，刚从海公子那里过来。他只顾着追寻美景，肆意游玩，我实在跟不上他，就留在这儿了。"张生一个人正感觉孤寂，如今遇到美女大为高兴，就招呼她过来一起喝酒。女子说话温柔婉转，荡人心魄，张生很喜欢她。张生又担心海公子等会儿过来不能尽欢，就急不可待地拉着美女求欢，她欣然顺从了。

注释　1 古迹岛：属今山东省即墨市，在崂山以东的海域。 2 耐冬花：山茶花的别称。 3 登州：在今山东省烟台市蓬莱区。 4 慊(qiè)：满足，满意。 5 尊：盛酒的器具。

相狎未已，忽闻风肃肃，草木偃折[1]有声。女急推张起，曰："海公子至矣。"张束衣愕顾，女已失去。旋[2]见一大蛇，自丛树中出，粗于巨桶。张惧，幛[3]身大树后，冀蛇不睹。蛇近前，以身绕人并树，纠缠数匝，两臂直束胯间，不可少屈。昂其首，以舌刺张鼻。鼻血下注，流地上成洼，乃俯就饮之。

张自分[4]必死，忽忆腰中佩荷囊内有毒狐药，因以二指夹出，破裹堆掌上。又侧颈自顾其掌，令血滴药上，顷刻盈把[5]。蛇果就掌吸饮，饮未及尽，遽伸其体，摆尾若霹雳声，触树，树半体崩落，蛇卧地如梁而毙矣。张亦眩莫能起，移时方苏，载蛇而归。大病月余。疑女子亦蛇精也。

两人正亲热不已时，忽然听得风"嗖嗖"吹来，草木折断倒伏，"咔嚓"作响。女子急忙推开张生，起身说："海公子来了。"张生慌忙束好衣带，惊愕四顾，女子已无影无踪。旋即见一条大蛇从树林里爬出来，腰围比巨桶还粗。张生恐惧万分，就躲在大树后边，希望蛇不要看到自己。蛇爬到张生跟前，用身子把张生连带大树紧紧缠了好几圈。张生两臂直直地被缠在大胯上，丝毫动弹不得。大蛇就抬起头，用舌头刺破张生的鼻子，鲜血直流，在地上汇成一摊，大蛇低头便喝。

张生认为这次死定了，忽然想起腰间所佩戴的荷包里装着毒狐狸的药，于是就用两指夹出，弄破纸包，把药堆在掌心中。然后张生又侧脖子看着手掌，让鼻血滴在毒药上，一会儿就积攒了满把。大蛇果然凑过来就着手掌吸血，还没喝完，身子就挺得直直的，疯狂地摇摆尾巴，如霹雳作响，打到树上，树干就从中间崩断。过了片刻，大蛇像根房梁一样，僵硬地卧在地上死了。张生头晕眼花，倒在地上无法起身。过了一段时间才苏醒过来，把蛇装船上回去了。到家后，他大病一场，过了一个多月才好，他怀疑那个女子也是蛇精。

注释　1 偃折：折断倒伏。　2 旋：旋即，很快。　3 幛：此处指屏障、躲避。　4 自分：自以为，自料。　5 盈把：满满一把。

丁前溪

原文

丁前溪，诸城[1]人。富有钱谷，游侠好义，慕郭解[2]之为人。御史行台[3]按访之，丁亡去。至安丘，[4]遇雨，避身逆旅。雨日中不止。有少年来，馆谷丰隆。既而昏暮，止宿其家。莝[5]豆饲畜，给食周至[6]。问其姓字，少年云："主人杨姓，我其内侄[7]也。主人好交游，适他出，家惟娘子在。贫不能厚客给，幸能垂谅。"问："主人何业？"则家无资产，惟日设博场以谋升斗。

译文

丁前溪是诸城人。他很富有，家里钱粮众多，为人行侠仗义，非常仰慕古代侠客郭解的为人。御史行台要调查丁前溪，他就逃跑了。走到安丘，遇上大雨，他就到旅店躲避。雨一直下到中午还不停。这时，有个少年走进店，点了一桌丰盛的宴席招待他。很快天就黑了，丁前溪就决定留下来跟着少年去他家住。少年不仅给他安排食宿，还帮着铡草料，拿出豆子喂马，照顾得十分周到。他问少年的姓名字号，少年回答说："我家主人姓杨，我是他的内侄。主人喜好四处游玩，正好有事出去了，现在只有夫人在家。我家贫穷，不能好好款待客人，还请多多包涵。"丁前溪又问："你家主人是干什么的？"少年回答说家里不置产业，只是每天开设赌局赚些钱来糊口。

注释 1 诸城：在今山东潍坊下辖的诸城市。 2 郭解(jiě)：字翁伯，西汉时期著名的侠士，事迹详见《史记·游侠列传》。 3 御史行台：元朝中央设御史台，掌纠察百官善恶、政治得失。各重要地区设行御史台，以监察诸省。明清时期，设立监察御史分道监督地方。 4 安丘：在今山东潍坊下辖的安丘市。 5 莝(cuò)：铡草。 6 周至：周到。 7 内侄：指妻子的弟兄的儿子。由于古代称妻子为内人，内侄即内人的侄子。

次日，雨仍不止，供给弗懈。至暮锉刍[1]，刍束湿，颇极参差，丁怪之。少年曰："实告客，家贫无以饲畜，适娘子撤屋上茅耳。"丁益异之，谓其意在得直。天明，付之金，不受，强付少年持入。俄出，仍以反客[2]，云："娘子言：我非业此猎食者。主人在外，尝数日不携一钱，客至吾家，何遂索偿乎？"丁赞叹而别，嘱曰："我诸城丁某，主人归，宜告之，暇幸见顾。"

第二天，雨还是下个不停，但杨家的供应一点也没有懈怠。到晚上铡草时，丁前溪见草料都湿了，铡得也是长短不齐，便觉得奇怪。少年解释说："实话对您讲吧，我家穷得没有草料喂马，刚才那些是夫人从房顶扯下来的茅草啊！"丁前溪更加觉得奇怪，认为这家人意在借此要钱。天亮后，丁前溪拿钱付账，少年推辞不要，丁前溪硬塞给他，少年就拿着钱进屋去了。过了一会儿少年出来，仍把钱还给他，并且说："夫人说了，我们不是靠这个钱吃饭的。主人在外边，常常好几天不带一文钱，现今客人来到我家，又怎么能向你索取钱财呢？"丁前溪听了连声赞叹，临走时对杨生嘱咐道："我是诸城的丁前溪，等你家主人回来后，请你告诉他，有空可以到我家聚一聚。"

注释 1 锉(cuò)刍：铡碎草料。 2 反客：归还客人。反，同"返"。

数年无耗[1]。值岁大饥，杨困甚，无所为计，妻漫劝[2]诣丁，从之。至诸，通姓名于门者，丁茫不忆，申言始忆之。躧履[3]而出，揖客入。见其衣敝踵决，居之温室，设筵相款，宠礼异常。明日，为制冠服，表里温暖。杨义之，而内顾[4]增忧，褊心不能无少望[5]。居数日，殊不言赠别。杨意甚急，告丁曰："顾不敢隐，仆来时，米不满升。今过蒙推解[6]固乐，妻子如何矣！"

丁曰："是无烦虑，已代经纪[7]矣。幸舒意[8]少留，当助资斧。"走伻[9]招诸博徒，使杨坐而乞头[10]，终夜得百金，乃送之还。归见室人，衣履鲜整，小婢侍焉。惊问之，妻言："自

过了好几年也音讯全无。有一年碰上闹饥荒，杨家穷困极了，实在没办法，杨妻有意无意地劝丈夫去找丁前溪，杨某答应了。他到了诸城，找到丁家，向看门人通报了姓名，可丁前溪茫然之间记不起有这么一个人。于是杨某再三解释，丁前溪这才想起之前的事。他急忙趿拉着鞋跑出来，作揖将客人请进屋。只见杨某衣着破烂，鞋子露出脚后跟，就安排他住在温暖的房间，摆设宴席招待他，礼节隆重，关爱非同寻常。第二天，丁前溪又让人给杨某做了衣帽，杨某里里外外感到温暖舒适。他觉得丁前溪很讲义气，但一想到家里还揭不开锅，心里难免忧愁苦闷，希望能得到一些帮助。杨某住了好几天，见丁前溪一点也没有赠别的意思，心里急坏了，于是就告诉丁前溪："我不敢有所隐瞒，在下来的时候，家里存米不满一升。现今承蒙照料固然很高兴，但家里老婆孩子怎么办啊！"

丁前溪安慰说："仁兄无须多虑，家眷已经代为照料。希望你安心住几日，到时我定当资助你返程。"丁前溪又派人招来一群赌徒，让杨某坐庄抽利，一夜之间就赚了百两银子。丁前溪这才送杨某回家。杨某回到家，见妻子衣服、鞋子光鲜整洁，旁边还有

若去后，次日即有车徒赍送布帛米粟，堆积满屋，云是丁客所赠。又婢十指，为妾驱使。”杨感不自已。由此小康，不屑旧业矣。

丫环伺候。他吃惊地询问缘由，妻子说：“自从夫君走后，第二天就有人用车送来布匹谷米，屋里堆得满满的，说是客人丁某送的。还给了一个小丫环供我差遣。”杨某听了感动得不能自已。从此家道小康，不屑于重操旧业了。

注释　1 耗：消息，音讯。　2 漫劝：不经意地劝告。　3 躧(xǐ)履：趿拉着鞋子，形容起身匆忙。　4 内顾：对家里的顾念。　5 褊(biǎn)心不能无少望：本意指人心胸狭窄，心里多少有些怨恨。此处指杨某因挂牵家人而内心忧愁烦闷。　6 推解：即推食解衣，意思是把自己穿着的衣服脱下给别人穿，把自己正在吃的食物让别人吃，形容对人热情关怀。　7 经纪：经营管理。此处指照料。　8 舒意：安心，宽心。　9 走伻(bēng)：派遣仆从。　10 乞头：指在赌博中向赢家抽取利润。

异史氏曰：“贫而好客，饮博浮荡者优为[1]之，最异者，独其妻耳。受之施而不报，岂人也哉？然一饭之德不忘，丁其有焉。”

异史氏说：“贫穷而好客，像酒鬼、赌徒等游荡之人尤其喜欢干这种事，最奇异的是，杨某的妻子却与众不同。得到别人的恩惠而不报答，难道还是人吗？然而，对于一饭之恩也不忘记，丁前溪确实做到了啊。”

注释　1 优为：喜欢做，乐于干。

海大鱼

原文

海滨故无山。一日，忽见峻岭重叠，绵亘[1]数里，众悉骇怪。又一日，山忽他徙，化而乌有[2]。相传海中大鱼，值清明节，则携眷口[3]往拜其墓，故寒食[4]时多见之。

译文

滨海一带本来没有山。一天，忽然有人看见崇山峻岭重重叠叠，绵延达好几里，大家都很惊恐奇怪。又有一天，山忽然迁徙到了其他地方，什么都没有了。相传海中有大鱼，每逢清明节，就带着家眷前去祭拜坟墓。所以人们在寒食节经常能看到此种景象。

注释　1 绵亘(gèn)：接连不断，多指山脉。　2 乌有：没有，不存在。　3 眷口：家眷。　4 寒食：即寒食节，在清明节前一日或两日。人们在当天禁烟火，只吃冷食。

张老相公

原文

张老相公，晋人。适将嫁女，携眷至江南，躬市奁妆[1]。舟抵金山[2]，张先渡江，嘱家人在舟，勿爇[3]膻腥。盖江中有鼋[4]怪，闻香辄

译文

张老相公是山西人。因为要嫁女儿，他就携带家眷到江南去，亲自为女儿置办嫁妆。船走到金山时，张老相公先渡过江，嘱咐家人在船上不要做腥膻的饭菜。这是因为江中有只鼋怪，它闻到香味就要出来毁坏船只，吞吃行人，已经为害一方很

出，坏舟吞行人，为害已久。张去，家人忘之，炙肉舟中。忽巨浪覆舟，妻女皆没。张回棹[5]，悼恨欲死。因登金山谒寺僧，询鼋之异，将以仇鼋。

僧闻之，骇言：“吾侪日与习近[6]，惧为祸殃，惟神明奉之；祈勿怒，时斩牲牢[7]，投以半体[8]，则跃吞而去。谁复能相仇哉！”张闻，顿思得计。便招铁工，起炉山半，冶赤铁重百余斤。审知所常伏处，使二三健男子，以大钳举投之。鼋跃出，疾吞而下。少时，波涌如山；顷之，浪息，则鼋死已浮水上矣。行旅、寺僧并快之，建张老相公祠，肖像其中，以为水神，祷之辄应。

长时间了。张老相公走后，家人忘记了他的叮嘱，在船上烤肉。忽然，江中掀起巨浪，把船打翻了，张老相公的妻女全都沉入水中。张老相公赶紧驾船返回，他悔恨懊恼，痛不欲生。于是张老相公就造访金山，拜见寺里的和尚，打听鼋怪的异事，准备向鼋怪报仇。

僧人听了害怕地说：“我们天天和它临近相住，唯恐降灾生祸，只好将它当神仙供奉。为了祈祷它不要发怒，时常宰杀牲畜，劈成两半投到江里，鼋怪就从水里跃出来吞食而去。谁敢向它报仇啊！”张老相公听了，顿时想出一个计策。他找来铁匠，在半山腰设置了一个火炉，炼出一块红彤彤的大铁，有一百多斤重。等打探清楚鼋怪经常出没的地方后，叫两三个壮汉，用大铁钳举起铁块投向江中。鼋怪一跃而出，迅速吞下铁块又沉入水中。不一会儿，江上波涛翻涌如山，顷刻间又浪涛平息，只见鼋怪的尸体已浮出水面。过往的行人以及寺里的和尚都拍手称快，他们为张老相公修建了祠堂，在祠内悬挂了他的画像，把他当作水神供奉，凡是向他祈祷，有求必应。

注释 1 躬市奁(lián)妆:亲自购买嫁妆。躬,亲自。 2 金山:在今江苏镇江,山上有金山寺。 3 煿(bó):同"爆",油炸菜肴。 4 鼋(yuán):是淡水龟鳖类中体形最大的一种,体重可超过一百公斤,目前已经极度濒危。 5 回棹(zhào):驾船返航。 6 习近:接近。 7 牲牢:祭祀用的牲畜。 8 半体:指将牲畜劈成两半。

水莽草

原文

水莽[1],毒草也。蔓生似葛,花紫类扁豆,误食之,立死,即为水莽鬼。俗传此鬼不得轮回,必再有毒死者,始代之。以故楚中桃花江[2]一带,此鬼尤多云。楚人以同岁生者为同年[3],投刺[4]相谒,呼庚兄庚弟,子侄呼庚伯[5],习俗然也。有祝生造其同年某,中途燥渴思饮。俄见道旁一媪,张棚施饮,趋之。媪承迎入棚,给奉甚殷。嗅之有异味,不类茶茗,置不饮,起而出。媪急

译文

水莽草有剧毒,蔓生,形状类似葛藤,花是紫色的,看上去跟扁豆花差不多,人如果误食了,就会立即毒发身亡,成为水莽鬼。民间传说这种鬼不能轮回转生,必须再有人中毒身亡,自己才能被替代。所以湖南桃花江一带,水莽鬼特别多。湖南地区称同一年出生的人为"同年",投递名片拜访时,都是互称庚兄庚弟,子侄辈则称呼为庚伯,当地习俗一直如此。有一个姓祝的年轻人去拜访他的同年,半路上口干舌燥,就想找点水喝。忽然,他看见路边有个老太太支着棚子在施茶,就走上前去。老太太热情地把他迎进来,端茶倒水非常周到。祝生闻了一下茶水,感觉有股怪味,不像是茶叶泡的,就搁到一旁不喝,起身出去。老太

止客，便唤："三娘，可将好茶一杯来。"俄有少女，捧茶自棚后出。年约十四五，姿容艳绝，指环臂钏[6]，晶莹鉴影。生受盏神驰，嗅其茶，芳烈无伦，吸尽复索。觑媪出，戏捉纤腕，脱指环一枚。女赪颊[7]微笑，生益惑。略诘门户，女云："郎暮来，妾犹在此也。"生求茶叶一撮，并藏指环而去。

太急忙拦住他，赶紧喊道："三娘，快上一杯好茶来。"不一会儿，有个少女捧着茶杯从棚子后边走出来。她年纪约十四五岁，身段儿模样儿艳丽绝人，戴着戒指、臂钏，晶莹亮丽，能照出人影。祝生接过茶杯，早已神魂荡漾，再一闻，茶水香冽无比，一饮而尽后又连要数杯。他看老太太不在，就抓住少女纤细的手腕调戏起来，还摘下了一枚戒指。女子只是红着脸微微含笑，祝生更加神魂颠倒。又问她住在哪里，女子说："郎君要是晚上能来，我还在这里。"祝生就要了一撮茶叶，收起指环走了。

注释　1 水莽：水莽草因为根茎含有剧毒，在有的地方也被称为断肠草。　2 桃花江：在今湖南益阳下辖的桃江县。　3 同年：科举考试中同榜录取的人之间的称呼，此处指同岁之人。　4 投刺：投递名片。　5 庚伯：对同龄的男性长辈的尊称。　6 臂钏(chuàn)：一种套在上臂的环形首饰，多用金、银、玉等制成圆环，束于臂腕间，特别适合上臂滚圆修长的女性。　7 赪(chēng)颊：红着脸。

至同年家，觉心头作恶，疑茶为患，以情告某。某骇曰："殆矣，此水莽鬼也！先君死于是。是不可救，且为奈

等他到了同年家，感觉心头一阵恶心，怀疑是喝茶引起的，就把实情告诉了朋友。朋友听了大吃一惊，说："糟了，这是水莽鬼啊！我父亲就是这么死的。中了水莽草的毒，根本没办法救治，这可如

何?”生大惧,出茶叶验之,真水莽草也。又出指环,兼述女子情状。某悬想[1]曰:“此必寇三娘也!”生以其名确符,问何故知。曰:“南村富室寇氏女,夙有艳名,数年前,误食水莽而死,必此为魅[2]。”或言,受魅者,若知鬼之姓氏,求其故裆[3]煮服可痊。某急诣寇所,实告以情,长跪哀恳。寇以其将代女死故,靳[4]不与。某忿而返,以告生,生亦切齿恨之,曰:“我死,必不令彼女脱生!”

何是好?”祝生大为恐惧,拿出茶叶仔细查验,果真是水莽草。他又拿出指环,把那个女子的情况讲给朋友听。同年推测说:“这肯定是寇三娘!”祝生听他言之凿凿,名字完全对得上,就问他是怎么知道的。朋友回答说:“南村有户姓寇的富翁,家里的女儿素有艳丽的名声,几年前因误食水莽草死了,你遇到的女子,肯定是寇家女儿在作祟。”有人说,被水莽鬼魅惑的人,如果知道鬼的姓氏,能找来鬼生前穿过的背心煮水喝,就可以痊愈。同年急忙前往寇家以实相告,他长跪不起,苦苦哀求。寇家认为,祝生若死了,将代替自家女儿,就吝啬不给。同年愤愤而返,把情况告诉祝生,祝生也恨得咬牙切齿,赌咒发誓道:“我死了,必定不让他女儿脱生!”

注释　1 悬想:料想,猜想。　2 魅:此处指鬼魅作祟。　3 裆:此处指背心或坎肩。　4 靳(jìn):吝啬,舍不得给。

某舁[1]之归,将至家门而卒。母号啼,葬之。遗一子,甫周岁。妻不能守柏舟节[2],半年改醮[3]

朋友就把祝生抬回去,快到家门口时就死了。祝母号啕大哭,匆匆将儿子埋葬了。祝生留下一个儿子,才刚满一岁,妻子独身难支,半年后就改嫁了。祝

去。母留孤自哺，劬瘁[4]不堪，朝夕悲啼。一日，方抱儿哭室中，生悄然忽入。母大骇，挥涕问之。答云："儿地下闻母哭，甚怆[5]于怀，故来奉晨昏耳。儿虽死，已有家室，即同来分母劳，母其勿悲。"母问："儿妇何人？"曰："寇氏坐听儿死，儿深恨之。死后欲寻三娘，而不知其处，近遇某庚伯，始相指示。儿往，则三娘已投生任侍郎家，儿驰去，强捉之来。今为儿妇，亦相得，颇无苦。"移时，门外一女子入，华妆艳丽，伏地拜母。生曰："此寇三娘也。"虽非生人，母视之，情怀差慰[6]。生便遣三娘操作，三娘雅[7]不习惯，然承顺[8]殊怜人。由此居故室，遂留不去。

母就留下孙子亲自养育，操劳不堪，整日伤心落泪。一天，她正抱着孙子在屋里哭泣，祝生忽然悄声走了进来。祝母吓了一跳，慌忙擦拭眼泪，问他为何前来。祝生答道："我在地府听闻母亲痛哭，心里难受得很，所以就前来侍奉母亲。儿子我虽然死了，但在阴间也有了家室，我和媳妇一起过来帮母亲干活儿，请您不要再难过了。"祝母就问："你媳妇是什么人？"祝生回答说："寇家任儿死去也不肯相救，儿对此恨入骨髓。我死后就想去找寇三娘，却不知道她在什么地方，最近遇到一位庚伯，通过他指示才知道其下落。我找过去的时候，三娘已经到任侍郎家投胎了，我迅速赶过去，强行把她抓了回来。现在她做了我的媳妇，两人也还合得来，并没受什么苦。"过了片刻，门外走进来一个姑娘，穿戴华丽，梳妆美艳，见了祝母伏地便拜。祝生说："这就是寇三娘。"虽然不是活人，但祝母见了，心里也稍感安慰。祝生就命三娘做些家务，三娘很不习惯，但是对祝母的吩咐也还恭顺，颇讨老人欢心。从此他们就在原来的房间住下，留家不走了。

注释 1 舁(yú):抬着。 2 柏舟节:指丈夫死后妻子守节不嫁。 3 改醮(jiào):改嫁。 4 劬瘁(qú cuì):劳累。 5 怆(chuàng):悲伤,难过。 6 差慰:略感安慰。差,稍微。 7 雅:很,十分。 8 承顺:恭敬顺从。

女请母告诸家,生意欲勿告,而母承女意,卒告之。寇家翁媪,闻而大骇,命车疾至,视之,果三娘,相向哭失声,女劝止之。媪视生家良[1]贫,意甚忧悼。女曰:"人已鬼,又何厌贫?祝郎母子,情义拳拳[2],儿固已安之矣。"因问:"茶媪谁也?"曰:"彼倪姓。自惭不能惑行人,故求儿助之耳。今已生于郡城卖浆者[3]之家。"因顾生曰:"既婿矣,而不拜岳,妾复何心?"生乃投拜[4]。女便入厨下,代母执炊,供翁媪。媪视之凄心,既归,即遣两婢来,为之服役,金百斤、布帛数十匹,酒胾[5]不

三娘请祝母告诉她家里一声,祝生不想让母亲通告,而祝母还是顺从三娘的意愿,把这件事告诉了寇家。三娘父母听闻后大感惊骇,慌忙坐车赶过来,一看果然是自己女儿,相对失声痛哭起来,三娘就好生劝慰,这才止住了哭泣。寇母见祝生家的确很穷,心里很不是滋味。三娘就说:"人都做鬼了,还嫌弃贫穷干什么呢?祝家母子对我情深义厚,女儿我已经很知足了。"寇母又问:"那个卖茶的老太婆是谁?"三娘回答说:"她姓倪,自知不能魅惑人,就找我帮忙。如今已经托生在郡城卖水的人家了。"于是三娘对祝生说:"你都成女婿了,还不拜见岳父、岳母,我心里会怎么想?"祝生于是就上前给岳父、岳母跪下行礼。三娘就到厨房代祝母做饭,招待父母。寇母见状心里很难受,回去后就派了两个丫环过来,替女儿收拾家务,又赠给祝家百斤银子、几十匹丝绸布匹,还经常送酒

时馈送，小阜[6]祝母矣。寇亦时招归宁，居数日，辄曰："家中无人，宜早送儿还。"或故稽[7]之，则飘然自归。翁乃代生起夏屋[8]，营备臻至[9]。然生终未尝至翁家。

送肉过来，祝母的生活稍稍富裕了一些。寇家有时也把女儿接过去，住了几天，三娘就说："家里没人，还是早点把我送回去吧。"有时多留几日，三娘就自己悄悄返回。寇家老头儿还替祝生给他家盖了大房子，所用之物一应俱全。然而，祝生始终没有到过寇家一次。

注释　1 良：的确。　2 拳拳：态度诚恳、深切的样子。　3 卖浆者：卖水的人。　4 投拜：投身下拜。此处指跪下叩拜。　5 胾(zì)：切成大块的肉。　6 小阜(fù)：稍稍富裕。　7 稽：稽留。　8 夏屋：高大的房子。　9 臻(zhēn)至：极好的，达到顶点。

一日，村中有中水莽草毒者，死而复苏，竞传为异。生曰："是我活之也。彼为李九所害，我为之驱其鬼而去之。"母曰："汝何不取人以自代？"曰："儿深恨此等辈，方将尽驱除之，何屑为此？且儿事母最乐，不愿生也。"由是中毒者，往往具丰筵，祷祝其庭，辄有效。积十余年，母死。生夫妇亦哀毁[1]，但不对客，惟命儿缞麻擗

一天，村子里有人中了水莽草的毒，死后又活过来，消息不胫而走，越传越奇异。祝生就说："是我把那个人救活的。他被李九所害，我替他把鬼赶跑了。"母亲问："你为什么不取而自代呢？"祝生说："我最痛恨这种害人自活的鬼魅，正打算把它们都驱赶走，怎么会屑于干这种事呢？而且我能伺候母亲，感到非常快乐，不愿再托生为人。"因此，凡是中了水莽草毒的人，往往准备丰盛的酒食，在庭院里祈祷祝生保佑，每每灵验。过了十几年，祝母过世了。祝生夫妇哀毁守孝，但并不

踊[2]，教以礼义而已。葬母后，又二年余，为儿娶妇。妇，任侍郎之孙女也。先是，任公妾生女数月而殇。后闻祝生之异，遂命驾其家，订翁婿焉。至是，遂以孙女妻其子，往来不绝矣。

一日，谓子曰："上帝以我有功人世，策[3]为'四渎牧龙君[4]'，今行矣。"俄见庭下有四马，驾黄幨车[5]，马四股皆鳞甲。夫妻盛装出，同登一舆。子及妇皆泣拜，瞬息而渺。是日，寇家见女来，拜别翁媪，亦如生言。媪泣挽留，女曰："祝郎先去矣。"出门遂不复见。其子名鹗，字离尘，请诸寇翁，以三娘骸骨与生合葬焉。

接见客人，只是让儿子披麻戴孝，教他办丧礼的规矩而已。母亲安葬后两年多，祝生给儿子娶了媳妇，是任侍郎的孙女。此前，任公的小妾生了个女孩，没几个月就夭折了。后来任公听说祝生的灵异传闻，就驱车前往祝家，跟他订了翁婿之亲。到这时，就把孙女嫁给他儿子，两家因此往来不断。

一天，祝生对儿子说："上帝因为我对人世有功，封我为'四渎牧龙君'，现在就要走了。"不一会儿，看见庭院里有四匹马，车上有黄色帷帐，马的四条腿上都有鳞片。祝生夫妇穿着盛装走了出来，一起登上车。儿子儿媳都哭着向他们拜别，一转眼就消失不见了。当天，寇家见女儿来拜别，讲的和祝生一样。老太太就哭着挽留，三娘说："祝郎已经先走了。"出门就不见了。祝生的儿子叫祝鹗，字离尘，在请求寇老爷同意后，就把三娘与祝生的尸骸合葬在一起。

注释　1 哀毁：居亲丧悲伤异常而毁损身体。后指居父母丧时悲悼的情形。　2 擗踊(pǐ yǒng)：亦作"辟踊"捶胸顿足，形容极度哀伤。　3 策：帝王对臣下授予官爵。4 四渎牧龙君：四渎是长江、黄河、淮河、济水四条大河。牧龙君，管理龙的神官。　5 黄幨(chān)车：挂有黄色帷帐的马车。

造 畜

原文

魇昧[1]之术，不一其道，或投美饵，给[2]之食之，则人迷罔[3]，相从而去，俗名曰“打絮巴”，江南谓之“扯絮”。小儿无知，辄受其害。又有变人为畜者，名曰“造畜”。此术江北犹少，河[4]以南辄有之。扬州旅店中，有一人牵驴五头，暂絷枥下[5]，云：“我少选即返。”兼嘱：“勿令饮啖。”遂去。驴暴日中，蹄啮殊喧。主人牵着凉处。驴见水奔之，遂纵饮之。一滚尘化为妇人。怪之，诘其所由，舌强[6]而不能答。乃匿诸室中。既而驴主至，系五羊于院中，惊问驴之所在。主人曳客坐，便进餐饮，

译文

迷人的邪术，种类五花八门。有的是用好吃的东西做诱饵，哄骗人吃下去，此人便会神志不清，自动跟着骗子走，这种情况俗称“打絮巴”，江南一带叫“扯絮”。小孩子不懂事，常常受骗遇害。还有一种邪术能把人变成牲畜，名为“造畜”。这种法术江北一带很少见，黄河以南时有发生。扬州一家旅店中，有一人牵了五头驴子，暂时拴在马厩里，对店伙计说：“我一会儿就回来。”并嘱咐道：“不要给它们喂水和草料。”说完就出去了。驴在太阳底下暴晒，难受得又踢又叫，十分吵闹。店主人就把它们牵到阴凉的地方。驴看到水就拼命跑过去，店主就解开绳索让它们喝了个够。只见毛驴喝完水在地上一打滚，立即变成了妇人。店主感到很奇怪，就问那些妇人是怎么回事，妇人舌头僵硬，说不出话来。店主就将妇人藏到屋里。过了一会儿，驴主人回来，把五只羊拴在院子里。他发现毛驴不见了，便惊讶地询问店主。店主把他拽到屋里坐下，又命人端上饭菜，宽慰

且云："客姑饭，驴即至矣。"主人出，悉饮五羊，辄转化为童子。阴报郡，遣役捕获，遂械杀之。

他说："客官先吃饭，驴马上就牵过来。"说完店主就走到屋外，给羊都喂了水，它们一个个都变成了小孩。店主于是将此事偷偷告到府衙，官府派差役捕捉那个客商，用刑杖将其处死了。

注释 1 魇昧(yǎn mèi)：用法术使人受祸或使之神志不清。 2 绐(dài)：哄骗。 3 迷罔：神志混乱不清楚。 4 河：黄河。 5 暂絷枥下：暂时拴在马厩里。絷，栓。枥，本指马槽，此处代指马厩。 6 舌强：舌头僵硬。

凤阳士人

原文

凤阳[1]一士人，负笈远游[2]。谓其妻曰："半年当归。"十余月，竟无耗问，妻翘盼綦切[3]。一夜，才就枕，纱月摇影，离思萦怀。方反侧[4]间，有一丽人，珠鬟绛帔[5]，搴帷而入，笑问："姊姊得无欲见郎君乎？"妻急起应之。丽人邀与共往，

译文

凤阳有个书生，要到远方求学。临行时对妻子说："我半年后就回来。"可是他一去十几个月，竟音讯全无，妻子天天翘首以盼，思念之情非常急切。一天晚上，书生妻子刚躺下，见纱窗外月影摇曳，离别之情油然而生，萦绕胸怀。她正来回翻身睡不着时，忽然有个美女掀开门帘走了进来，只见她头上戴着珠花，身着深红披肩，笑着问道："姐姐莫不是想见丈夫？"书生妻子急忙起身应答，女子就

妻惮修阻[6]，丽人但请勿虑。即挽女手出，并踏月色。约行一矢之远，觉丽人行迅速，女步履艰涩，呼丽人少待，将归着复履[7]。丽人牵坐路侧，自乃捉足，脱履相假[8]。女喜着之，幸不凿枘[9]。复起从行，健步如飞。

移时，见士人跨白骡来。见妻大惊，急下骑，问："何往？"女曰："将以探君。"又顾问丽人伊谁。女未及答，丽人掩口笑曰："且勿问讯。娘子奔波匪易。郎君星驰夜半，人畜想当俱殆。妾家不远，且请息驾[10]，早旦而行，不晚也。"顾数武之外，即有村落，遂同行，入一庭院，丽人促睡婢起供客，曰："今夜月色皎然，不必命烛，小台石榻可坐。"士人絷蹇檐梧[11]，

邀请她跟自己一同前往。书生妻子担心路途遥远，难以行走，女子劝她无须担忧。她挽着书生妻子的手走了出去，两人踏着月色前行。大约走了几十步，书生妻子觉得女子走得太快，自己步履艰辛，便喊她等一等，自己要回家换双夹底鞋。女子拉着她坐在路边，握着脚把自己的鞋子脱下来借她穿上。书生妻子高兴地把鞋穿上，幸而还算合脚。于是就起身跟着女子继续前行，走起路来健步如飞。

过了一会儿，便看到书生骑着一头白骡子迎面而来。他看见妻子，大吃一惊，急忙下来问道："你要去哪里？"妻子说："我正要去找你。"书生又问那女的是谁，妻子还没来得及回答，女子捂嘴笑着说："别再问了。娘子走了一晚上很辛苦。郎君又在半夜赶路，想必人和牲口都很累了。我家距这里不远，请你们过去休息一晚，明天一早再走也不迟。"夫妻俩见几步外就有一座村庄，于是就跟着女子走到一个庭院里。女子把睡着的丫环叫醒，让她们做饭招待客人，说道："今晚月色明亮，就不必点灯了，台上有石凳可以坐下歇息。"书生将骡子拴在房檐下的柱子上，就坐下了。女子对书生妻子说：

乃即坐。丽人曰:"履大不适于体,途中颇累赘[12]否?归有代步,乞赐还也。"女称谢付之。

"我的鞋大,你穿着可能不太合适,路上一定很劳累吧?你回去有骡子骑,请把鞋还给我吧。"书生妻子连声道谢,把鞋还给了她。

注释 1 凤阳:在今安徽滁州下辖的凤阳县。 2 负笈远游:在远方求学。负笈,背着书箱,引申为求学。 3 翘盼綦(qí)切:踮着脚,盼望十分急切。 4 反侧:辗转反侧,因失眠而来回翻动身体。 5 珠鬟(huán)绛帔(pèi):头上戴着珠花,身上披着深红披肩。绛,深红色。帔,披肩。 6 修阻:此处指路途遥远不好走。 7 复履:中间夹有木底的鞋。 8 假:借。 9 幸不凿枘:所幸比较合适。凿枘,即方枘圆凿,指不相匹配。 10 息驾:停车休息。 11 檐梧:房檐下的柱子。 12 累赘:本意为拖累,此处指辛苦劳累。

俄顷,设酒果,丽人酌曰:"鸾凤久乖[1],圆在今夕,浊醪[2]一觞[3],敬以为贺。"士人亦执盏酬报。主客笑言,履舄交错[4]。士人注视丽者,屡以游词[5]相挑。夫妻乍聚,并不寒暄一语。丽人亦眉目流情,而妖言隐谜[6]。女惟默坐,伪为愚者。

久之渐醺,二人语益狎。又以巨觥劝客,士人以醉辞,劝之益苦。士人

不一会儿,美酒佳肴摆了上来,美女斟上酒说:"你们夫妻分开很久了,今晚终于团聚,我借这杯浊酒,敬二位以表庆贺。"书生也跟着端起酒杯回敬。他们互相说笑,聊得很开心,鞋袜交杂在一起。书生盯着美女,频频用轻佻的话挑逗她。而对久别重逢的妻子,却一句关心的话也没有。女子对书生也眉目含情,说着含含糊糊带有挑逗的话。书生妻子只是默默地坐着,装作什么也不知道。

时间久了,书生和女子渐渐喝醉,

笑曰："卿为我度一曲，即当饮。"丽人不拒，即以牙杖抚提琴而歌曰："黄昏卸得残妆罢，窗外西风冷透纱。听蕉声，一阵一阵细雨下。何处与人闲磕牙[7]？望穿秋水，不见还家，潸潸泪似麻。又是想他，又是恨他，手拿着红绣鞋儿占鬼卦[8]。"歌竟，笑曰："此市井之谣，不足污君听。然因流俗所尚，姑效颦[9]耳。"音声靡靡[10]，风度狎亵[11]，士人摇惑，若不自禁。少间，丽人伪醉离席，士人亦起，从之而去。久之不至。婢子乏疲，伏睡廊下。女独坐无侣，颇难自堪。思欲遁归，而夜色微茫，不忆道路。辗转无以自主，因起而觇之。甫近窗，则断云零雨[12]之声，隐约可闻。又听之，闻良人与己素常猥亵之状，尽情倾吐。

说的话更加亲昵露骨。女子又拿大酒杯劝客，书生推辞说喝醉了，可是女子劝得更厉害了。书生笑道："你如果能给我唱支曲子，我就喝了！"女子没有回绝，随即以象牙板拨弄琴弦，唱道："黄昏卸得残妆罢，窗外西风冷透纱。听蕉声，一阵一阵细雨下。何处与人闲磕牙？望穿秋水，不见还家，潸潸泪似麻。又是想他，又是恨他，手拿着红绣鞋儿占鬼卦。"唱完后笑着说："这是市井中的歌谣，不足以玷污公子的耳朵。然而因为现今很流行，所以我姑且学着唱唱。"她讲话娇声细语，姿态风骚，书生神魂荡漾，似乎有些控制不住自己。过了一会儿，女子假装喝醉酒离席而去，书生也站起身，跟着她一起走了。过了很久，两人也没回来。丫环们又累又困，就趴在走廊下睡着了。书生妻子孤零零坐在那儿，很是难堪。她想逃回去，但夜色茫茫，记不起回家的路。心里犹豫不决，拿不定主意，于是便站起身，走过去看看二人在干什么。刚走近窗户，她就隐隐约约听到男欢女爱的声音。再继续听，听见丈夫把平时跟自己欢爱的情形全都对女子说了。

注释 1 鸾凤久乖：指夫妻分别已久。 2 浊醪(láo)：浊酒。 3 觞(shāng)：酒杯。 4 履舄(xì)交错：古代人席地而坐，喝酒时脱鞋入室，鞋子杂乱地放在一起。此处指士人与美女喝酒后很亲昵。 5 游词：轻佻、浮夸的言语。 6 妖言隐谜：隐约带有挑逗的话。 7 闲磕牙：闲聊。 8 占鬼卦：古代少妇盼望丈夫归来而进行的占卜。 9 效颦：本意为拙劣的模仿，此处为谦辞，指学着别人唱唱。 10 靡靡：声音柔弱。 11 狎(xiá)亵：放荡，轻慢。 12 断云零雨：指男女欢爱。

女至此，手颤心摇，殆不可遏，念不如出门窜沟壑[1]以死。愤然方行，忽见弟三郎乘马而至，遽便下问。女具以告。三郎大怒，立与姊回，直入其家，则室门扃闭，枕上之语犹喁喁[2]也。三郎举巨石抛击窗棂，三五碎断。内大呼曰："郎君脑破矣，奈何！"女闻之大哭，谓弟曰："我不谋与汝杀郎君，今且若何？"三郎撑目[3]曰："汝呜呜促我来；甫能消此胸中恶，又护男儿，怒弟兄，我不贯与婢子供指使！"返身欲去。女牵衣曰："汝不携

书生的妻子到这时气得手直哆嗦，心里发颤，实在难以忍受。心想不如跑出去，跳崖死了算了。她气愤地刚要走，忽然看见弟弟三郎骑着马来到跟前。三郎看见姐姐，急忙下马询问情况。书生妻子就把刚才的事告诉了弟弟。三郎听了大怒，立即跟姐姐回去，径直冲进女子家，发现房门紧闭，两人在床上仍嘀嘀咕咕说个不停。三郎举起一块大石头，朝窗棂扔过去，窗户碎成几块。只听屋里大声喊道："郎君脑袋破了，该怎么办啊！"书生妻子听了号啕大哭，对弟弟说："我没让你杀死我丈夫啊，现在可怎么办？"三郎瞪大眼睛说："你哭哭啼啼催我过来，刚替你出了胸中这口恶气，你又护着丈夫，埋怨弟弟，我不习惯被你这低贱之人指使！"说完反身就想离开。书生妻子急忙拉住他的衣服，说："你不带

我去,将何之?”三郎挥姊仆地,脱体而去[4]。女顿惊寤,始知其梦。

越日,士人果归,乘白骡。女异之而未言。士人是夜亦梦,所见所遭,述之悉符,互相骇怪。既而三郎闻姊夫远归,亦来省问[5]。语次[6],问士人曰:“昨宵梦君归,今果然,亦大异。”士人笑曰:“幸不为巨石所毙。”三郎愕然问故,士以梦告。三郎大异之。盖是夜,三郎亦梦遇姊泣诉,愤激投石也。三梦相符,但不知丽人何许耳。

我一起走,要到哪儿去?”三郎一挥手,姐姐被推倒在地上,自己脱身离去。书生妻子猛然惊醒,才知道是做了个梦。

第二天,书生果然骑着匹白骡子回来了。妻子见了非常惊讶,没敢说什么。原来,书生那一晚也做了个梦,梦中的遭遇,讲出来和妻子做的梦完全一样,二人大感惊奇。不久,三郎听说姐夫从远方回来,也前来探问。谈话间,三郎对姐夫说:“昨夜我梦见你回来,今天果然在家,太奇怪了!”书生笑着说:“幸亏没被石头砸死!”三郎惊愕地问他为何这么说,书生便把梦中之事告诉了他。三郎听了大感怪异,原来当晚三郎也梦见姐姐向他哭诉,自己一怒之下就扔了块石头。三个人的梦完全相符,只是不知那女子究竟是什么人。

注释 1 窜沟壑:跳崖。 2 喁喁(yú):形容说话小声的样子。 3 撑目:瞪大眼睛。 4 脱体而去:脱身而去。 5 省问:问候。 6 语次:谈话间。

耿十八

原文

新城耿十八，病危笃[1]，自知不起。谓妻曰："永诀在旦晚耳，我死后，嫁守[2]由汝，请言所志。"妻默不语。耿固问之，且云："守固佳，嫁亦恒情[3]。明言之，庸何伤？行与子诀，子守我心慰，子嫁我意断也。"妻乃惨然曰："家无儋石[4]，君在犹不给，何以能守？"耿闻之，遽捉妻臂，作恨声曰："忍哉！"言已而没，手握不可开。妻号。家人至，两人攀指力擘[5]之，始开。

译文

新城人耿十八，重病垂危，自知无药可救。他对妻子说："看来很快我们就要永别了，我死后，改嫁还是守寡全由你来决定，请说说你的打算吧。"妻子听后沉默不语。耿十八坚持要她表态，说道："守寡当然最好，再嫁也是人之常情。明说又有什么妨碍呢？马上就要和你永别了，你守寡我十分欣慰；你要再嫁人，我也就能断了情意。"妻子凄伤地说："家里穷得连一瓮米都没了，你在的时候尚不能维持，你死后我靠什么守寡啊？"耿十八听后，紧紧抓住妻子的胳膊，愤恨地说："你真是狠心啊！"话刚说完便断了气，但手死死抓住妻子不松开。妻子吓得大喊大叫。家人闻声赶来，让两个人使劲掰耿十八的手，这才掰开。

注释 1 病危笃：病重濒死。笃，病情严重。 2 嫁守：改嫁或守节。 3 恒情：人之常情。 4 无儋(dàn)石：形容粮食不足。儋，通"甔"，瓶、坛一类的瓦器，可以盛一石粮食。 5 擘(bò)：分开。

耿不自知其死，出门，见小车十余辆，辆各十人，即以方幅书名字黏车上。御人[1]见耿，促登车。耿视车中已有九人，并己而十，又视黏单上，己名最后。车行咋咋[2]，响震耳际，亦不知何往。俄至一处，闻人言曰："此思乡地也。"闻其名，疑之。又闻御人偶语[3]云："今日劓[4]三人。"耿又骇。及细听其言，悉阴间事，乃自悟曰："我岂作鬼物耶？"顿念家中无复可悬念，惟老母腊高[5]，妻嫁后缺于奉养。念之，不觉涕涟。又移时，见有台高可数仞，游人甚多，囊头械足[6]之辈，呜咽而下上，闻人言为"望乡台[7]"。诸人至此，俱踏辕[8]下，纷然竞登。御人或挞之，或止之，独至

耿十八不知道自己已经死了，走出家门，看到门前有十几辆小车，每辆车上装了十个人，贴在车厢的方纸上写着名字。赶车的人看到耿十八，催促他快上车。耿十八上车后，见车内已经有九个人，加上自己正好十人，又看到自己的名字粘在名单的最后。车子咯咯吱吱地响着，声音震耳，也不知道去什么地方。不一会儿，来到一个地方，只听有人说："这里是思乡地。"听到这个名字，耿十八心中十分疑惑。他又听见赶车人窃窃私语说："今天铡死了三个人。"耿十八听了非常害怕。仔细听他们说的话，都是阴间的事情，这才恍然大悟地问："我这岂不是变成鬼了吗？"他立刻想到家里没有可挂念的，只有老母亲年事已高，妻子改嫁后恐怕无人侍奉她。想到这些他十分难过，不由地流下泪来。又走了一段时间，他忽然看见有座数丈高的台子，上面游人很多。这些人身戴枷锁镣铐，哭喊叫嚷着，不停地上上下下，听人说这座高台就是"望乡台"。他们来到这里，都踩着车辕跳下来，纷纷争着往台子上爬。赶车人要么拿鞭子抽打，要么禁止往上爬，唯独到耿十八时，催促他上台去看看。耿

耿，则促令登。登数十级，始至颠顶。翘首一望，则门闾庭院宛在目前，但内室隐隐，如笼烟雾。凄恻不自胜。

十八登了几十级台阶，才到了台子的最高处。他在台上翘首以望，家里的庭院、房屋仿佛就在眼前，只是室内看不清楚，好像是笼罩着烟雾一样。耿十八心里非常凄楚悲伤，难以自制。

注释　1 御人：驾车的人。　2 咋咋(zé)：象声词，形容车行时发出的声音。　3 偶语：相对私语。　4 剿(cuì)：铡断。　5 腊高：年老。腊，佛家用语，僧侣受戒后记一年为一腊。　6 囊头械足：指头脚戴着刑具。　7 望乡台：旧时迷信认为，阴间有望乡台，用家乡土垒成，新死鬼魂可站在台上看阳世家中情形。　8 辕：车辕，车前架牲畜的两根直木。用来套在牲口上以便拉车，或用作人拉车的把手。

回顾，一短衣人立肩下，即以姓氏问耿，耿俱以告。其人亦自言为东海[1]匠人，见耿零涕，问："何事不了于心？"耿又告之。匠人谋与越台而遁，耿惧冥追[2]，匠人固言无妨；耿又虑台高倾跌，匠人但令从己。遂先跃，耿果从之，及地，竟无恙，喜无觉者。视所乘车犹在台下。二人急奔，数武，忽自念名

耿十八回头一看，只见一个身着短衣的人站在身后，那人询问他的姓氏，耿十八都如实相告。那人也自称是来自东海的工匠，他看到耿十八伤心落泪，就问道："你心里有什么事情放不下？"耿十八告诉了他详情。工匠与耿十八商量跳下台子逃走。耿十八害怕阴司的人追拿，匠人坚持说不会有事；耿又担心台子太高跌伤，匠人就让他跟着自己跳下去。匠人先跳下去，耿十八果然也跟着跳了下去，落到地上竟安然无恙，更庆幸没有被人察觉。见到来时乘坐的车仍停在台下，两人急忙跑过去。刚跑几步，耿十八

字黏车上，恐不免执名之追，遂反身近车，以手指染唾涂去己名，始复奔，哆口坌息[3]，不敢少停。

忽然想起名字还贴在车上，恐怕会被人按名捉拿，于是转身返回车旁，用手指蘸着唾液擦去自己的名字后才再逃跑。两人跑得气喘吁吁，也不敢稍微歇一歇。

注释 1 东海：地名，在今山东省临沂市下辖的郯城县。 2 冥追：阴曹追捕。 3 哆(chǐ)口坌(bèn)息：张着大口喘气。坌，坌涌；息，气息。

少间，入里门，匠人送诸其室。蓦[1]睹己尸，醒然而苏。觉乏疲躁渴，骤呼水。家人大骇，与之水，饮至石余。乃骤起，作揖拜伏，既而出门拱谢，方归。归则僵卧不转。家人以其行异，疑非真活，然渐觇之，殊无他异。稍稍近问，始历历[2]言其本末。问："出门何故？"曰："别匠人也。""饮水何多？"曰："初为我饮，后乃匠人饮也。"投之汤羹，数日而瘥[3]。由此厌薄[4]其妻，不复共枕席。

没多久，耿十八就跑进家门，匠人把他送到屋里。耿十八忽然看到自己的尸体，立刻就苏醒过来。他只觉得精疲力竭，口干舌燥，急喊着要水喝。家人见他活过来大吃一惊，连忙端水给他，他一口气足足喝了一石多水。耿十八随后猛地起身，叩首作揖，接着又到门外拱手道谢后才回来。耿十八回到屋后又僵卧不再动弹。家人见他行为怪异，怀疑他没有真的活过来，然而再慢慢观察，并没有发现怪异的地方。家人稍微靠近他询问，他才历数事情的始末。家人问他："你为什么出门？"他回答说："去跟匠人告别。"家人又问："你为什么喝那么多水？"他回答说："开始是我喝，后来是匠人在喝。"家人给他汤羹，几天之后就完全康复了。经过此事，耿十八非常讨厌他的妻子，日渐冷淡，再也不与她同床共眠。

注释 1 蓦(mò):突然。 2 历历:言语清清楚楚。 3 瘥(chài):病愈。 4 厌薄:厌恶、轻慢对待。

珠 儿

原文

常州[1]民李化,富有田产,年五十余,无子,一女名小惠,容质秀美,夫妻最怜爱之。十四岁暴病夭殂[2],冷落庭帏,益少生趣。始纳婢,经年余,生一子,视如拱璧[3],名之珠儿。儿渐长,魁梧可爱,然性绝痴,五六岁尚不辨菽麦[4],言语蹇涩[5]。李亦好而不知其恶。会有眇僧,[6]募缘[7]于市,辄知人闺闼[8],于是相惊以神,且云能生死祸福人。几十百千,执名以索,无敢违者。诣李募百缗[9],李难之。给十金,不受,

译文

常州有一个名叫李化的人,家里富裕,有很多田产,但年过五十还没有儿子,只有一个女儿名叫小惠,长得容貌秀美,夫妻两人非常疼爱她。然而小惠十四岁就得重病夭折了,家里冷冷清清,更加缺少生气乐趣。于是李化纳了小妾,一年多后小妾生了一个儿子,李化视他如同珍宝,给他起名珠儿。珠儿渐渐长大,长得魁梧英俊,招人喜爱,然而生来就特别痴呆,五六岁时还分不清豆子和麦子,说话结结巴巴。李化照样对他非常疼爱,不在意其缺陷。当时城里来了个瞎和尚,在集市上化缘,他能知道别人家中的私密事,人们相互惊奇,认为他是神仙,他还扬言能掌握人的生死祸福。这和尚点名向人要几百上千的钱,没有敢不给的。有一天,和尚向李化化缘一百吊钱,李化非常为难。李化给和尚十两银子,但和尚不要,

渐至三十金。僧厉色曰："必百缗，缺一文不可！"李怒，收金而去。僧忿然起曰："勿悔！勿悔！"无何，珠儿心暴痛，巴刮[10]床席，色如土灰。李惧，将八十金诣僧求救。僧笑曰："多金大不易！然山僧何能为？"李归而儿已死。李恸甚，以状诉邑宰[11]。宰拘僧讯鞫[12]，亦辨给无情词[13]。笞之，似击鞔革[14]。令搜其身，得木人二、小棺一、小旗帜五。宰怒，以手叠诀举示之。僧乃惧，自投无数。宰不听，杖杀之。李叩谢而归。

他渐渐加到三十两银子。和尚声色俱厉地说："必须一百吊钱，少一文也不行！"李化大怒，收起钱就离开了。和尚愤恨地说："你不要后悔！不要后悔！"不一会儿，珠儿心口突然剧痛，死死抓着床单，疼得翻来覆去，面色如土灰。李化害怕了，连忙准备了八十两银子到和尚那里求救。和尚笑着说："你拿出如此多的钱实在太不容易了！但是我这个山里的和尚又能做什么呢？"李化回到家里，发现儿子已经死了。李化悲恸不已，写下状纸到县官那里告状。县官派人将和尚拘来审讯，和尚极力狡辩不说实情。县官下令拷打和尚，就像擂鼓一样狠狠地打。又命人搜他的身，搜出了两个木人、一口小棺材、五面小旗子。县官大怒，拿着这些罪证给他看。和尚这才害怕，趴下来连连叩头认罪。县官不听，下令把和尚杖毙。李化叩首拜谢，然后回家了。

注释　1 常州：今江苏常州。　2 夭殂(cú)：夭折，短命而死。　3 拱璧：两手拱抱的大玉璧，泛指珍宝。　4 菽麦(shū)：豆子与麦子，比喻极易识别的事物。　5 言语蹇(jiǎn)涩：说话不连贯。蹇涩，艰涩，迟钝，不顺。　6 眇(miǎo)僧：瞎眼的和尚。眇，一目失明。　7 募缘：即"化缘"，僧尼募求人施舍财物。　8 闺闼(tà)：妇女所居内室的门户，代指闺中女人。　9 百缗(mín)：一百串钱，价值一百两银子。缗，穿钱用的绳子，借指成串的钱。 **10** 巴刮:方言,扒挝、抓挠的意思。 **11** 邑宰:县令。 **12** 鞫(jū):审问。 **13** 辨给无情词:巧辩而不说实话。辨,通“辩”。 **14** 鞔(mán)革:蒙鼓的皮革,代指鼓。鞔,用皮蒙鼓。

时已曛暮[1],与妻坐床上。忽一小儿,伛儴[2]入室,曰:“阿翁行何疾?极力不能得追。”视其体貌,当得七八岁。李惊,方将诘问,则见其若隐若现,恍惚如烟雾,宛转间已登榻坐。李推下之,堕地无声。曰:“阿翁何乃尔!”瞥然复登。李惧,与妻俱奔。儿呼阿父、阿母,呕哑不休。李入妾室,急阖其扉,还顾,儿已在膝下。李骇问何为,答曰:“我苏州人,姓詹氏。六岁失怙恃[3],不为兄嫂所容,逐居外祖家。偶戏门外,为妖僧迷杀桑树下,驱使如伥鬼[4],冤闭穷泉[5],不得脱化[6]。幸赖阿翁昭雪,愿得为子。”李曰:“人鬼殊途,何能相

当时已经黄昏,李化正与妻子坐在床上说话。忽然看见一个小孩儿急匆匆地走进屋里,说道:“阿爹为什么走得那么快?我拼命追也没有追上。”细看这孩子的模样,大约七八岁。李化大惊,刚要询问,就见他若隐若现,恍惚如烟雾一样,转眼间已经坐到了床上。李化连忙把他推下去,落地时毫无声息。小孩儿说:“阿爹为什么这么做!”转眼间又上到床上。李化非常害怕,吓得和妻子一起逃了出去。小孩紧跟着喊“阿爹”“阿母”,叫个不停。李化跑到小妾的屋里,急忙关好门,回头一看,小孩儿已经站在腿下。李化害怕地问小孩儿要干什么,小孩儿回答说:“我是苏州人,姓詹。六岁时父母双亡,哥嫂容不下我,把我赶到外祖父家。有一次偶然在外面玩耍,被妖僧迷惑,施法杀死在桑树下。后来被他当作伥鬼驱使,含冤九泉之下,无法脱化。幸亏阿爹为我昭雪报仇,愿做您的儿子报恩。”李化说:“人与鬼不在一个世界,怎么能彼此依靠呢?”小孩儿说:

依？”儿曰：“但除斗室[7]，为儿设床褥，日浇一杯冷浆粥，余都无事。”李从之。儿喜，遂独卧室中。

“只要有一间小屋，给儿子我放张床和被褥，每天浇上一碗冷粥，其他就没什么事了。”李化答应了他。小孩儿非常高兴，于是独自在小屋里住下。

注释　1 曛(xūn)暮：即黄昏时，昏暮。　2 恇儴(kuāng ráng)：惶急的样子。　3 失怙(hù)恃：失去了父母。《诗经·小雅·蓼莪》：“无父何怙，无母何恃。”后因用“怙恃”为父母的代称。　4 伥鬼：传说中人被虎咬死，反而又引虎吃人的一种鬼。　5 穷泉：九泉之下。　6 脱化：迷信说人死之后，阴司根据其善恶，转生为人或畜生，称为脱化。　7 斗室：小的房间。

晨来出入闺阁，如家生。闻妾哭子声，问：“珠儿死几日矣？”答以七日。曰：“天严寒，尸当不腐。试发冢[1]起视，如未损坏，儿当活之。”李喜，与儿去，开穴验之，躯壳如故。方深忉怛[2]，回视，失儿所在。异之，舁尸归，方置榻上，目已瞥动，少顷呼汤，汤已而汗，汗已遂起。群喜珠儿复生，又加之慧黠便利[3]，迥异平昔。但夜间

早晨起来后，小孩儿出入各屋，就像自家的孩子一样。有一天，他听到李化的小妾在为死去的儿子痛哭，就问：“珠儿死了几天啦？”小妾回答说七天。小孩儿说：“天气非常寒冷，尸体应该不会腐烂。去打开棺材看看，如果没有坏，我能让他再活过来。”李化听后大喜，和小孩儿一同前去，打开坟墓一看，珠儿的身体果然完好如初。李化正在悲痛欲绝的时候，转身一看，小孩儿已经不在原地，踪迹全无。李化觉得很奇怪，便把珠儿的尸体带回家，刚把尸体放在床上，珠儿的眼睛已经能动了，不一会儿又要热水喝，喝完后出了一身汗，出完汗后竟然就能

僵卧，毫无气息，共转侧之，冥然若死。众大愕，谓其复死；天将明，始若梦醒。群就问之，答云：“昔从妖僧时，有儿等二人，其一名呼哥子。昨追我父不及，盖在后与哥子作别耳。今在冥司[4]，为姜员外作义嗣，亦甚优游。夜分，固来邀儿戏。适以白鼻騧[5]送儿归。”母因问：“在阴司见珠儿否？”曰：“珠儿已转生矣。渠与阿翁无父子缘，不过金陵严子方，来讨百十千债负耳。”初，李贩于金陵，欠严货价未偿，而严翁死，此事无知者。李闻之大骇。母问：“儿见惠姊否？”儿曰：“不知。再去当访之。”

起身了。珠儿复活令一家人都很高兴，而且他还变得聪明伶俐，和以往大不一样。但是到了晚上又僵卧不动，气息全无，大家转动他的身子，也毫无动静，如同死了一样。众人大惊，以为他又死去了。天快亮时，珠儿才像梦中醒来一样。大家走上前询问，他回答说：“以前跟着妖和尚的，有我们两个小孩儿，另一个叫哥子。昨天没有追上阿爹，就是因为我在后边与哥子告别。现在他在阴间，给姜员外做义子，也很悠闲自在。晚上他来找我玩耍，刚才用白鼻黑嘴的黄马送我回来。”母亲又问：“你在阴间看到珠儿了吗？”他回答说：“珠儿已投胎转世了。他与阿爹没有父子缘分，不过是替金陵的严子方讨回百十吊债钱罢了。”当初，李化曾到金陵贩货，欠了严子方一笔货钱未还，后来严子方死了，此事便无人知晓。李化听后非常震惊。李母又问：“见到你惠姐没有？”他回答：“不知道。再去时一定找她。”

注释　1 发冢(zhǒng)：发掘坟墓。　2 忉怛(dāo dá)：悲痛的样子。　3 慧黠(xiá)便利：聪明而狡猾敏捷。　4 冥司：阴间。　5 白鼻騧(guā)：一种白鼻黑口的黄马，泛指好马。

又二三日，谓母曰："惠姊在阴司大好，嫁得楚江王小郎子，珠翠满头髻，一出门，便十百作呵殿声[1]。"母曰："何不一归宁[2]？"曰："人既死，都与骨肉无关切。倘有人细述前生，方豁然动念耳。昨托姜员外，夤缘[3]见姊姊，姊呼我坐珊瑚床上，与言父母悬念，渠都如眠睡。儿云：'姊在时，喜绣并蒂花，剪刀刺手爪，血涴[4]绫子上，姊就刺作赤水云。今母犹挂床头壁，顾念不去心。姊忘之乎？'姊始凄感，云：'会须[5]白郎君，归省阿母。'"母问其期，答言不知。一日谓母："姊行且至，仆从大繁，当多备浆酒。"少间，奔入室曰："姊来矣！"移榻中堂[6]，曰："姊姊且憩坐[7]，少悲啼。"诸人悉无所见。儿率人焚纸酹饮于门外，

又过了两三天，小孩儿对母亲说："惠姐在阴间过得非常好，嫁给了楚江王的小公子，满头戴着珍珠翡翠，一出门就有一百多人在前面喊着开道。"母亲问："为什么她不回娘家看看？"小孩说："人死后，就与骨肉至亲没有关系了。若是有人详细讲他生前的事，才可能豁然触动而想起。昨天我托姜员外介绍见到了惠姐。姐姐让我坐到她的珊瑚床上。我告诉她父母的思念，可她像睡着了一样没有反应。我又说：'姐姐在世时，喜欢绣并蒂花，被剪刀刺破了手，血弄污了绫子，姐姐就顺着血迹绣成了红色云霞。如今母亲仍把它挂在床头的墙上，对你念念不忘。姐姐忘记了吗？'姐姐这才被触动，悲伤地说：'等我告诉了夫君，就回家探望母亲。'"母亲问什么时候来，小孩儿说不知道。一天，小孩儿对母亲说："姐姐快要到了，带来的仆人随从很多，应该多准备些酒。"过了一会儿，他又跑回屋里说："姐姐来了！"说着将座椅搬到堂屋，并说："姐姐先暂时坐在这里歇息，不要太过悲伤。"然而其他人什么也没看到。小孩儿领着家人到门外焚纸祭酒，

反曰:“驺从[8]暂令去矣。姊言:‘昔日所覆绿锦被,曾为烛花烧一点如豆大,尚在否?’”母曰:“在。”即启笥出之。儿曰:“姊命我陈旧闺中。乏疲,且小卧,翌日再与阿母言。”

回来后说:“随从暂时都让他们回去了。姐姐说:‘以前盖的绿锦被,曾经被烛火烧了一个豆大的洞,如今还在吗?’”母亲回答:“还在。”于是打开箱子找了出来。小孩儿说:“姐姐让我把被子放在她以前的闺房中。她觉得疲乏了,要小睡一下,明天再与母亲说话。”

注释 1 呵殿声:官员出行时侍卫人员的喝道声。 2 归宁:已嫁女子回母家探亲。 3 夤(yín)缘:凭借关系。夤,攀附。 4 涴(wò):污,弄脏。 5 会须:定要,必须。 6 中堂:居中的正厅。 7 憩坐:坐下休息。 8 驺(zōu)从:达官贵人出行时,在车前后侍从的骑卒。

东邻赵氏女,故与惠为绣阁交[1]。是夜,忽梦惠幞头紫帔[2]来相望,言笑犹如平生。且言:“我今异物,父母觌面[3],不啻[4]河山。将借妹子与家人共语,勿须惊恐。”质明[5],方与母言,忽仆地闷绝。逾刻方醒,向母曰:“小惠与阿婶别几年矣,顿鬖鬖[6]白发生!”母骇曰:“儿病狂耶?”女

东边邻居赵家的女儿,先前与小惠是闺中好友。当夜,她忽然梦见小惠戴着头巾,披着紫色披肩前来看望,音容笑貌与生前一模一样。还对赵女说:“如今我已不再是人,与父母见一面,不亚于跨过千山万水。我想借你的身体和家人说话,你不要惊慌害怕。”天刚亮,赵家女儿正和母亲说话,忽然就扑倒在地闭过气,过了一刻才醒过来。她对母亲说:“小惠与大婶分别了几年,您竟然已经头发散乱,长出白发了!”赵母惊骇地说:“女儿你这是疯了吗?”赵家女儿拜别了母

拜别即出。母知其异，从之。直达李所，抱母哀啼。母惊，不知所谓。女曰："儿昨归，颇委顿，未遑一言。儿不孝，中途弃高堂，劳父母哀念，罪莫大焉！"母顿悟，乃哭。已而问曰："闻儿今贵，甚慰母心。但汝栖身王家，何遂能来？"女曰："郎君与儿极燕好[7]，姑舅[8]亦相抚爱，颇不谓妒丑。"惠生时，好以手支颐，女言次，辄作故态，神情宛似。未几，珠儿奔入，曰："接姊者至矣。"女乃起，拜别泣下，曰："儿去矣。"言讫，复踣，移时乃醒。

亲就走出家门。赵母知道此事必有蹊跷，就尾随着她。赵女一直走进李家，抱住李母哀痛哭泣。李母惊慌失措，不知道怎么回事。赵女说："我昨天回来，很疲劳，没能和母亲说话。女儿不孝，中途离二老而去，让父母哀伤挂念，真是大罪啊！"李母顿时明白了，于是痛哭起来。母亲随即问道："听说女儿你如今富贵，母亲心里非常欣慰。但是你现在栖身在王府家，怎么能随便就来呢？"女儿说："夫君与女儿十分恩爱，公婆也很疼爱我，不嫌女儿有什么不好的地方。"小惠生前喜欢用手托着下巴，赵家女儿说话的时候也做以前的姿态，神情宛如小惠生前一样。不一会儿，珠儿跑进来，说："接姐姐回去的人来了！"女子于是起身，哭着拜别母亲，说："女儿走了。"说完赵家女儿又扑倒在地，过了一个时辰才醒过来。

注释 1 绣阁交：少女时代的朋友。 2 幞(fú)头紫帔(pèi)：头裹幞头，身着紫色披肩。 3 觌(dí)面：见面。 4 不啻(chì)：不止，不亚于。 5 质明：天刚刚亮。 6 鬖鬖(sān)：头发蓬松散乱的样子。 7 燕好：指夫妇之间感情好。 8 姑舅：公公婆婆。

后数月，李病剧，医药罔效。儿曰："旦夕恐不救也！二鬼坐床头，一执铁杖子，一挽苎麻绳，长四五尺许，儿昼夜哀之不去。"母哭，乃备衣衾。既暮，儿趋入曰："杂人妇，且避去，姊夫来视阿翁。"俄顷，鼓掌大笑。母问之，曰："我笑二鬼，闻姊夫来，俱匿床下如龟鳖。"又少时，望空道寒暄，问姊起居。既而拍手曰："二鬼奴哀之不去，至此大快！"乃出之门外，却回，曰："姊夫去矣。二鬼被锁马鞅[1]上。阿父当即无恙。姊夫言：'归白大王，为父母乞百年寿也。'"一家俱喜。至夜，病良已，数日寻瘥。延师教儿读，儿甚惠，十八岁入邑庠[2]，犹能言冥间事。见里中病者，辄指鬼祟所在，以火爇[3]

过了几个月，李化病情日益加重，寻医问药也没有效果。小孩儿说："早晚的事情，恐怕是没有救了！有两个鬼坐在床头，一个手里拿着铁杖，一个手上挽着条四五尺长的苎麻绳，孩儿我白天黑夜哀求他们，他们也不走。"母亲痛哭，给李化准备寿衣。等到黄昏时，小孩儿跑进来说："闲杂人等和妇女回避，姐夫来看望阿爹了！"过了一会儿，小孩儿拍手大笑。母亲问他何故，他说："我是笑那两个鬼，听说姐夫要来，吓得像缩头乌龟一样躲到床下。"又过了一会儿，见小孩儿对着空中寒暄，问候姐姐的起居生活。接着又拍手笑道："我哀求两个鬼奴离开却赖着不走，现在真是大快人心！"说完他走出门外，又折身回来说："姐夫走了，两个小鬼被拴在马鞅上。阿爹应当快好了。姐夫说：'我回去就禀告大王，为父母乞求百年的寿命！'"全家人都非常欢喜。到了夜里，李化的病果然好转，几天后就痊愈了。李化请老师教小孩儿读书。他很聪明，十八岁就考上了秀才，还能说阴间的事情。遇到乡亲中有生病的，他往往都能指出鬼在哪儿，用火去烤，往往病人就能痊愈。后

之,往往得瘳[4]。后暴病,体肤青紫,自言鬼神责我泄露,由是不复言。

来珠儿得了急病,皮肤青紫,自己说是鬼神在责罚他泄露了天机。从此之后,他再也不说阴间的事了。

注释 1 马鞅:套在马胸前的皮带。 2 邑庠(yì xiáng):明清时称县学为邑庠。 3 爇(ruò):点燃,焚烧。 4 瘳(chōu):病愈。

小官人

原文

太史[1]某公,忘其姓氏。昼卧斋中,忽有小卤簿[2],出自堂陬[3]。马大如蛙,人细如指。小仪仗以数十队。一官冠皂纱[4],着绣襆[5],乘肩舆[6],纷纷出门而去。公心异之,窃疑睡眼之讹。顿见一小人返入舍,携一毡包,大如拳,竟造[7]床下。白言:"家主人有不腆之仪[8],敬献太史。"言已,对立,即又不陈其物。少间,又自笑曰:"戋戋[9]微物,想太史亦

译文

有位翰林公,忘记了他的姓名。白天他在屋里躺着休息,忽然看见有一小班仪仗队从厅堂角落走出来。马像青蛙那么大,人细小得如同手指。小仪仗有几十队。有一个官员戴着乌纱帽,穿着青黑绣袍,坐着轿子,后边跟着随从,纷纷出门而去。翰林公觉得很怪异,怀疑自己睡眼迷糊看错了。突然又看见一个小人返回屋里,带着一个毡布包袱,有拳头大小,直接走到床下。他启禀说:"我家主人有件小礼物,想敬献给太史大人。"说完,就迎面站着,却又不把东西拿出来。过了一会儿,自己又笑笑说:"这丁点儿大的东西,想来太史也

无所用，不如即赐小人。”太史颔之。欣然携之而去。后不复见。惜太史中馁[10]，不曾诘所自来。

没什么用，不如就赏赐给小人算了。”太史点了点头。小人高兴地带着包袱走了。以后再也没见到。可惜翰林当时心里害怕，没有询问他的来历。

注释 1 太史：本为掌管天文历法、历史记录的官员，明清时多用以指称翰林。 2 卤簿：古代帝王外出时扈从的仪仗队。 3 陬(zōu)：角落。 4 冠皂纱：头戴黑色的纱帽。皂，黑色。 5 绣襆：官员所穿礼服，上面绣着青黑色花纹。 6 肩舆：即轿子。起初只是作为山行的工具，后来走平路也以它为代步工具。初期的肩舆为二长竿，中置椅子以坐人，其上无覆盖。后来，椅子上下及四周增加覆盖遮蔽物，其状有如车厢，并加种种装饰，乘坐舒适。此处应为无遮蔽的轿子。 7 造：至，来到。 8 不腆之仪：指微薄的礼物。腆，丰厚。 9 戋戋(jiān)：细微。 10 中馁：此处指太史心中害怕，勇气不足。

胡四姐

原文

尚生，泰山[1]人，独居清斋。会值秋夜，银河高耿[2]，明月在天，徘徊花阴，颇存遐想。忽一女子逾垣来，笑曰：“秀才何思之深？”生就视，容华若仙。惊喜拥入，

译文

泰山人尚生，平日独自住在简陋的书房里。当时正值秋夜，银河高挂明亮，皓月当空，他在花阴中徘徊散步，万千遐想不停。忽然一个女子跳墙进来，笑着对尚生说：“秀才想什么想得如此入迷？”尚生走近一看，只见那女子容貌风华，就像仙女一样。他惊喜万分，抱着她就进

穷极狎昵。自言胡氏，名三姐。问其居第，但笑不言。生亦不复置问，惟相期永好而已。自此，临无虚夕[3]。一夜，与生促膝灯幕[4]，生爱之，瞩盼不转[5]。女笑曰："眈眈视妾何为？"曰："我视卿如红药碧桃[6]，虽竟夜视，不为厌也。"三姐曰："妾陋质，遂蒙青盼[7]如此，若见吾家四妹，不知如何颠倒。"生益倾动，恨不一见颜色，长跽[8]哀请。

了书房，尽情地亲昵了一阵儿。女子说自己姓胡，叫三姐。尚生问她住在何处，女子只是笑，但不回答。尚生也不再追问，只希望两人能够永远欢会。从此以后，胡三姐每天夜里都来相会。一天夜晚，胡三姐与尚生在灯前促膝对坐，尚生非常喜爱胡三姐，目不转睛地盯着她。三姐笑着说："你直盯着我做什么？"尚生回答说："我看你就像红芍药、碧桃花，即使看一晚上也看不够。"三姐说："我长得丑陋，还能蒙你如此垂青，若是见到我家四妹，不知道你会如何神魂颠倒呢。"尚生更加动心，恨不得马上一睹四姐芳容，跪下来哀求希望见一见四姐。

注释 1 泰山：在今山东泰安。 2 银河高耿：银河高悬空中，十分明亮。耿，明。 3 临无虚夕：没有一天不来的。 4 促膝灯幕：相对坐于灯下。促膝，膝与膝挨着，形容关系亲近。 5 瞩盼不转：目不转睛地瞩目而视。 6 红药碧桃：即芍药和碧桃，此处指女子容貌艳丽。 7 青盼：青眼，看重。 8 长跽(jì)：长跪，直挺挺地跪着。

逾夕，果偕四姐来。年方及笄[1]，荷粉露垂，杏花烟润，嫣然含笑，媚丽欲绝。生狂喜，引坐。三姐与生同笑语，四姐惟手

过了一个晚上，三姐果然领着四姐来了。四姐刚十五岁，像垂露的荷花，又如雾中的杏花一样温润，她嫣然一笑，无比妩媚娇丽。尚生心中狂喜，急忙请她们坐下。三姐与尚生一起说话，四姐只

引绣带，俯首而已。未几，三姐起别，妹欲从行，生曳之不释，顾三姐曰："卿卿[2]烦一致声。"三姐乃笑曰："狂郎情急矣！妹子一为少留。"四姐无语，姊遂去。二人备尽欢好，既而引臂替枕，倾吐生平，无复隐讳。四姐自言为狐，生依恋其美，亦不之怪。四姐因言："阿姊狠毒，业杀三人矣，惑之，无不毙者。妾幸承溺爱，不忍见灭亡，当早绝之。"生惧，求所以处。四姐曰："妾虽狐，得仙人正法[3]，当书一符粘寝门，可以却之。"遂书之。既晓，三姐来，见符却退，曰："婢子负心，倾意新郎，不忆引线人[4]矣。汝两人合有夙分[5]，余亦不相仇，但何必尔？"乃径去。数日，四姐他适，约以隔夜。

是低头用手摆弄身上的绣花带子。过了一会儿，三姐起身告辞，四姐也要跟着一起回去。尚生紧紧拉住四姐不放，看着三姐说："你也请帮着说说话吧。"三姐说："这疯郎急坏了！妹妹再稍待一会儿吧。"四姐没有说话，三姐便一人先行离去。两人极尽欢爱，接着互枕着胳膊，各自倾吐生平，没有什么隐瞒。四姐说自己是狐女，尚生贪恋她的美貌，也就不觉得怪异。四姐又说："三姐心狠手毒，已经害死三个人了，只要被她魅惑的人，没有不死的。我承蒙得到你的厚爱，不忍心看着你送死，劝你早日与三姐断绝来往。"尚生听了非常害怕，请四姐想个办法。四姐说："我虽然是个狐狸，但得到了仙人的纯正法术，我画一张符贴在你寝室门上，可以让她无法进来。"四姐随即画了一张符给尚生。天将破晓时，三姐回来了，看到门上的符不敢进去，说道："这丫头真是负心人，倾爱新郎君，就不念我这牵线人了。你二人本就有夙缘，我又不和你们结仇，何必如此对我呢？"说完就径直走了。过了几天，四姐有事要到别处去，约好隔夜再来相会。

注释 1 及笄:古时女子满十五岁,用笄贯发,指女子成年,到了结婚的年龄。 2 卿卿:男女间的昵称。 3 正法:相对邪魔外道而言的正道仙术。 4 引线人:媒人。 5 夙分:前生的缘分。

是日,生偶出门眺望,山下故有槲[1]林,苍莽中出一少妇,亦颇风韵。近谓生曰:“秀才何必日沾沾恋胡家姊妹?渠又不能以一钱相赠。”即以一贯授生,曰:“先持归,贳良酝[2],我即携小肴馔来,与君为欢。”生怀钱归,果如所教。少间,妇果至,置几上燔鸡[3]、咸彘肩[4]各一,即抽刀子缕切为脔[5]。酾酒[6]调谑,欢洽异常。继而灭烛登床,狎情荡甚。既明始起,方坐床头,捉足易舄,忽闻人声。倾听,已入帏幕,则胡姊妹也。妇乍睹,仓惶而遁,遗舄[7]于床。二女遂叱曰:“骚狐!何敢与人同寝处!”追去,移时始返。四姐怨生曰:“君不长进,

这天,尚生偶然出门去野外眺望,山下原来有一片槲树林,忽然从茂密的林子里走出来一个少妇,长得颇有风韵。她走近尚生,对他说:“你这秀才为什么每天沾沾自喜地贪恋着胡家姊妹?她们又不能赠给你一文钱。”她说着拿出一贯钱送给尚生,说:“你先拿着回去买些好酒,我去拿些小菜,今晚和你欢娱一番。”尚生怀揣着钱回来,按照少妇的吩咐去办。不一会儿,少妇果然来了,往桌子上放了一只烧鸡、一个咸猪肘子,又抽出小刀仔细地割成小块。两人饮酒说笑,相谈甚欢。接着熄灯上床,尽情地欢爱。他们直到天亮才起床,少妇正坐在床头穿鞋时,忽然听到有人声。少妇侧耳一听,已经走到帐幕中了,原来是胡家姊妹。少妇一见她们,仓皇逃走,慌忙中在床上落下一只鞋。胡家姊妹追着骂道:“你这只骚狐狸!怎么敢和人睡觉!”边说边追了出去,过了一段时间才返回。四姐抱怨尚生说:“你真是没有长进,竟然和骚狐狸

与骚狐相匹偶，不可复近！”遂悻悻欲去。生惶恐自投，情词哀恳。三姊从旁解免，四姐怒稍释，由此相好如初。

勾搭！不能再亲近你了！”于是怒气冲冲地就要离开。尚生吓得连连认错，苦苦哀求，言辞恳切。三姐又在一旁说和，四姐这才怒气稍减，从此以后他们又和好如初。

注释 1 槲(hú)：一种落叶乔木。 2 贳(shì)良酝：买好酒。贳，租借、赊欠。 3 燔(fán)鸡：烧鸡。 4 咸彘(zhì)肩：咸猪肘。 5 脔(luán)：切成小片的肉。 6 酾(shī)酒：斟酒。 7 舄(xì)：鞋子。

一日，有陕人骑驴造门，曰：“吾寻妖物，匪伊朝夕[1]，乃今始得之。”生父以其言异，讯所由来。曰：“小人日泛烟波[2]，游四方，终岁十余月，常八九离桑梓[3]，被妖物蛊杀[4]吾弟。归甚悼恨，誓必寻而殄灭之。奔波数千里，殊无迹兆，今在君家。不翦[5]，当有继吾弟亡者。”时生与女密迩[6]，父母微察之，闻客言，大惧，延入，令作法。出二瓶。列地上，符咒良久，有黑雾四团，分投

有一天，一个陕西人骑驴登门拜访，那人说：“我是来寻找那些妖精的，已经找了不止一两天，如今终于找到了。”尚生的父亲听这人说话十分怪异，便询问事情的缘由。那人说：“小人每天漂泊在外，周游四方，一年十几个月，常有八九个月不在家，结果妖怪蛊惑害死了我弟弟。我回来后非常悔恨，发誓一定要找到这些妖精除掉它们！我奔走了几千里路，也没有找到妖怪的踪影，如今发现在你家。不除掉它们，你家也会有人步我弟弟后尘而被害死！”当时尚生与狐女来往密切，父母也略有察觉，听了来客的话很害怕，就赶紧请人进来作法除妖。来客拿出两个瓶子，摆在地上，然后用了很长时间画符念咒，四团黑烟分别钻入

瓶中。客喜曰:“全家都到矣。”遂以猪脬[7]裹瓶口,缄封甚固。生父亦喜,坚留客饭。

两个瓶子里。来客大喜,说:“全家都抓到了!”接着用猪膀胱裹住瓶口,捆得严严实实。尚父非常高兴,执意留下来客吃饭。

注释 1 匪伊朝夕:并非一朝一夕。 2 泛烟波:泛舟江湖。指漂泊在外。 3 桑梓:古时宅旁常栽桑树与梓树,后因代指故乡。 4 蛊杀:以妖术蛊惑谋害。 5 翦:消灭,除掉。 6 密迩:接近,密切。 7 猪脬(pāo):猪尿脬。脬,膀胱。

生心恻然,近瓶窃听,闻四姐在瓶中言:“坐视不救,君何负心?”生益感动,急启所封,而结不可解。四姐又曰:“勿须尔!但放倒坛上旗,以针刺脬作空,予即出矣。”生如其言。果见白气一丝自孔中出,凌霄而去。客出,见旗垂地,大惊曰:“遁矣!此必公子所为。”摇瓶俯听,曰:“幸止亡其一。此物合不死,犹可赦。”乃携瓶别去。

尚生知道后,心里很难过,走近瓶子偷听,听到四姐在瓶中说:“你在这里坐视不救,为何如此负心?”尚生心里更加动摇,急忙去打开瓶封,但绳结很牢解不开。四姐又说:“不需要了!只要放倒坛上的旗子,用针刺破猪膀胱打个孔,我就能出去了。”尚生按照她说的去做。果然看见一股白气从孔中冒出,冲天而去。来客出来后,见到旗子倒在地上,大吃一惊说:“逃走了!这必是公子做的。”他又摇了摇瓶子俯身附耳听了听,说道:“幸好只跑了一个。那一个罪不至死,可以饶恕了她!”说罢带上瓶子告辞了。

后生在野,督佣刈麦[1],遥见四姐坐树下。生

后来有一天,尚生在野地里督促用人割麦子,远远地看见四姐坐在树

近就之，执手慰问。且曰：“别后十易春秋，今大丹[2]已成。但思君之念未忘，故复一拜问。”生欲与偕归。女曰：“妾今非昔比，不可以尘情染，后当复见耳。”言已，不知所在。又二十年余，生适独居，见四姐自外至，生喜与语。女曰：“我今名列仙籍，不应再履尘世。但感君情，特报撤瑟之期[3]。可早处分后事，亦勿悲忧，妾当度君为鬼仙[4]，亦无苦也。”乃别而去。至日，生果卒。尚生乃友人李文玉之戚好[5]，尝亲见之。

下，尚生走上前去，握着手问候她。四姐说：“一别十多年了，如今我已经炼成大丹就要成仙，但还是对你念念不忘，因此再来看望拜别。”尚生想让她一起回家，四姐说：“我已经今非昔比，不能再沾染尘世情缘，以后还有机会再见。”四姐说完就不见了踪迹。又过了二十多年，尚生正独自在家里，看到四姐从外面走进来，高兴地上前搭话。四姐说：“我现在已位列仙班，本不应该再到尘世，但是为感念你当年的情意，特来告诉你的死期。可以早准备后事，你也不必悲伤，我会度化你成为鬼仙，也不会再受苦。”说罢就告辞离去。到了四姐说的那天，尚生果然去世了。尚生是我朋友李文玉的亲戚，他曾目睹此事。

注释　1 刈(yì)麦：割麦子。　2 大丹：即“内丹”，道家修仙者在自己身体内部修炼精气，凝为内丹，就可成仙。　3 撤瑟之期：死期。撤瑟本指撤去琴瑟，让病者安静，代指病故。　4 鬼仙：又称“灵鬼”，道教神仙层级中最低者。　5 戚好：亲戚关系。

祝　翁

原文

济阳[1]祝村,有祝翁者,年五十余,病卒,家人入室理缞绖[2],忽闻翁呼甚急。群奔集灵寝,则见翁已复活,群喜慰问。翁但谓媪曰:“我适去,拚[3]不复还。行数里,转思抛汝一副老皮骨在儿辈手,寒热仰人[4],亦无复生趣,不如从我去。故复归,欲偕尔同行也。”咸[5]以其新苏[6]妄语,殊未深信。翁又言之,媪云:“如此亦善。但方生,如何便死?”翁挥之曰:“是不难。家中俗务,可速料理。”

译文

济阳祝家村,有个姓祝的老头儿,五十多岁时得病死了,家里人进屋准备穿孝服时,忽然听到祝老头儿疾声呼喊。大家跑到棺材停放的地方,见他已经又活了过来,于是都高兴地上前慰问。可老头儿只是对老伴儿说:“我刚才离开时,决心丢下一切不再回来了。走了几里路,转念一想,抛下你这把老骨头在孩子们手里,穿衣吃饭穿都要仰仗别人,活着也没什么意思,不如跟我一起走。所以我才又回来,想带你一起走。”大家都以为老头儿刚苏醒过来,在说胡话,都不太相信。老头儿又把话重复讲了一遍,老伴儿说:“这么做也好。但我还活着,怎么能一下就死了呢?”老头儿一摆手说:“这不难办。家里的事情,你赶快料理一下。”

注释　1 济阳:在今山东济南所属的济阳区。　2 缞绖(cuī dié):丧带和丧服,泛指丧服,也可代指服丧。　3 拚(pàn):此处指舍弃,丢下。　4 寒热仰人:生活上处处都要依赖他人。寒热,饥寒饱暖。　5 咸:全,都。　6 新苏:刚刚苏醒,复生。

媪笑不去，翁又促之，乃出户外。延数刻而入，绐之曰："处置安妥矣。"翁命速妆，媪不去，翁催益急。媪不忍拂其意，遂裙妆以出，媳女皆匿笑[1]。翁移首于枕，手拍令卧。媪曰："子女皆在，双双挺卧，是何景象？"翁捶床曰："并死有何可笑？"子女辈见翁躁急，共劝媪姑从其言。媪如言，并枕僵卧，家人又共笑之。俄时，媪笑容忽敛，又渐而两眸俱合，久之无声，俨如睡去。众始近视，则肤已冰而鼻无息矣。试翁亦然，始共惊怛[2]。康熙二十一年[3]，翁弟妇佣于毕刺史[4]之家，言之甚悉。

老太太笑着不动。老头儿又催她，她才走出门去。她故意耽搁了几刻钟，回来骗他说："一切都处理妥当了。"祝老头儿就让她快去打扮一下。老太太不情愿，老头儿催得更急了。老太太不忍心违背他的意愿，便穿上裙子，梳妆打扮好走出来。女儿和媳妇们见了，都偷偷地笑。祝老头儿把头往枕边挪了挪，用手拍着枕头让老伴儿躺下。老太太说："子女们都在，咱俩直挺挺地躺着，成什么样子？"老头儿用手敲着床说："一块儿死有什么可笑的？"子女们见祝老头儿急躁不安，就劝老太太姑且照他说的做。于是老太太就像他说的，与祝老头儿共用一个枕头直挺挺地躺下了，家人见状又都笑起来。转眼间，老太太忽然收敛起笑容，渐渐双眼都合上了，过了很长时间不再有声响，就像睡着了一样。众人这才走近察看，发现她皮肤已经冰冷，鼻子也没了呼吸。再看祝老头儿，情况也一样，人们这才感到惊恐。康熙二十一年，祝老头儿的弟媳妇在毕刺史家做佣工，曾详细讲过此事。

注释 1 匿笑：偷笑。 2 惊怛（dá）：惊恐。 3 康熙二十一年：1682年。 4 毕刺史：即毕际有，字载积，山东淄川人。曾任通州知州，罢官归乡后，曾延聘蒲松龄在其家教书，两人关系友好融洽。刺史，清代知州的别称。

异史氏曰："翁其夙有畸行[1]与？泉路茫茫，去来由尔，奇矣！且白头者欲其去，则呼令去，抑何其暇[2]也！人当属纩之时[3]，所最不忍诀[4]者，床头之昵人[5]耳。苟广其术，则卖履分香[6]，可以不事矣。"

异史氏说："祝翁平时就有非凡的操行吧？黄泉路上茫茫难测，他竟然可以来去自由，真是奇特！况且对于白头偕老的妻子，想让她一起走，就能喊她一起走，这是多么从容啊！人在临终时，最难告别的就是同床共枕的妻子啊。如果能推广祝老头儿的法术，那么像曹操那样，在临终时'卖履分香'，为妻妾担心的事就不会存在了。"

注释 1 畸(jī)行：非凡的行为。 2 暇：从容。 3 属纩(zhǔ kuàng)之时：临终之时。属纩，用新丝絮置于临死者鼻前，观察其是否断气。 4 诀：诀别，永别。 5 昵人：亲昵之人，此处指妻子。 6 卖履分香：指临别之际挂牵妻子。据记载，曹操临死前曾把香料分给众妾，并叮嘱自己死后小妾们可学织履谋生。

猪婆龙

原文

猪婆龙[1]产于西江[2]，形似龙而短，能横飞，常出沿江岸扑食鹅鸭。或猎

译文

猪婆龙产于西江，外形类似龙而四肢短小，能够横飞，经常从江中出来，沿江岸扑食鹅鸭。若有人捕到猪婆龙，

得之，则货其肉于陈、柯。此二姓皆友谅[3]之裔，世食猪婆龙肉，他族不敢食也。一客自江右[4]来，得一头，縶舟中。一日，泊舟钱塘，缚稍懈，忽跃入江。俄倾，波涛大作，估舟[5]倾沉。

就把肉卖给陈、柯两家。他们是陈友谅的后人，祖祖辈辈都吃猪婆龙的肉，其他家族的人都不敢吃。有个旅客从江西来，得到一只猪婆龙，把它绑在船上。一天，船停在钱塘江，拴猪婆龙的绳子稍微松了些，猪婆龙忽然跃入水中。顿时波涛汹涌，商船很快就沉没了。

注释　1 猪婆龙：即扬子鳄，是中国特有的一种鳄鱼，它体形较小，因其生活在长江流域，故称。　2 西江：长江下游以西地区。　3 友谅：即陈友谅，沔阳（今湖北仙桃）人，元末农民起义将领，曾建立大汉政权。　4 江右：江西。古时又称江南西道，并不是长江以西地区，古人以西为右，故又称江右。　5 估舟：商贾载货的船。

某　公

原文

陕右[1]某公，辛丑[2]进士，能记前身。尝言前生为士人，中年而死。死后见冥王判事，鼎铛油镬[3]，一如世传。殿东隅设数架，上搭猪羊犬马诸皮。簿吏呼名，或

译文

陕西某公，是辛丑年的进士，能记起前生的事。他曾对人说，自己上辈子是个读书人，中年时就死了。死后见阎王审判案件，大堂上摆的各种油锅，和世上通行的一模一样。大殿东边，设置好几个架子，上面搭着猪、羊、狗、马等动物的皮毛。掌管生死簿的官吏负责点名，念到某人罚

罚作马，或罚作猪，皆裸之，于架上取皮被[4]之。俄至公，闻冥王曰："是宜作羊。"鬼取一白羊皮来，捺[5]覆公体。吏白："是曾拯一人死。"王检籍覆视[6]，示曰："免之。恶虽多，此善可赎。"鬼又褫[7]其毛革，革已黏体，不可复动。两鬼捉臂按胸，力脱之，痛苦不可名状，皮片片断裂，不得尽脱。既脱，近肩处犹黏羊皮大如掌。公既生，背上有羊毛丛生，剪去复出。

作马，某人罚作猪，差役就将他全部扒光，从架子上取下相应的皮给他披上。不一会儿，轮到某公了，听阎王说："应罚他为羊。"鬼差拿来一张白羊皮，摁着盖在他身上。簿吏这时说："此人曾救过一条人命。"阎王听了，拿过簿册核查了一下，说："免了吧！他虽然作恶多端，但救人之善可以赎罪。"鬼差又给他剥去羊皮，可羊皮已经粘在身上，丝毫扒不动。于是两个鬼拉着他的胳膊，按住他的胸膛，使劲往下扒，他疼得死去活来，身上的羊皮被撕得一块一块的，没能扒干净。最后好不容易脱下来，靠近肩膀的地方仍留下一片巴掌大的羊皮。某公出生后，背部仍有一丛羊毛，剪了还会长出来。

注释 1 陕右：古人以西为右，陕右就是陕西。 2 辛丑：顺治十八年，即1661年。 3 鼎铛(chēng)油镬(huò)：泛指各种锅。鼎是煮食物的三足器具，铛是一种平底锅，镬是一种大锅。 4 被(pī)：通"披"，覆盖。 5 捺：摁，按。 6 覆视：核查。 7 褫(chǐ)：脱下，剥除。

快　刀

原文

明末，济属[1]多盗，邑各置兵，捕得辄杀之。章丘[2]盗尤多。有一兵佩刀甚利，杀辄导窾[3]。一日，捕盗十余名，押赴市曹[4]。内一盗识兵，逡巡告曰："闻君刀最快，斩首无二割。求杀我！"兵曰："诺。其谨依我[5]，无离也。"盗从之刑处，出刀挥之，豁然头落。数步之外犹圆转，而大赞曰："好快刀！"

译文

明朝末年，济南府一带有很多盗贼，各县都布置了官兵，抓到贼寇就处死。章丘盗贼特别多。有个士兵的佩刀非常锋利，每次砍头，都能从骨头缝隙处落刀。有一天捕捉了十几个强盗，押赴集市上行刑。其中有一个强盗认识这个官兵，就在他身边徘徊着说："听说你的刀最锋利，砍头从不用挥两次。请求你杀了我！"士兵说："好吧。你留意跟着我，别走开。"强盗就跟着士兵到了刑场，士兵拔出刀一挥，强盗的头一下子就滚落地上。滚出去好几步还转个不停，嘴里大声称赞道："好快的刀！"

注释　1 济属：济南府所属地区。　2 章丘：在今山东济南所属的章丘区。　3 导窾(kuǎn)：此处指砍头时，顺着颈椎处的骨缝落刀。　4 市曹：指城中商业集中之处。古代常于此处决人犯。　5 谨依我：小心跟着我。

侠 女

原文

顾生金陵[1]人，博于材艺，而家綦贫[2]。又以母老，不忍离膝下，惟日为人书画，受贽[3]以自给。行年二十有五，伉俪犹虚[4]。对户旧有空第，一老妪及少女税居其中，以其家无男子，故未问其谁何。一日，偶自外入，见女郎自母房中出，年约十八九，秀曼都雅[5]，世罕其匹，见生不甚避，而意凛如[6]也。生入问母，母曰："是对户女郎，就吾乞刀尺，适言其家亦止一母。此女不似贫家产。问其何为不字，则以母老为辞。明日当往拜其母，便风以意，倘所望不奢，儿可代养其母。"明日造其室，其母一聋媪耳。视其室，并无隔

译文

南京有个姓顾的书生，博学多才，但家里很贫困。又因为母亲年老体衰，不忍外出，就每天给人写字作画，挣点儿钱糊口。他都二十五岁了，还没讨老婆。他家对门有间空房子，有一个老太婆跟女儿租住在里边。因为她家没有男丁，所以平时也不方便询问其来历。有一天，顾生偶然从外边回来，看见对门家的女儿从母亲屋里走出来，年纪约十八九岁，长得清秀美丽，世间少有。她看到顾生也不回避，神气凛然让人生畏。顾生就进屋问母亲，母亲说："她是对门家的姑娘，到我这里来借剪刀和尺子。刚才她说家里也只有母亲一人。这姑娘看上去不像是在穷人家长大的。我问她为何还不成亲，她就借口说还要伺候老母。等明天，我就过去拜访一下她母亲，顺便说说成亲的意思，如果要求不过分，你可以给她母亲养老。"第二天，顾母去对门拜访，才知道姑娘的母亲是个耳聋的老太太。环视屋里，室内空空，粮食今天吃完就没明天的。问她靠什么生活，回答说全靠

宿粮[7]。问所业，则仰女十指[8]。徐以同食之谋试之，媪意似纳。而转商其女，女默然，意殊不乐，母乃归。详其状而疑之曰："女子得非嫌吾贫乎？为人不言亦不笑，艳如桃李，而冷如霜雪，奇人也！"母子猜叹而罢。

女儿做些针线活养家。谈话间，顾母渐渐表露了两家一起过活的想法，看老太太意思，好像是同意了。再跟女儿一商量，只见她低头不语，似乎很不乐意，顾母就回去了。顾母跟儿子详细说了刚才的情况，不解地说："这个女孩儿，是不是嫌咱家穷啊？对人不搭理也不笑一句，娇艳似桃李，却又冷若冰霜，真是个奇人啊！"母子俩乱猜一气，感慨一番后，就作罢了。

注释 **1** 金陵：即今江苏南京。 **2** 綦(qí)贫：特别穷困。 **3** 贽(zhì)：本义为初次拜见长辈所送的礼物，此处指润笔费。 **4** 伉俪(kàng lì)犹虚：尚未娶妻。伉俪，指夫妻。 **5** 秀曼都雅：容貌清秀美丽。 **6** 凛如：凛然使人敬畏。 **7** 隔宿粮：第二天吃的余粮。 **8** 仰女十指：依赖女子做针线活为生。

一日，生坐斋头[1]，有少年来求画，姿容甚美，意颇儇佻[2]。诘所自，以邻村对。嗣后[3]三两日辄一至。稍稍稔熟[4]，渐以嘲谑[5]，生狎抱之，亦不甚拒，遂私[6]焉。由此往来昵甚。会女郎过，少年目送之，问为谁，对以邻女。少年曰："艳丽如

有一天，顾生坐在书房里，有个少年过来买画，生得仪容俊美，神情举止很轻佻。问他从哪里来，说是邻村的。此后每隔两三天就来一次。两人稍稍熟悉了一些，逐渐互相嘲讽调笑，顾生甚至对他乱摸乱抱，也不怎么拒绝。于是两人就私通起来。从此两人往来甚为亲昵。有次，对门的女孩路过，少年盯着她看，问是谁，顾生就说是邻居家的女儿。少年说："长得这么娇艳动人，为什么神情如此令

此,神情一何可畏?”少间,生入内,母曰:“适女子来乞米,云不举火者经日矣。此女至孝,贫极可悯,宜少周恤[7]之。”生从母言,负斗米款门[8],达母意。女受之,亦不申谢。日尝至生家,见母作衣履,便代缝纫。出入堂中,操作如妇,生益德之。每获馈饵[9],必分给其母,女亦略不置齿颊。

人生畏呢?”过了一会儿,顾生走进屋,母亲说:“刚才对门的姑娘来借米,说是家里一天都没生火做饭了。这个孩子很孝顺,家里那么穷,挺可怜的,咱们也应该多少帮帮她。”顾生听从母亲的话,背了一斗米送过去,告诉她这是母亲的意思。女子就收下米,也没说什么感谢的话。女子平时到顾生家,只要见他母亲在做衣服、鞋子,就主动帮忙缝纫,连家务活都包揽了,就像媳妇一样,于是顾生对她更加感激。每当有人送吃的,顾生一定会分给女子的母亲,女子对此也不说什么感谢的话。

注释 1 斋头:书房。 2 儇佻(xuān tiāo):形容言语姿态轻佻浅薄。 3 嗣后:以后。 4 稔(rěn)熟:关系很熟。 5 嘲谑(xuè):嘲笑戏谑。 6 私:此处指私通。 7 周恤:周济,抚恤。 8 款门:敲门。 9 馈饵:赠送的好吃的。

母适疽生隐处[1],宵旦号咷[2]。女时就榻省视[3],为之洗创敷药,日三四作。母意甚不自安,而女不厌其秽。母曰:“唉!安得新妇如儿,而奉老身以死也!”言讫

恰逢顾生母亲生了痔疮,疼得白天黑夜哭喊不停。女子就经常在床边看望,并为她清理脓疮,涂抹药剂,一天要过来三四趟。顾母心里很过意不去,而女子却一点也不嫌脏。顾母感慨道:“唉!哪里找像你这样的儿媳妇,侍奉老身到最后啊!”说完就难过地哽咽起来,女子就宽

悲哽，女慰之曰："郎子大孝，胜我寡母孤女什百矣。"母曰："床头蹀躞[4]之役，岂孝子所能为者？且身已向暮，旦夕犯雾露，深以祧续[5]为忧耳。"言间，生入，母泣曰："亏娘子良多，汝无忘报德。"生伏拜之。女曰："君敬我母，我勿谢也，君何谢焉？"于是益敬爱之。然其举止生硬[6]，毫不可干。

一日，女出门，生目注之，女忽回首，嫣然[7]而笑。生喜出意外，趋而从诸其家，挑之，亦不拒，欣然交欢。已，戒生曰："事可一而不可再。"生不应而归。明日又约之，女厉色不顾而去。日频来，时相遇，并不假以词色。少游戏之，则冷语冰人。忽于空处问生："日来少年谁也？"生告之，女曰："彼举止态状，无礼于妾

慰她说："你儿子是个大孝子，比我们孤女寡母强百倍。"顾母说："这些床头起居的琐事，怎么是孝子干得了的？况且我已经老了，说走就走，现在就担心香火能不能接得上。"正说话间，顾生走了进来，顾母就哭着说："咱们亏欠人家女孩太多，你可不要忘记报答这份恩德啊！"顾生立马跪在地上，磕头谢恩。女子说："你孝敬我的母亲，我还没感谢你，你何必又谢我呢？"于是，顾生对女子更加尊敬喜爱。然而她举止严肃庄重，丝毫不可触犯。

一天，女子走出门，顾生眼巴巴望着她，她忽然回眸，嫣然一笑。顾生喜出望外，赶快追上去跟着她回到家，试着挑逗她，女子也不拒绝，而且欣然同意和顾生做爱。完事儿后，女子告诫顾生说："这事儿做一次就够了，你不要再来了。"顾生一声不吭就回去了。明天顾生又约她，女子板着脸看都不看他一眼，径直走开。顾生每天经常来，时常跟女子相遇，但女子并不给他好脸色。顾生稍微开句玩笑，就被她冷言冷语顶回来。忽然有一次，女子在无人之处问顾生："经常来的那个少年是谁？"顾生告诉了她，女子就说："此人举止放荡轻佻，多次对我无

频矣。以君之狎昵，故置之。请更寄语：再复尔，是不欲生也已！”生至夕，以告少年，且曰：“子必慎之，是不可犯！”少年曰：“既不可犯，君何犯之？”生白其无。曰：“如其无，则猥亵[8]之语，何以达君听哉？”生不能答。少年曰：“亦烦寄告：假惺惺勿作态，不然，我将遍播扬。”生甚怒之，情见于色，少年乃去。

礼。我看你跟他很亲昵，姑且不跟他计较。请你帮我传个话：要是再这样，可就是自己找死！”到了晚上，顾生把女子的话告诉了少年，还叮嘱说：“你以后一定要谨慎些，别再冒犯她！”少年说：“既然不可犯，你为何又冒犯她呢？”顾生就辩解说没这回事。少年反驳道：“如果你俩没什么，那为何她会给你说这些私密的话？”顾生听了无言以对，少年就说：“也麻烦你转告她：别跟我假装正经，故作姿态，否则，你们俩的事我给传个遍。”顾生气得不得了，满脸不高兴，少年这才走了。

注释 1 疽生隐处：私处长了痔疮。 2 号咷(táo)：又作号啕，大声痛哭。 3 省(xǐng)视：探望。 4 蹀躞(dié xiè)：本意为来回走动，此处指生活起居等琐事。 5 祧(tiāo)续：传宗接代。 6 生硬：此处指女子态度严肃庄重，不可冒犯。 7 嫣然：形容笑态娇媚。 8 猥亵(xiè)：下流的行为或语言，此处指私密的话。

一夕，方独坐，女忽至，笑曰：“我与君情缘未断，宁非天数。”生狂喜而抱于怀，欻闻履声籍籍[1]，两人惊起，则少年推扉入矣。生惊问：“子胡

一天晚上，顾生独自在房间坐着，女子忽然走进来，笑着说：“我跟你情缘未断，莫非是天意？”顾生欣喜若狂，一把将女子搂过来，突然听到杂乱的脚步声，两人惊讶地站起来，原来是少年推门而入。顾生惊问道：“你来这里干什么？”

为者？”笑曰：“我来观贞洁人耳。”顾女曰：“今日不怪人耶？”女眉竖颊红，默不一语，急翻上衣，露一革囊，应手而出，则尺许晶莹匕首也。少年见之，骇而却走。追出户外，四顾渺然。女以匕首望空抛掷，戛然有声，灿若长虹，俄一物堕地作响。生急烛之，则一白狐身首异处矣，大骇。女曰：“此君之娈童[2]也。我固恕之，奈渠定不欲生何！”收刃入囊，生曳令入，曰：“适妖物败意，请俟来宵。”出门径去。次夕，女果至，遂共绸缪[3]。诘其术，女曰：“此非君所知。宜须慎秘，泄恐不为君福。”又订以嫁娶，曰：“枕席焉，提汲[4]焉，非妇伊何也？业夫妇矣，何必复言嫁娶乎？”生曰：“将勿憎吾贫耶？”曰：“君固

少年笑着说：“我来看看贞洁的人。”就对着女子说：“今天怪不得别人吧？”女子听后，立起眉毛，脸涨得通红，一句话也不说，急忙翻起上衣，露出一个皮袋子，顺手抽出匕首，有一尺长，寒光闪闪。少年见了吓得拔腿就跑，女子追出门外，四处张望，毫无踪迹。她就把匕首往空中一抛，只听“嗖”的一声，像一道虹光飞了出去，顿时就有什么东西掉了下来，“啪”一声摔在地上。顾生赶忙拿灯照视，原来是一只白色的狐狸，脑袋已经搬家，他大为惊恐。女子走过去对顾生说：“这就是你的娈童。我本来已经饶了他，奈何他不想活，我也没办法。”见女子把刀收起来，顾生就拽着她往屋里走，女子说：“刚才被妖精败坏兴致，请等明晚吧。”说完就出门了。第二天晚上，女子果然来了，两人便胶漆云雨。顾生问她昨天用的什么法术，女子说：“这不是你应该知道的，要严守秘密，要是说出去了，恐怕会对你不利。”顾生又谈及订婚娶亲，女子说：“现在我跟你睡在一起，又给你做家务，不都是媳妇做的事吗？既然我们已有夫妇之实，又何必再说娶亲一事呢？”顾生就问：“难道你还是嫌弃

贫,妾富耶?今宵之聚,正以怜君贫耳。”临别嘱曰:“苟且之行,不可以屡。当来我自来,不当来相强无益。”后相值,每欲引与私语,女辄走避。然衣绽炊薪,悉为纪理[5],不啻[6]妇也。

我穷吗?”少女回答说:“你确实贫寒,那我就有钱了?今夜我来陪你,正是可怜你穷。”临走时又叮嘱说:“男女私情,不能再三。该来我自然会来,不该来你强求也没用。”以后两人相遇,顾生每每想和她悄悄说话,女子都避开不搭理。然而,她在顾家缝衣做饭,一切都料理得井井有条,不亚于媳妇。

注释 1 籍籍:形容喧哗纷乱的声响。 2 娈童:受人戏弄狎昵的少年。 3 绸缪:紧紧抱在一起,缠绵悱恻。 4 提汲:从井里打水,指做家务。 5 纪理:经济,料理。 6 不啻:不亚于。

积数月,其母死,生竭力葬之。女由是独居,生意孤寝可乱,逾垣入,隔窗频呼,迄不应。视其门,则空室扃焉。窃疑女有他约。夜复往,亦如之,遂留佩玉于窗间而去之。越日,相遇于母所。既出,而女尾其后曰:“君疑妾耶?人各有心,不可以告人。今欲使君无疑,乌得可?然一事烦急为谋。”

几个月后,女子的母亲过世了,顾生尽其所能给她办丧事。女子此后就一人独居,顾生觉得女子独守空房容易引诱,就翻墙进院子,隔着窗户频频喊话,但始终没人回应。走到门口一瞧,屋里空荡荡的,上了锁,顾生就怀疑女子跟其他人有约。夜里,顾生再过去,还是如此,他就把玉佩放在窗台上回去了。隔天,两人在顾生母亲屋里相遇。出来后,女子跟在顾生后边,说:“你是怀疑我吗?人各有隐情,不能对别人说。如今让你不怀疑我,怎么办得到呢?可是,有一件

问之，曰："妾体孕已八月矣，恐旦晚临盆。妾身未分明[1]，能为君生之，不能为君育之。可密告母，觅乳媪，伪为讨螟蛉者[2]，勿言妾也。"生诺，以告母。母笑曰："异哉此女！聘之不可，而顾私于我儿。"喜从其谋以待之。

又月余，女数日不至，母疑之，往探其门，萧萧闭寂。叩良久，女始蓬头垢面自内出。启而入之，则复阖之。入其室，则呱呱者在床上矣。母惊问："诞几时矣？"答云："三日。"捉绷席[3]而视之，则男也，且丰颐而广额。喜曰："儿已为老身育孙子，伶仃[4]一身，将焉所托？"女曰："区区隐衷[5]，不敢掬示[6]老母。俟夜无人，可即抱儿去。"母归与子言，窃共异之。夜往抱子归。

急事还烦请跟你商量一下。"顾生问她什么事，少女说："我已经怀孕八个月，最近恐怕快要生了。但我们并没有夫妻名分，我能给你生，但不能替你养育。你可以私下里告诉母亲，让她找个奶妈，假装抱养个孩子，千万别提起我。"顾生答应了她，回去告诉母亲，顾母笑着说："这个女孩真是奇怪！聘她做媳妇不肯答应，却私下跟我儿子相好。"于是就欣喜地照着女子的嘱咐办，等待她临盆。

又过了一个多月，女子接连几天都没过来，顾母怀疑出了事，就过去探视，只见大门紧闭没有动静。顾母敲了好大一晌，女子才蓬头垢面地出来。她把门打开请顾母进来，随手又把门关上。走进里屋，发现有个婴儿在床上哇哇哭泣。顾母惊问道："生了多久了？"少女回答说："三天。"抱起一看，是个男孩儿，生得宽额头、大脸蛋。顾母高兴地说："儿啊，你已经给老身我生了孙子，可你自己孤身一人，将来怎么生活？"女子说："我心中的难言之隐，不敢对你明讲。等晚上无人时，你就把孩子抱走吧。"顾母回家把此事告诉儿子，两人心里都觉得很蹊跷。到夜里，就过去把孩子抱回来。

注释 1 妾身未分明：此处指女子还没有名分。 2 讨螟蛉者：古代常用螟蛉指干儿子，此处指抱养孩子。 3 捉绷席：抱起婴儿。 4 伶仃：孤苦无依。 5 隐衷：隐藏在内心不愿告诉人的苦衷。 6 掬示：捧出来昭示，公开讲明。

更数夕，夜将半，女忽款门入，手提革囊，笑曰："我大事已了，请从此别。"急询其故，曰："养母之德，刻刻不去诸怀。向云'可一而不可再'者，以相报不在床第[1]也。为君贫不能婚，将为君延一线之续。本期一索而得，不意信水[2]复来，遂至破戒而再。今君德既酬，妾志亦遂，无憾矣。"问："囊中何物？"曰："仇人头耳。"检而窥之，须发交而血模糊，骇绝，复致研诘。曰："向不与君言者，以机事不密，惧有宣泄。今事已成，不妨相告：妾浙人，父官司马[3]，陷于仇，彼籍[4]吾家。妾负老母出，隐姓名，

又过了几日，快到半夜时，女子忽然叩门而入，手里拎个皮袋子，她笑着说："我的大事已经办完了，请就此告别。"顾生急忙问什么原因，女子说："郎君奉养老母的恩德，妾身时时铭记在心。此前所说'可一而不可再'，是因为我的报答不在男女之欢上。因为你家穷结不起婚，我就想为你生个孩子，好延续香火。本想着一次就能怀上，没想到月经又来了，只好违约再做一次。如今已经报答你的恩德，我也如愿以偿，没什么遗憾了。"顾生问："袋子里装的什么？"她说："是仇人的脑袋。"打开一看，头发胡子缠在一起，血肉模糊，顾生吓得差点儿晕过去。再穷加盘问，女子说："此前之所以不跟你说，是因为怕泄露了机密。如今事情已经完成，但说无妨：我本是浙江人，父亲官至司马，因为遭仇人陷害，全家被抄。我背着老母逃出来，隐姓埋名，潜藏踪迹，在此已经三

埋头项[5]，已三年矣。所以不即报者，徒以有母在。母去，又一块肉累腹中，因而迟之又久。曩夜出非他，道路门户未稔，恐有讹误耳。”言已出门，又嘱曰：“所生儿，善视之。君福薄无寿，此儿可光门闾[6]。夜深不得惊老母，我去矣！”方凄然欲询所之，女一闪如电，瞥尔间遂不复见。生叹惋木立，若丧魂魄。明以告母，相为叹异而已。后三年，生果卒。子十八举进士，犹奉祖母以终老云。

年了。之所以不马上报仇，只因老母尚在。母亲死后，又有身孕，因而迟迟未能动手。以前我晚上外出，不为别的，只怕道路不熟，报仇时出差错。”说完女子就走出门，又回头嘱咐说：“我生的孩子，请好好照料。你福薄，寿命不长，这个孩子将来可以光大门庭，出人头地。这么晚，就不要再惊动老母亲，我走了！”顾生心里正难受，刚想问去哪儿，女子一闪身，如一道电光，眨眼就不见了。顾生呆呆地站在原地，不住地哀叹，好像丢了魂魄。等天亮后，他把事情经过告诉母亲，两人只有互感诧异而已。过了三年，顾生果然死了。顾生的儿子长到十八岁考中进士，为祖母养老送终。

注释　1 床笫(zǐ)：指男欢女爱。　2 信水：指月经。　3 司马：清代称同知(知府的副职)为司马，主要协助知府料理财赋、捕盗、刑狱等事。　4 籍：抄没。　5 埋头项：此处指潜藏踪迹。　6 光门闾：光耀门庭。

异史氏曰：“人必室有侠女，而后可以畜娈童也。不然，尔爱其艾豭，彼爱尔娄猪[1]矣！”

异史氏说：“一个人家里必须有侠女这样的老婆，才能蓄养娈童。要不然，你跟他恩爱，他却惦记着你老婆啊！”

注释　1 尔爱其艾豭(jiā),彼爱尔娄猪:你爱他的公猪,他就爱你的母猪。此处指丈夫与娈童亲昵,娈童则与女主人暧昧。

酒　友

原文

车生者,家不中资[1]而耽饮[2],夜非浮三白[3]不能寝也,以故床头樽[4]常不空。一夜睡醒,转侧间,似有人共卧者,意是覆裳[5]堕耳。摸之,则茸茸有物,似猫而巨。烛之,狐也,酣醉而犬卧[6]。视其瓶,则空矣。因笑曰:"此我酒友也。"不忍惊,覆衣加臂[7],与之共寝,留烛以观其变。半夜,狐欠伸,生笑曰:"美哉睡乎!"启覆视之,儒冠之俊人也。起拜榻前,谢不杀之恩。生曰:"我癖于曲蘖[8],而人以为痴。卿,我鲍叔[9]也。如不见

译文

有个姓车的书生,家里算不上中产但沉溺饮酒,每天晚上如果不喝上三杯就睡不着觉,因此,床头的酒瓶里常常装满酒。一天夜里,车生睡醒翻身时,觉得好像有个人和他躺在一起,他以为是盖着的衣裳掉了,用手一摸,感觉是个毛茸茸的东西,像是猫但比猫大。点上蜡烛一看,原来是只狐狸,像狗一样卧着,已经喝醉睡着了。再看酒瓶,酒已经被喝光了。于是车生笑道:"这是我的酒友啊。"不忍心惊醒它,还给它盖上衣服,用胳膊搂着一起睡,并留着烛光看狐狸有什么变化。到了半夜,狐狸打哈欠,伸了伸腰,车生笑着说:"睡得真美啊!"掀开衣服一看,是一位戴着儒生帽子的俊俏男子。狐狸站起身,在床前向车生跪拜,感谢他的不杀之恩。车生说:"我嗜酒成癖,人们都认为我愚痴。你真是我的知

疑,当为糟丘[10]之良友。”曳登榻复寝。且言:“卿可常临,无相猜。”狐诺之。生既醒,则狐已去。乃治旨酒[11]一盛专伺狐。

己啊。如果你不怀疑我,我们可以结为酒友。”说完便又拉他上床睡下,说:“你可以常来,我们不要相互猜忌。”狐狸答应了。车生早晨醒来后,狐狸已经走了。他就准备了一杯美酒,专等狐狸来喝。

注释 1 家不中资:家里达不到中产水平。 2 耽饮:沉溺于饮酒。 3 浮三白:喝上三杯。浮白,原意为罚饮一满杯酒,后亦称满饮或畅饮酒为浮白。 4 樽:古代的盛酒器具。形状类似今天的痰盂,下方多有圈足,上有镂空,中间可点火对器中的酒加热。此处代指酒瓶。 5 覆裳:盖上衣服。 6 犬卧:像狗一样卧着。 7 加臂:用胳膊搂着。加,放置、安放,引申为搂、抱。 8 曲糵(niè):即酒曲,此处代指酒。 9 鲍叔:即鲍叔牙,此处引申为知音。鲍叔牙是春秋时齐国大夫,与管仲是好友。两人一起做生意,管仲总是多拿利润,鲍叔牙认为他家境贫寒,故不认为他贪婪;管仲替鲍叔牙谋划事情,事情都变得更糟,鲍叔牙不认为管仲愚笨,而是时机不利;管仲从军多次打败仗逃跑,鲍叔牙并不认为他胆怯,因为管仲还有老母奉养;后来鲍叔牙和管仲分别支持公子小白和公子纠争夺国君,结果公子小白胜出,为齐桓公。鲍叔牙又向齐桓公推荐管仲为相。管仲感慨地说:“生我者父母,知我者鲍子也。” 10 糟丘:酒糟堆积的小丘,代指酒。 11 旨酒:美酒。

抵夕,[1]果至,促膝欢饮。狐量豪善谐,于是恨相得晚。狐曰:“屡叨[2]良酝,何以报德?”生曰:“斗酒之欢,何置

到了晚上,狐狸果然来了,二人便促膝畅饮,喝得很高兴。狐狸酒量很大,说话诙谐,两人颇感相见恨晚。狐狸说:“几次都是让你请喝酒,我拿什么报答你的恩德呢?”车生说:“只是请喝酒而已,何足

齿颊！”狐曰：“虽然，君贫士，杖头钱[3]大不易。当为君少谋酒资。”明夕，来告曰：“去此东南七里，道侧有遗金[4]，可早取之。”诘旦[5]而往，果得二金，乃市佳肴，以佐夜饮。狐又告曰：“院后有窖藏，宜发之。”如其言，果得钱百余千，喜曰：“囊中已自有，莫漫愁沽矣。[6]”狐曰：“不然，辙中水[7]胡可以久掬？合更谋之。”异日，谓生曰：“市上荞价廉，此奇货可居[8]。”从之，收荞四十余石，人咸非笑之。未几，大旱，禾豆尽枯，惟荞可种。售种，息十倍，由此益富。治沃田二百亩，但问狐，多种麦则麦收，多种黍则黍收，一切种植之早晚，皆取决于狐。日稔密[9]，呼生

挂齿？”狐狸说：“虽然如此，但你是个穷书生，拿钱买酒也不容易。我应该给你稍微筹措点酒钱。”第二天晚上，狐狸来告诉车生说：“从这里往东南走七里，路边有遗失的钱，你可早点去捡回来。”第二天一早，车生就前去寻找，果然拾到二两银子，于是就买了好菜，以备夜里下酒。狐狸又告诉车生说：“院后地下埋藏着东西，你应当挖出来！”车生按它说的做，果然挖出很多钱。车生高兴地说：“我现在口袋里有钱了，再也不用为买酒发愁了。”狐狸说：“不能这样。车辙里的那点水怎能长久舀取呢？应该再想个办法。”有一天，狐狸对车生说：“现在集市上的荞麦价钱很便宜，这是稀有货，可以多买一些囤起来。”车生按照狐狸说的，买了四十多石荞麦，人们都非议嘲笑他。没过多久，大旱降临，地里的谷子、豆子都枯死了，只有荞麦还可以种。车生就出卖荞麦种，赚了十倍的利润，从此更加富裕了。他买了二百亩良田，凡事都询问狐狸，它说多种麦子，麦子就丰收；说多种谷子，谷子就丰收。所有庄稼种植的时间早晚，都由狐狸决定。车生和狐狸关系越来越熟悉亲密，狐狸称车生的妻子为嫂子，把车生的孩子当作自己

妻以嫂,视子犹子[10]焉。后生卒,狐遂不复来。

的儿子看待。后来车生死了,狐狸就不再来了。

注释 1 抵夕:到了晚上。 2 叨(tāo):谦辞,表示受到别人好处。 3 杖头钱:西晋阮修经常步行,在手杖上挂百钱,到酒店便独自酣饮。故后世以杖头钱称买酒钱。 4 遗金:遗失的钱。 5 诘旦:清晨。 6 此句源自贺知章《题袁氏别业》:"莫谩愁沽酒,囊中自有钱。" 7 辙中水:指很少量的水,比喻所持微不足道。源自"涸辙之鲋"的典故。 8 奇货可居:把稀有的货物储存起来,等待高价卖出去。后比喻凭借某种独特的技能或事物谋利。 9 稔(rěn)密:熟悉亲密。 10 犹子:本指的是兄弟的儿子,此处谓如同自己的儿子。

莲　香

原文

桑生名晓,字子明,沂州[1]人。少孤,馆[2]于红花埠[3]。桑为人静穆自喜[4],日再出[5],就食东邻,余时坚坐[6]而已。东邻生偶至,戏曰:"君独居,不畏鬼狐耶?"笑答曰:"丈夫何畏鬼狐?雄来吾有利剑,雌者尚

译文

有位姓桑的书生,名晓,字子明,是山东沂州人。他从小就没了父亲,寓居在红花埠。桑生为人沉静寡言,而内心自视甚高。每天除了到东边邻居家吃两顿饭外,其他时间都在家读书。东邻的书生有次偶然到了桑生的住处,跟他开玩笑说:"你一个人住,不害怕鬼怪狐魅吗?"桑生笑着回答说:"男子汉大丈夫怎么会怕鬼狐?要是男的来了我有利剑,要是女的来

当开门纳之。”邻生归与友谋，梯妓于垣[7]而过之，弹指叩扉。生窥，问其谁，妓自言为鬼。生大惧，齿震震有声，妓逡巡自去。邻生早至生斋，生述所见，且告将归。邻生鼓掌曰：“何不开门纳之？”生顿悟[8]其假，遂安居如初。积半年，一女子夜来叩斋，生意友人之复戏也，启门延入，则倾国之姝。惊问所来，曰：“妾莲香，西家妓女。”埠上青楼故多，信之。息烛登床，绸缪甚至。自此，三五宿辄一至。

了我开门留下。”邻居回去跟朋友商量，把妓女用梯子送过墙，然后弹指敲门。桑生从门缝看了看，问是谁，妓女就说自己是鬼。桑生害怕得不得了，牙齿直打哆嗦，“咯咯”作响，妓女在门外徘徊一阵就走了。东邻的书生第二天清早来到桑生的书斋，桑生把昨晚所见告诉了他，并说自己将要搬回家住。邻居就拍手说：“你怎么不打开门留她过夜啊？”桑生这才恍然大悟，昨晚的事原来是假的，于是就跟以前一样继续住下了。过了半年，有个女子半夜来敲门，桑生料想又是朋友在拿他开心，就开门请她进屋，原来是个倾国倾城的美女。惊问她从何处来，女子说：“我叫莲香，是西边的妓女。”由于红花埠妓院向来很多，桑生就相信了。熄灯上床，极尽欢愉。从此，每隔三五天女子就来一次。

注释　1 沂(yí)州：在今山东省临沂市附近。 2 馆：寓居，租住。 3 红花埠：在今临沂市郯城县红花镇。 4 自喜：自乐，自我欣赏。此处引申为内心自视甚高。 5 再出：出去两次，此处指外出吃两顿饭。 6 坚坐：久坐，指长时间在屋里读书。 7 梯妓于垣：把妓女用梯子送过墙。 8 顿悟：突然明白，恍然大悟。

一夕，独坐凝思，一女子翩然入。生意其莲，承逆[1]与语。觌面[2]殊非，年仅十五六，亸袖垂髫[3]，风流秀曼，行步之间，若还若往。大愕，疑为狐。女曰："妾良家女，姓李氏，慕君高雅，幸能垂盼[4]。"生喜，握其手，冷如冰，问："何凉也？"曰："幼质单寒，夜蒙霜露，那得不尔。"既而罗襦衿解[5]，俨然处子。女曰："妾为情缘，葳蕤[6]之质，一朝失守，不嫌鄙陋，愿常侍枕席。房中得无有人否？"生云："无他，止一邻娼，顾亦不常至。"女曰："当谨避之。妾不与院中人[7]等，君秘勿泄。彼来我往，彼往我来可耳。"鸡鸣欲去，赠绣履一钩，曰："此妾下体所着，弄之足寄思慕。然有人慎勿弄

一天晚上，桑生正独自坐着沉思，忽然有个女子翩然走了进来。他以为是莲香，便迎上前跟她说话。见面才发现并非莲香，她年纪只有十五六，肩膀瘦削，鬓发垂肩，走路间步履飘飘，体态婀娜，透露一股风流秀丽之姿。桑生大感惊奇，怀疑她是狐狸精。女子开口道："我是良家少女，姓李，一向仰慕郎君的高雅，今晚希望能得到你的怜爱。"桑生喜出望外，一把握住女子的手，感觉冷若寒冰，就问："为何如此凉呢？"李姑娘说："妾身年幼体弱，穿的衣服少，更何况晚上又冒霜露前来，哪能不冰冷呢？"于是她就宽衣解带，俨然还是个处女。女子说："我因一片痴情，把娇弱的身子交给郎君，你若不嫌弃我鄙陋，希望能长久地在床边侍奉郎君。屋子里还有别的人吗？"桑生说："没其他人，只有邻近一个娼女，也不是经常来。"女子说："还是小心避开为好，我可跟青楼女子不一样，你要好好保密，千万不要泄露。她来我走，她走我来就可以。"清晨，公鸡报晓时分，女子要走了，临别时送给桑生一只绣花鞋，说："这是我脚下穿的鞋，你把玩着它，也可以寄托思慕之情。然而若有人在，可不要拿出来摆弄啊！"桑生接

也！”受而视之，翘翘如解结锥[8]，心甚爱悦。越夕无人，便出审玩。女飘然忽至，遂相款昵[9]。自此每出履，则女必应念而至。异而诘之，笑曰：“适当其时耳。”

过来瞧了瞧，鞋子一端翘起，好像是解结的锥子，心里很喜爱。过了一晚，屋里没人，桑生就拿出绣鞋赏玩。这时，李姑娘飘然而至，两人就在一起亲昵缠绵。从此，只要把绣花鞋拿出来，女子必定会应念而至。桑生感到奇怪，询问她原因，女子笑着说：“正好赶上罢了。”

注释 1 承逆：迎接。 2 觌(dí)面：见面。 3 亸(duǒ)袖垂髫：头发和衣袖下垂。此处指肩膀瘦削，鬓发下垂。 4 垂盼：垂爱，怜爱。 5 罗襦(rú)衿(jīn)解：解开上衣，拉开腰带。 6 葳蕤(wēi ruí)：草木繁盛的样子。此处指女子体态娇弱。 7 院中人：妓院中人，指妓女。 8 解结锥：指骨制的解结用具，形如锥。 9 款昵：亲昵，缠绵。

一夜莲来，惊曰：“郎何神气萧索[1]？”生言：“不自觉。”莲便告别，相约十日。去后，李来恒无虚夕。问：“君情人何久不至？”因以相约告。李笑曰：“君视妾何如莲香美？”曰：“可称两绝，但莲卿肌肤温和。”李变色曰：“君谓双美，对妾云尔。渠必月殿仙人[2]，妾定不及。”

一晚，莲香来了，见到桑生就惊讶地问：“郎君为何精神如此衰颓？”桑生说：“我没觉得呀。”莲香便告别，相约十天后再来。她走后，李姑娘每天都过来，她问桑生：“郎君你的老情人为何久久不来呢？”于是桑生就把约定告诉了她。李姑娘笑着说：“你看我和莲香谁美呢？”桑生说：“你们俩都可说是绝色美人。只是莲香肌肤更温暖些。”李姑娘听了，脸色刷一下就变了，说道：“你说我俩都是绝美，我看不过是当着我的面才这么讲吧。她必定是月亮里的嫦娥，我肯定比不上。”

因而不欢，乃屈指计，十日之期已满，嘱勿漏，将窃窥之。次夜，莲香果至，笑语甚洽。及寝，大骇曰："殆矣！十日不见，何益惫损？保无他遇否？"生询其故。曰："妾以神气验之，脉析析[3]如乱丝，鬼症也。"次夜，李来，生问："窥莲香何似？"曰："美矣。妾固谓世间无此佳人，果狐也。去，吾尾之，南山而穴居。"生疑其妒，漫应之。

于是很不高兴，屈指一算，十天的期限已经到了，她叮嘱桑生不要走漏消息，打算暗地看看莲香长什么模样。第二天晚上，莲香果然来了，和桑生言谈嬉笑十分融洽。要睡觉时，她大惊道："糟了，十天不见，怎么你更加疲惫消损了呢？你保证没有遇到其他东西吗？"桑生问她为何这么讲。莲香说："我从郎君神气上观察，你现在脉象犹如散乱混杂的丝线，是遇鬼的症状。"第二天夜里，李姑娘又来了，桑生问她："你看莲香如何？"李姑娘说："确实很漂亮，我早就说人世间没有这么美的人，果然是个狐狸精。她走的时候，我跟在后边，她就住在南山的洞穴里。"桑生怀疑她是妒忌说的气话，也就随便回应了几句。

注释　1 萧索：指神情衰颓。　2 月殿仙人：指嫦娥。　3 析析：散乱混杂的样子。

逾夕，戏莲香曰："余固不信，或谓卿狐者。"莲亟问："是谁所云？"笑曰："我自戏卿。"莲曰："狐何异于人？"曰："惑之者病，甚则死，是以可惧。"莲香

过了一晚，莲香来了，桑生就调戏她说："我可不相信，有人居然说你是狐狸精。"莲香急忙追问："是谁说的？"桑生哈哈一笑："我自己跟你开玩笑呢。"莲香说："狐狸和人有什么区别呢？"桑生回答道："人被狐狸精魅惑了，就要生病，严重的甚至会有性命之忧，所以很可怕啊。"莲香说：

曰:“不然。如君之年,房后三日,精气可复,纵狐何害?设旦旦而伐之[1],人有甚于狐者矣。天下病尸瘵鬼[2],宁皆狐蛊死耶?虽然,必有议我者。”生力白其无,莲诘益力。生不得已,泄之。莲曰:“我固怪君惫也。然何遽至此?得勿非人乎?君勿言,明宵,当如渠之窥妾者。”是夜李至,裁[3]三数语,闻窗外嗽声,急亡去。莲入曰:“君殆矣!是真鬼物!昵其美而不速绝,冥路近矣!”生意其妒,默不语。莲曰:“固知君不忘情,然不忍视君死。明日当携药饵,为君以除阴毒。幸病蒂犹浅,十日恙当已。请同榻以视痊可。”次夜,果出刀圭药[4]啖生。顷刻,洞下[5]三两行,觉脏腑清虚,精

“不是这样的。像郎君这个年纪,房事后三天,精气就可以恢复,纵然遇到狐狸精又有什么关系?假如天天都和女人做爱,那可比遇到狐狸精严重多了。难道天底下那些纵欲过度得了痨病的人,都是被狐狸精蛊惑害死的吗?虽然如此,肯定有人在背后议论我。”桑生极力辩解没有人,可莲香还是问个没完。桑生迫不得已,只好把李姑娘的事说出来。莲香说:“我一直奇怪你为何如此疲惫。但是怎么会这么严重?莫非她不是人类吗?你不要多说,明晚我要跟她偷看我一样,好好看看她。”第二天晚上,李姑娘来了。才刚说了三两句,听到窗外有咳嗽声,就急忙逃走了。莲香走进来说:“你危险了!她当真是个鬼物!如果你还是贪恋她的美色而不速速断绝往来,那离死可就不远了!”桑生觉得她是在妒忌,就沉默不语。莲香说:“我就知道你放不下她,可我也不会忍心看你去死。明天我会带药过来,给你祛除鬼魅的阴毒。还好病根尚浅,十天就能痊愈。我得和你睡在一起,看着你好才行。”第二天夜里,莲香果然带药来了。她取了一小勺喂给桑生吃,顷刻间,桑生很快就腹泻了两三次,顿时觉得五脏六腑清爽了

神顿爽。心虽德之，然终不信为鬼。

许多，精神也振作起来。他心里虽然很感谢莲香，但始终不肯相信李姑娘是鬼。

注释 1 旦旦而伐之：森林天天遭受砍伐终会被砍完。此处指桑生天天做爱，身体吃不消。 2 病尸瘵(zhài)鬼：因患痨病而死的人。 3 裁：通“才”。 4 刀圭药：一小勺药。刀圭是中药的量器名，此处指小剂量药物。 5 洞下：指腹泻拉肚子。

莲香夜夜同衾偎生，生欲与合，辄止之。数日后，肤革充盈。欲别，殷殷[1]嘱绝李，生谬应[2]之。及闭户挑灯，辄捉履倾想，李忽至。数日隔绝，颇有怨色。生曰：“彼连宵为我作巫医，请勿为怼[3]，情好在我。”李稍怿[4]。生枕上私语曰：“我爱卿甚，乃有谓卿鬼者。”李结舌[5]良久，骂曰：“必淫狐之惑君听也！若不绝之，妾不来矣！”遂呜呜饮泣。生百词慰解，乃罢。隔宿，莲香至，知李复来，怒曰：

莲香夜夜都陪着桑生，两人在一个被窝睡觉，桑生想要向她求欢，都被拒绝了。几天后，他果然肌肤恢复了充盈。莲香临走时，殷切地嘱咐他一定要跟李姑娘断绝来往，桑生假装答应下来。等到晚上，桑生关上门点着灯，又拿出绣花鞋浮想联翩，忽然，李姑娘就来了。几日不见，她颇有怨恨的神色，桑生就说：“莲香一连几晚给我治病，请你不要生气，我对你的感情一点儿都没变。”听他这么说，李姑娘才稍微高兴起来。桑生在枕边悄悄说：“我爱死你了，但有人说你是女鬼。”李姑娘听了半天说不出话来，突然破口大骂道：“肯定是那个骚狐狸精说来迷惑你的！你要是不跟她断绝关系，我再也不来了！”说罢就呜呜地哭起来。桑生百般安慰劝解，她这才不哭了。隔

“君必欲死耶！”生笑曰：“卿何相妒之深？”莲益怒曰：“君种死根，妾为若除之，不妒者将复何如？”生托词以戏曰：“彼云前日之病，为狐祟耳。”莲乃叹曰：“诚如君言，君迷不悟，万一不虞[6]，妾百口何以自解？请从此辞，百日后当视君于卧榻中。”留之不可，怫然[7]径去。由是，于李夙夜必偕。约两月余，觉大困顿。初犹自宽解，日渐羸瘠[8]，惟饮饘粥一瓯。欲归就奉养，尚恋恋不忍遽去。因循[9]数日，沉绵[10]不可复起。邻生见其病惫，日遣馆僮馈给食饮。生至是始疑李，因谓李曰：“吾悔不听莲香之言，一至于此！”言讫而瞑[11]。移时复苏，张目四顾，则李已去，自是遂绝。

天晚上，莲香来了，她知道李氏又来了，生气地说：“你非得作死啊！”桑生赶忙赔笑说：“你为何嫉妒她这么深呢？”莲香听闻，更加怒火中烧，说：“郎君既然种了死根，那我替你断除好了，不妒忌的人又该怎么办呢？”桑生就托词开玩笑说：“她还说之前的病，是狐狸精作祟呢。”莲香就叹气道：“的确像你说的，你既然执迷不悟，万一发生什么不测，我可是百口难辩！我现在就告辞，百日之后我再来看望卧病在床的你。”桑生挽留她，怎么也劝不住，莲香就生气地走了。从此，桑生便日日夜夜地和李姑娘云雨缠绵。大约过了两个多月，他感觉全身疲惫无力。开始还自我安慰，后来一天天因病消瘦下去，每日只能喝下一碗稀饭。想回家养病，却又对李姑娘恋恋不舍，不忍心骤然离去。拖延了好几天，病情加重，连床都起不来了。邻生见他病成这样，每天就派书童给他送些吃喝。桑生这才开始怀疑李姑娘，于是就对她说：“我真后悔没听莲香的话，以致到这个地步！”说完就闭上了眼睛。过了一会儿又醒过来，举目四望，李姑娘已经走了，从此再也没有出现。

注释 1 殷殷:形容情意殷切。 2 谬(miù)应:假装答应。 3 怼(duì):怨恨生气。 4 怿(yì):高兴。 5 结舌:翘起舌头说不出话。 6 不虞:意料不到,指发生意外之事。 7 怫(fú)然:生气的样子。 8 羸(léi)瘠:瘦弱疲病。此处指因病消瘦。 9 因循:此处指犹豫、拖延。 10 沉绵:生病,此处指病情加重。 11 瞑:闭上眼睛。

生羸卧空斋,思莲香如望岁[1]。一日,方凝想间,忽有搴帘入者,则莲香也。临榻哂曰:"田舍郎[2],我岂妄哉!"生哽咽良久,自言知罪,但求拯救。莲曰:"病入膏肓,实无救法。姑来永诀,以明非妒。"生大悲曰:"枕底一物,烦代碎之。"莲搜得履,持就灯前,反复展玩。李女欻入,卒见莲香,返身欲遁。莲以身蔽门,李窘急不知所出。生责数[3]之,李不能答。莲笑曰:"妾今始得与阿姨面相质。昔谓郎君旧疾,未必非妾致,今竟何如?"李

桑生瘦骨嶙峋,躺在空荡荡的书房里,思念着莲香就像饥饿的农夫盼望丰收一样。一天,他正在凝神遐想,忽然有人掀起帘子走了进来,一看,正是莲香。莲香走到床前,嘲笑说:"乡巴佬,我怎么会胡说呢?"桑生听了羞愧难当,哽咽了好大一会儿,承认自己知道错了,还请莲香救命。莲香说:"你现在病入膏肓,实在无药可救。我今天来是跟你永别的,你瞧仔细了,本姑娘可不是爱妒忌的人。"桑生十分悲恸地说:"我枕头底下有个东西,烦请你代我把它撕碎。"莲香把手伸到枕头底下摸了摸,找出一只绣花鞋,拿到灯前反复把玩。突然,李姑娘走了进来,猛地看到莲香,转身就想跑。莲香用身子堵住门,李姑娘窘迫得不知道该从哪儿出去。桑生数落了李姑娘一通,把她说得哑口无言。莲香笑着说:"我现在才有机会跟阿姨当面对质。你之前说郎君所患旧病,未必不是因我而起,如今怎么样呢?"李姑娘只得低头认

俯首谢过。莲曰:“佳丽如此,乃以爱结仇耶?”李即投地陨泣[4],乞垂怜救。

错。莲香又问:“你长得这么漂亮,怎么就为了个男人和我结仇呢?”李姑娘听了赶紧跪倒在地,痛哭流涕,苦苦哀求莲香饶了她。

注释 **1** 望岁:盼望粮食丰收。 **2** 田舍郎:种地的农夫,乡巴佬。 **3** 责数:责备数落。 **4** 陨泣:哭泣,落泪。

莲遂扶起,细诘生平。曰:“妾,李通判[1]女,早夭,瘗于墙外。已死春蚕,遗丝未尽。与郎偕好,妾之愿也,致郎于死,良非素心。”莲曰:“闻鬼物利人死,以死后可常聚,然否?”曰:“不然!两鬼相逢,并无乐处。如乐也,泉下少年郎岂少哉!”莲曰:“痴哉!夜夜为之,人且不堪,而况于鬼!”李问:“狐能死人,何术独否?”莲曰:“是采补者流,妾非其类。故世有不害人之狐,断无不害人之鬼,以阴气盛

莲香就把她搀扶起来,细细询问了她的生平。李姑娘说:“妾身是李通判的女儿,早年就夭折了,埋在墙外边。我好比已经死了的春蚕,只是肚子里的丝还没吐完。和郎君交好,是我的心愿,至于说要谋害他,的确不是我的本意。”莲香说:“听说鬼总是希望把人害死,因为人死后就可以经常聚在一起了,是这样吗?”李姑娘解释说:“才不是呢,两个鬼在一起并没什么开心的。如果做鬼就开心,那黄泉之下的少年郎还少吗?”莲香听了感叹道:“真是痴情啊!夜夜寻欢作乐,就算是跟人都吃不消,何况是跟鬼呢?”李姑娘问莲香:“狐狸精能魅惑男人致死,你有什么办法不伤人呢?”莲香答道:“你说的那是采集男人阳元以补自己的狐狸,我不是这一类。所以世上有不害人的狐狸,断然没有不害人的鬼,因为阴气实在太重了。”桑生

也。”生闻其语，始知鬼狐皆真，幸习常见惯，颇不为骇。但念残息如丝，不觉失声大痛。

莲顾问：“何以处郎君者？”李赧然逊谢。莲笑曰：“恐郎强健，醋娘子要食杨梅也。”李敛衽[2]曰：“如有医国手，使妾得无负郎君，便当埋首地下，敢复觍然[3]于人世耶！”莲解囊出药，曰：“妾早知有今，别后采药三山[4]，凡三阅月[5]，物料始备，瘵蛊[6]至死，投之无不苏者。然症何由得，仍以何引，不得不转求效力。”问：“何需？”曰：“樱口中一点香唾耳。我一丸进，烦接口而唾之。”李晕生颐颊，俯首转侧而视其履。莲戏曰：“妹所得意惟履耳。”李益惭，

听了她们的对话，这才知道世上真存在鬼狐，所幸自己平时习以为常，也就不怎么害怕。但转念一想，如今自己只剩一口气在，不觉失声痛哭起来。

莲香就回头看着李姑娘问：“你有什么办法医治郎君呢？”李姑娘红着脸说自己无能为力。莲香就嘲笑说：“恐怕郎君身体恢复强壮后，醋娘子要吃杨梅，酸上加酸了。”李姑娘整理衣襟，施了一礼道：“如果有医国高手，能治好郎君的病，使妾身不负郎君，我今后定当长眠地下，怎么还敢厚着脸皮留在阳世呢！”莲香听她这么讲，就解开香囊拿出一丸药，说：“我早就料到会有今日，自离别后就去东海三山采药，前后一共花了三个多月才把药配齐。凡得了重病，将死之人吃了，没有不药到病除的。不过解铃还须系铃人，不得不转而请求你的帮助。”“到底该怎么做呢？”李姑娘问。莲香告诉她：“只要你樱桃小嘴儿里的一点儿唾沫星。我把药丸放在郎君口中，烦请你嘴对嘴吐点儿唾沫。”李姑娘红着脸颊，为难地东张西望，然后又垂头看着自己的绣花鞋。莲香开玩笑说：“妹妹你现在最得意的，就是这只鞋吧。”李姑娘听了更加羞愧，低头不是，抬头也不是，简直无地

俯仰若无所容。莲曰：“此平时熟技，今何吝焉？”遂以丸纳生吻，转促逼之，李不得已，唾之。莲曰：“再！”又唾之。凡三四唾，丸已下咽。少间，腹殷然如雷鸣，复纳一丸，自乃接唇而布以气。生觉丹田火热，精神焕发。莲曰：“愈矣！”

自容。莲香就说：“这不是你平时挺熟悉的技巧吗？如今怎么不好意思了？”于是就把药丸放在桑生嘴里，转身催促李姑娘赶快亲嘴儿，李姑娘不得已，只好把口中的唾沫送过去。莲香催促说：“再来一次。”李姑娘又吐了一口唾沫。前后吐了三四次，桑生才把药丸咽下去。过了一会儿，桑生感觉肚子里“咕噜咕噜”像打雷一样。莲香又喂了一丸药，自己对着桑生的嘴吹了口气，把药送了下去。桑生顿时感到丹田滚烫，精神瞬时焕发。莲香说：“可算好了。”

注释 1 通判：官职名，知府的助手。 2 敛衽：整理衣襟。 3 觍(tiǎn)然：厚着脸皮。 4 三山：神话传说中大海里的三座神山，即方丈、蓬莱、瀛洲。 5 三阅月：历经三月。 6 瘵(zhài)蛊：此处指久治不愈的病。

李听鸡鸣，彷徨别去。莲以新瘥，尚须调摄[1]，就食非计，因将户外反关，伪示生归，以绝交往，日夜守护之。李亦每夕必至，给奉殷勤，事莲犹姊，莲亦深怜爱之。居三月，生健如初，李遂数夕不至。偶至，一望即去，相对时，亦悒

李姑娘听到鸡鸣，恋恋不舍地走了。莲香因为桑生大病初愈，还需调养，不方便再靠邻居接济，于是就把大门从外边锁上，假装桑生已经回家，从此断绝任何交往，同时自己日夜守候在桑生床前。李姑娘也每晚过来殷勤伺候，对莲香就像对姐姐一样，莲香也很喜欢她。过了三个月，桑生恢复如初，李姑娘就一连几晚没来。就算偶尔来一次，看一眼就走了，两人见面也闷闷不乐的样子。莲香常常挽留她

悒不乐。莲常留与共寝，必不肯。生追出，提抱以归，身轻若刍灵[2]。女不得遁，遂着衣偃卧，踡[3]其体不盈二尺。莲益怜之，阴使生狎抱之，而撼摇亦不得醒。生睡去，觉而索之，已杳。后十余日，更不复至。生怀思殊切，恒出履共弄。莲曰："窈娜[4]如此，妾见犹怜，何况男子！"生曰："昔日弄履则至，心固疑之，然终不料其鬼。今对履思容，实所怆恻[5]。"因而泣下。

住下，她也不肯答应。一次，桑生追出去，硬是把她抱回来，感觉她身体轻飘飘的，好似草人一样。李姑娘见逃不掉，就穿衣服躺下，蜷缩着身子不到二尺。莲香见了更加怜惜，就偷偷让桑生过去跟李姑娘亲热亲热，任凭桑生怎么搂抱、摇晃，她就是不醒。无可奈何，桑生就睡了过去，等醒来再找，李姑娘已经消失得无影无踪。此后十几天，她都没再过来。桑生想得厉害，经常拿出绣花鞋来回抚弄。莲香见了就说："李姑娘生得身段儿柔美，我见了都动心，更何况是男子呢！"桑生无奈地说："以前我一摸鞋子，她就来了，虽然心里也怀疑过，但没想到会是鬼。如今看着这只绣花鞋，回想起她的音容笑貌，实在令人悲痛。"说着便流下眼泪。

注释 1 调摄：调理保养。摄，保养。 2 刍(chú)灵：办丧事时，草扎的人或动物。 3 踡(quán)：屈曲，蜷缩。 4 窈娜：窈窕婀娜，体态柔美。 5 怆(chuàng)恻：悲痛。

先是，富室张姓有女字燕儿，年十五，不汗而死。终夜复苏，起顾欲奔。张扃户，不得出。女自言："我通

原先，有个姓张的大户人家，女儿字燕儿，十五岁那年，因生病出不了汗死了。过了一晚又苏醒过来，起身看了看，就想往外边跑。张家上了锁，她出不去，就自言自语地说："我是通判女儿的灵魂，蒙受

判女魂。感桑郎眷注，遗舄[1]犹存彼处。我真鬼耳，锢[2]我何益？”以其言有因，诘其至此之由。女低徊反顾，茫不自解。或有言桑生病归者，女执辨其诬，家人大疑。东邻生闻之，逾垣往窥，见生方与美人对语。掩入逼之，张皇间已失所在。邻生骇诘，生笑曰：“向固与君言，雌者则纳之耳。”

邻生述燕儿之言，生乃启关[3]，将往侦探[4]，苦无由。张母闻生果未归，益奇之。故使佣媪索履，生遂出以授。燕儿得之喜。试着之，鞋小于足者盈寸，大骇。揽镜自照，忽恍然悟己之借躯以生也者，因陈所由，母始信之。女镜面大哭曰：“当日形貌，颇堪自

桑生的眷恋照顾，鞋子还存在他那儿呢。我真的是鬼呀，你们把我关起来有什么用呢？”张家人听她讲得有些缘故，就问为何来到这里。女子低着头，左顾右盼，茫然无措，自己也不知道是怎么一回事。有人说桑生得病回家休养去了，女子坚持说不是这么回事，张家人听了大惑不解。东邻书生听说此事，就翻墙过去一探究竟，恰好看到桑生正和美女说话。他冷不防闯了进去，慌张之间那美女已经不见了。邻生就惊骇地问是怎么回事，桑生笑着说：“之前不是跟你说过吗，是女的我就留下了。”

邻生就把燕儿的事告诉了桑生，他立刻打开门，想赶到张家一探究竟，只是苦于想不出理由。燕儿的母亲听说桑生真的没回去，愈发觉得奇怪。就派了个老妈子前去索要绣花鞋，桑生就拿出来交给她。燕儿拿到鞋子大为欣喜，试着穿了穿，发现鞋子比脚小了一寸多，不由得心头一惊。拿过镜子一照，恍然明白自己现在是借别人的身体又活了过来，于是就对母亲讲述了前因后果，张母这才相信。女子对着镜子大哭大喊道：“当初我对自己的长相还比较自信，可每次见到莲香姐姐都觉

信，每见莲姊，犹增惭怍。今反若此，人也不如其鬼也！"把履号咷，劝之不解。蒙衾僵卧，食[5]之，亦不食，体肤尽肿。凡七日不食，卒不死，而肿渐消。觉饥不可忍，乃复食。数日，遍体瘙痒，皮尽脱。晨起，睡舄遗堕，索着之，则硕大无朋矣。因试前履，肥瘦吻合，乃喜。复自镜，则眉目颐颊，宛肖生平，益喜。盥栉[6]见母，见者尽眙[7]。

得自愧不如。现在反而成了这样，做人还不如做鬼呢！"她就拿着绣花鞋号啕大哭，怎么劝都不听。她哭累了，就蒙上被子僵卧在床，给她送吃的过去，也不吃，很快身体就肿胀起来。她一连七天不吃不喝，也没有死，浮肿渐渐消下去。等饿得实在受不了了，这才开始吃东西。几天之后，感觉浑身发痒，整个人褪了一层皮。早上起来，看见睡鞋掉在地上，捡起来穿上，发觉实在太大了。于是就试了试那只绣花鞋，大小刚好合适，女子脸上终于露出笑容。又拿镜子一照，只见眉毛眼睛，还有脸蛋儿，都跟过去一模一样，更加开心了。她梳洗打扮后，前去拜见母亲，看到她的人都惊呆了。

注释 1 舄(xì)：鞋子。 2 锢：禁锢。 3 启关：开门。 4 侦探：查探。 5 食(sì)：拿东西给人吃。 6 盥栉(guàn zhì)：梳洗打扮。 7 眙(chì)：瞪大眼睛看，惊视。

莲香闻其异，劝生媒通[1]之，而以贫富悬邈，不敢遽进。会媪初度[2]，因从其子婿行，往为寿。媪睹生名，故使

莲香听说了这桩奇事，就劝桑生找媒人说亲，却因两家贫富悬殊，桑生没敢马上着手办。恰逢张家老太太过生日，桑生就跟着张家的儿子、女婿一道前去贺寿。老太太看到请帖上有桑生的名字，故意让

燕儿窥帘认客。生最后至，女骤出，捉袂[3]，欲从与俱归。母诃谯[4]之，始惭而入。生审视宛然，不觉零涕，因拜伏不起。媪扶之，不以为侮。生出，浼[5]女舅执柯[6]，媪议择吉赘生。

生归告莲香，且商所处。莲怅然良久，便欲别去，生大骇泣下。莲曰："君行花烛于人家，妾从而往，亦何形颜？"生谋先与旋里[7]而后迎燕，莲乃从之。生以情白张，张闻其有室，怒加诮让[8]。燕儿力白之，乃如所请。至日，生往亲迎，家中备具，颇甚草草。及归，则自门达堂，悉以罽毯[9]贴地，百千笼烛，灿列如锦。莲香扶新妇入青庐[10]，搭面既揭，欢若生平。莲陪卺饮[11]，因细

燕儿隔着帘子，悄悄认一下客人。桑生是最后到的，燕儿猛地跑出来，抓着他的袖子，想跟他一起回去。张母赶紧走出来，斥责了她一通，燕儿这才羞愧地回屋去。桑生仔细瞧了瞧，感觉燕儿长得跟李姑娘一模一样，不觉泪如雨下，就跪在地上不肯起来。老太太就把桑生搀起来，并不怪他失礼。桑生走出大厅，就央求燕儿的舅舅做媒人提亲，张家老太太便打算挑个好日子，招桑生做倒插门儿女婿。

桑生回去后告诉莲香，并且商量婚事该如何处理。莲香难受了好一阵儿，便打算离他而去，桑生大为震惊，哭着挽留她不要走。莲香说："你要到别人家里洞房花烛办喜事了，我跟你过去，脸往哪儿搁呢？"桑生便打定主意，先带着莲香回家一趟，然后再迎娶燕儿，莲香就同意了。桑生就对张家说，自己已经有妻室，张家一听，大为恼火，就训斥了他一顿。燕儿赶紧上前打圆场，这才答应张生的请求。到了约好的日子，桑生前往张家迎亲，张家布置得马马虎虎。等回到自己家，但见从大门一直到堂屋，都铺满了毛毯，成百上千的灯笼，灿如云霞。莲香亲自扶着新娘进了洞房，盖头揭下来，两人欢乐融洽，就跟从前一样。

诘还魂之异。燕曰:“尔日抑郁无聊,徒以身为异物,自觉形秽。别后愤不归墓,随风漾泊,每见生人则羡之。昼凭草木,夜则信足浮沉[12]。偶至张家,见少女卧床上,近附之,未知遂能活也。”莲闻之,默默若有所思。

莲香陪着喝了交杯酒,便细细询问还魂是怎么一回事。燕儿说:“当时我郁闷无聊,觉得自己是孤魂野鬼,哪儿都比不上别人,心里很难过。自从跟郎君分别后,我就十分气愤,随风飘荡,不再回坟墓里住了,每当看见活人,就非常羡慕。白天依靠在草木上,晚上就四处漫步。一次偶然走到张家,见有个女孩儿躺在床上,我就过去附在她身上,也不承想还能再活过来。”莲香听了,沉默不语,心中若有所思。

注释 1 媒通:做媒。 2 初度:生日。 3 袂(mèi):衣袖。 4 诃谯(hē qiào):批评斥责。谯,同“诮”。 5 浼(měi):请求,委托。 6 执柯:替人说媒。 7 旋里:返回家去。 8 诮(qiào)让:责备。 9 罽(jì)毯:毛毯。 10 青庐:洞房。 11 卺(jǐn)饮:喝交杯酒。 12 信足浮沉:此处指四处漫步。

逾两月,莲举一子。产后暴病,日就沉绵。捉燕臂曰:“敢以孽种相累,我儿即若儿。”燕泣下,姑慰藉之。为召巫医,辄却之。沉痼[1]弥留,气如悬丝,生及燕儿皆哭。忽张目曰:“勿尔。子乐生,我乐死。如有

过了两个月,莲香生下一个儿子。产后,她突然生了一场大病,身体一天天衰弱下去。一天,她抓着燕儿的胳膊说:“我怕是不行了,小家伙就托付给你,我儿子就是你儿子。”燕儿听了泪水直流,尽力宽慰她,给她请大夫看病,总是被拒绝。莲香的病一天天加重,弥留之际,气若游丝,桑生和燕儿在床边痛哭流涕。忽然,她张开眼睛说:“不要这样。你们

缘，十年后可复得见。”言讫而卒。启衾将敛，尸化为狐。生不忍异视，厚葬之。子名狐儿，燕抚如己出。每清明，必抱儿哭诸其墓。

后生举于乡[2]，家渐裕，而燕苦不育。狐儿颇慧，然单弱多疾。燕每欲生置媵。一日，婢忽白：“门外一妪，携女求售。”燕呼入，卒见，大惊曰：“莲姊复出耶！”生视之，真似，亦骇。问：“年几何？”答云：“十四。”“聘金几何？”曰：“老身止此一块肉，但俾得所，妾亦得啖饭处，后日老骨不至委沟壑[3]，足矣。”生优价而留之。燕握女手，入密室，撮其颔而笑曰：“汝识我否？”答言：“不识。”诘其姓氏，曰：“妾韦姓，父徐城卖浆者，死三年矣。”燕屈指停思，

喜欢活着，我却喜欢死去。如果有缘，十年后还能再相见。”说完就咽气了。桑生掀开被子打算入殓，发现尸体已经化为了狐狸。桑生不忍心将莲香看成异类，就厚葬了她。给孩子取名“狐儿”，燕儿待他就像自己生的一样。每到清明节，都会抱着孩子到莲香坟前哭泣祭拜。

后来，桑生中了举人，家境逐渐富裕起来，可是燕儿苦于一直没能生育。狐儿颇为聪明伶俐，可是体弱多病。燕儿就经常劝桑生娶个小妾。一天，丫环忽然通报说：“门外有个老太太，正带着女儿售卖。”燕儿就叫她们进来，一看，大吃一惊道：“莲香姐姐转世了吗？”桑生赶过来看，真的和莲香一模一样，也吃了一惊，就问：“女孩儿今年多大了？”回答说：“十四了。”又问要多少聘礼，老太太说：“老身就这么一个女儿，只要能找个好人家，我也能有口饭吃，将来老骨头不至于暴尸荒野就知足了。”桑生就给老太太一大笔钱，把娘儿俩安顿下来。燕儿握着女孩儿的手进了里屋，撮着她的下巴笑着问：“你认识我吗？”女孩儿说：“不认识。”问她叫什么名字，回答说：“妾身姓韦，父亲是徐城卖水的，已经死三

莲死恰十有四载。又审视女，仪容态度，无一不神肖者。乃拍其顶而呼曰：“莲姊，莲姊！十年相见之约，当不欺吾！”女忽如梦醒，豁然曰：“咦？”熟视燕儿。生笑曰：“此‘似曾相识燕归来’也。”女泫然[4]曰：“是矣。闻母言，妾生时便能言，以为不祥，犬血饮之，遂昧宿因。今日始如梦寤。娘子其耻于为鬼之李妹耶？”共话前生，悲喜交至。

年了。”燕儿屈指一算，莲香也正好死了十四年。再仔细瞧这个丫头，仪容态度无一不与莲香神似。就拍着她的头说：“莲姐姐，莲姐姐！十年相会的约定，你果然没有骗我！”女孩儿被她这么一喊，如大梦初醒豁然开朗，叫了一声：“咦？”于是就盯着燕儿看。桑生这时走进来笑着说：“这正是‘似曾相识燕归来’啊。”女孩儿落泪说：“就是了。我曾听母亲说，我生下来就会讲话，家里以为不吉利，就给我喝了狗血，然后我就什么都不记得了。直到今天才如梦初醒。娘子就是那位耻于做鬼的李妹妹吧？”于是，两人聊起了前生的种种事情，真是悲喜交集。

注释 1 沉痼(gù)：难以治愈的疾病。 2 举于乡：乡试中举人。 3 委沟壑：死后尸体被扔到沟壑中，指暴尸荒野，无处安葬。 4 泫(xuàn)然：流泪的样子。

一日，寒食[1]，燕曰：“此每岁妾与郎君哭姊日也。”遂与亲登其墓，荒草离离[2]，木已拱矣。女亦太息。燕谓生曰：“妾与莲姊两世情好，不忍相

一天，寒食节到了，燕儿就说：“今天是我每年与郎君哭祭姐姐的日子。”于是大家一起登上墓地，只见荒草丛生，坟前种的树已经有一抱粗了。女孩儿也叹息了好一阵儿。燕儿对桑生说：“我和莲姐姐两世交好，实在不忍心分离，应当

离,宜令白骨同穴。”生从其言,启李家得骸,舁归而合葬之。亲朋闻其异,吉服临穴[3],不期而会者数百人。余庚戌[4]南游至沂,阻雨,休于旅舍。有刘生子敬,其中表亲,出同社王子章所撰《桑生传》,约万余言,得卒读。此其崖略[5]耳。

让尸骨合葬在一块儿才是。”桑生就听从燕儿的话,打开李姑娘的坟墓,把尸骸运过来,跟莲香葬在一起。亲朋好友听说了这件奇事,都不约而同地穿着礼服来到墓地祭拜,有好几百人。我在康熙九年南游时,曾到过沂州,当时遇雨受阻,我就待在旅店休息。有位叫刘子敬的,是桑生的表亲,就拿出朋友王子章写的《桑生传》给我看,约有一万多字,我就读了一遍。本文所记,不过是个大概而已。

注释 1 寒食:寒食是中国古代传统节日,一般在清明前两天(一说前一天)。按风俗家家禁火,只吃冷食,故名寒食。 2 离离:浓密茂盛的样子。 3 吉服临穴:穿着礼服到墓地祭拜。 4 庚戌(xū):康熙九年,1670年。 5 崖略:梗概,大略。

异史氏曰:“嗟乎!死者而求其生,生者又求其死,天下所难得者,非人身哉?奈何具此身者,往往而置之,遂至觍然[1]而生不如狐,泯然[2]而死不如鬼。”

异史氏说:“可叹啊!死了的人想活过来,而活着的又想寻死,天下难得的不就是转生为人吗?为何有些人,往往不珍惜这个难得的肉身,把它丢在一边,恬不知耻地活着,还不如狐狸;庸碌而死,真不如鬼。”

注释 1 觍(tiǎn)然:恬不知耻,不知羞耻。 2 泯然:消失,此处指毫无作为,庸庸碌碌。

阿　宝

原文

粤西[1]孙子楚，名士也。生有枝指[2]，性迂讷，人诳[3]之，辄信为真。或值座有歌妓，则必遥望却走[4]。或知其然，诱之来，使妓狎逼之，则赪颜彻颈[5]，汗珠珠下滴，因共为笑。遂貌其呆状，相邮传[6]作丑语[7]而名之“孙痴”。

译文

粤西人孙子楚是个有名的人物。他生来长有六指，性格迂拙木讷，别人诳骗他，往往信以为真。每逢座上有歌妓，他必定远远看见就掉头退避。有人知道他这样，就诱骗他出席，然后让妓女狎近、逗弄，他便羞得脸红到脖子根，汗珠直往下淌，众人便一起取笑。于是大家都描述他那副呆相，互相散布传言，编他的笑话，称呼他作“孙痴”。

注释　**1** 粤西：一说指今广西，一说指今广东西部。　**2** 枝指：骈指，即六指。　**3** 诳(kuáng)：欺骗。　**4** 却走：退避，退走。　**5** 赪(chēng)颜彻颈：脸红到脖子根。　**6** 邮传：本意邮递，此处指四处传播、宣扬。　**7** 丑语：丑化的言辞，指谣言、笑话。

邑大贾某翁，与王侯埒[1]富，姻戚皆贵胄[2]。有女阿宝，绝色也。日择良匹，大家儿争委禽妆[3]，皆不当翁意。生时失俪[4]，有戏之者，劝其通媒，生殊不自揣[5]，果

当地有位大商人，财富可敌王侯，姻亲都是显贵人家。有个女儿叫阿宝，生得绝世美貌。近来要挑选个佳婿，富家子弟听说了，争相送上聘礼嫁妆，但都不合商人心意。孙子楚当时丧妻不久，有人存心作弄他，鼓动他去求亲。孙子楚也是不自量力，还真听信人家的话，请人说媒去了。

从其教。翁素耳其名而贫之。媒媪将出，适遇宝，问之，以告。女戏曰："渠去其枝指，余当归之。"媪告生。生曰："不难。"媒去，生以斧自断其指，大痛彻心，血益倾注，滨死[6]。过数日，始能起，往见媒而示之。媪惊，奔告女；女亦奇之，戏请再去其痴。生闻而哗辨[7]，自谓不痴，然无由见而自剖[8]。转念阿宝未必美如天人，何遂高自位置[9]如此？由是曩念顿冷。

商人素来知道此人名号，但嫌弃他家贫。就在媒婆要走的时候，正巧遇上阿宝，阿宝问媒婆来意，媒婆便把事情告诉了她。阿宝开玩笑说："他要是把枝指给去掉，我就嫁给他。"媒婆回来转告孙子楚。孙子楚说："这不难。"媒婆走后，孙子楚拿斧头把自己的枝指砍断了，痛得钻心，血流如注，险些丧命。躺了好几天才能起床，便去找媒婆，向她展示自己断指的手。媒婆大惊，赶忙跑去告诉阿宝，阿宝也非常讶异，又戏言让他再去掉痴呆气。孙子楚一听便向媒婆大声辩解，声称自己并不痴呆，但是也没法见阿宝当面自白。转念一想，阿宝其实不一定就美若天仙，凭什么自我抬举到这种地步？于是先前的念头顿时就冷淡了。

注释 1 埒(liè)：同等。 2 贵胄(zhòu)：贵族的后代，泛指显贵人家。 3 委禽妆：送订婚的聘礼。 4 失俪(lì)：丧偶。 5 殊不自揣：一点也不估量自己的能力，即不自量力。 6 滨死：差点死去。 7 哗辨：大声辩解。 8 自剖：自白，自辩。 9 高自位置：自抬身价，自我抬举。

会值清明，俗于是日，妇女出游，轻薄少年亦结队随行，恣其月旦[1]。

恰逢清明时节，依照风俗，妇女在当天外出游玩，轻薄少年们也多成群结队随行于后，肆意谈论品评。孙子楚的几

有同社数人，强邀生去。或嘲之曰：“莫欲一观可人[2]否？”生亦知其戏己，然以受女揶揄故，亦思一见其人，忻然随众物色之。遥见有女子憩树下，恶少年环如墙堵。众曰：“此必阿宝也。”趋之，果宝。审谛之，娟丽无双。少倾，人益稠[3]。女起，遽去。众情颠倒，品头题足，纷纷若狂；生独默然。及众他适，回视，生犹痴立故所，呼之不应。群曳之曰：“魂随阿宝去耶？”亦不答。众以其素讷，故不为怪，或推之或挽之以归。至家，直上床卧，终日不起，冥如醉，唤之不醒。家人疑其失魂，招于旷野，莫能效。强拍问之，则朦胧应云：“我在阿宝家。”及细诘之，又默不语，家人惶惑莫解。

位同社友人，强邀他同去。有的还嘲弄说：“难道你不想看看意中人吗？”孙子楚也知道人家是开玩笑，但因为受过阿宝戏弄，也想见见她本人，便欣然跟着大家寻找去了。远远看到有个女子在树下休息，一群无赖少年聚在旁边围观，人数众多，围成了一堵墙。众人说：“这一定是阿宝了。”前去一看，果然是阿宝。仔细打量，确实娟秀美丽，天下无双。不一会儿，围观的人越来越多，阿宝起身便走。众人情迷颠倒，品头论足，一个个都跟痴狂了一样，唯独孙子楚默然无言。等大家都前往别处，回头一看，孙子楚还呆呆地站在原地，喊他也没反应。一群人拉着他说：“你这魂儿都跟着那个阿宝去了吗？”他也不答话。众人因为他平素木讷，所以也不觉得奇怪，便这个推着、那个拉着把他送回去了。到家以后，孙子楚直接躺到床上，整日卧床不起，迷迷糊糊如同醉酒，喊他也不醒。家人怀疑他丢了魂，便到旷野上给他招魂，但是没起作用；使劲拍着问他，他便模模糊糊答应着说：“我在阿宝家呢。”再细加追问时，又沉默不语了。家人既担忧惶恐，又疑惑不解。

注释 1 恣其月旦：随意品评。东汉许劭与堂兄许靖常评论人物，每月都有更新，时人称为“月旦评”，后以月旦指品评人物。 2 可人：意中人。 3 稠：稠密，此处指人很多。

初，生见女去，意不忍舍，觉身已从之行，渐傍其衿带[1]间，人无呵者，遂从女归。坐卧依之，夜辄与狎，甚相得。然觉腹中奇馁，思欲一返家门，而迷不知路。女每梦与人交，问其名，曰：“我孙子楚也。”心异之，而不可以告人。生卧三日，气休休若将澌灭[2]。家人大恐，托人婉告翁，欲一招魂其家。翁笑曰：“平昔不相往还，何由遗魂吾家？”家人固哀之，翁始允。巫执故服、草荐[3]以往。女诘得其故，骇极，不听他往，直导入室，任招呼而去。巫归至门，生榻上已呻。既醒，女室之香

当初，孙子楚见阿宝走了，心里舍不得离开，忽然觉得自己身子也跟着人家走了，渐渐靠近她的衣带边上，旁人也不呵斥，便随着阿宝回到家。不论坐卧都跟在旁边，到夜里便和她亲热，很是情投意合。但是觉得肚子非常饿，想着先回家一趟，结果迷路了。阿宝每每梦到有人与自己交合，问其姓名，对方答道：“我是孙子楚。”心下觉得怪异，但又不能把这事告诉别人。孙子楚躺了三天，气息奄奄，好像就要断气了一样。家人非常害怕，托人委婉地告诉商人，说想去他家，把孙子楚的魂招回来。商人笑道：“我们两家平日不相往来，他怎么会把魂丢在我们家呢？”家人苦苦哀求，商人才答应。巫师拿着孙子楚平时穿的衣服和铺的草垫前往商人家。阿宝问明巫师来意，极为骇异，不让巫师再去别处，而是直接带到自己的卧室，任由巫师把魂招了回去。巫师回到孙子楚家门口，孙子楚在榻上已经呻吟起来。醒来以后，孙子楚把阿宝卧室里的梳

奁什具,何色何名,历言不爽。女闻之,益骇,阴感其情之深。

妆用具,长什么样叫什么名,一一道来,分毫不差。阿宝听说此事,更为惊讶,暗暗感到孙子楚用情至深。

注释 1 衿带:衣带。 2 澌灭:断绝,消失。 3 草荐:草垫。

生既离床寝,坐立凝思,忽忽若忘。每伺察阿宝,希幸一再遘[1]之。浴佛节[2],闻将降香[3]水月寺,遂早旦往候道左,目眩睛劳。日涉午[4],女始至,自车中窥见生,以掺手[5]搴帘,凝睇不转。生益动,尾从之。女忽命青衣[6]来诘姓字。生殷勤自展,魂益摇。车去始归。归复病,冥然绝食,梦中辄呼宝名,每自恨魂不复灵。家旧养一鹦鹉,忽毙,小儿持弄于床。生自念:倘得身为鹦鹉,振翼可达女室。心方注想,身已翩然鹦鹉,遽飞而去,直达宝所。女喜而扑之,锁其

孙子楚起床后,不论坐立,总是凝神思念,恍惚如同忘我。他经常私下打探阿宝的事情,希望能有幸再见到她。听说浴佛节当天阿宝要去水月寺烧香,便一大早前去路边等候。孙子楚等得眼花目眩,直到中午时分,阿宝才到,从车里看到孙子楚,用纤手掀起车帘,目不转睛地凝视他。孙子楚更为激动,便尾随其后。阿宝匆忙间指派一个婢女前来询问孙子楚的姓名,孙子楚急忙自报家门,更觉魂魄摇荡。阿宝的车走远了,孙子楚才回家。到家以后又生了病,陷入昏迷,滴水不进,梦中呼唤阿宝的名字,每每自恨魂魄不如之前灵便。家里从前养了一只鹦鹉,忽然死了,被一个小孩儿在床上把玩。孙子楚心想倘若自己化作鹦鹉,便能振翅飞到阿宝的房间。正想着这件事,身体已经翩然化作鹦鹉,赶忙飞去,直接前往阿宝的住所。阿宝看到飞

肘，饲以麻子[7]。大呼曰："姐姐勿锁！我孙子楚也！"女大骇，解其缚，亦不去。女祝曰："深情已篆[8]中心，今已人禽异类，姻好何可复圆？"鸟云："得近芳泽，于愿已足。"他人饲之不食，女自饲之则食；女坐则集其膝，卧则依其床。如是三日，女甚怜之。阴使人瞷[9]生，生则僵卧气绝已三日，但心头未冰耳。女又祝曰："君能复为人，当誓死相从。"鸟云："诳我！"女乃自矢[10]。鸟侧目若有所思。少间，女束双弯[11]，解履床下，鹦鹉骤下，衔履飞去。女急呼之，飞已远矣。

来一只鹦鹉，高兴地捉住它，绑住双腿，用苴麻喂食。鹦鹉大声喊："姐姐不要绑着我！我是孙子楚啊！"阿宝大惊，解开拴腿的绳子，鹦鹉也不飞走。阿宝祝祷说："深情已经铭刻在我心中，但是现在我们人禽异类，姻缘再好又怎能圆满如初呢？"鹦鹉答道："能够亲近佳人芳泽，我心愿已经满足了。"他人给鹦鹉喂食都不吃，阿宝亲自喂食便吃。阿宝坐着，鹦鹉便落在她膝上；阿宝躺着，鹦鹉便靠在床边。如此过了三天。阿宝很可怜它，暗地里派人探望孙子楚，孙子楚已经僵卧不起，气绝身亡三天了，但是心口尚未冰凉。阿宝又祝祷道："如果你能再变回人，我一定誓死相随。"鹦鹉答道："骗我的吧！"阿宝立下重誓。鹦鹉则斜目旁视，若有所思。过了一会儿，阿宝正要缠足，脱了绣鞋放在床下，鹦鹉骤然跃下，叼着绣鞋飞走了。阿宝急忙呼喊，但鹦鹉已经飞远了。

注释 1 遘(gòu)：相遇。 2 浴佛节：又称佛诞日、佛诞节。每年的四月初八，是佛祖释迦牟尼的诞辰，信众为纪念佛陀诞生，于当日以香水沐浴佛像，故名。 3 降香：进香。 4 日涉午：到中午的时候。 5 掺(shǎn)手：女子纤细的手。 6 青衣：婢女，丫环。 7 麻子：苴麻，形似芝麻。 8 篆:铭刻。 9 睊(jiàn):窥视,偷看。 10 矢:发誓。 11 束双弯:缠足。

女使妪往探,则生已寤。家人见鹦鹉衔绣履来,堕地死,方共异之。生既苏,即索履,众莫知故。适妪至,入视生,问履所自。生曰:"是阿宝信誓物。借口相覆[1]:小生不忘金诺[2]也。"妪反命[3],女益奇之,故使婢泄其情于母。母审之确[4],乃曰:"此子才名亦不恶,但有相如[5]之贫。择数年得婿若此,恐将为显者笑。"女以履故,矢不他。翁媪从之,驰报生。生喜,疾顿瘳。翁议赘诸家,女曰:"婿不可久处岳家。况郎又贫,久益为人贱。儿既诺之,处蓬茅而甘藜藿[6],不怨也。"生乃亲迎[7]成礼,相逢如隔世欢。

阿宝请老婢前去孙子楚家探视,孙子楚已经醒了。家人正看到有只鹦鹉叼着绣鞋飞来,然后落在地上死了,都感到奇怪。孙子楚醒来后,便索要那只绣鞋,众人都莫名缘故。恰逢老婢前来,进屋看望孙子楚,问他绣鞋在哪里。孙子楚说:"这是阿宝起誓的信物。请借尊口回复:小生决不忘记她的金口诺言。"老婢回去复命,阿宝听后,更为惊奇,于是故意让婢女把情况透露给母亲。母亲问明情况,便说:"这个人的才气和名声都不坏,但是和司马相如一样贫穷。挑选了好几年,才挑了这样一个女婿,恐怕会被显贵人家笑话。"阿宝以绣鞋之事为由,发誓不嫁别家,父母只好依着她。有人立刻把这件事告诉了孙子楚,孙子楚非常高兴,病一下子就好了。商人提议让孙子楚入赘,阿宝说:"女婿不可长住岳父家,况且孙郎家贫,入赘久了更被人轻贱。女儿既然答应了他,就是住在草庐茅屋也心甘情愿,吃野菜也没有怨言。"于是孙子楚依照礼仪,亲自迎娶阿宝,二人相逢欢洽,如同隔世夫妻。

自是家得奁妆，小阜[8]，颇增物产。而生痴于书，不知理家人生业[9]。女善居积，亦不以他事累生，居三年，家益富。生忽病消渴[10]，卒。女哭之痛，泪眼不晴[11]，至绝眠食，劝之不纳，乘夜自经[12]。婢觉之，急救而醒，终亦不食。三日，集亲党，将以殓生。闻棺中呻以息，启之，已复活。自言："见冥王，以生平朴诚，命作部曹。忽有人白：'孙部曹之妻将至。'王稽鬼录，言：'此未应便死。'又白：'不食三日矣。'王顾谓：'感汝妻节义，姑赐再生。'因使驭卒控马送余还。"由此体渐平。

自从孙子楚家得到嫁妆以后，生活稍微宽裕，积累了不少资产。孙子楚痴迷读书，不懂得打理家中的生计产业；阿宝却善于理财积蓄，也不用其他事务烦扰他。三年以后，孙家更加富有了。孙子楚忽然患上糖尿病死了。阿宝痛哭流涕，泪眼不干，以致废寝绝食，家人怎么劝她都不听。一天晚上，阿宝趁着夜深人静，上吊自杀了。婢女发觉后，急忙把她救下来，但她醒来以后始终不肯进食。孙子楚死后三日，家里聚集亲戚朋友，准备将他入殓。忽然听到棺材中有呻吟的声音，打开棺材，孙子楚已经复活了。他自称："我死后见到了冥王，因为我平生朴素诚实，命我担任部曹。忽然有人通报说：'孙部曹的妻子要来了。'冥王核查鬼录，说：'此人还不到死期。'又听人通报说：'她已经绝食三天了。'冥王转头对我说：'你妻子的节操义德令人感动，姑且赐你再生吧。'于是请马夫牵马，把我送了回来。"此后孙子楚的身体逐渐康复。

注释 1 覆：回复，转告。 2 金诺：郑重的承诺。 3 反命：复命。 4 审之确：问明情况，把事情了解清楚。 5 相如：即司马相如。司马相如是西汉辞赋家，早年家境贫寒，后迎娶富家女卓文君。 6 藜藿（lí huò）：

野菜，指粗茶淡饭。 7 亲迎：新郎亲自到女家迎亲。 8 小阜(fù)：稍稍富裕。 9 家人生业：家中的生计产业。 10 消渴：可能是糖尿病。 11 泪眼不晴：泪流不止，眼里一直有泪。 12 自经：上吊自杀。

值岁大比[1]，入闱之前，诸少年玩弄之，共拟隐僻[2]之题七，引生僻处与语，言："此某家关节[3]，敬秘相授。"生信之，昼夜揣摩，制成七艺[4]，众隐笑之。时典试者[5]虑熟题有蹈袭[6]弊，力反常经[7]，题纸下，七艺皆符。生以是抡魁[8]。明年，举进士，授词林[9]。上闻异，召问之，生具启奏。上大嘉悦。后召见阿宝，赏赉有加焉。

这年正值乡试，考试之前，一群少年要作弄孙子楚，一同拟了七道隐晦生僻的题目，把孙子楚引到僻静处讲话，说："这是我们打通关节得来的题目，现在秘密地敬呈与你。"孙子楚信以为真，便昼夜揣摩题目，并写成七篇制艺。众人偷偷笑话他。当时的主考官考虑到熟悉的考题可能会有因循重复的弊端，于是出题极力打破常规。试题卷发下来以后，孙子楚发现自己的七篇制艺都符合考题要求，于是孙子楚被评为第一。次年，孙子楚考中进士，授翰林。皇上听说了他的事情，也很惊异，便召他询问，孙子楚具文上奏。皇上很高兴，大为嘉许。后来又召见了阿宝，对她一并给予恩赏。

注释 1 大比：明清两代每隔三年举行一次乡试，称大比，考中的称举人。 2 隐僻：生僻。 3 关节：此处指买到的试题。 4 七艺：乡试时的七篇文章，其中《四书》义三篇，《五经》义四篇。 5 典试者：主考官。 6 蹈袭：因循重复。 7 常经：常规。 8 抡魁：中式的第一名。 9 授词林：授予翰林的官职。明代翰林院匾额有"词林"，故以此代称翰林。

异史氏曰:“性痴则其志凝[1],故书痴者文必工,艺痴者技必良。世之落拓而无成者,皆自谓不痴者也。且如粉花荡产[2],卢雉倾家[3],顾痴人事哉!以是知慧黠而过,乃是真痴,彼孙子何痴乎?”

异史氏说:“性痴的人心志都很专注,所以痴迷读书的人,文章一定写得工巧;痴迷技艺的人,技艺一定练得精良。世上那些落拓失意而一事无成的人,都是自认为不痴不呆的。譬如说那些因为狎妓、赌博而倾家荡产的事,岂是痴人呆子会做的!由此可知,聪慧狡黠过分的,才是真正的痴呆,而人家孙子楚又哪里是痴呆呢?”

注释 **1** 志凝:心志专一。 **2** 粉花荡产:因嫖娼而耗尽家财。 **3** 卢雉倾家:因赌博而倾尽家产。

九山王

原文

曹州[1]李姓者,邑诸生,家素饶,而居宅故不甚广,舍后有园数亩,荒置之。一日,有叟来税屋[2],出直[3]百金,李以无屋为辞。叟曰:“请受之,但无烦虑。”李不喻[4]其意,姑受之,以觇其异。

译文

曹州有一个姓李的人,是县学生,家里素来很富有,但住宅不是很宽敞,屋后有个园子,占地好几亩,一直荒废着。一天,有个老头儿来租房子,出一百两银子租金。李生以没有房子出租为由推辞了。老头儿就说:“请你收下这些钱,不要有顾虑。”李生不明白他的用意,就暂且收下银子,看看到底有什么奇怪的事。过了一

越日，村人见舆马眷口入李家，纷纷甚夥，共疑李第无安顿所，问之，李殊不自知，归而察之，并无迹响。过数日，叟忽来谒，且云：“庇宇下已数晨夕，事事都草创，起炉作灶，未暇一修客子[5]礼。今遣儿女辈作黍，幸一垂顾[6]。”李从之。则入园中，欻见舍宇华好，崭然一新。入室，陈设芳丽，酒鼎沸于廊下，茶烟袅于厨中。

俄而行酒荐馔，备极甘旨[7]。时见庭下少年人，往来甚众；又闻儿女喁喁，幕中作笑语声；家人婢仆，似有数十百口。李心知其狐，席终而归，阴怀杀心。每入市，市[8]硝硫，积数百斤，暗布园中殆满。骤火之，焰亘霄汉，如黑灵芝，燔[9]臭灰眯不可近，但闻

天，村里人看见有车马拉着家眷进了李家的大门，纷纷扬扬好像有很多人。人们都怀疑李生家并没有地方安顿，问他怎么回事，李生自己对此也一无所知，他回家察看，并没什么动静。又过了几天，老头儿忽然前来拜访，对李生说：“在你家已经住了好几天了，事事都得重新安排，建炉子、修灶台，一直没空拜访主人，略申客人之礼。今天我叫儿女们准备了便饭，希望你能大驾光临。”李公子就跟着老头儿前去赴宴。一进院子，忽然看见房屋华丽，焕然一新。走进屋后，只见家居陈设精美华丽，阵阵香气扑鼻，热酒的鼎在走廊下沸腾，茶炉在厨房中冒起袅袅青烟。

不一会儿，主人给李生斟酒夹菜，有各种美味佳肴。李生看见庭院里有很多年轻人走来走去，又听到老头儿的儿女们窃窃私语，帘幕内传来欢声笑语；他家的丫环仆人，似乎有几十上百口。李生心里这才明白过来，老头儿家的人都是狐狸。酒席结束后，他返回家去，暗暗起了杀心。每次到集市，他都要买一些硝石和硫黄，积攒了有数百斤，就悄悄布满整个园子。一天，李生突然点火，浓烟直冲云霄，远远望去像黑色的灵芝，烧得臭气熏天，灰尘

鸣啼嗥动之声，嘈杂聒耳。既熄，入视，则死狐满地，焦头烂额者不可胜计。方阅视间，叟自外来，颜色惨恸，责李曰："夙无嫌怨，荒园报岁百金非少，何忍遂相族灭？此奇惨之仇，无不报者！"忿然而去。疑其掷砾为殃，而年余无少怪异。

眯住了眼睛，难以靠近，只是听到哀鸣号叫的声音，嘈杂聒耳。等火熄灭后进去察看，遍地都是烧死的狐狸，烧得焦头烂额不计其数。李生正在巡视时，老头儿从外边走进来，面色凄惨悲恸，责问李生道："我跟你从没什么仇怨，这所荒废的园子，一年我出一百两租金也不算少，你怎么就忍心灭我全族呢？如此惨烈之仇，不可能不遭报应！"说完愤而离去。李生怀疑他会扔石头作祟，但过了一年多什么奇怪的事也没发生。

注释 1 曹州：在今山东菏泽。 2 税屋：租房子。 3 直：价钱，价格。 4 喻：明白。 5 客子：旅居异乡的人。 6 垂顾：光临。 7 甘旨：美味的食物。 8 市：购买。 9 燔（fán）：燃烧。

时顺治初年，山中群盗窃发，啸聚[1]万余人，官莫能捕。生以家口多，日忧离乱。适村中来一星者[2]，自号"南山翁"，言人休咎[3]，了若目睹，名大噪，李召至家，求推甲子[4]。翁愕然起敬，曰："此真主[5]也！"李闻大骇，以为妄，翁正容固言之。

到了顺治初年，山中盗贼群起，聚集了一万多人，官府也不能抓捕他们。李生因为家中人口众多，整天担忧会发生战乱。这时，村里来了一个算命先生，自称"南山翁"，讲人的吉凶祸福，清清楚楚，说得好像亲眼看见一样，算命先生名声大噪。李生把他请到家，求他给自己算一卦。南山翁看了他的八字，惊讶地站起身施礼，说："你是真命天子啊！"李生听闻大为惊恐，认为他胡说八道，可南

李疑信半焉，乃曰："岂有白手受命而帝者乎？"翁谓："不然。自古帝王，类多起于匹夫，谁是生而天子者？"生惑之，前席[6]而请。翁毅然以"卧龙"自任。请先备甲胄数千具、弓弩数千事[7]。李虑人莫之归。翁曰："臣请为大王连诸山，深相结。使哗言者[8]谓大王真天子，山中士卒，宜必响应。"李喜，遣翁行。发藏镪[9]，造甲胄。

山翁一脸严肃地坚持说是真的。李生半信半疑地问："哪有人一无所有，只靠天命就能做皇帝呢？"南山翁说："不是这样的。自古以来，帝王大多出自平民百姓，有谁是一生下来就是皇帝的呢？"李生被迷惑了，就凑前请教该如何做。南山翁毅然以诸葛卧龙自命，叫李生先准备几千套铠甲和几千件弓弩。李生担心没人肯归附。南山翁就说："臣请为大王联络各路山寨人马，和他们深入结交。再让好宣扬的人说大王是真命天子，这样一来，山里的士兵必定都会响应。"李生听了大为高兴，就派南山翁进山，并把藏的银子拿出来制造盔甲。

注释 1 啸聚：互相招呼着聚合起来，此指聚众造反。 2 星者：星象术士，算命先生。 3 休咎：吉凶祸福。 4 推甲子：推算生辰八字。 5 真主：真命天子。 6 前席：凑前请教。古人席地而坐，谈论时心有所动，即移动席子凑前认真听。 7 事：件。 8 哗言者：好宣扬、传播不实言论的人。 9 藏镪(qiǎng)：藏的银子。

翁数日始还，曰："借大王威福，加臣三寸舌，诸山莫不愿执鞭靮[1]，从麾下。"浃旬[2]之间，果归命者数千人。于是拜翁为

南山翁几天后才返回，报告说："借着大王的威福，加上臣的三寸不烂之舌，各山寨都愿效命，跟随大王起事。"十天之内，果然有几千人前来投靠。于是李生拜南山翁为军师，竖起大旗，又

军师，建大纛[3]，设彩帜若林。据山立栅[4]，声势震动。邑令率兵来讨，翁指挥群寇大破之。令惧，告急于兖[5]。兖兵远涉而至，翁又伏寇进击，兵大溃，将士杀伤者甚众。势益震，党以万计，因自立为“九山王”。翁患马少，会都中解[6]马赴江南，遣一旅要路篡取[7]之。由是“九山王”之名大噪，加翁为“护国大将军”。高卧山巢，公然自负，以为黄袍之加[8]，指日可俟矣。东抚[9]以夺马故，方将进剿，又得兖报，乃发精兵数千，与六道合围而进。军旅旌旗，弥满山谷。九山王大惧，召翁谋之，则不知所往。九山王窘极无术，登山而望曰：“今而知朝廷之势大矣！”山破被擒，妻孥戮之。始悟翁即老狐，盖以族灭报李也。

设置彩旗，密密麻麻如同树林。他们占据山头，树立栅栏，一时声势大振。县令率兵来讨伐，南山翁指挥群寇大败官军。县官害怕，向兖州告急。兖州的援兵远道而来，南山翁设置伏兵袭击，官军溃败，将士伤亡惨重。从此，李生的势力更加壮大，党徒有一万多人，于是就自立为“九山王”。南山翁担心战马太少，正赶上京城往江南运送马匹，于是就派遣一支部队拦路抢了过来。从此，“九山王”的名号传遍四方，他加封南山翁为“护国大将军”。九山王高卧山寨之中，自以为很了不起，认为自己离做皇帝不远了。山东巡抚因为朝廷的马被抢，正准备进兵围剿，又得到兖州的报告，于是出动数千精兵，分为六路合围进军。官军军旗招展，遍布山谷。九山王大为惊恐，便想召南山翁商议对策，却不知道他跑哪儿去了。九山王窘迫得没有办法，登上山望着官军叹息道：“今天我才知道朝廷势力强大啊！”官军攻破山寨，擒获了九山王，把他老婆孩子全杀了。这时他才明白过来，南山翁就是之前的老狐狸，他是来向李生报灭族之仇的。

注释 1 执鞭靮(dí):拿着鞭子,牵着缰绳。指乐于为人效命。 2 浃旬:十天。 3 大纛(dào):古代行军中或重要典礼上用的大旗。 4 立栅:树立栅栏。 5 兖(yǎn):即兖州府,在今山东济宁下辖的兖州区一带。 6 解(jiè):押解,押送财物或犯人。 7 篡取:夺取,抢劫。 8 黄袍之加:指黄袍加身当皇帝。 9 东抚:山东巡抚。

异史氏曰:"夫人拥妻子,闭门科头[1],何处得杀?即杀,亦何由族哉?狐之谋亦巧矣。而壤无其种者,虽溉不生。彼其杀狐之残,方寸[2]已有盗根,故狐得长其萌[3]而施之报。今试执途人而告之曰:'汝为天子!'未有不骇而走者。明明导以族灭之为,而犹乐听之,妻子为戮,又何足云?然人之听匪言[4]也,始闻之而怒,继而疑,又既而信,迨至身名俱殒,而始知其误也,大率类此矣。"

异史氏说:"普通人在家抱着老婆孩子,关上门随意生活,哪里会招来杀身之祸呢?即使被杀,又怎么会引来灭族之灾呢?狐狸的计谋也真是巧妙啊。虽然有土壤而不播种,那么即使灌溉也不会长出东西。李生用凶残的手段屠杀狐狸,已经在心里种下了做强盗的祸根,所以狐狸得以助长其萌芽,最终向他报仇。现在你试着拉住一个过路人说:'你要当天子!'没有人不害怕逃走的。明明是诱导他做招致灭族的事,他还乐意去做,老婆孩子都被杀了,又有什么可说的呢?不过,当人们听到不合正理的话时,起初感到很愤怒,继而产生了疑虑,再听下去就相信了。等到身败名裂,才知道自己上当受骗了,大抵都跟九山王类似吧。"

注释 1 科头:不戴冠帽,裸露头髻。此处指悠哉随意。 2 方寸:心里。 3 长其萌:助长其萌芽。 4 匪言:不合正理的话。

遵化署狐

诸城[1]丘公[2]为遵化道，署中故多狐，最后一楼，绥绥者[3]族而居之，以为家，时出殃人，遣之益炽。官此者惟设牲祷之，无敢迕。丘公莅任，闻而怒之。狐亦畏公刚烈，化一妪告家人曰："幸白大人勿相仇。容我三日，将携细小[4]避去。"公闻，亦嘿[5]不言。次日，阅兵已，戒勿散，使尽扛诸营巨炮骤入，环楼千座并发。数仞之楼，顷刻摧为平地。革肉毛血，自天雨而下。但见浓尘毒雾之中，有白气一缕，冒烟冲空而去，众望之曰："逃一狐矣。"而署中自此平安。

后二年，公遣干仆[6]赍银如干数赴都，将谋迁擢[7]。事未就，姑窖藏于班役[8]之家。忽有一叟诣阙

诸城丘公做遵化道台时，官署中向来有很多狐狸，在最后边的一栋楼里，狐狸聚族而居，它们以此为家，经常出来祸害人，驱赶它们，就闹得更厉害。以前在这里当官的人，都只是摆上供品祷告，没有敢得罪狐狸的。丘公上任后，听说此事勃然大怒。狐狸也畏惧他性子刚烈，于是就变成一个老太太，告诉丘公的家人说："请转告大人，不要把我们当作仇人。宽限三天时间，我将带着全家老小离开。"丘公听了，也沉默不语。第二天，丘公检阅完军队，告诫士兵不要散去，叫他们把各营的大炮都抬到署衙来，突然包围了狐狸居住的楼房，上千门大炮一齐开火，顷刻之间，几丈高的楼房被夷为平地。狐狸的皮肉毛血，像雨一样纷纷落下。只见浓烟毒雾中，有一缕白气冒烟冲天而去，大家望着天空说："逃跑了一只狐狸。"从此以后，官署中平安无事。

过了两年，丘公派心腹带着银子到京城活动，将谋划升迁事宜。事情还没有安排好，就暂时把银子藏在衙役家里。忽然有一个老头儿到朝廷喊冤，说他老

声屈[9]，言妻子横被杀戮；又讦公克削[10]军粮，夤缘当路[11]，现顿某家，可以验证。奉旨押验，至班役家，冥搜[12]不得，叟惟以一足点地。悟其意，发之，果得金；金上镌有"某郡解"字。已而觅叟，则失所在。执乡里姓名以求其人，竟亦无之。公由此罹难[13]，乃知叟即逃狐也。

婆孩子被人杀了；还揭发丘公克扣削减军饷，巴结当权大员，并说银子现藏在某人家里，可以前去查证。官差奉皇帝的命令押着老头儿去衙役家搜查，找了个遍也没发现赃款。老头儿就只用一只脚点地，官差明白了他的意思，就在他踩的地方挖掘，果然挖出了银子，上面还刻着"某郡解"的字样。过了一会儿，官差再找老头儿，人已经不见了。官府按照老头儿说的乡里姓名去找，当地竟没有这个人。丘公因此事被处死，人们这才知道，老头儿就是当初逃走的狐狸。

注释　**1** 诸城：今山东潍坊下辖有诸城市。　**2** 丘公：丘志充，字左臣，明万历四十一年(1613)进士，曾任遵化道道员。　**3** 绥绥(suí)者：指狐狸。语出《诗经·卫风·有狐》："有狐绥绥，在彼淇梁。"绥绥，舒缓行走的样子。　**4** 细小：家小。　**5** 嘿：同"默"，闭口不言。　**6** 干仆：干练的仆人，此处指心腹。　**7** 迁擢：提升官职。　**8** 班役：衙役。　**9** 诣阙声屈：到朝廷喊冤。　**10** 克削：克扣削减。　**11** 夤(yín)缘当路：巴结权贵。夤缘，攀附上升，比喻拉拢关系，向上巴结。当路，当权者。　**12** 冥搜：到处搜寻。　**13** 罹(lí)难：遭遇祸患。

异史氏曰："狐之祟人，可诛甚矣。然服而舍之，亦以全吾仁。公可云疾之已甚者矣。

异史氏说："狐狸作祟害人，将它诛杀太应该了。然而狐狸已经服罪，就应该宽赦，这么做也可以保全我们的仁慈之心。丘公可以说是嫉恶如仇太过头了。不过，

抑使关西[1]为此，岂百狐所能仇哉！”

假如是东汉杨震做出这样的事，就算是上百只狐狸也无从报复啊！”

注释 1 关西：指东汉时期的杨震。杨震是弘农华阴（今陕西华阴）人，因“明经博览”，被时人称为“关西孔子”。杨震为人公正廉直，从不收受贿赂。有人夜间向他送礼，说没有人知道，杨震便对送礼的人说：“天知、神知、我知、子知，何谓无知？”拒绝接受礼物。

张 诚

豫[1]人张氏者，其先齐[2]人，明末齐大乱，妻为北兵[3]掠去。张常客豫，遂家焉。娶于豫，生子讷。无何，妻卒，又娶继室，生子诚。继室牛氏悍，每嫉讷，奴畜之，啖以恶草具[4]。使樵，日责柴一肩，无则挞楚诟诅，不可堪。隐畜甘脆[5]饵诚，使从塾师读。

河南有一个姓张的人，他本来是山东人，明朝末年，山东战乱不休，他的妻子被清兵掳走。张氏经常来往河南，为避战乱，就在河南安了家。张氏在河南娶了妻子，生下一个儿子，取名叫张讷。可是，好景不长，妻子不久去世了，他又娶了继室，生了个儿子叫张诚。继室牛氏心胸狭隘，非常凶狠，她嫉恨张讷，拿他当奴仆对待，给他吃粗劣的食物，还让张讷砍柴，规定每天必须担满一挑柴，如果分量不足，就加以责打谩骂，张讷苦不堪言。而牛氏对待自己的儿子张诚很好，总是把好吃的藏起来留给他，不让他干活，还让他进私塾读书。

注释 1 豫:河南。河南古时为豫州,故后世以“豫”称之。 2 齐:指山东。 3 北兵:清兵。明末,清兵曾数次攻入山东。 4 恶草具:指粗劣的饭食。 5 甘脆:好吃的食物。

诚渐长,性孝友,不忍兄劬[1],阴劝母,母弗听。一日,讷入山樵,未终,值大风雨,避身岩下,雨止而日已暮。腹中大馁,遂负薪归。母验之少,怒不与食。饥火烧心,入室僵卧。诚自塾中来,见兄嗒然[2],问:“病乎?”曰:“饿耳。”问其故,以情告。诚愀然便去,移时,怀饼来饵兄。兄问其所自来。曰:“余窃面倩[3]邻妇为之,但食勿言也。”讷食之。嘱弟曰:“后勿复然,事泄累[4]弟。且日一啖,饥当不死。”诚曰:“兄故弱,乌能多樵!”次日,食后,窃赴山,至兄樵处。兄见之,

张诚渐渐长大,他生性孝顺,友爱哥哥,不忍心看哥哥每天如此辛苦,就私下劝阻母亲,可是母亲根本听不进去。一天,张讷进山砍柴,还没有砍完,大风大雨突然袭来,他只好在山岩下避雨,等风停雨歇,已是傍晚。张讷腹中大饥,再也没有力气砍柴,于是背着柴火回家去了。牛氏查验他砍的柴火只有这么点,不禁大怒,不肯给他东西吃。饥饿像火一样烧灼着心,张讷走进屋子,僵硬地躺在床上一动不动。张诚放学归来,看到哥哥一脸沮丧,就问:“你生病了吗?”张讷说:“是饿的。”张诚又问缘故,张讷将实情告诉了他。张诚很难过地离开了,不多久怀里藏着面饼送给哥哥吃。张讷询问饼是哪里来的。张诚说:“我偷了一点面,请邻居妇人做的饼,你尽管吃,不要再问了。”张讷吃了饼,又嘱咐弟弟说:“以后不要这么做了,不然事情泄露了会连累你的。再说了,一天只吃一顿饭,还不至于饿死。”张诚说:“哥哥本来身子就虚弱,怎么能砍那么多柴呢!”第二天吃过

惊问:“将何作?”答曰:“将助樵采。”问:“谁之遣?”曰:“我自来耳。”兄曰:“无论弟不能樵,纵或能之,且犹不可。”于是速之归。

诚不听,以手足断柴助兄,且云:“明日当以斧来。”兄近止之。见其指已破,履已穿,悲曰:“汝不速归,我即以斧自刭死!”诚乃归。兄送之半途,方复回。樵既归,诣塾,嘱其师曰:“吾弟年幼,宜闭之,山中虎狼多。”师曰:“午前不知何往,业夏楚[5]之。”归谓诚曰:“不听吾言,遭笞责矣!”诚笑曰:“无之。”明日,怀斧又去,兄骇曰:“我固谓子勿来,何复尔?”诚不应,刈薪[6]且急,汗交颐[7]不少休。约足一束,不辞而返。师又责

饭,张诚偷偷进山,来到哥哥砍柴的地方。张讷见了他大吃一惊,连忙问:“你来干什么?”张诚回答说:“来帮你砍柴。”张讷又问:“谁让你来的?”张诚说:“我自己来的。”张讷说:“别说弟弟不会砍柴了,纵使会砍柴,也不能让你干这种活啊!”于是劝他赶紧回去。

张诚不听,手脚并用地折断树枝,帮助哥哥砍柴,还说:“明天我带一把斧头来。”张讷上前制止弟弟,看到他手指被割破了,鞋子也被磨出了洞,于是悲痛地说:“你要是再不快点回去,我就用斧头自刎而死!”张诚只好返回。张讷护送他走了一半的路,才返回。张讷砍完柴回来,先前往私塾,嘱咐张诚的老师说:“我弟弟年纪小,麻烦老师管住他不要乱跑,山中虎狼众多。”老师说:“午前他不知道去了什么地方,我已经打了他作为惩戒。”张讷回到家对张诚说:“你看,不听我的话,挨老师打了吧!”张诚笑着说:“没有这回事。”第二天,张诚带上斧子又去帮哥哥砍柴,张讷大惊,说:“我一再不让你来,你怎么就是不听话,又跑来了呢?”张诚不回答,只是忙着砍柴,汗水在脸颊上汇聚,不停地往下淌,他也不休息一下。估摸着砍了一束柴,张诚便不辞而返。这次老

之，乃实告之。师叹其贤，遂不之禁。兄屡止之，终不听。

师又责打他，张诚只好告诉老师实情。老师对张诚的贤德赞赏不已，于是也不再禁止。张讷多次劝阻，可张诚就是不听。

注释 1 劬(qú)：劳苦。 2 嗒(tà)然：沮丧的样子。 3 倩(qìng)：请。 4 累：连累。 5 夏(jiǎ)楚：用槚木和荆条制成的体罚学生的工具，此处指体罚。夏，通“槚”。 6 刈(yì)薪：砍柴。 7 交颐：指汗水流得满脸都是。

一日，与数人樵山中，欻有虎至，众惧而伏，虎竟衔诚去。虎负人行缓，为讷追及，讷力斧之，中胯。虎痛狂奔，莫可寻逐，痛哭而返。众慰解之，哭益悲。曰：“吾弟，非犹夫人之弟；况为我死，我何生焉！”遂以斧自刎其项。众急救之，入肉者已寸许，血溢如涌，眩瞀殒绝[1]。众骇，裂之衣而约[2]之，群扶以归。母哭骂曰：“汝杀吾儿，欲劙[3]颈以塞责耶！”讷呻云：“母勿烦恼，弟

一天，张讷兄弟二人和几个人在山中砍柴，突然一只老虎窜出来，众人大吃一惊，都害怕地趴下藏了起来，老虎竟然叼着张诚跑了。由于老虎叼着一个人行动缓慢，被张讷赶上，张讷用尽全力砍了一斧子，正好砍中老虎的胯骨。老虎负痛狂奔，再也没有地方追寻，张讷大哭而回。众人都安慰他，他却哭得更加悲痛了，说：“那是我弟弟啊，我弟弟可不是一般的弟弟；况且他是因为我而死的，我怎么能够独生呢！”于是用斧头砍向自己的脖子。众人急忙制止，可是斧头已经砍入皮肉一寸多深，血流如泉涌，张讷当场昏死过去。众人大惊，急忙撕下衣服帮他包扎，然后搀扶着他返回。牛氏听闻噩耗，对着张讷又哭又骂：“你杀了我儿子，还想抹脖子搪塞逃避！”张讷此时气如游丝，呻吟着说：“母亲不要烦恼，弟

死,我定不生!”置榻上,创痛不能眠,惟昼夜依壁坐哭。父恐其亦死,时就榻少哺之,牛辄诟责,讷遂不食,三日而毙。村中有巫走无常者,讷途遇之,缅诉[4]曩苦。因询弟所,巫言不闻,遂反身导讷去。至一都会,见一皂衫人自城中出,巫要遮[5]代问之。皂衫人于佩囊中检牒审顾,男妇百余,并无犯而张者。巫疑在他牒。

弟死了,我一定不会独生的!”众人把张讷放在床上,他的伤口钻心般疼痛,让他无法入睡,只好日夜靠着墙壁坐着痛哭。父亲唯恐他也死去,有时就到床边喂他吃一点东西,牛氏看到了,就大骂不止。张讷于是绝食,三天就死了。村中有走无常的巫人,张讷的魂魄在路上和他相遇,就向他详细倾诉自己过去遭遇的种种苦楚,并打听弟弟的下落。巫人说并不曾见到张诚,于是返身引导着张讷去寻找。他们来到一座城,看到一个穿黑色衣服的人从城里出来,巫人拦住那个人,代张讷询问张诚的下落。黑衣人从背着的袋子里拿出一本册子翻看,上面有男男女女上百人的名字,并没有一个犯人叫张诚。巫人怀疑名字记在了其他册子上。

注释　1 眩瞀(xuàn mào)殒绝:昏死过去。眩瞀,眼睛昏花。殒绝,死亡。　2 约:缠束。此处指包扎伤口。　3 劙(lí):割破。　4 缅诉:备诉,详细倾诉。　5 要遮(yào zhē):拦下,阻拦。

皂衫人曰:“此路属我,何得差逮[1]。”讷不信,强巫入内城。城中新鬼、故鬼往来憧憧[2],亦有故识[3],就问,迄无知者。忽共哗言:

黑衣人说:“这条路归我管,我怎么会抓错。”张讷不相信,非要巫人带他进城寻找。城里新鬼旧鬼来来往往,也有旧相识,张讷就上前去打听,可是都说不知道。忽然大家一片喧哗,都大喊着:“菩萨来了!”抬头仰望,只见缥缈的云中有

“菩萨至！”仰见云中有伟人，毫光彻上下，顿觉世界通明。巫贺曰：“大郎有福哉！菩萨几十年一入冥司，拔诸苦恼，今适值之。”便捽[4]讷跪。众鬼囚纷纷籍籍[5]，合掌齐诵慈悲救苦之声，哄腾[6]震地。菩萨以杨柳枝遍洒甘露，其细如尘。俄而雾收光敛，遂失所在。讷觉颈上沾露，斧处不复作痛。巫仍导与俱归，望见里门，始别而去。讷死二日，豁然竟苏，悉述所遇，谓诚不死。母以为撰造之诬[7]，反诟骂之。讷负屈无以自伸，而摸创痕良瘥。自力起，拜父曰：“行将穿云入海往寻弟，如不可见，终此身勿望返也。愿父犹以儿为死。”翁引空处与泣，无敢留之，讷乃去。

个身材高大的人，身上发出的光芒四射耀眼，群鬼顿觉世界无比通亮。巫人祝贺张讷说：“大郎真有福气！菩萨几十年才来一次阴间，拔除各种苦恼，今天恰好被你遇上了。”便急忙拉着张讷跪下。众鬼人纷乱吵嚷不休，一起合掌口诵慈悲救苦，声音高亢响亮，震天动地。菩萨用杨柳枝蘸取甘露，向众鬼挥洒，甘露如同尘埃一样细碎。不一会儿雾气消散，亮光也跟着消失，菩萨也不见了。张讷感觉脖子上沾了一点甘露，斧伤不再疼痛。巫人于是引导着张讷一起返回阳间，等看到里门，才告别离去。张讷死了两天后，突然活了过来，将自己在阴间的所见所闻悉数述说，并说张诚并没有死。牛氏认定张讷是在编造谎言欺骗自己，反而将他辱骂了一番。张讷满腹委屈却无法申明，他摸了摸脖子上的斧伤，伤口已经痊愈。他挣扎着站起来，拜别父亲说：“我将要跋山涉水去寻找弟弟，如果寻找不到，我这一生也不会返回了。希望父亲就当儿子已经死了吧。”张老头儿悄悄带儿子来到无人处，两人相拥哭泣，但他终究不敢强留儿子，于是张讷就这样离开了家。

注释 1 差逮:抓错人。 2 憧憧:形容往来不定或摇曳不定的样子。 3 故识:旧相识。 4 捽(zuó):抓,揪。 5 纷纷籍籍:形容众多而且杂乱的样子。纷纷,众多。籍籍,纵横交错,杂乱的样子。 6 哄腾:喧闹。 7 撰造之诬:编造的谎话。

每于冲衢[1]访弟耗,途中资斧断绝,丐而行。逾年,达金陵,悬鹑百结[2],伛偻道上。偶见十余骑过,走避道侧。内一人如官长,年四十已来,健卒怒马,腾踔[3]前后。一少年乘小驷,屡视讷。讷以其贵公子,未敢仰视。少年停鞭少驻,忽下马,呼曰:"非吾兄耶!"讷举首审视,诚也,握手大痛失声。诚亦哭曰:"兄何漂落以至于此?"讷言其情,诚益悲。骑者并下问故,以白官长。官命脱骑载讷,连辔[4]归诸其家,始详诘之。初,虎衔诚

张讷到各地的交通要道打听弟弟的消息,在寻找的途中用光了盘缠,只好一边乞讨一边继续前行。用了一年多时间到达金陵,此时张讷身上的衣服破烂不堪,佝偻着背在路上行走。偶然看到十多个骑马的人奔驰而过,张讷赶紧走到路边避让。其中有一个人像是长官,年纪有四十多岁,健壮的士卒骑着骏马,前后簇拥着他。有一个乘着一匹小马的少年,多次看向张讷。张讷因为对方是贵族公子,低着头不敢仰视。那少年停下鞭子,待了一会儿,忽然跳下马,大声喊道:"你不是我的哥哥吗!"张讷一惊,抬头仔细一看,竟然是张诚,他握着弟弟的手失声痛哭。张诚也哭着说:"哥哥怎么会沦落到这种地步呢?"张讷讲了事情的经过,张诚更加悲痛。这时骑马的随从都下了马,过来询问原因,然后报告给长官。长官命令随从让出一匹马用来驮着张讷,并排骑着一块儿回家,这才仔细询问事情的始末。原来,老虎叼着张诚离去,不

去,不知何时置路侧,卧途中经宿,适张别驾[5]自都中来,过之,见其貌文,怜而抚之,渐苏。言其里居,则相去已远,因载与俱归。又药敷伤处,数日始痊。

知什么时候把他丢在了路边。张诚在路边躺了一晚,恰好张别驾从京城来,经过这里,看到张诚形貌文质彬彬,可怜他,便悉心照顾,张诚这才渐渐苏醒过来。说起自己的故乡,这时相距已经很远了,因此张别驾只好载着他一起回府。又命人用药物敷在张诚伤口上,过了几天伤口就痊愈了。

注释 **1** 冲衢(qú):交通大道。 **2** 悬鹑百结:鹌鹑的羽毛又短又花,因以悬鹑比喻破烂的衣服。百结,形容破烂,补丁很多。 **3** 腾踔(chuō):凌空跳跃,形容马步伐矫健轻盈。此处指骑马的人前后簇拥。 **4** 连辔(pèi):骑马同行。 **5** 别驾:通判的别称。在州府的长官下掌管粮运、家田、水利和诉讼等事项,对州府的长官有监察的责任。

别驾无长君[1],子之。盖适从游瞩[2]也。诚具为兄告。言次,别驾入,讷拜谢不已。诚入内,捧帛衣[3]出,进兄,乃置酒燕叙[4]。别驾问:"贵族在豫,几何丁壮?"讷曰:"无有。父少齐人,流寓于豫。"别驾曰:"仆亦齐人。贵里何属?"答曰:"曾闻

张别驾没有儿子,就把张诚当作亲生儿子一样对待。刚才张诚是跟着张别驾游玩。张诚把自己的遭遇一一告诉了哥哥。兄弟俩正说着话,张别驾进来了,张讷不停地拜谢。张诚进入内室,取出丝绸衣服让哥哥穿上,然后吩咐置办酒席,三人尽兴畅谈。张别驾问道:"你们家族在河南,现在家里还有什么人?"张讷说:"没有人了。父亲小时候是山东人,后来迁徙到河南安家。"张别驾说:"真巧,我也是山东人。你们家乡归哪里管辖?"

父言，属东昌[5]辖。”惊曰：“我同乡也！何故迁豫？”讷曰：“明季，清兵入境，掠前母去。父遭兵燹[6]，荡无家室。先贾于西道，往来颇稔，故止焉。”又惊问：“君家尊何名？”讷告之。别驾瞠而视，俯首若疑，疾趋入内。

无何，太夫人出。共罗拜，已，问讷曰：“汝是张炳之之孙耶？”曰：“然。”太夫人大哭，谓别驾曰：“此汝弟也。”讷兄弟莫能解。太夫人曰：“我适汝父三年，流离北去，身属黑固山[7]半年，生汝兄。又半年，固山死，汝兄以补秩[8]旗下迁此官。今解任矣。每刻刻念乡井，遂出籍[9]，复故谱。屡遣人至齐，殊无所觅耗，何知汝父西徙哉！”乃谓别驾曰：

张讷回答说：“我曾听父亲说归东昌府管辖。”张别驾大吃一惊，说：“这么说来我们是同乡了！那你们为什么迁往河南呢？”张讷说：“明朝末年，清兵入境，把我此前的母亲掳走了。父亲惨遭兵乱之苦，家产全部毁于战火中。先前父亲经常西去河南做生意，往来比较熟悉，在河南住了下来。”张别驾又惊讶地问：“令尊叫什么名字？”张讷告诉了张别驾。张别驾瞪大眼睛看着张讷，又低下头思考，好像有些怀疑的样子，然后急忙快步走进内室。

不一会儿，老太太出来了。张讷兄弟向老太太行过拜见礼之后，老太太问张讷说：“你是张炳之的孙子吗？”张讷说：“是的。”老太太突然大哭不止，对张别驾说：“这是你弟弟。”张讷兄弟一时莫名其妙。老太太解释说：“我嫁给你父亲三年后，流落到了北方，归属黑固山，半年后生下了你的哥哥。又过了半年固山去世，你哥哥依靠旗下补缺做了这个官。现在已经辞官了。我时时刻刻想念着家乡，于是脱离了旗籍，又恢复了原来的谱牒家世。曾经多次派人到山东去打听，一点消息也没有，哪里知道你父亲西迁去了河南！”老太太又对张别驾说：“你把自己的

“汝以弟为子，折福死矣！”别驾曰：“曩问诚，诚未尝言齐人，想幼稚不忆耳。”乃以齿序[10]：别驾四十有一，为长；诚十六，最少；讷二十二，则伯而仲[11]矣。别驾得两弟，甚欢，与同卧处，尽悉离散端由，将作归计。太夫人恐不见容。别驾曰：“能容则共之，否则析之。天下岂有无父之国？”	弟弟当作儿子，太折福了，会缺寿的！”张别驾说：“先前我问张诚，他没有说过自己是山东人，想来是因为那时候年纪还小，不记得了。”于是他们按照年龄大小排了长幼：张别驾四十一岁，是老大；张诚只有十六岁，最小；张讷二十二岁，由原来的老大变成了老二。张别驾一下子多了两个弟弟，无比欢喜，他们晚上睡在一起，尽情畅谈一家的离散遭遇，准备一起去河南。老太太担心河南的家里不接纳她，有些犹豫。张别驾说：“如果接纳就一起生活，不然就分开过，天底下哪里有不认父亲的家呢？”

注释 **1** 长君：成年的儿子。此处指儿子。 **2** 游瞩：游览。 **3** 帛衣：丝绸做的衣服。 **4** 燕叙：宴饮叙谈。 **5** 东昌：今山东聊城。 **6** 兵燹(xiǎn)：因战乱而遭受焚烧破坏的灾祸。 **7** 固山：满语八旗军官名，每旗最高长官称为固山额真，顺治时期定汉名为都统。 **8** 补秩：补缺。 **9** 出籍：脱离旗籍。 **10** 齿序：按年龄长幼排列次序。 **11** 伯而仲：由老大变成老二。古代家中，兄弟以伯、仲、叔、季排序。

于是鬻宅办装，刻日西发。既抵里，讷及诚先驰报父。父自讷去，妻亦寻卒；块然[1]一老鳏[2]，形影自	于是张别驾卖掉住宅，置办行装，选择一个好日子就向西出发了。到达家乡后，张讷和张诚先飞马前去报告父亲。父亲自张讷走后，妻子牛氏不久就去世了，他一个老光棍，十分孤独。突然看到张讷回来了，惊

吊[3]。忽见讷入，暴喜，恍恍[4]以惊；又睹诚，喜极，不复作言，潸潸以涕。又告以别驾母子至，翁辍泣[5]愕然，不能喜，亦不能悲，蚩蚩[6]以立。未几，别驾入，拜已；太夫人把翁相向哭。既见婢媪厮卒，内外盈塞，坐立不知所为。诚不见母，问之，方知已死，号嘶气绝，食顷始苏。别驾出资建楼阁，延师教两弟。马腾于槽，人喧于室，居然大家矣。

喜不已，恍惚中不敢相信自己的眼睛；又看到张诚也活着回来了，欢喜之极竟然一句话也说不出来，只有眼泪流个不停。张讷又告诉父亲，张别驾母子也到了，张父骤然听到这个消息，惊愕之下，停止哭泣，心中感觉不到喜悦，也感觉不到悲伤，只是呆呆地站着。没过多久，张别驾进来，拜见了父亲；老太太则拉着张老头儿，端详他苍老的容颜，两人面对面大哭不止。哭罢，张老头儿看到跟来很多丫环仆人，里里外外都站满了，他反倒感觉坐着不是，站着也不是。张诚不见母亲出来，就问父亲，这才知道母亲已经去世了，他号啕大哭，悲痛之余昏了过去，过了一顿饭的工夫才苏醒过来。张别驾出钱建造亭台楼阁，又请老师教两个弟弟读书。很快，马厩里骏马奔腾，家中人声喧哗热闹，张家居然成了当地大户人家。

注释 1 块然：孤独的样子。 2 老鳏(guān)：老光棍。 3 形影自吊：形容无依无靠，非常孤单。 4 恍恍：模糊不清的样子。 5 辍泣：停止哭泣。 6 蚩蚩：痴呆的样子。

异史氏曰："余听此事至终，涕凡数堕。十余岁童子，斧薪助兄，慨然曰：'王览[1]固再见

异史氏说："我听这个故事的时候，从头到尾不知哭了多少次。十几岁的小孩子，用斧子砍柴帮助兄长，我不禁感慨：'像王览这样的孩子又出现了吗？'"于

乎？’于是一堕。至虎衔诚去，不禁狂呼曰：‘天道愦愦[2]如此！’于是一堕。及兄弟猝遇，则喜而亦堕。转增一兄，又益一悲，则为别驾堕。一门团圞[3]，惊出不意，喜出不意，无从之涕，则为翁堕也。不知后世亦有善涕如某者乎？”

是第一次落泪。到老虎叼走了张诚，我不禁大声喊：‘上天难道如此昏庸吗！’于是第二次落泪。到兄弟俩猝然相遇，我因为欢喜而再次落泪。意外多了一个哥哥，我又增加了一份悲伤，这次落泪是因为张别驾的遭遇。一家人团圆，出乎意料的惊讶，出乎意料的喜悦，无缘由的泪水夺眶而出，这次是为张老头儿流的。不知道以后有没有像我这样好流泪的人？”

注释 1 王览：西晋时人，他与兄长王祥是同父异母兄弟，两人感情很好。王览的生母朱氏憎恨王祥，非但在丈夫面前中伤王祥，而且经常施以虐待；但王览始终站在王祥一边，更劝生母不要虐待王祥。后得知朱氏有意毒杀王祥，他更不顾误服毒药的危险去抢毒酒和先行试菜，最终保全了哥哥性命。 2 愦愦：糊涂。 3 团圞(luán)：团聚。

汾州狐

原文

汾州[1]判朱公者，居廨[2]多狐。公夜坐，有女子往来灯下，初谓是家人妇[3]，未遑顾瞻。及举目，竟不相识，而

译文

汾州有位姓朱的通判，官署里有很多狐狸。一天晚上，朱公正在房间坐着，忽然有个女子在灯下走来走去。起初，朱公以为是家里仆人的妻子，就没顾上仔细看。等抬眼一瞧，竟然不认识，但见她容光艳

容光艳绝。心知其狐，而爱好之，遽呼之来。女停履笑曰："厉声加人，谁是汝婢媪耶？"朱笑而起，曳坐谢过。遂与款密[4]，久如夫妻之好。忽谓曰："君秩[5]当迁，别有日矣。"问何时，答曰："目前。但贺者在门，吊者即在闾[6]，不能官也。"三日迁报果至，次日即得太夫人讣音[7]。

丽。于是，心里就知道她是狐狸，然而还是很欢喜，就赶忙大声叫她过来。女子停住脚笑着说："对人大呼小叫，谁是你家丫环、老妈子啊？"朱公笑着站起身，走过去拉着狐女坐下，向她道歉，就和她亲密地交谈起来，时间长了，两人就像夫妻一样恩爱。一天，狐女忽然对朱公说："你要升官了，我们分别的日子就快到了。"朱公问她是什么时候，回答说："就在眼前。但是祝贺的人到家门口时，吊丧的人也到了你老家门口，你要丁忧，官是做不成了。"三天后，朱公调任的公文果然到了，第二天就得到母亲离世的讣告。

注释　1 汾州：在今山西汾阳。　2 居廨(xiè)：所住的官署。廨，官吏办公的地方。　3 家人妇：仆人的妻子。家人，此处指仆役。　4 款密：亲密，亲切。　5 秩：指官职的品级。　6 闾(lǘ)：里巷的门。此处指老家的大门。　7 讣(fù)音：报丧的文告。

公解任，欲与偕旋[1]。狐不可，送之河上，强之登舟。女曰："君自不知，狐不能过河也。"朱不忍别，恋恋河畔。女忽出，言将一谒[2]故旧。移时归，即有客来答拜。

朱公解任时，想让狐女跟自己一起回去。狐女不同意，送他到河边，朱公硬要把她带上船。狐女说："大人你不知道，狐狸不能渡河。"朱公不忍心和她分别，恋恋不舍地在河边徘徊。狐女突然出去，说将要拜访一位老朋友。过了一会儿回来了，就有客人前来拜访。狐女在另一

女别室与语。客去乃来,曰:“请便登舟,妾送君渡。”朱曰:“向言不能渡,今何以渡?”曰:“曩所谒非他,河神也。妾以君故,特请之。彼限我十天往复,故可暂依耳。”遂同济。至十日,果别而去。

间屋子里和客人说话。等客人走了她才去见朱公,说:“请上船吧,我亲自送你过河。”朱公说:“之前你说不能渡河,为何如今又可以了?”狐女回答说:“之前我拜见的不是别人,正是河神。我因为你,特地请他过来商量。他限我十天往返,所以我暂时可以跟你走。”两人于是一起渡河。等到了第十天,狐女果然告别而去。

注释 1 偕旋:一起返回家乡。 2 谒(yè):拜见。

巧 娘

原文

广东有搢绅傅氏,年六十余,生一子,名廉,甚慧而天阉[1],十七岁,阴裁如蚕。遐迩闻知,无以女女者[2]。自分[3]宗绪已绝,昼夜忧怛,而无如何。廉从师读。师偶他出,适门外有猴戏者,廉视之,废学焉。度

译文

广东有一位姓傅的士绅,六十多岁时生了一个儿子,取名叫傅廉。人非常聪明,但生下来阳具就发育不全,长到十七岁,阳具才有蚕那么长。远近之人都知道这件事,因此没人愿意把女儿嫁给他。傅员外估摸着自家香火要断绝了,日夜忧心忡忡,但也没什么法子。傅廉跟从老师读书,有一天老师有事儿出门,正好门外有耍猴儿的,他就跑出去看热闹,把

师将至而惧，遂亡去。离家数里，见一白衣女郎，偕小婢出其前。女一回首，妖丽无比，莲步蹇缓[4]，廉趋过之。女回顾婢曰："试问郎君，得毋欲如琼[5]乎？"婢果呼问，廉诘其何为，女曰："倘之琼也，有尺一书，烦便道寄里门。老母在家，亦可为东道主。"廉出本无定向，念浮海亦得，因诺之。女出书付婢，婢转付生。问其姓名居里，云："华姓，居秦女村，去北郭三四里。"

学业扔在一边。廉生估计老师快回来了，心里很害怕，就跑掉了。离家走了几里，忽然看到一个白衣女子，带着个小丫环走在前面。女子偶尔回头，只见长得无比妖艳靓丽，她迈着小脚慢慢地走着，廉生几个快步就超了过去。女子回头对丫环说："你去问问这位公子，是不是要到琼州去？"丫环果真就招呼询问廉生，廉生问有什么事，女子说："要是公子去海南，我有一封书信，烦请你顺便送到我家。家中老母尚在，她会好好招待你的。"廉生跑出来本没有一定去处，心想能过海玩玩也挺有意思，于是就答应了。女子拿出书信交给丫环，丫环再递给廉生。廉生问她姓名和地址，女子说："我姓华，居住在秦女村，离北城三四里。"

注释 1 天阉：性器官发育不良导致性无能。 2 无以女女者：没人把女儿嫁给他。第一个女是名词，第二个是动词。 3 自分：自认为。 4 莲步蹇缓：迈着小步慢慢地走。 5 如琼：到琼州去。琼，今海南岛。

生附舟便去。至琼州北郭，日已曛暮[1]，问秦女村，迄无知者。望北行四五里，星月已灿，

廉生乘船便去，到了琼州城北，天已黄昏。沿途向人打听秦女村，却没有一个人知道。望着北方走了四五里，天渐渐黑下来，星光闪耀，月色皎洁。野外芳

芳草迷目，旷无逆旅[2]，窘甚。见道侧墓，思欲傍坟栖止，大惧虎狼，因攀树猱升[3]，蹲踞其上。听松声谡谡[4]，宵虫哀奏，中心忐忑，悔至如烧。忽闻人声在下，俯瞰之，庭院宛然，一丽人坐石上，双鬟挑画烛[5]，分侍左右。丽人左顾曰：“今夜月白星疏，华姑所赠团茶[6]，可烹一盏，赏此良夜。”生意其鬼魅，毛发直竖，不敢少息。忽婢子仰视曰：“树上有人！”女惊起曰：“何处大胆儿，暗来窥人！”生大惧，无所逃隐，遂盘旋下，伏地乞宥[7]。

草萋萋，空旷的原野上找不到一家旅店，廉生大感窘迫。他看到路边有座坟墓，就打算靠着坟堆将就一晚，可又害怕豺狼虎豹出没，就麻利地爬上一棵大树，蹲在树杈间休息。耳边响起阵阵松涛声，夜虫在一旁哀鸣，廉生吓得胸口突突直跳，心里燃满了后悔之火。忽然，他听到有人在树下说话，低头一看，一座庭院出现在眼前，有位美人坐在石头上，丫环手提灯笼站在两旁侍候。美人对左边的丫环说：“今夜月明星稀，华姑姑送我的团茶可以烹一杯过来，好欣赏这美丽夜色。”廉生猜测这些女子可能是鬼魅，吓得毛发竖立起来，大气都不敢喘。忽而，一个丫环抬头叫道：“树上有人！”女子一惊，赶紧站起身呵斥道：“哪儿来的大胆狂徒，竟敢暗地里偷窥！”廉生吓得手足无措，实在没地方逃了，就从树上绕下来，趴在地上磕头求饶。

注释 1 曛暮：黄昏。 2 逆旅：旅店。 3 猱(náo)升：比喻像猿猴似的轻捷攀登。 4 谡谡(sù)：形容风声、林涛声。此处指风声呼呼作响。 5 画烛：本指有画饰的蜡烛，此处代指灯笼。 6 团茶：是产生于宋代的一种小茶饼，最初产于福建，专供宫廷饮用。茶饼上印有龙凤花纹。 7 乞宥：乞求饶恕。

女近临一睇[1]，反恚为喜，曳与并坐。睨之，年可十七八，姿态艳绝，听其言，亦土音。问："郎何之？"答云："为人作寄书邮[2]。"女曰："野多暴客，露宿可虞[3]。不嫌蓬荜，愿就税驾[4]。"邀生入。室惟一榻，命婢展两被其上。生自惭形秽，愿在下床。女笑曰："佳客相逢，女元龙[5]何敢高卧？"生不得已，遂与共榻，而惶恐不敢自舒。未几，女暗中以纤手探入，轻捻胫股，生伪寐，若不觉知。又未几，启衾入，摇生，迄不动，女便下探隐处。乃停手怅然，悄悄出衾去，俄闻哭声。生惶愧无以自容，恨天公之缺陷而已。女呼婢篝灯。婢见啼痕，惊问所苦。女摇首曰："我叹吾命耳。"婢立榻

女子走近一瞧，转怒为喜，拽着廉生一起坐下。廉生斜眼打量了一下，女子约有十七八岁，长得姿容绝艳，听她讲话也是本地口音。女子问他："郎君来此做什么？"廉生回答说："我是替人送信来的。"女子就说："野外多有强盗出没，公子露宿荒郊实在令人不放心。你要是不嫌弃寒舍简陋，希望能到我家住一晚。"说着就邀请廉生进门。进屋一看，只有一张床，女子命丫环铺了两条被子在床上。桑生自觉形秽，说自己睡地铺就好。女子笑着说："家里来了贵客，我怎么敢像三国时的陈元龙一样，独自高卧呢？"廉生迫不得已，只得和女子同床共枕，他惶恐地蜷着身子，一动也不敢动。躺下没多久，女子悄悄把手伸过来，轻轻摸了摸他的大腿，廉生假装睡着没什么反应。又过了一会儿，她掀开被子，钻到廉生被窝里，晃了晃，还是没什么反应。于是，女子就把手滑到廉生的私处，没摸几下，就停下来，很是失望。女子悄悄爬了出来，过了一会儿，廉生就听到她在小声哭泣。廉生羞愧得无地自容，只恨老天爷让自己生得不健全。女子呼唤丫环掌灯，丫环过来一瞧小姐脸上有泪痕，惊问受了什么委屈。女子摇了摇头，说：

前，耽望颜色。女曰：“可唤郎醒，遣放去。”生闻之，倍益惭怍，且惧宵半，茫茫无所复之。

“我可怜自己真是苦命。”丫环站在床前，看着小姐的脸色，女子说：“你把公子叫醒，放他走吧。”廉生听闻，更是羞愧难当，又害怕大半夜，茫茫荒野不知去哪儿是好。

注释 1 睇(dì)：用眼睛斜着看，也泛指看。 2 寄书邮：传送书信的人。邮为古代传递文书的驿站。 3 可虞：令人忧虑。 4 税驾：留宿。 5 元龙：主人的代称。三国时期，陈元龙为人豪爽，会客时自己登大床，让客人上小床。

筹念间，一妇人排闼[1]入。婢曰：“华姑来。”微窥之，年约五十余，犹风格[2]。见女未睡，便致诘问，女未答。又视榻上有卧者，遂问：“共榻何人？”婢代答：“夜一少年郎寄此宿。”妇笑曰：“不知巧娘谐花烛。”见女啼泪未干，惊曰：“合卺之夕，悲啼不伦，将勿郎君粗暴也？”女不言，益悲。妇欲捋衣[3]视生，一振衣，书落榻上。妇取视，骇曰：“我女笔意[4]也！”拆读叹咤。女问

廉生正在左右为难时，一个妇人推门而入。丫环通报说：“华姑来了。”廉生悄悄看了眼，妇人约五十多岁，风韵犹存。妇人见女子还未休息，就过去询问缘由，女子没有回答。再看床上躺着一个人，华姑就问：“睡你床上的是什么人？”丫环就代小姐说：“夜里来了个少年郎在此借宿。”华姑笑着说：“我真不知道巧娘已经洞房花烛了。”见女子泪痕未干，她又惊问道：“大喜之夜，哭哭啼啼像什么话？难不成是郎君太粗暴了？”女子还是不作声，看样子更难过了。华姑就想掀开廉生的衣服仔细瞧瞧，一抖衣服，有封信掉在了床上。华姑拿起来一看，惊讶地说：“这是我女儿的笔迹！”拆开读了以后，不住地惊叹。巧娘问她怎

之，妇云："是三姐家报，言吴郎已死，茕无所依，且为奈何？"女曰："彼固云为人寄书，幸未遣之去。"

妇呼生起，究询书所自来，生备述之。妇曰："远烦寄书，当何以报？"又熟视生，笑问："何迕巧娘？"生言："不自知罪。"又诘女，女叹曰："自怜生适阉寺[5]，殁奔椓人[6]，是以悲耳。"妇顾生曰："慧黠儿，固雄而雌者耶？是我之客，不可久溷[7]他人。"遂导生入东厢，探手于裤而验之。笑曰："无怪巧娘零涕。然幸有根蒂，犹可为力。"挑灯遍翻箱簏，得黑丸，授生，令即吞下，秘嘱勿吪[8]，乃出。生独卧筹思[9]，不知药医何症。将比五更，初醒，觉脐下热气一缕，直冲隐处，蠕

么了，她说："是三姐的家书，信上说吴郎已经死了，你姐姐现在一个人无依无靠，这可怎么办啊？"巧娘就说："他一开始就说给人送信来着，幸好没赶他走。"

华姑把廉生叫起来，仔细询问信是哪儿来的，廉生就详细讲了一遍经过。华姑说："大老远的麻烦你来送信，我应该怎么报答你呢？"又盯着廉生仔细打量一番，笑问道："你怎么得罪巧娘啦？"廉生说："我真不知道犯了什么错。"华姑又问巧娘，巧娘叹了口气，说："我是可怜自己命苦，活着的时候嫁给了个太监一样的男人，死了又遇上个阉人，所以才悲伤得不能自已。"华姑瞅着廉生说："你这个机灵鬼，难道真的是男儿模样女儿身吗？好歹你是我的客人，不能老是待在这儿打扰别人。"于是她就把廉生带到了东厢房，手伸进裤裆摸了摸，笑着说："难怪巧娘痛哭流涕，幸好有根在，还可以想想办法。"华姑挑灯把箱子翻了个遍，拿出一粒黑色药丸交给廉生吞下，悄悄叮嘱他不要乱动。华姑出去后，廉生一个人在屋里躺着，他正寻思，不知药丸有何功效。快到五更天的时候，廉生刚醒，感觉肚脐下有股热气直冲下体，似乎有什

蠕然似有物垂股际，自探之，身已伟男。心惊喜，如乍膺九锡[10]。	么东西蠕动着垂在双腿间，用手一摸，下身已经是壮汉了。他惊喜万分，如同受了天大的恩赐一样。

注释　1 排闼：推门而入。　2 风格：风韵。　3 捋(lǚ)衣：掀开衣服。　4 笔意：笔迹。　5 阉寺：宦官。　6 椓(zhuó)人：阉人。　7 溷(hùn)：本意玷污，弄脏，此处为打扰。　8 吪(é)：动。　9 筹思：思考，寻思。　10 乍膺九锡：如同刚刚接受最高级别的赏赐。九锡，中国古代皇帝赐给诸侯、大臣有殊勋者的九种礼器，是最高礼遇的表示。

棂色才分[1]，妇即入室，以炊饼[2]纳生室，叮嘱耐坐，反关其户。出语巧娘曰："郎有寄书劳，将留招三娘来，与订姊妹交。且复闭置，免人厌恼。"乃出门去。生回旋无聊，时近门隙，如鸟窥笼。望见巧娘，辄欲招呼自呈，惭讷[3]而止。延及夜分，妇始携女归。发扉曰："闷煞郎君矣！三娘可来拜谢。"途中人逡巡入，向生敛衽[4]。妇命相呼以兄妹，巧娘笑曰："姊妹亦	天刚亮，华姑就进屋，拿馒头给廉生吃，并叮嘱他耐心坐会儿，把门反锁上就走了。华姑出来对巧娘说："那位公子送信有功劳，先留着他，等会儿把三娘叫过来，他们可以结拜为姊妹。先把他关屋里，免得让你见了心烦。"说完华姑就走了。廉生在屋里走来走去，无聊极了，就凑着门缝像小鸟从笼里往外看似的。他看见巧娘在外边，就想喊她过来解释一下昨晚的事，转念又觉得难以启齿，惭愧得说不出话。等到晚上，华姑才带着三娘回来。她把门打开，说："真是闷死你了！三娘，还不快过来拜谢。"三娘犹豫不决地走了进来，对廉生施了一礼。华姑就让他们以兄妹相称，巧娘笑道："叫姐妹也可以。"见过面后，几个人一起到

可。”并出堂中，团坐置饮。饮次，巧娘戏问：“寺人亦动心佳丽否？”生曰：“跛者不忘履，盲者不忘视。”相与粲然。

了堂屋，围坐喝酒。喝过几杯，巧娘就对廉生开玩笑说：“小太监对美人也会动心吗？”廉生答道：“这就好比瘸子不忘穿鞋，瞎子也不会忘了看。”说完，在座的人无不哄堂大笑。

注释　1 棂(líng)色才分：指天色刚亮。古代以纸糊窗，天亮后，窗户格子渐渐发白。　2 炊饼：馒头。　3 惭讷：因羞惭而说不出话。　4 敛衽：古时女子所行之礼，拉起衣服下摆的角。

巧娘以三娘劳顿，迫令安置。妇顾三娘，俾与生俱。三娘羞晕不行。妇曰：“此丈夫而巾帼[1]者，何畏之？”敦促偕去。私嘱生曰：“阴为吾婿，阳为吾子，可也。”生喜，捉臂登床，发硎[2]新试，其快可知。既，于枕上问女：“巧娘何人？”曰：“鬼也。才色无匹，而时命蹇落[3]。适毛家小郎子，病阉，十八岁而不能人[4]，因邑邑不畅，赍恨如冥[5]。”生惊，疑三娘

巧娘认为三娘旅途劳累，就硬是叫她先回去休息。华姑看了看三娘，示意要她跟廉生一起回屋。三娘脸涨得通红，一直木木地坐着不动。华姑说：“这个男人其实是个女儿身，你怕什么？”说着就催促二人一起回去休息。临走时，又悄悄嘱咐廉生说：“以后私下里你就是我的女婿，不过当着外人的面，装成是我儿子就行。”廉生听了欣喜万分，拉着三娘就上床，就像刚磨好的刀，其锋利可想而知。办完事儿，廉生在枕边问三娘：“巧娘究竟是什么人？”三娘回答说：“她是个女鬼。在世的时候才色无双，就是命太差了。当初嫁给毛家的小儿子，可那小子不行，都十八了还不能行房，于是就郁郁寡欢，含恨而终。”廉生听她这么说，猛然一惊，怀疑三

亦鬼。女曰："实告君，妾非鬼，狐耳。巧娘独居无耦[6]，我母子无家，借庐栖止。"生大愕。女云："无惧，虽故鬼狐，非相祸者。"由此日共谈宴。虽知巧娘非人，而心爱其娟好[7]，独恨自献无隙。生蕴藉[8]，善谀噱[9]，颇得巧娘怜。

娘也是女鬼。三娘解释说："给你讲实话，妾身并不是鬼，我是狐。巧娘她一个人独居，我们娘儿俩又无家可归，就借住在她家。"廉生惊讶万分，三娘赶紧劝说："公子别怕，我们虽然是鬼狐，却无心加害于你。"此后，他们每天一起吃喝谈笑。时间久了，廉生虽然知道巧娘不是人类，而爱慕她清秀动人，就是遗憾没有机会跟她表白。廉生为人宽和文雅，讲话又很讨女孩子开心，巧娘对他很是怜爱。

注释　1 巾帼：指女性。　2 发硎(xíng)：刚磨过的刀。　3 蹇落：穷困，不得志。指命运坎坷。　4 不能人：不能行人事。　5 赍(jī)恨如冥：含恨而终。　6 耦：配偶。　7 娟好：清秀美丽。　8 蕴藉：藏在其内，隐藏而不外露，多形容君子宽和文雅的气质。　9 谀噱(yú jué)：谄笑。

一日，华氏母子将他往，复闭生室中。生闷气，绕室隔扉呼巧娘。巧娘命婢历试数钥，乃得启。生附耳请间，巧娘遣婢去，生挽就寝榻，偎向之。女戏掬脐下，曰："惜可儿[1]此处阙然。"语未竟，触手盈握。惊曰："何前之渺渺，而

一天，华氏母女要出远门，又把廉生关在屋子里。时间长了，廉生烦闷得厉害，就在屋子里踱来踱去，隔着门喊巧娘放自己出去。巧娘就让丫环过去开门，试了好几把钥匙才打开。廉生就凑到巧娘耳朵旁请求单独和她待一会儿，巧娘刚把丫环打发走，廉生就搂着巧娘上了床，紧紧依偎着她。巧娘把手放到廉生肚脐下戏弄着说："可惜这么好的小伙子，这里缺个东西啊。"话还没说完，手就摸到了握把粗

遽累然？”生笑曰：“前羞见客，故缩，今以诮谤[2]难堪，聊作蛙怒耳。”

遂相绸缪。已而恚曰：“今乃知闭户有因。昔母子流荡栖无所，假庐居之。三娘从学刺绣，妾曾不少秘惜。乃妒忌如此！”生劝慰之，且以情告，巧娘终衔[3]之。生曰：“密之，华姑嘱我严。”语未及已，华姑掩入，二人皇遽方起。华姑瞋目[4]，问：“谁启扉？”巧娘笑逆自承。华姑益怒，聒絮[5]不已。巧娘故哂曰：“阿姥亦大笑人！是丈夫而巾帼者，何能为？”三娘见母与巧娘苦相抵[6]，意不自安，以一身调停两间，始各拗怒[7]为喜。巧娘言虽愤烈[8]，然自是屈意事三娘。但华姑昼夜闲防[9]，两情不得自展，眉目含情而已。

的家伙，她惊问道：“为何从前那么点儿，而现在突然变得这么粗大呢？”廉生笑着说：“之前是害羞见客，所以缩着。如今因被你挖苦嘲讽，实在受不了，好比生气的青蛙，权且膨胀起来。”

于是两人颠鸾倒凤。恩爱之后，巧娘气愤地说：“我现在才知道她们把你关在屋里的缘由。从前她们母女四处流荡，连个住的地方都没有。是我可怜她们，把房子腾出来给她们住。三娘又跟着我学刺绣，我倾囊相授，毫无吝惜。没想到，她们对我如此嫉妒！”廉生赶紧安慰劝导，并把事情经过告诉了她，可巧娘还是怨气未消。廉生说：“你可要保密啊！华姑曾叮嘱我千万不能讲出去的。”话音未落，华姑推门而入，两人慌忙站起身。华姑瞪着眼睛问：“是谁把门打开的？”巧娘强笑着说是自己开的门。华姑越发生气，絮絮叨叨说个不停。巧娘故意嘲讽道：“姥姥你也真会说笑！这个假小子能干什么呢？”三娘走过来一看，母亲正跟巧娘激烈争辩，自己左右为难，就两边说好话，两人这才转怒为喜。巧娘虽然言辞愤激，却也甘愿委屈让着三娘。只是华姑昼夜盯得紧，巧娘与廉生不能两情相悦，只好眉目含情，暗送秋波罢了。

注释 1 可儿:称心如意的人。 2 诮谤:指责讥诮,挖苦嘲讽。 3 衔:指怀恨、怨恨。 4 瞋目:瞪大眼睛表示愤怒。 5 聒絮(guō xù):啰唆唠叨。 6 苦相抵:激烈地互相辩驳。 7 拗怒:抑制愤怒。 8 愤烈:愤激。 9 闲防:防备约束。

一日,华姑谓生曰:"吾儿姊妹皆已奉事君,念居此非计,君宜归告父母,早订永约。"即治装促生行。二女相向,容颜悲恻。而巧娘尤不可堪,泪滚滚如断贯珠[1],殊无已时。华姑排止之,便曳生出。至门外,则院宇无存,但见荒冢。华姑送至舟上,曰:"君行后,老身携两女僦[2]屋于贵邑。倘不忘夙好,李氏废园中,可待亲迎。"生乃归。时傅父觅子不得,正切焦虑,见子归,喜出非望。生略述崖末[3],兼致华氏之订。父曰:"妖言何足听信?汝尚能生还者,徒以阉废故。不然,死矣!"生

一天,华姑对廉生说:"我家三娘和巧娘都已经侍奉过你了,你一直待在这里也不是长久之计。不如你先回家禀告父母,早些把婚约订了为好。"于是就收拾行李催促廉生上路。两位佳人望着廉生,忧愁满面,而巧娘更是动情,眼泪如断线的珍珠,簌簌流个不停。华姑上前劝住她们,便拽着廉生出去了。到了大门外,廉生回头一看,房屋院落荡然无存,只有一片荒坟野冢。华姑把他送上船,嘱咐说:"你走后,老身自会带着俩女儿到你家乡寻个住处。倘若你不忘旧好,可以到李家废弃的园子来迎亲。"廉生于是就回去了。当时傅廉的父亲到处找儿子都找不到,正焦急万分时,忽然看到儿子回来了,喜出望外。廉生把大致经过讲给父亲听,并说自己已经和华氏定亲。廉生父亲听后气不打一处来,训斥道:"妖言怎么能相信呢?你小子能活着回来,还不是因为天阉残废?要不然早就没命了。"廉生解释说:"她虽然是

曰:“彼虽异物,情亦犹人,况又慧丽,娶之亦不为戚党笑。”父不言,但嗤[4]之。生乃退而技痒,不安其分,辄私婢,渐至白昼宣淫[5],意欲骇闻翁媪。

异类,但情感和人一样,况且长得秀外慧中,娶了她也不会被亲戚邻居笑话。”廉员外没说话,只是笑他痴狂。廉生拜见过父亲后,在家里技痒难耐,下半身躁动不安,就和丫环乱搞一通,渐渐发展到在大白天公然行男女之事,想要借此惊动父母。

注释　1 断贯珠:断了线的珍珠。贯珠,成串的珍珠。　2 僦(jiù):租赁。　3 崖末:事情的经过。　4 嗤:讥笑,讽刺。　5 宣淫:公然淫乱,毫无避忌。

一日,为小婢所窥,奔告母,母不信,薄观[1]之,始骇。呼婢研究[2],尽得其状。喜极,逢人宣暴[3],以示子不阉,将论婚于世族。生私白母:“非华氏不娶。”母曰:“世不乏美妇人,何必鬼物?”生曰:“儿非华姑,无以知人道[4],背之不祥。”傅父从之,遣一仆一妪往觇之。

出东郭四五里,寻

有一天,廉生与丫环正在酣战,被一个小丫头偷窥到,赶紧跑回去告诉主母。廉生母亲起初还不相信,就走过去观察,这才大吃一惊。事后,她把那个丫环叫过去详加盘问,得以了解全部情况,高兴得不得了,逢人就大谈特谈,好显示儿子并没有什么缺陷,将来还要找一个大户人家结亲。廉生私下对母亲说:“我非华氏不娶。”她问廉生:“世上不缺美女艳妇,何必一定要和鬼物成亲呢?”廉生就解释说:“要不是华姑,我还不知道男女之间是怎么一回事。如果我背信弃义,恐怕不会有好报。”廉生的父亲见他如此执着,就答应下来,派了一个仆人和一个老妈子前去打

李氏园。见败垣竹树中，缕缕有炊烟。妪下乘，直造其闼，则母子拭几濯溉[5]，似有所伺。妪拜致主命。见三娘，惊曰："此即吾家小主妇耶？我见犹怜，何怪公子魂思而梦绕之。"便问阿姊。华姑叹曰："是我假女[6]，三日前忽殂谢[7]去。"因以酒食饷妪及仆。妪归，备道三娘容止，父母皆喜。末陈巧娘死耗，生恻恻[8]欲涕。至亲迎之夜，见华姑亲问之。答云："已投生北地矣。"生欷歔[9]久之。迎三娘归，而终不能忘情巧娘，凡有自琼来者，必召见问之。

探消息。

走出城东四五里，找到了李家花园。只见残垣断壁间竹木掩映，飘着缕缕炊烟。老妈子下了车，径直走到大门口，看见华氏母女正忙着擦桌子、洗碗筷，似乎在等待客人光临。老妈子进去拜见华姑后，就把主人的意思告诉了她。又去拜见三娘，惊叹道："这就是我家的小主母吗？老身我见了都心生怜爱，难怪我家公子整日魂牵梦绕。"然后又问起巧娘，华姑叹口气道："她是我的干女儿，不幸三天前突然亡故了。"问过话，华姑就好酒好菜招待他们。老妈子回去后，极力夸赞三娘如何漂亮端庄，廉生父母听了都很高兴。最后又说巧娘前些日子忽然去世了，廉生听了悲痛欲哭。到了娶亲之夜，他亲自前去迎接三娘过门，见到华姑询问巧娘下落，回答说："已经投生到北方了。"廉生听后感叹了很久。把三娘接回家后，他怎么也忘不了巧娘，凡是有从琼州来的人，必定会召见询问。

注释 1 薄观：走近观察。 2 研究：此处指详细询问。 3 宣暴：大肆张扬。 4 人道：此处指男女之事。 5 濯溉：洗涤。 6 假女：干女儿。 7 殂(cú)谢：亡故。 8 恻恻：伤心难过的样子。 9 欷歔(xī xū)：叹气抽噎。

或言秦女墓夜闻鬼哭，生诧其异，入告三娘。三娘沉吟良久，泣下曰："妾负姊矣！"诘之，答云："妾母子来时，实未使闻。兹之怨啼，将无是姊？向欲相告，恐彰母过。"生闻之，悲已而喜。即命舆，宵昼兼程，驰诣其墓，叩墓木而呼曰："巧娘！巧娘！某在斯！"俄见女郎绷婴儿，自穴中出，举首酸嘶[1]，怨望无已，生亦涕下。探怀问谁氏子，巧娘曰："是君之遗孽也，诞三月矣。"生叹曰："误听华姑言，使母子埋忧地下，罪将安辞！"乃与同舆，航海而归。抱子告母，母视之，体貌丰伟，不类鬼物，益喜。二女谐和，事姑孝。后傅父病，延医来。巧娘

有个从琼州过来的人告诉廉生，晚上曾在秦女坟听见鬼哭，廉生心生诧异，就回家告诉了三娘。三娘沉吟良久，流着泪说："是我对不起姐姐啊！"廉生追问原因，她说："我们母女此次前来，其实并没有告诉巧娘。现在幽怨啼哭的鬼魂，该不会就是巧姐吧？本来我是想告诉你的，但又担心彰显母亲的过错，所以就一直瞒着没说。"廉生听了，立即转悲为喜，赶紧命人备车，昼夜兼程直奔秦氏墓地而去。到了那儿，廉生敲着坟墓前的树喊道："巧娘！巧娘！我在这儿！"不一会儿，他看到一个女子怀抱婴儿，从坟墓里走出来。她抬起头辛酸地啼哭着，怨气弥漫了整个墓地，廉生对着她也哭个不停。他看了一眼巧娘怀里抱的婴儿，问是谁的孩子，巧娘说："这是你留下的孽种啊！现在已经三个月大了。"廉生叹息道："我误听华姑所言，害你们母子埋忧地下，实在罪责难逃！"于是，廉生就把巧娘和孩子接上车，渡海回家了。他抱着孩子给母亲讲述原委，廉母看孩子长得结结实实，不像是鬼物，更加高兴了。三娘和巧娘相处得极好，侍奉公婆也很孝顺。后来廉生的父亲生了重病，请医生过来诊治。巧娘说："父亲的病怕是不行了，魂魄都已

曰:“疾不可为,魂已离舍。”督治冥具,既竣而卒。儿长,绝肖父,尤慧,十四游泮[2]。高邮[3]翁紫霞,客于广而闻之。地名遗脱,亦未知所终矣。

经散了。”于是,就命仆人赶快准备办丧事用的寿材,刚准备好廉父就去世了。巧娘的儿子长大后,长得跟廉生一模一样,人特别聪慧,十四岁就考中了秀才。江苏高邮的翁紫霞,在广东旅居时听说了这件事,廉生家住什么地方记不得了,也不知道最终结果如何。

注释 **1** 酸嘶:悲泣。 **2** 游泮(pàn):指考中秀才。 **3** 高邮:今江苏高邮。

吴 令

原文

吴令[1]某公,忘其姓字,刚介[2]有声。吴俗最重城隍之神,木肖之[3],被锦藏机[4]如生。值神寿节,则居民敛资为会,辇游通衢。建诸旗幢,杂卤簿,森森部列,鼓吹行且作,阗阗咽咽[5]然,一道相属[6]也。习以为俗,岁无敢懈。公出,适相值,止而问之,居民以

译文

吴县的某位县令,忘记了他的姓名字号,他刚正不阿,官声很好。吴县风俗最重视城隍神,当地人用木头雕刻神像,在外面披上锦衣,里面装上机关,栩栩如生。每逢城隍神的寿诞,民众就纷纷出钱举办庙会,抬着神像游街。游神队伍打着各种旗帜幡幢,各种仪仗交杂,密密麻麻地排列着队伍,一路上吹吹打打,鼓乐喧嚷极为热闹,路上挤满了人。人们对举办游神活动习以为常,每年都不敢懈怠。某公有次出门,正遇上游神队伍,便让他们

告。又诘知所费颇奢，公怒，指神而责之曰：“城隍实主一邑。如冥顽无灵，则淫昏之鬼，无足奉事。其有灵，则物力宜惜，何得以无益之费，耗民脂膏？”言已，曳神于地，笞之二十。从此习俗顿革。

公清正无私，惟少年好戏。居年余，偶于廨中梯檐探雀鷇[7]，失足而堕，折股，寻卒。人闻城隍祠中，公大声喧怒，似与神争，数日不止。吴人不忘公德，群集祝而解之，别建一祠祠公，声乃息。祠亦以城隍名，春秋祀之，较故神尤著。吴至今有二城隍云。

停下来询问情况，民众就禀告原委。某公又打探到活动耗费巨大，便勃然大怒，指着神像斥责道：“城隍本是一城的主管。如果昏庸不灵，那便是个糊涂鬼，没有什么值得供奉的。如果有灵，那就应该爱惜民力和财物，怎么能以没有实际用处的花费，耗费百姓的血汗？”说罢，就把神像拽到地上，命人打了二十大板。从此，游神的习俗一下子就革除了。

某公清廉正直，办事没有私心，只是年轻好玩。住了一年多，一天偶然在官署里爬梯子掏房檐下的鸟窝，不小心掉下来，摔断了腿，很快就死了。此后，人们听见城隍庙中，某公怒气冲冲地大声喧哗，好像在跟城隍神争吵，一连好几天都没停止。吴县人没有忘记他的恩德，就聚集起来祷告调解，另建了一座庙祭祀某公，争吵声这才消失。这座新盖的庙也叫城隍庙，每年春秋两季祭祀，比原来的神庙还要隆重。据说吴县至今还有两座城隍庙。

注释　1 吴令：吴县县令。吴县，在今江苏苏州。　2 刚介：刚强正直。　3 木肖之：用木头雕刻成神像。　4 被锦藏机：在外披上锦绣衣装，在内装置机关。　5 阗(tián)阗咽咽：调鼓乐声，也指喧闹。　6 相属(zhǔ)：接连。此处指人数众多，互相拥挤。　7 雀鷇(kòu)：幼雀。鷇，需要母鸟哺育的雏鸟。

口　技

原文

村中来一女子，年二十有四五，携一药囊，售其医。有问病者，女不能自为方[1]，俟暮夜问诸神。晚洁斗室[2]，闭置其中。众绕门窗，倾耳寂听，但窃窃语，莫敢欬[3]。内外动息俱冥。至夜许，忽闻帘声。女在内曰："九姑来耶？"一女子答云："来矣。"又曰："腊梅从九姑来耶？"似一婢答云："来矣。"三人絮语间杂，刺刺不休[4]。俄闻帘钩复动，女曰："六姑至矣。"乱言曰："春梅亦抱小郎子来耶？"一女曰："拗哥子[5]！呜呜不睡，定要从娘子来。身如百钧重，负累煞人！"旋闻女子殷勤声，九姑问讯声，六姑寒暄声，二婢慰劳声，小儿喜笑声，一齐

译文

村里来了一个女子，年纪有二十四五岁。她带着一个药囊，在村里卖药。有人找她看病，她自己不能开药方，要等到晚上询问各路神仙。到了夜里，她将一小间房子打扫干净，把自己关在里面。人们围绕在门窗外，侧着头静静地听着，只听里面在窃窃私语，无人敢咳嗽一声。屋里屋外安安静静的，没有一点声响。快到半夜的时候，忽然听见帘子掀动的声音。女子在屋里问："九姑来啦？"一女子回答说："来啦。"又问："腊梅也跟着九姑来了吗？"好像一个丫头回答说："来了。"三个人你一句我一句，絮絮叨叨聊个不停。过了一会儿，又听到帘钩响动的声音，女子就说："六姑到啦。"有人插话说："春梅也抱着小娃娃来了吗？"一个女子说："这个倔强的小子！一直哭，怎么哄也不睡，非要跟着娘子过来。背着好像有百钧重，真是要把人累死了！"紧接着又听到女子殷勤的接待声，九姑的问话声，六姑与大家的寒暄声，两个丫环的慰劳声，小孩儿的嬉笑

嘈杂。即闻女子笑曰:“小郎君亦大好耍[6],远迢迢抱猫儿来。”

声,各种声音齐发,嘈嘈杂杂。一会儿又听女子笑着说:“小娃娃也太贪玩了,大老远还抱着猫儿过来。”

注释 1 自为方:自己开药方。 2 斗室:指小得像斗一样的房子,形容屋子极小。 3 欬(kài):咳嗽。 4 刺刺不休:唠唠叨叨,说个没完没了。 5 拗哥子:倔强的小男孩。 6 好耍:在此处指贪玩。

既而声渐疏,帘又响,满室俱哗,曰:“四姑来何迟也?”有一小女子细声答曰:“路有千里且溢[1],与阿姑走尔许时始至。阿姑行且缓。”遂各各道温凉声,并移坐声,唤添坐声,参差并作。喧繁满室,食顷始定。即闻女子问病。九姑以为宜得参[2],六姑以为宜得芪[3],四姑以为宜得术[4]。参酌移时,即闻九姑唤笔砚。无何,折纸戢戢然,拔笔掷帽丁丁[5]然,磨墨隆隆然;既而投笔触几,震震作响,便闻撮药包裹苏苏然。顷之,女子推帘,

过了一会儿,声音渐渐稀疏下来。门帘又响了一声,满屋子都喧哗起来,有人问:“四姑怎么这么晚才来?”一个女孩子轻声回答说:“路程有一千多里,我和阿姑走了那么长时间才到。况且阿姑走得很慢。”于是各人互相嘘寒问暖的声音,移动座位的声音,叫人加椅子的声音,此起彼伏,同时传出。整个屋子十分热闹,过了一顿饭的工夫才静下来。然后就听到女子问病。九姑说应该用人参,六姑认为当用黄芪,四姑以为要用白术。众人商量了一会儿,就听见九姑让人拿来笔墨纸砚。不久,便传出折纸的“刷刷”声,拔下笔帽扔到桌子上的“丁丁”声,磨墨的“隆隆”声。接着听到把笔扔到桌子上的“咣当”声,开好药方后,就听到抓药打包的“苏苏”声。不一会儿,女子掀开门帘,叫着病人的名字,把药包

呼病者授药并方。反身入室，即闻三姑作别，三婢作别，小儿哑哑，猫儿唔唔，又一时并起。九姑之声清以越，六姑之声缓以苍，四姑之声娇以婉，以及三婢之声，各有态响，听之了了可辨。群讶以为真神。而试其方亦不甚效。此即所谓口技，特借之以售其术耳。然亦奇矣！

和药方一起递了出来。她转身进屋，马上听到三位姑姑和三个丫环告别的声音，小儿哑哑的叫声，猫儿“喵喵”的叫声，又一时并作。九姑的声音清脆悠扬，六姑的声音和缓苍老，四姑的声音娇弱婉转，以及三个丫环的声音，各有特点，一听就能分辨出是哪个在说话。外面的人感到很惊讶，以为真是神仙来了。回家吃了女子开的药，也没什么显著效果。这就是所谓的口技，女子特意借这种方法卖药罢了。但她的口技，也够神奇了！

注释　1 千里且溢：一千多里路。　2 宜得参：应当用人参。　3 芪(qí)：即黄芪，多年生草本，主根肥厚，具有补中益气功效。　4 术(zhú)：即白术，喜凉爽气候，以根茎入药。白术具有健脾益气、燥湿利水等功效。　5 丁丁(zhēng)：象声词，形容伐木、下棋、弹琴等声音。此处指掷落笔帽的声响。

昔王心逸[1]尝言：“在都偶过市廛[2]，闻弦歌声，观者如堵。近窥之，则见一少年曼声度曲[3]，并无乐器，惟以一指捺颊际，且捺且讴[4]，听之铿铿，与弦索[5]无异。”亦口技之苗裔也。

从前王心逸曾讲过：“在京城偶然路过集市，听见弹琴唱歌声，围观的人很多。走进一瞧，原来是一个少年舒缓地唱着曲子，并没有什么乐器，只是用一根手指按着脸颊，边按边唱，声音听起来铿锵作响，与弹奏弦乐没什么区别。”这也是口技一类的技巧。

注释　1 王心逸:即王德昌,字历长,长山人,顺治中进士。　2 市廛(chán):商店集中的地方,泛指集市。　3 曼声度曲:舒缓地唱着曲子。　4 且捺且讴:边按边唱。　5 弦索:琴弦,此处指弹奏弦乐器。

狐　联

原文

焦生,章丘[1]石虹先生[2]之叔弟也。读书园中,宵分[3],有二美人来,颜色双绝。一可十七八,一约十四五,抚几展笑。焦知其狐,正色拒之。长者曰:“君髯如戟[4],何无丈夫气?”焦曰:“仆生平不敢二色[5]。”女笑曰:“迂哉!子尚守腐局[6]耶?下元[7]鬼神,凡事皆以黑为白,况床笫间琐事乎?”焦又咄之。女知不可动,乃云:“君名下士,妾有一联,请为属对[8],能对我自去:戊戌同体,腹中止欠一点。”焦凝思不就。女笑曰:“名

译文

焦生,是章丘石虹先生的叔弟。有一天,他在花园读书,夜半时分,有两个美女走了过来,容貌绝佳。一个约十七八,一个约十四五,摸着桌子冲他笑。焦生知道是狐狸,就义正词严地拒绝了。年龄大一些的女子就说:“公子胡须如戟一样刚直,怎么没有大丈夫气概?”焦生说:“我生平不敢跟妻子以外的女人发生关系。”女子嘲笑道:“真是迂腐啊!你还遵守陈旧的规矩啊?下界的鬼神,什么事都黑白不分,何况男女在床上的琐事呢?”焦生又呵斥她们。女子知道他不可动摇,便说:“公子是名士,我有一上联,请你对个下联,若是能对上,我自当离去:戊戌同体,腹中止欠一点。”焦生凝神思索了很久,也没对出来。女子笑着说:

士固如此乎？我代对之可矣：己巳连踪，足下何不双挑。”一笑而去。长山李司寇[9]言之。

“名士就这种水平吗？我可以代你对上：己巳连踪，足下何不双挑。”说完哈哈一笑就走了。这件事是长山李司寇讲的。

注释 1 章丘：在今山东济南下辖的章丘区。 2 石虹先生：焦毓瑞，字辑五，顺治四年(1647)进士，曾任御史。 3 宵分：夜半时分。 4 君髯如戟：你的胡须像戟一样刚直。 5 二色：指跟妻子以外的女人发生关系。 6 腐局：此处指陈腐守旧的规矩。 7 下元：此处指下界。 8 属对：对对子。此处指对下联。 9 李司寇：李化熙，字五弦，长山人。崇祯七年(1634)年进士，曾任陕西巡抚。后降清，官至刑部尚书。司寇，明清时期对刑部尚书的别称。

潍水狐

原文

潍邑[1]李氏有别第[2]，忽一翁来税居，岁出直金五十，诺之。既去无耗，李嘱家人别租。翌日，翁至，曰：“租宅已有关说[3]，何欲更僦[4]他人？”李白所疑。翁曰：“我将久居是，所以迟迟者，以涓吉[5]在十日之

译文

潍县李家有一栋别墅，忽然有一天来了一个老头儿租房子，他每年出价五十两银子，李某就答应了。老头儿走后音讯全无，李某就嘱咐家人把房子另租他人。第二天，老头儿来了，说：“租房子的事咱们已经谈妥，为何又要租给别人呢？”李某就讲了自己的疑惑。老头儿说：“我将长期住这里，之所以迟迟不搬过来，只因为挑选的搬家吉日在十天

后耳。”因先纳一岁之直，曰：“终岁空之，勿问也。”李送出，问期，翁告之。

以后罢了。”于是先交了一年的租金，说：“房子就算整年空着，也不要过问。”李某送老头儿出门，询问搬家的日期，老头儿就告诉了他。

注释 1 潍邑：在今山东潍坊。 2 别第：别墅。 3 关说：此处指协商约定。 4 僦：租赁。 5 涓吉：挑选吉庆的日子。

过期数日，亦竟渺然。及往觇之，则双扉内闭，炊烟起而人声杂矣。讶之，投刺[1]往谒。翁趋出，逆[2]而入，笑语可亲。既归，遣人馈遗[3]其家，翁犒赐丰隆。又数日，李设筵邀翁，款洽甚欢。问其居里，以秦中[4]对。李讶其远，翁曰：“贵乡福地也。秦中不可居，大难将作。”时方承平，置未深问。越日，翁折柬报居停[5]之礼，供帐饮食，备极侈丽。

约定的日期过去了好几天，竟然依旧没有消息。李某过去察看，发现门从里面关着，炊烟升起，人声嘈杂。李某很惊讶，赶紧递上名帖去拜访。老头儿快步走出来，把他迎进屋，满面笑容，态度和蔼可亲。李某回家后，派人给老头儿送了些礼物，老头儿赏给仆人的回礼也很丰厚。又过了几天，李某设宴邀请老头儿，大家交谈亲切融洽，都很高兴。问他是哪里人，老头儿回答说家在陕西中部。李某吃了一惊，不明白他为何千里迢迢要搬家。老头儿就说：“你的家乡是福地。陕西不能再住了，将要发生大灾难。”当时正值太平年岁，李某随便一听也不再深究。第二天，老头儿也送来请帖，以报寄寓之礼，他安排的饮食以及布置的排场，都极其奢侈华丽。

李益惊，疑为贵官。

翁以交好，因自言为狐。李骇绝，逢人辄道。邑搢绅闻其异，日结驷于门[6]，愿纳交翁，翁无不伛偻接见[7]。渐而郡官亦时还往。独邑令求通，辄辞以故。令又托主人先容，翁辞。李诘其故。翁离席近客而私语曰："君自不知，彼前身为驴，今虽俨然民上，乃饮馀而亦醉者[8]也。仆固异类，羞与为伍。"李乃托词告令，谓狐畏其神明，故不敢见。令信之而止。此康熙十一年[9]事。未几，秦罹兵燹[10]，狐能前知，信矣。

李某越发吃惊，怀疑老头儿是位达官贵人。老头儿因为和李某关系很好，就坦言自己是狐狸。李某听了怕得要死，此后见人便说。县里的官绅听说了这件奇事，纷纷前往拜访结交那个老头儿，李某家门口天天都停了很多马车。凡是有人来，老头儿无不恭敬接待。渐渐知府也跟老头儿有所来往。唯独县令请求会面，老头儿总是找借口推辞。县令又委托李家主人事先打声招呼，老头儿照样拒绝了。李某问他什么原因，老头儿离开座位，靠近客人窃窃私语说："你当然不会知道，他前生是头驴，如今虽然一副高高在上的模样，其实是个贪婪无耻之人。我虽然是异类，但也羞于和他交往。"李某于是就找了别的借口告诉县令，说狐狸畏惧他的神明，所以不敢相见。县令信以为真，也便不再强求。这是康熙十一年的事。没多久，陕西遭遇战乱，狐狸能预知来事，是真的呀。

注释 1 投刺：投递名帖。 2 逆：迎。 3 馈遗：馈赠。 4 秦中：陕西中部。 5 居停：寄寓。 6 结驷于门：门口停了很多马车，指宾客众多。 7 伛偻(yǔ lǚ)接见：指恭敬地接待。伛偻，恭敬的样子。 8 饮馀(duī)而亦醉者：吃蒸饼也会醉。此处比喻人贪得无厌，不知羞耻。 9 康熙十一年：1672年。 10 秦罹兵燹(xiǎn)：指康熙十三年(1674)年，陕西提督王辅臣造反，清廷派兵镇压，直到康熙十五年(1676)年战乱才平息。

异史氏曰:“驴之为物庞然也。一怒则踶趹[1]嗥嘶,眼大于盎[2],气粗于牛,不惟声难闻,状亦难见。倘执束刍[3]而诱之,则帖耳辑首,喜受羁勒矣。以此居民上,宜其饮馐而亦醉也。愿临民者以驴为戒,而求齿于狐,则德日进矣。”

异史氏说:“驴也算是庞然大物了。一发怒就蹬蹄子乱叫,眼睛瞪得比瓦盆还大,气粗如牛,不仅叫声难听,样子也难看。如果这时拿一捆草引诱它,它就俯首帖耳,高兴地接受笼头缰绳的束缚。让这种东西高居百姓之上,搜刮民财贪得无厌,也是情理之中的事啊!唯愿当官治理百姓的人以驴为戒,而能被狐狸引为同道,那么品行每天都会进步了。”

注释 **1** 踶趹(dì guì):用蹄子踢。 **2** 盎:一种腹大口小的瓦盆。 **3** 束刍:一捆草。

红　玉

原文

广平[1]冯翁有一子,字相如,父子俱诸生。翁年近六旬,性方鲠[2],而家屡空[3]。数年间,媪与子妇又相继逝,井臼[4]自操之。一夜,相如坐月下,忽见东邻女自墙上

译文

广平县的冯老头儿有一个儿子,字相如,父子俩都是秀才。冯老头儿年近六十,性情耿直,心存正义,家中却很贫穷。几年间,老太太和儿媳又相继离世,挑水做饭都得冯老头儿自己动手。有一天夜里,相如正坐在月下,忽然看到东边邻居家的女子从墙上偷看。相如仔细看

来窥。视之,美;近之,微笑;招以手,不来亦不去。固请之,乃梯而过,遂共寝处。问其姓名,曰:“妾邻女红玉也。”生大爱悦,与订永好,女诺之。夜夜往来,约半年许。翁夜起,闻女子含笑语,窥之,见女,怒,唤生出,骂曰:“畜产[5]所为何事!如此落寞[6],尚不刻苦,及学浮荡[7]耶?人知之,丧汝德,人不知,促汝寿!”生跪自投,泣言知悔。

翁叱女曰:“女子不守闺戒,既自玷,而又以玷人。倘事一发,当不仅贻寒舍羞[8]!”骂已,愤然归寝。女流涕曰:“亲庭[9]罪责,良足愧辱!我二人缘分尽矣!”生曰:“父在,不得自专。卿如有情,尚当含垢为好。”女言辞决绝,生乃

她,发现她长得非常漂亮;走近她跟前,女子对着他微笑;向她招手,女子不过来也不走。相如一再邀请,女子爬着梯子翻墙过来,于是两人同床共枕。相如询问她的姓名,女子说:“我是邻家的红玉。”冯生对她非常爱慕,要和她永结同好,她答应了。此后两人夜夜来往,这样大约过了半年多。一天夜里,冯老头儿半夜起来听到有女子的说笑声,偷偷一看,见到了红玉。冯老头儿大怒,把儿子叫出来,大骂道:“你这畜生都干些什么事!家里如此贫穷破败,你还不刻苦读书,反倒学这些轻浮淫荡事?别人知道你就丧失了品德,别人不知道你也折损了阳寿!”冯生急忙下跪认错,哭着说知道错了。

冯老头儿又呵叱红玉:“身为女子却不守闺秀禁戒,既玷污了自己清白,也玷污了别人。倘若此事传出去,绝不只是让我家蒙羞!”冯老翁骂完,气愤地回去睡觉了。红玉边流泪边对冯生说:“老人家的训诲,实在让我感到羞愧!我们两人的缘分就此到了尽头!”冯生说:“父亲在,我不能自作主张。如果你真有情意,应当忍下羞愧为好。”红玉言辞坚决,

洒涕。女止之曰："妾与君无媒妁之言、父母之命，逾墙钻隙[10]，何能白首？此处有一佳偶，可聘也。"告以贫。女曰："来宵相俟，妾为君谋之。"次夜，女果至，出白金四十两赠生。曰："去此六十里，有吴村卫氏，年十八矣，高其价，故未售也。君重啖之，必合谐允。"言已，别去。

冯生无奈哭了起来。红玉劝阻说："我与你没有媒妁之言、父母之命，只是爬墙钻洞私下相会，怎么能白头偕老呢？此地有一个很好的配偶，你可以聘娶。"冯生告诉她家中贫穷，红玉说："明天晚上等着我，我替你谋划一下。"第二天夜里，红玉果然来了，拿出四十两银子送给冯生。说道："离此处六十里有个吴村，村里卫家的姑娘，如今已经十八岁了，因为要的彩礼很高，所以还没有许配出去。你拿着重金去满足她家的要求，一定能成。"说完就离开了。

注释　1 广平：在今河北邯郸下辖的广平县。　2 方鲠(gěng)：方正耿直。　3 屡空：形容生活非常贫困。　4 井臼：从井中汲水，用臼舂米，泛指家务劳动。　5 畜产：畜生，为骂人的话。　6 落寞：本意为寂寞冷落，此处指境遇萧条。　7 浮荡：轻浮放荡。　8 贻寒舍羞：使自家蒙受羞辱。寒舍，代指自家。　9 亲庭：父亲的教诲。　10 逾墙钻隙：越墙凿壁相会，指男女私下结合。

生乘间[1]语父，欲往相[2]之，而隐馈金不敢告。翁自度无资，以是故止之。生又婉言："试可乃已[3]。"翁颔之。生遂假仆马，诣卫氏。卫

冯生找机会告诉父亲，打算去吴村相亲，但隐瞒了红玉赠给银子的事情。冯老头儿自觉家里没钱，于是阻止他前去。冯生又委婉说道："只是去试试行不行。"冯老头儿点头答应了。冯生借了仆人和车马，就前往卫家。卫家本是庄稼人，冯

故田舍翁，生呼出引与闲语。卫知生望族[4]，又见仪采轩豁[5]，心许之，而虑其靳[6]于资。生听其词意吞吐，会其旨，倾囊陈几上。卫乃喜，浼邻生居间，书红笺而盟[7]焉。生入拜媪。居室逼侧[8]，女依母自幛。微睨之，虽荆布之饰[9]，而神情光艳，心窃喜。卫借舍款婿，便言："公子无须亲迎。待少作衣妆，即合舁[10]送去。"生与期而归。诡告翁，言卫爱清门[11]，不责资。翁亦喜。至日，卫果送女至。女勤俭，有顺德，琴瑟甚笃[12]。

生招呼他到外面说话。卫老头儿知道冯家是望族，又见冯生仪表非凡，性情豁达，心里已经满意，只是担心他家不舍得聘礼。冯生听他讲话吞吞吐吐，明白了他的意思，便把带的银子都拿出来放在桌上。卫老头儿这才高兴起来，请邻家的书生当中间人，用红纸写好婚约。冯生又进屋拜见老太太。见他们家房子狭窄，卫家姑娘依偎在母亲身后。冯生稍微偷看了姑娘一眼，见她虽然只是身穿粗布衣裳，但神采奕奕，心里暗暗高兴。卫老头儿借邻居家的房子招待女婿，对冯生说："公子不必来迎娶了，等稍微做些衣服当嫁妆，用花轿抬着给你送去。"冯生和他订下婚期就回去了。回家后，冯生瞒着父亲说卫家喜爱清白门第，不要什么彩礼，冯老头儿听了也非常高兴。到了结婚的日子，卫家果然把女儿送了过来。卫家女儿勤俭持家，孝顺公公，夫妻也十分恩爱。

注释　1 乘间：趁机，找机会。　2 相：相亲。　3 试可乃已：仅是试探一下对方的意向。　4 望族：地方有声望的家族。　5 轩豁：气宇轩昂。　6 靳：吝惜。　7 书红笺而盟：用红笺书写柬帖，即订立婚约。　8 逼侧：狭窄。　9 荆布之饰：贫家女子的装束。　10 舁(yú)：抬。　11 清门：清白门第。　12 琴瑟甚笃：指夫妻感情很好。

逾二年，举一男，名福儿。会清明抱子登墓[1]，遇邑绅宋氏。宋官御史，坐行赇免[2]，居林下[3]，大煽威虐。是日亦上墓归，见女艳之，问村人，知为生配。料冯贫士，诱以重赂冀可摇，使家人风示[4]之。生骤闻，怒形于色，既思势不敌，敛怒为笑，归告翁。翁大怒，奔出，对其家人，指天画地，诟骂万端。家人鼠窜而去。宋氏亦怒，竟遣数人入生家，殴翁及子，汹若沸鼎。女闻之，弃儿于床，披发号救。群篡舁之，哄然便去。父子伤残，吟呻在地，儿呱呱啼室中。邻人共怜之，扶之榻上。经日，生杖而能起；翁忿不食，呕血，寻毙。生大哭，抱子兴词[5]，上至督抚，讼几遍，卒不得直。后闻

过了两年，冯夫人生下一个男孩，取名福儿。清明时节，她抱着孩子去扫墓，遇到县里一位姓宋的乡绅。这个姓宋的乡绅曾当过御史，因受贿被罢了官，回家闲居，但仍然对人大施淫威。这天他也扫墓回来，看见冯夫人非常漂亮，就向村里人打听，得知她是冯生的妻子。他以为冯生不过是个穷秀才，多拿些钱财就可使其动摇，于是派家人去透口风。冯生一听，满脸怒色，转念想敌不过宋家的权势，于是转怒为笑，进屋告诉父亲。冯老头儿大怒，跑出来对着宋家人，指天画地，辱骂一通。宋家人灰溜溜地跑了。宋老爷的也大怒，竟派了好几个人闯入冯生家，把冯老头儿和冯生殴打一顿，吵得沸沸扬扬。冯夫人听到后，把孩子放在床上，披头散发出来大声呼救。这群流氓就抬起她哄然离去。冯家父子身受重伤，倒在地上不停呻吟，小孩儿在屋里呱呱啼哭。邻居都可怜他们，把他们父子扶到床上。过了一天，冯生能拄着棍子起身了；冯老头儿气得吃不下饭，口吐鲜血很快就死了。冯生痛哭，抱着儿子去衙门告状，一直告到巡抚、总督，告了很多次，最终还是无法申冤。后来，冯生

妇不屈死，益悲。冤塞胸吭[6]，无路可伸。每思要路刺杀宋，而虑其扈从[7]繁，儿又罔托。日夜哀思，双睫为之不交。	听说妻子因不屈从也死了，更加悲痛。深仇大恨郁积于心，无处可以申诉。他多次想在路上刺杀姓宋的，却担心他仆人众多难以成功，小儿子又无人可以托付。冯生整日哀痛，双眼都未曾合上。

注释 1 登墓：扫墓。 2 坐行赇(qiú)免：因行贿而被免职。坐，获罪；赇，贿赂。 3 居林下：罢官回乡。林下，乡野退隐之地。 4 风示：暗示，传话。 5 兴词：起诉，告状。词，争讼。 6 吭(háng)：咽喉。 7 扈从：侍从的人。

忽一丈夫吊诸其室，虬髯阔颔[1]，曾与无素。挽坐，欲问邦族。客遽曰："君有杀父之仇，夺妻之恨，而忘报乎？"生疑为宋人之侦，姑伪应之。客怒，眦欲裂，遽出曰："仆以君人也，今乃知不足齿之伧[2]！"生察其异，跪而挽之，曰："诚恐宋人餂[3]我。今实布腹心：仆之卧薪尝胆者，固有日矣。但怜此褓中物[4]，恐坠宗祧[5]。君义士，能为我杵	有一天，忽然有一个大汉来冯家吊唁，此人长满络腮胡子，下巴宽大，和冯家素无来往。冯生请他入座，正想问他的家乡、姓名，来客突然说："你身背杀父之仇，夺妻之恨，难道忘记报仇了吗？"冯生怀疑他是宋家派来的探子，姑且用假话应付。来客大怒，气得双目圆瞪，眼眶都要裂开，他猛然起身，边走边说："我本以为你是个君子，现在才知道不过是不足挂齿的庸俗之辈！"冯生看出他不是平常人，连忙跪下挽留，说道："我实在是担心宋家人来试探我。现在就实实在在向你袒露心扉：我卧薪尝胆，已经很长时间了。只是担心这襁褓中的婴儿，恐怕断绝冯家宗脉。您是位义士，能否像

臼[6]否？”客曰：“此妇人女子之事，非所能。君所欲托诸人者，请自任之；所欲自任者，愿得而代庖[7]焉。”生闻，崩角[8]在地，客不顾而出。生追问姓字，曰：“不济，不任受怨；济，亦不任受德。”遂去。生惧祸及，抱子亡去。至夜，宋家一门俱寝，有人越重垣入，杀御史父子三人，及一媳一婢。宋家具状告官。官大骇。宋执谓相如，于是遣役捕生，生遁不知所之，于是情益真。宋仆同官役诸处冥搜，夜至南山，闻儿啼，迹得之，系缧[9]而行。儿啼愈嗔，群夺儿抛弃之，生冤愤欲绝。见邑令，问：“何杀人？”生曰：“冤哉！某以夜死，我以昼出，且抱呱呱者，何能逾垣杀人？”令曰：“不杀人，何

公孙杵臼那样替我抚养孩子呢？”来客说：“这是女人才做的事，并非我所能做的。你想托付给别人的事，请你亲自去做；而你自己想做的事，我愿意代劳！”冯生听后，连忙跪在地上磕头拜谢，来客看也不看就转身出去了。冯生追出去问他姓名，来客说：“如果不成功，不受人埋怨；如果成功，也不受人感恩戴德！”说完就走了。冯生害怕招来祸患，就抱着儿子逃走了。到了夜晚，宋家人都睡着了，有人越过几道墙进去，杀了宋御史父子三人，以及一个媳妇、一个婢女。宋家写下状纸告到官府，县令大吃一惊。宋家一口咬定是冯生干的，官府派衙役前去捉拿冯生，冯生已经不知逃到了哪里，他杀人的事显得更确凿了。宋家仆人和官府的衙役四处搜捕，夜里搜到南山，听到有小孩的啼哭声，循声抓住了冯生，用绳子捆起来押回去。小孩哭得更加厉害，那群人夺过孩子就扔掉，冯生无比含冤气愤。冯生见到县令，县令问道：“你为什么杀人？”冯生说：“冤枉啊！他们是夜里被杀的，我白天出门在外，而且还抱着一个呱呱啼哭的孩子，怎么能够越墙杀人呢？”县令说：“没有杀人，你为什么

逃乎？”生词穷，不能置辩。乃收诸狱。生泣曰：“我死无足惜，孤儿何罪？”令曰：“汝杀人子多矣，杀汝子何怨？”生既褫革[10]，屡受梏惨，卒无词，令是夜方卧，闻有物击床，震震有声，大惧而号。举家惊起，集而烛之；一短刀铦利[11]如霜，剁床入木者寸余，牢不可拔。令睹之，魂魄丧失。荷戈遍索，竟无踪迹。心窃馁，又以宋人死，无可畏惧，乃详诸宪[12]，代生解免[13]，竟释生。

要逃跑？”冯生哑口无言，无法辩白，被关进牢狱。冯生哭着说：“我死不足惜，但是一个孤儿有什么罪过？”县令说：“你杀那么多人，杀了你的儿子有什么可抱怨的？”冯生被革去功名，多次受到严刑拷打，但始终也没有招认。一天夜里，县令刚要睡下，听到有东西打在床上，声音很响，吓得大声叫喊。全家人都被县令惊醒了，跑过来用蜡烛一照，只见一把锋利如霜的短刀，剁入床木有一寸多，牢固拔不出来。县令一看，吓得魂都没了。家仆拿着刀枪棍棒四处搜索，没找到一点踪迹。县令心生胆怯，又觉得姓宋的已经死了，没什么可畏惧的，就把案情详细地报告给各上级衙门，替冯生辩解开脱，最后把冯生释放了。

注释　1 虬髯(qiú rán)阔颔：卷曲的络腮胡子，宽阔的下巴。　2 伧：即“伧夫”，粗俗庸碌的人。　3 餂(tiǎn)：以甜言蜜语诱取、探取，此处指试探。　4 襁中物：指婴儿。　5 坠宗祧(tiāo)：指断绝了子嗣。　6 杵臼：公孙杵臼。春秋时晋国权臣屠岸贾欲灭赵氏全家，赵家门客公孙杵臼救下赵氏孤儿。　7 代庖：代厨师做饭，指越职代别人行事。　8 崩角：叩头声响如山崩，代指叩头。　9 系缧(léi)：捆绑犯人的绳索，借指用绳子捆绑起来。　10 褫(chǐ)革：除名革职，这里指革去功名。　11 铦(xiān)利：锋利。　12 详诸宪：把案情呈报上级。详，旧时向上级陈报请示的公文；宪，属吏称上级。　13 解免：辩解开脱。

生归，瓮无升斗，孤影对四壁。幸邻人怜馈食饮，苟且自度。念大仇已报，则辴然[1]喜；思惨酷之祸，几于灭门，则泪潸潸[2]堕；及思半生贫彻骨，宗支不续，则于无人处，大哭失声，不复能自禁。如此半年，捕禁益懈。乃哀邑令，求判还卫氏之骨。及葬而归，悲怛欲死，辗转空床，竟无生路。忽有款门[3]者，凝神寂听，闻一人在门外，哝哝与小儿语。生急起窥觇，似一女子。扉初启，便问："大冤昭雪，可幸无恙！"其声稔熟[4]，而仓卒不能追忆。烛之，则红玉也。挽一小儿，嬉笑跨下。生不暇问，抱女呜哭，女亦惨然。既而推儿曰："汝忘尔父耶？"儿牵女衣，目灼灼视生。细审之，福儿也。大惊，

冯生回到家中，发现缸里的粮食寥寥无几，他孤单地对着空屋子。幸亏邻居可怜他，送些东西过来，才勉强度日。冯生看到大仇已报，不由露出笑容；又想到遭此惨祸，几乎全家被害，不禁潸然泪下；接着又想到半生穷困潦倒，后继无人，无人的时候不禁失声痛哭，再也抑制不住。这样过了半年，官府的追捕更松懈了，冯生去哀求县令，恳求把卫氏的尸骨判还给他。等埋葬好妻子的尸骨返回家中，冯生悲痛得想死，夜晚躺在空床上翻来覆去，竟然觉得毫无生路可言。一天，忽然有人敲门，他凝神静听，听到有人哝哝地和小孩说话。冯生急忙起身窥视，门外好像是个女子。门刚打开，女子便说："大冤已经昭雪，有幸你也安然无恙！"冯生觉得声音很熟悉，但仓促之间一时想不起来是谁。他用烛光一照，原来正是红玉。她手挽着一个小孩，在她腿边嬉笑。冯生顾不上询问，抱着红玉呜呜痛哭，红玉也凄然落泪。然后过了一会儿，红玉把孩子推过来说："你不记得父亲了吗？"小孩拉着红玉的衣服，目光灼灼地看着冯生。冯生细细一看，原来正是福儿。他大吃一惊，哭着问道："你

泣问："儿那得来？"女曰："实告君，昔言邻女者，妄也，妾实狐。适宵行，见儿啼谷口，抱养于秦。闻大难既息，故携来与君团聚耳。"生挥涕拜谢，儿在女怀，如依其母，竟不复能识父矣。

天未明，女即遽起，问之，答曰："奴欲去。"生裸跪床头，涕不能仰。女笑曰："妾诳君耳。今家道新创，非夙兴夜寐不可。"乃剪莽拥彗[5]，类男子操作。生忧贫乏，不自给。女曰："但请下帷读，勿问盈歉，或当不殍饿死。"遂出金治织具，租田数十亩，雇佣耕作。荷镵诛茅[6]，牵萝补屋，日以为常。里党闻妇贤，益乐资助之。约半年，人烟腾茂，类素封家。生曰："灰烬之余，卿白手再造矣。然一事未就安

从哪里找到我的儿子？"红玉说："告诉你实话吧，以前我说自己是邻居的女儿，都是假的，我其实是狐狸。那天正好赶夜路，听到孩子在谷口啼哭，就抱到陕西去抚养。听说你大难已过，于是带他来和你团聚。"冯生挥泪向红玉拜谢，小孩躲在红玉怀中，像依偎着母亲一样，竟然认不出父亲了。

天还没有亮，红玉就急忙起床，冯生问她，回答说："我打算回去了。"冯生光着身子跪在床头，痛哭流涕，头都抬不起来。红玉笑着说："我骗你的。如今家业初创，必须早起晚睡打理。"她又是剪除杂草，又是打扫庭院，像个男人一样干活。冯生忧虑家境贫寒，无法自给自足。红玉说："你只管勤奋读书，不用管家中的盈亏，也许到不了要饿死的地步。"红玉拿钱置办了纺织工具，又租了几十亩地，雇人来耕作。她自己扛着锄头去除草，拉着藤萝修补房屋，整日都是如此辛勤劳作。乡亲听说冯生的媳妇儿贤惠，都愿意出钱出力帮助她。大约过了半年，冯家家业蒸蒸日上，比得上富裕人家。冯生说："我们是劫后余生，多亏你能白手起家。只是还有一件事没有安排妥当，

妥，如何？”诘之，答曰：“试期已迫，巾服尚未复[7]也。”女笑曰：“妾前以四金寄广文[8]，已复名在案。若待君言，误之已久。”生益神之。是科遂领乡荐。时年三十六，腴田[9]连阡，夏屋渠渠[10]矣。女袅娜如随风欲飘去，而操作过农家妇。虽严冬自苦，而手腻如脂。自言三十八岁，人视之，常若二十许人。

该怎么办？”红玉问是什么事，他说：“考试的日期临近，然而我的秀才资格还没有恢复。”红玉笑着说道：“我前几日已经寄给学官四锭银子，你的秀才功名已经恢复在案了。如果等你想起来再去办，早已经误事了！”冯生愈发觉得红玉神奇。此次考试冯生中了举人。这年冯生三十六岁，家中已经良田遍野，宅院宽阔深广。红玉身姿婀娜像是能够随风飘去，但干活比普通农家妇女还勤快。虽然冬天严寒劳作辛苦，但红玉的双手还是如脂一般白嫩。她自己说已经三十八岁了，但别人看着就像二十多岁的样子。

注释 1 辴(chǎn)然：微笑的样子。 2 潸潸(shān)：指流泪不止。 3 款门：敲门，叩门。 4 稔熟：非常熟悉。 5 剪莽拥彗(huì)：剪除杂草，拿扫帚清扫。 6 荷镵(chán)诛茅：扛起锄头铲除茅草。镵，古代一种铁质的刨土工具。 7 巾服尚未复：生员资格尚未恢复。巾服，指士大夫的冠服。 8 广文：指学官。 9 腴田：肥沃的田地。 10 渠渠：深广的样子。

异史氏曰：“其子贤，其父德，故其报之也侠。非特人侠，狐亦侠也。遇亦奇矣！然官宰悠悠[1]，竖人毛发[2]，刀震

异史氏说：“冯家儿子贤良，父亲有德，所以上天用侠义回报他们。并非只有人才讲侠义，狐狸也有侠义之行。冯家的遭遇真是非常离奇！然而官府判案昏庸无能，令人发指，那刀砍在床木上

震入木，何惜不略移床上半尺许哉？使苏子美[3]读之，必浮白曰：'惜乎击之不中！'"

震震有声，为何不略微朝床上移动半尺啊？如果让宋朝的苏舜钦读到这个故事，他一定满满倒上一杯酒，说道：'真可惜，没有击中啊！'"

注释 **1** 悠悠：荒谬。 **2** 竖人毛发：令人发指。 **3** 苏子美：苏舜钦，字子美，北宋著名诗人、文学家。他为人豪放，喜饮酒。曾读《汉书·张良传》，当读到张良与刺客行刺秦始皇，抛出的铁锥误中副车时，他拍案叹息道："真可惜，没有击中啊！"于是满满喝了一大杯。

龙

原文

北直[1]界有堕龙入村，其行重拙，入某绅家。其户仅可容躯，塞而入。家人尽奔。登楼哗噪，铳炮轰然。龙乃出。门外停贮潦水[2]，浅不盈尺。龙入，转侧其中，身尽泥涂，极力腾跃，尺余辄堕。泥蟠三日，蝇集鳞甲。忽大雨，乃霹雳拿空[3]而去。

房生与友人登牛

译文

山东挨着北直隶的地方，有一条龙掉到了村子里，行动迟缓笨拙，爬到了某士绅家。这家大门仅能容下龙的躯体，龙硬是塞着身子挤进去了。这家人全都吓得跑了出来。有的爬上楼大呼大叫，有的放枪炮轰隆隆地驱赶它。龙这才爬了出去。门外有片积水，水很浅不满一尺。龙就爬入水中，翻转着身子，身上全是泥巴，它用力腾跃，离开地面一尺多高就掉了下来。龙在泥水中爬绕了三天，鳞甲上都是苍蝇。忽然下起大雨，只听一声霹雳，龙已经腾空飞去。

山[4],入寺游瞩。忽椽间一黄砖堕,上盘一小蛇,细裁如蚓。忽旋一周,如指,又一周,已如带。共惊,知为龙,群趋而下。方至山半,闻寺中霹雳一声,天上黑云如盖,一巨龙夭矫[5]其中,移时而没。

章丘小相公庄,有民妇适野,值大风,尘沙扑面。觉一目眯,如含麦芒,揉之吹之,迄不愈。启睑而审视之,睛固无恙,但有赤线蜿蜒于肉分。或曰:“此蛰龙也。”妇忧惧待死。积三月余,天暴雨,忽巨霆一声,裂眦而去,妇无少损。

袁宣四言:“在苏州,值阴晦,霹雳大作。众见龙垂云际,鳞甲张动,爪中抟[6]一人头,须眉毕见。移时,入云而没。亦未闻有失其头者。”

有个姓房的书生和朋友爬牛山,到寺院里参观。忽然椽子间掉下一块黄砖,上面盘绕着一条小蛇,细细的像蚯蚓。忽然它旋转了一圈,身子粗如手指,再转一圈,已经像腰带一样宽了。众人都很惊讶,知道是龙,就一起往山下跑。刚跑到半山腰,听见寺院中霹雳一声,天上乌云如盖,一条巨龙在云中屈曲着身子,很快就消失了。

章丘的小相公庄,有个村妇到野外,正赶上刮大风,沙尘迎面扑来。她感到一只眼睛被眯住了,如同含了一根麦芒,用手揉,用嘴吹,都不见好。她翻开眼睑仔细察看,眼睛没什么毛病,只是有一条红线在眼部的肉里蜿蜒爬行。有人就说:“这是蛰伏的龙。”村妇听了忧愁害怕,只好等死。过了三个多月,一天下起暴雨,忽然一声惊雷,龙冲出眼眶飞走了,妇人一点伤都没有。

袁宣四说:“在苏州时,有次遇到阴天,雷声大作。众人见龙垂在云边,鳞甲张动,爪子中抓着一个人头,眉毛胡子都看得清清楚楚。过了一会儿,钻到云中不见了。当时也没有听说谁掉了脑袋。”

注释 1 北直:明代称直隶于京师的地区。范围大致相当于今天北京市、天津市、河北省大部和河南省、山东省的小部分地区。为区别于直隶南京地区的南直隶,故称北直隶。清初,改北直隶为直隶省。 2 潦(lǎo)水:雨后的积水。 3 拿空:腾空,凌空。 4 牛山:在今山东淄博城南,山体植被丰茂,山顶林木秀美,日间云气蒸腾,入夜水汽凝聚。自春秋战国以来即负盛名,被视为临淄名山之一。 5 夭矫:屈曲而有气势。 6 抟(tuán):抓取。

林四娘

原文

青州道陈公宝钥,闽人。夜独坐,有女子搴帏入,视之不识,而艳绝,长袖宫装。笑云:"清夜兀坐[1],得勿寂耶?"公惊问何人,曰:"妾家不远,近在西邻。"公意其鬼,而心好之。捉袂挽坐,谈词风雅,大悦。拥之,不甚抗拒,顾曰:"他无人耶?"公急阖户,曰:"无。"促其缓裳,意殊羞怯,公代为之殷勤。女

译文

青州道员陈宝钥是福建人。一天夜晚,他独自坐在屋里,有个女子掀开门帘走了进来,陈公抬头看了看,并不认得她,但见女子长得艳丽绝世,穿着长袖宫服。女子笑着说:"夜里冷冷清清的,你一个人端坐,难道不寂寞吗?"陈公惊讶地问她是什么人,女子说:"妾家并不远,就在你的西边。"陈公想她可能是个鬼,然而心里又很喜欢。于是走上前,拉着女子的袖子请她坐下,谈话间女子言辞风雅,陈公大为喜悦。用手拥抱,女子也不太拒绝。她四下看看,问:"屋里没有别人吧?"陈公急忙关上门说:"没有。"于是

曰："妾年二十，犹处子也，狂将不堪。"狎亵既竟，流丹浃席。既而枕边私语，自言"林四娘"。公详诘之，曰："一世坚贞，业为君轻薄殆尽矣。有心爱妾，但图永好可耳，絮絮何为？"无何，鸡鸣，遂起而去。

由此夜夜必至，每与阖户雅饮。谈及音律，辄能剖悉宫商[2]，公遂意其工于度曲。曰："儿时之所习也。"公请一领雅奏，女曰："久矣不托于音，节奏强半遗忘，恐为知者笑耳。"再强之，乃俯首击节，唱伊凉之调[3]，其声哀婉。歌已，泣下。公亦为酸恻，抱而慰之曰："卿勿为亡国之音，使人悒悒。"女曰："声以宣意[4]，哀者不能使乐，亦犹乐者不能使哀。"两人燕昵，过于琴

就催女子宽衣解带，女子却很羞涩害怕，陈公便替她脱了衣服，女子说："妾身虽然二十岁了，但还是处女，如果太粗暴恐怕难以忍受。"两人恩爱过后，席上沾了斑斑血迹。而后，两人在枕边窃窃私语，女子说自己名叫"林四娘"。陈公仔细盘问她的身世，女子说："我一生坚贞，如今都被你轻薄尽了。只要郎君有心爱我，但求长久恩爱就好，何必絮絮叨叨问那么多呢？"不久，天明鸡叫，她就起身走了。

从此，四娘夜夜必来。每次都和陈公闭门对饮。当谈到音律时，四娘对此十分精通，每每能辨析五音，陈公就认为她一定善于唱歌作曲。四娘说："我小时候学过唱曲儿。"陈公便请她唱一支听听，她说："很久不唱了，节奏大半忘了，恐怕让内行人见笑。"陈公一再恳求，她才低下头，打着拍子，唱起伊州、凉州之曲，声音哀婉动人。唱完后，四娘便哭了起来。陈公也不禁心酸难受，就抱着四娘安慰道："你不要唱这些亡国之音了，听了让人抑郁。"四娘说："音乐能够表达人的感情，悲伤的人不能唱出欢乐的歌曲，就如欢乐的人不能唱出哀伤的曲子一样。"陈公与四娘感情融洽，极为亲密，恩爱超过

瑟[5]。既久,家人窃听之,闻其歌者,无不流涕。

了夫妻。时间长了,家里人都偷偷听见四娘唱歌,凡听过的人,没有不流泪的。

注释 1 兀坐:端坐。 2 剖悉宫商:辨析五音。宫商,指宫、商、角、徵、羽五种音阶。 3 伊凉之调:泛指悲凉的乐曲。伊凉,即伊州、凉州。唐代有《伊州曲》《凉州曲》,音调哀婉悲恻。 4 宣意:表达情感。 5 琴瑟:此处指夫妻间情感融洽。

夫人窥见其容,疑人世无此妖丽,非鬼必狐。惧为厌蛊[1],劝公绝之。公不能听,但固诘之。女愀然[2]曰:"妾,衡府[3]宫人也,遭难而死十七年矣,以君高义,托为燕婉[4],然实不敢祸君。倘见疑畏,即从此辞。"公曰:"我不为嫌,但燕好若此,不可不知其实耳。"乃问宫中事,女缅述津津可听。谈及式微[5]之际,则哽咽不能成语。女不甚睡,每夜辄起诵《准提》《金刚》诸经咒。公问:"九原[6]能自忏耶?"曰:"一也。妾思终身沦落,欲

陈夫人窥视四娘的容貌,怀疑人世间不会有如此妖丽的女子,不是鬼就是狐狸。她担心陈公受蛊惑,就劝说丈夫和女子断绝往来。陈公不听劝告,但一直打探四娘的身世。四娘不悦地说:"妾身本是衡王府的一名宫女,遭难而死,已有十七年了,因你有情有义,所以才以身相许,和你交好。然而我实在不敢害你。倘若你怀疑或害怕我,就此告辞。"陈公解释说:"我并不是嫌弃你,只是我们感情这么好,不可不知道你的实情罢了。"陈公又问起当时宫中的事。四娘追忆起来,讲得津津动听。谈起衰落时的情形,就难过得哽咽起来,泣不成声。四娘夜里不怎么休息,每夜都起来念诵《准提咒》《金刚经》。陈公问道:"九泉之下能自己忏悔吗?"林四娘回答说:"与人世一样的。妾身想着自己终身沦落,想超

度来生耳。"又每与公评骘诗词，瑕辄疵之[7]，至好句，则曼声娇吟，意绪风流，使人忘倦。公问："工诗乎？"曰："生时亦偶为之。"公索其赠，笑曰："儿女之语，乌足为高人道。"

度自己，来生好好做人。"四娘常与陈公品评诗词，对有瑕疵的句子就指出毛病，遇到佳句则悠扬地小声吟诵，意蕴优雅，听了使人忘记疲倦。陈公问她："你写诗吗？"四娘回答说："在世时也偶尔写点。"陈公向她索要赠诗，她笑着说："儿女之语，怎能说给高人听。"

注释 1 厌蛊：以巫术致灾祸于人。 2 愀(qiǎo)然：形容神色严肃或不愉快。 3 衡府：衡王府。 4 燕婉：本指夫妇和爱，此处指情人之间感情良好。 5 式微：指事物由兴盛而衰落。 6 九原：此处指九泉之下。 7 瑕辄疵之：有不足之处就指出问题。

居三年，一夕，忽惨然告别，公惊问之，答云："冥王以妾生前无罪，死犹不忘经咒，俾[1]生王家。别在今宵，永无见期。"言已怆然，公亦泪下。乃置酒相与痛饮，女慷慨而歌，为哀曼之音，一字百转，每至悲处，辄便哽咽。数停数起，而后终曲，饮不能畅。乃起，逡巡欲别，公固挽之，又坐少时。鸡

四娘在陈家住了三年，一天晚上，她向陈公哀伤地告别，陈公吃惊地问她原因，她解释说："'阎王因为妾身生前无罪，死后又没忘记念诵经咒，就让我投生到王家。今天就要分别，永远不能再相见了。"说罢，怆然泪下。陈公也掉了泪，马上拿出酒和四娘痛饮，四娘慷慨地唱起歌，歌声哀怨悠扬，一字百转，每到悲伤处，哽咽不能成声。停顿了好几次，才总算把一曲唱完，四娘心情低落，酒也没喝多少。于是就站起身，徘徊着想要离去，陈公苦苦挽留，她又坐了一会儿。忽然，外边传来鸡叫声，四娘便对陈公说：

声忽唱，乃曰："必不可以久留矣。然君每怪妾不肯献丑，今将长别，当率成[2]一章。"索笔构成，曰："心悲意乱，不能推敲，乖音错节，慎勿出以示人。"掩袖而出，公送诸门外，湮然没。公怅悼良久，视其诗，字态端好，珍而藏之。诗曰：

静锁深宫十七年，
谁将故国问青天？
闲看殿宇封乔木[3]，
泣望君王化杜鹃[4]。
海国波涛斜夕照，
汉家箫鼓静烽烟。[5]
红颜力弱难为厉[6]，
惠质心悲只问禅。
日诵菩提千百句，
闲看贝叶[7]两三篇。
高唱梨园歌代哭，
请君独听亦潸然。

诗中重复脱节，疑有错误。

"我再也不能久留了！你之前总怪我不肯以诗相赠，今将永别，应当草就一篇作为留念。"于是拿起笔，一挥而就，并叮嘱说："妾身悲伤不已，思绪错乱，不能仔细推敲文字，音节错误在所难免，请你千万不要拿给别人看。"说罢，以袖掩面出去了。陈公把她送到门外，四娘悄然消失了。陈公惆怅哀伤了很长时间，再看她写的诗，字态端正美好，就珍藏起来。诗的内容是：

静锁深宫十七年，
谁将故国问青天？
闲看殿宇封乔木，
泣望君王化杜鹃。
海国波涛斜夕照，
汉家箫鼓静烽烟。
红颜力弱难为厉，
惠质心悲只问禅。
日诵菩提千百句，
闲看贝叶两三篇。
高唱梨园歌代哭，
请君独听亦潸然。

诗中有的地方重复脱节，怀疑是传抄时的错误。

注释 1 俾:使。 2 率成:此处指匆忙、草率写成。 3 乔木:高大的树木。 4 化杜鹃:据说古蜀国国王杜宇死后,化为杜鹃鸟,叫声哀切动人。此处借此抒发对衡王的怀念。 5 汉家箫鼓静烽烟:有人认为此句是写南明政权被清军相继消灭后,人民已经安于新政权统治,不再留恋前朝。 6 厉:厉鬼。 7 贝叶:贝多罗树的叶子,古印度人用以抄写佛经,故后世以贝叶代称佛经。

卷三

江　中

原文

王圣俞[1]南游，泊舟江心，既寝，视月明如练，未能寐，使童仆为之按摩。忽闻舟顶如小儿行，踏芦席作响。远自舟尾来，渐近舱户。虑为盗，急起问童，童亦闻之。问答间，见一人伏舟顶上，垂首窥舱内。大愕，按剑呼诸仆，一舟俱醒。告以所见，或疑错误。俄，响声又作，群起四顾，渺然无人，惟疏星皎月，漫漫[2]江波而已。众坐舟中，旋见青火如灯状，突出水面，随水浮游，渐近舡[3]则火顿灭。即有黑人骤起，屹立[4]水

译文

王圣俞到南方游玩，一天把船停在江心。他躺下后，见月色皎洁如同白练，便睡不着觉，于是让童仆给自己按摩。忽然，听到船顶好像有小孩儿在走动，把船篷上的芦苇席踩得“嘎吱”作响。声音从船尾传过来，渐渐接近舱门。王圣俞怀疑是盗贼，急忙起来问童仆，童仆说也听见有响动。两人问答间，只见一个人趴在船顶，垂下头往舱里窥探。王圣俞大惊，拿着剑呼喊仆人，一船人都醒了。王圣俞把刚才见到的告诉大家，有人怀疑他看错了。过了一会儿，脚步声再次响起，众人四处察看，却渺无人影，只有天上稀稀落落的星星和一轮明月，江中滚滚波涛而已。众人回到船中坐下，不一会儿就看见一朵像灯火一样的青色火焰冒出水面，随波浮游。渐渐靠近船时，一下子就熄灭了。紧接着就有一个黑色

上，以手攀舟而行。众噪曰："必此物也！"欲射之。方开弓，则遽伏水中，不可见矣。问舟人，舟人曰："此古战场，鬼时出没，其无足怪。"

的人影骤然跃起，屹立在江面上，只见他用手攀着船帮前行。众人嚷嚷着："一定是这个东西在搞鬼！"就想用箭射它。刚张开弓，黑影忽然沉入水中消失不见了。询问船家，船家说："这里是古战场，时常有鬼出没，没什么奇怪的。"

注释 1 王圣俞：即王纳谏，字圣俞，江都(今属江苏扬州)人。万历年间中进士，曾任吏部主事。 2 漫漫：此处指江水翻涌滚动的样子。 3 舡：船。 4 屹立：高耸挺立。

鲁公女

原文

招远[1]张于旦，性疏狂不羁，读书萧寺[2]。时邑令鲁公，三韩[3]人，有女好猎。生适遇诸野，见其风姿娟秀，着锦貂裘，跨小骊驹[4]，翩然若画。归忆容华，极意钦想[5]。后闻女暴卒，悼叹欲绝。鲁以家远，寄灵

译文

山东招远县的张于旦，性情豪放疏狂，借住在一座寺庙读书。当时，招远县令鲁公是辽东人，有个女儿喜欢打猎。张生曾在野外遇到鲁小姐，见她容貌秀丽，身穿锦绣貂皮袄，骑着一匹小黑马，风姿翩翩，好像画里的人一样。张生回去后，回想起鲁小姐的花容月貌，极为思念爱慕。之后听说鲁小姐暴病而亡，他哭得死去活来。鲁公因为离家乡太远，就将女儿的灵柩暂时安放在寺庙中，正是张生读书的那座庙。

寺中，即生读所。生敬礼如神明，朝必香，食必祭，每酹[6]而祝曰："睹卿半面，长系梦魂，不图玉人，奄然物化。今近在咫尺，而邈若河山，恨如何也！然生有拘束，死无禁忌，九泉有灵，当姗姗而来，慰我倾慕。"日夜祝之，几半月。

张生对鲁家小姐敬若神明，每天早上必会焚香礼拜，吃饭前一定要先祭奠。他常常以酒洒地，口中念念有词地说："小生有幸目睹小姐半面芳容，心魄为之倾倒，故而时常在梦中牵挂，不想忽而玉人迁化。如今你我虽间隔咫尺，而阴阳相隔，远若万水千山。我的怅恨之情，可谓痛恨无极！然而，活着的时候，你也许受礼法拘束，死后自当百无禁忌，若小姐泉下有知，还请姗姗而来，以安慰我一片爱慕痴情！"张生就这样日夜不停地祷告，持续了将近半个月。

注释 1 招远：今山东招远。 2 萧寺：南朝梁武帝修造佛寺时，曾让其太子书一"萧"字，故后世又称佛寺为萧寺。 3 三韩：古代朝鲜半岛南部有三个部族，分别是马韩、辰韩、弁韩，合称三韩。清代借指辽东地区。 4 骊驹：纯黑色的马。 5 钦想：想慕。 6 酹(lèi)：把酒洒在地上以示祭奠。

一夕，挑灯夜读，忽举首，则女子含笑立灯下，生惊起致问。女曰："感君之情，不能自已，遂不避私奔之嫌。"生大喜，遂共欢好，自此无虚夜。谓生曰："妾

一天夜里，张生正挑灯读书，猛一抬头，忽然看到鲁家小姐正站在灯下朝他微笑。张生惊慌地起身问候，鲁小姐说："深感公子一片真情，妾身不能自已，也就顾不得男女之防贸然前来了。"顾生欣喜若狂，就和鲁小姐云雨欢爱，此后二人同床共枕，无一夜虚度。鲁小姐对张生

生好弓马，以射獐杀鹿为快，罪业深重，死无归所。如诚心爱妾，烦代诵《金刚经》一藏数[1]，生生世世不忘也。”生敬受教，每夜起，即柩前捻珠[2]讽诵。偶值节序，欲与偕归，女忧足弱，不能跋履[3]。生请抱负以行，女笑从之。如抱婴儿，殊不重累，遂以为常，考试亦载与俱，然行必以夜。生将赴秋闱，女曰：“君福薄，徒劳驰驱。”遂听其言而止。

说：“我生前喜好弓马骑射，以射杀獐鹿为乐，罪孽深重，死后成为孤魂野鬼无依无靠。公子若是真心爱我，烦请为我念一藏《金刚经》，这份恩德，我生生世世永不相忘。”张生就诚恳地答应了她，每天半夜起来，在灵柩前手捻佛珠诵经。有一次赶上过节，张生想让她跟自己一起回家，鲁小姐担心路途遥远，不胜脚力。张生便恳请抱着她赶路，鲁小姐笑着答应了。张生抱着她，感觉就像抱着个婴儿，一点也不觉得重，也就习惯了，甚至考试的时候也带着她一起去，不过都是在夜间赶路。转眼秋天到了，张生想参加举人考试，鲁小姐说：“相公你福分浅薄，去了也是枉费精力。”于是，张生听了她的话，就没参加。

注释 1 一藏数：持诵五千零四十八遍。 2 捻珠：用手捻动佛珠。 3 跋履：旅途奔波劳累。

积四五年，鲁罢官，贫不能舆其榇[1]，将就窆[2]之，苦无葬地。生乃自陈：“某有薄壤近寺，愿葬女公子。”鲁公喜。生又力为营葬。鲁

过了四五年，鲁公罢官还乡，由于缺乏资财，无力将女儿灵柩运回，于是打算就地下葬，又难以找到一块儿合适的墓地。张生就主动请缨说：“晚辈家有片地离寺庙不远，愿献出来安葬女公子。”鲁公听了大感欣喜，张生又帮着营建坟墓，

德之而莫解其故。鲁去，二人绸缪如平日。一夜，侧倚生怀，泪落如豆，曰："五年之好，于今别矣！受君恩义，数世不足以酬！"生惊问之。曰："蒙惠及泉下人，经咒藏满，今得生河北卢户部家。如不忘今日，过此十五年，八月十六日，烦一往会。"

生泣下曰："生三十余年矣，又十五年，将就木[3]焉，会将何为？"女亦泣曰："愿为奴婢以报。"少间，曰："君送妾六七里，此去多荆棘，妾衣长难度。"乃抱生项，生送至通衢，见路旁车马一簇，马上或一人，或二人；车上或三人、四人、十数人不等。独一钿车[4]，绣缨朱幰[5]，仅一老媪在焉。见女至，呼曰："来乎？"女应曰：

鲁公对他深表感激，却不理解其中缘故。鲁公走后，张生和鲁小姐恩爱如常。一晚，鲁小姐依偎在张生怀里，突然泪如珠滚，说道："五年的恩爱，今夜就要分别了！妾身蒙受公子的深恩厚义，几辈子都报答不完！"张生惊愕地问怎么回事，她说："承蒙你给我念诵佛经，如今已圆满一藏之数，我将要托生到河北卢尚书家。公子如果以后还记着今日，十五年后的八月十六那天，烦请你过去相会。"

张生哭着说："我都三十好几的人了，再过十五年，也行将就木，就算过去相会，又能如何呢？"鲁小姐也哭着说："我愿做奴婢伺候你。"过了一会儿又说："请郎君送我六七里，此行路上有很多荆棘，我衣裙太长，怕不容易过去。"于是她就抱着张生的脖子，张生把她送到大街上，看见有一排马车在等候。马上或有一人，或有两人；车上或有三人，或有四人，甚至十几人不等。其中只有一辆马车镶嵌着金玉珠宝，车厢挂着大红窗帘，上有锦绣帘穗围绕，只有一个老太太在车上。她见女孩儿来了，就招呼说："来了吗？"鲁小姐回应说："来了。"说完，就回头望着张

“来矣。”乃回顾生云：“尽此，且去。勿忘所言。”生诺。女行近车，媪引手上之，展軨[6]即发，车马阗咽[7]而去。

生道：“就送到这儿吧，公子可以回去了。希望你不要忘记我的话。”张生答应她一定如约前往，女子这才走近马车，老太太伸手拉她上去。车轮启动，其他车辆也簇拥着浩浩荡荡而去。

注释 1 榇(chèn)：棺材。 2 就窆(biǎn)：就地埋葬。 3 就木：死后装棺材。 4 钿车：金玉珠宝嵌饰的马车。 5 绣缨朱幰(xiǎn)：挂着彩穗的大红车帘。 6 展軨(líng)即发：车轮转动前行。 7 阗咽：形容车马喧闹的样子。

生怅怅[1]而归，志时日于壁，因思经咒之效，持诵益虔。梦神人告曰：“汝志良嘉，但须要到南海去。”问：“南海多远？”曰：“近在方寸地。”醒而会其旨，念切菩提[2]，修行倍洁。三年后，次子明、长子政，相继擢高科。生虽暴贵，而善行不替。夜梦青衣人邀去，见宫殿中坐一人，如菩萨状，逆[3]之曰：“子为善可喜，惜无修龄[4]，幸得请于上帝

张生怅怅而返，把日期标记在墙壁上，因想起诵经持咒有不可思议的效果，于是就更加虔诚地念诵。有天夜里，他梦到有位神人告诉他：“你的志向的确很诚恳，但要到南海才行。”张生问：“南海有多远？”神人回答说：“南海近在方寸之间。”醒来后，张生领会了神灵的旨意，就一心念佛，修行倍加清洁。三年后，次子张明，长子张政，相继考取了功名。张生虽然骤然发达，但一心行善，丝毫没有懈怠。一夜，他梦到有位黑衣人把自己带到了一处宫殿，里面坐着一个人，看着好像庙里的菩萨。菩萨欢迎他说：“你一心做善事，非常值得欢喜，可惜寿命不长，幸而我已经向上帝求了情。”张生跪在地上叩

矣。”生伏地稽首。唤起，赐坐，饮以茶，味芳如兰。又令童子引去，使浴于池。池水清洁，游鱼可数，入之而温，掬之有荷叶香。移时，渐入深处，失足而陷，过涉灭顶[5]。惊寤，异之。由此身益健，目益明。自捋其须，白者尽簌簌落；又久之，黑者亦落。面纹亦渐舒。至数月后，颔秃童面[6]，宛如十五六时。辄兼好游戏事，亦犹童，过饰边幅[7]，二子辄匡救[8]之。

头谢恩，菩萨叫他起来，令人赐座，并奉上茶水，气味芬芳，散发着兰花的幽香。又令童子带着他去沐浴，池水清洁透彻，里面的鱼看得清清楚楚。张生下水后，感觉暖洋洋的，捧起水来一闻，有股荷花的清香。过了片刻，他渐渐走到深水区，不小心失足陷进深坑，水一下子没过了头顶。张生猛然惊醒，心中甚感诧异。从此以后，他身体愈发强健，眼睛愈发明亮。一捋胡子，白胡子纷纷脱落；又过了段时间，黑胡子也脱落了。脸上的皱纹也慢慢舒展。几个月后，张生下巴光秃秃的，面庞就像孩童一样，看上去像十五六岁的样子。他又喜欢玩耍，表现也跟孩子一样。张生返老还童后，由于太看重穿着打扮，两个儿子时常劝他。

注释　1 怅怅：失意的样子。　2 菩提：觉悟的智慧，此处指佛法。　3 逆：迎接。　4 修龄：长寿。　5 过涉灭顶：进入深水中，淹没头顶。　6 颔秃童面：指下巴洁净无胡须，面庞如孩童一样。　7 过饰边幅：过于注重穿着打扮。　8 匡救：本意为挽救而使回到正路上来，此处指劝告。

未几，夫人以老病卒，子欲为求继室于朱门。生曰：“待吾至

没过多久，张生的夫人因年老体衰故去，儿子们想给他找个大户人家的千金续弦。张生说：“等我从河北回来再娶吧。”

河北来而后娶。”屈指已及约期，遂命仆马至河北。访之，果有卢户部。先是，卢公生一女，生而能言，长益慧美，父母最钟爱之。贵家委禽[1]，女辄不欲，怪问之，具述生前约。共计其年，大笑曰：“痴婢！张郎计今年已半百，人事变迁，其骨已朽。纵其尚在，发童而齿壑[2]矣。”女不听。母见其志不摇，与卢公谋，戒阍人[3]勿通客，过期以绝其望。

未几，生至，阍人拒之，退返旅舍，怅恨无所为计。闲游郊郭，因循而暗访之。女谓生负约，涕不食。母言：“渠不来，必已殂谢[4]。即不然，背盟之罪，亦不在汝。”女不语，但终日卧。卢患之，亦思

屈指一算，当年和鲁小姐约定的日期快到了，他就带着仆人坐马车前往河北。到了地方一打听，果然有一位姓卢的户部尚书。起先，卢尚书有个女儿，生下来就会说话，长大后更加聪慧美丽，父母对她尤其钟爱。每当有豪门来提亲，卢家小姐都不情愿。家人对此很奇怪，就问她有何原因，她就把跟张生的约定详细说了一通。家人算了一下年纪，大笑道：“你真是个傻丫头，张公子论岁数现在都已经半百了，人事变化无常，说不定人早就没了。就算他还健在，那也是秃顶豁牙的老头子了。”卢小姐不听，母亲见她意志坚定不可动摇，就跟卢老爷商量，告诉看大门的，不要放寻找小姐的人进来，等过些日子，好断绝她的念想。

没过多久，张生就找上门来，看门的不让他进去，只得返回旅馆。张生虽然心里怅怅不乐，但一时也没什么办法，于是就到郊外闲游，然后再循着线索暗中打听卢小姐的消息。到了日子，卢小姐见张生迟迟未来，就抱怨他背信弃义，哭得死去活来，茶饭不进。母亲就劝她说：“他现在没来，肯定是人已经死了。就算还活着，背弃盟誓的罪责，也不在你。”卢小姐听了一言不发，只是终日卧床不起。卢老爷很担心女

一见生之为人，乃托游遨，遇生于野。视之，少年也，讶之。班荆[5]略谈，甚倜傥。公喜，邀至其家。方将探问，卢即遽起，嘱客暂独坐，匆匆入内告女。女喜，自力起，窥审其状不符，零涕而返，怨父欺罔，公力白其是，女无言，但泣不止。公出，意绪懊丧，对客殊不款曲[6]。生问："贵族有为户部者乎？"公漫应之。首他顾，似不属客[7]。生觉其慢，辞出。女啼数日而卒。

儿，也想见见这个张生是什么样的人，于是就假托外出郊游，在城外恰巧遇到张生。一看，原来是位少年，惊讶不已。在草地上坐下聊了几句，感觉他谈吐甚为风流倜傥。卢老爷大感欣喜，就把张生请到家里。刚要开口问卢小姐近况，卢尚书赶紧起身，让客人暂时独坐着，自己匆匆走进里屋告诉女儿。卢小姐高兴地赶忙起床，老远一瞧，此人模样并不像张公子，就哭着跑了回来，抱怨父亲骗她。不管卢老爷怎么解释，女孩儿一句话都不说，只是哭个不停。卢公从房里走出来，心情很是懊丧，对客人也爱搭不理。张生就问："您宗族里有担任户部尚书的人吗？"卢老爷就随便敷衍几句，然后把头转到一边，对客人毫不理睬。张生察觉他态度比较傲慢，就告辞走了。卢小姐痛哭数日便死了。

注释 **1** 委禽：求婚。因大雁按季节迁徙，不失时节，所以古代求婚用大雁当聘礼，取其准时守约之义。 **2** 发童而齿豁：头发光秃，牙齿脱落。 **3** 阍人：看大门的人。 **4** 殂谢：死亡。 **5** 班荆：坐在草地上。 **6** 款曲：接待殷勤周到。 **7** 不属客：不搭理客人。属，属意。

生夜梦女来，曰："下顾[1]者果君耶？年

一天夜里，张生梦见卢小姐前来，问他说："之前来我家的人果真是你吗？我

貌舛异[2]，觌面[3]遂致违隔。妾已忧愤死。烦向土地祠速招我魂，可得活，迟则无及矣。”既醒，急探卢氏之门，果有女亡二日矣。生大恸，进而吊诸其室，已而以梦告卢。卢从其言，招魂而归，启其衾，抚其尸，呼而祝之，俄闻喉中咯咯有声。忽见朱樱[4]乍启，坠痰块如冰，扶移塌上，渐复吟呻。卢公悦，肃客[5]出，置酒宴会。细展官阀[6]，知其巨家，益喜，择吉成礼。居半月，携女而归，卢送至家，半年乃去。夫妇居室俨如小耦[7]，不知者，多误以子妇为姑嫜焉。卢公逾年卒，子最幼，为豪强所中伤，家产几尽。生迎养之，遂家焉。

看你年龄、相貌都差异很大，就当面错过了。妾身忧愤而死，烦请你速到土地祠为我招魂，这样还能活过来，要是晚了，就来不及了。”张生醒来后，急忙赶往卢尚书家，果然卢府有个女儿已经死了两天。张生大感悲痛，就进去吊唁，把梦里的事情告诉了卢尚书。卢老爷按照他说的，到土地祠给女儿招魂，回来掀开被子，手摸着女儿的尸体，嘴里喊着她的名字，不停地祷告，不一会儿，听见女儿喉咙“咯咯”作响。忽而，卢小姐轻启樱唇，吐出一口像冰一样的痰块，把她移到床上去，渐渐有了呻吟声。卢老爷非常喜悦，就把张生请到大堂，摆下丰盛的酒宴款待他。他详细询问了张生的家世境况，得知也是名门大族，更加高兴，于是就择良辰挑吉日，为女儿办了婚礼。在卢家住了半个月，张生要带新媳妇回去，卢尚书亲自送他们到家，住了半年才走。他们两人生活在一起，就像一对少年夫妻，不知道的还以为儿子儿媳是公公婆婆呢。卢尚书第二年就去世了，儿子还小，被乡里豪强构陷中伤，几乎荡尽家产。张生就把他接过来抚养，卢公子也就在那儿安了家。

注释 1 下顾:拜访。 2 舛(chuǎn)异:差错违异。 3 觌(dí)面:见面。 4 朱樱:红红的樱桃小嘴。 5 肃客:领着客人。 6 细展官阀:仔细询问官阶门第。 7 小耦(ǒu):指少年夫妻。耦,通“偶”,配偶。

道 士

原文

韩生,世家[1]也。好客,同村徐氏,常饮于其座。会宴集[2],有道士托钵门外。家人投钱及粟皆不受,亦不去,家人怒,归不顾。韩闻击剥之声[3]甚久,询之家人,以情告。言未已,道士竟入。韩招之坐。道士向主客皆一举手,即坐。略致研诘,始知其初居村东破庙中。韩曰:“何日栖鹤东观,竟不闻知,殊缺地主之礼。”答曰:“野人新至无交游,闻居士挥霍,深愿求饮焉。”韩命举觞,道士能豪饮。

译文

韩生,是个世家子弟。他慷慨好客,同村徐某经常到他家喝酒。一次,韩生设宴招待宾客,门外来了个道士托钵化缘。仆人给他钱和粮食都不要,赖着不走。仆人怒气冲冲地返回来,不再搭理他。韩生听见有人在门口敲了很长时间,就询问仆人发生了什么事,仆人就把情况告诉了他。话还没说完,道士竟然走了进来。韩生请他入座,道士向在座的主客举了一下手致意,便坐下了。韩生稍稍打听了一下他的来历,才得知他在村东的破庙刚住下不久。韩生问:“道长什么时候在村东道观栖居的?我竟然不知道,太失地主之礼了。”道士回答说:“乡野之人初来贵地,没什么认识的人可交往,听说居士您慷慨好客,所以很想讨杯酒喝。”韩生就给道士斟酒,请他举杯

徐见其衣服垢敝，颇偃蹇[4]，不甚为礼。韩亦海客[5]遇之。道士倾饮二十余杯，乃辞而去。自是每宴会，道士辄至，遇食则食，遇饮则饮，韩亦稍厌其频。

畅饮，道士喝酒很豪爽。徐某见道士穿得又脏又破，便对他很轻慢，不太讲礼数。韩生也把道士当作江湖术士对待。道士一连喝了二十多杯，才告辞离去。此后，韩生每次设宴，道士总会前来，有饭就吃，有酒就喝。韩生也稍微厌烦他来得太频繁了。

注释 1 世家：累世为官之家，此处指世家子弟。 2 宴集：宴饮集会。 3 击剥之声：敲打声。 4 偃蹇：傲慢无礼。 5 海客：跑江湖的人，江湖术士。

饮次，徐嘲之曰："道长日为客，宁不一作主？"道士笑曰："道人与居士等，惟双肩承一喙[1]耳。"徐惭不能对。道士曰："虽然，道人怀诚[2]久矣，会当竭力作杯水之酬。"饮毕，嘱曰："翌午幸赐光宠。"次日，相邀同往，疑其不设[3]。行去，道士已候于途。且语且步，已至寺门。入门，则院落一新，连阁云蔓[4]。大奇之，曰："久不至此，创

一次喝酒时，徐某嘲笑道士说："道长天天当客人，难道不能做一次主人吗？"道士笑着说："道人和居士你一样，都两个肩膀托着一张嘴罢了！"徐某惭愧地无言以对。道士又说："话虽然这样讲，但我早就很想邀请诸位了，贫道一定竭尽全力备下薄酒酬谢各位。"宴饮结束后，道士嘱咐说："明天中午，请各位光临寒舍。"第二天，韩生和徐某相邀前往，怀疑道士并不会预备酒席。一路朝破庙走去，而道士已在途中等候。几个人边走边说，不知不觉就来到了庙门外。进门后，只见房舍院落，焕然一新，亭台楼阁，像云一样连绵成片。韩生和徐某大感惊奇。就问：

建何时？”道士答：“竣工未久。”比入其室，陈设华丽，世家所无。二人肃然起敬。甫坐，行酒下食，皆二八狡童[5]，锦衣朱履。酒馔芳美，备极丰渥[6]。饭已，另有小进[7]。珍果多不可名，贮以水晶玉石之器，光照几榻，酌以玻璃盏，围尺许。

“很久不到这里了，这些是什么时候建造的？”道士回答说：“刚竣工不久。”等进了屋，但见陈设华丽，世家大族也没有这么气派。二人顿时肃然起敬。刚一坐下，就有人端菜倒酒，都是十几岁的漂亮小童，身穿锦衣，脚着红鞋。酒菜都甘甜芳美，极为丰盛。饭后，又上了些点心。奇珍异果，很多都叫不上名来，用水晶玉石制作的容器盛放，晶莹闪耀，照亮了桌子、床榻，用周长一尺多的玻璃盏斟酒。

注释 1 喙：嘴巴。 2 怀诚：怀有诚意。 3 设：设宴。 4 连阁云蔓：楼阁相连，如同成片的云。指楼房极多。 5 狡童：美貌少年。 6 丰渥：丰厚优渥。 7 小进：此处指饭后点心。

道士曰：“唤石家姊妹来。”童去，少时二美人入。一细长，如弱柳，一身短，齿最稚，媚曼[1]双绝。道士即使歌以侑酒。少者拍板而歌，长者和以洞箫，其声清细。既阕[2]，道士悬爵促釂[3]，又命遍酌。顾问：“美人久不舞，尚能之否？”遂有僮仆展氍毹[4]于筵下，两女对舞，

道士吩咐说：“去叫石家姐妹来！”小童起身离去，不一会儿就见两个美女走进来。一个身段细长，像弱不禁风的柳树；另一个身材稍矮，年龄较小，两人都娇美无双。道士命她们唱歌助酒。年轻的女子就打着板子唱歌，稍大一些的在一旁吹着洞箫伴奏，声音清细。唱完一首之后，道士举杯劝酒，又让两个美女给大家都倒上酒。又看着她们说：“美人很久没有跳舞了，还能跳吗？”话还没说完，便有童仆在酒桌前铺上地毯，两个

长衣乱拂，香尘四散。舞罢，斜倚画屏。二人心旷神飞，不觉醺醉。道士亦不顾客，举杯饮尽，起谓客曰：“姑烦自酌，我稍憩，即复来。”即去。南屋壁下，设一螺钿[5]之床，女子为施锦裀[6]，扶道士卧。道士乃曳长者共寝，命少者立床下为之爬搔[7]。

美女相对起舞，长袖飘飘，香气四散。舞跳完后，两个美女斜倚着画屏侍立。韩生和徐某看得心旷神飞，不知不觉喝得酩酊大醉。道士也不管客人，举起酒杯一饮而尽，然后起身对他们说；“请你们自斟自饮吧。我稍稍休息一下，马上就回来。”说完就走了。南屋墙下摆着一张螺钿床，两个女子给道士铺上锦褥，扶他躺下。道士就拉着那个年纪稍大的女子一同就寝，命年轻的侍立床下，给他挠痒。

注释 1 媚曼：娇美。 2 既阕：演奏完一曲。歌曲或词一首叫一阕。 3 促釂(jiào)：劝酒。釂，喝酒干杯。 4 氍毹(qú shū)：毛织的地毯。 5 螺钿：是指用螺壳与海贝（主要是夜光贝）磨制成人物、花鸟、几何图形或文字等薄片，根据画面需要而镶嵌在器物表面的装饰工艺的总称。 6 锦裀：锦褥。 7 爬搔：用爪甲轻抓。

二人睹此状，颇不平。徐乃大呼：“道士不得无礼！”往将挠[1]之，道士急起而遁。见少女犹立床下，乘醉拉向北榻，公然拥卧。视床上美人，尚眠绣榻。顾韩曰：“君何太迂？”韩乃径登南榻，

二人见状颇为气愤不平。徐某就大喊道：“道士不得无礼！”便要跑过去阻止，道士急忙起来逃走。徐某见年轻的那位美女还站在床下，就乘醉把她拉到北边的床上，公然抱着她躺下。徐某见南边床上的美女还在绣床上休息，便看着韩生说：“你怎么这么迂腐啊？”韩生听了，就径直登上南边的床，想跟美

欲与狎亵[2]，而美人睡去，拨之不转；因抱与俱寝。天明，酒梦俱醒，觉怀中冷物冰人，视之，则抱长石卧青阶[3]下。急视徐，徐尚未醒，见其枕遗屙之石[4]，酣寝败厕中。蹴起，互相骇异。四顾，则一庭荒草，两间破屋而已。

女亲热，却见她昏睡过去，怎么也拨不动，便搂着她一起睡下。天亮后，韩生从醉梦中醒来，觉得怀里有个东西冷冰冰的，一看，自己竟抱着一块长条石躺在青石阶下。急忙转视徐某，见他还没有醒，脑袋枕着茅坑里的踏脚石，躺在破茅厕里呼呼大睡。韩生过去把徐某踢醒，两人都非常惊异。四下一看，只有一院荒草、两间破房而已。

注释 1 挠：阻拦。 2 狎亵：亵渎，轻慢。指亲密嬉戏。 3 青阶：青石台阶。此处指石头因长有苔藓，而呈青绿色。 4 遗屙(ē)之石：茅坑里的踏脚石。

胡 氏

原文

直隶有巨家[1]，欲延师。忽一秀才，踵门[2]自荐，主人延之。词语开爽[3]，遂相知悦。秀才自言胡氏，遂纳贽[4]馆之。胡课业良勤，淹洽[5]非下士等。然时出游，

译文

直隶有一个大户人家，想聘请一位教书先生。一天，忽然有个秀才登门自荐，主人就请他进来说话。秀才讲话开朗直爽，两人谈得很投机，于是彼此都很高兴。秀才自称姓胡，主人便付聘金请他来家开馆授徒。胡生教书很勤勉，学识渊博，不是个平庸的教书匠。然而，他时常外出游

辄昏夜始归，扃闭俨然，不闻款叩[6]而已在室中矣。遂相惊以狐。然察胡意固不恶，优重之，不以怪异废礼。

玩，经常深夜才回来。虽然门关得很严实，但没听到敲门声，人已经在屋里了。于是家人都很惊讶，纷纷怀疑他是狐狸。然而观察胡生并没有什么恶意，主人仍给予优厚的礼遇，不因他行为怪异而有失礼节。

注释 1 巨家：大户人家。 2 踵门：亲自上门。 3 开爽：开朗直爽。 4 纳贽：初次拜见长者时馈赠礼物。此处指付聘金。 5 淹洽：学识渊博。 6 款叩：敲门。

胡知主人有女，求为姻好，屡示意，主人伪不解。一日，胡假[1]而去。次日有客来谒，絷黑卫[2]于门，主人逆而入。年五十余，衣履鲜洁，意甚恬雅。既坐，自达，始知为胡氏作冰[3]。主人默然良久，曰："仆与胡先生，交已莫逆，何必婚姻？且息女[4]已许字[5]矣，烦代谢先生。"客曰："确知令爱待聘，何拒之深？"再三言之，而主人不可，客有惭色，曰："胡亦世族，何遽不如先生？"主人

胡生知道主人有个女儿，就向他提亲，屡屡表明心意，可主人却假装不知道。有一天，胡生请假走了。第二天，有客人前来拜访，在门口拴了一头黑驴，主人把他请进屋。这人有五十多岁，衣服鞋袜光鲜整洁，态度非常恬淡优雅。入座后，客人说明来意，才知道是给胡生做媒的。主人听了沉默很久，说："我与胡先生已经是莫逆之交，何必一定要联姻呢？况且小女已许配给别人，烦请代我向胡先生致歉。"客人说："我确实知道令爱尚且待字闺中，您何必如此坚持拒绝呢？"客人再三恳求，而主人执意不答应。客人有些羞惭，就说："胡先生也是世家大族出身，难道就配不上你家吗？"主人就直言不讳地说："我确实没有其

直告曰："实无他意，但恶非其类耳。"客闻之怒，主人亦怒，相侵[6]益亟。客起抓主人，主人命家人杖逐之。客乃遁，遗其驴。视之毛黑色，批耳修尾[7]，大物也。牵之不动，驱之，则随手而蹶，嘤嘤[8]然草虫耳。

他意思，只是厌恶他跟我们不是同类罢了。"客人听了怒气冲冲，主人也很生气，争吵得越来越激烈。客人起身抓住主人，主人就命家人拿棍子把他驱逐出去。客人丢下驴子，落荒而逃。家人打量了下这头毛驴，见它毛色纯黑，长着尖尖的耳朵，长长的尾巴，是个庞然大物。可就是牵不动它，用手驱赶，驴子随手倒下，变成了一只"嘤嘤"鸣叫的草虫。

注释 1 假：请假。 2 黑卫：黑色的毛驴。 3 作冰：做媒。 4 息女：古时在别人面前称自己的女儿。 5 许字：许配。 6 相侵：此处指言语冲突。 7 批耳修尾：尖耳长尾。 8 嘤嘤(yāo)：虫鸣的声音。

主人以其言忿[1]，知必相仇，戒备之。次日，果有狐兵大至，或骑、或步、或戈、或弩，马嘶人沸，声势汹汹。主人不敢出，狐声言火[2]屋，主人益惧。有健者率家人噪出，飞石施箭，两相冲击，互有夷伤[3]。狐渐靡，纷纷引去，遗刀地上，亮如霜雪，近拾之，则高粱叶也。众笑曰："技止此

主人因为客人言辞激愤，知道肯定会来报复，便叫家人严加戒备。第二天，果然有大批狐兵前来进犯，有的骑马，有的徒步，有的持戈，有的拿弓弩，人喊马嘶，声势汹汹。主人不敢出去，狐兵扬言要烧房子，主人愈发害怕。这时，有个强健的家丁，率领家人喊叫着冲了出去，双方投石放箭，互相冲击混战一团，各有损伤。狐兵渐渐散开，纷纷落荒而逃，把刀扔在地上，闪亮如同霜雪，上前捡起来一看，原来是高粱叶而已。众人大笑道："就这点能耐啊。"然而担心它们再来，戒备

耳。”然恐其复至，益备之。明日，众方聚语，忽一巨人自天而降，高丈余，身横数尺，挥大刀如门，逐人而杀。群操矢石乱击之，颠踣而毙，则刍灵[4]耳。众益易[5]之。狐三日不复来，众亦少懈。主人适登厕，俄见狐兵张弓挟矢而至，乱射之，集矢于臀。大惧，急喊众奔斗，狐方去。拔矢视之，皆蒿梗[6]。如此月余，去来不常，虽不甚害，而日日戒严，主人患苦之。

更加森严。第二天，众人正聚在一起谈话，忽然一个巨人从天而降，有一丈多高，身子有好几尺宽，挥动着一把门扇一样大的刀，在院子里追着人砍杀。众人拿起弓弩、石块乱击一气，巨人摔倒在地上就死了。走近一瞧，原来是个稻草人。于是大家更觉得狐狸容易对付了。此后，狐狸一连三天都没有来犯，大家防备也有所松懈。一天，主人正要上厕所，忽然看见狐兵张着弓弩，携带着箭枝前来，狐狸朝他乱箭齐发，都射到了屁股上。主人大为恐惧，急忙呼喊家丁跑过来迎战，狐兵这才退去。主人拔下屁股上的箭一看，全是些蒿草秆子。就这样相持了一个多月，狐兵来去无常，虽然造成的损害不是很严重，但天天警戒森严，主人也很是苦恼。

注释 1 言忿：言辞激愤。 2 火：放火烧。 3 夷伤：杀伤，创伤。 4 刍灵：用茅草扎成的人、马，为古人送葬之物。 5 易：轻视。 6 蒿梗：青蒿的茎。

一日，胡生率众至，主人身出，胡望见，避于众中，主人呼之，不得已，乃出。主人曰：“仆自谓无失礼于先生，何

一天，胡生率领狐兵到来。主人亲自出来，胡生望见主人来了，就躲在狐兵之中。主人喊他出来，迫不得已，他才走出来。主人对他说：“我自认为对你没有失礼的地方，为什么要兴师动众呢？”群

故兴戎[1]？”群狐欲射，胡止之。主人近握其手，邀入故斋，置酒相款，从容曰：“先生达人[2]，当相见谅。以我情好，宁不乐附婚姻？但先生车马、宫室，多不与人同，弱女相从，即先生当知其不可。且谚云：‘瓜果之生摘者，不适于口。’先生何取焉？”胡大惭。主人曰：“无伤，旧好故在。如不以尘浊见弃，在门墙之幼子年十五矣，愿得坦腹床下[3]。不知有相若者否？”胡喜曰：“仆有弱妹少公子一岁，颇不陋劣，以奉箕帚[4]如何？”主人起拜，胡答拜。于是酬酢甚欢，前隙[5]俱忘，命罗酒浆，遍犒从者，上下欢慰。乃详问居里，将以奠雁[6]，胡辞之。日暮继烛，醺醉乃去。由是遂安。

狐想要放箭射主人，被胡生制止了。主人便走上前握着胡生的手，邀请他到原来住的房间，并摆酒款待。主人从容地说：“先生是通达事理的人，定当会原谅我。凭我们这么好的交情，怎会不愿意和你结为婚姻？但先生的车马、住宅，大多和我们不一样，即使把小女嫁给你，先生自己也会觉得不妥。况且谚语说：‘强扭的瓜不甜。’先生为何执意要这么做呢？”胡生听了感到很惭愧。主人又说：“无伤大雅，咱们之前的交情还在。你若不嫌我们这些凡夫俗子，我有个小儿子，今年十五了，愿意做你家的女婿。不知道有年纪匹配的女孩儿吗？”胡生高兴地说：“我有个小妹妹，比公子小一岁，长得很不错，嫁给令郎做媳妇操持家务不知如何？”主人便起身拜谢，胡生也答拜还礼。于是两人畅谈，十分欢快，之前的过节全都忘记了。主人命家人摆酒犒劳和胡生一起来的狐兵，上上下下皆大欢喜。主人就详细询问胡生家住何处，准备下聘礼，结果被胡生婉拒了。众人喝到黄昏，又点上蜡烛继续痛饮，等都喝得酩酊大醉才离去。从此，主人家又恢复了安宁。

年余，胡不至，或疑其约妄，而主人坚待之。又半年，胡忽至，既道温凉已，乃曰："妹子长成矣。请卜良辰，遣事翁姑。"主人喜，即同定期而去。至夜，果有舆马送新妇至，奁妆丰盛，设室中几满。新妇见姑嫜[7]，温丽异常，主人大喜。胡生与一弟来送女，谈吐俱风雅，又善饮，天明乃去。新妇且能预知年岁丰凶，故谋生之计皆取则焉。胡生兄弟以及胡媪，时来望女，人人皆见之。

过了一年多，胡生再也没来过，有人就怀疑，他当初订的婚约只是随口一说。但主人坚持等待。又过了半年，胡生突然造访，互道寒暄之后，胡生说："我的小妹如今已长大成人。请挑个好时辰，我把她送过来侍奉公婆。"主人大喜，胡生当即跟主人一起定下日期，然后才离去。当晚，果然有车马把新媳妇送来了，嫁妆十分丰盛，把房子都要堆满了。新媳妇前去拜见公公婆婆，显得特别温柔美丽，主人见了高兴得不得了。胡生和一个弟弟前来送亲，两人都谈吐风雅，酒量又好，直到天亮才走。新媳妇还能预知每年收成的丰歉，所以家里的经营策略都由她安排。胡生兄弟和胡老太太，经常来看望女儿，很多人都见过。

注释　1 兴戎：发动战争，引起争端。　2 达人：心胸旷达，通情明理之人。　3 坦腹床下：指可以让自己的儿子做胡家的女婿。东晋时期，郗鉴派门生到王家挑选女婿，王羲之露着肚皮在床上休息，对贵宾完全不在意。郗鉴认为王羲之率真倜傥，遂择为婿。　4 奉箕帚：指做媳妇。　5 前隙：之前的过节。　6 奠雁：古代婚礼，新郎到女家迎亲，献雁为贽礼，称"奠雁"。　7 姑嫜(zhāng)：丈夫的母亲与父亲，即公公婆婆。

戏术

原文

有桶戏者，桶可容升，无底中空，亦如俗戏。戏人以二席置街上，持一升入桶中，旋出，即有白米满升倾注席上，又取又倾，顷刻两席皆满。然后一一量入，毕而举之，犹空桶。奇在多也。

利津[1]李见田[2]，在颜镇闲游陶场，欲市巨瓮，与陶人争直[3]，不成而去。至夜，窑中未出者六十余瓮，启视一空。陶人大惊，疑李，踵门求之。李谢不知，固哀之，乃曰："我代汝出窑，一瓮不损，在魁星楼下非与？"如言往视，果一一俱在。楼在镇[4]之南山，去场三里余。佣工运之，三日乃尽。

译文

有一个用桶变戏法的人，桶的大小也就能装一升，中空没有底，和普通的戏法没有两样。变戏法的人在街上铺两张草席，把一升米放桶里，然后立即倒出来，就有满满一升米倒在席子上。如此不断地从桶里取米，倒在草席上，很快两张席上都堆满了米。然后，他又把米一升升装回桶里，等装完了举起来再看，桶仍是空空如也。这个戏法，奇就奇在变出的米特别多。

利津人李见田，有次在颜神镇的陶瓷市场闲逛，他想买一个大瓮，跟卖陶人讨价还价，没谈成就走了。到了夜晚，卖陶人开窑一看，尚未烧好的六十多个瓮全不见了。他大感震惊，怀疑是李见田所为，便到李家相求。李见田推辞说不知道。卖陶人再三哀求，他就说："我已经替你出了窑，一口瓮也没损坏，你看看魁星楼下有没有？"主人照着他说的前去查看，果然都在。魁星楼在颜神镇的南山，离陶场有三里多。卖陶的雇人把瓮运回去，运了三天才运完。

注释 1 利津：在今山东东营下辖的利津县。 2 李见田：李登仙，字见田，山东利津人，擅长占卜，清初活跃于山东、河北等地，言多奇中，一时号为李神仙。 3 争直：为价格争论，讨价还价。 4 镇：指颜神镇，今属山东淄博，历史上是有名的陶瓷生产中心。

丐僧

原文

济南一僧，不知何许人。赤足衣百衲[1]，日于芙蓉、明湖[2]诸馆，诵经抄募[3]。与以酒食、钱粟皆弗受，叩所需又不答。终日未尝见其餐饭。或劝之曰："师既不茹荤酒，当募山村僻巷中，何日日往来于膻闹[4]之场？"僧合眸讽诵，睫毛长指许，若不闻。少选[5]，又语之，僧遽张目厉声曰："要如此化！"又诵不已。久之，自出而去，或从其后，固诘其必如此之故，走不应。

译文

济南有一个僧人，不知是哪里人。他光着脚，穿着百衲衣，每天都到芙蓉街、大明湖各酒馆念经化缘。人们给他酒饭、钱粮，他都不要。问他要什么，他也不回答。整天没见他吃过饭。有人劝他说："师父既然不吃荤酒，应到山村小巷去化缘，为何天天来往于腥膻喧闹的地方呢？"僧人就闭眼念经，一指多长的睫毛耷拉着，好像没听见一样。过了一会儿，又劝他离开，僧人就突然瞪大眼睛厉声说道："就要这样化缘！"说罢又不停地念经。他念了很长时间，然后自己就出去了，有人在后边跟着，一再问他为什么一定要这样化缘，僧人径直朝前走，丝毫不理会。问了很多遍，僧人又厉声说："这不是你该知道的！老僧就是要这样化缘！"

叩之数四，又厉声曰："非汝所知！老僧要如此化！"

积数日，忽出南城，卧道侧如僵，三日不动。居民恐其饿死，贻累近郭，因集劝他徙。欲饭饭之，欲钱钱之，僧瞑然不动，群摇而语之。僧怒，于衲中出短刀，自剖其腹，以手入内，理肠于道，而气随绝。众骇，告郡。藁葬[6]之。异日，为犬所穴[7]，席见。踏之似空，发视之，席封[8]如故，犹空茧然。

过了几天，僧人忽然出了南门，躺在路边像僵死了一样，一连三天动都没动。当地居民担心他饿死了会连累附近的人，就一起劝他到别处去。只要他愿意离开，想要饭就给饭，想要钱就给钱，但僧人闭着眼纹丝不动，大家摇了摇他的身子，劝他离去。不料僧人大为光火，从衲衣中掏出一把短刀，剖开自己的肚子，把手伸进肚子里，将肠子掏出来放路上整理，很快就断气了。众人十分恐慌，匆忙报告官府。官府就派人把僧人草草埋了。几天后，僧人的坟头被野狗刨了个洞，草席被扒出来。人们用脚踩了踩，好像是空的，打开一看，席子像原来一样捆得好好的，像空茧一样，里面什么也没有。

注释　1 百衲：指僧衣。僧人为了苦修，破除对穿着的贪求，常拾取别人丢弃的陈旧杂碎的布片，洗涤干净后，加以密缝拼缀成衣，称为"百衲衣"。　2 芙蓉、明湖：即芙蓉街、大明湖。此两地相邻，明清时期，是济南繁华场所，茶楼酒馆林立。　3 抄募：指化缘。　4 膻闹：腥膻喧闹。　5 少选：一会儿，不多久。　6 藁(gǎo)葬：草草埋葬。　7 穴：挖洞。　8 席封：此处指草席包裹完好。

伏狐

原文

太史某为狐所魅，病瘠。符禳[1]既穷，乃乞假归，冀可逃避。太史行而狐从之，大惧，无所为谋。一日，止于涿[2]，门外有铃医[3]，自言能伏狐，太史延之入。投以药，则房中术[4]也。促令服讫，入与狐交，锐不可当。狐辟易[5]，哀而求罢，不听，进益勇。狐展转营脱[6]，苦不得去。移时无声，视之，现狐形而毙矣。

昔余乡某生者，素有嫪毐[7]之目，自言生平未得一快意。夜宿孤馆，四无邻，忽有奔女，扉未启而已入，心知其狐，亦欣然乐就狎之。衿襦甫解，贯革直入。狐惊痛，啼声吱然，如鹰脱韝[8]，穿

译文

有位翰林被狐狸魅惑，生病瘦得很厉害。画符拜神，用尽各种手段都不见效，于是就请假回家，希望可以避一避。翰林前脚刚走，狐狸后脚就跟着，他大为恐惧，但又无计可施。一天，翰林走到涿州，城门外有个摇铃的郎中，自称能制伏狐狸，翰林就把他请来。郎中给他开了药，实际上是春药。他催促翰林赶快吃完，翰林服了药就到屋里跟狐女交合，锐不可当。狐女想退避，哀求停下，翰林不听，反而更加勇猛。狐女翻转着想方设法脱身，苦苦逃不掉。过了一会儿，屋里鸦雀无声，进去一看，狐狸精已经现出原形死了。

从前我家乡有个书生，向来有嫪毐之名，自称生平从来没有痛痛快快做过。一天夜里，他孤身住在旅馆，四周没有邻居，忽然来了一个女的，门没开就走了进来。书生心里知道这是狐狸，仍然很高兴地和她欢爱。女子刚解开衣服，书生就猛然挺入。狐女疼得一惊，“吱吱”哀啼，像脱臂的猎鹰一样，飞快跳窗逃走

窗而出。某犹望窗外作狎昵声，哀唤之，冀其复回，而已寂然矣。此真讨狐之猛将也！宜榜门[9]驱狐，可以为业。

了。书生还向窗外张望，肉麻地说着情话，哀求呼唤，希望她能再回来，然而屋外已寂静无声。这真是讨伐狐狸的猛将啊！他应该在家门口公开张榜"驱狐"，可以此为生。

注释　1 符禳(ráng)：符咒禳解，指画符、拜神等各种驱邪手段。　2 涿：涿县，即今河北涿州。　3 铃医：即走方郎中，古时行医，郎中身负药箱、手摇串铃，成年累月于村市街巷往来奔走。　4 房中术：此处指春药。　5 辟易：退避。　6 营脱：想方设法脱身。　7 嫪毐(lào ǎi)：战国末人，据传嫪毐阳具硕大，可以转动车轮。他受秦王嬴政母亲赵太后的宠幸，被封为长信侯，后被人告发，发动叛乱失败而被处死。　8 鞲(gōu)：拳鹰者所用的皮臂套。　9 榜门：公开张榜。

蛰　龙

原文

於陵[1]曲银台公，读书楼上。值阴雨晦冥，见一小物有光如荧，蠕蠕[2]而行，过处则黑如蚰迹[3]，渐盘卷上，卷亦焦。意为龙，乃捧卷送之至门外，持立良久，蠖曲[4]不少动。公曰："将无谓

译文

於陵有位姓曲的通政使，有一次在楼上读书。正值阴天下雨，看见有个小东西荧光闪闪，缓缓地爬行，经过的地方像蚰蜒爬过一样，留下黑色的痕迹，它渐渐盘绕到书上，纸也出现焦痕。曲公心想这是龙，就捧着书把它送到门外，他拿着书站了很久，小龙像尺蠖一样盘曲着，一动也不动。曲公就说："是觉得我不够恭敬

我不恭？”执卷返，仍置案上，冠带长揖[5]送之。方至檐下，但见昂首乍伸，离卷横飞，其声嗤然，光一道如缕。数步外，回首向公，则头大于瓮，身数十围矣。又一折反，霹雳震惊，腾霄而去。回视所行处，盖曲曲自书笥中出焉。

吗？”于是就拿着书返回，把书放在桌子上，穿上官服，戴上官帽，向龙深深作揖相送。刚走到房檐下，只见它抬起头，身子猛然伸长，离开书卷，“嗤”一声奋然飞去，闪过一道白光。龙离开几步远，回头看了看曲公，这时它脑袋已经比瓮大，身子有几十围粗。再一翻转，雷声滚滚，震动苍穹，腾云而去。曲公回去检视小龙爬过的地方，痕迹弯弯曲曲，原来是从书箱里爬出的。

注释　1 於(yú)陵：古地名，在今山东邹平东南。　2 蠕蠕：形容慢慢移动的样子。　3 蚰(yóu)迹：蛞蝓(kuò yú)爬行时留下的痕迹。　4 蠖(huò)曲：像尺蠖一样盘曲。　5 冠带长揖：穿上官服，戴上官帽，深深作揖。表示十分恭敬。

苏　仙

原文

高公明图知郴州[1]时，有民女苏氏浣[2]衣于河，河中有巨石，女踞[3]其上。有苔一缕，绿滑可爱，浮水漾动，绕石三匝。女视之心动，既归

译文

高明图公任郴州知府时，有一个姓苏的女子在河边洗衣服，河中有一块大石头，女子蹲在上边。有一缕青苔，绿油油的很滑腻，看着非常可爱，浮在水面上漂荡着，绕着石头漂了三圈。女子看了一眼颇为动心，回家以后就怀孕了，肚子渐

而娠[4]，腹渐大，母私诘之，女以情告，母不能解。数月竟举[5]一子，欲置隘巷，女不忍也，藏诸椟[6]而养之。遂矢志[7]不嫁，以明其不二也。然不夫而孕，终以为羞。

儿至七岁未尝出以见人。儿忽谓母曰："儿渐长，幽禁[8]何可长也？去之不为母累。"问所之。曰："我非人种，行将腾霄昂壑[9]耳。"女泣询归期。答曰："待母属纩[10]儿始来。去后倘有所需，可启藏儿椟索之，必能如愿。"言已，拜母竟去。出而望之，已杳矣。女告母，母大奇之。女坚守旧志，与母相依，而家益落。偶缺晨炊，仰屋无计[11]。忽忆儿言，往启椟，果得米，赖以举火。由是有求辄应。逾三年，母

渐大起来。母亲私下询问她是怎么回事，她就以实相告，母亲也搞不清楚怎么回事。几个月后，女子竟生下一个男孩。家人想把孩子扔到小巷里，但女子不忍心，就把孩子藏柜子里养着。女子于是就发誓不嫁人，以表明一心抚养孩子的志愿。然而没有嫁人就怀了孩子，终究还是觉得羞耻。

这个孩子长到七岁还没出去见过人。一天，儿子忽然对母亲说："孩儿已经渐渐长大了，怎么能长期关在家里呢？我要离开了，不会再拖累母亲。"母亲问他要到哪里去，他说："我不是凡人，将要像龙一样腾飞云霄，昂首溪谷。"女子就哭着问他何时回来。回答说："等到母亲临终时，孩儿才回家。我走之后，如果您需要什么，就打开当初关我的柜子找就是，必定能如愿。"说完，就拜别母亲走了。女子出门观望，儿子已经杳无踪迹。女子就把情况告诉母亲，母亲大感惊奇。女子就继续坚持守节，与母亲相依为命，而家境日益衰落。有次家里没早饭吃，仰头望着屋顶，什么办法也没有。女子忽然想起儿子的话，就过去打开柜子，果然找到了米，凭此得以做饭。从此，凡有所祈求，必

病卒,一切葬具皆取给于椟。

定灵验。过了三年,母亲病逝了,所有安葬器具,都从柜子里拿取。

注释 1 郴州:今湖南郴州。 2 浣:洗。 3 踞:蹲,坐。 4 娠(shēn):胎儿在母腹中微动。泛指怀孕。 5 举:此处指生育。 6 椟:柜子。 7 矢志:指立下誓愿,以示决心。矢,射出去的箭;志,志向。 8 幽禁:如监禁般限制、束缚。 9 腾霄昂壑:像龙一样腾飞云霄,昂首溪谷。此处指自己将要摆脱束缚,外出远游。 10 属纩(kuàng):用丝绵置于临死者鼻前,观察其是否断气。此处指临终。纩,丝绵。 11 仰屋无计:仰面看屋顶,无计可施的样子。

既葬,女独居三十年,未尝窥户[1]。一日,邻妇乞火[2]者,见其兀坐空闺,语移时始去。居无何,忽见彩云绕女舍,亭亭[3]如盖,中有一人盛服立,审视则苏女也。回翔[4]久之,渐高不见。邻人共疑之,窥诸其室,见女靓妆凝坐[5],气则已绝。众以其无归[6],议为殡殓。忽一少年入,丰姿俊伟,向众申谢。邻人向亦窃知女有子,故不之疑。少年出金葬母,

安葬好母亲后,女子一个人居住了三十年,从没有出过门。一天,邻家主妇前来借火,见女子独自坐在空房里,和她说了一会儿话才离去。没多久,忽然看见女子所住房子周围绕满了彩云,高耸着像伞一样,中间有个人穿着华丽的衣服站在那儿,仔细一看原来是苏姓女子。彩云在空中盘旋了很长时间,渐渐高升消失了。邻居们都很惊疑,往女子房间探视,只见女子打扮得很靓丽,安静地坐在屋里,已经断了气。众人因为她无亲无靠,没人安葬,便商议如何给她入殓和出殡。忽然有个少年走进来,长得英姿飒爽,身材高大,他向大家一一道谢。邻居们过去私下也知道女子有个儿子,所以也不怀疑。少

植二桃于墓，乃别而去。数步之外，足下生云，不可复见。后桃结实甘芳，居人谓之“苏仙桃”，树年年华茂，更不衰朽。官是地者，每携实以馈亲友。

年出钱安葬了母亲，并在墓旁种了两棵桃树，就辞别离去。刚走了几步，脚下便生起云朵，消失不见了。后来桃树长大，结的果实甘甜可口，当地人都称之为“苏仙桃”，桃树每年都长得枝繁花茂，一直没有衰朽。在这里做官的人，经常带些桃子馈赠亲友。

注释 1 窥户：即足不窥户，不出大门一步，此处指闭门自守。 2 乞火：求取火种。 3 亭亭：高耸或直立的样子。 4 回翔：盘旋飞翔。 5 凝坐：静坐。 6 无归：此处指无人安葬。

李伯言

原文

李生伯言，沂水[1]人，抗直[2]有肝胆[3]。忽暴病，家人进药，却之曰：“吾病非药饵可疗。阴司阎罗缺，欲吾暂摄其篆[4]耳。死勿埋我，宜待之。”是日果死。驺从[5]导去，入一宫殿，进冕服[6]，隶胥祗候[7]甚肃。案

译文

李伯言是沂水人，为人刚正不阿，待人真诚。一天，他忽然得了重病，家人给他喂药，他推辞说：“我的病不是药能治好的！阴间缺一名阎罗王，要让我暂时代理一段时间。死后别把我埋了，要等着我回来。”当天他果然死了。有一对骑马的侍从引导他的魂魄进入一座宫殿，给他献上帝王的衣服和帽子，衙役恭候在两旁十分严肃。桌案上杂乱堆着很多

上簿书丛沓[8]。一宗:江南某,稽生平所私良家女八十二人,鞫之佐证[9]不诬,按冥律宜炮烙。堂下有铜柱,高八九尺,围可一抱,空其中而炽炭焉,表里通赤。群鬼以铁蒺藜[10]挞驱使登,手移足盘而上。甫至顶,则烟气飞腾,崩然一响如爆竹,人乃堕,团伏移时,始复苏。又挞之,爆堕如前。三堕,则匝地如烟而散,不复能成形矣。

书册卷宗。一件记录的是:江南某人,经调查,他一生共与八十二个良家女子有私情。把他提来审问,证据确凿。按阴间法律,应处以炮烙。大堂下竖着一根铜柱,八九尺高,有一抱粗。柱子中间是空的,里面烧着炭,里外通红。一群鬼卒用铁蒺藜抽打某人,驱赶他往柱子上爬。那人移动着手,盘着脚向上爬。刚到顶端,只见烟气飞腾,"轰"的一声巨响,好像爆竹炸裂,那人就摔了下来,在地上蜷缩着,过了一段时间才苏醒过来。鬼卒又鞭打他向上爬,上去后,像之前一样爆响一声又掉下来。如此摔下来三次,那人在地上化作一团浓烟,渐渐消散,再也不能恢复人形。

注释 1 沂水:在今山东临沂下辖的沂水县。 2 抗直:刚强正直。 3 肝胆:指待人诚恳。 4 暂摄其篆:指暂时代理阎罗王的职务。 5 驺(zōu)从:古代官员出行时的骑马侍从。 6 冕服:古代的一种礼服。主要由冕冠、玄衣、纁裳、白罗大带、黄蔽膝、素纱中单、赤舄等组成。帝王举行重大仪式时所穿戴。 7 祗(zhī)候:恭候。 8 丛沓:繁多,杂乱。 9 佐证:辅助的证据,对争议的事件提供直接的证明。 10 铁蒺藜:一种军用障碍物,用铁做成,有尖刺像蒺藜,布在要道上或浅水中,阻碍敌军人马、车辆行动。有的铁蒺藜中心有孔,可用绳串联制成鞭子。

又一起：为同邑王某，被婢父讼盗占生女，王即生姻家[1]。先是，一人卖婢，王知其所来非道，而利其直廉[2]，遂购之。至是王暴卒。越日，其友周生遇于途，知为鬼，奔避斋中。王亦从入。周惧而祝，问所欲为。王曰："烦作见证于冥司耳。"惊问："何事？"曰："余婢实价购之，今被误控，此事君亲见之，惟借季路一言[3]，无他说也。"周固拒之，王出曰："恐不由君耳。"未几，周果死，同赴阎罗质审。李见王，隐存左袒[4]意。忽见殿上火生，焰烧梁栋。李大骇，侧足立，吏急进曰："阴曹不与人世等，一念之私不可容。急消他念则火自熄。"李敛神寂虑，火顿灭。已而鞫状，王与婢父反复相苦；问周，周以实对。王

另一件是：和李伯言同县的王某，被家中丫环的父亲告发，说他霸占自己的女儿，而王某跟李伯言是亲家。原先，有一个人要卖丫环，王某明知丫环来路不正，但贪图价格便宜，就买下了。不久王某暴病而死。第二天，王某的朋友周生在路上遇到他，知道他是鬼，吓得赶紧跑书房躲起来。王某也跟着进去。周生很害怕，便向他祷告，问他要干什么。王某说："想麻烦你到地府给我作证。"周生惊恐地问："什么事？"王某说："我的那个丫环是出钱买的，现在被人误告。此事你亲眼所见，只想借君子一言做个证明，没有其他事。"周生坚决推辞，王某走出门说："恐怕由不得你了！"不久，周生果然死了，和王生一同去阎王处对质受审。李伯言见被告是王某，暗中就生起袒护之心。忽然看到大殿上着了火，火焰焚烧着栋梁。李伯言大为惊骇，急忙侧身站起来，属吏急忙劝谏说："地府和人世不同，容不下一点私心杂念。请赶快打消杂念，火便自行熄灭。"李伯言就收敛精神，让心念平静下来，火顿时就灭了。然后接着审案，王某和丫环的父亲苦苦争执，反复不休；再问周生，周生

以故犯[5]论笞。笞讫,遣人俱送回生,周与王皆三日而苏。

据实禀告。李伯言就判王某明知故犯,应该受杖责。打完后,派人送他们还阳。三天后,周生与王某都醒了过来。

注释 1 姻家:儿女亲家。 2 直廉:价钱低廉。 3 季路一言:仲由字子路,又字季路,他是孔子的学生。季路为人忠信明决,人们对他讲的话很信服。孔子曾说他"片言可以折狱"。 4 左袒:偏袒。汉高祖刘邦死后,吕后当权,吕氏把持朝政。吕后死,太尉周勃夺取吕氏的兵权,就在军中对众人说:"拥护吕氏的右袒(露出右臂),拥护刘氏的左袒。"军中皆左袒。后来管偏护一方叫左袒。 5 故犯:明知故犯。

李视事毕,舆马而返。中途见阙头断足者数百辈,伏地哀鸣。停车研诘[1],则异乡之鬼,思践故土,恐关隘阻隔,乞求路引[2]。李曰:"余摄任三日,已解任矣,何能为力?"众曰:"南村胡生,将建道场,代嘱可致。"李诺之。至家,驺从都去,李乃苏。胡生字水心,与李善,闻李再生,便诣探省。李遽问:"清醮[3]何时?"胡讶曰:"兵燹之后,妻孥瓦全,向与

李伯言处理完公务,坐马车返回。路上遇到几百个缺头断脚的鬼,它们趴在地上哀嚎着。李伯言停下车询问缘由,原来这些都是客死他乡的鬼,想返回故土,又怕关隘阻隔,所以向阎王乞讨通行证。李伯言说:"我只任职三天,现在已经解任,怎么帮你们呢?"众鬼说:"南村的胡生,将要设道场,请替我们转告一声。"李伯言答应了。到家后,随从都回去了,李伯言就醒了过来。胡生字水心,与李伯言交情很好,听说李伯言死而复生,便前来探望。李伯言急忙问他:"你什么时候打平安醮?"胡生惊讶地说:"战乱之后,妻子儿女侥幸得以保全。之前我和妻子曾有此想法,但从未向外人说

室人作此愿心，未向一人道也，何知之？”李具以告。胡叹曰：“闺房一语遂播幽冥，可惧哉！”乃敬诺而去。次日如王所，王犹惫卧。见李，肃然起敬，申谢佑庇。李曰：“法律不能宽假[4]。今幸无恙乎？”王云：“已无他症，但笞疮脓溃耳。”又二十余日始痊，臀肉腐落，瘢痕如杖者。

起过，你是怎么知道的？”李生就把地府的事告诉了他。胡生感叹道：“闺房里的一句话都传到了阴间，真是可怕啊！”于是就恭敬地答应下来离去。第二天，李伯言来到王某家，王某仍疲惫地躺在床上。见李伯言来了，肃然起敬，感谢他的庇佑。李伯言说：“法律不能有所宽待。你身体还好吧？”王某就说：“其他症状都没了，只是板子打的伤口化脓溃烂。”又过了二十多天才痊愈，臀部的肉都腐烂脱落，留下的瘢痕就像板子打的一样。

注释 1 研诘：仔细询问。 2 路引：明代规定，凡百姓远离所居地，都需由当地政府部门发给一种类似介绍信、通行证之类的公文，叫“路引”。 3 清醮：即平安醮，其目的在于答谢神明的庇护之恩，并祈求境域平安。 4 宽假：宽待，宽恕。

异史氏曰：“阴司之刑惨于阳世，责[1]亦苛于阳世。然关说[2]不行，则受残酷者不怨也。谁谓夜台[3]无天日[4]哉？第恨无火烧临民之堂廨[5]耳！”

异史氏说：“地府的刑罚，比阳世更惨烈，责罚也比阳间更为苛刻。然而不能讲情面，那受酷刑的人也不会有怨言。谁说阴间就暗无天日了？只是可恨，没有火来焚烧阳世审案的公堂罢了！”

注释 1 责:责罚。 2 关说:指代人陈说,从中给人说好话。 3 夜台:阴间。 4 无天日:暗无天日。指官场腐败,吏治浑浊。 5 堂廨:官衙的大堂。廨,官吏办事的地方。

黄九郎

原文

何师参,字子萧,斋于苕溪[1]之东,门临旷野。薄暮偶出,见妇人跨驴来,少年从其后。妇约五十许,意致清越[2],转视少年,年可十五六,丰采过于姝丽。何生素有断袖之癖[3],睹之,神出于舍,翘足目送,影灭方归。次日,早伺之,落日冥蒙[4],少年始过。生曲意承迎,笑问所来,答以外祖家。生请过斋少憩,辞以不暇,固曳之,乃入。略坐兴辞[5],坚不可挽。生挽手送

译文

何师参,字子萧,他的书斋位于苕溪东岸,门外是一片旷野。一天傍晚,何生偶然外出,见一位妇人骑驴而来,后边跟着个少年。妇人约有五十来岁,风度清新脱俗,再看少年,大约十五六岁,神采比女人还靓丽。何生向来喜好男色,看到这位少年,魂儿都飞了出来,踮着脚眼巴巴地目送他离去,直到连人影儿都看不见了才回家。第二天,他早早地就赶过去等候,直到日落西山,暮色渐浓,少年才又经过。何生满脸堆笑,赶紧走过去套近乎,问少年从何处而来,少年说从外祖父家回来。何生就邀请他到自己书斋歇歇脚,少年推辞说没有工夫。何生就生拉硬拽,少年只得跟他进了屋。稍微坐了会儿,少年便起身告辞,任何生怎么挽留也没用。何生无可奈何,就拉着少年的手将他送出门,并殷切嘱咐,

之，殷嘱便道相过，少年唯唯而去。生由是凝思如渴，往来眺注[6]，足无停趾。

有空可常来坐坐，少年点点头就走了。从此，何生如饥似渴地思念着少年，整日在大门口凝神远望，焦急地走来走去，一刻也不安稳。

注释 1 苕(tiáo)溪：在今浙江北部，是太湖流域的重要支流。由于流域内沿河各地盛长芦苇，进入秋天，芦花飘散水上如飞雪，当地人称芦花为“苕”，故名苕溪。 2 意致清越：意态风度清新脱俗。 3 断袖之癖：喜好男色。董贤是汉哀帝的男宠，哀帝早晨醒来，见董贤还睡着，衣袖被董贤压在身下。为了不惊醒董贤，哀帝就拔出佩刀，将衣袖割断，然后悄悄出去。故后世把宠爱男色称作“断袖之癖”。 4 冥蒙：幽暗不明。 5 兴辞：起身告辞。 6 眺注：凝神远望。

一日，日衔半规[1]，少年欻[2]至，大喜，要[3]入，命馆童行酒。问其姓字，答曰：“黄姓，第九。童子无字。”问：“过往何频？”曰：“家慈[4]在外祖家，常多病，故数省[5]之。”酒数行，欲辞去。生捉臂遮留[6]，下管钥[7]。九郎无如何，赪颜[8]复坐。挑灯共语，温若处子，而词涉游戏，便含羞面向壁。未几，引与同衾，九郎不许，坚以睡

一天，太阳半落西山时，少年忽然来了。何生喜出望外，赶紧请他进屋，命书童摆上酒菜。问他姓名字号，少年说自己姓黄，排行第九，尚未成年，还没有字号。又问他为何频频来回奔波，回答说：“家母住在外祖父家，常常生病，所以屡屡前去探望。”酒过三巡，少年想告辞，何生一把拉住他的胳膊，阻拦挽留，一手把门反锁上。九郎没办法，只得红着脸又坐下。何生点上灯跟九郎闲谈，发觉他温和若少女，只要说话稍微有些露骨，就害羞地扭脸对着墙壁。没过多久，何生就拉他上床，九郎不从，坚决推辞

恶为辞。强之再三，乃解上下衣，着裤卧床上。生灭烛，少时，移与同枕，曲肘加髀[9]而狎抱之，苦求私昵[10]。九郎怒曰："以君风雅士，故与流连，乃此之为，是禽处而兽爱之也！"未几，晨星荧荧，九郎径去。

说自己睡相太难看。何生再三强迫，他这才解开外套，穿着裤子躺到床上。何生把蜡烛吹灭，过了一会儿，身子移向九郎，跟他同枕而卧。他弯下胳膊，一手向下抚摸大腿，一手紧紧拥抱着他，苦苦求欢。九郎忍无可忍，怒斥道："我以为你是个风雅之人，才与你往来，没想到你竟然干出这种事，真是禽兽之行！"没多久晨星闪烁，九郎赶紧走了。

注释 1 日衔半规：黄昏太阳半落。 2 欻(xū)：忽然。 3 要：通"邀"，邀请。 4 家慈：指母亲。 5 省(xǐng)：探望。 6 遮留：阻拦挽留。 7 下管钥：指锁上门强行留客。 8 赪(chēng)颜：因羞愧而脸红。 9 曲肘加髀(bì)：弯着胳膊抚摸大腿。 10 私昵：本指所亲近、宠爱的人，此处指求欢。

生恐其遂绝，复伺之，蹀躞[1]凝盼，目穿北斗。过数日，九郎始至，喜逆谢过，强曳入斋，促坐笑语，窃幸其不念旧恶。无何，解屦[2]登床，又抚哀之。九郎曰："缠绵之意已镂肺膈[3]，然亲爱何必在此？"生甘言[4]纠缠，但求一亲

何生担心九郎跟他断绝来往，每日仍旧在门口等候，他来回徘徊，凝神远眺，望眼欲穿北斗星。过了几天，九郎才来，何生满心欢喜地上前迎接，并为此前的鲁莽道歉。然后，又强拉着他走进书斋，两人促膝而坐，谈笑风生，何生暗自庆幸九郎不念旧恶。没多久，二人脱鞋上床，何生抚摸着九郎哀求交欢。九郎说："你的一片缠绵深情，我已铭记在心，只是相亲相爱，又何必非要如此？"何生甜言蜜语纠

玉肌，九郎从之。生俟其睡寐，潜就轻薄，九郎醒，揽衣遽起，乘夜遁去。生邑邑[5]若有所失，忘啜废枕[6]，日渐委悴[7]，惟日使斋童逻侦焉。

一日，九郎过门，即欲径去，童牵衣入之。见生清癯[8]，大骇，慰问。生实告以情，泪涔涔随声零落。九郎细语曰："区区[9]之意，实以相爱无益于弟，而有害于兄，故不为也。君既乐之，仆何惜焉？"生大悦。九郎去后，病顿减，数日平复。九郎果至，遂相缱绻。曰："今勉承君意，幸勿以此为常。"既而曰："欲有所求，肯为力乎？"问之，答曰："母患心痛，惟太医齐野王先天丹可疗。君与善，当能

缠不放，信誓旦旦地保证，只求肌肤之亲就满足，九郎便答应了。何生等他睡着，偷偷地行苟且之事，忽然九郎醒过来，猛地坐起来，披上衣服趁夜色逃走了。何生从此郁郁寡欢，心里空落落的，好像丢了魂儿，到了废寝忘食的地步。何生日渐憔悴，便每天派书童替自己巡查九郎的踪迹。

一天，九郎从门口路过，刚要径直离去，书童赶紧追过去拉着他进屋。九郎见何生消瘦得厉害，大感惊讶，赶紧上前慰问。何生便以实情相告，一边说一边眼泪扑簌滚落。九郎就轻声地说："我的意思是，你我若强行欢爱，既对我无益，更对你有害，所以才不愿做。你既然这么渴望，我又有什么舍不得的呢？"何生听了开怀大悦。九郎走后，他的病情立时大为减轻，没过几天就好了。数日后，九郎果然来了，于是二人云雨交欢。事后，九郎对何生说："今天这次我是勉强答应你，希望以后不要习以为常。"接着又问："我有件事想求你帮忙，不知你肯出力吗？"何生就问什么事，他回答说："我母亲得了心脏病，疼得很厉害，只有太医齐野王的先天灵丹才可以治愈。听说你和他交情很好，应当能

求之。”生诺之，临去又嘱。

够求到。”何生就答应下来，九郎临别时又反复叮嘱。

注释 1 蹀躞(dié xiè)：来回徘徊。 2 解屦(jù)：脱下鞋子。屦，古时用麻、葛等做成的鞋，后泛指鞋。 3 镂肺膈：刻在心肺肚肠里，指刻骨铭心，难以忘却。 4 甘言：甜言蜜语。 5 邑邑：同“悒悒”，闷闷不乐的样子。 6 忘啜废枕：不吃不喝，废寝忘食。 7 委悴：精神萎靡不振，面色憔悴。 8 清癯(qú)：清瘦。 9 区区：自称的谦辞。

生入城求药，及暮付之。九郎喜，上手称谢。又强与合，九郎曰：“勿相纠缠。请为君图一佳人，胜弟万万矣。”生问谁何，九郎曰：“有表妹美无伦，倘能垂意，当执柯斧[1]。”生微笑不答，九郎怀药便去，三日乃来，复求药。生恨其迟，词多诮让[2]。九郎曰：“本不忍祸君，故疏之。既不蒙见谅，请勿悔焉。”由是燕会[3]无虚夕。

何生于是就进城找齐太医求药，等到晚上回来把药交给九郎。九郎十分高兴，连连举手道谢。何生又强行索欢，九郎就说：“仁兄不要再纠缠了，请让我给你找一位绝色佳人，胜过小弟万万倍。”何生就问是哪家姑娘，九郎说：“我有个表妹，貌美无双，你若是有意，我可为你做媒。”何生听后笑了笑，没有回话，九郎便拿药走了，三日后，他又过来求药。何生嫌他来得太迟，言谈中就带着些责备之词。九郎说：“我本不忍心祸害人，所以才有意疏远你，既然你不肯体谅我的一片苦心，日后请不要后悔。”从此以后，两人夜夜幽会，欢无虚时。

凡三日必一乞药，齐怪其频，曰：“此药未有过三服者，胡久

每过三天，九郎必来求药，齐太医对何生如此频繁地取药感到奇怪，就说：“这味药，从来没人吃过三服还不好的，怎么

不瘥？”因裹三剂并授之。又顾生曰：“君神色黯然，病乎？”曰：“无。”脉之，惊曰：“君有鬼脉[4]，病在少阴[5]，不自慎者殆矣！”归语九郎。九郎叹曰：“良医也！我实狐，久恐不为君福。”生疑其诳，藏其药不以尽予，虑其弗至也。居无何，果病。延齐诊视，曰：“曩不实言，今魂气已游墟莽，秦缓[6]何能为力？”九郎日来省侍，曰：“不听吾言，果至于此！”生寻卒，九郎痛哭而去。

这个病人迟迟不愈呢？”于是就一次包了三服给何生，又看了看他，说：“你神色黯淡，是得病了吗？”何生说：“没有啊。”再给他号脉，齐太医惊讶地说：“你身有鬼脉，病在少阴，如果还不谨慎保养，恐怕会有性命之忧。”回去何生把太医的话告诉九郎，九郎叹息道：“真是良医啊！不瞒你说，我其实是狐，一直担心我们交往时间长了对你不利。”何生怀疑九郎是在骗他。他担心九郎拿了药不会再来，就把药藏起来，没全给他。没过多久，何生果然生了重病，便请齐太医诊治，太医对他说：“你之前不肯道明实情，现在已经魂不附体，就算神医再世，又有什么法子呢？”九郎天天前来探望，说：“你不听我的劝告，果然以至于此！”不久，何生死了，九郎痛哭着离去。

注释 1 执柯斧：做媒。 2 诮让：指责抱怨。 3 燕会：幽会。 4 鬼脉：中医认为人得了严重的慢性病，会导致脉象长短变动错乱，或阴沉细微，称为鬼脉。 5 少阴：人体经络名，主肾经。 6 秦缓：春秋时期秦国的良医。

先是，邑有某太史，少与生共笔砚[1]，

原先，县里有一位翰林，年轻时曾跟何生是同窗好友。他十七岁就做了翰林。

十七岁擢翰林。时秦藩[2]贪暴，而赂通朝士，无有言者。公抗疏[3]劾其恶，以越俎[4]免。藩升是省中丞[5]，日伺公隙。公少有英称[6]，曾邀叛王[7]青盼[8]，因购得旧所往来札胁公，公惧，自经，夫人亦投缳死。公越宿忽醒，曰："我何子萧也。"诘之，所言皆何家事，方悟其借躯返魂。留之不可，出奔旧舍。抚疑其诈，必欲排陷之，使人索千金于公。公伪诺，而忧闷欲绝。

当时陕西布政使为官贪婪残暴，因为贿赂朝廷大员，所以没人敢揭发检举。翰林就向皇帝上书弹劾，揭露他的种种罪恶，却被扣上越职言事的罪名免官。后来，该布政使当了翰林家乡的巡抚，整日寻找报复的机会。翰林年轻时声名杰出，曾受某位造反的藩王青睐。于是，巡抚就出重金购得翰林与藩王的往来书信，以此来要挟他。翰林很害怕，就悬梁自尽，夫人也上吊而亡。隔了一天，翰林忽然苏醒，自言自语道："我是何子萧啊！"再一问，说的都是何家的事，大家才明白过来这是借尸还魂。大伙儿怎么挽留也拦不住，他就跑回了何家。巡抚怀疑此事有诈，必欲除之而后快，于是就让人勒索他一千两银子。翰林表面答应下来，心里担忧烦闷得要死。

注释 1 共笔砚：指一同求学。 2 秦藩：指陕西布政使。 3 抗疏：向皇帝上书直言。 4 越俎(zǔ)：即越俎代庖，指超出自己权限范围去干涉别人所管的事。 5 中丞：即御史中丞，清代巡抚多兼任此职，故为巡抚的别称。 6 英称：杰出的名声。 7 叛王：清初，云南王吴三桂、靖南王耿精忠、平南王尚可喜曾起兵作乱。青盼：青睐，垂青。 8 青盼：青睐，垂青。

忽通九郎至，喜共话言，悲欢交集。既欲复狎，九郎曰："君有三命耶？"公曰："余悔生劳，不如死逸。"因诉冤苦，九郎悠忧[1]以思，少间，曰："幸复生聚。君旷无偶，前言表妹慧丽多谋，必能分忧。"公欲一见颜色。曰："不难。明日将取伴老母，此道所经，君伪为弟也兄者，我假渴而求饮焉，君曰'驴子亡'，则诺也。"计已而别。

明日亭午[2]，九郎果从女郎经门外过，公拱手絮絮与语，略睨女郎，娥眉秀曼，诚仙人也。九郎索茶，公请入饮。九郎曰："三妹勿讶，此兄盟好，不妨少休止。"扶之而下，系驴于门而入。公自起瀹茗[3]，因目九郎曰："君前言不

就在此刻，忽然家人通报九郎来了，翰林高兴地和他讲明原委，真可谓悲喜交集。翰林还想跟他欢爱，九郎说："你难道有三条命吗？"翰林说："我真懊悔这么累地活在世上，还不如死了一了百了。"于是就把自己的冤情告诉了九郎。九郎听了愁眉不展，一时也想不出什么法子。过了片刻，他说："我们又能在人世重逢真是万幸，你一直没娶亲，此前我曾跟你说有个表妹聪慧伶俐，必定会替你分忧解难。"听他这么讲，翰林便想见见这位小姐。九郎说："这并不难，明天我要去接她到我家陪陪母亲，会从你家经过，你就假扮成我兄长，到时我假装口渴要水喝，你如果说'驴跑了'，就算同意。"两人商议妥当就道别了。

第二天正午，九郎果然带着一位姑娘从门前经过。翰林拱手相迎，和九郎絮絮叨叨聊个不停。稍稍瞟了姑娘一眼，只见她生得眉清目秀，真就像仙女一样。九郎声称口渴要茶喝，翰林就把他们迎进了屋来喝茶。九郎对女子说："三妹请不要惊讶，这是我的盟兄，咱们不妨进去休息片刻。"于是扶她下来，把驴拴在门口，两人就进了书斋。翰林亲自煮茶，趁

足以尽，今得死所矣！”女似悟其言之为己者，离榻起立，嚶喔而言曰：“去休。”公外顾曰：“驴子其亡！”九郎火急驰出。公拥女求合。女颜色紫变，窘若囚拘，大呼九兄，不应。曰：“君自有妇，何丧人廉耻也？”公自陈无室。女曰：“能矢山河，勿令秋扇见捐[4]，则惟命是听。”公乃誓以曒日[5]。女不复拒。事已，九郎至，女色然怒让之。九郎曰：“此何子萧，昔之名士，今之太史。与兄最善，其人可依。即闻诸妗氏，当不相见罪。”

机瞄了一眼九郎，说：“兄弟你之前说得还不够详细，现在我就算死也值了。”女子似乎听出他们在谈论自己，就离开座位起身对九郎娇声细语道：“咱们走吧。”翰林赶紧向外张望说：“驴跑了！”话音未落，九郎火急火燎地跑出去，翰林一把搂住姑娘求欢。女子脸色涨得通红，窘迫得就像被关起来的犯人，大声呼喊“九哥”，却没人答应。她斥责翰林道：“你既然有老婆，还为何败坏他人的名节呢？”翰林就解释说自己并无妻室。女子就说：“你要是能对着山河起誓，保证以后对我不会变心，我便一切都从你。”翰林就指着明亮的太阳发誓。女子见状，也就不再拒绝了。完事儿后，九郎回来了，女子怒气冲冲地数落他，九郎便解释说：“三妹，这位就是何子萧，以前是位名士，现在是翰林。他跟我交情最好，此人绝对可靠。就算舅妈知道了，也不会怪罪的。”

注释 1 悠忧：忧伤的样子。 2 亭午：正午。 3 瀹(yuè)茗：煮茶。 4 秋扇见捐：秋季天气凉了就抛弃扇子不用，指男子变心，始乱终弃。 5 曒(jiǎo)日：明亮的太阳。

日向晚，公邀遮不听去，女恐姑母骇怪，

天色渐晚，翰林想留女子过夜，不让她走，三妹担心姑母会怪罪，九郎就挺身

九郎锐身自任，跨驴径去。居数日，有妇携婢过，年四十许，神情意致，雅似三娘。公呼女出窥，果母也。瞥睹女，怪问："何得在此？"女惭不能对。公邀入，拜而告之。母笑曰："九郎稚气，胡再不谋？"女自入厨下，设食供母，食已乃去。公得丽偶，颇快心期[1]，而恶绪萦怀，恒蹙蹙[2]有忧色。女问之，公缅述颠末。女笑曰："此九兄一人可得解，君何忧？"公诘其故，女曰："闻抚公溺声歌而比顽童[3]，此皆九兄所长也。投所好而献之，怨可消，仇亦可复。"公虑九郎不肯，女曰："但请哀之。"越日，公见九郎来，肘行[4]而逆之，九郎惊曰："两世之交，但可自效，顶踵所

而出，说自己会承担全部责任，骑上驴就走了。三妹在书斋住了几日，一天，有位妇人带着丫环从门前经过，年纪四十来岁，神情相貌都很像三娘。翰林就叫三妹出来看，果真是母亲。妇人看到女儿，就奇怪地问："你怎么会在这儿呢？"女子羞愧得说不出话，翰林就邀请妇人进家来，礼拜之后就向她讲了事情的经过。女子的母亲笑着说："九郎真是太孩子气了，为什么不跟我商量一下呢？"女子就到厨房给母亲准备饭菜，妇人吃过就走了。翰林得到一位漂亮妻子，心里很是惬意，然而巡抚的事搞得他思绪恶劣，愁闷满胸，经常流露出忧虑的神情。女子问他有何心事，翰林就把事情的前因后果都告诉了她。女子笑着说："这种小事九哥自己就能解决，相公你担心什么呢？"翰林询问她缘由，女子说："我听说这巡抚沉湎声色，又喜欢娈童，这都是九哥擅长的。只要你投其所好，把九哥送给他，保管他怨气消散，还能报你前生的仇。"翰林担心九郎不肯，女子就出主意说："你只要苦苦哀求他就是了。"第二天，翰林见九郎来了，就爬着上前迎接。九郎大惊道："咱们也有两世的交情，只要有用得着我黄某的地方，大哥尽管吩

不敢惜[5],何忽作此态向人?”公具以谋告,九郎有难色。女曰:“妾失身于郎,谁实为之?脱[6]令中途凋丧,焉置妾也?”九郎不得已,诺之。

咐,小弟定当全力以赴,万死不辞,为何突然如此待我呢?”翰林就把事情告诉了他,九郎听了面露难色。这时,女子走出来说:“妹妹我失身于郎君,是谁干的好事?假若让他中途不幸而死,那我该依靠谁呢?”九郎不得已,只好答应了。

注释 1 心期:心愿。 2 蹙蹙(cù):忧惧不安的样子。 3 比顽童:喜爱娈童。比,亲近。顽童,娈童。 4 肘行:趴在地上,用胳膊肘前行。 5 顶踵所不敢惜:指不惜身躯和性命也要全力以赴。 6 脱:假如。

公阴与谋,驰书与所善之王太史,而致九郎焉。王会其意,大设,招抚公饮。命九郎饰女郎,作天魔舞[1],宛然美女。抚惑之,亟[2]请于王,欲以重金购九郎,惟恐不得当。王故沉思以难之。迟之又久,始将公命以进。抚喜,前隙顿释。自得九郎,动息不相离,侍妾十余,视同尘土。九郎饮食供具如王者,赐金万计。半年,抚公病,九

翰林就和九郎悄悄商量计策,给自己的好友王翰林写了封信,并将九郎送了过去。王翰林领会了他的意图,于是就大摆酒席,邀请巡抚前来赴宴。他让九郎打扮成女人模样,在席间跳妖冶诱人的舞蹈,宛如仙女一般。巡抚深深地被迷住了,于是就极力恳请王翰林割爱相让,自己愿意出重金买下九郎,唯恐处理不当。王翰林则故作沉思来刁难他。迟疑了很久,他才把翰林欲献九郎以释前嫌的想法告诉了巡抚。巡抚听后满心欢喜,之前的恩怨一笔勾销。自从得到了九郎,巡抚对他寸步不离,对原来的十几位小妾都视作尘土。九郎终日锦衣玉食,吃喝用具好比王侯,获得的赏赐有万两之多。过了半年,

郎知其去冥路近也，遂辇[3]金帛，假归公家。既而抚公薨[4]，九郎出资，起屋置器，畜婢仆，母子及妗并家焉。九郎出，舆马甚都[5]，人不知其狐也。

巡抚生了病，九郎知道他来日无多，就把积攒的金银财宝装车搬运，请假回到翰林家。没过多久巡抚死了，九郎就出钱起屋盖楼，置办家具，蓄养仆人、丫环，把母亲和舅妈都接过来一起住。他出门时，车马仪仗甚为华美，没人知道他竟然是狐狸。

注释 1 天魔舞：本是元代宫廷舞蹈的名字，此处指妖冶诱人的舞蹈。 2 亟(qì)：多次。 3 辇：用车搬运。 4 薨(hōng)：古代称诸侯或有爵位的高官死去。 5 都：华美。

余有笑判[1]，并志之：男女居室，为夫妇之大伦；燥湿互通，乃阴阳之正窍。迎风待月[2]，尚有荡检[3]之讥；断袖分桃[4]，难免掩鼻之丑。人必力士，鸟道[5]乃敢生开；洞[6]非桃源，渔篙[7]宁许误入？今某从下流而忘返，舍正路而不由。云雨未兴，辄尔上下其手；阴阳反背，居然表里为奸。华池[8]置无用之乡，谬说老僧入定；蛮洞乃不毛之地，遂使眇帅

我写了一篇笑判，一并记在这里：男女生活在一起，结为夫妻，是人道伦常的重要部分；男女性器官干湿互通，是阴阳交合的正常通道。男女偷情幽会，尚且被讥讽为放荡不守礼法；何况是男人之间相恋，难免被视作丑闻遭人掩鼻唾弃。男人必须身强体壮，阴道才会为其打开；肛门并不是美好的桃花源，岂可让阳具误入？如今有些人沦落下流而不知悔改，舍弃正路而不走。男的和男的，还没开始做爱，就上下其手；悖乱阴阳之道，居然表里为奸。舍弃女子的阴道不用，胡说什么像老僧入定一样清心寡欲；肛门乃不毛之地，竟使独

称戈。系赤兔于辕门，如将射戟；探大弓于国库，直欲斩关。或是监内黄鳣，访知交于昨夜。分明王家朱李，索钻报于来生。[9]彼黑松林戎马顿来，固相安矣；设黄龙府潮水忽至，何以御之？宜断其钻刺之根，兼塞其送迎之路。

眼元帅称雄。把赤兔马系在辕门，好像将要射戟；在国库前弯弓射箭，好像就要斩关直入。或者像是监生梦见黄鳝钻进屁股，其实是昨夜有相好前来拜访。男人和男人欢爱，分明像是王戎贩卖李子，钻去李核，使其再也无法育种。黑松林中兵马频来，固然能相安一时；假如黄龙府的潮水忽然涌至，又如何抵御呢？应该斩断钻刺的祸根，并堵塞迎来送往的通道。

注释 **1** 笑判：戏谑的判词。 **2** 迎风待月：指男女幽会。 **3** 荡检：行为放荡，不守礼法。 **4** 断袖分桃：男性与男性之间恋爱。 **5** 鸟道：本指险峻的山路，只有飞鸟可以通行。此处暗喻女子的阴道。 **6** 洞：指男子的肛门。 **7** 渔篙：撑船的竹竿，此处暗喻男子的阳具。 **8** 华池：神话传说中昆仑山上的水池，此处暗喻女子的阴道。 **9** 索钻报于来生：此句意思是男子之间欢爱，无法繁育后代。

金陵女子

原文

沂水居民赵某，以故自城中归，见女子白衣哭路侧，甚哀。睨之，美，悦之，凝注[1]不去。女

译文

沂水有位赵某，有一次进城办事回来，途中见一个穿白色衣服的女子在路旁哭泣，特别伤心。赵某瞥了一眼，见她长得十分漂亮，就很喜欢，凝视着不肯离

垂涕[2]曰:"夫夫也[3],路不行而顾我?"赵曰:"我以旷野无人,而子哭之恸,实怆于心。"女曰:"夫死无路,是以哀耳。"赵劝其复择良匹[4]。曰:"渺此一身,其何能择?如得所托,媵之[5]可也。"赵忻然[6]自荐,女从之。赵以去家远,将觅代步。女曰:"无庸[7]。"乃先行,飘若仙奔。至家,操井臼[8]甚勤。

去。女子落泪说:"这位先生,你不赶路,老盯着我看我干什么?"赵某忙解释说:"我见旷野无人,而你又哭得这样哀痛,我心里实在很难受。"女子说:"我死了丈夫,无路可走,所以才这么哀伤。"赵某就劝她再找个好人嫁了。女子说:"我孤零零的一个人,怎么再找人呢?如果能找到可以托付的人,即使做妾也可以。"赵某听了便欣然自荐,女子就跟从了他。赵某说离家较远,要去找车马代步。女子说:"不用了。"她就走在前边,走起路来轻飘飘的,好似神仙一样。到了赵某家,操持家务十分勤劳。

注释 1 凝注:凝视,注视。 2 垂涕:落泪。 3 夫夫也:你这个人。 4 良匹:佳偶。 5 媵(yìng)之:给人做小妾。媵,古代贵族女子出嫁时陪嫁的人,后代指妾。 6 忻然:欢悦的样子。 7 无庸:无须,用不着。 8 操井臼:指亲自料理家务。操,做、从事。井臼,提水、舂米,泛指家务劳动。

积二年余,谓赵曰:"感君恋恋[1],猥[2]相从,忽已三年,今宜且去。"赵曰:"曩言无家,今焉往?"曰:"彼时漫为是言[3]耳,何得无家?身父[4]

过了两年多,女子对赵某说:"感谢郎君的眷爱,我苟且跟随你已经有三年,如今要离去了。"赵某惊讶地问:"之前你说无家,现在要去哪儿呢?"女子回答说:"我当时只是随口说说罢了,怎么会没有家呢?我父亲在金陵卖药材。如果

货药金陵。倘欲再晤，可载药往，可助资斧。”赵经营[5]，为贳[6]舆马，女辞之，出门径去，追之不及，瞬息遂杳。

居久之，颇涉怀想，因市药诣金陵。寄货旅邸，访诸阛市[7]，忽药肆一翁望见，曰：“婿至矣。”延之入，女方浣裳庭中，见之不言亦不笑，浣不辍。赵衔恨[8]遽出，翁又曳之返，女不顾如初。翁命治具作饭，谋厚赠之。女止之曰：“渠福薄，多将不任。宜少慰其苦辛，再检十数医方与之，便吃着不尽矣。”翁问所载药，女云：“已售之矣，直在此。”翁乃出方付金，送赵归。试其方，有奇验。沂水尚有能知其方者。以蒜臼接茅檐雨水，洗瘊赘[9]，其方之一也，良效。

想再相见，可以运一些药材过去，还能赚些路费。”赵某给她收拾好行装，雇了辆马车，女子谢绝了，出门径直离去，追也追不上，转眼就不见了。

过了很长时间，赵某非常想念女子，于是就买了批药材到金陵找她。赵某把货物寄存在旅店，到大街和集市上四处寻找。忽然，药店里有一个老先生远远瞧见了他，就说：“贤婿来了。”他把赵某请进家，女子正在院子里洗衣服，见了赵某不言语也不欢笑，只是不停地洗衣服。赵某见此心怀怨恨，转身就往外走，老先生又把他拉回来，女子仍然像之前一样不搭理他。老先生吩咐家人准备饭菜，并打算送他一份厚礼。女子制止说：“他福德浅薄，给多了承受不了。可以少给一点，慰劳辛苦就行。再挑十几个药方给他，就够他吃穿不尽了。”老先生便问他运了什么药，女子说：“已经替他卖完了，钱在这里。”老先生把药方和钱交给赵某，就送他回去了。赵某试了一下药方，效果很神奇。现在沂水还有人知道他的药方。其中一个是用蒜臼接茅檐流下的雨水，用来清洗瘊子，效果很好。

注释 1 恋恋:爱恋,眷恋。 2 猥:苟且。 3 漫为是言:随口这么说。 4 身父:我父亲。 5 经营:此处指收拾行装。 6 贳(shì):租赁。 7 衢(qú)市:街道和集市。衢,四通八达的大路。 8 衔恨:心中怀着怨恨或悔恨。 9 瘊赘(hóu zhuì):赘疣。

汤公

原文

汤公名聘[1],辛丑进士。抱病弥留,忽觉下部热气渐升而上,至股则足死,至腹则股又死,至心,心之死最难。凡自童稚以及琐屑久忘之事,都随心血来,一一潮过。如一善则心中清净宁帖,一恶则懊侬[2]烦燥,似油沸鼎中,其难堪之状,口不能肖似[3]之。犹忆七八岁时,曾探雀雏而毙之,只此一事,心头热血潮涌,食顷方过。直待平生所为,一一潮尽,乃觉热气缕缕然,穿喉入脑,自顶

译文

汤公名聘,是辛丑年的进士。他得了重病,在弥留之际,忽然觉得下部有股热气,渐渐上升,到了腿部,脚就失去了知觉,到了腹部,腿又没了知觉,最后到了心部,心最难死。这时,汤公自孩童时的往事,以及很多忘了很久的琐屑之事都一起涌上心头,像潮水一般在心头浮过。如果想起一件善事,心中就觉得清静安宁;如果想起一件坏事,心中就觉得烦躁不安,像放入沸腾的油锅一样,那痛苦滋味,真是无法用语言表达。还想起七八岁时,曾掏鸟窝弄死了小麻雀,只此一件事,就让他觉得心头热血像潮水一般翻滚,一顿饭的工夫才过去。直到把一生的所作所为都一一如潮水般翻腾完了,才觉得热气一缕缕穿过喉咙进入大

颠出,腾上如炊[4]。逾数十刻期,魂乃离窍忘躯壳矣。而渺渺无归,漂泊郊路间。一巨人来,高几盈寻[5],掇拾[6]之,纳诸袖中。入袖,则叠肩压股,其人甚夥[7],薅恼[8]闷气,殆不可过。公顿思惟佛能解厄,因宣[9]佛号,才三四声,飘堕袖外。巨人复纳之,三纳三堕,巨人乃去之。

脑,从头顶冒出,像炊烟一样腾空而上。过了几个时辰,魂才脱离七窍,忘掉了躯体的存在。灵魂只觉渺渺茫茫没有归宿,在郊外的路上漂泊。忽然走过来一个巨人,身高八尺,捡起汤公的鬼魂放在袖子里。汤公进了袖筒,感觉里边人很多,肩膀和腿叠压着,气闷心烦,实在难以忍受。汤公忽然想起佛法能解除危难,就大声念起了佛号,才念三四声,便飘至袖外落在地上。巨人又把他捡回去。如此折腾了三次,巨人就走了。

注释 1 汤公名聘:即汤聘,顺治辛丑年(1661)进士,曾做过平山县知县。 2 懊侬:烦闷不适。 3 肖似:相似,相像。 4 炊:炊烟。 5 寻:古代长度单位,八尺为一寻。 6 掇拾:拾取。 7 夥(huǒ):多。 8 薅(hāo)恼:烦恼。 9 宣:公开说出来,此处指大声念诵。

公独立彷徨[1],未知何往之善。忆佛在西土,乃遂西。无何,见路侧一僧趺坐,趋拜问途。僧曰:"凡士子生死录,文昌[2]及孔圣司之,必两处销名[3],乃可他适。"公问其居,僧示以途,奔赴。无几,至

汤公孤身一人在路边犹豫不决,不知到哪里去才好。他想起佛在西方,于是就朝西走去。没多久,看见路边有个僧人在打坐,就上前礼拜问路。僧人说:"凡读书人的生死记录,都由文昌和孔圣人管理,一定要到这两处注销名籍,才能到其他地方去。"汤公问他们住在哪里,僧人就给他指路,汤公赶忙飞奔过去。没多久就到了孔庙,见孔子面朝南坐着,汤公像生前一样跪

圣庙，见宣圣[4]南面坐，拜祷如前。宣圣言："名籍之落，仍得帝君。"因指以路，公又趋之。见一殿阁如王者居，俯身入，果有神人，如世所传帝君像。伏祝之，帝君检名曰："汝心诚正，宜复有生理。但皮囊腐矣，非菩萨莫能为力。"因指示令急往，公从其教。

俄见茂林修竹，殿宇华好。入，见螺髻[5]庄严，金容满月，瓶浸杨柳，翠碧垂烟。公肃然稽首，拜述帝君言。菩萨难之，公哀祷不已，旁有尊者白言："菩萨施大法力，撮土可以为肉，折柳可以为骨。"菩萨即如所请，手断柳枝，倾瓶中水，合净土为泥，拍附公体。使童子携送灵所，推而合之。棺中呻动，家人骇集，扶而出之。

拜祈祷。孔子就说："生死名册的变更，还要去找文昌帝君。"于是给他指引道路，汤公又跑了过去。他看见一处宫殿，好像帝王居住的地方，便俯身走了进去，里面果然有位神人，跟世间流传的文昌帝君塑像一样。汤公趴在地上祷告，帝君检视了一下名册说："你为人诚实正直，按道理还可以复活。但是你的身体已经腐朽了，除了观音菩萨，谁也无能为力。"于是就指路让他赶快找菩萨，汤公遵照指导前去。

不一会儿，他看见一片繁茂的竹林，隐约可见华丽的宫殿。进去后，见菩萨盘着螺旋状的发髻，庄严无比，金色的面庞如同满月，净瓶中插着杨柳，下垂的柳枝碧绿青翠，如同烟雾。汤公庄重地稽首礼拜，向菩萨讲述了文昌帝君的话。菩萨听后感到为难，汤公就不停地哀求，旁边有位尊者说："菩萨施展大法力，可以撮土为肉，折柳枝为骨。"菩萨就按尊者的请求，伸手掐断柳枝，倒出瓶里的水，和上净土团成泥巴，朝他身上一拍。菩萨让童子把汤公带回停放灵柩的地方，把灵魂推进去，使其与身体合一。过了一会儿，棺材里有呻吟、摸索的声音，家人惊恐地围了过来，打开棺盖扶汤公出来。他已经霍然

霍然病已，计气绝已断七[6]矣。

痊愈，算了算时间，汤公气绝身亡，已经七七四十九天了。

注释 1 彷徨(páng huáng)：犹豫不决，走来走去。 2 文昌：古人认为，文昌帝君为掌管士人功名禄位之神。 3 销名：注销名籍。 4 宣圣：即孔子。汉平帝元始元年谥孔子为褒成宣尼公。此后历代王朝皆尊孔子为圣人，诗文中多称其为“宣圣”。 5 螺髻：盘成螺旋状的发髻。 6 断七：旧时人死后，每隔七天做一次佛事，至七七四十九天而止，称“断七”。

阎罗

原文

莱芜[1]秀才李中之，性直谅不阿[2]。每数日辄死去，僵然如尸，三四日始醒。或问所见，则隐秘不泄。时邑有张生者，亦数日一死。语人曰：“李中之，阎罗也，余至阴司亦其属曹[3]。”其门殿对联，俱能述之。或问：“李昨赴阴司[4]何事？”张曰：“不能具述，惟提勘[5]曹操，笞二十。”

译文

莱芜有个秀才叫李中之，生性正直，不徇私情。每隔几天，他就要昏死过去，身体僵硬如尸体一般，三四天后才醒过来。有人问他昏迷时看到了什么，李秀才却一点都不肯透露。当时县里有个张生，也是几天就昏死一次。他对人说：“李中之是阎罗王，我到阴间也是他的部属。”阎罗殿前的对联，张生都说得一清二楚。有人就问他：“李秀才昨天到地府做什么事了？”张生回答说：“具体不能讲，只是提审了曹操，打了他二十大板。”

注释 1 莱芜:今山东莱芜。 2 直谅不阿:正直诚信,不徇私情。 3 属曹:下属官吏。 4 阴司:地府。 5 提勘:提审。

异史氏曰:"阿瞒[1]一案,想更数十阎罗矣。畜道、剑山,种种具在,宜得何罪,不劳挹取[2],乃数千年不决,何也?岂以临刑之囚,快于[3]速割,故使之求死不得也?异已!"

异史氏说:"曹阿瞒一案,想必已经过了几十位阎王审理了。投胎做畜生,上剑山,种种刑罚都有,他应该当何罪,并不劳心费力,却数千年都不能判决,这是什么缘故呢?难道是将要受刑的囚犯请求快刀速死,所以有司故意让他求死不得吗?真是咄咄怪事!"

注释 1 阿瞒:曹操的小名。 2 挹取:汲取,此处指耗费气力。 3 快于:乐于。

连　琐

原文

杨于畏移居泗水[1]之滨,斋临旷野,墙外多古墓,夜闻白杨萧萧,声如涛涌。夜阑[2]秉烛,方复凄断[3],忽墙外有人吟曰:"玄夜[4]凄风却倒吹,流萤惹[5]草复沾帏。"反复吟诵,

译文

杨于畏移居到泗水河畔。他的书房临近空旷的郊野,墙外有很多古墓,每到夜里,就听见风吹杨树"哗哗"作响,声音就如同汹涌的波涛一般。一天深夜,杨生秉烛读书,只听得窗外阵阵风起,愈发感觉凄凉苦楚。忽然,他听到墙外有人吟诵道:"玄夜凄风却倒吹,流萤惹草复沾帏。"那人读了一遍又一遍,声音哀伤悲楚,仔细

其声哀楚。听之，细婉[6]似女子。疑之。明日视墙外，并无人迹，惟有紫带一条，遗荆棘中，拾归置诸窗上。向夜二更许，又吟如昨。杨移杌[7]登望，吟顿辍。悟其为鬼，然心向慕[8]之。

听，那声音细小婉转，好像是个女子。杨生心里颇感疑惑。第二天到外边一看，并没有人来过的痕迹，只有一条紫色的飘带遗落在荆棘丛中，杨生就把它拾回来放在了窗台上。当天夜里二更时分，又听到有人在吟诵昨晚的诗句，他就搬椅子踩着向外张望，声音顿时停止了。杨生恍然明白，这肯定是鬼魅所为，然而，在心里却对她神往倾慕。

注释 1 泗水：发源于山东泗水县东蒙山南麓，西南流经泗水县、曲阜市、济宁市兖州区等地。它是山东中部较大河流。 2 夜阑：深夜。 3 凄断：非常凄凉。 4 玄夜：黑夜。 5 惹：触及。 6 细婉：指声音轻柔婉转。 7 杌(wù)：小板凳。 8 向慕：向往仰慕。

次夜，伏伺墙头。一更向尽，有女子珊珊[1]自草中出，手扶小树，低首哀吟。杨微嗽，女忽入荒草而没。杨由是伺诸墙下，听其吟毕，乃隔壁而续之曰："幽情苦绪何人见？翠袖单寒月上时。"久之，寂然，杨乃入室。方坐，忽见丽者自外来，敛

第二天晚上，杨生早早地躲在墙头等着。一更快过去的时候，有位女子缓缓自草丛中走出，她手扶着小树，正在低头吟诵哀伤的诗句。杨生轻轻咳嗽了一声，女子忽然走进荒草中消失不见了。杨生就继续躲在墙根下，听她把诗念完。然后他隔着墙壁又续了两句："幽情苦绪何人见？翠袖单寒月上时。"过了很长时间，仍是一片寂静，杨生这才回到了房里。刚坐下，忽然看见一个美人从外边走了进来，她整理了一下衣衫，说："公子您真是个风雅之人，可我

袄曰："君子固风雅士，妾乃多所畏避。"杨喜，拉坐。瘦怯凝寒[2]，若不胜衣，问何居里，久寄此间。答曰："妾陇西[3]人，随父流寓。十七暴疾殂谢，今二十余年矣。九泉荒野，孤寂如鹜[4]。所吟乃妾自作，以寄幽恨者，思久不属，蒙君代续，欢生泉壤。"

杨欲与欢，蹙然曰："夜台[5]朽骨，不比生人，如有幽欢，促人寿数，妾不忍祸君子也。"杨乃止，戏以手探胸，则鸡头之肉[6]，依然处子。又欲视其裙下双钩。女俯首笑曰："狂生太啰唣[7]矣！"杨把玩之，则见月色锦袜，约彩线一缕，更视其一，则紫带系之。问："何不俱带？"曰："昨

却这样胆怯地躲着你。"杨生颇感欣喜，拉着她入座。女子身材瘦削，看着有几分羞怯，身上凝聚着阴寒之气，娇弱得似乎连衣服都撑不起来。杨生问她家住哪里，在此待了多久了。女子回答说："我是陇西人，生前跟随父亲四处漂泊。十七岁时，暴病而亡，如今已经过了二十多年。妾身在九泉之下，旷野荒凉，好比离群的野鸭一样孤独寂寞。适才所吟诵的，是我自己所写，借此排遣幽怨之情。我想了好久都没能联出下句，承蒙公子替我完续，妾身虽在九泉之下也深感欢慰。"

杨生想跟女子共度良宵。女子眉头一皱，说："我只是坟墓里的一具朽骨，比不得生人，若跟公子交欢，只会消损你的阳寿罢了，我实在不忍心祸害君子。"听她这么讲，杨生只好作罢，忽而把手伸进女子的胸口戏弄，发觉她的乳头仍然像处女一样。杨生还想看看女子的小脚，女子低头笑道："你这人真是太猖狂了，怎么纠缠起来没完没了。"杨生一把将女子的双脚揽在怀里细细把玩，只见穿着白色的锦袜，袜口扎着一缕彩线，再看另一只脚，则系了一条紫色飘带。就问道："为何不都系上袜带呢？"女子说："昨晚我见到你很害怕，躲避

宵畏君而避，不知遗落何所。”杨曰：“为卿易之。”遂即窗上取以授女。女惊问何来，因以实告。乃去线束带。

的时候不知道遗落在哪儿了。”杨生说：“我给你换上。”说着就从窗台上取来飘带递给了她。女子惊讶地问他从何得来，杨生于是把前后经过告诉她。女子便解下丝线，系上了飘带。

注释 1 珊珊：形容走路不紧不慢，从容不迫。 2 凝寒：指身上凝聚着阴寒之气。 3 陇西：甘肃陇山以西之地。 4 孤寂如鹜：孤独寂寞，好似离群的野鸭。 5 夜台：坟墓。 6 鸡头之肉：代指乳头。鸡头是芡实的别名，芡实形似莲子，新鲜的芡实剥皮后很像女子的乳头。 7 啰唣(zào)：吵闹滋事，纠缠个没完。

既翻案上书，忽见《连昌宫词》[1]，慨然曰：“妾生时最爱读此。今视之，殆如梦寐！”与谈诗文，慧黠可爱，剪烛西窗[2]，如得良友。自此每夜但闻微吟，少顷即至。辄嘱曰：“君秘勿宣。妾少胆怯，恐有恶客见侵。”杨诺之。两人欢同鱼水，虽不至乱，而闺阁之中，诚有甚于画眉者[3]。女每于灯下为杨写书，字态端媚。又自选

女子随手翻阅文案上的书，忽然看到一本《连昌宫词》，便感慨道：“这是我活着的时候最喜欢读的，如今看到它，真是像在梦中一样！”杨生就跟女子聊起诗文，愈发觉得她聪慧可爱，于是就和她彻夜畅谈，好似遇到了一位知心良友。从此，每晚只要听到女子低声吟诗，须臾间她定会来到书斋。女子时常嘱咐杨生：“请你一定严守秘密，不要对外宣扬此事。我一向很胆小，担心受野蛮人欺负。”杨生答应替她保守秘密。两人感情十分融洽，好似鱼跟水一样，虽然没有乱来，却如同夫妻那样亲密无间。女子常常在灯下为杨生抄书，字迹端庄秀丽。她又挑选了一百

宫词[4]百首，录诵之。使杨治棋枰[5]，购琵琶，每伩教杨手谈[6]，不则挑弄弦索，作《蕉窗零雨》之曲，酸人胸臆；杨不忍卒听，则为《晓苑莺声》之调，顿觉心怀畅适。挑灯作剧[7]，乐辄忘晓，视窗上有曙色，则张皇遁去。

多首宫词，抄下来时常吟诵。女子还让杨生添置了棋盘，买了琵琶，每天晚上教他下棋，若不然就自己弹奏琵琶，所作的《蕉窗零雨》，声调凄凉哀婉，听了让人心里甚为酸楚，每当杨生伤感得听不下去，她就改弹《晓苑莺声》的曲子，杨生顿时觉得心怀舒畅许多。两人在灯下尽情游戏，常常玩得忘记天已经破晓，每当女子看到窗户被曙光照亮，就赶忙慌慌张张地离开。

注释　1《连昌宫词》：唐代诗人元稹创作的长篇叙事诗。通过一个老人之口叙述连昌宫的兴废变迁，反映了唐朝自唐玄宗至唐宪宗时期的兴衰历程，叙述了安史之乱前后朝政治乱的情形，表现了诗人对重开盛世的向往和对国家长治久安的强烈愿望。　2 剪烛西窗：原指思念远方的妻子，盼望相聚夜语，后泛指亲友聚谈。　3 甚于画眉者：比丈夫给妻子画眉还私密的事。此处指两人关系极为亲密。　4 宫词：以宫廷生活为题材的诗歌，大多是五言或七言绝句。　5 棋枰(píng)：棋盘。　6 手谈：下围棋。　7 作剧：做游戏。

一日，薛生造访，值杨昼寝。视其室，琵琶、棋局具在，知非所善。又翻书得宫词，见字迹端好，益疑之。杨醒，薛问："戏具

有一天，杨生的朋友薛公子前来拜访，正赶上杨生在睡觉。薛生环顾书斋，见有琵琶和棋盘，他知道杨生原来并不擅长这些。又翻阅案头书籍，发现一本手抄的宫词，字迹工整清秀，就更加怀疑了。杨生醒来后，薛生问他："这些游戏之具，是从何

何来？”答：“欲学之。”又问诗卷，托以假诸友人。薛反覆检玩，见最后一叶细字一行云“某月日连琐书”。笑曰：“此是女郎小字[1]，何相欺之甚？”杨大窘，不能置词[2]。薛诘之益苦，杨不以告。薛卷挟[3]，杨益窘，遂告之。薛求一见，杨因述所嘱。薛仰慕殷切，杨不得已，诺之。夜分女至，为致意焉。女怒曰：“所言伊何？乃已喋喋[4]向人！”杨以实情自白，女曰：“与君缘尽矣！”杨百词慰解，终不欢，起而别去，曰：“妾暂避之。”

明日薛来，杨代致[5]其不可。薛疑支托[6]，暮与窗友二人来，淹留[7]不去，故挠之，恒终夜哗，大为杨生白

而来啊？”杨生说：“我只是一时兴起，想学学罢了。”薛生又问他诗卷，就假托是借朋友的。薛生就反复翻阅，在最后一页上看到一行小字，写着“某月某日连琐书”。薛生笑着说：“这分明是女子的小名，你怎么能如此欺瞒我？”杨生大感窘迫，不知说什么好，薛生则步步紧逼，问个不停。杨生就是不说，薛生见状，拿起书就要走人，杨生窘迫得实在没办法了，只好将实情告诉了他。薛生央求见连琐一面，杨生就说自己答应过要保密。无奈薛生仰慕心切，执意要见女子，杨生迫不得已就答应了。晚上连琐过来后，杨生就把薛生见面的请求告诉了她。连琐听了怒气冲冲地说：“我之前怎么叮嘱你的？你竟然多嘴多舌到处跟人讲！”杨生把实情告诉了连琐，为自己开脱。女子说：“我跟你缘分已尽！”任凭杨生百般劝解，连琐始终怒气未消，起身就要离去，对杨生说：“我先暂时回避一下。”

第二天薛生过来了，杨生就代为转告说连琐不想见他。薛生怀疑杨生有意推托欺骗，晚上就带着两个同窗好友来到杨生家赖着不走，他们故意捣乱，整夜大吵大闹，杨生虽然对此很厌恶，但也无可奈何。

眼,而无如何。众见数夜杳然,浸有去志,喧嚣渐息。忽闻吟声,共听之,凄婉欲绝。薛方倾耳神注,内一武生王某,掇巨石投之,大呼曰:“作态[8]不见客,那甚得好句?呜呜恻恻,使人闷损[9]!”吟顿止,众甚怨之,杨恚愤见于词色。次日,始共引去。杨独宿空斋,冀女复来,而殊无影迹。逾二日,女忽至,泣曰:“君致恶宾,几吓煞妾!”杨谢过不遑[10],女遽出,曰:“妾固谓缘分尽也,从此别矣。”挽之已渺。由是月余,更不复至。

一干人见好几晚都没什么动静,便萌生去意,喧嚣声渐渐平息下来。忽然听到吟诵诗歌的声音,几个人一起仔细听,音调凄凉哀婉,令人伤心欲绝。薛生正凝神聆听,身边有个习武的王生,抓起一块大石头就砸了过去,大喊道:“惺惺作态地不出来见客,念的什么好诗?哭哭啼啼的,真让人烦闷!”说着吟诵声顿时停止了,大伙都抱怨王生太过鲁莽,杨生更是气得变了脸色,狠狠地指责了他们一通。第二天,这些人才告辞,留下杨生一人独守空房。他一心盼着连琐能再来,可是等了一天连个影子都没有。过了两天,连琐忽然走进来,哭泣着说:“郎君你招致的凶恶宾客,几乎把我吓死了!”杨生还没来得及道歉,女子就匆忙离开了。临走时说:“我早就说过缘分已尽,从此永别了。”杨生想上前挽留,可是连琐说完话就消失不见了。此后一个多月,再也没有来。

注释 1 小字:小名。 2 置词:措辞,辩解。 3 卷挟:此处指拿起抄写的宫词夹在腋下。 4 喋喋:多嘴多舌的样子。 5 代致:代为转告。 6 支托:支吾推托。 7 淹留:长期逗留。 8 作态:故意端着架子摆谱。 9 闷损:烦闷。 10 不遑:来不及。

杨思之，形销骨立，莫可追挽。一夕方独酌，忽女子搴[1]帏入。杨喜极，曰：“卿见宥[2]耶？”女涕垂膺[3]，默不一言。亟问之，欲言复忍，曰：“负气去，又急而求人，难免愧恧[4]。”杨再三研诘，乃曰：“不知何处来一龌龊[5]隶，逼充媵[6]妾。顾念清白裔，岂屈身舆台[7]之鬼？然一线弱质，乌能抗拒？君如齿妾在琴瑟之数[8]，必不听自为生活。”杨大怒，愤将致死[9]，但虑人鬼殊途，不能为力。女曰：“来夜早眠，妾邀君梦中耳。”于是复共倾谈，坐以达曙。

连琐走后，杨生日思夜想，瘦得不成样子，却也无法挽回。一晚，他正独自喝闷酒，忽然连琐掀开帘子走了进来。杨生喜出望外，说：“你肯原谅我了吗？”连琐一言不发，只是哭得很伤心，眼泪都流到了胸口。杨生急忙追问发生了什么事，连琐却欲言又止，最后才娇气地说：“人家当初赌气走了，现在又匆匆忙忙前来求你，难免有些惭愧。”杨生再三追问，她才说：“不知道从哪儿来了一个品行卑劣的差役，非逼我嫁给他当小老婆。我也是清白人家出身，怎能屈身嫁给一个鬼奴才呢？可怜我只是一个弱女子，又如何反抗得了？郎君要是还念及旧情，必定不能听任妾身被人肆意摆布。”杨生听了怒发冲冠，恨不能与其拼命，可是又一想，毕竟人鬼殊途，恐怕有力也使不上。连琐就说：“明天晚上你早点睡下，我会在梦里请你过来。”于是，两人和好如初，坐下来促膝长谈，一直到天亮。

注释　1 搴(qiān)：掀起，揭开。　2 见宥(yòu)：原谅。　3 垂膺：眼泪垂到了胸口。　4 愧恧(nǜ)：惭愧。　5 龌龊(wò chuò)：品行卑劣。　6 媵(yìng)：本指随嫁的女仆，此处指小妾。　7 舆台：身份低下的奴仆。　8 琴瑟之数：比喻夫妇间感情和谐，此处指恩爱之情。　9 致死：拼命。

女临去，嘱勿昼眠，留待夜约，杨诺之。因于午后薄饮[1]，乘醺登榻，蒙衣偃卧。忽见女来，授以佩刀，引手去。至一院宇，方阖门语，闻有人掿石挝门[2]。女惊曰："仇人至矣！"杨启户骤出，见一人赤帽青衣，猬毛绕喙[3]。怒咄之，隶横目相仇，言词凶谩[4]。杨大怒，奔之。隶捉石以投，骤如急雨，中杨腕，不能握刃。方危急间，遥见一人，腰矢野射[5]。审视之，王生也。大号乞救。王生张弓急至，射之，中股；再射之，殪[6]。

杨喜感谢，王问故，具告之。王自喜前罪可赎，遂与共入女室。女战惕羞缩，遥立不作一语。案上有小刀长仅尺余，而装以

临别时，连琐再次叮嘱他白天可别睡觉，到晚上一定要准时赴约。杨生答应了。他在下午稍微喝了点酒，乘醉登床而卧，往身上盖了件衣服就睡过去了。忽而看见连琐前来相迎，手里递过来一把刀，拉着他的手就走。二人来到一座宅院，刚关上门要说话，就听见有人拿石头砸门。连琐惊慌地说："仇人来了！"杨生上前打开门冲了出去，只见一人头戴大红高帽，身着黑色长袍，一圈络腮胡子又直又硬，好似刺猬毛一样围在嘴边。杨生怒不可遏，呵斥他赶快滚开。差役目露凶光，横眉相对，言语恶毒粗鲁地和他吵了起来。杨生怒火中烧，直奔他扑过去。鬼差捡起石头就朝杨生砸来，飞石密如雨点，打中了他的手腕，疼得拿不起刀。千钧一发之际，忽然看到远处有一人，腰间挂着弓箭，正在野外打猎。定睛一瞧，原来是王生。杨生赶紧大喊救命。王生拉开弓急忙赶了过来，一箭射中了鬼差的大腿；再一箭射中要害，鬼差直接倒地而亡。

杨生见此大喜，感谢王生出手相救。王生问他是怎么一回事，杨生就把前后经过都告诉了他。王生听了暗自庆幸自己能够将功赎罪，于是就跟着杨生一起进了连

金玉，出诸匣，光芒鉴影。王叹赞不释手。与杨略话，见女惭惧可怜，乃出，分手去。杨亦自归，越墙而仆，于是惊寤，听村鸡已乱鸣矣。觉腕中痛甚，晓而视之，则皮肉赤肿。亭午，王生来，便言夜梦之奇。杨曰："未梦射否？"王怪其先知，杨出手示之，且告以故。王忆梦中颜色，恨不真见。自幸有功于女，复请先容[7]。夜间，女来称谢。杨归功王生，遂达诚恳。女曰："将伯之助[8]，义不敢忘，然彼赳赳，妾实畏之。"既而曰："彼爱妾佩刀，刀实妾父出使粤中，百金购之。妾爱而有之，缠以金丝，瓣[9]以明珠。大人怜妾夭亡，用以殉葬。

琐的房间。连琐见有陌生人来，既羞涩又恐惧，站在远处一声也不吭。王生看到桌子上有把小刀，仅一尺来长，上边镶嵌着黄金美玉，拔出一看，寒光闪闪，光可鉴人。王生连连称赞，爱不释手，和杨生说了几句，见女子羞怯恐惧，实在可怜，就出屋和杨生道别了。杨生也回到自己家，翻墙时跌倒在地，这才从梦中惊醒。此时耳边传来村中的公鸡打鸣声，他发觉手腕疼得厉害，等天亮再看，原来皮肉早已红肿。中午，王生过来串门，就说自己晚上做了一个怪梦。杨生插话道："没梦到射箭吗？"王生奇怪他怎么能预先知道自己要说什么，杨生就伸出手腕给他看，并把原委告诉了他。王生回想起梦里所见女子的容貌，恨不能真见上一面。他自觉有功于连琐，就让杨生传个话儿，希望能一睹芳容。等到了晚上，连琐过来谢恩，杨生就把功劳全归在王生头上，借机说王生确实一片诚意，希望不要拒绝。连琐就说："王公子的再造之恩，我不敢忘怀，只是他一个赳赳武夫，我见了实在害怕。"转而又说："我知道他喜欢我的佩刀，这把刀是我父亲出使广东的时候，花了百两银子买的。我对它十分珍爱，就以金丝缠绕刀把，用珍珠镶嵌成花瓣。父

今愿割爱相赠，见刀如见妾也。”次日，杨致此意，王大悦。至夜，女果携刀来，曰：“嘱伊珍重，此非中华物也。”由是往来如初。

亲大人可怜我死得早，就用它给我陪葬。现在我愿意忍痛割爱，将此刀赠予王公子，希望他见到宝刀就好比见到我。”第二天，杨生将连琐的心意转告王生，他甚为喜悦。晚上，连琐果然把刀带了过来，对杨生说：“请你嘱咐王生好好珍藏，这可不是中原出产的东西。”从此，连琐和杨生又来往如初。

注释 1 薄饮：稍微喝了些酒。 2 搦(nuò)石挝(zhuā)门：拿起石头砸门。 3 猬毛绕喙：嘴边长满了刺猬一样的硬胡子。 4 凶谩：指粗鲁无礼。 5 野射：在野外打猎。 6 殪(yì)：毙命。 7 先容：事先通告。 8 将(qiāng)伯之助：指别人对自己的帮助。 9 瓣：此处指用珍珠镶嵌成花瓣的形状。

积数月，忽于灯下笑而向杨，似有所语，面红而止者三。生抱问之，答曰：“久蒙眷爱，妾受生人气，日食烟火，白骨顿有生意。但须生人精血，可以复活。”杨笑曰：“卿自不肯，岂我故惜之？”女云：“交接后，君必有念余日[1]大病，然药之可愈。”遂与为欢。既而

过了几个月，有次连琐忽然在灯下对着杨生含笑不语，似乎想说什么，脸羞得通红，几次都欲言又止。杨生就把连琐抱在怀里，问她有什么要说的，回答说：“长期承蒙公子眷爱，我得以接受生人气息，每天服食人间烟火，近来顿觉白骨颇有生机。只是还需要男子的精血，才能复生。”杨生笑着说：“是你自己不愿意，难道我还吝惜这点精血吗？”连琐说：“交接之后，郎君必定会大病二十余日，不过服药就能痊愈。”于是杨生就和她相拥交欢，完事儿后，连琐披衣起身，又说：“还需要一点鲜

着衣起，又曰："尚须生血一点，能拚痛以相爱乎？"杨取利刃刺臂出血，女卧榻上，便滴脐中。乃起曰："妾不来矣。君记取百日之期，视妾坟前有青鸟[2]鸣于树头，即速发冢。"杨谨受教。出门又嘱曰："慎记勿忘，迟速皆不可！"乃去。

越十余日，杨果病，腹胀欲死。医师投药，下恶物如泥，浹辰[3]而愈。计至百日，使家人荷锸[4]以待。日既夕，果见青鸟双鸣。杨喜曰："可矣！"乃斩荆发圹，见棺木已朽，而女貌如生。摩之微温。蒙衣舁归置暖处，气咻咻[5]然，细于属丝[6]。渐进汤酏[7]，半夜而苏。每谓杨曰："二十余年如一梦耳。"

血，你能为我再忍痛相爱一次吗？"杨生就拿利刃在胳膊上刺出鲜血，连琐则躺在床上，杨生把鲜血滴在她肚脐中。然后连琐起身说："我不会再来了。请公子记住，一百天后，只要看到有青鸟在我坟前的树上鸣叫，就赶快掘坟开棺，救我出来。"杨生郑重地答应了连琐的嘱托，临别时，她再次叮嘱："千万要记住别忘了，日子早了晚了都不行！"说完就走了。

十几天后，杨生果然生了场大病，肚子胀得要死。大夫给他开了药，服用后排出了淤泥一样的脏物，休养了十二天才痊愈。杨生算着一百天快到了，就派家丁带着铁锹在连琐墓旁守着。等到了傍晚，果然看到一对儿青鸟在鸣叫，杨生高兴地说："可以动手了！"于是刨去荒草，打开墓穴。只见棺材已经腐朽，而女子的容貌鲜活如生。杨生上前用手摸了摸，发觉身上还有热气，就给她披上衣服抬回家去，停放在暖室中，女子渐渐有了气息，呼吸就像丝线一样微弱。慢慢地给她喂了些稀饭，直到半夜才苏醒过来。此后，她常常对杨生说："二十年来，真像做了场梦啊。"

注释 1 念余日：二十多天。“念”是“廿”的大写。 2 青鸟：一种类似麻雀大小的青蓝色小鸟。神话传说中为西王母取食传信的神鸟。 3 浃辰：十二天。 4 锸(chā)：铁锹。 5 咻咻(xiū)：喘息声。 6 属丝：连续的丝线，此处指气息绵绵相连，十分微弱。 7 汤酏(yǐ)：此处指稀粥。

单道士

韩公子，邑[1]世家。有单道士，工作剧[2]，公子爱其术，以为座上客。单与人行坐，辄忽不见。公子欲传其法，单不肯。公子固恳之，单曰：“我非吝吾术，恐坏吾道也。所传而君子则可，不然，有借此以行窃者矣。公子固无虑此，然或出见美丽而悦，隐身入人闺闼[3]，是济恶而宣淫[4]也。不敢从命。”公子不能强，而心怒之，阴与仆辈谋挞辱之。恐其遁匿，因以细灰布[5]麦场上，思

韩公子是县里官宦子弟。有个姓单的道士，擅长变戏法，韩公子很喜欢他的法术，将其待为座上宾。单道士跟人一起走路或坐着时，有时会突然消失不见。韩公子想让他把这个法术传给自己，单道士却不肯。公子再三恳求，单道士说：“我并不是吝啬法术，是担心败坏了道法。如果传给的是正人君子还可以，否则，有人会借此偷盗行窃啊。公子当然不会干这些，然而你出去后，若看见漂亮女子喜欢上了，隐身进入闺房，我就是在助长罪恶而公然放纵淫乱啊。所以不敢从命。”韩公子知道不能强求，于是怀恨在心，私下和仆人谋划毒打羞辱单道士。担心他隐身逃跑了，就用细灰撒在麦场上，心想即使他能用邪术隐身，而脚踩过的地方必定有

左道能隐形，而履处必有印迹，可随印处急击之。于是诱单往，使人执牛鞭立挞之。单忽不见，灰上果有履迹，左右乱击，顷刻已迷。

痕迹，就可以随着印痕急速出击。于是韩公子就派人引诱单道士前往麦场，让人拿着牛鞭站在那抽他。单道士忽然不见了，灰上果然有脚印，韩公子和仆人左右夹击，慌乱之间踩乱了脚印，分辨不出哪个是单道士的。

注释　1 邑：此处指淄川县。　2 作剧：表演戏术。　3 闺闼：闺房。　4 宣淫：公然淫乱。　5 布：撒播，散布。

公子归，单亦至。谓诸仆曰："吾不可复居矣！向劳服役[1]，今且别，当有以报。"袖中出旨酒[2]一盛，又探得肴一簋[3]，并陈几上。陈已复探，凡十余探，案上已满。遂邀众饮，俱醉，一一仍内袖中。韩闻其异，使复作剧。单于壁上画一城，以手推挝，城门顿辟。因将囊衣箧物，悉掷门内，乃拱别曰："我去矣！"跃身入城，城门遂合，道士顿杳。后闻在青州市上，教

韩公子就返回去，单道士也跟着到了他家。单道士对韩家的仆人说："我不能再住下去了！之前有劳各位照料，如今要分别了，我当有所报答。"于是就从袖子里中掏出一壶美酒，又伸进去拿出一盘菜肴，都放在桌子上。摆完又掏，共取了十几次，桌上已经摆得满满的。单道士就请大家喝酒，都喝得醉醺醺的，他就把器具一一收回袖中。韩公子听说这件奇事后，就让他再变个戏法。单道士就在墙壁上画了一座城池，用手一推，城门顿时打开了。于是就把打包的衣物和装箱的行李都扔进门里，他向韩公子拱手道别说："我走了！"说罢，翻身一跃，跳入城中，城门便关上了，道士顿时不见

儿童画墨圈于掌,逢人戏抛之,随所抛处,或面或衣,圈辄脱去,落印其上。又闻其善房中术,能令下部吸烧酒,尽一器。公子尝面试之。

踪影。后来,听说单道士在青州集市上,教儿童在手掌上用墨水画圈,逢人开玩笑把手一抛,墨圈就会朝抛的方向落下,落印在所抛向的地方。又听说他擅长房中术,能让下身吸入一壶烧酒,此事韩公子曾当面试过。

注释 1 服役:此处指照料。 2 旨酒:美酒。 3 簋(guǐ):古代盛食物的器具,圆口,两耳。此处代指盘子。

白于玉

原文

吴青庵筠,少知名。葛太史见其文,每嘉叹之,托相善者邀至其家,领[1]其言论风采。曰:"焉有才如吴生而长贫贱者乎?"因俾[2]邻好致之曰"使青庵奋志云霄,当以息女奉巾栉[3]。"时太史有女绝美,生闻大喜,确自信。既而秋闱被黜[4],使人谓太史:

译文

吴筠,字青庵,少年时颇具名气。葛太史看到他的文章,每每加以嘉奖赞叹,托与吴筠交情好的人请他来家中,想领略其言谈风采。葛太史说:"怎么有才能像吴筠这样还长久过穷日子的人呢?"于是叫邻居好友传话给吴筠说:"如果青庵能奋发有为考取功名,我当把女儿嫁给他。"当时,葛太史有一个女儿长得美冠世间,吴生听说后非常高兴,也的确有信心考取功名。然而不久后在秋季的乡试中就落榜。他托人转告葛太史:"富贵

"富贵所固有,不可知者迟早耳,请待我三年[5],不成而后嫁。"于是刻志益苦。

是命中注定的,只不过不知是早是晚。请等待我三年,如果我没有成功再请把女儿嫁给他人。"于是从此之后他更加勤奋刻苦。

注释 1 领:领略,意为观察得知。 2 俾:使。 3 奉巾栉:侍奉盥沐,以女许婚意思。 4 秋闱被黜:乡试没有考中。秋闱,指乡试。 5 待我三年:等我三年,指等到下一次乡试。明清科举,乡试三年举行一次。

一夜月明之下,有秀才造谒[1],白皙短须,细腰长爪。诘所来,自言白氏,字于玉。略与倾谈,豁人心胸。悦之,留同止宿。迟明欲去,生嘱便道频过。白感其情殷,愿即假馆,约期而别。至日,先一苍头[2]送炊具来,少间白至,乘骏马如龙。生另舍舍之。白命奴牵马去。遂共晨夕,忻然相得。生视所读书,并非常所见闻。亦绝无时艺[3]。讶而问之,白笑

一天夜里,明月朗朗之下,有一位秀才前来拜访吴生,此人脸色白净,留着短胡须,细腰长指甲。吴生问他从哪里来,那人说自己姓白,字于玉。吴生和他略微交谈,就觉得令人心胸舒畅。吴生非常喜爱白生,就留他同宿。天明后白生想要告辞,吴生再三嘱咐他要多顺道来叙谈。白生对于吴生的盛情款待也非常感动,愿意搬来借住,约定好搬的日子才离开。到了约定的那天,先有一个老仆人送炊具来,随后白生骑着一匹如龙的骏马到来。吴生另外安排房屋让他住下。白生吩咐仆人牵着马回去。从此以后,两人朝夕相处,十分融洽相得。吴生看白生读的书,并不是常见的那些,也绝对没有八股文,便奇怪地问他怎么回事。白生笑着回答说:"人

曰:“士名有志,仆非功名中人也。”夜每招生饮,出一卷授生,皆吐纳之术[4],多所不解,因以迂缓置之。他日谓生曰:“曩所授,乃《黄庭》[5]之要道,仙人之梯航[6]。”生笑曰:“仆所急不在此,且求仙者必断绝情缘,使万念俱寂,仆病未能[7]也。”白问:“何故?”生以宗嗣[8]为虑,白曰:“胡久不娶?”笑曰:“‘寡人有疾,寡人好色。’”白亦笑曰:“‘王请无好小色’,所好何如?”生具以情告。白疑未必真美,生曰:“此遐迩所共闻,非小生之目贱[9]也。”白微哂而罢。

各有志,我本不是求取功名的人。”每到晚上,白生请吴生喝酒,还拿出一卷书给他,书中都是如何修炼吐纳之术的内容,吴生大多看不懂,觉得是并非着急学习的东西,便搁置一边。又过了几天,白生对吴生说:“前几日给你看的书,都是《黄庭经》的要义,也是成仙的阶梯和渡船啊。”吴生笑着说:“我现在急需的不是这些,而且成仙得断绝情缘,消除一切杂念,这正是我难以做到的。”白生问他:“这是为什么?”吴生回答说他要考虑传宗接代。白生又问他:“你为何这么久还没有娶亲呢?”吴生笑着说道:“正如《孟子》里说的‘寡人有疾,寡人好色’。”白生也笑道:“《孟子》里也说‘王请无好小色’,你中意的女子是什么样的?”于是吴生把葛太史要将女儿许配给他的事告诉了白生。白生怀疑葛家的女子未必真美,吴生说:“这女子的美貌是远近都知晓的,并不是我眼光短浅。”白生只是笑笑罢了。

注释 1 造谒:拜访。 2 苍头:奴仆。 3 时艺:八股文,明清称科举考试的八股文为时艺。 4 吐纳之术:旧时方术家练气养生的法术。 5《黄庭》:即《黄庭经》,道教经典《上清黄庭内景经》和《上清黄庭外景经》的总称。 6 梯航:梯子和渡船。 7 仆病未能:我怕做不到。病,担忧。 8 宗嗣:后代,子嗣。 9 目贱:目光短浅。

次日忽促装言别,生凄然与语,刺刺不能休。白乃命童子先负装行,两相依恋。俄见一青蝉鸣落案间,白辞曰:“舆已驾矣,请自此别。如相忆,拂我榻而卧之。”方欲再问,转瞬间白小如指,翩然跨蝉背上,嘲哳[1]而飞,杳入云中。生乃知其非常人,错愕良久,怅怅自失。

第二天,白生忽然收拾行装要告辞。吴生难过地与白生道别,说了很多还意犹未尽。白生就让童子背着行李先走,两人恋恋不舍。忽然白生看到一只青蝉鸣叫着落在书桌上,就告辞说:“车马已经准备好了,我们就此分别吧。如果你想念我,就打扫干净我睡的床,躺在上面。”吴生刚想再问话,转眼间,白生就缩小得像手指一样,轻快地骑到青蝉背上,青蝉吱吱叫着飞起来,载着白生消失在云中。吴生这才知道白生不是凡世之人,惊愕了很久,心中怅然若失。

逾数日,细雨忽集,思白綦[2]切。视所卧榻,鼠迹碎琐,慨然[3]扫除,设席即寝。无何,见白家童来相招,忻然从之。俄有桐凤[4]翔集,童捉谓生曰:“黑径难行,可乘此代步。”生虑细小不能胜任,童曰:“试乘之。”生如所请,宽然

过了几日,天上忽然下起密集的细雨,吴生思念白生的心情极其迫切。去看白生睡过的床铺,只见上面布满了老鼠屎,他一边叹气一边打扫,然后铺上被褥躺下睡觉。不一会儿,吴生就看见白生的童子来请他,愉快地跟着童子走了。很快看见一群桐花凤成群飞来,童子捉住一只对吴生说:“天黑路不好走,可以骑鸟代步。”吴生担心鸟太小背不起来。童子说:“试着骑骑吧。”吴生就照他说的试着骑

殊有余地，童亦附其尾上。戛然一声，凌升空际。未几见一朱门，童先下，扶生亦下。问："此何所？"曰："此天门也。"门边有巨虎蹲伏，生骇惧，童一身幛之。见处处风景，与世殊异。童导入广寒宫，内以水晶为阶，行人如在镜中。桂树两章[5]，参空合抱。花气随风，香无断际。亭宇皆红窗，时有美人出入，冶容秀骨，旷世并无其俦[6]。童言："王母宫佳丽尤胜。"然恐主人伺久，不暇留连，导与趋出。移时，见白生候于门，握手入，见檐外清水白沙，涓涓流溢，玉砌雕阑，殆疑桂阙[7]。

甫坐，即有二八妖鬟[8]，来荐香茗。少间命酌，有四丽人敛衽鸣珰[9]，给事[10]左右。才觉

到鸟上面，发现鸟背非常宽绰竟然还有余地，童子也随后骑在小鸟的尾巴上，只听嘎的一声，小鸟展翅凌空，直冲天际。不一会儿眼前出现一座朱红大门，童子先从鸟背下来，然后扶吴生也下来。吴生问："这是什么地方？"童子回答说："这是天门。"天门边上蹲趴着一只巨大的猛虎，吴生很害怕，童子用身体挡着护送他进去。只见这里的景色处处与世间迥然不同。童子引导他到了广寒宫，宫内的台阶都是水晶做的，行人如同在镜子中一样。两株巨大的桂花树，高大参天，粗可合抱，花香随风飘过，香气袭人绵绵不绝。宫中的亭台楼阁也都是红窗，不时有美女出出进进，秀美脱俗，举世无双。童子说："王母娘娘宫里的宫女更加漂亮。"童子怕主人等久了，没时间多留，连忙引领着他走出来。不一会儿，吴生就看见白生在门口等候。两人握着手进了门，只见屋檐下是清水白沙，溪水涓涓流淌，玉石台阶，雕花栏杆，他不禁怀疑这里是月亮上的桂宫。

吴生刚入座，就有妙龄佳人殷勤献上香茶。接着白生命人摆上酒宴。有四位美人，身上的金佩玉环叮当作响，在旁边侍候。吴生刚觉得背上有些发痒，就有

背上微痒，丽人即纤指长甲，探衣代搔。生觉心神摇曳，罔所安顿。既而微醺，渐不自持，笑顾丽人，兜搭[11]与语，美人辄笑避。白令度曲侑觞[12]，一衣绛绡[13]者引爵向客，便即筵前，宛转清歌。诸丽者笙管敖曹[14]，呜呜杂和。既阕，一衣翠裳者亦酌亦歌。尚有一紫衣人，与一淡白软绡者，吃吃笑，暗中互让不肯前。白令一酌一唱，紫衣人便来把盏，生托接杯，戏挠纤腕。女笑失手，酒杯倾堕。白谯诃[15]之，女拾杯含笑，俯首细语云："冷如鬼手馨[16]，强来捉人臂。"白大笑，罚令自歌且舞。舞已，衣淡白者又飞一觥[17]，生辞不能釂[18]。女捧酒有愧色，乃强饮之。

美人伸出纤手，用长指甲伸进衣服里为他轻轻搔痒。吴生只觉得心神摇曳，不知如何是好。不一会儿，吴生就喝得有些醉意，渐渐把持不住自己，笑着呆呆地看这些美人，和她们搭讪说话，美女总是笑着躲开。白生又让美人唱曲劝酒来助兴。一位穿着红色薄纱的美人一边端着酒杯向客，一边走到宴席前展示婉转歌喉。其他美人也都吹奏起笙管，声音相和在一起。演唱完毕，一位身穿绿衣的美人一边献酒，一边唱歌。还一位身穿紫衣和一位穿淡白色软纱的美人在旁边嗤嗤偷笑，互相推让谁也不肯向前劝酒。白生又命她们一人敬酒，另一人唱歌。于是那个身穿紫衣的美人便上前敬酒，吴生接过酒杯的时候，偷偷用手摸了一下美人的玉腕。女子一笑，失手把酒杯掉在地上。白生当众责备她，女子含笑捡起酒杯，低下头小声说："冷得像鬼手一样，还硬要来抓人家胳膊。"白生大笑，罚她边唱边跳舞。紫衣美人跳完舞后，身穿淡白色衣裳的美人又上前飞快斟满一大杯酒，吴生谢绝，不敢再喝了。美人面带羞愧地捧着酒杯，吴生只得勉强喝下去。

注释 1 嘲哳(zhāo zhā)：又作“啁哳”。繁杂细碎的声音，此处指蝉鸣声。 2 綦(qí)：极其。 3 慨然：叹气的样子。 4 桐凤：即桐花凤，一种神鸟。 5 两章：两株。 6 俦(chóu)：等，比得上。 7 桂阙：月宫，相传月中有桂树。 8 二八妖鬟：十六左右的美貌少女，代指美人。 9 敛衽鸣珰：整敛衣襟，走动时腰间玉佩相碰作响，向客人行礼侍奉。 10 给事：供役使、侍奉。 11 兜搭：搭讪。 12 度曲侑(yòu)觞：唱曲劝酒。 13 绛绡(jiàng xiāo)：生丝织成的薄纱。 14 敖曹：同“嗷嘈”，声音喧闹。 15 谯(qiào)诃：同“谯呵”，申斥。 16 馨：方言，般，样子。 17 飞一觥(gōng)：飞快斟满一杯。 18 釂(jiào)：喝酒。

细视四女，风致翩翩，无一非绝世者。遽谓主人曰：“人间尤物[1]，仆求一而难之，君集群芳[2]，能令我真个销魂否？”白笑曰：“足下意中自有佳人，此何足当巨眼[3]之顾？”生曰：“吾今乃知所见之不广也。”白乃尽招诸女，俾自择，生颠倒不能自决。白以紫衣人有把臂之好，遂使襆被奉客[4]。既而衾枕之爱，极尽绸缪[5]。生索赠，女脱金腕钏付之。

吴生醉眼细看四位美女，她们都风度翩翩，标致动人，没有一个不是绝世美人。吴生于是对白生说：“人间的美女，我求得一个都非常难。你汇集了这么多美人，能不能让我真正体验一下销魂的感觉？”白生笑着说：“你不是心中早有喜爱的佳人吗？这些人你哪里还能看上眼？”吴生说：“我今天才知道自己见识多么狭隘啊。”于是白生召集所有美女，让吴生自己选，吴生神魂颠倒难以下定决心。白生认为紫衣美人和吴生有挽胳膊的缘分，便吩咐她收拾床铺侍奉吴生，两人很快就上了床，尽情欢爱。吴生向紫衣美人索要信物，她摘下金钏赠给他。忽然童子进来说：“神仙和凡人有别，您应该马上回去。”

忽童入曰:“仙凡路殊,君宜即去。”女急起,遁去。生问主人,童曰:“早诣待漏[6],去时嘱送客耳。”生怅然从之,复寻旧途。将及门,回视童子,不知何时已去。虎哮骤起,生惊窜而去,望之无底,而足已奔堕。

美女急忙穿衣起身,匆匆走了。吴生问白生去了哪儿,童子说:“一早去上朝了,走的时候吩咐我来送客。”吴生怅然若失,只好听从童子安排,按原路返回去。快到天门,回头看童子,却不知他什么时候已经走了。门边的老虎吼叫着,突然朝吴生扑来,他吓得急忙逃走,却见脚下深不见底,想收脚已经来不及,失足掉了下去。

注释 1 尤物:本指超俗的人或物,后指绝色美女。 2 群芳:群花,指成群的美女。 3 巨眼:恭维的话,意思说人眼力高,见识非凡。 4 襆(fú)被奉客:准备好被褥侍奉客人。 5 绸缪:指男女欢爱,难舍难分。 6 待漏:古代百官黎明等待入朝,称为待漏。

一惊而寤,则朝暾[1]已红。方将振衣[2],有物腻然[3]坠褥间,视之,钏也。心益异之。由是前念灰冷,每欲寻赤松[4]游,而尚以胤续[5]为忧。过十余月,昼寝方酣,梦紫衣姬自外至,怀中绷[6]婴儿曰:“此君骨肉。天上难留此物,敬持送君。”乃寝诸

吴生从梦里猛然惊醒,睁眼一看,外面的朝阳已经红透半边天。吴生刚起床穿衣,觉得有东西轻轻地滑落在床褥上,一看正是那只金钏。吴生心里更加奇怪。从此以后,吴生以前那些升官发财、娶葛家美女的想法就心灰意冷,每每想着拜寻赤松子修仙,然而又担心家中无人传宗接代。又过了十几个月,吴生大白天正睡觉,忽然梦见紫衣美女从外边进来,怀里抱着一个婴儿,她对吴生说:“这是你的骨肉。天上难以留这个婴儿,只好抱来送给您。”

床，牵衣覆之，匆匆欲去。生强与为欢，乃曰："前一度为合卺，今一度为永诀，百年夫妇尽于此矣。君倘有志，或有见期。"生醒，见婴儿卧襆褥间，绷以告母。母喜，佣媪哺之，取名梦仙。

说完就把婴儿放在床上，又拿衣服盖好，匆匆就要走。吴生强留她要欢爱，紫衣美女才说："上次同床为新婚，这一次就是永别了，我们百年夫妻的情分就到此为止。您倘若有情，或许以后还能相见。"吴生醒来，果然见自己身边的衣被中睡着一个婴儿，赶快抱着婴儿去见母亲。母亲看到后很高兴，雇了个奶妈喂养，给孩子取名叫梦仙。

注释 1 朝暾(tūn)：朝阳。 2 振衣：抖动上衣，预备起床。 3 腻然：细柔滑润的感觉。 4 赤松：赤松子，传说中的仙人，为神农氏的雨师。 5 胤续：后代。胤，嗣。 6 绷：束裹小儿的襁褓。

生于是使人告太史，自已将隐，令别择良匹，太史不肯，生固以为辞。太史告女，女曰："远近无不知儿身许吴郎矣。今改之，是二天[1]也。"因以此意告生，生曰："我不但无志于功名，兼绝情于燕好[2]。所以不即入山者，徒以有老母在。"太史又以商女，

吴生于是就托人转告葛太史，说自己将要隐居，请他为女儿另择良婿，葛太史不肯，吴生又坚决推辞掉婚约。葛太史便告诉了女儿，葛家女儿说："远近的人没有不知我已许配吴生，如今让我又改嫁别人，这是嫁二夫啊。"于是葛太史把女儿的话转告吴生，吴生说："我不但无心于功名利禄，而且对男女婚姻的事也已决心断除。我之所以还没有马上进山，只是因为老母健在罢了。"葛太史又和女儿商量，女儿说："吴郎家穷，我甘愿

女曰："吴郎贫，我甘其藜藿[3]，吴郎去，我事其姑嫜[4]，定不他适！"使人三四返，迄无成谋，遂诹日[5]备车马妆奁嫔于生家[6]。生感其贤，敬爱臻至。女事姑孝，曲意承顺，过贫家女。逾二年，母亡，女质奁作具[7]，罔不尽礼。生曰："得卿如此，吾何忧！顾念一人得道，拔宅飞升[8]。余将远逝，一切付之于卿。"女坦然，殊不挽留，生遂去。女外理生计，内训孤儿，井井有法。梦仙渐长，聪慧绝伦。十四岁，以神童领乡荐[9]，十五入翰林。每褒封，不知母姓氏，封葛母一人而已。值霜露之辰[10]，辄问父所，母具告之，遂欲弃官往寻。母曰："汝父出家，今已十有余年，想已仙去，何处可寻？"

跟他吃糠咽菜；吴郎要离去隐居，我就侍奉公婆，绝不另嫁他人！"送信的人来回跑了好几趟，还是没有商量好，葛太史就择了吉日，准备好车马和嫁妆把女儿送到吴家成婚。吴生感于妻子的贤惠，对她敬爱有加。葛女侍奉婆婆非常孝顺，曲意承顺，甚至超过了那些贫家女。过了两年，吴母去世，葛女典当了嫁妆置办棺木，礼节没有不周到的地方。吴生对妻子说："能得到像你这样贤惠的妻子，我还有什么可担忧的！我心里顾念着一人得道，也能全家升仙。所以我想离家远出修行，家中的一切就拜托给你了。"葛女坦然答应，一点也没有挽留，于是吴生就辞别远行。葛女在外打理生计，在家抚养孤儿，把家治理得井井有条。梦仙渐渐长大，聪慧过人。十四岁就以神童的身份参加了乡试，考中举人，十五岁又入了翰林院。每当皇上要封赏，却都因为不知他生母的姓名，无奈只能封葛氏。一次适逢先人诞辰，梦仙询问父亲去了何处，母亲就详细告诉了他，梦仙想辞官去寻找父亲。母亲说："你父亲已经走了十几年，想来已经成仙而去了，你到哪里去找呢？"

注释 1 二天：两个丈夫。封建时代，主张女子不嫁二夫。 2 燕好：夫妻情谊。 3 藜藿(lí huò)：贫穷的人所吃的两种野菜，泛指粗劣的饭菜。 4 姑嫜(gū zhāng)：对丈夫的母亲与父亲的敬称。 5 诹(zōu)日：选择吉日。诹，咨询。 6 嫔于生家：嫁到吴生家。嫔，新妇嫁住夫家，俗称“过门”。 7 质奁作具：典押掉妆奁为婆婆置办棺材。 8 一人得道，拔宅飞升：一人得道，全家升仙。 9 以神童领乡荐：以神童的身份参加乡试。 10 霜露之辰：指父母先人的生日。

后奉旨祭南岳[1]。中途遇寇。窘急中，一道人仗剑入，寇尽披靡，围始解。德之，馈以金不受。出书一函，付嘱曰：“余有故人，与大人同里[2]，烦一致寒暄。”问：“何姓名？”答曰：“王林。”因忆村中无此名，道士曰：“草野微贱，贵官自不识耳。”临行，出一金钏曰：“此闺阁物，道人拾此，无所用处，即以奉报。”视之，嵌镂精绝。怀归以授夫人，夫人爱之，命良工依式配造，终不及其精巧。遍问村中，并无王林其人

后来，吴梦仙奉旨去祭祀南岳衡山，在半路上碰到一伙强盗。正在危急之时，一位道士持剑而来，强盗被打得落荒而逃，于是帮他解了围。吴梦仙很感激这位道士，赠给道士银子，道士不要。道士拿出一封信给吴梦仙，嘱咐说：“我有个老朋友与大人是同乡，请你代我问好。”吴梦仙问：“您的朋友叫什么名字？”道士说：“王林。”吴梦仙仔细回想村中似乎没有人叫这名字。道士说：“他只是个微贱草民，大人自然不会认识。”道士临走时拿出一只金钏说：“这是闺房女子的东西，我拾了也没有用处，就奉送给你当作报答吧！”吴梦仙接过金钏细看，只见金钏做工精美，镶嵌手艺妙绝，就揣在怀中拿给夫人。夫人特别珍爱，请技艺高超的首饰匠依着样式再打造配成对，但终究不如这只精美。吴梦仙问遍村中的人，

者。私发其函，上云：“三年鸾凤，分拆各天[3]；葬母教子，端赖卿贤。无以报德，奉药一丸，剖而食之，可以成仙。”后书“琳娘夫人妆次[4]”。读毕，不解何人，持以告母。母执书以泣，曰：“此汝父家报也。琳，我小字。”始恍然悟“王林”为拆白谜也，悔恨不已。又以钏示母，母曰：“此汝母遗物。而翁在家时，尝以相示。”又视丸，如豆大，喜曰：“我父仙人，啖此必能长生。”母不遽吞，受而藏之。

然而村里并没有人叫王林。吴梦仙只好私自打开信，只见信中写着：“三年夫妻恩爱之情，如今却天各一方。安葬母亲教养孩子，全仰仗你的贤惠。我无法报答你的恩情，如今奉送一颗药丸，剖开吃下就可以成仙。”信最后面写着：“送达琳娘夫人妆台左右。”吴梦仙念完信仍觉得莫名其妙，就拿着去问母亲。母亲拿着信痛哭流涕，说：“这是你父亲的家书，琳是我的小名。”吴梦仙这才恍然大悟，“王林”是拆白谜，心中悔恨不已。他又拿出金钏给母亲看，母亲说：“这是你生母的遗物。你父亲在家时曾拿出来让我看。”吴梦仙又看那药丸，有豆粒般大，高兴地说：“我父亲是仙人，吃了它一定能长生不老。”但是他母亲没有立刻吃掉，而是接过来收藏好。

注释　1 祭南岳：祭拜南岳神。汉宣帝时曾定天柱山为南岳，后定为衡山，相沿至今。　2 同里：同乡。　3 分拆各天：分隔各处，天各一方。　4 妆次：奉达妆台左右，致平辈妇女书信的一种习惯格式。

会葛太史来视甥，女诵吴生书，便进丹药为寿。太史剖而分食之，顷刻，精神焕发。太史

适逢葛太史来看外孙，葛氏便把吴生的信读给他听，并奉上长生不老的丹药给他添寿。葛太史接过丹药分作两半，与女儿分吃，两人顿时感觉精神焕发。

时年七旬，龙钟颇甚，忽觉筋力溢于肤革，遂弃舆而步，其行健速，家人坌息[1]始能及焉。逾年，都城有回禄之灾[2]，火终日不熄，夜不敢寐，毕集庭中，见火势拉杂[3]，寖[4]及邻舍，一家徊徨[5]，不知所计。忽夫人臂上金钏，戛然有声，脱臂飞去。望之，大可数亩，团覆宅上，形如月阑[6]，钏口降东南隅，历历可见。众大愕。俄顷，火自西来，近阑则斜越而东。迨火势既远，窃意钏亡不可复得，忽见红光乍敛，钏铮然堕足下。都中延烧民舍数万间，左右前后，并为灰烬，独吴第无恙。惟东南一小阁，化为乌有，即钏口漏覆处也。葛母年五十余，或见之，犹似二十许人。

葛太史本已七十多岁，老态龙钟，吃了丹药后顿时觉得全身充满活力，于是丢下车马步行，健步如飞，家人在后面跑得气喘吁吁才能跟上。又过了一年，城里发生火灾，大火烧了一整天也没有熄灭，一家人都不敢睡觉，全都聚集在庭院中。见火势越来越大，蔓延着眼看就烧到了邻居家，全家人张皇失措，无计可施。忽然，吴夫人手臂上的金钏“嘎嘎”作响，脱离手臂飞上天。一眼望去，那金钏逐渐扩大，方圆好几亩，把吴家宅子整个围住，形状像月晕一样，钏口朝向东南，大家看得清清楚楚。众人大吃一惊。霎时间，大火就自西边过来，靠近钏围成的圈时就斜斜地转向东边。等火势已经烧远，大家都认为钏再也收不回来了，忽然间一道红光收敛起来，金钏“铮”的一声掉在夫人脚下。城中这场大火烧了几万间民房，吴家前后左右邻居的房子都成了灰烬，只有吴家的宅邸安然无恙。只有宅院中东南角的一个小阁化为乌有，正是钏口没遮盖住的地方。葛氏五十多岁时，有人看到她，还像二十多岁一样年轻。

注释 1 坌(bèn)息：呼吸急促，喘粗气。 2 回禄之灾：火灾。回禄，古代神话中的火神。 3 拉杂：混乱。 4 寖(jìn)：浸渍，殃及。 5 徊徨：徘徊，彷徨。 6 月阑：即月晕，月亮周围的光气，环形。

夜叉国

交州[1]徐姓，泛海为贾，忽被大风吹去。开眼至一处，深山苍莽。冀有居人，遂缆船而登，负糗腊[2]焉。方入，见两崖皆洞口，密如蜂房，内隐有人声。至洞外伫足一窥，中有夜叉二，牙森列戟，目闪双灯，爪劈生鹿而食。惊散魂魄，急欲奔下，则夜叉已顾见之，辍食执入。二物相语，如鸟兽鸣，争裂徐衣，似欲啖啖。

徐大惧，取橐中糗糒[3]，并牛脯进之。分啖甚美。复翻徐橐，徐

交州人徐某，是个做航海贸易的商人。有一次出海，船忽然被大风吹走了。等他睁开眼一看，船漂到了一个地方，到处都是深山老林。徐某希望岛上有人居住，就系好缆绳，背着干粮和干肉上了岸。刚进山，只见两边的崖壁上都是洞口，密密麻麻如同蜂巢，里面隐隐约约好像有人的声音。徐某来到洞外，停下脚往里边窥视，发现里边有两个夜叉，牙齿就像剑戟一样排列得参差不齐，两只眼睛闪着光，好像明灯，它们正用爪子撕一只活鹿吃。徐某吓得魂飞魄散，急忙想往下跑，然而夜叉已经回头看到了他，就丢下鹿肉把徐某捉进洞。两个夜叉互相说着什么，声音好像鸟兽鸣叫，争着撕碎徐某的衣服，似乎要把他吃了。

徐某吓得要死，赶紧从背囊里取出干粮和牛肉干，一起递过去。夜叉分着吃了，觉得很美味。吃完后又翻徐某的背囊，徐

摇手以示其无。夜叉怒，又执之。徐哀之曰："释我。我舟中有釜甑[4]可烹饪。"夜叉不解其语，仍怒。徐再与手语，夜叉似微解。从至舟，取具入洞，束薪燃火，煮其残鹿。熟而献之，二物啖之，喜。夜以巨石杜门[5]，似恐徐遁。徐曲体遥卧，深惧不免[6]。

某就摇摇手表示没有了。夜叉大为恼怒，又把他抓过来。徐某哀求道："请放了我吧。我船上有锅和蒸笼可以烹饪食物。"夜叉听不懂他在说什么，仍大怒不止。徐某就再用手比画着，它们稍微有些明白了。就跟着徐某来到船上，把炊具带回洞穴，徐某找了把干柴生火，把剩下的鹿肉煮了。等肉煮熟，献给夜叉，它俩吃得很开心。晚上，夜叉就用一块大石头把洞口堵住，似乎担心徐某逃跑。徐某就蜷缩着躺下，离夜叉远远的，很担心自己难免一死。

注释 1 交州：古地名。东汉时期，交州包括今中国广西和广东、越南北部和中部。三国时期，吴国分交州为广州和交州，交州辖境减小，包括今越南北部和中部、广东雷州半岛和广西钦州市。 2 糗腊(xī)：干粮和干肉。 3 糒(bèi)：干粮。 4 釜甑(zèng)：锅和蒸笼。甑，古代炊具，底部有许多小孔，放在鬲(lì)上蒸食物。 5 杜门：把门堵上。 6 不免：难免一死。

天明，二物出，又杜之。少顷，携一鹿来付徐，徐剥革[1]，于深洞处取流水，汲煮数釜。俄有数夜叉至，群集吞啖讫，共指釜，似嫌其小。过三四日，一夜叉

天亮以后，两个夜叉走出洞，又把洞口堵上。过了一会儿，带来了一头鹿交给徐某，徐某就把鹿皮剥了，在洞穴深处取来泉水，用几口锅一起煮肉。不一会儿，来了好几个夜叉，聚在一起狼吞虎咽，吃完后，一起指着锅似乎嫌它们太小。过了三四天，有个夜叉背来一口大

负一大釜来，似人所常用者。于是群夜叉各致[2]狼、麋。既熟，呼徐同啖。居数日，夜叉渐与徐熟，出亦不施禁锢[3]，聚处如家人。徐渐能察声知意，辄效其音，为夜叉语。夜叉益悦，携一雌来妻徐。徐初畏惧，莫敢伸，雌自开其股就徐，徐乃与交，雌大欢悦。每留肉饵徐，若琴瑟之好。

锅，好像是人常用的那种。于是夜叉们各自捉来豺狼、麋鹿，交给徐某烹煮。肉煮好了，喊徐某一起过来吃。住了几天，夜叉渐渐跟徐某熟悉了，出门也不再封住洞口，和他就像家人一样一起生活。徐某渐渐能通过分辨声音知晓夜叉的意思，就学着它们的声音和夜叉交谈。夜叉更为高兴，就带来一只母夜叉送给徐某做妻子。刚开始，徐某很害怕，不敢碰它，母夜叉就打开双腿朝徐某靠过去，徐某这才敢和它交合，母夜叉大为欢快。每次都留些肉给徐某吃，仿佛恩爱的夫妻一样。

注释 1 革：皮革。 2 致：送。 3 禁锢：监禁，此处指封堵洞口。

一日，诸夜叉早起，项下各挂明珠一串，更番出门，若伺贵客状。命徐多煮肉，徐以问雌，雌云："此天寿节。"雌出谓众夜叉曰："徐郎无骨突子[1]。"众各摘其五，并付雌。雌又自解十枚，共得五十之数，以野苎[2]为绳，

一天，夜叉们起得很早，脖子下各挂着一串明珠，相继走出去，好像要迎接贵客似的。它们命徐某多煮些肉，徐某问母夜叉什么情况，母夜叉就说："这是庆祝天寿节。"母夜叉出来对众夜叉说道："徐郎还没有骨突子。"于是大家各摘了五个珠子交给母夜叉。母夜叉自己又解下十枚，一共得到五十个，它用野苎麻搓成绳子，穿上珠子挂在徐某脖子上。

穿挂徐项。徐视之，一珠可直百十金。俄顷俱出。徐煮肉毕，雌来邀去，云："接天王。"至一大洞，广阔数亩，中有石，滑平如几，四围俱有石座，上一坐蒙一豹革，余皆以鹿。夜叉二三十辈，列坐满中。

少顷，大风扬尘，张皇都出。见一巨物来，亦类夜叉状，竟奔入洞，踞坐鹗顾[3]。群随入，东西列立，悉仰其首，以双臂作十字交。大夜叉按头点视，问："卧眉山众，尽于此乎？"群哄应之。顾徐曰："此何来？"雌以"婿"对，众又赞其烹调。即有二三夜叉，奔取熟肉陈几上，大夜叉掬啖尽饱，极赞嘉美，且责常供。又顾徐云："骨突子何短？"众白："初来未备。"物于项上摘取珠串，脱十枚

徐某一看，每颗明珠都价值上百两银子。不一会儿夜叉都出去了，等徐某煮好肉，母夜叉请他过去，说："一起接天王去。"他们来到一个巨大的洞穴，里面平坦开阔，有好几亩，中间有块石头像桌子一样平滑，四周都有石凳，有个座位蒙着豹皮，其他都是鹿皮。有二三十个夜叉，在里边列队坐得满满的。

过了片刻，忽然狂风大作，沙尘飞扬，夜叉们都慌张地跑出去。只见一个巨大的怪物走了过来，也是夜叉的模样，径直奔入洞中，叉开腿坐着，用鱼鹰一样锐利的目光环视四周。夜叉们跟着他走进来，分东西两行站立，都仰着头，双臂交叉成十字。大夜叉按人头查看，问道："卧眉山的人都到齐了吗？"众夜叉嚷嚷着回话。它又看着徐某说："他是从哪来的？"母夜叉就说是自己的丈夫。大家又夸他肉煮得很好。随即有两三个夜叉跑过去把熟肉摆在桌子上，大夜叉捧着饱餐一顿，极力称赞徐某好手艺，并命他要经常供奉。它又看着徐某问道："你的骨突子怎么这么短？"大家解释说："他刚来，还没准备好。"大夜叉就从自己脖子上取下珠串，拿掉十个递给徐某，个个

付之，俱大如指顶，圆如弹丸。雌急接，代徐穿挂，徐亦交臂作夜叉语谢之。物乃去，蹑风而行，其疾如飞。众始享其余食而散。

都有指甲盖那么大，圆圆的像弹丸一样。母夜叉急忙接过来，替徐某穿好挂脖子上，徐某也交叉胳膊用夜叉语答谢。大夜叉于是乘风离开，快得像飞一样。其他夜叉这才开始享用剩下的肉，吃完就散去了。

注释 1 骨突子：珠子串联成的项链。 2 野苎：野生苎麻。多年生草本植物。茎直立，茎皮纤维洁白，有光泽，易染色，不皱缩，是纺织夏布的重要原料。 3 鹗顾：像鱼鹰那样目光锐利地左右顾视。鹗，一种猛禽，背部褐色，头、颈和腹部白色，性凶猛。在树上或岩石上筑巢，常在水面上飞翔，吃鱼类。俗称鱼鹰。

居四年余，雌忽产，一胎而生二雄一雌，皆人形，不类其母。众夜叉皆喜其子，辄共拊弄[1]。一日，皆出攫食[2]，惟徐独坐，忽别洞来一雌，欲与徐私，徐不肯。夜叉怒，扑徐踣地上。徐妻自外至，暴怒相搏，龁[3]断其耳。少顷，其雄亦归，解释令去。自此雌每守徐，动息不相离。又三年，子

徐某住了四年多，忽然一天，母夜叉生了孩子，一胎生了两男一女，都是人形，但长得不像母亲的样子。众夜叉都很喜爱这几个孩子，常常过来抚弄。一天，夜叉们都出去捕猎，唯独剩下徐某坐在洞里，忽然其他洞里来了一只母夜叉，想跟徐某私通，徐某不肯。夜叉大怒，就把徐某扑倒在地。这时，正好徐某妻子从外边回来，见此情景暴怒如雷，跑过去扭打在一起，咬掉了那个夜叉的耳朵。不久，那个夜叉的丈夫也回来了，等事情解释清楚后，母夜叉就让它们走了。从此，母夜叉整日守在徐某身边，到处跟着他，一刻也

女俱能行步，徐辄教以人言，渐能语，啁啾[4]之中，有人气焉。虽童也，而奔山如履坦途，与徐依依有父子意。

一日，雌与一子一女出，半日不归，而北风大作。徐恻然念故乡，携子至海岸，见故舟犹存，谋与同归。子欲告母，徐止之。父子登舟，一昼夜达交。至家，妻已醮[5]。出珠二枚，售金盈兆[6]，家颇丰。子取名彪，十四五岁，能举百钧，粗莽好斗。交帅见而奇之，以为千总[7]。值边乱，所向有功，十八为副将[8]。

不离开。又过了三年，子女都能走路了，徐某就教他们说人话，孩子们渐渐会讲话了，叫声里混着一些人语。虽然是孩童，但翻山越岭如履平地，他们跟徐某在一起恋恋不舍，同样有父子之情。

一天，母夜叉带着一个儿子和一个女儿出去，半天也没回来，忽然洞外北风大作。徐某凄然想起自己的家乡，于是就带着儿子到了海边，看到原来的船还在，就打算跟儿子一起回去。儿子想告诉母亲，被徐某制止了。父子二人登上船，一昼夜就到达了交州。到家后发现妻子已经改嫁了。徐某就拿出两枚明珠售卖，获利丰厚，家境因而很富裕。儿子取名为彪，十四五岁就能举起千斤重的东西，性格粗野好斗。交州守将见到徐彪，认为是个奇才，就任命他做千总。当时正逢边境有战乱，徐彪随军出征每每立有战功，十八岁就当了副将。

注释　1 拊弄：抚弄。　2 攫食：攫取食物。此处指外出捕猎。　3 龁(hé)：咬。　4 啁啾(zhōu jiū)：形容鸟叫的声音。此处指夜叉的叫声。　5 醮(jiào)：改嫁。　6 盈兆：形容数量极多。兆，古代指一万亿。　7 千总：清代绿营兵编制，营以下为汛，以千总、把总统领之，称“营千总”，为正六品武官。　8 副将：清代绿营武官名。清沿明制，改称副总兵为副将，秩从二品，位次于总兵。统理一协军务，又称“协镇”，别称“协台。”

时一商泛海，亦遭风，飘至卧眉，方登岸，见一少年，视之而惊。知为中国人，便问居里，商以告。少年曳入幽谷一小石洞，洞外皆丛棘，且嘱勿出。去移时，挟鹿肉来啖商。自言父亦交人。商问之，而知为徐，商在客中尝识之。因曰：“我故人也。今其子为副将。”少年不解何名。商曰：“此中国之官名。”又问：“何以为官？”曰：“出则舆马，入则高堂，上一呼而下百诺，见者侧目视，侧足立，此名为官。”少年甚歆动[1]。

商曰：“既尊君在交，何久淹[2]此？”少年以情告。商劝南旋[3]，曰：“余亦常作是念。但母非中

当时有个商人渡海，也遭遇风浪，漂流到了卧眉山，他刚登上岸，见到一位少年，大感惊奇。少年知道他是中国人，就问他家乡在哪里，商人便如实相告。少年拉着他来到幽谷的一个小石洞，洞外都是荆棘，叮嘱商人不要出去。少年离开了一会儿，带来一些鹿肉给商人吃。他自称父亲也是交州人。商人问是谁，才知道原来是徐某，在会客时曾见过他。于是就说：“你父亲是我的老朋友。如今他儿子做了副将。”少年不明白是什么意思，商人就说：“副将是中国的官名。”少年又问：“什么是官？”商人解释道：“官就是出门骑马坐轿子，进门坐在大堂上，在上吆喝一声，在下的人都齐声答应，人人都侧着脸看他，侧着身子恭候，这种人就叫作官。”少年听了非常羡慕，不觉心动。

商人又问道：“既然你父亲在交州，为何你一直待在这儿呢？少年就把事情经过告诉了他。商人劝他南返交州，少年说：“我也常常这么想。但母亲不是中

国人,言貌殊异,且同类觉之,必见残害,用是辗转[4]。”乃出曰:“待北风起,我来送汝行。烦于父兄处,寄一耗问[5]。”商伏洞中几半年。时自棘中外窥,见山中辄有夜叉往还,大惧,不敢少动。一日,北风策策[6],少年忽至,引与急窜。嘱曰:“所言勿忘却。”商应之。又以肉置几上,商乃归。径抵交,达副总府,备述所见。彪闻而悲,欲往寻之。

国人,言语相貌差异很大,而且如果被同类发觉必定会被残害,所以一直犹豫不决。”于是就走出洞穴说:“等起了北风,我再来送你走。烦请你到我父亲和哥哥那儿带个口信。”商人在洞穴中一住就是半年。时常趴在荆棘丛中向外窥视,看见山中常有夜叉走来走去,心里很害怕,不敢轻举妄动。一天刮起了北风,少年忽然来了,拉着商人匆忙跑出去。叮嘱说:“我跟你讲的千万别忘了。”商人连声答应。到了船上,少年又在桌案上放了一些肉,商人于是就驾船返回。他一到交州,便前往副将府邸,把自己的见闻全都告诉了徐彪。徐彪听后悲痛不已,就想前去寻找亲人。

注释 1 歆动:欣喜动心。 2 淹:滞留。 3 南旋:南返交州。 4 辗转:此处指思来想去,犹豫不决。 5 耗问:消息。此处指口信。 6 策策:象声词,形容刮风的声音。

父虑海涛妖薮,险恶难犯,力阻之。彪抚膺痛哭,父不能止。乃告交帅,携两兵至海内。逆风阻舟,摆簸[1]海中者半月。四望无涯,

徐某担心海上波涛汹涌,夜叉国又是魔窟,路途艰险,环境恶劣,就极力劝阻。徐彪捶胸痛哭,父亲怎么劝也无法阻拦。于是,徐彪就禀告交州守将,自己携带两名卫兵出海。船逆风受阻,在海中摆动颠簸了半个月。徐彪一行朝四周望去,

咫尺迷闷，无从辨其南北。忽而涌波接汉，乘舟倾覆，彪落海中，逐浪浮沉。久之，被一物曳去，至一处，竟有舍宇。彪视之，一物如夜叉状。彪乃作夜叉语，夜叉惊讯之，彪乃告以所往。

夜叉喜曰："卧眉，我故里也，唐突可罪！君离故道已八千里。此去为毒龙国，向卧眉非路。"乃觅舟来送彪。夜叉在水中，推行如矢，瞬息千里，过一宵，已达北岸。见一少年，临流瞻望[2]，彪知山无人类，疑是弟。近之，果弟，因执手哭。既而问母及妹，并云健安。彪欲偕往，弟止之，仓忙便去。回谢夜叉，则已去。未几，母妹俱至，见彪俱哭。彪告其意，母曰："恐去为人所凌[3]。"彪曰："儿

只见海水茫茫无际，咫尺之内也迷茫不清，无从分辨南北。忽然巨浪滔天，直冲霄汉，船被打翻，徐彪掉进海里，随海浪上下浮沉。漂了很长时间，他被一个怪物带走，他们来到一个地方，竟然有房屋。徐彪一看，有个怪物很像夜叉。于是他就说夜叉语和怪物交谈，夜叉惊讶地询问他要去哪里，徐彪告诉他自己要去卧眉山。

夜叉听后高兴地说："卧眉山是我家乡，刚才唐突冒犯，还请恕罪！你离去卧眉山的路已经偏差了八千里。这条路是去毒龙国的，不是去卧眉山的。"于是它就找船送徐彪。夜叉在水中推着船，快如飞矢，转眼就行了千里。经过一夜，已经到达卧眉山北岸。徐彪看见有位少年在溪流边向大海眺望，他知道山里没有人类，怀疑是弟弟。走近前看，果然是弟弟，于是就抓着他的手号啕大哭。继而问起母亲和妹妹，弟弟说都很安康。徐彪想和弟弟一起拜见母亲，弟弟赶忙阻止，自己急匆匆地就走了。徐彪返回岸边感谢夜叉，发现它已离去。没多久，母亲和妹妹都来了，看见徐彪放声大哭。徐彪把自己的想法告诉他们，母亲说："到了那边恐怕被人类欺凌。"徐彪就说：

在中国甚荣贵，人不敢欺。”

“孩儿在中国当官，身份高贵显赫，没人敢欺负你们。”

注释 1 摆簸：摆动颠簸。 2 瞻望：远望。 3 凌：欺凌。

归计已决，苦逆风难渡。母子方徊徨间，忽见布帆南动，其声瑟瑟。彪喜曰：“天助吾也！”相继登舟，波如箭激[1]，三日抵岸，见者皆奔。彪向三人脱分袍裤。抵家，母夜叉见翁怒骂，恨其不谋，徐谢过不遑。家人拜见主母，无不战栗。彪劝母学作华言[2]，衣锦，厌粱肉[3]，乃大欣慰。母女皆男儿装，类满制[4]。数月稍辨语言，弟妹亦渐白皙。

徐彪于是决心回去，但又苦于逆风难以渡海。母子正在彷徨间，忽然看见船帆向南鼓动，被风吹得“哗哗”作响。徐彪高兴地说：“真是天助我也！”于是母子相继上船，激起的水波犹如射出的箭一样，走了三天抵达岸边，见到他们的人都吓跑了。徐彪就脱下长袍和裤子分给他们穿上。回到家，母夜叉见到丈夫破口大骂，抱怨他不跟自己商量就走了，徐某只得连连致歉。家人前来拜见主母，都吓得哆哆嗦嗦。徐彪劝母亲学说汉语，穿绸缎衣服，吃精美的饭食，母夜叉都一一照做，徐彪心里很是欣慰。母女都穿男装，跟满族服装的款式差不多。几个月后稍稍能分辨华语，弟弟妹妹皮肤也渐渐变白了。

弟曰豹，妹曰夜儿，俱强有力。彪耻不知书，教弟读，豹最慧，经史一过辄了。又不欲操儒业，仍使挽强弩，驰怒马[5]，登

徐彪的弟弟名豹，妹妹名夜儿，都孔武有力。徐彪耻于自己不曾读书识字，就请人教弟弟读书，徐豹最聪明，经史读一遍就能知晓其义。他不喜欢当书生，

武进士第，聘阿游击[6]女。夜儿以异种，无与为婚。会标下[7]袁守备[8]失偶，强妻之。夜儿开百石弓，百余步射小鸟，无虚落。袁每征，辄与妻俱，历任同知将军[9]，奇勋半出于闺门。豹三十四岁挂印，母尝从之南征，每临巨敌，辄擐甲执锐[10]，为子接应，见者莫不辟易[11]。诏封男爵。豹代母疏辞，封夫人。

于是仍教他拉强弓，骑烈马，最后徐豹考中了武进士，娶了阿游击的女儿。夜儿由于是异类，没人愿意和她成亲。恰逢徐彪麾下的袁守备丧妻，就强行把夜儿嫁给他。夜儿能拉开百石重的硬弓，百步之外射小鸟，箭无虚发。袁守备每次都和妻子一同出征，后来官至同知将军，他一半的功勋都出自夜儿。徐豹三十四岁时挂印出征，母亲曾跟他一起南征，每次面对强敌，她就身披铠甲，手持兵刃，冲锋陷阵接应儿子，敌人见到她没有不落荒而逃的。朝廷下诏封母夜叉为男爵，徐豹代母亲上疏辞谢，于是改封夫人。

注释 1 波如箭激：形容船行时，激起的水花如射出的箭一样。 2 华言：汉语。 3 厌粱肉：吃精美的饭食。粱肉，以粱为饭，以肉为肴。指精美的膳食。厌，通“餍”，吃饱。 4 类满制：像满族服装的款式。 5 怒马：烈马。 6 游击：清代武官名。从三品，次于参将一级。 7 标下：麾下。 8 守备：清朝武官名，正五品，负责管理军队总务以及军饷、军粮。 9 同知将军：即副总兵。 10 擐(huàn)甲执锐：穿上铠甲，手持兵器。 11 辟易：退避。

异史氏曰：“夜叉夫人，亦所罕闻，然细思之而不罕也。家家床头有个夜叉在。”

异史氏说：“娶母夜叉为夫人，真是前所未闻的稀罕事，然而仔细想起来，也不算什么稀罕的事。家家床头，不都有个母夜叉吗？”

小髻

原文

长山居民某，暇居，辄有短客[1]来，久与扳谈[2]。素不识其生平，颇注疑念。客曰：“三数日，将便徙居，与君比邻矣。”过四五日，又曰：“今已同里，旦晚可以承教[3]。”问：“乔居[4]何所？”亦不详告，但以手北指。自是，日辄一来，时向人假器具，或吝不与，则自失之。群疑其狐。村北有古冢，陷不可测，意必居此，共操兵杖往。伏听之，久无少异。一更向尽，闻穴中戢戢然，似数十百人作耳语。众寂不动。俄而尺许小人连遱[5]而出，至不可数。众噪起，并击之。杖杖皆火，瞬息四散。惟遗一小髻，如胡桃壳然，纱饰

译文

长山有个人，每当他闲居时，就有个身材矮小的客人前来拜访，两人一见面就聊很久。他与客人素不相识，所以心中颇生疑虑。客人说：“再过三四天，我就要搬家和你做邻居了。”过了四五天，客人又说：“现在我们住在一个村里，早晚我都可以前来向你请教。”那人就问：“你搬到哪里了？”客人回答语焉不详，只是用手朝北指了指。从此他每天都来，经常向人借东西，如果吝啬不借，东西自己就消失不见了。大家都怀疑他是狐狸。村北有座塌陷的古坟深不见底，众人怀疑狐狸肯定住在这儿，就一起拿着刀枪棍棒赶过去。趴在地上听了很长时间，也没发觉什么怪异。一更将尽时，听见洞穴中有细碎的声响，似乎有数十上百人交头接耳，说个不停。村民们安安静静的，一动也不动。一会儿，看到有一群一尺多高的小人接连走了出来，多得数不过来。村民们一哄而起，挥动棍棒击打。每棍子打下去都冒出火花，小人瞬间就四散逃走了。只留下一个小小的发髻，像胡桃壳的样子，是用纱做

而金线，嗅之，骚臭不可言。

的，上面绣着金线，拿起来闻了闻，骚臭无比，难以形容。

注释 1 短客：指身材矮小的客人。 2 扳谈：攀谈。扳，通“攀”。 3 承教：接受教诲。 4 乔居：迁居。 5 连遱(lóu)：步行连续不断的样子。

西 僧

原文

西僧自西域来，一赴五台[1]，一卓锡泰山。其服色言貌，俱与中国殊异。自言历火焰山，山重重气熏腾若炉灶。凡行必于雨后，心凝目注，轻迹步履[2]之。误蹴[3]山石，则飞焰腾灼焉。又经流沙河，河中有水晶山，峭壁插天际，四面莹澈，似无所隔。又有隘，可容单车，二龙交角对口，把守之。过者先拜龙，龙许过，则口角自开。龙色白，鳞鬣皆如晶然。僧言途中历十八

译文

有两个僧人从西域来到内地，一个赶赴五台山，一个前往泰山。他们穿的衣服和讲的话，都跟中国人大不相同。他们自称经过火焰山时，山岭重重叠叠，热气蒸腾如同火炉。必须要在雨后才能走，而且要集中精神，目不转睛，迈着轻盈的脚步行进。如果不小心碰到石头，山上就会火焰飞腾，灼烧行人。又经过流沙河时，河中有水晶山，峭壁高耸，直插天际，四面晶莹剔透，看上去似乎没有什么阻隔。山上有一处狭窄的关隘，只能容一辆车通过，有两条龙交角对口把守着。经过的人要先向龙礼拜，龙若允许通过，角和嘴便会自动打开。龙通体白色，龙鳞和须发如同水

寒暑矣。离西土者十有二人,至中国仅存其二。西土传中国名山四:一泰山,一华山,一五台,一落伽[4]也。相传山上遍地皆黄金,观音、文殊犹生。能至其处,则身便是佛,长生不死。听其所言状,亦犹世人之慕西土也。倘有西游人,与东渡者中途相值,各述所有,当必相视失笑,两免跋涉矣。

晶一样。僧人说路上走了十八年。离开西方时有十二人,到中国的仅存两人。西方盛传中国有四大名山:一是泰山,一是华山,一是五台山,一是普陀洛伽山。相传山上遍地黄金,观世音菩萨、文殊菩萨还在那里。人若能到那儿,就可以肉身成佛,长生不死。听他们讲的这些,西方人羡慕东方,就好像世人羡慕西方一样。倘若有西行人与东渡者在中途相遇,各讲述自己国土拥有的胜境,必定会相顾失笑,免去双方长途跋涉的辛劳。

注释 **1** 五台:五台山,中国佛教四大名山之一,位于山西东北部。相传是文殊师利菩萨的道场。 **2** 轻迹步履:放轻脚步行进。 **3** 蹴(cù):触碰。 **4** 落伽:普陀洛伽山,中国佛教四大名山之一,是浙江舟山群岛中的一个岛屿。相传是观世音菩萨的道场。

老 饕

原文

邢德,泽州[1]人,绿林[2]之杰也。能挽强弩,发连矢,称一时绝技。

译文

邢德是泽州人,是位绿林豪杰。他臂力很大,能拉强弓,射连珠箭,一时在江湖上称为绝技。邢德生平失意潦倒,不善

而生平落拓[3]，不利营谋，出门辄亏其资。两京大贾，往往喜与邢俱，途中恃以无恐。会冬初，有二三估客[4]薄假以资，邀同贩鬻，邢复自罄其囊[5]，将并居货。有友善卜，因诣之，友占曰："此爻为'悔'，所操之业，即不母而子亦有损[6]焉。"邢不乐，欲中止，而诸客强速[7]之行。至都，果符所占。

于规划经营，出门做生意总是亏本。当时，来往于南京、北京的大商人往往喜欢和他结伴而行，路上受邢德照料，有恃无恐。一次，正值初冬时节，有两三个商人借给邢德一些钱，邀他一同做买卖，邢德又拿出自己所有的钱，加上借来的钱，全部买了货物。他有个朋友擅长占卜，出发前邢德前去拜访，朋友算了一卦说："这一爻是'悔'，你这次做的生意，不但赚不了钱，而且还要亏本。"邢德听后很不高兴，想收手不干，可那几个客商一再邀请，带着他匆匆上路。到了京城，果然跟算卦先生讲的一样，不仅没赚钱，还折了本。

注释 **1** 泽州：在今山西晋城。 **2** 绿(lù)林：本为地名，在今湖北当阳一带。西汉末年，王匡、王凤在此聚众反抗王莽，称"绿林军"。后世便以绿林指结伙聚集山林反抗政府或抢劫财物的团伙。 **3** 落拓：此处指潦倒失意。 **4** 估客：商人。 **5** 自罄其囊：拿出自己所有的钱。 **6** 不母而子亦有损：不仅赚不了钱，而且还要亏本。母，指本钱。子，指利润。 **7** 强速：一再邀请。速，招请。

腊[1]将半，匹马出都门，自念新岁无资，倍益怏闷。时晨雾蒙蒙，暂趋临路店，解装[2]觅饮。见一颁白叟[3]，共两少年酌

当时已是腊月中旬，邢德只身骑马离开京城，一想到快过年了却身无分文，心里倍感苦闷。那天早晨雾气蒙蒙，他就暂时到路边的店铺放下行装找些酒喝。看见一个鬓发斑白的老者和两个少

北牖[4]下，一僮侍黄发蓬蓬然。邢于南座，对叟休止[5]。僮行觞[6]，误翻柈具，污叟衣。少年怒，立摘其耳，捧巾持帨[7]，代叟揩试。既见僮手拇，俱有铁箭镮[8]，厚半寸，每一镮约重二两余。食已，叟命少年于革囊中探出镪物，堆累几上，称秤握算，可饮数杯时，始缄裹完好。少年于枥中牵一黑跛骡来，扶叟乘之，僮亦跨羸马相从，出门去。两少年各腰弓矢，捉马俱出。

年在北窗下饮酒，一个黄发蓬乱的小童在一旁伺候。邢德靠南边坐下，坐在老者对面。小童倒酒时不小心碰翻了菜盘，弄脏了老者的衣服。少年勃然大怒，一把揪住小童的耳朵，命他捧着毛巾，拿着手绢给老者擦干净。小童伸手给老者擦拭衣服，只见他手指上戴着半寸厚的铁箭环，每个铁环大约有二两重。吃完饭，老者命少年从皮袋子里取出银子，堆在桌子上，拿秤称算，大约过了几杯酒的工夫，才将银子包好。少年从马厩里牵出一头瘸腿的黑骡子，扶老者骑上去，小童也跨上一匹瘦马跟着，一起走出门去。两位少年腰里各别着弓箭，牵过马也跟了出去。

注释　1 腊：腊月。　2 解装：放下行装。　3 颁白叟：须发斑白的老人。　4 北牖：此处指北墙上的窗户。　5 对叟休止：面对老者坐下。　6 行觞：依次敬酒。此处指倒酒。　7 捧巾持帨(shuì)：捧着毛巾，拿着手绢。古时的佩巾，相当于手绢。　8 铁箭镮：铁扳指，射箭时拉弓用的工具。镮，同“环”。

邢窥多金，穷睛旁睨，馋焰若炙，辍饮，急尾之。视叟与僮犹款段[1]于前，乃下道斜驰出

邢德窥见他们有那么多银子，斜着眼在一旁注视，馋得他欲火中烧，于是便放下酒杯，急忙追了过去。他看到老者和小童还在前面慢悠悠地走着，就抄小路

叟前，紧衔关弓[2]，怒相向。叟俯脱左足靴，微笑云：“而[3]不识得老饕[4]也？”邢满引一矢去。叟仰卧鞍上，伸其足，开两指如钳，夹矢住。笑曰：“技但止此，何须而翁手敌？”邢怒，出其绝技，一矢刚发，后矢继至。叟手掇一，似未防其连珠[5]，后矢直贯其口，踣然而堕，衔矢僵眠。僮亦下。邢喜，谓其已毙，近临之。叟吐矢跃起，鼓掌曰：“初会面，何便作此恶剧？”邢大惊，马亦骇逸[6]，以此知叟异，不敢复返。

斜冲到老者前面，勒住马，拉开弓，怒气冲冲地把箭头对准老者。老者俯身脱下左脚的靴子，笑着问：“你不认识老饕吗？”邢德二话不说，拉满弓朝他射去。老者仰卧在马鞍上，一伸脚，张开两个脚趾，像钳子一样夹住飞箭，笑呵呵地说：“你就这点儿本事，何须你爷爷亲自动手？”邢德听了大为恼怒，便使出绝招，前箭刚射出，后箭又紧接而至。老者伸手抓住一支箭，似乎对连发箭没有防备，后面的箭直接射进他嘴里。老者从马上摔了下来，嘴里含着箭僵卧在地上。小童也跳下马。邢德暗自高兴，认为老者已经死了，就走上前察看。老头突然把箭一吐跃身而起，拍着巴掌说：“初次见面，怎么就开这样的玩笑啊？”邢德猛然一惊，马也吓得狂奔起来，他这才知道老者不是等闲之辈，再也不敢回来了。

注释 1 款段：马行迟缓的样子。 2 紧衔关弓：勒住马，拉开弓。关弓，弯弓。 3 而：通“尔”，你。 4 老饕(tāo)：本指贪吃的人，此处是老者外号，比喻其贪财。饕，饕餮，传说中一种贪吃的怪兽。 5 连珠：连续发射的箭。 6 骇逸：马受惊狂奔。

走三四十里，值方面纲纪[1]，囊物赴都，要取[2]之，略可千金，意气始得扬。方疾骛[3]间，闻后有蹄声，回首则僮易[4]跛骡来，驶若飞。叱曰："男子勿行！猎取之货，宜少瓜分。"邢曰："汝识'连珠箭邢某'否？"僮云："适已承教矣。"邢以僮貌不扬，又无弓矢，易[5]之。一发三矢，连遝不断，如群隼飞翔。僮殊不忙迫，手接二，口衔一。笑曰："如此技艺，辱寞煞人！乃翁偬遽[6]，未暇寻得弓来，此物亦无用处，请即掷还。"遂于指上脱铁镮，穿矢其中，以手力掷，呜呜风鸣。

邢急拨以弓，弦适触铁镮，铿然断绝，弓亦绽裂。邢惊绝，未及覷避，矢过贯耳[7]，不觉翻坠。僮下骑，便将搜括，邢以弓卧挞之，僮夺弓去，拗折

邢德走了三四十里，正好赶上地方官员的管家，带着财物前往京城，他就拦路劫了下来，约略估计有千两之多，这才有些扬眉吐气。正在疾驰间，突然听到身后有马蹄声，回头一看，原来是刚才那个仆人换乘瘸腿骡子飞奔而来。他高声喝道："男子不要走！抢来的东西也该多少分一点。"邢德就说："你认识'连珠箭邢某'吗？"仆人说："刚才已经领教过了。"邢德看他其貌不扬，又没带弓箭，就轻视他。一连射出三箭，这三箭不断如同群隼出击。仆人却一点也不慌张急迫，用手接住两支，嘴衔住一支。笑道："这样的本事，真是丢死人了！你爷爷来得匆忙，没时间带弓，这些东西留着也没用，就还给你吧。"于是就从手指上脱下铁环，把箭枝穿在其中，拿手用力扔了出去，呜呜作响。

邢德急忙用弓拨打，弓弦恰好碰到铁环，"嘣"一声就断了，弓也裂开了。邢德惊绝，来不及躲避，被箭射穿了耳朵，不觉翻身落马。仆人跳下骡子，上前搜刮财物，邢德躺在地上用弓抽打他，仆人一把夺了过来，将弓折成两截，

为两，又折为四，抛置之。已，乃一手握邢两臂，一足踏邢两股，臂若缚，股若压，极力不能少动。腰中束带双叠，可骈三指许，僮以一手捏之，随手断如灰烬。取金已，乃超乘[8]，作一举手，致声"孟浪[9]"，霍然径去。邢归，卒为善士，每向人述往事不讳。此与刘东山事盖彷佛焉。

又折成四截，随手扔在一边。然后就一手握住邢德的双臂，一脚踩在他两腿上，邢德感觉自己胳膊好像被捆起来一样，腿上压着千斤重担，用尽力气也动弹不得。邢德腰里系的双层束带有三指多宽，仆人用手一捏，腰带随手像灰烬一样断开了。拿完钱，他才跳上骡子，举了一下手，说了声"鲁莽"，迅速离去。邢德返回家后，痛改前非，最终成了好人，每每向人叙述往事，毫不忌讳。这与刘东山的事迹大概相同。

注释 1 方面纲纪：地方大官的管家。方面，明清时期称总督、巡抚等主政一方的官员为方面大员。纲纪，管理一家事务的仆人，即总管。 2 要取：拦路夺取。 3 疾骛：纵马疾驰，形容速度极快。 4 易：此处指换乘。 5 易：此处指轻视。 6 傯(zǒng)遽：仓促，匆忙。 7 贯耳：射穿耳朵。 8 超乘：原指跳跃上车，此处指跳上骡背。 9 孟浪：鲁莽。

连 城

原文

乔生，晋宁[1]人，少负才名。年二十余，犹偃蹇[2]。为人有

译文

晋宁有一位姓乔的书生，少年时就才华横溢，远近闻名。但到了二十多岁，依然科举不得志。乔生为人正直，待人肝胆相

肝胆[3]。与顾生善，顾卒，时恤其妻子。邑宰[4]以文相契重[5]，宰终于任，家口淹滞[6]不能归，生破产扶柩[7]，往返二千余里。以故士林[8]益重之，而家由此益替[9]。

照。他与一个姓顾的书生交往深厚，顾生去世后，乔生常去周济他的老婆孩子。县令因为乔生有文才而非常器重他，后来县令死在任上，家眷滞留在晋宁无法返乡，乔生变卖自己的家产，护送县令的灵柩和家眷回乡，往返两千多里。因为这件事，读书人之间更加尊重乔生，但他的家境从此更加衰败。

注释 1 晋宁：在今云南昆明晋宁区。 2 偃蹇(yǎn jiǎn)：困顿，此处指科举不得志。 3 有肝胆：讲忠义诚信，勇于为别人尽力。 4 邑宰：县令。 5 契重：尊重，看重。 6 淹滞：困阻，久留。 7 扶柩(jiù)：护送灵柩。 8 士林：读书人群体。 9 替：衰败。

史孝廉有女，字连城，工刺绣，知书，父娇爱[1]之。出所刺《倦绣图》，征少年题咏，意在择婿。生献诗云："慵鬟高髻[2]绿婆娑[3]，早向兰窗绣碧荷。刺到鸳鸯魂欲断，暗停针线蹙双蛾[4]。"又赞挑绣之工云："绣线挑来似写生，幅中花鸟自天成。当年织锦非长技，幸把回文[5]感圣明。"女得诗喜，对

当时，一位姓史的孝廉有个女儿，叫连城，善于刺绣，又知书达礼，父亲非常宠爱她。一次史孝廉拿出女儿绣的《倦绣图》，广求诸位年轻书生就图题诗，意图借此机会挑选女婿。乔生献上一首诗："慵鬟高髻绿婆娑，早向兰窗绣碧荷。刺到鸳鸯魂欲断，暗停针线蹙双蛾。"又题写一首诗赞扬这幅图挑绣工艺："绣线挑来似写生，幅中花鸟自天成。当年织锦非长技，幸把回文感圣明。"连城看到这两首诗非常喜欢，便对着父亲称赞乔生的才华，但父亲嫌乔生家里太穷。然

父称赏，父贫之。女逢人辄称道，又遣媪矫[6]父命，赠金以助灯火[7]。生叹曰："连城我知己也！"倾怀结想，如饥思啖。

而此后连城逢人就赞扬乔生，又派老仆妇假借父亲的名义，赠给乔生一些钱财资助他读书。乔生感叹说："连城真是我的知己啊！"因此对连城倾情爱恋，如饥似渴地想念她。

注释 1 娇爱：宠爱。 2 慵鬟高髻：困倦时的发鬟，高耸的发髻。 3 婆娑(pó suō)：枝叶扶疏的样子。 4 双蛾：指美女的两眉。蛾，蛾眉。 5 回文：把相同的词汇或句子，在下文中调换位置或颠倒过来，产生首尾回环的效果，叫作回文。此处指绣在锦缎上的回文图样。 6 矫：假托。 7 助灯火：资助读书的费用。

无何，女许字[1]于鹾贾[2]之子王化成，生始绝望，然梦魂中犹佩戴[3]之。未几，女病瘵，沉痼[4]不起，有西域头陀[5]自谓能疗，但须男子膺肉[6]一钱，捣合药屑。史使人诣王家告婿，婿笑曰："痴老翁，欲我剜[7]心头肉也！"使返。史乃言于人曰："有能割肉者妻之。"生闻而往，自出白刃，刲[8]膺授僧。血濡[9]袍裤，僧敷药始止。合药三丸，三

不久以后，连城和一个盐商的儿子王化成定亲，乔生这才绝望，然而一直对连城魂牵梦萦，念念不忘。不久连城得了痨病，积重难返，卧床不起，有个从西域来的行脚僧人自称能治好她的病，但必须要一钱的男子的胸肉，捣碎了用来配药。史孝廉派人到王家告诉女婿，王化成笑着说："这傻老头，竟然想剜掉我的心头肉啊！"让传话的人回去。于是史孝廉对众人宣扬说："谁愿意割自己的肉救连城，我就把女儿嫁给他！"乔生听说后前往史家，自己拿出白刀亲手割下一块肉，交给僧人。鲜血染透了袍子和裤子，僧人忙给他敷药才止住血。僧人用乔生割下的肉

日服尽，疾若失。史将践其言，先告王。王怒，欲讼官。史乃设筵招生，以千金列几上。曰："重负大德，请以相报。"因具白背盟之由。生怫然[10]曰："仆所以不爱膺肉者，聊以报知己耳。岂货肉哉！"拂袖而归。女闻之，意良不忍，托媪慰谕之，且云："以彼才华，当不久落[11]。天下何患无佳人？我梦不详，三年必死，不必与人争此泉下物[12]也。"生告媪曰："'士为知己者死'，不以色也。诚恐连城未必真知我，但得真知我，不谐[13]何害？"媪代女郎矢诚自剖[14]。生曰："果尔，相逢时，当为我一笑，死无憾！"

制成三粒药丸，让连城分三天服完，果然痊愈了。史孝廉要践行诺言把连城许配给乔生，事先告诉了王化成。王化成知道后大怒，要告到官府。史孝廉便摆下酒席宴请乔生，拿出一千两银子摆到桌子上。他对乔生说："我家辜负了您的大恩大德，请让我用这些钱财作为报答。"并对乔生详细讲述了毁约的缘由。乔生生气地说："我之所以不惜剜去心头肉，只是为了报答连城的知己之情罢了，难道我是卖肉的吗！"说完气得拂袖而去。连城听说后，心里非常不忍，托老仆妇去安慰乔生，并且对他说："以你的才华，必然不会久居人下。天下何愁找不到佳人呢？我做了一个很不吉利的梦，三年内必死，你不必跟别人争我这个赴黄泉的人。"乔生告诉老仆妇："'士为知己者死'，我这么做不是贪图美色。我担心连城未必真知道我的心意，如果真知道，即使不做夫妻又有什么关系呢？"老仆妇替连城表白了一片真情。乔生说："如果真是这样，相逢时她若能对我一笑，也就死而无憾了！"

注释 1 许字：许婚。 2 鹾(cuó)贾：盐商。 3 佩戴：感恩戴德，此处指念念不忘。 4 沉痼(gù)：重病积久难愈。 5 头陀：泛指僧众，此处指行脚僧人。 6 膺肉：胸口的肉。 7 剜(wān)：挖。 8 刲(kuī)：割取。 9 濡(rú)：沾湿，沾染。 10 怫然：生气的样子。 11 落：困顿。 12 泉下物：对死人的称呼。 13 不谐：此处指做不成夫妻。 14 矢诚自剖：发誓自明心迹。

媪既去，逾数日，生偶出，遇女自叔氏归，睨之。女秋波转顾，启齿嫣然。生大喜曰："连城真知我者！"会王氏来议吉期[1]，女前症又作，数月寻死。生往临吊[2]，一痛而绝。史舁送其家。生自知已死，亦无所戚[3]，出村去，犹冀一见连城。遥望南北一道，行人连绪如蚁，因亦混身杂迹其中。俄顷，入一廨署[4]，值顾生，惊问："君何得来？"即把手将送令归。生太息[5]言："心事殊未了。"顾曰："仆在此典牍[6]，颇得委任，倘可效力，不惜也。"生问连城，顾即导生旋转多所，见连城与一白

老仆妇回去后没几天，乔生偶然出去，正巧遇到连城从叔叔家回来，不禁斜眼看她。连城也回头看乔生，秋波送情，对他启齿嫣然一笑。乔生大喜，说道："连城果真是我的知己啊！"等到王家来史家商议婚期吉日，连城先前的病又犯了，几个月后就死了。乔生前去吊唁，痛哭而死。史家派人把他抬回家中。乔生自知已经死了，也没有感到什么难过的，他一个人走出村，还想再看一看连城。远远望去，看到一条南北大道，道上的行人络绎不绝，就像蚂蚁一样，于是他也混进人群里。过了一会儿，乔生走进一所衙门，正巧碰到逝去的老友顾生，顾生惊讶地问："你怎么到这里来了？"边说边拉着乔生的手要送他回去。乔生长叹一声说："我还有一件心事尚未了结。"顾生说："我在这里掌管文书档案，很受上司信任，如果有能效力的地方，我一定竭尽全力在所不惜！"乔生向顾生打听连城的消息，顾生就领着他找了许多地方，最后才看到连城和一个

衣女郎，泪睫惨黛[7]，藉坐廊隅[8]。见生至，骤起似喜，略问所来。生曰："卿死，仆何敢生！"连城泣曰："如此负义人，尚不吐弃之，身殉何为？然已不能许君今生，愿矢来世耳。"生告顾曰："有事君自去，仆乐死不愿生矣。但烦稽[9]连城托生何里，行与俱去耳。"顾诺而去。

穿白衣服的女子在一起，她愁眉不展，眼含泪水，席地盘坐在廊下一角。连城看见乔生到来，急忙起身，欢喜地询问他是怎么来的。乔生说："你死了，我又怎敢苟活在世上！"连城听后哭着说："像我这样忘恩负义的人，你还不唾弃，又何必殉情而死？我今生不能和你成为夫妻，希望来世再续前缘吧。"乔生回头对顾生说："你事务繁多请先忙去吧，我这样死了很好，不愿意再活。只是麻烦你帮我查一下连城托生到何处，我要跟她一起去。"顾生答应后就走了。

注释 1 吉期：完婚的好日子。 2 临吊：吊丧。哭死者叫临，慰问死者亲属叫吊。 3 戚：哀伤。 4 廨署(xiè shǔ)：官署。 5 太息：出声叹气。 6 典牍：主管文书案卷。 7 泪睫惨黛：愁眉不展，眼含泪水。 8 藉坐廊隅：席地盘坐在廊下一角。 9 稽：稽查。

白衣女郎问生何人，连城为缅述[1]之，女郎闻之，若不胜悲。连城告生曰："此妾同姓，小字宾娘，长沙史太守女。一路同来，遂相怜爱。"生视之，意态怜人。方欲研问[2]，而顾已返，向生贺

那白衣女郎问连城乔生是什么人，连城详细向她讲述了往事，女郎听闻，心中不胜悲痛。连城向乔生介绍说："这位姑娘与我同姓，小名宾娘，是长沙史太守的女儿。我们一路同来，于是互相照顾怜爱。"乔生打量宾娘，见她的娇容惹人怜爱。他正想详细询问，顾生已经返回，并向乔生庆贺："我把你交代的

曰:"我为君平章已确[3],即教小娘子从君返魂,好否?"两人各喜。方将拜别,宾娘大哭曰:"姊去,我安归?乞垂怜救,妾为姊捧帨[4]耳。"连城凄然,无所为计,转谋生。生又哀顾,顾难之,峻辞[5]以为不可,生固强之,乃曰:"试妄为之。"去食顷而返,摇手曰:"何如!诚万分不能为力矣!"宾娘闻之,宛转娇啼,惟依连城肘下,恐其即去。惨怛[6]无术,相对默默,而睹其愁颜戚容,使人肺腑酸柔[7]。顾生愤然曰:"请携宾娘去,脱有愆尤[8],小生拚身受之!"宾娘乃喜,从生出,生忧其道远无侣。宾娘曰:"妾从君去,不愿归也。"生曰:"卿大痴矣!不归,何以得活也?他日至湖南,勿复走避,为幸多矣。"适有两

事情办妥了,马上就让小娘子和你一起重回人间,你看好不好?"两人听了都非常高兴。正要向顾生拜别,宾娘不禁大哭道:"姐姐你走了,我该去哪里啊?恳求可怜可怜,也救我出去,我愿意给姐姐做婢女侍奉左右。"连城听后很悲伤,然而又想不出好办法,就与乔生商量。乔生转而哀求顾生。顾生十分为难,坚决推辞说办不到。乔生执意强求,顾生才无奈地说:"我姑且试试吧!"顾生走了一顿饭的工夫才回来,摇着手说:"果然行不通!我确实无能为力!"宾娘听后,悲伤啼哭,恋恋不舍地依在连城胳膊下,唯恐她马上就走了。众人满面愁容毫无办法,相对无言,然而看着宾娘愁苦凄伤的样子,让人心酸肠软。顾生愤然而起,说道:"请你们带宾娘走吧。如果真要责罚,我豁出命承担!"宾娘这才高兴地跟着乔生一起出去。乔生担心宾娘路途遥远而又没人做伴,宾娘说:"我跟着你走,不愿意再回家了!"乔生说:"你太傻!你不回家,怎么能够还阳呢?等以后我到了湖南,你遇到我们不躲着,对我们来说就很荣幸了!"正好有两个仆妇去长沙送

媪摄牒[9]赴长沙，生属[10]宾娘，泣别而去。

文书，乔生让宾娘与她们同行，宾娘这才挥泪告别。

注释 1 缅述：详细讲述。 2 研问：详细询问。 3 平章已确：商量已妥。平章，商量处理。 4 捧帨(shuì)：此处指身居奴婢，给役侍奉。 5 峻辞：坚决推辞。 6 惨怛(dá)：忧伤，悲痛。 7 肺腑酸柔：心酸肠软。 8 脱有愆(qiān)尤：假若有罪责和过失。脱，假如。 9 摄牒：携带着公文，指出公差。 10 属：通"嘱"，嘱咐，叮嘱。

途中，连城行蹇缓[1]，里余辄一息，凡十余息，始见里门。连城曰："重生后，惧有反覆，请索妾骸骨来，妾以君家生，当无悔也。"生然之。偕归生家。女惕惕[2]若不能步，生伫待之。女曰："妾至此，四肢摇摇，似无所主。志恐不遂，尚宜审谋，不然生后何能自由？"相将入侧厢中，嘿定[3]少时，连城笑曰："君憎妾耶？"生惊问其故。赧然[4]曰："恐事不谐，重负君矣。请先以鬼报也。"

在回家的路上，连城走得很慢，走上一里多路就得休息，一路上歇了十多次才看见里门。连城说："我还阳后担心事情又有反复。请你先去我家要来我的尸首，我就在你家重生，他们也就无法反悔了。"乔生也认为连城说得对。于是两人先去乔生家。到了家门口，连城好像担忧恐惧什么而走不动，乔生站着等她。连城说："我走到这里，禁不住四肢发软，六神无主，担忧我们的心愿无法实现，我们还是再好好谋划一下吧，否则，我们重生之后哪还能自己做主？"两人牵着手进入侧厢房中，默默对视着，过了一会儿，连城忽然笑着说："你这是厌恶我吗？"乔生惊讶地询问为何这么问，连城害羞地说："我担忧复活后我们不能如愿以偿，再次辜负你的情意，请让我先以鬼身报答你吧！"

生喜，极尽欢恋。因徘徊不敢遽出，寄厢中者三日。连城曰："谚有之：'丑妇终须见姑嫜[5]。'戚戚于此，终非久计。"乃促生入，才至灵寝[6]，豁然顿苏。家人惊异，进以汤水。生乃使人要史来，请得连城之尸，自言能活之。史喜，从其言。方舁入室，视之已醒。告父曰："儿已委身[7]乔郎矣，更无归理。如有变动，但仍一死！"

乔生听后大喜，于是两人极尽欢爱。因为两人犹豫不决不敢出去，就这样在厢房中住了三天。连城说："俗话说：'丑媳妇终得见公婆。'我们总是在这里提心吊胆，终究不是长久之计。"催促乔生赶紧进屋。乔生刚走到灵床，尸体就猛然苏醒过来。家人非常惊异，喂他些汤水。乔生连忙派人请史孝廉来，请求得到连城的尸身，说自己能让连城复活。史孝廉大喜，听从了他的安排。刚把连城的尸首抬进乔生房里，一看，她果然已经复活了。连城告诉父亲说："女儿已经委身乔郎，再没有回家的道理。如果父亲让我们的婚事还有变动，我只有再死一次！"

注释 1 蹇(jiǎn)缓：步履缓慢。 2 惕惕：恐惧的样子。 3 嘿(mò)定：沉默。嘿，同"默"。 4 赧(nǎn)然：因难为情而脸红的样子。 5 姑嫜(gū zhāng)：对丈夫母亲与父亲的敬称。 6 灵寝：灵床。 7 委身：女子将身体交给男人。指嫁给男子，以身相许。

史归，遣婢往役给奉。王闻，具词申理[1]，官受赂，判归王。生愤懑欲死，亦无奈之。连城至王家，忿不饮食，惟乞速死，室无

史孝廉回家后，便派奴婢去乔家侍奉女儿。王化成听说此事，写下状纸告到官府。官府收了王家的贿赂，竟然将连城判给王化成。乔生愤怒至极，但还是无可奈何。连城被迫去了王家，气得不吃不喝，只求能早早死去。连城看屋里没人，便把腰

人，则带悬梁上。越日，益惫，殆将奄逝[2]，王惧，送归史；史复舁归生。王知之，亦无如何，遂安焉。连城起，每念宾娘，欲遣信探之，以道远而艰于往。一日，家人进曰："门有车马。"夫妇出视，则宾娘已至庭中矣。相见悲喜。太守亲诣送女，生延入。太守曰："小女子赖君复生，誓不他适，今从其志。"生叩谢如礼。孝廉亦至，叙宗好[3]焉。生名年，字大年。

带挂到房梁上要自尽。过了一天，连城身体更加虚弱，奄奄一息，眼看就要死了，王化成害怕，赶紧把她送回史家。史孝廉又把连城送到乔家。王化成听说后也没有办法，只得就此作罢。连城病治愈后，常常思念宾娘。打算派人打探她的消息，可是因为路途太过遥远，一直难于前往。有一天，家人忽然跑来禀报："门外来了好多车马。"乔生夫妇迎出屋门一看，宾娘已经到了庭院里。三人相见，不禁悲喜交集。原来是宾娘父亲史太守亲自送女儿来的，乔生连忙将他请进正堂。史太守说："小女多亏了你才能复生，她已经发誓不嫁别人，今天我来就是要实现她的意愿的。"乔生连忙向史太守叩头行岳父礼。史孝廉也来了，还与史太守共叙同宗情谊。乔生名年，字大年。

注释　1 具词申理：写状纸申请判决。　2 奄逝：去世。　3 叙宗好：谈论同宗的情谊。

异史氏曰："一笑之知，许之以身，世人或议其痴。彼田横五百人[1]岂尽愚哉！此知希之贵，贤豪所以感结而不能自

异史氏说："因为嫣然一笑的相知，就以身相许，世间的人或许说他痴傻，如此说来，那田横的五百壮士难道都是愚人吗！由此可知'知己'的稀少珍贵，所以贤人豪杰对知己感恩戴德而不能自

已也。顾茫茫海内，遂使锦绣才人[2]，仅倾心于蛾眉[3]之一笑也。悲夫！

已。四顾茫茫海角，才华横溢之人，因为没知己而倾心于女子的一笑。真是可悲啊！”

注释 1 田横五百人：田横，秦末齐人，楚汉战争中自立为齐王。刘邦称帝后，田横率五百人逃往海岛。刘邦怕他作乱，下诏强迫田横入洛阳。田横行至洛阳附近的尸乡，因耻于向刘邦称臣自杀。岛上五百人闻讯后也全部自杀。 2 锦绣才人：才华横溢、诗文精美的读书人。 3 蛾眉：本比喻女子美丽的眉毛。后泛指女子。

霍　生

原文

文登[1]霍生与严生少相狎[2]，长相谑也，口给交御[3]，惟恐不工。霍有邻妪，曾与严妻导产[4]，偶与霍妇语，言其私处有两赘疣，妇以告霍。霍与同党者谋，窥严将至，故窃语云：“某妻与我最昵。”众故不信。霍因捏造端末[5]，且云：“如不信，其阴侧有双疣。”严

译文

文登有个霍生，与严生从小就喜欢闹着玩，经常互相开玩笑，两人斗起嘴来，唯恐言辞不够犀利。霍生邻居有个老太婆，曾给严生妻子接生。有一次，她偶然跟霍生的老婆闲谈，说严生老婆私处有两个肉瘤。霍生老婆就告诉了丈夫。于是，霍生就跟同伙计划好，看到严生快过来时，就故意窃窃私语说：“某人的老婆跟我最亲密。”众人本来不相信，霍生便捏造了事情始末，并且说：“你们若不相信，她私处有两个肉瘤。”严生站在窗

止窗外，听之既悉，不入径去。至家，苦掠[6]其妻，妻不服，搒益残[7]，妻不堪虐，自经死。霍始大悔，然亦不敢向严而白其诬矣。严妻既死，其鬼夜哭，举家不得宁焉。无何，严暴卒，鬼乃不哭。霍妇梦女子披发大叫曰："我死得良苦，汝夫妻何得欢乐耶？"既醒而病，数日寻卒。霍亦梦女子指数诟骂，以掌批其吻。惊而寤，觉唇际隐痛，扪之高起，三日而成双疣，遂为痼疾。不敢大言笑，启吻太骤，则痛不可忍。

外，听得清清楚楚，没进门径直离开了。到家后把老婆痛打了一顿，老婆不承认有此事，严生用棍棒打得更厉害了。最后妇人受不了虐待，就上吊自杀了。这时，霍生才幡然悔悟，然而也不敢向严生讲明真相。严生老婆死后，冤魂天天晚上哭哭啼啼，全家都不得安宁。没多久，严生也暴毙身亡，鬼才不哭了。此后，霍生老婆夜里梦见一个女子披头散发大声叫嚷着："我死得好苦啊，你们夫妻怎么还这么欢乐？"霍生老婆醒后就生了病，几天就死了。霍生也梦见女子指着他痛骂，还用手打他的嘴。醒来以后，霍生感觉嘴唇隐隐作痛，用手一摸，已高高肿起，三天后嘴边长出两个小肉瘤，怎么也治不好。从此霍生不敢再大声说笑，如果嘴张得太急，就疼得受不了。

注释　1 文登：在今山东威海下辖的文登区。　2 狎：亲昵而不庄重。　3 口给交御：开玩笑，斗嘴。　4 导产：接生。　5 端末：事情的始末。　6 苦掠：痛打，狠狠地打。　7 搒(péng)益残：用棍棒打得更加凶狠。搒，用棍子或竹板打。

异史氏曰："死能为厉[1]，其气冤也。私病[2]加于唇吻，神而近于戏矣。"

异史氏说："死了化为厉鬼，是因为冤气太重。鬼能把私处的病转嫁到人的嘴上，真是像幻戏一样神奇啊。"

注释 1 厉：厉鬼，恶鬼。 2 私病：私处的病。

邑王氏，与同窗某狎。其妻归宁[1]，王知其驴善惊，先伏丛莽[2]中，伺妇至，暴出，驴惊妇堕。惟一僮从，不能扶妇乘。王乃殷勤抱控甚至，妇亦不识谁何。王扬扬以此得意，谓僮逐驴去，因得私其妇于莽中，述衵[3]裤履甚悉。某闻，大惭而去。少间，自窗隙中见某一手握刃，一手捉妻来，意甚怒恶。大惧，逾垣而逃。某从之，追二三里地不及，始返。王尽力极奔，肺叶开张，以是得吼疾[4]，数年不愈焉。

县里有个王生，与某个同学喜欢开玩笑。同学的妻子回娘家，王生知道她骑的毛驴容易受惊，就事先趴在草丛里，等妇人经过时，他突然跑出来，驴受到惊吓，把妇人摔下来。妇人身边只跟了一个小童，不能把她扶上驴背。王生就假装殷勤，把妇人抱了上去，妇人也不认识他是谁。王生就洋洋得意地对人说，仆人追驴去了，自己就趁机和同学妻子在草丛里私通，并把妇人穿的内衣、裤子、鞋袜讲得一清二楚。同学听到后，羞愧地离开了。不一会儿，王生从窗户缝里看到同学一手拿着刀，一手抓着妻子过来，看样子怒气腾腾，凶恶吓人。王生吓得要死，翻墙逃跑了。同学紧追不舍，追了二三里没追上就回去了。王生因为竭尽全力奔跑，肺叶都裂开了，从此就得了哮喘，过了几年也没治好。

注释 1 归宁：出嫁的女子回娘家省亲。 2 丛莽：杂乱丛生的草木。 3 衵(rì)：贴身的衣服。 4 吼疾：哮喘病。

汪士秀

原文

汪士秀，庐州[1]人，刚勇有力，能举石舂[2]。父子善蹴鞠[3]。父四十余，过钱塘没焉。积八九年，汪以故诣湖南，夜泊洞庭。时望月东升，澄江如练[4]。方眺瞩间，忽有五人自湖中出，携大席平铺水面，略可半亩。纷陈酒馔，馔器磨触作响，然声温厚，不类陶瓦。已而三人践席坐，二人侍饮。坐者一衣黄，二衣白。头上巾皆皂色，峨峨然[5]下连肩背，制绝奇古，而月色微茫，不甚可晰。侍者俱褐衣，其一似童，其一似叟也。但闻黄衣人曰："今夜月色大佳，足供快饮。"白衣者曰："此夕风景，大似广利王[6]宴梨

译文

汪士秀是安徽合肥人，他性情刚毅，孔武有力，能举起捣米的石臼。汪家父子都擅长踢球。父亲四十多岁时，途经钱塘江，不幸落水遇难。八九年后，汪士秀有事到湖南，一天夜里，船停靠在洞庭湖。向外望去，只见一轮圆月从东方升起，把江水映照得如同一条白色丝带。汪士秀正在眺望时，忽然看见湖中走出五个人，携带着一张宽大的凉席铺到水面上，展开后大约有半亩。五个人忙着摆酒菜，杯盘碟盏互相碰撞作响，听声音敦实温厚，不像是瓷碗陶瓶一类的东西。过了一会儿，其中三个人坐下来饮酒，两个人在一旁伺候。坐着的三位当中，一人穿黄衣，两人着白衣，头上都裹着黑色的头巾，头巾上端高耸，下面连着肩膀和背部，模样实在奇特古怪，可惜月色微弱，看不太清楚。两位侍者都穿着褐色的衣服，其中一个像是小孩儿，另一个像是老头儿。只听黄衣人说："今晚月色甚好，足够我们痛痛快快地喝上一场。"一个穿白衣的人说："今晚风光，真是像极了当初南海广利大王在梨

花岛时。”三人互劝，引釂竞浮白[7]。但语略小，即不可闻。舟人隐伏，不敢动息。汪细审侍者，叟酷类父，而听其言，又非父声。

花岛设宴时的情景。”于是，三人推杯换盏，你一言我一语地喝起来，干杯之后又争着为对方斟酒，只是声音太小，听不到在讲什么。船工们吓得躲在船舱里，动都不敢动。汪士秀仔细打量侍者，感觉老头儿跟自己父亲长得很像，但听他讲话又不是父亲的声音。

注释 1 庐州：今安徽合肥。 2 石舂(chōng)：一种捣米的农具，此处指石臼。 3 蹴鞠(cù jū)：类似于足球的一种游戏。 4 澄江如练：明净的江水好像白色丝带。 5 峨峨然：高耸的样子。 6 广利王：南海神的封号。 7 引釂(jiào)竞浮白：干杯之后，争着为对方斟酒，此处形容三人畅饮的场景。

二漏将残[1]，忽一人曰：“趁此明月，宜一击球为乐。”即见僮汲[2]水中取一圆出，大可盈抱，中如水银满贮，表里通明。坐者尽起。黄衣人呼叟共蹴之。蹴起丈余，光摇摇射人眼。俄而訇然[3]远起，飞堕舟中。汪技痒，极力踏去，觉异常轻软。踏猛似破，腾寻丈，中有漏光，下射如虹，蚩

二更将尽时，忽然一人说：“趁今晚明月当空，应该踢球助兴才好。”话音刚落，只见小童从水中捞出一个圆球，有双手合抱那么大，球里面好像注满了水银，内外通透明亮。坐着的人全部站起身。黄衣人喊老翁过来一起踢。老翁起脚就将球踢出一丈多高，圆球在空中闪闪发光，晃得人睁不开眼。突然一记猛踢，圆球轰然向远处飞去，恰好掉在船里。汪士秀早就技痒难耐，抬起脚，铆足劲踢过去，感觉异常轻巧柔软。这一脚踢得过猛，都要把球踢破了，球反弹起几丈高，光从里边漏出来，随着圆球飞舞，好似在夜空划出一道

然疾落。又如经天之彗[4]，直投水中，滚滚作沸泡声而灭。席中共怒曰："何物生人，败我清兴！"叟笑曰："不恶不恶，此吾家流星拐[5]也。"白衣人嗔其语戏，怒曰："都方厌恼，老奴何得作欢？便同小乌皮捉得狂子来，不然，胫股当有椎[6]吃也！"汪计无所逃，即亦不畏，捉刀立舟中。倏[7]见僮叟操兵来，汪注视，真其父也，疾呼："阿翁，儿在此！"叟大骇，相顾凄断[8]。

白虹，最后"噗嗤"疾速下坠，又好像从天际划过的彗星，径直落入水中，远远听到咕嘟咕嘟的沸腾声，只见湖面冒起一阵阵水泡，然后就消失不见了。席上的人齐声怒斥道："哪来的生人，竟敢败坏我们的雅兴！"老翁哈哈笑道："不错不错，这是我们家传的流星拐脚法。"白衣人听老头儿说风凉话，怒气腾腾地说："大家伙儿正在气头上，你这个老东西怎么还这么开心？赶快跟小乌皮过去，把那个狂小子给带过来，要不然，让你腿上吃棒槌！"汪士秀估计逃不掉，也不害怕，提起刀立在船头。眨眼间，老头儿和小童手持兵刃来到近前，汪士秀定睛一看，老翁果真是他父亲，就大声呼喊："老爹，孩儿在此！"老者闻声大惊，父子二人相对无言，凄凉哀伤难以名状。

注释 1 二漏将残：二更将尽，晚上十点多，将近十一点。 2 汲：捞取。 3 硡(hōng)然：形容声音很大。硡，同"訇"。 4 彗：彗星。 5 流星拐：蹴鞠的一种脚法，先抬起左脚，然后再快速以右脚从后发力踢球。 6 椎(chuí)：棒槌。 7 倏(shū)：忽然，迅速。 8 凄断：凄凉哀伤。

僮即反身去。叟曰："儿急作匿。不然都死矣！"言未已，三

小童见势不妙转身就跑。老者说："儿啊，你赶快藏起来，要不然咱们都活不成！"话音未落，席上的三人忽然跳上船，

人忽已登舟，面皆漆黑，睛大于榴[1]，攫叟出。汪力与夺，摇舟断缆。汪以刀截其臂落，黄衣者乃逃。一白衣人奔汪，汪剁其颅，堕水有声，哄然俱没，方谋夜渡，旋见巨喙出水面，深若井，四面湖水奔注，砰砰作响。俄一喷涌，则浪接星斗，万舟簸荡。湖人大恐。舟上有石鼓二，皆重百斤，汪举一以投，激水雷鸣，浪渐消。又投其一，风波悉平。汪疑父为鬼，叟曰："我固未尝死也。溺江者十九人，皆为妖物所食，我以蹋圆[2]得全。物得罪于钱塘君[3]，故移避洞庭耳。三人鱼精，所蹴鱼胞[4]也。"父子聚喜，中夜击棹而去。天明，见舟中有鱼翅[5]，径四五

面庞漆黑，眼睛比石榴还大，他们抓住老头儿就要走。汪士秀一把拉住父亲奋力争夺，小船剧烈地摇晃，缆绳都绷断了。情急之下，汪士秀举刀猛砍，黄衣人的一条胳膊顿时断落，落荒而逃。一个白衣人朝他扑过来，汪士秀反手一刀便剁下了他的脑袋，"咕咚"一声掉进水里，连人带头一起沉了下去。舟人正打算趁夜色渡水而去，忽然有张巨大的嘴巴探出水面，好像一口深井。巨嘴周边的湖水向中间灌流，"砰砰"作响。猛然巨嘴中喷出一股水柱，湖面骤然巨浪滔天，空中的星辰都被遮盖住了，停泊在湖面的船全都猛烈地颠簸起来，船中人无不惊恐万分。船上有两块压舱的石鼓，每个都有上百斤重，汪士秀奋然举起一块，猛地朝巨嘴砸去，激起的浪花发出雷鸣般的响声。波浪渐渐消退，又扔了一块过去，风波才彻底平静下来。汪士秀怀疑眼前的父亲是鬼魂，老者解释说："我本来就没有死，当初落水的十九个人都被妖怪吃了，我因为会踢球得以保全。后来妖物得罪了钱塘江龙神，所以就躲避到洞庭湖。这三个人都是鱼精，刚才踢的圆球就是鱼鳔。"汪氏父子得以团聚，欣喜万分，夜里就划船走了。天亮

尺许,乃悟是夜间所断臂也。

后,看见船上有个巨大的鱼鳍,有四五尺长,这才明白是昨晚砍断的手臂。

注释 1 榴:石榴。 2 蹋圆:踢球。 3 钱塘君:唐传奇《柳毅传》中记载钱塘君为龙神。 4 鱼胞:鱼鳔。 5 鱼翅:鱼鳍。

商三官

原文

故诸葛城[1]有商士禹者,士人也。以醉谑忤邑豪[2],豪嗾家奴乱捶之,舁归而死。禹二子,长曰臣,次曰礼,一女曰三官。三官年十六,出阁[3]有期,以父故不果。两兄出讼,经岁不得结。婿家遣人参母,请从权[4]毕姻事,母将许之。女进曰:"焉有父尸未寒而行吉礼?彼独无父母乎?"婿家闻之,惭而止。无何,两兄讼不得直,负屈归,举家悲愤。兄弟

译文

从前,诸葛城里有一个叫商士禹的读书人。因酒醉后开玩笑,触犯了县里的豪强,豪强就指使家奴将他毒打一顿,抬到家就死了。商士禹有两个儿子,大儿子叫商臣,二儿子叫商礼,还有一个女儿叫商三官。三官当时十六岁,已经定好了出嫁的日子,因为父亲亡故,就把婚事耽搁了。她的两个哥哥把豪强告到官府,官司打了一年也没有结案。夫婿家就派人拜见三官的母亲,请求权且先把婚事办了,三官的母亲打算答应。三官就劝阻道:"哪有父亲尸骨未寒就操办喜事的呢?难道他就没有父母吗?"婆家听到了很惭愧,就不再提娶亲的事。没多久,三官的两个哥哥官司没打赢,含恨回来,全家悲愤至

谋留父尸，张再讼之本。三官曰：“人被杀而不理，时事可知矣。天将为汝兄弟专生一阎罗包老[5]耶？骨骸暴露，于心何忍矣？”二兄服其言，乃葬父。葬已，三官夜遁，不知所往。母惭怍，唯恐婿家知，不敢告族党，但嘱二子冥冥[6]侦察之。几半年，杳不可寻。

柩。哥哥们打算先不下葬，保留父亲的尸体，好作为证据以后再打官司。三官就说：“人被杀了都不管，可见这是什么世道。难道上天会专门为你们兄弟降生一个阎罗包公吗？父亲尸骨暴露在外，又于心何忍？”两个哥哥认为她讲得很有道理，就安葬了父亲。刚安葬好，三官半夜就跑了，不知道去了哪里。母亲惭愧不安，唯恐女婿家知道，就不敢告诉亲戚，只是叮嘱两个儿子暗地里查访寻找。过了将近半年，还是杳无音讯。

注释 1 诸葛城：位于今山东临沂城北白沙埠镇东北，东临沂河。 2 邑豪：指县里强横而有权势的人。 3 出阁：古代对女子出嫁、成婚的称谓。阁即闺房，古代讲究三从四德，女子要大门不出，二门不迈，并不准与外界的男子见面，故称女子出嫁为“出阁”。 4 从权：指采用权宜变通的办法。 5 阎罗包老：指包拯。包拯是北宋官员，知开封府时，为官铁面无私，清正严明，民间有谚语称：“关节不到，有阎罗包老。” 6 冥冥：本意为昏暗，此处指暗地里。

会豪诞辰[1]，招优[2]为戏，优人孙淳携二弟子往执役[3]。其一王成，姿容平等，而音词清彻，群赞赏焉。其一李玉，貌韶秀[4]如好女，呼令歌，辞以

一天，适逢豪强寿诞，府上请唱戏的前来助兴，戏子孙淳带着两个徒弟前往效劳。一个叫王成，姿色平平，而唱得清脆动听，观众群口称赞。另一个叫李玉，相貌秀丽，长得像个绝色美女。命他唱歌，他推辞说戏词不熟，再三强迫，他就

不稔[5]，强之，所度曲半杂儿女俚谣[6]，合座为之鼓掌。孙大惭，白主人："此子从学未久，只解行觞耳，幸勿罪责。"即命行酒。玉往来给奉，善觑主人意向，豪悦之。酒阑人散，留与同寝，玉代豪拂榻解履，殷勤周至。醉语狎之，但有展笑，豪惑益甚。尽遣诸仆去，独留玉。玉伺诸仆去，阖扉下楗焉。诸仆就别室饮。

唱了几曲，其中大半是夹杂儿女情话的乡间俚曲，博得客人们满堂鼓掌。孙淳大感惭愧，就禀告主人："这个小子学的时间不长，只会一些劝酒的小调，请老爷不要怪罪。"于是就令他给客人敬酒。李玉跑前跑后地给客人劝酒，善于看主人脸色办事，豪强很喜欢他。酒喝完后，客人们都散了，豪强就留李玉过夜，李玉给他铺好床，脱下鞋，伺候得殷勤周到。豪强醉醺醺地挑逗他，他只是稍微笑了笑，豪强就对他更着迷了。于是把仆人都打发走，单独将李玉留下。李玉等其他人都走了，就把门关上锁住。仆人都到其他房间继续喝酒去了。

注释 1 诞辰：诞生的时辰，即出生的时间。 2 优：指演戏的人。 3 执役：担任劳役。 4 韶秀：美好秀丽。 5 不稔(rěn)：不熟悉。 6 半杂儿女俚谣：夹杂男女情话的民间歌谣。

移时，闻厅事[1]中格格有声，一仆往觇之。见室内冥黑，寂不闻声。行将旋踵[2]，忽有响声甚厉，如悬重物而断其索。亟问之，并无应者。呼众排阖[3]入，则

过了一会儿，听到卧房里传来"格格"声，一个仆人就过去查看。只见屋里漆黑一片，寂静无声。刚要转身离开，忽然传来一声巨响，好像悬挂重物的绳索突然断掉了。仆人急忙询问，但并没有回应。于是他就喊大家过来，撞开门进去后，发现主人已经身首异处，而李玉也上吊死了。

主人身首两断，玉自经死。绳绝堕地上，梁间颈际，残绠俨然。众大骇，传告内闼[4]，群集莫解。众移玉尸于庭，觉其袜履，虚若无足。解之，则素舄[5]如钩，盖女子也。益骇，呼孙淳诘之，淳骇极，不知所对，但云："玉月前投作弟子，愿从寿主人，实不知从来。"以其服凶[6]，疑是商家刺客。暂以二人逻守之，女貌如生，抚之，肢体温软，二人窃谋淫之。一人抱尸转侧，方将缓其结束[7]，忽脑如物击，口血暴注，顷刻已死。其一大惊，告众，众敬若神明焉，且以告郡。郡官问臣及礼，并言不知，但妹亡去已半载矣。俾往验视，果三官。官奇之，判二兄领葬，敕豪家勿仇。

绳子断了落在地上，房梁和脖子上还挂着残留的绳索。众人大为惊骇，赶紧把情况报告给主人的家眷，全家聚到一起，都弄不清是怎么一回事。众人把李玉的尸体移到院子里，感觉他的鞋袜空空的，好像没有脚一样。解开袜子一看，原来是一双穿着白鞋的小脚，她竟然是个女子。众人更加惊骇，就把孙淳喊过来盘问，孙淳害怕极了，不知道如何回答，只是说："李玉上个月投到我门下做徒弟，说愿意跟我前来给主人祝寿，我实在不知道她从哪来。"看她穿着孝服，大家怀疑是商家派的刺客。主人家眷暂时让两个仆人巡逻看守李玉的尸体，两人见女子面容跟活人一样，摸了摸，肢体温暖柔软，于是就偷偷谋划奸尸。一人抱起尸体翻转过来，正要解开衣带，忽然感觉脑袋被什么东西砸了一下，嘴里大吐鲜血，顷刻就死了。另一人大惊失色，赶紧逃跑告诉大家，众人对李玉敬若神明，并把事情报告给官府。郡守召见商臣和商礼询问，他们都说不知情，妹妹已经出走大半年了。郡守让他们去豪强家查验尸体，一看果然是三官。郡守认为此事不同寻常，就判决三官的两个哥哥把尸体领回去安葬，严戒豪强家报复。

注释 1 厅事：原指官署视事问案的厅堂，此处指豪强的卧室。 2 旋踵：转身。 3 排闼：撞开门。 4 内闼：此处指内室，即家眷的代称。 5 素舄(xì)：白色的鞋子。 6 服凶：身穿孝服。李玉所穿白鞋，表明在服丧。 7 结束：此处指衣带打的结。

异史氏曰："家有女豫让[1]而不知，则兄之为丈夫者可知矣。然三官之为人，即萧萧易水，亦将羞而不流，况碌碌与世浮沉[2]者耶！愿天下闺中人，买丝绣之，其功德当不减于奉壮缪[3]也。"

异史氏说："家中有像豫让一样英勇的女刺客而不知道，两个兄长作为男子，为人可想而知了。然而三官的为人，即使是萧萧易水，也会羞愧地停止流淌，何况是那些与世浮沉的庸碌之辈呢！愿天下闺阁中人，都买些丝线绣一幅三官像，其功德不亚于供奉关圣帝君啊。"

注释 1 豫让：春秋战国时期晋国人，是晋国正卿智伯的家臣。晋出公二十二年（前453），赵、韩、魏联手在晋阳之战中攻打智氏，智伯兵败身亡。为了给主公报仇，豫让用漆涂身，吞炭变哑，暗伏桥下，谋刺赵襄子未遂，后为赵襄子所捕。临死时，求得赵襄子衣服，拔剑击斩其衣，以示为主复仇，然后伏剑自杀。 2 与世浮沉：意思是随波逐流，附和世俗。 3 壮缪：即关圣帝君。关羽死后被封为壮缪侯，故称。

于 江

原文

乡民于江，父宿田间为狼所食。江时年十六，得父遗履，悲恨欲死。夜俟母寝，潜持铁槌[1]去，眠父所，冀报父仇。少间，一狼来，逡巡嗅之。江不动。无何，摇尾扫其额，又渐俯首舐[2]其股，江迄不动。既而欢跃直前[3]，将龁其领，江急以锤击狼脑，立毙。起，置草中。少间，又一狼来，如前状，又毙之。以至中夜，杳无至者。

忽小睡，梦父曰："杀二物，足泄我恨，然首杀我者，其鼻白，此都非是。"江醒，坚卧以伺之。既明，无所复得。欲曳狼归，恐惊母，遂投诸眢井[4]而归。至

译文

有个村民叫于江，父亲晚上在农田里睡觉，被狼吃了。于江当时十六岁，等找到父亲丢下的鞋子，悲伤愤恨得要死。晚上等母亲睡着了，就悄悄地拿着铁锤来到父亲之前睡觉的地方，希望能为父报仇。过了一会儿，一只狼过来，在他身边走来走去，不停地闻。于江纹丝不动，不久，狼用尾巴扫了一下他的额头，又渐渐低下头舔他的腿，于江还是不动弹。于是狼就欢快地径直跳到他身前，将要咬他的脖子时，于江猛然用铁锤击打狼的脑袋，狼当场就死了。于江起身把狼藏在草丛里。过了一会儿，又来了一只狼，和刚才那只一样，被于江用同样的手法杀死。到了半夜，再也没有狼过来。

于江忽然打了个盹，梦见父亲对他说："你杀了两只狼，足以发泄我的怨恨，然而杀我的是头白鼻子的狼，这两只都不是。"于江醒来后，继续坚持躺地上等待。天亮之后，什么也没遇到。他想把两只死狼拉回家，又担心吓到母亲，就把狼扔到枯井里回去了。到晚上于江又到农田里

夜复往，亦无至者。如此三四夜，忽一狼来啮其足，曳之以行。行数步，棘刺肉，石伤肤。江若死者，狼乃置之地上，意将龁腹，江骤起锤之，仆。又连锤之，毙。细视之，真白鼻也。大喜，负之以归，始告母。母泣从去，探眢井，得二狼焉。

去，还是没有狼来。如此折腾了三四夜，忽然来了一只狼咬住他的脚，拖着他走。走了几步，荆棘扎进于江的肉里，石头划破了他的皮肤。于江强忍着不吭声，就像死人一样，于是狼就把他放在地上，想咬他的肚子，于江猛然起身锤击，狼倒在地上。又连着砸了几锤，才把狼打死。仔细一看，真是只白鼻子的。他十分高兴，就背着狼回家，这时才把事情经过告诉母亲。母亲流着泪跟他来到枯井边，于江从井里搜寻出两只狼的尸体。

注释　1 槌(chuí)：捶击的器具。　2 舐(shì)：舔。　3 直前：径直来到跟前。　4 眢(yuān)井：干枯的井。

异史氏曰："农家者流，乃有此英物[1]耶！义烈[2]发于血诚，非直勇[3]也，智亦异焉。"

异史氏说："没想到庄稼汉里，竟然有这样的英雄豪杰！于江的忠义节烈出自天性，而且并非只有勇敢，他的智慧也非同寻常啊。"

注释　1 英物：杰出的人物。　2 义烈：忠义节烈。　3 直勇：只是勇敢。指有勇无谋。

小　二

原文

滕邑[1]赵旺，夫妻奉佛，不茹荤血，乡中有“善人”之目[2]。家称小有[3]。一女小二，绝慧美，赵珍爱之。年六岁，使与兄长春并从师读，凡五年而熟五经[4]焉。同窗丁生，字紫陌，长于女三岁，文采风流，颇相倾爱。私以意告母，求婚赵氏。赵期以女字大家，故弗许。未几，赵惑于白莲教[5]，徐鸿儒[6]既反，一家俱陷为贼。小二知书善解，凡纸兵豆马[7]之术，一见辄精。小女子师事徐者六人，惟二称最，因得尽传其术。赵以女故，大得委任。时丁年十八，游滕泮[8]矣，而不肯论婚，意不忘小二也，潜亡去，投徐麾

译文

滕县有个人叫赵旺，夫妻两人都信佛，不吃荤腥，在乡亲中有“善人”的名声。家中有些财产，生活小康。他们有一个女儿叫小二，非常聪明美丽，赵旺夫妇特别疼爱她。小二六岁时，就与哥哥赵长春一起跟老师读书，学了五年能够熟读五经。小二有个姓丁的同学，字紫陌，比小二大三岁，文采斐然，风流倜傥，两人互相爱慕。丁生私下将自己心意告诉了母亲，求她向赵家提亲。赵旺一心想把女儿许配给大户人家，所以没有答应。过了不久，赵旺受迷惑参加了白莲教，徐鸿儒起兵造反后，赵家人都沦陷成了贼寇。小二知书善解，悟性很高，那些剪纸为兵、撒豆成马的法术，一学就精通。当时有六个小女孩师从徐鸿儒学艺，唯有小二学得最好，因而把徐鸿儒的法术都学会了。赵旺也因为女儿而得到徐鸿儒重用。这时丁生已经十八岁，在滕县县学读书，一直不肯谈论婚嫁的事，因为他心里对小二念念不忘。有一天，丁生偷偷从家里逃出来，投奔到徐鸿儒麾下。小二见到丁生非常

下。女见之喜，优礼逾于常格。女以徐高足，主军务，昼夜出入，父母不得闲[9]。

高兴，对他的礼遇远远超过了常规。小二以徐鸿儒高徒的身份主持军务，无论白天还是黑夜都很忙碌，连自己的父母都很少见到。

注释 1 滕邑：今山东滕州。 2 目：称号。 3 小有：小有资产，小康之家。 4 五经：一般指《诗经》《尚书》《礼记》《易经》《春秋》等儒家典籍的合称。 5 白莲教：流行于元明清三代的民间宗教，明末徐鸿儒起义由白莲教发动。 6 徐鸿儒：山东巨野人，明后期农民起义领袖。天启年间起义，曾攻下巨野、邹县、滕县等地，后失败牺牲。 7 纸兵豆马：剪纸为兵，撒豆成马。民间传说中的招兵法术。 8 游滕泮：为滕县县学的生员。家塾读书的学童经过学政考选，进各级官学读书，称“游泮”。 9 闲：同“间”，参与。这里指见到。

丁每宵见，尝斥绝诸役，辄至三漏。丁私告曰：“小生此来，卿知区区之意否？”女云：“不知。”丁曰：“我非妄意攀龙[1]，所以故，实为卿耳。左道[2]无济，止取灭亡。卿慧人，不念此乎？能从我亡，则寸心诚不负矣。”女怃然为间[3]，豁然梦觉，曰：“背亲而行不义，请告。”二

然而小二每晚都与丁生相见，每次谈话时都将仆役打发走，动辄聊到三更。一天，丁生私下对她说：“小生此次前来，你知道我的真实意图吗？”小二回答说：“不知道。”丁生说：“我并非为了攀附而出人头地，之所以来，实际是为了你。白莲教本是旁门左道，绝对不会成功，只能自取灭亡。你是聪明人，难道看不懂这点吗？如果你能跟我逃走，一片诚心绝对不会辜负你。”小二听后茫然失措，思索了一会，心里豁然开朗，如梦初醒，她对丁生说：“我们背着父母逃走是不义，请让我

人入陈利害，赵不悟，曰："我师神人，岂有舛错[4]？"女知不可谏，乃易髫而髻[5]。出二纸鸢[6]，与丁各跨其一，鸢肃肃展翼，似鹣鹣之鸟[7]，比翼而飞。质明[8]，抵莱芜界。女以指撚鸢项，忽即敛堕，遂收鸢。更以双卫[9]，驰至山阴里，托为避乱者，僦屋[10]而居。二人草草出，啬于装[11]，薪储不给[12]，丁甚忧之。假粟比舍[13]，莫肯贷以升斗。女无愁容，但质簪珥。闭门静对，猜灯谜，忆亡书，以是角低昂[14]，负者骈二指击腕臂焉。

去告诉他们一声。"于是两人来到赵旺夫妇处陈述利害，然而赵旺执迷不悟，说道："我师父是神人，岂能有错？"小二知道父母劝说不通，就把少女的垂发梳成妇女的云鬟准备逃走。她拿出两个纸鸢，与丁生每人骑一个。纸鸢慢慢展开翅膀，两人像比翼鸟一样双双飞走。天明的时候，他们来到莱芜地界。小二用手捻住纸鸢的脖子，立即就收拢翅膀落地，接着小二收了纸鸢。他们换骑了两匹纸驴，跑到山里，假装是躲避战乱，租了间房子住下。两人逃走时非常匆忙，衣服不多，柴米等生活物资不足，丁生非常犯愁。他到邻居家去借粮，然而没有人肯借给他一点。不过小二却丝毫没有愁容，只是把簪子耳环等首饰典当掉。两人闭门静坐，一起猜灯谜，或者回忆以前读的书，并且以此赌输赢，比高下，谁输了就要被对方用并连的两根手指敲手腕。

注释　1 攀龙：攀附别人博取富贵，此处指投奔徐鸿儒，妄图成功后获得大回报。　2 左道：邪道，与正道相对。　3 怃(wǔ)然为间：茫然自失，停顿不语。怃然，怅惘若失；间，间歇，停顿。　4 舛(chuǎn)错：谬误，差错。　5 易髫(tiáo)而髻：把少女的垂发挽成妇人的发髻，指已经出嫁。　6 纸鸢：鸱鹰形状的纸鸟。鸢，鸱鹰。　7 鹣鹣(jiān)之鸟：比翼鸟。　8 质明：天刚亮。质，正。　9 卫：驴子。　10 僦(jiù)屋：租赁房屋。 **11** 啬于装:行李不多。啬,俭薄;装,行装。 **12** 薪储不给:生活物资不足。薪储,柴米之类的基本生活物资。 **13** 假粟比舍:向邻居借粮。假,借。 **14** 角低昂:比较高低,分出输赢。

西邻翁姓,绿林之雄也。一日猎归,女曰:"'富以其邻,我何忧?'暂假千金,其与我乎!"丁以为难。女曰:"我将使彼乐输[1]也。"乃剪纸作判官状,置地下,覆以鸡笼。然后握丁登榻,煮藏酒,检《周礼》为觞政[2],任言是某册第几叶第几行,即共翻阅。其人得食傍、水傍、酉傍者饮,得酒部者倍之。既而女适得《酒人》[3],丁以巨觥[4]引满促釂[5]。女乃祝曰:"若借得金来,君当得饮部。"丁翻卷,得《鳖人》[6]。女大笑曰:"事已谐矣!"滴漉授爵。丁不服。女曰:"君是水族,宜作鳖饮[7]。"方喧竞所,闻笼中戛戛,女起曰:"至矣。"

西边邻居姓翁,是个绿林好汉。有一天他抢掠回来,小二对丁生说:"《易经》说:靠邻居可以致富,我还有什么可担忧的?暂时借他一千两银子,难道他不肯借吗?"丁生觉得非常为难。小二说:"我要让他心甘情愿地拿出银子来!"她用纸剪出个判官放在地上,盖上鸡笼。然后她拉着丁生坐在床上,热了一壶珍藏的酒,两人翻着《周礼》行酒令,随意说出第几册、第几页、第几行,然后一块翻阅。说的人正好那一行是有"食"部、"水"部或"酉"部的字,就罚喝一杯酒;若是"酒"字部,就加倍罚酒喝。不一会儿,小二正好翻到《酒人》篇,丁生拿出一个大酒杯斟满,催着小二喝。小二祝祷说:"如果我能借来银子,你就得翻到'饮'部的字。"丁生随手一翻书,正是《鳖人》篇。小二高兴地大笑说:"事情办妥了!"说着斟满酒让丁生喝。丁生不服。小二说:"鳖是水族,应该像鳖一样大口喝酒。"两人正喧闹着行酒令,忽然听到鸡笼传出"嘎嘎"的声音,小二起身

启笼验视，则布囊中有巨金累累充溢。丁不胜愕喜。后翁家媪抱儿来戏，窃言："主人初归，篝灯夜坐，地忽暴裂，深不可底。一判官自内出，言：'我地府司隶[8]也。太山帝君[9]会诸冥曹，造暴客[10]恶录，须银灯千架，架计重十两。施百架，则消灭罪愆。'主人骇惧，焚香叩祷，奉以千金。判官荏苒[11]而入，地亦遂合。"夫妻听其言，故啧啧诧异之。

说："银子来了！"他们打开鸡笼一看，里面满满一袋银子，满得都要溢出来。丁生不禁又惊又喜。后来，翁家的奶妈抱着孩子来他家玩，偷着说："我家主人刚回来，夜里点上灯坐着，就见地上忽然裂出一道口子，深不见底。一个判官从里面出来说：'我是地府的司隶。泰山帝君召集阴司的官吏，要编造一份强盗名录，需要一千架银灯，每架银灯用十两银子。你捐一百架银灯，就能消除你的罪孽。'我家主人一听被吓破了胆，连忙烧香叩头，捐上一千两银子，判官拿着银子才慢慢回到地缝里，裂缝也合了起来。"夫妻两人听了她的话，故意啧啧称奇，装作很吃惊的样子。

注释 1 乐输：自愿拿出。输，捐出。 2 觞政：酒令。 3《酒人》：《周礼·天官》篇名。 4 巨觥(gōng)：大酒杯。 5 釂(jiào)：喝酒干杯。 6《鳖人》：《周礼·天官》篇名。《鳖人》非属食旁、水旁、酉旁及酒部之文，故下文罚酒"丁不服"。 7 鳖饮：痛饮。 8 司隶：古代负责督捕盗贼等事的官吏。 9 太山帝君：东岳泰山天齐大帝，传说是阴司众神的领袖。 10 暴客：强盗。 11 荏苒：从容的样子。

而从此渐购牛马，蓄厮婢，自营宅第。里无赖子窥其富，纠诸不

自此以后，丁家逐渐添购牛马，雇用婢女仆人，建造了自己的宅院。村里一群无赖之徒见他家富裕，就纠集一伙坏人，

逞[1]，逾垣劫丁。丁夫妇始自梦中醒，则编菅爇照[2]，寇集满屋。二人执丁，又一人探手女怀。女袒而起，戟指[3]而呵曰："止，止！"盗十三人，皆吐舌呆立，痴若木偶。女始着裤下榻，呼集家人，一一反接[4]其臂，逼令供吐明悉。乃责之曰："远方人埋头[5]涧谷，冀得相扶持，何不仁至此！缓急人所时有，窘急者不妨明告，我岂积殖自封[6]者哉？豺狼之行，本合尽诛，但吾所不忍，姑释去，再犯不宥[7]！"诸盗叩谢而去。居无何，鸿儒就擒，赵夫妇妻子俱被夷诛[8]。生赍金[9]往赎长春之幼子以归。儿时三岁，养为己出，使从姓丁，名之承祧[10]。于是里中人渐知为白莲教戚裔。适蝗

翻墙进入抢劫。丁氏夫妇刚从睡梦中惊醒，就看见四周火把通亮，满屋子都是强盗。有两个强盗上来抓住丁生，还有一个强盗伸手去摸小二的胸部。小二光着上身跃起，叠起手指说着："不要动！不要动！"只见十三个贼寇都吐着舌头呆立着，像木偶一样一动不动。小二这才穿好衣服下床，召集家人，把盗贼一个个反绑胳膊都抓起来，逼他们招供抢劫的详情。小二责备盗贼说："我们从远方逃难到这山谷，希望能够和大家相互帮助，为何你们竟然如此不仁！人都有个缓急，如果你们窘迫困难不妨明说，我岂是那种只顾攒钱的守财奴呢？按你们的这种豺狼行为，本应该都杀掉，可我心里不忍。姑且先放了你们，如果你们再犯，绝不宽容！"盗贼们连忙叩头拜谢，仓皇而去。小二与丁生住了不久，徐鸿儒就因兵败被官兵擒获，赵旺夫妇以及孩子也受到株连被杀。丁生花重金赎回小二哥哥赵长春的孩子。这孩子当时才三岁，丁生把他当成自己的儿子，把他改姓丁，起名丁承祧。于是村里的人渐渐都知道丁家是白莲教徒的亲属。当时庄稼正遭遇蝗灾祸害，小二剪了几百只纸鸢放在

害稼，女以纸鸢数百翼放田中，蝗远避，不入其陇，以是得无恙。里人共嫉之，群首于官，以为鸿儒余党。官啖其富，肉视之，收丁；丁以重赂啖令，始得免。

自家田地里，蝗虫吓得远远躲开，不敢进入他家地里，因此没有受到损失。村里的人都嫉恨他们，一起向官府告发，说他们是徐鸿儒的余党。官府垂涎丁家的财富，认为是到嘴的肥肉，于是把丁生抓了起来。丁生拿重金贿赂县官，才得以幸免于难。

注释 **1** 不逞：为非作歹的人。 **2** 编菅(jiān)爇(ruò)照：用火把照明。编菅，用茅草编的草苫，指火把；爇，点燃，焚烧。 **3** 戟指：行法术时的一种手势，并起食指、中指，如同戟。 **4** 反接：交叉反绑。 **5** 埋头：隐居。 **6** 积殖自封：积累财富而富裕起来。殖，生利息；封，富厚。 **7** 不宥(yòu)：不宽恕。 **8** 夷诛：杀死。夷，消灭。 **9** 赍(jī)金：怀揣着金子，意为花重金。 **10** 承祧(tiāo)：继承为后嗣。祧，古代祭远祖的家庙。

女曰："货殖之来也苟[1]，固宜有散亡。然蛇蝎之乡，不可久居。"因贱售其业而去之，止于益都之西鄙[2]。女为人灵巧，善居积[3]，经纪过于男子。尝开琉璃厂[4]，每进工人而指点之。一切棋灯，其奇式幻采，诸肆莫能及，以故直昂得速售。居数年，财益称雄。

小二说："咱们的财富来路不正，也应当有些散失。但这里的人心如蛇蝎，不可以久住。"于是他们贱卖家产离开，迁居到益都的西郊。小二心灵手巧，善于买卖，经营家产的能力比男人还强。他们曾开办了一个琉璃厂，凡是雇的工人，小二都亲自指点。他们制作的琉璃棋子和花灯，样式新颖奇巧，色彩多样，其他家的都比不上，因此他们的货价钱虽高但能很快就卖出去。过了几年后，丁家的财富更加雄厚。小二管理奴婢和仆

而女督课[5]婢仆严，食指数百无冗口[6]。暇辄与丁烹茗著棋，或观书史为乐。钱谷出入，以及婢仆业，凡五日一课，女自持筹，丁为之点籍唱名数[7]焉。勤者赏赉[8]有差，惰者鞭挞罚膝立。是日，给假不夜作，夫妻设肴酒，呼婢辈度俚曲为笑。女明察如神，人无敢欺。而赏辄浮于其劳，故事易办。村中二百余家，凡贫者俱量给资本，乡以此无游惰。值大旱，女令村人设坛于野，乘舆夜出，禹步[9]作法，甘霖倾注，五里内悉获沾足。人益神之。女出未尝障面[10]，村人皆见之，或少年群居，私议其美，及觌面[11]逢之，俱肃肃无敢仰视者。每秋日，村中童子不能耕作者，授以钱，使采荼蓟[12]，几

人非常严格，几百人干活但没有一个是多余的。闲暇时，小二经常和丁生品茶下棋，或者看史书作为娱乐。家里的收支和奴婢仆人干活的情况，小二每五天检查一次，她亲自拿着算盘核算，丁生为她拿着名册点名报数。勤快的人得到不同的奖赏，懒惰的人则受鞭笞或者罚跪。检查的那天放一晚上假，不用干活，夫妻两人摆上酒菜，招呼奴婢唱些俚曲作乐。小二明察秋毫，料事如神，没人敢欺骗她。小二给的奖赏又超过他们的劳动，所以事事办起来很顺利。村中二百多户人家，凡是家里贫穷的，小二都酌情给些钱财帮助他们谋生，所以村里没有游手好闲的人。正值大旱，小二让村里的人在野外设祭坛，她夜里坐着轿子来到野外，在祭坛上踏禹步施展法术，甘霖就倾盆而下，方圆五里内都获得了雨水滋润。人们更把她看作神人。小二出门从不用面纱遮脸，村里的男女都见过她。一些少年聚在一起议论她的美貌，但迎面见到她时都肃然恭敬，没有人敢盯着她看。每年秋天，村里那些不能耕作的童子，小二都给他们钱，让他们去采苦菜蓟草，过了将近二十年，积满了楼阁里的屋子，

二十年,积满楼屋。人窃非笑之。会山左[13]大饥,人相食。女乃出菜,杂粟赡饥者,近村赖以全活,无逃亡焉。

人们都私下笑她荒唐。不久山东发生大灾荒,饿得人吃人。小二于是拿出收集的野菜,混着粮食赈济灾民,附近村的人也都依靠她才活下来,没有逃到外地去的。

注释 1 苟:苟且,不正当。 2 西鄙:西郊。 3 居积:即"囤积居奇",指经商。 4 琉璃厂:烧制琉璃器皿的作坊。 5 督课:监督考查。课,考查。 6 冗(rǒng)口:多余的闲散之人。 7 点籍唱名数:检查账目,报出收支以及仆婢的数量。点,按验。 8 赏赉(lài):赏赐。 9 禹步:巫师、道士作法时的一种步法。据传大禹治水时患"偏枯之病",如此行步。 10 障面:古代青年妇女外出时常用黑纱遮面。 11 觌(dí)面:对面相见。 12 荼蓟(jì):两种荒年代食的野菜。荼,即苦菜;蓟,分大蓟、小蓟两种。 13 山左:即山东。因山东在太行山之左(东)而得称。

异史氏曰:"二所为殆天授,非人力也。然非一言之悟,骈死[1]已久。由是观之,世抱非常之才,而误入匪僻[2]以死者当亦不少,焉知同学六人中,遂无其人乎?使人恨不遇丁生耳。"

异史氏说:"小二的所作所为实在是上天所赐,并不是人力能办到的。然而如果不是丁生当时一语点拨,恐怕小二早已和乱党一起被诛杀。由此可见,世上有不世之才然因误入歧途而丧命的人一定不在少数,怎么知道小二的六位同学中,就没有和她才华相当的人呢?只是遗憾他们没有遇到像丁生这样的人啊。"

注释 1 骈死:指一起被杀。 2 误人匪僻:误与邪僻的人为伍,指误入歧途。匪僻,邪僻之人。

庚 娘

原文

金大用，中州旧家子[1]也。聘尤太守女，字庚娘，丽而贤，逑好甚敦[2]。以流寇之乱，家人离逖[3]，金携家南窜。途遇少年，亦偕妻以逃者，自言广陵[4]王十八，愿为前驱。金喜，行止与俱。至河上，女隐告金曰："勿与少年同舟，彼屡顾我，目动而色变[5]，中叵测也。"金诺之。王殷勤，觅巨舟，代金运装，劬劳臻至[6]。金不忍却，又念其携有少妇，应亦无他。妇与庚娘同居，意度亦颇温婉。王坐舡头上，与橹人[7]倾语，似其熟识戚好。

译文

金大用是河南旧官宦人家的子弟。他聘娶了尤太守的女儿为妻，名叫庚娘，美丽又贤惠，夫妻感情非常深厚。因流寇作乱，一家人远走他乡，金大用带着家人向南逃。他们在路上遇到一个也带着妻子逃难的年轻人，年轻人自称是扬州人，名叫王十八，愿意为他们在前面引路。金大用很高兴，便和王家同行同住。他们到了河边，庚娘偷偷告诉金大用："不要和这个少年同船，他好几次盯着我看，眼睛胡乱转而且神情不正常，居心叵测。"金大用答应了。王十八殷勤地找来一艘大船，帮着金家把行李装到船上，不辞辛苦地忙碌，非常周到。金大用不忍心拒绝，又想着他也带着年轻的妻子，应该不会有什么问题。王十八的妻子和庚娘住在一起，她对庚娘也十分温和。王十八坐在船头上，和船夫亲密闲聊，好像他们是多年相熟的亲朋好友。

注释　1 中州旧家子：河南的世家子弟。中州，即河南，地处古九州中央而得名。　2 逑好甚敦：夫妻间感情很深。　3 离逖(tì)：远离故土。 4 广陵:即扬州。 5 目动而色变:此处指眼睛贼溜溜,神色不正常。 6 劬(qú)劳臻至:勤劳周到。 7 橹人:撑船的人,船夫。

未几,日落,水程迢递[1],漫漫不辨南北。金四顾幽险,颇涉疑怪。顷之,皎月初升,见弥望皆芦苇。既泊,王邀金父子出户一豁[2],乃乘间[3]挤金入水;金父见之欲号,舟人以篙筑[4]之,亦溺;生母闻声出窥,又筑溺之。王始喊救。母出时,庚娘在后,已微窥之。既闻一家尽溺,即亦不惊,但哭曰:"翁姑俱没,我安适归!"王入劝:"娘子勿忧,请从我至金陵[5],家中田庐,颇足赡给,保无虞[6]也。"女收涕曰:"得如此,愿亦足矣。"王大悦,给奉良殷。既暮,曳女求欢,女托体姅[7],王乃就妇宿。

过了不久,太阳落山了,水路迢迢,茫然一片分不清东西南北。金大用环顾四周,只见幽暗险恶,心中颇为疑惑。不一会儿,皎洁的月亮升起,只见周围全是芦苇。船停下后,王十八邀金大用父子出船舱一览江景,乘金大用不注意将他挤入水中。金大用父亲一看刚要喊叫,被船夫用篙一下子打落水中,也溺水而亡;金母闻声也出来察看,又被打下船溺水而亡。王十八这才喊着救人。金母刚出来时,其实庚娘在后面都看到了,所以听到一家人都落水毙命也不惊慌,只是哭着说:"公婆都淹死了,哪里才是我的归宿啊!"王十八进来劝慰她说:"娘子不要担忧,请跟我到南京去吧,我家有房子有田地,非常富裕,保管你衣食无忧。"庚娘止住眼泪说:"如果真是这样,我也就心满意足了。"王十八一听大喜,一路上伺候殷勤备至。到了晚上,王十八拉着庚娘求欢,庚娘假托正值月经身体不适,王十八就到自己妻子那儿去睡了。

注释 1 迢递：遥远的样子。 2 一豁：即一豁心目，意思是望远散心。 3 乘间：趁机。 4 筑：撞击。 5 金陵：南京。 6 无虞：不用忧虑。 7 体姅(bàn)：女人月经期内。

初更既尽，夫妇喧竞[1]，不知何由。但闻妇曰："若所为，雷霆恐碎汝颅矣！"王乃挞[2]妇。妇呼云："便死休！诚不愿为杀人贼妇！"王吼怒，捽[3]妇出。便闻骨董[4]一声，遂哗言妇溺矣。未几，抵金陵，导庚娘至家，登堂见媪，媪讶非故妇。王言："妇堕水死，新娶此耳。"归房，又欲犯之。庚娘笑曰："三十许男子，尚未经人道[5]耶？市儿初合卺，亦须一杯薄浆酒，汝家沃饶[6]，当即不难。清醒相对，是何体段[7]？"王喜，具酒对酌。庚娘执爵，劝酬殷恳。王渐醉，辞不饮。

一更天刚过，就听到王十八夫妇大吵起来，也不知道什么原因，只听到王十八妻子说："像你做的这种事，怕是上天要降雷劈碎你的脑袋！"王十八伸手就打妻子。王妻嚷道："我还是死了吧！真不愿给杀人贼当老婆！"王十八怒吼着把妻子拖出船舱，只听见"咕咚"一声，众人大喊王妻落水了。不久抵达南京，王十八领着庚娘回家，登堂拜见母亲。王母一看庚娘，惊讶地问为何不是原来的媳妇。王十八说："原来的媳妇掉水里淹死了，这位是新娶的。"回到房间，王十八又想亲热，庚娘笑着说："都三十多岁的男人了，难道还没和女人睡过吗？普通人家在新婚夜还要喝一杯薄酒庆祝呢，你家这么富裕，当然不难做到。如今两人清醒地相对，亲热又有什么情趣？"王十八很高兴，连忙安排了酒席，两人对饮。庚娘拿着酒壶殷勤地劝酒，王十八渐渐喝醉了，推辞不能再喝。庚娘拿来大碗，娇笑着灌他，王十八不忍拒绝，又喝完了。于是喝得酩酊大醉，脱了衣服上床。催促庚娘

庚娘引巨碗，强媚劝之，王不忍拒，又饮之。于是酣醉，裸脱促寝。庚娘撤器灭烛，托言溲溺，出房，以刀入，暗中以手索王项，王犹捉臂作昵声。庚娘力切之，不死，号而起，又挥之，始殪[8]。媪仿佛有闻，趋问之，女亦杀之。王弟十九觉焉，庚娘知不免，急自刎，刀钝缺[9]不可入，启户而奔，十九逐之，已投池中矣。呼告居人，救之已死，色丽如生。共验王尸，见窗上一函，开视，则女备述其冤状。群以为烈，谋敛资作殡[10]。天明，集视者数千人，见其容皆朝拜之。终日间，得金百，于是葬诸南郊。好事者为之珠冠袍服，瘗藏[11]丰满焉。

也快睡。庚娘撤了酒席，灭了灯烛，借口小解走出房间，偷偷拿把刀进来，她伸手摸黑找到王十八的脖子，王十八还拉着庚娘的胳膊说着亲热的话。庚娘用力对着他的脖子砍下去，没把他砍死，他叫喊着爬起来，庚娘连忙又挥刀砍过去，这才把他杀死。王母好像听到了声响，过来询问出了什么事，庚娘便把她也杀死。王十八的弟弟王十九发现事情不对劲，庚娘知道难免一死，急忙挥刀自杀。然而刀太钝了，又卷刃砍不进去，于是打开门就跑。王十九追出来时，她已经跳进池塘中了。王十九急忙呼喊家人，等把庚娘捞上来时已经死了，但面色依然端庄艳丽，和活着时一样。众人一起检验王十八的尸首，看见他的窗台上有一封信，打开一看，原来是庚娘写的，信里详细介绍了她全家人冤情的经过。众人都觉得庚娘是贞烈的女子，商量筹钱给她送葬。天亮后，来看的人有好几千，见到庚娘的遗容纷纷跪拜。一天时间就筹集了一百多两银子，众人把她葬在南郊的墓地。还有好心的人为她准备了镶满珠宝的凤冠和诰命夫人才穿的袍服，随葬品也非常丰富。

注释 1 喧竞：大吵大闹的声音。 2 挝(zhuā)：打。 3 捽(zuó)：揪，抓。 4 骨董：同“咕咚”，落水的声音。 5 人道：男女之事。 6 沃饶：富裕。 7 体段：体统，规矩。 8 殪(yì)：死。 9 钝鈌(jué)：刃不锋利叫钝，刃卷缺叫鈌。 10 作殡：治丧，发丧。 11 瘗藏(yì zàng)：陪葬的物品。瘗，埋葬。

初，金生之溺也，浮片板上，得不死。将晓至淮上[1]，为小舟所救。舟盖富民尹翁，专设以拯溺者。金既苏，诣翁申谢。翁优厚之，留教其子。金以不知亲耗，将往探访，故不决。俄白：“捞得死叟及媪。”金疑是父母，奔验果然。翁代营棺木。生方哀恸，又白：“拯一溺妇，自言金生其夫。”生挥涕惊出，女子已至，殊非庚娘，乃十八妇也。向金大哭，请勿相弃。金曰：“我方寸已乱，何暇谋人？”妇益悲。尹审

当初，金大用溺水后，侥幸抓到一块木板，趴在上面浮着才大难不死。天快亮时漂到淮河北岸，被路过的小船救起。这条小船是姓尹的富翁专为搭救落水之人而放在河里的。金大用苏醒后，到尹老翁家登门拜谢，老翁很优厚地接待他，还请他留下教儿子读书。金大用因为不知道亲人的消息，想去探访，所以对于留下教书的事犹豫不决。不久有人说：“打捞上来一对淹死的老翁和老妇人。”金大用怀疑是自己的父母，急忙跑去一看，果然是他们。尹老翁为金大用置办了棺木安葬父母。金大用正在恸哭，又听人说：“又救上来一个落水的妇人，自称金大用是她的丈夫。”金大用擦着眼泪惊讶地跑出去看，那位妇人已经进来了，然而并不是庚娘，而是王十八的妻子。她对着金大用大哭，请求金大用收留她。金大用说：“我现在心绪乱成一团，哪还顾得上操心别人啊？”那女子一听更加

得其故，喜为天报，劝金纳妇。金以居丧[2]为辞，且将复仇，惧细弱[3]作累。妇曰："如君言，脱[4]庚娘犹在，将以报仇居丧去之耶？"翁以其言善，请暂代收养，金乃许之。卜葬翁媪，妇缞绖[5]哭泣，如丧翁姑。

悲痛。尹老翁详细询问事情的缘由，高兴地说这都是上天的报应，劝金大用娶了她。金大用推托自己正在服丧，而且还打算报仇雪恨，担心有家反倒是累赘。妇人说："如果照你所说，假如庚娘还活着，你也会因为报仇、守丧而抛弃她吗？"尹老翁觉得她说的有道理，请金大用暂时收留下这妇人，他勉强同意了。金大用安葬父母时，那妇人穿着丧服痛哭不止，好像死的真是自己的公婆。

注释　1 淮上：淮河北岸。　2 居丧：服丧。古代父母死后，子女服丧三年。　3 细弱：指妇孺家小。　4 脱：倘若，假如。　5 缞绖(cuī dié)：缞和绖就是丧服和丧带，缞绖合在一起指整套丧服。

既葬，金怀刃托钵，将赴广陵，妇止之曰："妾唐氏，祖居金陵，与豺子同乡，前言广陵者，诈也。且江湖水寇，半伊同党，仇不能复，只取祸耳。"金徘徊不知所谋。忽传女子诛仇事，洋溢河渠[1]，姓名甚悉。金闻

办完丧事以后，金大用怀揣利刃，手里拿着饭钵，就要去扬州寻仇。妇人劝阻说："我姓唐，世代居住在南京，和那个豺狼之徒是同乡。先前王十八自称是扬州人，都是谎言。而且这江湖中的水寇一多半是他的同党，只怕你这样去不仅无法报仇，还会招致祸害。"金大用听说后犹豫不决，无计可施。这时忽然有人传言一个女子诛杀仇人的事，在沿河一带流传很广，传得有名有姓，讲得十分详细。金大用听

之一快，然益悲，辞妇曰："幸不污辱。家有烈妇如此，何忍负心再娶？"妇以业有成说，不肯中离，愿自居于媵妾[2]。会有副将军[3]袁公，与尹有旧，适将西发，过尹，见生，大相知爱，请为记室[4]。无何，流寇犯顺，袁有大勋，金以参机务，叙劳[5]，授游击[6]以归。夫妇始成合卺之礼。

说后很高兴，然而转念想到庚娘已死，更加悲痛。他再次拒绝唐氏说："幸亏庚娘没有遭到污辱。家有这样刚烈的妻子，我怎么能忍心辜负她而再娶呢？"唐氏因金大用已经约定要娶她，于是不肯就此中途离开，宁愿做小妾。当时有位姓袁的副总兵，同尹老翁是老交情，正要西去，顺路来看望他。袁将军见到金大用，很器重喜爱，请他到军中当书记官。不久之后，有流寇造反，袁将军平叛立了大功。金大用因为辅佐军务，按功被授予游击官职后返回。金大用这才和唐氏正式成亲结为夫妻。

注释 1 洋溢河渠：此处指消息传遍了河岸。 2 媵(yìng)妾：即小妾。 3 副将军：副总兵。 4 记室：官名，东汉时置，掌章表书记文檄，此处指副将属下执掌文书的幕僚。 5 叙劳：按功劳封赏。 6 游击：清代武官名。从三品，次于参将一级。

居数日，携妇诣金陵，将以展庚娘之墓。暂过镇江，欲登金山。漾舟中流，欻一艇过，中有一妪及少妇，怪少妇颇类庚娘。舟疾过，妇自窗中窥金，神情益

过了几天，金大用携唐氏去南京，准备为庚娘扫墓。路过镇江时，他想要登金山，船刚走到江心，忽然有一条小船经过。船中有一位老妇人和一位少妇，金大用惊奇地发现那少妇和庚娘十分相像。小船疾驶而过，那少妇也从船舱的窗子里窥视金大用，那神情更像是庚娘。金大用又

肖。惊疑不敢追问，急呼曰：“看群鸭儿飞上天耶！”少妇闻之，亦呼云：“馋猧[1]儿欲吃猫子腥耶！”盖当年闺中之隐谑也。金大惊，返棹近之，真庚娘。青衣[2]扶过舟，相抱哀哭，伤感行旅。唐氏以嫡礼见庚娘。庚娘惊问，金始备述其由。庚娘执手曰：“同舟一话，心常不忘，不图吴越一家[3]矣。蒙代葬翁姑，所当首谢，何以此礼相向？”乃以齿序[4]，唐少庚娘一岁，妹之。

惊讶又怀疑，不敢追问，急忙大呼说：“看一群鸭子飞上天去啦！”少妇一听也大声呼喊说：“看小馋狗要吃猫的腥食啦！”原来这正是金大用和庚娘夫妇当年在闺房内开玩笑的话。金大用一听惊诧不已，急忙掉转船头靠近一看，真的是庚娘。婢女扶着庚娘到船上，两人相拥抱头痛哭，过往的人也被他们感动。唐氏上前以拜见嫡妻的礼数见庚娘，庚娘惊奇地询问怎么回事，金大用仔细讲述了事情经过。庚娘听后拉着唐氏的手说：“当年我们同船时说的一席话，至今还在心中不能忘记，想不到如今我们成了一家人。承蒙你代我安葬了公婆，我本应该先感谢你，你怎么能用这种大礼对待我呢？”于是两人以年龄比较，唐氏比庚娘小一岁，便做庚娘的妹妹。

注释 **1** 猧（wō）：小狗。 **2** 青衣：婢女。 **3** 吴越一家：指关系疏远或敌对双方成为一家人。 **4** 以齿序：按照年龄的大小。

先是，庚娘既葬，自不知历几春秋[1]。忽一人呼曰：“庚娘，汝夫不死，尚当重圆。”遂如梦

先前庚娘被人安葬后，自己也不知道过了多久，忽然听见有人大声喊她说：“庚娘，你丈夫没有死，还能够重新团圆。”接着就像从梦中醒来。她用手一

醒。扪之,四面皆壁,始悟身死已葬,只觉闷闷,亦无所苦。有恶少窥其葬具丰美,发冢破棺,方将搜括,见庚娘犹活,相共骇惧。庚娘恐其害己,哀之曰:"幸汝辈来,使我得睹天日。头上簪珥[2],悉将去,愿鬻我为尼,更可少得直。我亦不泄也。"盗稽首曰:"娘子贞烈,神人共钦。小人辈不过贫乏无计,作此不仁。但无漏言幸矣,何敢鬻作尼[3]!"庚娘曰:"此我自乐之。"又一盗曰:"镇江耿夫人寡而无子,若见娘子,必大喜。"庚娘谢之,自拔珠饰,悉付盗,盗不敢受,固与之,乃共拜受。遂载去,至耿夫人家,托言舡风所迷。耿夫人巨家,寡媪自度[4]。见庚娘大喜,以为己出。适母子

摸四面都是墙壁,这才明白自己已经死了被埋葬。庚娘觉得闷得慌,但没有什么痛苦。有几个恶少垂涎庚娘的陪葬品很丰富,便挖坟开棺,正要搜刮财物,见庚娘还活着,两方都吓得不知所措。庚娘怕他们害自己,哀求说:"幸亏你们来了,才让我重见天日。我头上的这些金簪、耳环你们全都拿去,请把我卖了当尼姑,也能够得到些钱,我绝不会把这事泄露出去。"这些盗墓的人磕头说:"娘子性情贞烈,神人都敬佩。我们这些人因为贫困没有生计,才做这些不仁义的事情。只要你不泄露出去,我们就非常感恩了,怎么敢把你卖了当尼姑呢!"庚娘说:"这是我自己情愿的事。"又一个盗墓的人说:"镇江有个耿夫人,守寡又没有子女,如果能见到娘子,她一定非常喜欢。"庚娘谢过他们,亲自摘下身上的珠宝首饰,全都交给这些盗墓人,他们不敢接受。庚娘再三坚持给他们,他们才一起拜谢收下。然后他们雇人把庚娘送到耿夫人家,假说庚娘乘船遇上大风迷了路。耿夫人家是当地富户,年老守寡一个人生活。她见了庚娘非常喜欢,把庚娘当作亲生女儿看待。刚才是她们母女从金山游玩回

自金山归也，庚娘缅述[5]其故。金乃登舟拜母，母款之若婿。邀至家，留数日始归。后往来不绝焉。

来。庚娘把自己的经历详细向耿夫人说了一遍，于是金大用登船拜见耿夫人，耿夫人如同对待女婿一样款待他。耿夫人邀请金大用到家中，留他住了好几天才让他回去。两家从此往来不断。

注释 1 春秋：春季和秋季，常用来表示一整年，泛指岁月。 2 珥：用珠子或玉石做的耳环。 3 鬻(yù)作尼：卖到庙里当尼姑。 4 自度：独自生活。 5 缅述：尽情叙说。

异史氏曰："大变当前，淫者[1]生之，贞者[2]死焉。生者裂人眦，死者雪人涕耳。至如谈笑不惊，手刃仇雠[3]，千古烈丈夫中岂多匹俦[4]哉！谁谓女子，遂不可比踪彦云[5]也？"

异史氏说："在大的变故面前，忍辱偷生的人能活下来，贞烈不屈的人只能送死。苟活者让人恨得眼眶都要瞪裂了，死者让人伤心落泪。至于像庚娘这种能谈笑不惊、手刃仇人的人，千古以来的烈丈夫中，恐怕也难有人比得上她吧！谁说女子比不上英烈的男子呢？"

注释 1 淫者：此处指甘受羞辱之人。 2 贞者：贞烈不屈的人。 3 仇雠(chóu)：仇人，冤家对头。 4 匹俦：匹敌。 5 比踪彦云：指女子也可以和英烈的男子相比肩。三国时期，魏国大将王凌字彦云，英勇善战，富有胆略。王凌之子王公渊娶诸葛诞的女儿为妻。进入新房，夫妻刚交谈，王公渊就对妻子说："新妇神态不高贵，很不像你父亲公休。"妻子说："大丈夫不能像你父亲彦云，却要求妇人和英雄豪杰并驾齐驱！"

宫梦弼

原文

柳芳华，保定[1]人，财雄一乡，慷慨好客，座上常百人；急人之急，千金不靳[2]，宾友假贷[3]常不还。惟一客宫梦弼，陕人，生平无所乞请，每至，辄经岁，词旨清洒[4]，柳与寝处时最多。柳子名和，时总角[5]，叔之，宫亦喜与和戏。每和自塾归，辄与发贴地砖[6]，埋石子伪作埋金为笑。屋五架，掘藏几遍。众笑其行稚，而和独悦爱之，尤较诸客昵。

后十余年，家渐虚，不能供多客之求，于是客渐稀，然十数人彻宵谈宴，犹是常也。年既暮，日益落，

译文

柳芳华是保定人，财雄乡里，生性慷慨好客，座上常常有一百多名宾客。他总是急人之所急，即便为此花掉千两银子也不吝惜。可是这些宾朋好友总是向他借钱却经常不还。只有一个名叫宫梦弼的客人，是陕西人，从来没有向柳家乞求过什么，他每次来都要住上一年。宫梦弼谈吐清雅不落俗套，柳芳华与他睡则同榻彻夜长谈的次数最多。柳芳华的儿子叫柳和，当时还是个天真烂漫的小孩子，他称宫梦弼为叔叔。宫梦弼也喜欢和柳和一起做游戏。每次柳和从私塾放学回来，宫梦弼就和他一起揭开地砖，把石子当作金子埋进去，以此作为娱乐。柳家有房屋五幢，他们前前后后几乎把地砖都揭开埋藏遍了。大家嘲笑柳和的行为很幼稚，可是柳和却偏偏只喜欢宫梦弼，和他的关系比其他客人都要亲昵。

过了十多年，柳家财产渐渐空虚，无法满足很多宾朋的需求，于是宾朋就渐渐稀疏了。尽管如此，十多人的彻夜宴席，仍旧是很平常的事情。柳芳华年纪已经大了，家道也日益没落，尚且可以割卖田地，用换的钱

尚割亩[7]得直以备鸡黍[8]。和亦挥霍，学父结小友，柳不之禁。无何，柳病卒，至无以治凶具[9]。宫乃自出囊金，为柳经纪。和益德之，事无大小，悉委宫叔。宫时自外入，必袖瓦砾，至室则抛掷暗陬[10]，更不解其何意。和每对宫忧贫，宫曰："子不知作苦之难[11]。无论无金，即授汝千金，可立尽也。男子患不自立，何患贫？"一日，辞欲归，和泣嘱速返。宫诺之，遂去。和贫不自给，典质渐空，日望宫至，以为经理，而宫灭迹匿影去如黄鹤[12]矣。

来准备饭菜。柳和也挥霍无度，模仿父亲结交小哥们，柳芳华对此听之任之，并不劝阻。没过多久，柳芳华因病去世，家道衰落到没有钱财置办棺材。宫梦弼于是拿出自己包里的银两，为柳和打理。柳和因此更加敬重宫梦弼，家里事无大小，全部委托给叔叔宫梦弼处理。宫梦弼每次从外面回来必定会袖藏瓦砾，到了房里就抛掷到屋角的黑暗处，大家都不理解他这样做为了什么。柳和经常对宫梦弼诉说自己对贫困的忧虑，宫梦弼说："你现在还不知道生活劳作的艰难。别说现在没有银子，即便给你千金，也会立刻被你挥霍殆尽。男子汉忧虑的是不能自力更生，为什么要忧虑贫困呢？"突然有一天，宫梦弼请求离开回家乡去，柳和只好一边痛哭一边嘱咐他快点返回。宫梦弼答应了，于是离去。没有了宫梦弼的打理，柳和贫穷得不能维持生计，不得已只好典卖家产，眼看偌大的家业典当渐空，每天盼望着宫梦弼能突然回来帮他打点经营，然而宫梦弼销声匿迹，一去如黄鹤不复返。

注释　1 保定：今河北保定。　2 靳(jìn)：吝惜。　3 假贷：借贷。　4 词旨清洒：指言谈清雅，不落俗套。　5 总角：古时男女在十五岁之前的发型。头发梳成两个发髻，如头顶两角。后代称儿童。　6 发贴地砖：揭开屋里铺的地砖。 **7** 割亩:卖田地。 **8** 备鸡黍:指准备招待客人的饭菜。 **9** 凶具:棺材。 **10** 暗陬:室内阴暗的角落。 **11** 作苦之难:劳作的辛苦,生活的艰难。 **12** 去如黄鹤:化用诗句“黄鹤一去不复返”,指一去不回。

先是,柳生时,为和论亲于无极[1]黄氏,素封[2]也,后闻柳贫,阴有悔心。柳卒,讣告[3]之,即亦不吊,犹以道远曲原[4]之。和服除[5],母遣自诣岳所定婚期,冀黄怜顾。比至,黄闻其衣履穿敝,斥门者不纳。寄语云:“归谋百金,可复来,不然,请自此绝。”和闻言痛哭。对门刘媪,怜而进之食,赠钱三百,慰令归。母亦哀愤无策,因念旧客负欠者十常八九,俾择富贵者求助焉。和曰:“昔之交我者为我财耳,使儿驷马

之前,柳芳华还在世的时候,为柳和定了一门亲事,女方是无极县黄氏家的姑娘。黄家是富豪,后来听说柳家贫困,便暗暗有了悔婚的心思。当柳芳华去世的讣告送到他家的时候,黄氏也不前去吊丧,柳和还以为是路途遥远无法前往,就曲意原谅了。等柳和守孝期满,脱下孝服后,母亲让他亲自去拜访岳父,并趁此定下婚期,希望黄家能可怜照顾一下。等柳和赶到无极县的时候,黄某听说他衣服破败,鞋子都磨破了,便训斥守门人,不要让柳和进来。并让其传话说:“回去弄到一百两银子再过来吧,不然,两家就从此断绝往来。”柳和听到这番话,痛哭不止。黄家对门的刘婆婆可怜柳和的遭遇,邀请他到家里,给他饭菜吃,并赠他三百钱,安慰了一番,劝他先回家。柳母听闻此事,内心悲愤欲绝,可是也没有什么办法。想到往日的宾客,十个中有八九个欠自家钱,至今未还,也许可以选择其中富贵的人家请求帮助。柳和说:“以往和我们交往的人是因为我们家有钱,假如我现在出门坐四匹马拉的豪华大

高车，假千金亦即匪难。如此景象，谁犹念曩恩，忆故好耶？且父与人金资，曾无契保[6]，责负[7]亦难凭也。”母固强之，和从教，凡二十余日不能致一文。惟优人李四，旧受恩恤，闻其事，义赠一金。母子痛哭，自此绝望矣。

车去借，即便借一千两银子也不是什么困难的事情。可是眼下我们家是这样的景象，谁还会念着我们往日的恩惠，记着过去的好交情呢？再说，当年父亲借钱给别人，并不曾立下契约，确定保人，现在要求他们还钱，也很难找到凭证。”母亲不死心，坚持让柳和去试一试，柳和听从母亲的劝告，四处奔波，整整二十天没有要回一文钱。只有一个唱戏的李四，往日受过柳家的恩惠抚恤，听说这件事后，义无反顾地赠送柳家一两银子。到了这个地步，母子俩抱头痛哭，自此绝望。

注释 **1** 无极：今河北省石家庄市下辖的无极县。 **2** 素封：指无官爵封邑而富比封君的人。 **3** 讣告：此处指报丧。 **4** 曲原：曲意原谅。 **5** 服除：守丧期满，去掉孝服。 **6** 契保：立契约，找担保的人。 **7** 责负：指讨债。

黄女年已及笄[1]，闻父绝和，窃不直之。黄欲女别适，女泣曰：“柳郎非生而贫者也。使富倍他日，岂仇我者所能夺乎？今贫而弃之，不仁！”黄不悦，曲谕[2]百端，女终不摇。翁媪并怒，旦

黄家女儿已经成年，到了谈婚论嫁的年纪，听说父亲拒绝了柳和，心里很不以为然。黄父想让女儿嫁给别人，女儿哭着说：“柳和又不是生下来就贫穷。假如他现在比以往富裕几倍，难道嫉恨我的人会把他夺走吗？现在柳家衰落了，就嫌弃他，这是不仁的行为啊！”黄父听后很不高兴，还是委婉地百般劝说，女儿始终不动摇。黄父黄母都生气了，整天不给女儿好脸色，并且对她进

夕唾骂之，女亦安焉。无何，夜遭寇劫，黄夫妇炮烙[3]几死，家中席卷一空。荏苒[4]三载，家益零替[5]。有西贾闻女美，愿以五十金致聘。黄利而许之，将强夺其志[6]。女察知其谋，毁装涂面，乘夜遁去，丐食于途。阅两月，始达保定，访和居址，直造其家。母以为乞人妇，故咄之，女呜咽自陈，母把手泣曰："儿何形骸至此耶！"女又惨然而告以故，母子俱哭。便为盥沐，颜色光泽，眉目焕映[7]，母子俱喜。然家三口，日仅一啖，母泣曰："吾母子固应尔，所怜者，负吾贤妇！"女笑慰之曰："新妇在乞人中，稔其况味。今日视之，

行辱骂，女儿对此充耳不闻，过得很安然。没过多久，一天晚上，黄家遭到寇贼洗劫，黄氏夫妇被烙铁几乎折磨死，家中的财产也被洗劫一空。如此过了三年，黄家日益衰落，再无往日富裕气象。西边有一个商人，听说黄家女儿貌美，愿意用五十两银子作聘礼。黄父贪图利益，毫不犹豫地就答应了，打算强迫女儿出嫁。女儿察觉了父亲的阴谋，便撕破衣服，用烂泥涂花脸蛋儿，乘夜逃走。黄氏女一路上乞讨，整整用了两个月才到达保定。她打听到了柳和家的住址，直接登门拜访。柳母一开始以为是乞讨的妇人，还大声呵斥，要赶她走。黄氏女呜呜咽咽地说明了自己的身份，柳母拉着儿媳的手哭着说："可怜的孩子，你怎么沦落到这步田地呢？"黄氏女又难过地讲述了原因，说到伤心处，母子俩忍不住一起大哭起来。然后柳母便让儿媳梳洗沐浴，黄氏女瞬间容颜焕发，眉目光彩照人，柳和母子都很喜欢她。可是现在一家三口，每天却只能吃上一顿饭，柳母哭泣着说："我们母子本来就该这样，可怜的是你啊，我们让贤德的媳妇受委屈了。"黄氏女笑着安慰柳母说："我一路乞讨，和乞丐一起生活，对乞丐的日子很熟悉了。现在看起来，感觉和以前比，真

觉有天堂地狱之别。”母为解颐[8]。

有天堂和地狱之别。”柳母这才宽慰地露出笑脸。

注释 1 及笄:古时女子满十五岁,用笄贯发,指成年到了结婚的年龄。 2 曲谕:委婉劝说。 3 炮烙:此处指用烧红的铁烙人。 4 荏苒(rěn rǎn):时间渐渐逝去。 5 零替:衰败。 6 夺其志:迫使其改变志向。 7 焕映:光华映射,光彩照人。 8 解颐:面露笑容。

女一日入闲舍[1]中,见断草丛丛无隙地,渐入内室,尘埃积中,暗陬有物堆积,蹴之迕足[2],拾视皆朱提[3]。惊走告和,和同往验视,则宫往日所抛瓦砾,尽为白金[4]。因念儿时,常与瘗石室中,得毋皆金?而故第已典于东家[5],急赎归。断砖残缺,所藏石子俨然露焉,颇觉失望,及发他砖,则灿灿皆白镪也。顷刻间,数巨万矣。由是赎田产,市奴仆,门庭华好过昔日。因自奋

黄氏女有一天无意步入闲置的旧房子,看见满院野草丛生,密密麻麻,根本没有落脚的空地。她渐渐走进里屋,满屋尘埃堆积,屋角的黑暗处有什么东西堆积在一起,踢到硌痛了脚,于是捡起来一看,竟然是上等的白银。黄氏女十分惊讶,赶紧跑出去告诉柳和,柳和跟着她一起去查看,发现宫梦弼以前抛弃在屋角的瓦砾都变成了白花花的银子。柳和突然想起小时候,经常和宫梦弼在屋子里埋藏石子取乐,难道说那些石子全变成了金子?可是那几间老房子早已典卖给了债主,柳和赶紧赎了回来。但见地上不少地方断砖残缺,露出以前埋藏的石子,顿时觉得非常失望。当撬开其他完整的地砖时,下面灿灿生光,全是晃眼的白银。一瞬间,柳和便有了数万钱财。于是开始赎回田产,买来奴仆,家里光景竟然比以前还要好。柳和因此自我激励说:“我如果不自立,仅仅靠

曰："若不自立，负我宫叔！"刻志下帷[6]，三年中乡选[7]。

乃躬赍白金，往酬刘媪。鲜衣射目，仆十余辈，皆骑怒马如龙。媪仅一屋，和便坐榻上。人哗马腾，充溢里巷。黄翁自女失亡，西贾逼退聘财，业已耗去殆半，售居宅，始得偿，以故困窘如和曩日。闻旧婿烜耀[8]，闭户自伤[9]而已。媪沽酒备馔款和，因述女贤，且惜女遁。问和："娶否？"和曰："娶矣。"食已，强媪往视新妇，载与俱归。至家，女华妆出，群婢簇拥若仙。相见大骇，遂叙往旧，殷问父母起居。居数日，款洽优厚，制好衣，上下一新，始送令返。

这些钱财，就辜负了宫叔叔！"于是他发奋励志，闭门苦读，三年后考中了举人。

柳和就亲自带上金银，前去酬谢刘婆婆。柳和穿着华丽的衣服，跟随的十几个奴仆都骑着高头大马，像蛟龙一般精神。刘婆婆家里只有一间屋子，柳和直接坐在床上。人的喧哗声和骏马的嘶鸣声交织在一起，充溢整个巷子。黄氏自从女儿不见后，西边的商人勒逼他退还聘礼，可是那时候他已经花掉了一半了，只好出售几间住宅来偿还，所以现在他家困顿窘迫，和从前柳和家一样艰辛。黄氏听说被自己赶走的女婿重新显赫起来，自觉无脸见人，只好关上大门独自伤感罢了。刘婆婆又是买酒，又是备下菜肴款待柳和。说起黄氏女贤惠，只是可惜失踪了。并问柳和："你有没有娶妻？"柳和说："娶了。"吃完，柳和硬拉着刘婆婆去看自己的新媳妇，载着她和自己一起回去。一行人到了家，新媳妇盛装出迎，一群婢女簇拥着，恍若仙女。黄氏女和刘婆婆相见后，两人都大吃一惊，于是说起过去的事情，黄氏女还殷切地询问父母起居生活。刘婆婆在柳和家住了好几天，柳和款待优厚，还让人做了一身新衣服，刘婆婆穿上，上下一新，柳和这才派人送她回去。

注释 1 闲舍:闲置的房屋。 2 蹴之迕足:踢到了硬物而硌脚。 3 朱提:本为山名,在今云南昭通。朱提盛产白银,其品质优良,成色足,世称朱提银。亦用作上等白银的代称。 4 白金:指白银。 5 东家:指债主。 6 刻志下帷:刻苦励志,攻读举业。下帷,放下室内悬挂的帷幕,引申为闭门苦读。 7 乡选:乡举里选,此处指中举。 8 烜耀:光彩,显赫。 9 自伤:暗自伤感。

媪诣黄许报女耗,兼致存问[1],夫妇大惊。媪劝往投女,黄有难色。既而冻馁难堪,不得已如保定。既到门,见闬闳峻丽[2],阍人怒目张,终日不得通。一妇人出,黄温色卑词,告以姓氏,求暗达女知。少间,妇出,导入耳舍[3],曰:"娘子极欲一觏,然恐郎君知,尚候隙也。翁几时来此?得毋饥否?"黄因诉所苦。妇人以酒一盛、馔二簋,出置黄前;又赠五金,曰:"郎君宴房中,娘子恐不得来。明旦,

刘婆婆回去后,前往拜访黄氏,告诉他们女儿的消息,并加以慰问。黄氏夫妇听闻惊讶不已。刘婆婆劝他们去投靠女儿,黄氏面有难色。不久黄氏又冻又饿,实在无法忍受,不得已只好前去保定。到了柳和家门外,但见院门高大华丽,守门人怒目圆睁,一整天都找不到机会通告。这时一个妇人走出来,黄氏面色和善,谦卑地说些好话,乘机告知自己的姓氏,请求她悄悄告诉自己的女儿。妇人进去后,过了一会儿出来,带着黄氏进入正房边的一间小屋。然后说:"我家娘子很想见你一面,但是害怕被郎君知道,还请你再等等机会。老先生是什么时候来到的?肚子饿不饿?"黄氏乘机把一路的遭遇告诉了妇人。妇人拿出一壶酒、两盘菜放到黄氏面前;又给了他五两银子,说:"我家郎君在正屋宴请宾客,娘子恐怕抽不开身过来相见。您今晚先住这儿,明天一大早就赶紧

宜早去，勿为郎闻。”黄诺之。早起趣装[4]，则管钥未启，止于门中，坐襆囊[5]以待。忽哗主人出，黄将敛避，和已睹之，怪问谁何，家人悉无以应。和怒曰：“是必奸宄[6]！可执赴有司。”众应声出，短绠绷系[7]树间，黄惭惧不知置词[8]。未几，昨夕妇出，跪曰：“是某舅氏。以前夕来晚，故未告主人。”和命释缚。

离开，不要被郎君知道。”黄氏答应了。一清早，黄氏就整理好行装，可是大门还没有开，于是停留在门洞中将行囊放在地上，坐着等开门。忽然一阵喧哗，有人大喊主人要出门，黄氏赶紧躲避，却被柳和看到，他奇怪地问随从这是谁。随从都不知道，没有人应声。柳和大怒：“看他模样，一定是坏人！赶紧把他捆绑起来送交衙门。”随从答应一声涌过来，用短绳将黄氏捆得结结实实，绑在院子的大树上。黄氏又惭愧又害怕，以至不知道怎么申辩。不一会儿，昨日傍晚的那个妇人闻讯出来，跪下说：“他是我的舅舅，因为昨天晚上来得晚了，没有来得及禀告主人。”柳和这才命人解开绳子。

注释 1 存问：慰问。 2 闬闳(hàn hóng)峻丽：大门宏伟壮丽。闬闳，里巷的大门，此处指院门。 3 耳舍：即耳房。正房的两侧各有一间或两间进深、高度都偏小的房间，如同挂在正房两侧的耳朵，故称。 4 趣(cù)装：快速整理行装。 5 襆囊：行囊。 6 奸宄(guǐ)：坏人。 7 短绠绷系：用短绳捆绑。 8 置词：指申辩。

妇送出门，曰：“忘嘱门者，遂致参差[1]。娘子言，相思时，可使老夫人伪为卖花者，同

妇人送黄氏出门，说：“昨日匆忙，忘记嘱咐守门人，于是导致出了差池。娘子让我告诉你，想念她的时候，可以让老妇人假扮成卖花老妪，和刘婆婆一起来。”黄

刘媪来。”黄诺，归述于妪。妪念女若渴，以告刘媪，媪果与俱至和家，凡启十余关，始达女所。女着帔顶髻，珠翠绮纨[2]，散香气扑人。嘤咛[3]一声，大小婢媪，奔入满侧，移金椅床[4]，置双夹膝[5]。慧婢瀹茗[6]，各以隐语道寒暄，相视泪荧。至晚，除室安二媪，裀褥温耎，并昔年富时所未经。居三五日，女意殷渥[7]。媪辄引空处，泣白前非。女曰：“我子母有何过不忘？但郎忿不解，妨他闻也。”每和至，便走匿。

一日，方促膝坐，和遽入，见之，怒诟曰：“何物村妪，敢引身与娘子接坐！宜撮鬓毛令尽！”刘媪急进曰：“此老身瓜葛[8]，王嫂卖花者，幸勿罪责。”和乃

氏答应了，回去后把遭遇告诉黄母。黄母思念女儿，如饥似渴，便央求刘婆婆帮忙，刘婆婆果真陪同黄母一起来到柳和府上。她们总共穿过十几道门才到达女儿的住处。黄氏女身披霞帔，头顶高高的发髻，珠翠环绕，绫罗缠身，满室香气馥郁，直扑人面。黄氏女轻轻吩咐一声，丫环婆子赶忙跑到床边，有的移过来涂金的躺椅，有的在躺椅两侧放置竹几，聪明的丫环还为黄母她们沏茶。母女二人四目相对，泪眼迷离，却只能用暗语慰问寒暄。到了晚上，黄女命令仆人收拾出一间房子让两位老人住下，床上的被褥温暖柔软，就是黄母往日富贵时也没有享用过。就这样住了三五天，黄女殷勤款待。黄母经常把黄女带到无人处，哭泣着述说自己以前的不是。黄女说：“我们母女之间能有什么过节经年不忘呢？只是柳郎心中愤恨没有解除，要小心被他知道。”于是每当柳和过来，黄母就赶紧走开躲起来。

一日，黄氏母女正在促膝谈心，柳和突然走了进来，看见黄母，怒气冲冲地大骂道：“哪里来的村妇，竟然敢和娘子并身坐在一起，真该把你的鬓毛都拔干净！”刘婆婆急忙走进来说：“她是我的远亲，王

上手谢过[9]。即坐曰："姥来数日，我大忙，未得展叙[10]。黄家老畜产尚在否？"笑云："都佳，但是贫不可过。官人大富贵，何不一念翁婿情也？"和击桌曰："曩年非姥怜赐一瓯粥，更何得旋乡土！今欲得而寝处之[11]，何念焉！"言至忿际，辄顿足起骂。女恚曰："彼即不仁是我父母，我迢迢远来，手皴瘃[12]，足趾皆穿，亦自谓无负郎君。何乃对子骂父，使人难堪？"和始敛怒，起身去。黄妪愧丧无色，辞欲归，女以二十金私付之。

嫂是卖花的，希望不要怪罪。"柳和于是拱手道歉，坐下后说："姥姥来了好几天了，我太忙，没来得及和你说话。黄家的老畜生还在人世吗？"刘婆婆笑着说："都好着呢，就是家贫快过不下去了。官人如今大富大贵，为什么不念翁婿之情接济一下呢？"柳和一听，拍桌说道："昔年如果不是姥姥可怜给我一顿饭吃，我如何能活着返回家乡？我现在恨不得剥下他的皮坐在上面，哪有什么情分可念？"说到愤恨处，柳和就跺脚大骂起来。黄女脸挂不住了，生气地说："他们再不仁也还是我的父母啊，况且我千里迢迢赶来，手上长满了冻疮，连脚趾也磨破了，自认为没有什么对不起你的地方。为什么你要当着我的面骂我的父亲，让我这么难堪呢？"柳和这才收敛怒火，起身离开了。黄母羞愧难当，自觉脸面尽失，就要告辞回去。黄女悄悄塞给黄母二十两银子。

注释　1 参差：差池，差错。　2 绮纨(qǐ wán)：华丽的丝织品。　3 嘤咛：形容声音清婉、娇细。　4 金椅床：涂有金漆的躺椅。　5 夹膝：暑时置床席间，以憩手足的消暑竹几，呈笼状。　6 瀹(yuè)茗：沏茶，泡茶。　7 殷渥：指感情深厚真挚。　8 瓜葛：此处指疏远的亲戚。　9 上手谢过：拱手致歉。　10 展叙：陈述，畅谈。　11 寝处之：食其肉，寝其皮，形容极其愤恨。　12 皴瘃(cūn zhú)：皮肤开裂，生冻疮。

既归，旷绝[1]音问，女深以为念。和乃遣人招之，夫妻至，惭怍无以自容。和谢曰："旧岁辱临，又不明告，遂使开罪[2]良多。"黄但唯唯[3]。和为更易衣履。留月余，黄心终不自安，数告归。和遗白金百两，曰："西贾五十金，我今倍之。"黄汗颜[4]受之。和以舆马送还，暮岁[5]称小丰焉。

黄氏夫妇回去后，音讯断绝，黄女很是挂念。柳和于是派人去请两位老人。黄氏夫妇来到后，惭愧得无地自容。柳和道歉说："去年你们来，又没有告诉我你们的身份，致使多有得罪。"黄氏只是唯唯地应着。柳和给二老置换了一身新衣新鞋，留他们住了一个多月。黄氏心里终究不安，多次说要回去。柳和于是送给他们银子一百两，说："当年西边的商人用五十两当聘礼，我现在比他多一倍。"黄氏满脸羞愧地收下了。柳和让仆人用马车送二老回去，晚年他们的生活也算得上小康了。

注释 1 旷绝：断绝。 2 开罪：得罪。 3 唯唯：恭敬的应答声，引申为恭顺谨慎。 4 汗颜：指因惭愧而汗发于颜面，泛指惭愧。 5 暮岁：晚年。

异史氏曰："雍门泣后[1]，朱履杳然[2]，令人愤气杜门，不欲复交一客。然良朋葬骨，化石成金，不可谓非慷慨好客之报也。闺中人坐享高奉[3]，俨然如嫔嫱[4]，非贞异如黄卿，孰克当此而无愧

异史氏说："富贵之家衰落后，昔日的座上宾朋都不再往来，实在让人气愤，真想从此家门深锁，不再结交一个朋友。然而好朋友帮忙埋葬先人，又化石成金，帮助渡过难关，不能不说是对慷慨好客之人的报答。闺中人坐享荣华，俨然如皇宫里的妃子，如果不是坚贞像黄女这样的，谁能坐享富贵而内心没有愧疚呢？

者乎？造物之不妄降福泽也如是。”

造物主不会随便降下福泽，此事也说明了这个道理。”

注释 1 雍门泣后：指由富贵变贫穷。雍门子周是战国时期齐国人，擅长鼓琴，孟尝君曾令其奏悲伤之乐，孟尝君听后垂泪，称自己感受到了国破家亡的悲楚。 2 朱履杳然：指宾客都消失不见，无有踪影。朱履，红色的鞋，古代显贵者所穿。代指受优待的门客。 3 高奉：优渥的奉养，指荣华富贵。 4 嫔嫱(pín qiáng)：天子、诸侯的姬妾。

乡有富者，居积取盈，搜算[1]入骨。窖镪数百，惟恐人知，故衣败絮、啖糠秕[2]以示贫。亲友偶来，亦曾无作鸡黍之事。或言其家不贫，便瞋目作怒，其仇如不共戴天。暮年，日餐榆屑[3]一升，臂上皮折垂一寸长，而所窖终不肯发。后渐尫羸，濒死，两子环问之，犹未遽告。迨觉果危急，欲告子，子至，已舌蹇[4]不能声，惟爬抓心头，呵呵而已。死后，子

乡下有一个富人，一点一点地积攒，处心积虑地搜刮，聚敛了不少财产。他把几百两银子都埋藏在地下，唯恐被人知道，所以平日里就穿着破烂的衣服，吃难以下咽的糠秕，用来显示自己很穷。亲朋好友偶尔来做客，他也从不曾杀鸡款待。有人说他家并不贫穷，他就立即怒目瞪视，非常愤怒，好像和人家有不共戴天之仇一样。到了晚年，他每顿只吃一升榆树叶末，手臂上皮肤下垂，有一寸长，但是即便这样也不肯挖出埋藏的银两。后来他的身体渐渐衰弱，快要去世时，两个儿子在他身边不停地问所埋银子的事情，他还犹豫着不肯立刻告知。等到发觉自己马上不行了，急忙叫来儿子，想要告诉他们，可是当儿子来到后，他已经舌头僵硬发不出声音来了，只能焦躁不安地用手挠抓心口，嘴里发出“呵呵”

孙不能具棺木，遂藁葬[5]焉。呜呼！若窖金而以为富，则大帑[6]数千万，何不可指为我有哉？愚已！

的声响。他死后，子孙贫穷，连一副棺材都置办不起，于是只得草草下葬。唉！如果认为埋藏银两就是富贵，那么面对藏有几千万两银子的国库，为什么不认为是自己的钱财呢？真是愚蠢啊！

注释 1 搜算：搜刮，算计。 2 糠粃：糠，指谷的外壳，含有糠的米为粗米；粃，干瘪不饱满的谷粒。 3 榆屑：榆树叶轧成的末。 4 舌蹇：又名舌涩。指舌体转动不灵，语言謇涩之病。 5 藁(gǎo)葬：草草埋葬。 6 大帑(tǎng)：指储藏金银的国库。

雊鹆[1]

原文

王汾滨言：其乡有养八哥者，教以语言，甚狎习[2]，出游必与之俱，相将[3]数年矣。一日，将过绛州[4]，去家尚远，而资斧已罄，其人愁苦无策。鸟云："何不售我？送我王邸[5]，当得善价，不愁归路无资也。"其人云："我安忍？"鸟言："不妨。主人

译文

王汾滨曾讲过一件事：在他家乡有个养八哥的人，教八哥学说话，鸟学得非常好，关系特别亲密，每次他外出游玩必定会带着这只八哥，相伴了好几年。一天，此人路过山西绛州，离家太远，而路费已经花完了，他愁得想不出什么办法。八哥就对他说："为何不把我卖了呢？把我送到王府，定会卖个好价钱，不愁回家没路费。"那人就说："我怎么忍心啊？"鸟就说："没关系。主人得了钱就赶快走，

得价疾行，待我城西二十里大树下。”其人从之。

携至城，相问答，观者渐众。有中贵[6]见之，闻诸王。王召入，欲买之。其人曰：“小人相依为命，不愿卖。”王问鸟：“汝愿住否？”言：“愿住。”王喜。鸟又言：“给价十金，勿多予。”王益喜，立畀[7]十金，其人故作懊悔状而去。王与鸟言，应对便捷[8]，呼肉啖之。食已，鸟曰：“臣要浴。”王命金盆贮水，开笼令浴。浴已，飞檐间，梳翎抖羽，尚与王喋喋不休。顷之，羽燥，翩跹[9]而起，操晋声[10]曰：“臣去呀！”顾盼已失所在。王及内侍仰面咨嗟[11]，急觅其人，则已渺矣。后有往秦中者，见其人携鸟在西安市上。毕载积先生记。

在城西二十里的大树下等我即可。”那人就照办了。

主人带着八哥进了城，和鸟互相问答，围观的人渐渐多了起来。有个太监见到了，就禀告给王爷。王爷把八哥主人召入府中，想买鸟。那人就说：“小人和此鸟相依为命，不愿意卖。”王爷就问八哥：“你愿意住下吗？”八哥说：“愿意住下。”王爷很高兴。八哥又说：“给十两银子就够了，不要多给。”王爷听了更加欢喜，立即就给了十两银子，鸟主人故意装作懊悔的样子离开了。王爷和八哥聊天，八哥应对灵敏，王爷就吩咐喂它肉。吃完了，八哥说：“臣要洗澡。”王爷又命人用金盆盛水，打开笼子让它沐浴。洗完澡，八哥一下飞到屋檐上，梳理翎毛，抖了抖翅膀，还在跟王爷喋喋不休地说着。过了会儿，羽毛干了，八哥就翩翩飞起，操着山西口音说道：“臣要走了！”转眼之间就不见了。王爷和服侍的太监仰着脸长吁短叹，急忙找八哥主人，早就没踪影了。此后有人到陕西，见到那个人带着八哥在西安集市上闲逛。这是毕载积先生记载的。

風調雨順

注释 1 雊鹆(gòu yù):又名八哥,全身主要为黑色,上嘴基部的羽簇明显。飞起时羽翼白斑明显,略成八字状。 2 狎习:亲近熟习。 3 相将:相随,相伴。 4 绛州:今山西运城下辖的新绛县。 5 王邸:王府,此处指明代封于绛州的灵丘王府。 6 中贵:宦官。 7 畀(bì):给。 8 便捷:指反应灵敏。 9 翩跹(piān xiān):此处形容动作轻盈的样子。 10 晋声:山西口音。 11 咨嗟:叹息。

刘海石

原文

刘海石,蒲台[1]人,避乱于滨州。时十四岁,与滨州生刘沧客同函丈[2],因相善,订为昆季[3]。无何,海石失怙恃[4],奉丧而归,音问遂阙。沧客家颇裕,年四十,生二子,长子吉,十七岁,为邑名士,次子亦慧。沧客又内邑中倪氏女,大嬖[5]之。后半年长子患脑痛卒,夫妻大惨。无几何,妻病又卒,逾数月,长媳又死,而婢

译文

刘海石是蒲台人,因躲避战乱来到了滨州。当时他才十四岁,与滨州的刘沧客一起读书,两人关系很好,就结拜为兄弟。没多久,刘海石双亲亡故,就赶回家奔丧,从此和沧客断绝了音讯。刘沧客家境非常富裕,四十岁的时候有了两个儿子,大儿子刘吉十七岁时,已经在县里颇有声望,小儿子也很聪慧。沧客后来又娶了县城倪家的女儿为妾,对她十分娇宠。谁知半年后,大儿子忽然头疼暴亡,夫妇心痛欲碎。数月后妻子何氏又得病死了,又过了几个月,大儿媳妇也身患重病,与世长辞。此后,家里的丫环仆人接连生病,相继离世。沧客整日哀

仆之丧亡且相继也。沧客哀悼，殆不能堪。

一日，方坐愁间，忽阍人[6]通海石至。沧客喜，急出门迎以入。方欲展寒温，海石忽惊曰："兄有灭门之祸不知耶？"沧客愕然，莫解所以。海石曰："久失闻问，窃疑近况，未必佳也。"沧客泫然，因以状对，海石欷歔[7]，既而笑曰："灾殃未艾[8]，余初为兄吊也。然幸而遇仆，请为兄贺。"沧客曰："久不晤，岂近精'越人术'[9]耶？"海石曰："是非所长。阳宅风鉴[10]，颇能习之。"沧客喜，便求相宅。海石入宅，内外遍观之，已而请睹诸眷口。沧客从其教，使子媳婢妾俱见于堂，沧客一一指示。

悼，伤心欲绝。

一天，沧客正坐在屋里愁眉不展，忽然看门的通报刘海石来了。沧客听闻大喜，急忙出门迎接老友进来。沧客正要嘘寒问暖，海石忽然大惊失色道："兄长你家有灭门之祸，难道还没察觉吗？"沧客一愣，不知他为何会这样说。海石就说："小弟好久没跟大哥联系了。最近心里常感不安，怀疑兄长家近况恐怕不是很好。"沧客听他这么说，黯然落泪，于是就把家里发生的事情告诉了他。海石听毕，也感叹不已，忽而转悲为喜说："你家的灾殃还没完结，小弟此次前来，原本是吊唁兄长的。现在幸亏遇上了我，可要恭喜大哥呀。"沧客就问他："愚兄很久不跟贤弟问讯了，难道你现在精通医术吗？"海石回答说："这并非小弟所长。不过对于风水看相，我倒是颇为擅长。"沧客听闻大喜，便请他给自己家看看。他领着海石走进屋子，把里里外外看了个遍，然后刘海石又提出要给家里所有人相面，沧客就遵照他的吩咐，把儿子儿媳、丫环仆人都叫到堂屋，挨个指给海石看。

注释 1 蒲台:旧县名,在今山东北部。 2 函丈:私塾先生。 3 订为昆季:结为兄弟。昆为兄长,季为弟弟。 4 失怙(hù)恃:父母双亡。 5 嬖(bì):宠爱。 6 阍人:看门的人。 7 欷歔(xī xū):叹气,抽噎。 8 未艾:尚未结束。 9 越人术:即中医。因古代名医扁鹊原名"秦越人",故后世以此代指医术。 10 阳宅风鉴:指看风水、相面。

至倪,海石仰天而视,大笑不已。众方惊疑,但见倪女战栗[1]无色,身暴缩短仅二尺余。海石以界方[2]击其首,作石缶声。海石揪其发检脑后,见白发数茎,欲拔之,女缩项跪啼,言即去,但求勿拔。海石怒曰:"汝凶心尚未死耶?"就项后拔去之。女随手而变,黑色如狸[3]。众大骇,海石掇纳袖中,顾子妇曰:"媳受毒已深,背上当有异,请验之。"妇羞,不肯袒示。刘子固强之,见背上白毛长四指许。海石以针挑去,曰:"此

当指到倪氏的时候,刘海石仰视上天大笑不止。众人正在惊疑之际,只见倪氏吓得面无颜色,浑身直哆嗦,身子骤然缩短,仅二尺来长。海石拿天蓬尺敲打她的头,发出敲击石罐一样的声响。刘海石顺势揪住倪氏的头发,见她后脑勺处有几根白毛,伸手就要拔。女子赶忙缩起脖子跪地求饶,哭哭啼啼地说自己马上就走,只求不要拔了这几根白毛。海石怒斥道:"你害人之心还没有死啊?"说着一把扯下倪氏脖子后面的白毛,只见女子随即现了原形,好似黑色的山猫。屋里的人都吓坏了。海石把白毛收入袖中,对着沧客小儿媳道:"儿媳你中毒已经很深,背上应该出现了奇异的症状,请让我看一看。"妇人很害羞,执意不肯裸露后背。沧客的小儿子就强迫她快快从命,脱下来一看,只见背上长有一撮白毛,约有四指长。海石就用针将其挑去,并说:"这些毛已经长老,再

毛已老,七日即不可救。”又顾刘子,亦有毛裁二指。曰:“似此,可月余死耳。”

过七天就没办法医治了。”又检查沧客的小儿子,他背上也长了白毛,不过只有二指长。海石就说:“像这样的,一个多月就死了。”

注释 **1** 战栗:因害怕而发抖。 **2** 界方:即镇尺,此处可能是道士作法用的“天蓬尺”。 **3** 狸:山猫。

沧客以及婢仆并刺之。曰:“仆适不来,一门无噍类[1]矣。”问:“此何物?”曰:“亦狐属。吸人神气以为灵,最利人死。”沧客曰:“久不见君,何能神异如此!无乃仙乎?”笑曰:“特从师习小技耳,何遽云仙。”问其师,答云:“山石道人。适此物,我不能死之,将归献俘于师。”言已,告别。觉袖中空空,骇曰:“亡之矣!尾末有大毛未去,今已遁去。”众俱骇然。海石曰:“领毛已尽,不能作人,止能化兽,遁当

海石给屋里人挨个检查,从刘沧客到丫环仆人,通通用针挑去白毛。他说:“要不是我这次前来,恐怕你们一家没有一个能活下来的啊。”刘沧客就问他这是什么妖物,海石说:“此孽畜也属于狐一类,只不过专门吸取人的神气来培育自己的灵魂,最能置人于死地。”刘沧客惊诧地问:“多日不见,贤弟竟然如此神通广大!莫非成神仙了吗?”海石笑着说:“只不过是跟着师父学了点儿雕虫小技,哪里称得上神仙。”再问他师父是谁,回答说:“家师名山石道人。这个妖物,我现在不能杀了它,要带回去交给师父处置。”说完就要离去,顿觉袖中空空,大惊失色道:“它逃了!尾巴上的粗毛还没除去,现在已经跑了!”众人一听都非常惊骇,海石又说:“它脖子上的毛已经拔光,不能再变作人了。现在只能变成兽类,

不远。”于是入室而相其猫,出门而嗾[2]其犬,皆曰无之。启圈笑曰:“在此矣。”沧客视之,多一豕,闻海石笑,遂伏,不敢少动。提耳捉出,视尾上白毛一茎,硬如针。方将检拔,而豕转侧哀鸣,不听拔。海石曰:“汝造孽既多,拔一毛犹不肯耶?”执而拔之,随手复化为狸。纳袖欲出,沧客苦留,乃为一饭。问后会,曰:“此难预定。我师立愿弘,常使我等遨世上,拔救众生,未必无再见时。”及别后,细思其名,始悟曰:“海石殆仙矣!‘山石’合一‘岩’字,盖吕祖讳[3]也。”

应当还没有跑远。”于是他就进屋看了看猫,出去听了听狗叫,都没发现什么异常。海石又到猪圈查看,打开圈门笑道:“原来在这儿!”刘沧客过来一数,发现多了一头猪。那猪听见海石在笑,吓得趴在地上一动不动。海石就提着耳朵把它牵了出来,看见尾巴上有一根白毛,像针一样坚硬,正要抬手去拔,那头猪忽然左右打滚儿,不停地哀叫,不让刘海石拔毛。海石就说:“你造这么多孽,连一根毛都不肯拔么?”说着一把抓住它,将毛扯了下来。只见那头猪变成了山猫。海石将它收入袖中,就要往外走,沧客赶忙上前苦苦挽留,这才留下吃了顿饭。临别时,问他何日才能相见,回答说:“这很难说得准,师父誓愿宏深,经常让我们行走世间救度众生,将来未必没有再会之时。”海石走后,沧客仔细琢磨他师父的名字,恍然大悟道:“海石恐怕是仙人吧!‘山石’合在一起,是个‘岩’字,正是吕洞宾祖师的名讳。”

注释 1 噍(jiào)类:本指能吃东西的活物,此处指活人。 2 嗾(sǒu):狗叫的声音。 3 吕祖讳:吕祖的名讳。吕祖本名吕岩,也作吕嵒,字洞宾,号纯阳子,世称吕洞宾。他是唐朝人,曾中进士,后遇仙人钟离权点化而出家修道,成为一代高真,道教尊称其为吕祖。

谕鬼

原文

青州石尚书茂华[1]为诸生时，郡门外有大渊[2]，不雨亦不涸。邑中获大寇数十名，刑于渊上。鬼聚为祟，经过者辄曳入。一日，有某甲正遭困厄，忽闻群鬼惶窜曰："石尚书至矣！"未几，公至，甲以状告。公以垩灰[3]题壁示云："石某为禁约事：照得厥念无良，致婴[4]雷霆之怒，所谋不轨，遂遭铁钺之诛。只宜返罔两[5]之心，争相忏悔；庶几洗髑髅[6]之血，脱此沉沦。尔乃生已极刑，死犹聚恶。跳踉[7]而至，披发成群；踯躅以前，搏膺[8]作厉。黄泥塞耳，辄逞鬼子之凶；白昼为妖，几断行人之路！彼丘陵三尺外，管辖由人；岂乾坤两大中，凶顽任尔？谕

译文

青州的石茂华尚书还是秀才的时候，城门外有一个大水坑，即使很久不下雨也不会干涸。县里曾捕获几十名大盗，都在水坑旁处死。这些鬼魂聚集在一起作祟，经常把路人拉入水坑。一天，某甲正遭鬼魂扰乱陷于困境，忽然听众鬼仓皇逃窜说："石尚书来了！"没多久石公就到了，某甲就把情况告诉他。石公就用石灰粉在附近墙上写道："石某将禁令布告如下：现今查得你们本是无良凶徒，以致触犯天威降下雷霆之怒，你们因图谋不轨而被砍头。现在只应该一反魍魉之心，争相忏悔；才能洗去头骨上的污血，超脱沉沦。你们活着的时候已遭受极刑，死了还聚众作恶。有时跳到人前，成群结队披头散发；有时在人前来回走动，捶胸厉声尖叫。尸骨都已经塞满黄泥，还敢逞厉鬼之凶；白天行妖作乱，几乎断绝了行人的道路！三尺坟墓之外，由人来管辖；难道朗朗天地之间，还能任你们凶顽肆虐？现在我告诉你们，此后应该隐藏行

后各宜潜踪，勿犹怙恶。无定河边之骨，静待轮回；金闺梦里之魂，还践乡土。[9]如蹈前愆，必贻后悔！"自此鬼患遂绝，渊亦寻干。

踪，切勿继续作恶。无定河边的枯骨，应静静地等待轮回；亲人梦中的鬼魂，应早早返回故乡。如果你们还要重蹈覆辙，必定追悔莫及！"从此再也没有鬼怪作祟的事情发生，水坑也很快就干了。

注释　1 石尚书茂华：石茂华，字君采，青州益都人。明嘉靖时期曾任兵部尚书。　2 大渊：大水坑。　3 垩(è)灰：石灰粉。　4 婴：通"撄"，招致。　5 罔两：古代传说中的一种精怪。　6 髑髅(dú lóu)：死人的头骨。　7 跳踉(liáng)：同"跳梁"，跳跃。　8 搏膺：拍打胸膛。　9 无定河边之骨，静待轮回；金闺梦里之魂，还践乡土：此句化用唐代陈陶《陇西行》诗句："可怜无定河边骨，犹是春闺梦里人。"无定河，黄河支流，位于今陕西北部，是陕西榆林地区最大的河流。

泥　鬼

原文

余乡唐太史济武[1]，数岁时，有表亲某相携戏寺中。太史童年磊落，胆即最豪，见庑[2]中泥鬼睁琉璃眼，甚光而巨，爱之，阴以指抉取，怀之而归。

译文

我的同乡唐济武翰林，在几岁大的时候，曾被某位表亲带到寺庙玩耍。翰林童年时就胸怀坦荡，胆子很大，他见到走廊下泥塑的鬼瞪着一双琉璃眼，又大又亮，十分喜爱，就偷偷用手抠下来，藏在怀里带回家。刚到家，这位表亲就生

既抵家，某暴病不语。移时忽起，厉声曰：“何故抉吾睛！”噪叫不休。众莫之知，太史始言所作。家人乃祝曰：“童子无知，戏伤尊目，行奉还也。”乃大言曰：“如此，我便当去。”言讫，仆地遂绝，良久而苏。问其所言，茫不自觉。乃送睛仍安鬼眶中。

了重病，不能言语。过了一会儿，突然坐起来，大声说道：“为何挖我的眼睛！”嚷嚷个不停。大家都不知道怎么回事，唐公这才把在庙里做的事说了出来。家人就祷告说：“小孩子不懂事，贪玩误伤了尊者的眼睛，现在就还给你。”某人就大声说：“如果这么办，我就走了。”说完就倒地不起，再也没有动静，过了很久才醒过来。家人问他刚才说的话，他茫然不知。家人于是就把琉璃眼珠又重新安在鬼的眼眶里。

注释 1 唐太史济武：唐梦赉，字济武，淄川人。顺治六年(1649)中进士，曾任翰林院检讨。 2 庑(wǔ)：大堂周围的走廊或廊屋。

异史氏曰：“登堂索睛，土偶何其灵也。顾太史抉睛，而何以迁怒于同游？盖以玉堂[1]之贵，而且至性觥觥[2]。观其上书北阙[3]，拂袖南山，神且惮之，而况鬼乎？”

异史氏说：“能进入别人家索要眼睛，泥鬼何其灵验啊。然而唐翰林挖的眼睛，为何迁怒于同游的人呢？可能是鬼知道唐公以后会显达尊贵，而性情刚正不阿的缘故吧。看唐公后来的表现，敢于直言强谏，对荣华富贵丝毫不留恋，毅然归隐，连神灵都惧怕他，何况是鬼呢？”

注释 1 玉堂：玉饰的殿堂，代指宫殿。 2 觥觥(gōng)：刚直貌。 3 北阙：古代宫殿北面的门楼，是臣子上书奏事处。

梦 别

原文

王春李先生[1]之祖,与先叔祖玉田公[2]交最好。一夜,梦公至其家,黯然相语。问:“何来?”曰:“仆将长往[3],故与君来别耳。”问:“何之?”曰:“远矣。”遂出。送至谷中,见石壁有裂罅[4],便拱手作别,以背向罅,逡巡倒行而入,呼之不应,因而惊寤。及明以告太公敬一[5],且使备吊具,曰:“玉田公捐舍[6]矣!”太公请先探之,信而后吊之。不听,竟以素服往,至门,则提幡挂矣。

呜呼!古人于友,其死生相信如此,丧舆待巨卿而行[7],岂妄哉!

译文

李先生字王春,他的祖父跟我叔祖玉田公交情最好。一天晚上,李先生的祖父梦到玉田公来到他家,和他聊天时神情低落。于是李公就问:“前来有何事?”玉田公回答:“我将出远门了,所以前来跟你告别。”又问:“去哪儿?”回答说:“很远的地方。”说完玉田公就出去了。李公起身相送,忽然两人来到山谷之中,见石壁上有一道裂缝,玉田公此时拱手和李公道别,他背对着裂缝,慢慢倒着走了进去,喊他也不答应,于是李公就惊醒了。等天亮后,李公将梦中之事告诉太公李敬一,并让他准备吊丧的器具,说:“玉田公已经过世了!”太公就建议先派人打探消息,确定是真的再前去吊唁也不迟。李公不听,竟然穿着孝服就去玉田公家了,到门口时,只见门上已经挂起了白幡。

唉!古人对朋友,无论死生都如此信任。可见汉代时,张劭的灵柩运到墓穴外受阻不前,直到好友范式前来吊丧才得以入葬,又怎么会是假的呢!

注释 1 王春李先生：李宪，字王春，淄川人。顺治三年(1646)进士，曾任知县，卒于官。 2 玉田公：蒲生汶，字澄甫，万历二十年(1592)进士，为蒲松龄叔祖。因其曾任玉田(今属河北唐山)知县，故称。 3 长往：出远门，此处暗喻死亡。 4 罅(xià)：裂缝。 5 太公敬一：李思豫，字敬一，李宪的父亲。 6 捐舍：抛弃馆舍，死亡的婉辞。 7 丧舆待巨卿而行：东汉时，范式(字巨卿)与张劭(字元伯)是好友。张劭去世后，范式忽然梦到张劭前来报丧，希望自己能前去参加葬礼。下葬时，张劭的灵柩运到墓穴外推不进去，直到范式前来叩丧哭别，才得以下葬。

犬 灯

原文

韩光禄大千[1]之仆，夜宿厦[2]间，见楼上有灯如明星。未几，荧荧飘落，及地化为犬。睨之，转舍后去。急起，潜尾之，入园中化为女子。心知其狐，还卧故所。俄，女子自后来，仆阳寐[3]以观其变。女俯而撼之，仆伪作醒状，问其为谁，女不答。仆曰："楼上灯光非子也耶？"女

译文

光禄寺的韩大千，他有个仆人晚上在房廊下睡觉，看见楼上有灯火，亮如明星。没多久，火光闪烁着从楼上飘下来，落到地上变成了一只狗。仆人偷偷瞧了一眼，狗转身朝屋后跑去。他就急忙起身，悄悄跟在后边，狗跑进园子里变成了一个女子。仆人心里知道她是狐狸，又回去躺下休息了。不一会儿，女子从后边走过来，仆人就假装睡着，看她有什么动作。女子低下头摇了摇他，仆人假装睡醒的样子，便问女子是谁，女子默不作声。仆人就说："刚才楼上的灯光不是你

曰:"既知之,何问焉?"遂共宿止。昼别宵会以为常。

主人知之,使二人夹仆卧,二人既醒,则身卧床下,亦不觉堕自何时。主人益怒,谓仆曰:"来时,当捉之来;不然则有鞭楚!"仆不敢言,诺而退。因念,捉之难,不捉,惧罪,展转无策。忽忆女子一小红衫密着其体,未肯暂脱,必其要害,执此可以胁[4]之。夜来女至,问:"主人嘱汝捉我乎?"曰:"良有之。但我两人情好,何肯此为?"及寝,阴掬[5]其衫,女急啼,力脱而去。从此遂绝。

吗?"女子说:"既然知道,何必再问呢?"于是两人就睡在一起。此后,他们经常白天分别夜里相会,习以为常。

主人韩大千知道了这件事,就派两个仆人一左一右夹着他睡,这两个仆人醒来后,发现自己躺在床下,也不知道是什么时候掉下来的。韩大千极为生气,对仆人说:"等她再来时,一定要把她抓住,否则你就要挨鞭子了!"仆人吓得不敢吱声,只好答应着退下。他想,如果要抓住她太难了,不抓又担心获罪,翻来覆去想不出办法。忽然想起来,女子贴身穿一件小红肚兜,从来不肯暂时脱下,必定是她的要害,只要抓到就可以胁迫她就范。晚上女子又来了,她问道:"听说主人命你抓我,是吗?"仆人回答说:"确有此事。但我们俩感情这么好,我怎么肯干呢?"等睡下了,就偷偷地脱她衣服,女子急忙呼喊,用力挣脱逃跑了。从此再也没有出现。

注释 1 韩光禄大千:韩茂椿,字大千,淄川人,曾任光禄寺署丞。 2 厦:房廊。 3 阳寐:假装睡觉。阳,通"佯",假装。 4 胁:胁迫。 5 掬:此处指脱去。

后仆自他方归，遥见女子坐道周[1]，至前则举袖障面。仆下骑呼曰："何作此态？"女乃起，握手曰："我谓子已忘旧好矣。既恋恋有故人意[2]，情尚可原。前事出于主命，亦不汝怪也。但缘分已尽，今设小酌，请入为别。"时秋初，高粱正茂。女携与俱入，则中有巨第。系马而入，厅堂中酒肴已列。甫坐，群婢行炙[3]。日将暮，仆有事，欲覆主命，遂别。既出，则依然田陇耳。

后来，仆人从其他地方回来，远远看见这个女子坐在路边，就走到她跟前，女子举起袖子遮住脸。仆人下马喊道："为何这么做呢？"女子就站起来握住他的手说："我以为你已经忘记了之前的恩爱了。既然恋恋不舍，还念旧情，尚可原谅。之前的事既然是主人的命令，我也不怪你。但现在缘分已尽，今天我准备了酒菜，请你过来喝一杯，权当作告别。"当时正值秋初，高粱长得很茂盛。女子拉着仆人走进高粱地，其中有一座大宅院。仆人拴好马走进去，见厅堂中已经摆放好了酒菜。刚一坐下，一群丫环走过来上菜。快到傍晚时，仆人有事要回去禀报主人，就跟女子道别了。他走出大门，回头一看，仍然是一片田垄，院落消失不见了。

注释 **1** 道周：路旁。 **2** 恋恋有故人意：恋恋不舍，尚念旧情。 **3** 行炙：传送烤肉，此处指宴会时上菜。

番 僧

原文

释体空言：在青州见二番僧[1]，象貌奇古，耳缀双环，被黄布，须发鬈[2]如，自言从西域来。闻太守重佛，谒之，太守遣二隶送诣丛林[3]，和尚灵辔，不甚礼之。执事者见其人异，私款之，止宿焉。或问："西域多异人，罗汉得无有奇术否？"其一辗然笑，出手于袖，掌中托小塔，高裁盈尺，玲珑可爱。壁上最高处，有小龛[4]，僧掷塔其中，矗然端立，无少偏倚。视塔上有舍利放光，照耀一室。少间，以手招之，仍落掌中。其一僧乃袒臂，伸左肱[5]，长可六七尺，而右肱缩无有矣，转伸右肱，亦如左状。

译文

释体空曾说：在青州时，曾见到两个西域来的僧人，相貌十分古拙奇特，耳朵上穿着双环，身上披着黄布，须发卷曲，自称从西域前来。他们听说知府重视佛法，故而前来拜访，知府就派两个衙役把他们送到寺庙里，庙里的灵辔和尚对他们不是很恭敬。管事的和尚见两人不同寻常，就私下招待他们住下。有人问："听说西域有很多奇人异士，罗汉是不是也会奇妙的法术啊？"其中一个僧人微微一笑，把手从袖子里伸出来，手上托着一个小塔，才一尺来高，精致可爱。墙上最高处，有个小佛龛，僧人就把塔抛进去，小塔不偏不倚，端立在其中。众人看到塔顶有舍利放光，把屋子都照亮了。过了一会儿，用手一招，塔又落回掌中。另一个僧人则袒露胳膊，伸出左臂，有六七尺长，而右臂却缩没了，再伸右臂，和左臂情形一样。

注释 1 番僧：即喇嘛僧，指西域来的僧侣。 2 鬈(quán)：头发弯曲。 3 丛林：寺院的代称。 4 龛(kān)：供奉神位、佛像的小阁子。 5 肱(gōng)：胳膊上从肩到肘的部分，也泛指胳膊。

狐妾

原文

莱芜[1]刘洞九[2]官汾州[3]，独坐署中，闻亭外笑语渐近，入室，则四女子：一四十许，一可三十，一二十四五已来，末后一垂髫[4]者，并立几前，相视而笑。刘固知官署多狐，置不顾。少间，垂髫者出一红巾，戏抛面上，刘拾掷窗间，仍不顾。四女一笑而去。

一日，年长者来，谓刘曰："舍妹与君有缘，愿无弃葑菲[5]。"刘漫应之，女遂去。俄偕一婢拥垂髫儿来，

译文

莱芜的刘洞九在汾州做官，一日独自坐在衙署中，听到亭子外面有欢笑声，且愈来愈近。等进入亭子，才发现是四个女子：一个有四十多岁，一个大概三十岁，还有一个正值二十四五岁，最后一个是未成年的少女。她们并排站立在几案前面，互相看着，笑声不绝。刘洞九本来就知道衙署一带多狐，于是放任四个女子立于前面，不去看她们。过了一会儿，少女拿出一条红色丝巾，调戏般抛在刘洞九的脸上。刘洞九不动声色地拾起来，扔到窗子上，自始至终没有看女子一眼。四个女子最后笑着离开了。

一天，最年长的那个女子又来到府衙，对刘洞九说："我妹妹和你有缘，希望你不要抛弃她。"刘洞九漫不经心地敷衍她，女子于是就离开了。谁知过了一会儿她领着一个婢女，婢女拥着那个垂发的少女又返回

俾与刘并肩坐。曰:"一对好凤侣[6],今夜谐花烛。勉事刘郎,我去矣。"刘谛视,光艳无俦,遂与燕好[7]。诘其行迹,女曰:"妾固非人,而实人也。妾前官之女,蛊于狐,奄忽[8]以死,窆园内,众狐以术生我,遂飘然若狐。"刘因以手探尻际,女觉之,笑曰:"君将无谓狐有尾耶?"转身云:"请试扪之。"自此,遂留不去,每行坐与小婢俱,家人俱尊以小君[9]礼。婢媪参谒,赏赉甚丰。

来。她让女子和刘洞九并肩坐在一起,说:"啧啧,真是一对天造地设的情侣啊,今天晚上你们就洞房花烛吧。你要好好侍奉刘郎,我这就走了。"年长的女子走后,刘洞九仔细看身边的女子,只见容颜俊俏,举世无双,于是和她交欢,结为连理。事后,刘洞九询问她的来历,女子说:"我当然不是人了,但是本来我真的是人。我是前任州官的女儿,被狐狸蛊惑,很快就死了,就埋葬在园子里。狐狸们用法术让我重生,于是我就行走飘飘然,和狐狸很像了。"刘洞九听了,就伸手去摸女子的屁股,女子发觉后笑着说:"你是不是认为凡是狐狸都应该有尾巴?"于是转过身,说:"那么请你试着摸摸看吧。"自此以后,女子就留在了刘洞九家里不离去,衣食起居都由同来的那个丫环服侍。刘洞九的家人都把女子看作小夫人,对她很恭敬。丫环婆子每次向她请安问好,都能得到丰厚的赏赐。

注释 1 莱芜:今山东莱芜。 2 刘洞九:刘澄淇,字洞九,山东莱芜人。 3 汾州:在今山西汾阳。 4 垂髫(tiáo):古时儿童不束发,头发下垂,因以垂髫指儿童。 5 无弃葑菲(fēng fēi):意谓不要抛弃与自己有缘的女子。葑菲,本为菜名,此处代指自己的妹妹。 6 凤侣:比喻美好的伴侣。 7 燕好:此处指男女欢爱。 8 奄忽:指很快死亡。 9 小君:指夫人。古时夫妻一体,妇人从夫之爵,故称小君。

值刘寿辰，宾客烦多，共三十余筵，须庖人[1]甚众，先期牒拘[2]仅一二到者。刘不胜恚。女知之，便言：“勿忧。庖人既不足用，不如并其来者遣之。妾固短于才，然三十席亦不难办。”刘喜，命以鱼肉姜桂悉移内署。家中人但闻刀砧声繁不绝。门内设一几，行炙者置柈其上，转视则肴俎已满。托去复来，十余人络绎于道，取之不竭。末后，行炙人来索汤饼[3]。内言曰：“主人未尝预嘱，咄嗟何以办？”既而曰：“无已[4]，其假之。”少顷，呼取汤饼，视之，三十余碗，蒸腾几上。客既去，乃谓刘曰：“可出金资，偿某家汤饼。”刘使人将直去。则其家失汤饼，方共惊

这一天正赶上刘洞九的寿辰，前来祝贺的宾客络绎不绝，总共要摆三十多桌酒席，这样热闹的场合自然需要很多厨人，提前发下公文征调的厨人现在只来了一两个。刘洞九见此情景，不禁大怒。狐妾知道后，就安慰说：“夫君不用烦忧。既然厨人不够用，那干脆把来的两人都遣回去。我虽然不才，然而置办三十桌酒席也不难办到。”刘洞九听后转怒为喜，赶紧命令仆人把鱼肉生姜桂皮等材料都搬到内院。府上的人只听到内院切菜剁肉的声音不绝于耳。狐妾让仆人在内院门口摆一张桌子，端菜的人将盘子放到桌子上，一转眼的工夫盘子里就堆满了菜肴。仆人端着盘子去了又来，十几个人在客厅和内院的路上络绎不绝，菜肴似乎取之不尽。最后，端菜的仆人来要汤饼。狐妾在内院说：“主人并没有提前嘱咐，怎么能说要就要呢？”随即又说：“没办法，只好去借别人家的了。”只过了一会儿，狐妾就招呼仆人来端汤饼，仆人一看，桌子上整整齐齐摆满了三十多碗汤饼，热气蒸腾。客人离去后，狐妾对刘洞九说：“拿出一些钱来，去偿还某家的汤饼。”刘洞九便派仆人带着钱前去。丢失汤饼的人家，正在惊讶

疑，使至疑始解。一夕夜酌，偶思山东苦醁[5]，女请取之。遂出门去，移时返曰："门外一罂可供数日饮。"刘视之，果得酒，真家中瓮头春也。

疑虑，仆人到了，他们才明白是怎么回事。一天晚上，刘洞九夜里饮酒，突然想喝家乡的苦酒，狐妾说我帮你去取。于是她便走出门，只一小会儿的工夫就返回了，说："门外放着一坛酒，可以供夫君喝上几天。"刘洞九出门一看，果真有一大坛酒，打开品尝，真的是家乡的瓮头春。

注释 1 庖人：本为古官名，职掌供膳，后世代指厨师。 2 先期牒拘：事前发文征调。 3 汤饼：即面片汤，厨师将调好的面团托在手里撕成片下锅煮熟，又叫煮饼。 4 无已：不得已，没办法。 5 苦醁(lù)：即下文的瓮头春酒。醁，美酒。

越数日，夫人遣二仆如汾。途中一仆曰："闻狐夫人犒赏优厚，此去得赏金，可买一裘[1]。"女在署已知之，向刘曰："家中人将至。可恨伧奴[2]无礼，必报之。"明日，仆甫入城，头大痛，至署，抱首号呼，共拟进医药。刘笑曰："勿须疗，时至当自瘥。"众疑其获罪小君。仆自思：初

过了几天，刘洞九的夫人派遣两个仆人来汾州问安。路上，一个仆人说："听说狐夫人赏赐下人很大方，这次去了得到的赏钱，可以买一件皮衣。"他的这些话，狐妾在府衙已经知道了，于是生气地对刘洞九说："老家的人很快就要到了。只是痛恨下贱的奴才没有礼貌，我一定要报复。"果然，第二天，那个仆人刚入汾州城，就感到头痛欲裂，强忍着来到了府衙，忍不住抱头号叫，家人共同商量着给他吃些什么药。刘洞九却笑着说："不用治疗，时间到了自然就会好了。"众人这才怀疑他得罪了小夫人。仆人心想：我刚来，还没有解下行

来未解装，罪何由得？无所告诉，漫膝行而哀之。帘中语曰：“尔谓夫人则亦已耳，何谓狐也？”仆乃悟，叩不已。又曰：“既欲得裘，何得复无礼？”已而曰：“汝愈矣。”言已，仆病若失。仆拜欲出，忽自帘中掷一裹出，曰：“此一羔羊裘也，可将去。”仆解视，得五金。刘问家中消息，仆言都无事，惟夜失藏酒一罂，稽其时日，即取酒夜也。群惮其神，呼之“圣仙”，刘为绘小像。

装，怎么得罪的小夫人呢？没有人告诉他原因。仆人膝行向前，哀恳饶恕。狐妾在帘内说：“你称我为夫人就罢了，可是为什么又要加一个‘狐’字呢？”仆人这才明白是怎么回事，吓得磕头不止。狐妾又说：“既然想得到皮衣的赏赐，为什么又要如此无礼？”过了一会儿又说：“你的病好啦。”话音刚落，仆人的头痛就消失了。仆人恭恭敬敬地拜谢后就要出去，忽然从帘子内抛出一个小包裹，只听狐妾说道：“这是一件羔羊皮衣，你拿去吧。”仆人打开一看，里面包着五两银子。刘洞九询问老家的情况，仆人说家人一切都安好，只是一天晚上莫名其妙丢失了一坛酒。刘洞九核实丢酒的具体日子和时辰，才发现就是狐妾取酒的那晚。从此以后，家人都忌惮她的神威，恭恭敬敬地称她为“圣仙”，刘洞九还精心为她画了一幅小像。

注释 1 裘：毛皮的衣服。 2 伧奴：指奴仆，常用作斥骂语。

时张道一[1]为提学使，闻其异，以桑梓谊[2]诣刘，欲乞一面，女拒之。刘示以像，张强携而去。归

当时，张道一担任提学使，听说狐妾神异不凡，就以老乡的身份拜访刘洞九，并乞求见狐妾一面。狐妾拒绝了。刘洞九过意不去，只好拿出画像给张道一看，谁知，看后他强行拿走了。到了家里，张道一就把

悬座右，朝夕祝之云："以卿丽质，何之不可？乃托身于鬖鬖之老[3]！下官殊不恶于洞九，何不一惠顾[4]？"女在署，忽谓刘曰："张公无礼，当小惩之。"一日，张方祝，似有人以界方击额，崩然甚痛。大惧，反卷[5]。刘诘之，使隐其故而诡对[6]。刘笑，曰："主人额上得毋痛否？"使不能欺，以实告。

画像悬挂在座位一旁，早晚毕恭毕敬地祷告说："以你的天生丽质，去谁那儿不行？为什么偏偏委身给那个小老儿！我哪一点都不比刘洞九差，为什么你不来光临我这儿呢？"狐妾坐在府衙中，忽然对刘洞九说："那个张大人太无礼了，我要稍稍惩戒他一下。"一日，当张道一又对着画像祷告时，感觉像有人拿着镇纸击打他的额头，头痛得似乎要炸裂。张道一十分害怕，慌忙派人返还画像。刘洞九诘问来人为什么把画像又送回来了，来人只得用假话搪塞。刘洞九一笑，说："你们主人的额头现在还痛吗？"来人大惊，知道已经无法隐瞒，就把事情的真相告诉了刘洞九。

注释　1 张道一：张四教，号芹沚，山东莱芜人。曾任山西提学使佥事。　2 以桑梓谊：以同乡的身份。　3 鬖鬖(sān)之老：头发下垂的老人。　4 惠顾：光临，惠临。　5 反卷：还回画卷。反，同"返"，送还，归还。　6 诡对：用假话搪塞。

无何，婿亓[1]生来，请觐之，女固辞，亓请之坚。刘曰："婿非他人，何拒之深？"女曰："婿相见，必当有以赠之。渠望我奢，自度不

没过多久，刘洞九的女婿亓生来了，请求拜见，狐妾执意拒绝，可是亓生却坚决请求。刘洞九也帮着说话："女婿不是外人，为什么要这么坚决地拒绝呢？"狐妾说："女婿拜见，按礼节我一定要拿东西赠给他。他对我的奢求太高，我自忖无法

能满其志，故适不欲见耳。”既固请之，乃许以十日见。及期亓入，隔帘揖之，少致存问。仪容隐约，不敢审谛。既退，数步之外，辄回眸注盼。但闻女言曰：“阿婿回首矣！”言已大笑，烈烈如鸮鸣[2]。亓闻之，胫股皆软，摇摇然如丧魂魄。既出，坐移时始稍定。乃曰：“适闻笑声，如听霹雳，竟不觉身为己有。”少顷，婢以女命，赠亓二十金。亓受之，谓婢曰：“圣仙日与丈人[3]居，宁不知我素性挥霍，不惯使小钱耶？”女闻之曰：“我固知其然。囊底适罄，向结伴至汴梁[4]，其城为河伯[5]占据，库藏皆没水中，入水各得些须[6]，何能饱无餍[7]之求？且我纵能厚馈，彼福薄亦不能任。”

满足他的欲望，所以才不愿意见。”既然对方一再请求，狐妾只好答应十日后相见。到了那一天，亓生进入内室，隔着帘子向狐妾作揖，并稍稍致以问候。因为隔着帘子，狐妾的面貌隐隐约约，他不敢仔细打量。继而退出，刚走了几步就回头凝视。此时只听狐妾说：“女婿回头看了。”说完就大笑起来，声音尖利高亢，就像猫头鹰的啼叫，令人头皮发麻。亓生听了，小腿和大腿都软了，摇摇晃晃地往外走，像丢失了魂魄一样。出来后，坐下好一会儿才安定下来。于是说：“刚刚听到笑声，就像听到震天的霹雳一样，竟然觉得身子已经不属于自己了。”过了一会儿，婢女出来，遵照狐妾的命令，赠给亓生二十两银子。亓生收下了，对婢女说：“圣仙和我的岳父日日相处，难道不知道我生性挥霍无度，不习惯花小钱吗？”狐妾听说后说：“我当然知道他的本性。可是正赶上家里的钱花光了。前些日子我们结伴去汴梁，汴梁被河伯占据，钱库也被淹没在水中。我们潜入水底各自取了一些银子，这怎么能够满足他无穷的欲求呢？况且纵然我能够赏赐他丰厚的东西，他也许福薄无法享用。”

注释 1 亓(qí):人的姓。 2 鸮(xiāo)鸣:猫头鹰的鸣叫声。
3 丈人:岳父。 4 汴梁:今河南开封。 5 河伯:传说中的黄河河神。
6 些须:一些。 7 餍(yàn):满足。

女凡事能先知,遇有疑难与议,无不剖[1]。一日并坐,忽仰天大惊曰:"大劫将至,为之奈何!"刘惊问家口,曰:"余悉无恙,独二公子可虑。此处不久将为战场,君当求差远去,庶免于难。"刘从之,乞于上官,得解饷[2]云贵间。道里辽远,闻者吊之,而女独贺。无何,姜瓖[3]叛,汾州没为贼窟。刘仲子自山东来,适遭其变,遂被其害。城陷,官僚皆罹于难,惟刘以公出得免。

盗平,刘始归。寻以大案挂误,贫至饔飧不给[4],而当道者又多所需索[5],因而窘忧[6]

狐妾不管什么事情都能预先得知,刘洞九每当遇到疑难问题就与她商议,她没有不能剖析的。一天,两个人并肩坐着,狐妾突然仰面朝天,惊骇地大叫:"大祸就要来临了,该怎么办呢?"刘洞九大吃一惊,慌忙问是不是家里的人出了事。狐妾说:"其他人都安好,只是你的二儿子让人忧虑。汾州不久就会沦为战场,夫君最好求个差事,远离这里,才能幸免于难。"刘洞九按照狐妾的建议,向上司请求,得到了一份押运粮饷到云南、贵州一带的差事。从汾州到云贵,路途遥远,听说这件事的人都来安慰他,只有狐妾向他祝贺。没过多久,镇守大同的姜瓖反叛朝廷,汾州被叛军占领。刘洞九的二儿子从山东赶来看望父亲,恰好遇上兵变,于是不幸被害。汾州城失陷后,大小官吏全都遇难,只有刘洞九因为出差而幸免。

叛军平定后,刘洞九才回到汾州。不久他因为一件大案受牵连而受到责罚,家里贫穷到连一日三餐都接济不上,再加上当权者对他多方勒索,刘洞九因此窘迫忧愁,打算

欲死。女曰:“勿忧,床下三千金,可资用度。”刘大喜,问:“窃之何处?”曰:“天下无主之物,取之不尽,何庸窃乎!”刘借谋得脱归,女从之。后数年忽去,纸裹数事留赠,中有丧家挂门之小幡,长二寸许,群以为不祥。刘寻卒。

一死了之。狐妾说:“夫君不用担忧,床底下有三千两银子,可供花费。”刘洞九大喜,问道:“你是从哪里偷来的?”狐妾回答说:“天底下没有主的财物取之不尽,哪里用得着偷呢!”后来刘洞九寻到一个机会脱身,回到老家,狐妾跟着他一起回去了。几年后,狐妾忽然不辞而别,只留下一个小纸包,里面包裹着几样东西,其中就有办丧事的人家挂在门上的小幡,长约二寸,大家都认为这是一个不祥的征兆。没过多久,刘洞九就去世了。

注释 **1** 剖:剖析。 **2** 解饷:押运粮饷。 **3** 姜瓖:曾任大同总兵,1644年李自成攻克太原,姜瓖献城投降,同年六月,又杀农民军将领柯天相等人降清。1649年,姜瓖又举兵反清,当年八月被剿灭。 **4** 饔飧(yōng sūn)不给:三餐不继,指吃了上顿没下顿。饔飧,早饭和晚饭。 **5** 需索:求取,勒索。 **6** 窘忧:窘迫忧愁。

雷曹

原文

乐云鹤、夏平子二人,少同里[1],长同斋[2],相交莫逆。夏少慧,十岁

译文

乐云鹤和夏平子两人,小时候同村,长大后又同窗读书,成为莫逆之交。夏平子小时候就非常聪明,十岁的时候就

知名。乐虚心事之。夏相规不倦；乐文思日进，由是名并著。而潦倒场屋[3]，战辄北[4]。无何，夏遘疫[5]而卒，家贫不能葬，乐锐身自任之。遗襁褓子[6]及未亡人[7]，乐以时恤诸其家，每得升斗，必析而二之，夏妻子赖以活。于是士大夫益贤乐。乐恒产[8]无多，又代夏生忧内顾，家计日蹙[9]。乃叹曰："文如平子尚碌碌以没，而况于我？人生富贵须及时，戚戚[10]终岁，恐先狗马填沟壑，负此生矣，不如早自图也。"于是去读而贾。操业半年，家资小泰。

很出名。乐云鹤虚心向他学习，夏平子也不知疲倦地教他，乐云鹤的文才日渐进步，于是两人就齐名并称。然而在考场上却很不理想，每次都名落孙山。不久夏平子染上瘟疫死了，他家境贫寒无法安葬，乐云鹤挺身而出料理丧事。夏平子留下襁褓中的孩子和妻子，乐云鹤也按时抚恤他家，每次得到一升粮食也必分成两份，夏家孤儿寡母靠救济才活了下来。于是读书人都更加敬重乐云鹤的贤德仗义。乐云鹤的家产并不多，又替夏平子照顾家事，因此家里生计一天不如一天。乐云鹤叹息说："即使像夏平子这样的文采还没有作为就去世了，何况是我呢？人生要想富贵必须及时争取，终年都忧愁度日，恐怕还没来得及飞黄腾达就像狗马一样葬身沟壑了，空负一生，不如早早另谋出路。"于是乐云鹤放弃读书去经商。经营了半年，家产就小有富裕。

注释 1 同里：同村。 2 同斋：同学。斋，学塾。 3 潦倒场屋：科举考试屡试不中，潦倒失意。场屋，指科举考场。 4 战辄北：指每次科考都失利。 5 遘(gòu)疫：染上瘟疫。遘，遇上。 6 襁褓子：婴儿。 7 未亡人：寡妇。 8 恒产：指田地、房屋等不动产。 9 蹙(cù)：急迫，此处指生活窘迫。 10 戚戚：悲伤忧愁的样子。

一日，客金陵[1]，休于旅舍，见一人颀然[2]而长，筋骨隆起，彷徨座侧，色黯淡，有戚容。乐问："欲得食耶？"其人亦不语。乐推食食之，则以手掬啖[3]，顷刻已尽；乐又益以兼人之馔，食复尽。遂命主人割豚肩[4]，堆以蒸饼[5]，又尽数人之餐。始果腹而谢曰："三年以来未尝如此饫饱[6]。"乐曰："君固壮士，何飘泊若此？"曰："罪婴天谴[7]，不可说也。"问其里居，曰："陆无屋，水无舟，朝村而暮郭也。"乐整装欲行，其人相从，恋恋不去。乐辞之，告曰："君有大难，吾不忍忘一饭之德。"乐异之，遂与偕行。途中曳与同餐，辞曰："我终岁仅数餐耳。"益奇之。

有一天，乐云鹤客居南京，在一家旅店休息，见到一个身材高大、筋骨隆起的人，在他座位旁徘徊，神情凄伤，面带愁容。乐云鹤上前询问："想吃东西吗？"那个人听了也不说话。乐云鹤便将饭菜送到他面前让他吃，那人竟然伸手就抓着吃，很快就吃得精光；乐云鹤又要了两个人的饭菜，他又全部吃光。乐云鹤让店主割一块猪肘子，又上了一大堆蒸饼，他又把几个人的饭菜吃干净。那人这才吃饱了，向乐云鹤感谢道："三年以来，从没有像这样吃饱过。"乐云鹤问道："你本是壮士，为何沦落到如此地步？"那人说："我犯了罪遭到上天的惩罚，不能说出来。"乐云鹤问那人住在何处，他回答说："地上没有我的房屋，水上没有我的舟船，早晨还在村里，晚上就进了城。"乐云鹤整理好行装打算赶路，那人却紧跟着他，恋恋不舍不肯离开。乐云鹤向他告别，他说："你将有大难临头，我不忍忘记你一顿饭的恩情。"乐云鹤觉得他不是平常人，就同意带着他一起走。中途乐云鹤又要请他吃饭，那人却推辞说："我一年只吃几顿饭就够了。"乐云鹤更加觉得奇怪。

第二天，乐云鹤满载货物渡江，忽然

次日渡江，风涛暴作，估舟[8]尽覆，乐与其人悉没江中。俄风定，其人负乐踏波出，登客舟，又破浪去。少时，挽一舟至，扶乐入，嘱乐卧守，复跃入江，以两臂夹货出，掷舟中，又入之。数入数出，列货满舟。乐谢曰："君生我亦良足矣，敢望珠还[9]哉！"检视货财，并无亡失。益喜，惊为神人，放舟欲行，其人告退，乐苦留之，遂与共济。乐笑云："此一厄也，止失一金簪耳。"其人欲复寻之。乐方劝止，已投水中而没。惊愕良久，忽见含笑而出，以簪授乐曰："幸不辱命。"江上人罔不骇异。

狂风大作波涛汹涌，商船都翻入江中，乐云鹤和那人也都掉进水里。过了一会儿风浪平息，那人背着乐云鹤踏着浪浮出水面，登上附近的客船，接着又踏浪而去。不一会儿，那人拖来一只船，将乐云鹤扶进去，嘱咐他在船中躺下看守，那人再次跳进江中，双臂夹着落水的货物，将它们扔回船里，又返回水中。就这样反复几次，将落水的货物都捞上来堆满了船。乐云鹤对他感激不尽，说道："你刚才救我一命就已经很满足了，哪里还敢奢望把货物捞回来啊！"乐云鹤清点了满船的货物，发现没有丢失。于是他更加高兴，惊叹遇到了神人，乐云鹤解开缆绳正要启程，那人却向他辞行，乐云鹤苦苦挽留，他才跟着一起上路。乐云鹤笑着对他说："经历这场大难，只丢了一支金簪。"那人一听又要回去寻找。乐云鹤还没来得及阻止，那人已跳入江中没了身影。乐云鹤惊呆了半天，忽然那人笑着跃出水面，把金簪交给乐云鹤说："幸亏没有辜负你的期望。"江上的人没有不感觉惊奇的。

注释 1 金陵：南京。 2 颀(qí)然：挺立修长貌。 3 掬啖：捧着吃。 4 豚肩：猪的前肘。 5 蒸饼：又称笼饼，即馒头。 6 饫(yù)饱：饱食。 7 罪婴天谴：因犯罪受到上天惩罚。婴，遭受。 8 估舟：商船。 9 珠还：比喻财物失而复得。

乐与归，寝处共之，每十数日始一食，食则啖嚼无算。一日，又言别，乐固挽之。适昼晦欲雨，闻雷声。乐曰："云间不知何状？雷又是何物？安得至天上视之，此疑乃可解。"其人笑曰："君欲作云中游耶？"少时乐倦甚，伏榻假寐[1]。既醒，觉身摇摇然，不似榻上，开目，则在云气中，周身如絮。惊而起，晕如舟上，踏之，耎无地[2]。仰视星斗，在眉目间。遂疑是梦。细视星嵌天上，如老莲实之在蓬也，大者如瓮，次如瓿[3]，小如盎盂[4]。以手撼之，大者坚不可动，小星动摇似可摘而下者；遂摘

乐云鹤带着那人回到家中，两人朝夕相处。那人每隔十几天才吃一顿饭，但每次吃下的食物多得难以计算。有一天，那人又向乐云鹤告辞，乐云鹤极力挽留。当时是白天却乌云密布，看着马上就要下雨，可以听到远处滚滚的雷声。乐云鹤自语道："不知道云里面是什么情形？雷又是什么东西？如果能上天看看，这个疑惑一定能解开。"那人笑着说："你真的打算到云里游览一番吗？"不一会儿，乐云鹤感到身体特别疲乏，趴在床榻上打盹。等他醒来，觉得整个身子不停摇晃，不像躺在床榻上，睁眼一看，发现自己竟然在云气之中，周围的云朵像棉絮一样。乐云鹤吃惊地站起身，感到头晕目眩好似坐船一样，用脚一踩，软绵绵地不着地。他抬头一看满天星斗就像在眼前。乐云鹤不禁怀疑自己是在做梦。他仔细观察那些星星，都嵌在天上，就像嵌在莲蓬里成熟的莲子一样，大的像瓮，中等的像坛子，小的像碗一样大。用手去摇那些星星，大的纹丝不动，小的可以晃动，甚至可以摘下来。

其一藏袖中。拨云下视，则银河苍茫，见城郭如豆。愕然自念：设一脱足，此身何可复问？俄见二龙夭矫，驾缦车[5]来，尾一掉，如鸣牛鞭。车上有器，围皆数丈，贮水满之。有数十人，以器掬水，遍洒云间。忽见乐，共怪之。乐审所与壮士在焉，语众云："是吾友也。"因取一器授乐令洒。时苦旱，乐接器排云，约望故乡，尽情倾注。未几谓乐曰："我本雷曹[6]，前误行雨，罚谪三载。今天限已满，请从此别。"乃以驾车之绳万尺掷前，使握端縋[7]下。乐危之；其人笑言："不妨。"乐如其言，飗飗然[8]瞬息及地。视之，则堕立村外，绳渐收入云中，不可见矣。

于是，乐云鹤摘下一颗小星星，藏在袖子里。他拨开云雾向下一看，只见天上银河茫茫，地下城镇小如豆粒。乐云鹤胆战心惊，吓得念叨着：万一失足掉下去，我这身体该到哪里去寻找？不一会儿，乐云鹤又看到两条龙屈伸自由，驾着一辆挂着围缦的车过来，龙尾一甩就像牛鞭一样清脆作响。龙车上有一些器皿，口都有几丈宽，里面装满了水。还有几十个人拿着器具舀水洒遍云间。他们发现了乐云鹤，都感觉很奇怪。乐云鹤发现那位和自己交往的壮士也在人群中，正对众人说："这位是我的好朋友。"说着，那人取来一个舀水的器具给乐云鹤，让他也跟着洒水。这时地上正遭大旱，乐云鹤接过器具，拨开云向着家乡的方向尽情挥洒。过了一会儿，那人走过来对乐云鹤说："我本是雷神，以前因为行雨失误而被罚下人间三年，如今期限已满，请就此分别吧。"说着将驾车的万尺长绳丢到乐云鹤的跟前，让他抓着绳子下去。乐云鹤非常害怕；雷神笑着对他说："不用担心。"乐云鹤就按照他说的往下降，飕飕地很快便到了地面。他一看自己正好降落在村外，绳子慢慢收回云中，再也看不见了。

注释 1 假寐：打盹。 2 耎（ruǎn）无地：绵软无质。耎，同“软”。 3 瓿（bù）：一种瓦器，比瓮小。 4 盎盂（àng yú）：盎，一种大腹敛口的容器；盂，形近于碗的容器。 5 缦（màn）车：古代一种带有花纹图饰的车。 6 雷曹：雷部的属官，指雷神。 7 缒（zhuì）：用绳子悬人或物使下坠。 8 飗飗（liú）然：迅速的样子。飗飗，本指微风吹动。

时久旱，十里外雨仅盈指，独乐里沟浍[1]皆满。归探袖中，摘星仍在。出置案上，黯黝[2]如石，入夜则光明焕发，映照四壁。益宝之，什袭[3]而藏。每有佳客，出以照饮。正视之，则条条射目。一夜，妻坐对握发[4]，忽见星光渐小如萤，流动横飞。妻方怪咤，已入口中，咯[5]之不出，竟已下咽。愕奔告乐，乐亦奇之。既寝，梦夏平子来，曰：“我少微星[6]也。因先君失一德，促余寿龄。君之惠好，在中不忘。又蒙自天上携归，

当时乐云鹤家乡久旱，十里外雨只下了一指深，唯独乐云鹤村里的沟渠都积满了水。他回到家一摸袖子里，发现摘的那颗星星竟还在。他拿出来放在桌子上，星星黝黑暗淡，像石头一样，到了夜里却光芒四射，把四周的墙壁照得通亮。乐云鹤把它当作宝贝，一层层包好收藏起来。只有贵客来到，他才拿出来照着饮酒。正盯着它时，就会觉得一束束光芒照得睁不开眼。一天夜里，乐云鹤的妻子正对着星星梳头，忽然发现星光渐渐变小像萤火虫，在屋里飞来飞去。妻子正在奇怪，星星已经飞进她的嘴里，使劲咳也弄不出来，竟咽到肚子里。她惊恐不安，赶忙跑去告诉乐云鹤，他也觉得很奇怪。乐云鹤入睡后，梦见夏平子来了，对他说：“我是少微星。因为先父失德，所以造成我短命。从前你对我家的恩惠，心中永远不会忘记。又承蒙你把我从天上带到地上，可见你我缘分未断。现

可云有缘。今为君嗣，以报大德。”乐三十无子，得梦甚喜。自是妻果娠，及临蓐[7]，光耀满室，如星在几上时，因名“星儿”。机警非常，十六岁及进士第。

在我转世成为你的孩子，以报答你的大恩大德。”此时乐云鹤已经三十岁了，但还没有儿子，所以这个梦让他非常高兴，此后乐云鹤的妻子果真怀孕了，分娩时满房光亮，就像星星放在几案上一样，因此将孩子取名“星儿”。星儿非常聪明伶俐，十六岁就考中进士。

注释 1 沟浍(kuài)：即沟渠。沟，田间的行水道；浍，田间的排水渠。 2 黯黝(yǒu)：深黑色。 3 什袭：把东西一层层包裹起来。 4 握发：梳理绾结头发。 5 咯(kǎ)：用力咳嗽，从喉中吐出杂物。 6 少微星：又名处士星，在太微星西。 7 临蓐(rù)：临产，分娩。蓐，草席，古代妇女坐草席待产。

异史氏曰：“乐子文章名一世，忽觉苍苍[1]之位置我者不在是，遂弃毛锥如脱屣[2]，此与燕颔投笔[3]者何以少异？至雷曹感一饭之德，少微酬良友之知，岂神人之私报恩施哉？乃造物之公报贤豪耳。”

异史氏说：“乐云鹤因为文章出众而名声显赫于世，忽然他发现上天给自己安排的位置并不在此，于是就像扔掉烂鞋一样放弃了文墨，这和班超投笔从戎相比又有什么差异呢？至于雷神感念一顿饭的恩情，少微星酬谢好友的知己之恩，难道只是神仙报私恩吗？这是造物主公正地报答那些贤德豪爽的人啊。”

注释 1 苍苍:苍天,上天。 2 遂弃毛锥如脱屣:指放弃文墨像脱掉鞋子一样轻易。毛锥,笔的代称;脱屣,脱去鞋子。 3 燕颌投笔:指班超投笔从戎。据说班超“燕颌虎颈”,是万里封侯之相。

赌 符

原文

韩道士,居邑中之天齐庙[1],多幻术,共名之“仙”。先子[2]与最善,每适城,辄造之。一日,与先叔[3]赴邑,拟访韩,适遇诸途。韩付钥曰:“请先往启门坐,少旋我即至。”乃如其言,诣庙发扃,则韩已坐室中。诸如此类。

先是,有敝族人嗜博赌,因先子亦识韩。值大佛寺来一僧,专事樗蒲[4],赌甚豪。族人见而悦之,罄资往赌,大亏。心益热,典质田产复往,终夜尽丧。邑邑不得志,便道诣韩,精神惨淡,言语失

译文

韩道士住在县城的天齐庙,因为擅长幻术,人们都称他“神仙”。我父亲生前和他关系最好,每次进城都要拜访他。一天,父亲和叔叔进城,打算拜访韩道士,恰巧在路上遇到他。韩道士把钥匙递给父亲,说:“请你们先到我那儿打开门坐会儿,我稍后就到。”于是父亲就按他说的来到庙里,等打开门一看,韩道士已经坐在屋子里了。像这样的事情有很多。

之前,我们蒲家有个族人酷爱赌博,通过我父亲认识了韩道士。当时,大佛寺来了一个和尚,很擅长掷骰,赌注下得特别大。族人见了很高兴,便倾尽所有前去赌博,结果亏损惨重。他心里越发着急,典卖了田产又过去赌,一晚上输得精光。族人因此失意惆怅,便去找韩道士,言谈间精神恍惚,语无伦次。

次[5]。韩问之,具以实告。韩笑云:“常赌无不输之理。倘能戒赌,我为汝覆[6]之。”族人曰:“倘得珠还合浦[7],花骨头[8]当铁杵碎之!”韩乃以纸书符,授佩衣带间。嘱曰:“但得故物即已,勿得陇复望蜀[9]也。”又付千钱,约赢而偿之。

韩道士问他出了什么事,族人就如实相告。韩道士听了大笑道:“经常赌博没有不输的道理,如果你能戒赌,我愿意帮你翻盘。”族人当即表态:“倘若输的钱能赢回来,我一定用铁棍把骰子砸个稀巴烂。”韩道士就用纸画了一张符交给族人,让他佩在腰间。并嘱咐说:“只要把输的赢回来就可以了,切忌得陇望蜀,不知满足。”又借给他一千钱,约定赢了之后再还。

注释 1 天齐庙:供奉东岳大帝的庙宇。唐玄宗曾封泰山神为天齐王,故称。 2 先子:先父,指作者的父亲蒲槃。 3 先叔:指作者的叔父蒲柷。 4 樗(chū)蒲:指赌博。樗蒲是出现于汉末的一种棋类游戏,博戏中用的骰子最初是用樗木(臭椿)制成,故称樗蒲。又由于这种木制掷具系五枚一组,所以又叫五木之戏,或简称五木。 5 失次:无序,颠倒。 6 覆:指赢回输掉的钱。 7 珠还合浦:指东西失而复得或人去而复回。此指赢回输掉的钱。 8 花骨头:赌博用的骰子。 9 得陇复望蜀:意思是已经取得陇右,还想攻取西蜀。指人贪心不知满足。

族人大喜而往。僧验其资,易之[1],不屑与赌。族人强之,请以一掷为期,僧笑而从之。乃以千钱为孤注,僧掷之无所胜负,族人接色[2],

族人大喜,便前往大佛寺。和尚查验了他带的钱,很瞧不上,不屑于跟他赌。族人就一再纠缠,要求一局赌输赢,和尚笑着答应了。族人就以一千钱孤注一掷,和尚掷完骰子没有分出胜负,族人接过来一掷成彩。和尚又以两千钱做赌注,再次

一掷成采。僧复以两千为注，又败。渐增至十余千，明明枭色[3]，呵之，皆成卢雉[4]，计前所输，顷刻尽覆。阴念再赢数千亦更佳，乃复博，则色渐劣。心怪之，起视带上，则符已亡矣，大惊而罢。载钱归庙，除偿韩外，追而计之，并末后所失，适符原数也。已乃愧谢[5]失符之罪。韩笑曰："已在此矣。固嘱勿贪，而君不听，故取之。"

败了。于是他就渐渐下注到十几千钱，明明是最上彩，结果族人吆喝着一摇，都成了下彩，之前输的钱，顷刻间又赢回来了。族人心里就暗自盘算，如果能再赢几千钱就更好了，于是重开赌局，可是掷出的彩越来越差。心里正感觉奇怪时，站起来一看，腰带上的符已经没有了，他大惊失色，赶紧收手。族人带着钱回到庙里，除去还给韩道士的一千钱，计算所赢的钱，再算上后边输掉的，数目正好等于自己原来输掉的。于是就惭愧地向韩道士致歉，自己不小心把符弄丢了。韩道士笑着说："符已经在我这里了。我一再叮嘱你不要贪心，而你却不听，所以就取回来了。"

注释　1 易之：轻视，瞧不上。　2 色：色子。色子是一种游戏用具，古时候是用骨头、木头等制成的立体小方块，六面分别刻一、二、三、四、五、六点，也称骰子。　3 枭色：掷色子时的上等彩。　4 卢雉：此处指掷色子时的下等彩。　5 愧谢：惭愧道歉。

异史氏曰："天下之倾家者莫速于博，天下之败德者亦莫甚于博。入其中者如沉迷海，将不知所底[1]矣。夫商农之人，俱有本业；诗书之士，尤

异史氏说："世上令人倾家荡产最快的，莫过于赌博，世上让人道德败坏最严重的，也莫过于赌博。进入其中的人如同沉入迷海，将不知道底有多深。商人和农民都有自己的本业，读书人更应该珍惜寸阴。务农兼顾读书，固然是成

惜分阴[2]。负耒横经[3]，固成家之正路；清谈薄饮，犹寄兴之生涯。尔乃狎比淫朋，缠绵永夜。倾囊倒箧，悬金于崄巇[4]之天；呵雉呼卢，乞灵于淫昏之骨。盘旋五木[5]，似走圆珠；手握多章[6]，如擎团扇。左觑人而右顾己，望穿鬼子之睛；阳示弱而阴用强，费尽罔两之技。门前宾客待，犹恋恋于场头；舍上火烟生，尚眈眈于盆里。忘餐废寝，则久入成迷；舌敝唇焦，则相看似鬼。迨夫全军尽没，热眼空窥。视局中则叫号浓焉，技痒英雄之臆；顾囊底而贯索空矣，灰寒壮士之心。引颈徘徊，觉白手之无济；垂头萧索，始玄夜以方归。幸交谪之人眠，恐惊犬吠；苦久虚之腹饿，敢怨羹残。既而鬻子质田，冀珠还

家立业的正路；与朋友清谈或喝酒，也是寄托兴致的方法。那些赌徒却和狐朋狗友在一起彻夜滥赌。他们翻箱倒柜，把钱挂在险峻的天际；吆喝着彩名，乞求昏聩无知的骰子显灵。有的转动骰子，像圆珠那样滚动；或者攥着纸牌，好似手里拿了把扇子。赌博的人左顾右盼，一双鬼眼都要把牌看穿了；表面示弱而暗地里发狠，耍尽各种不正当的手段。在门前接待宾客，心里仍对赌场恋恋不舍；房顶都着火冒烟了，眼睛还盯着掷骰子的盆。这些赌徒废寝忘食，时间一长就对赌博入迷上瘾；舌头僵硬，嘴唇干裂，看上去好像是鬼。等钱都输光了，还瞪着红眼看别人赌。看着赌局中其他人大呼小叫热闹非凡，自己就技痒难耐，燃起雄心壮志；转头再看钱袋空空，顿时令壮士灰心丧气。实在没办法，就伸长脖子在赌场里来回走动，只觉两手空空，无济于事；不得不垂头丧气，直到深夜返回家去。所幸埋怨指责他的妻子已经睡下，恐怕把狗惊起来乱叫；这时才感觉肚子已经饿得受不了，哪里还敢抱怨残羹剩饭。接着，他就卖掉孩子，典当田产，希望能够翻身回本；没想到输得一干二净，

于合浦；不意火灼毛尽，终捞月于沧江。及遭败后我方思，已作下流之物；试问赌中谁最善，群指无裤之公。甚而枵腹[7]难堪，遂栖身于暴客；搔头莫度，至仰给于香奁[8]。呜呼！败德丧行，倾财亡身，孰非博之一途致之哉！"

如同大火把毛发烧得光光的，最终仍是在沧江中捞月一场空。直到遭遇惨败才开始反思，可这时他已经沦落不堪；试问赌场中谁水平最高，大家不约而同地指向把裤子都输光的人。更有甚者，饥饿难耐，就混迹于强盗之中；还有的使劲挠头也想不出办法，就把妻子的首饰卖掉。呜呼！令人道德败坏，品行沦丧，倾家荡产，身败名裂，哪一种不是赌博这一恶习造成的啊！"

注释 **1** 不知所底：指没有止境，没有终结。 **2** 分阴：日影移动一分的时间，指极短的时间。 **3** 负耒横经：指边务农边学习。 **4** 崄巇(xiǎn xī)：形容山路危险。 **5** 五木：即樗蒲，此处指骰子。 **6** 多章：此处指纸牌。 **7** 枵(xiāo)腹：空腹，指饥饿。 **8** 香奁：妇女妆具，盛放香粉、镜子等物的匣子。此处指妻子陪嫁的首饰。

阿霞

原文

文登[1]景星者，少有重名，与陈生比邻而居，斋隔一短垣。一日，陈暮过荒落之墟[2]，闻女子啼松柏间，近临，则树横枝

译文

文登有个叫景星的书生，年纪轻轻名气很大，他跟陈生比邻而居，两人的书房只隔了一道短墙。一天傍晚，陈生路过一片荒凉的山丘，听见有女子在松柏间啼哭，走近一看，见树的横枝上挂着条

有悬带，若将自经。陈诘之，挥涕而对曰：“母远去，托妾于外兄。不图狼子野心，畜我不卒[3]。伶仃[4]如此不如死！”言已，复泣。陈解带，劝令适人[5]，女虑无可托者。陈请暂寄其家，女从之。既归，挑灯审视，丰韵殊绝，大悦，欲乱之。女厉声抗拒，纷纭之声，达于间壁。景生逾垣来窥，陈乃释女。女见景生，凝眸停睇，久乃奔去。二人共逐之，不知去向。

腰带，女子好像要上吊。陈生就询问她为何要寻短见，女子抹泪回答道：“母亲有事出远门，把我托付给表哥，没想到表哥狼子野心，不想再养我了。妾身与其孤苦伶仃，还不如死了算了！”说完，她又哭起来。陈生就解开带子，劝她嫁人，女子担心没有可以托付的人。陈生就请女子暂时住在自己家，女子同意了。等回到家，点上灯仔细一看，女子仪态姿容绝佳，陈生大为喜悦，就想跟她乱来。女子尖叫着反抗，吵吵嚷嚷传到了隔壁。景生就翻墙过来窥探，陈生这才放开女子。女子瞧见景生，眼睛一动不动凝视了很久，才朝外跑出去。陈生和景生一起追出去，不知她跑哪里去了。

注释 **1** 文登：在今山东威海下辖的文登区。 **2** 荒落之墟：荒凉的山丘。墟，山丘。 **3** 畜我不卒：指父母或亲人对自己的养育之责没有完成。 **4** 伶仃：孤独，没有依靠。 **5** 适人：女子出嫁。

景归，阖户欲寝，则女子盈盈[1]自房中出。惊问之，答曰：“彼德薄福浅，不可终托[2]。”景大喜，诘其姓氏。曰：“妾祖居于齐，

景生回家后，关上门刚要睡觉，忽然看见女子迈着盈盈的步伐从房里走了出来。景生吃惊地问她为何到自己家，女子回答道：“隔壁那位福德浅薄，不可托付终身。”景生听了大喜过望，就问她姓名。女子说：“妾身祖上居住在齐地，就以齐为

以齐为姓，小字阿霞。”入以游词[3]，笑不甚拒，遂与寝处。斋中多友人来往，女恒隐闭深房。过数日，曰：“妾姑去，此处烦杂困人甚。继今，请以夜卜。”问：“家何所？”曰：“正不远耳。”遂早去，夜果复来，欢爱綦笃[4]。又数日，谓景曰：“我两人情好虽佳，终属苟合[5]。家君宦游西疆，明日将从母去，容即乘间禀命，而相从以终焉。”问几日别，约以旬终。

姓，我的小名叫阿霞。”景生用轻薄的话挑逗，她就笑笑也不怎么拒绝，于是就和她睡在一起。书房平时有很多朋友来往，阿霞就一直紧闭房门躲在里屋。过了几天，她说：“我姑且先离开，这里人多事杂，一直关在屋里实在烦闷。从今往后，请允许我晚上再过来。”景生问：“你家在哪儿？”回答说：“正好离这儿不远。”于是阿霞早上就走了，到晚上果然又返回，她和景生欢爱非常，感情非常热烈深厚。又过了几天，阿霞对景生说：“我们两人虽然感情极好，但终究属于苟合。我父亲在西部边疆做官，明天我和母亲要去投奔他，请容我找个机会禀明父母，好使我们能结成婚姻，白头到老。”景生问她多久才能回来，阿霞就跟他相约十天后再会。

注释 1 盈盈：形容仪态美好。 2 终托：托付终身。 3 游词：浮夸的言辞。 4 綦笃：指感情热烈深厚。 5 苟合：指男女间不正当的结合。

既去，景思斋居不可常，移诸内又虑妻妒，计不如出妻[1]。志既决，妻至辄诟厉，妻不堪其辱，涕欲死。景曰：“死恐见累，请蚤归。”遂促

阿霞走后，景生想着书房不是久住之所，若带阿霞搬回家，又担心妻子妒忌，盘算着不如休掉妻子。他打定主意，等妻子来了就破口大骂，妻子不堪侮辱，痛哭流涕，伤心欲死。景生说：“你死了恐怕还要连累我，还是请早点回娘家去吧。”于

妻行。妻啼曰："从子十年未尝失德，何决绝如此！"景不听，逐愈急，妻乃出门去。自是垩壁[2]清尘，引领翘待[3]，不意信杳青鸾[4]，如石沉海。妻大归后，数浼[5]知交，请复于景，景不纳，遂适夏侯氏。夏侯里居，与景接壤，以田畔[6]之故世有隙。景闻之，益大恚恨。然犹冀阿霞复来，差足自慰。越年余，并无踪绪。

是就催促妻子快走。妻子哭着说："我跟了你十年，从来没有失德，为何对我如此绝情？"景生没耐心听，赶得更急了，妻子这才出门走了。此后，景生命人把墙壁刷得白白净净，屋里打扫得一尘不染，伸长脖子，踮起脚尖等阿霞回来，没想到阿霞如石沉大海，音信全无。妻子被休后，几次求景生的朋友说情，景生毫不理睬，于是她就改嫁夏侯氏。夏侯家的房子紧挨着景生家，两家曾因为田地边界问题起过冲突。景生听说前妻嫁给了夏侯氏，心里更加愤恨。然而，他仍期盼阿霞还能回来，多少有些安慰。可是等了一年多也没任何踪影。

注释　1 出妻：即男子强制休妻。　2 垩壁：粉刷墙壁。垩，一种白土。　3 引领翘待：伸长脖子，踮着脚等待。　4 信杳青鸾：杳无音信。青鸾，指代信使。　5 浼（měi）：央求，恳托。　6 田畔：田地边界。

会海神寿，祠内外士女云集，景亦在。遥见一女甚似阿霞，景近之，入于人中，从之。出于门外，又从之，飘然竟去，景追之不及，恨悒而返。后半载适行于途，见

一次赶上海神寿诞，神祠外士女云集，景生也在其中。他远远地看见一个女子很像阿霞，就凑过去，又见女子走到人群里，便紧紧跟随。女子穿过人群走出大门，景生仍紧追不舍，可是她转眼就飘然而去，景生怎么追也追不上，只好闷闷不乐地返回。过了半年，有次景生正

一女郎着朱衣，从苍头，鞚[1]黑卫来，望之，霞也。因问从人："娘子为谁？"答言："南村郑公子继室。"又问："娶几时矣？"曰："半月耳。"景思得毋误耶，女郎闻语，回眸一睇，景视，真阿霞也。见其已适他姓，愤填胸臆[2]，大呼："霞娘！何忘旧约？"从人闻呼主妇，欲奋老拳。女急止之，启幛纱谓景曰："负心人何颜相见？"景曰："卿自负仆，仆何尝负卿？"女曰："负夫人甚于负我！结发者[3]如是，而况其他？向以祖德厚，名列桂籍[4]，故委身相从。今以弃妻故，冥中削尔禄秩，今科亚魁[5]王昌即替汝名者也。我已归郑姓，无劳复念。"景俯首帖耳，口不能道一词。视女子，策蹇去如飞，怅恨而已。

在赶路，看见一个女子穿着红色的衣服，后面跟着个仆人，骑着黑驴迎面走来，一看，正是阿霞。于是他就问仆人："这个娘子是谁？"回答说："是南村郑公子的继室。"又问："娶多久了？"说："才半个月。"景生还想着是不是搞错了，女子听见谈话，就回头看了一眼，景生一瞧，真的是阿霞。见女子已经嫁给了别人，景生满腔怒火，大声喊道："霞娘！你为什么忘了以前的约定？"仆人听见他朝着主妇怒吼，挥拳就要打。女子急忙制止，并掀开面纱对景生说："你这个负心人还有什么脸见我？"景生反问道："明明是你辜负了我，我何尝辜负你呢？"女子就说："你辜负了自己夫人，更甚于辜负我！对待结发妻子尚且如此，更何况对其他人呢？之前我认为你祖德深厚，当科考高中，所以才委身相从。如今因为你抛弃妻子，冥冥之中上天已经削减了你的官禄，这次科考，亚魁王昌就是取代你名籍的人。我现在已经嫁给郑家，就不劳烦你惦念了。"景生俯首帖耳听着，嘴里一句话也说不出来。眼巴巴地看着阿霞策驴扬鞭，飞快地离去，心中充满了惆怅恼恨。

注释 1 鞚(kòng):驾驭。 2 愤填胸臆:满腔愤怒。 3 结发者:指原配妻子。 4 桂籍:科举登第人员的名籍。 5 亚魁:乡试中的第六名。

是科,景落第,亚魁果王氏昌名。郑亦捷。景以是得薄幸[1]名,四十无偶,家益替[2],恒趁食[3]于亲友家。偶诣郑,郑款之,留宿焉。女窥客,见而怜之,问郑曰:“堂上客非景庆云耶?”问所自识,曰:“未适君时,曾避难其家,亦深得其豢养[4]。彼行虽贱而祖德未斩,且与君为故人,亦宜有绨袍之义[5]。”郑然之,易其败絮,留以数日。夜分欲寝,有婢持金二十余两赠景。女在窗外言曰:“此私贮,聊酬夙好,可将去,觅一良匹。幸祖德厚尚足及子孙,无复丧检[6],以促余龄[7]。”景感谢之。既归,以十余金买缙绅家婢,

当年乡试景生名落孙山,考中亚魁的人果然名叫王昌。郑生也榜上有名。景生由此落得薄情负心之名,四十岁了还没找到老婆,家道日益衰落,经常到亲朋好友家蹭饭。一次偶然来到郑家,郑生招待他吃饭,并留他住下。阿霞窥见景生,见他落魄的样子很可怜,就问郑生说:“堂上的客人莫非是景庆云吗?”郑生就问妻子怎么会认识他,阿霞就说:“我嫁给你之前,曾到他家避难,也很受他照料。他做事虽然卑鄙,但祖德还没断,而且和你也是故交,应该念及旧情帮他一把。”郑生觉得阿霞说得有道理,就给景生换了一身新衣服,留他住了几天。晚上景生正要休息,有丫环拿来二十多两银子送给他。阿霞在窗外说道:“这是我攒的私房钱,权当报答你往日的恩情,你拿走吧,可以找一位贤惠的女子。所幸你祖上积德很多,如今还能惠及子孙,你不要再干缺德事了,以免削减阳寿。”景生对阿霞千恩万谢。等回家后,就花十几两银子买了一个官宦人家的丫环做

甚丑悍。举一子，后登两榜[8]。郑官至吏部郎，既没，女送葬归，启舆则虚无人矣，始知其非人也。

噫！人之无良，舍其旧而新是谋，卒之卵覆而鸟亦飞，天之所报亦惨矣！

妻子，她人很丑，性格又凶悍。后来生了一个儿子，长大后考中了进士。郑生官至吏部郎，死后，阿霞为他送葬，到家后打开轿子一看，已经空空无人，人们这才知道她并非人类。

唉！有的人丧尽天良，喜新厌旧，最终鸡飞蛋打，上天对他的惩罚也够惨的！

注释　1 薄幸：薄情，负心，用于形容对爱情不专一的男人。 2 替：衰落。 3 趁食：谋食，此处指蹭饭。 4 豢(huàn)养：喂养，供养。 5 绨(tì)袍之义：指不忘旧日的交情。 6 丧检：丧失德行，失去检点。 7 促余龄：削减寿命。 8 登两榜：指考中进士。唐朝时，进士会试分甲、乙两科，即称为两榜。

李司鉴

原文

李司鉴，永年[1]举人也，于康熙四年[2]九月二十八日，打死其妻李氏。地方[3]报广平[4]，行永年查审。司鉴在府前，忽于肉架上夺一屠刀，奔入城隍

译文

李司鉴是永年县的举人，在康熙四年九月二十八那天，打死了自己的妻子李氏。地保就把案子上报广平府，广平府就派人到永年调查案情。李司鉴在官府前，忽然从街边的肉架上抢了一把屠刀，跑到城隍庙，登上戏台对

庙，登戏台上对神而跪。自言："神责我不当听信奸人，在乡党颠倒是非，着[5]我割耳。"遂将左耳割落，抛台下。又言："神责我不应骗人银钱，着我割指。"遂将左指剁去。又言："神责我不当奸淫妇女，使我割肾[6]。"遂自阉，昏迷僵仆。时总督朱云门题参革褫究拟[7]，已奉俞旨，而司鉴已伏冥诛[8]矣。邸抄[9]。

着神像跪下。他自言自语道："神灵责备我不应该听信奸人的话，在乡里颠倒是非，命我割下耳朵。"于是他就把左耳割掉，扔到戏台下。又说："神灵责备我不应该骗人钱财，命我割掉手指。"于是挥刀将左指剁掉。又说："神灵责备我不当奸淫妇女，命我割肾。"于是就挥刀自宫，僵倒在地上，昏死过去。当时，总督朱云门上奏朝廷革除李司鉴的功名，加以治罪，上谕已经批准，而李司鉴却已提前遭受冥律处罚。这个故事是从邸报上看到的。

注释　1 永年：在今河北邯郸下辖的永年区。　2 康熙四年：1665年。　3 地方：此处指地保，地方上替官府办差的人。　4 广平：即广平府，治所在今河北永年区。　5 着：命令，责成。　6 肾：此处指男子的生殖器。　7 革褫(chǐ)究拟：革去李司鉴的举人功名并加以治罪。　8 冥诛：指受到阴间刑罚惩治。　9 邸抄：即邸报，是古代中央政府传知朝政的文抄。

五羖大夫

原文

河津[1]畅体元，字汝玉，为诸生时，梦人呼为

译文

河津人畅体元，字汝玉，他在当秀才时，梦中听到有人喊他"五羖大夫"，醒来

"五羖大夫[2]",喜为佳兆。及遇流寇之乱,尽剥其衣,闭置空室。时冬月寒甚,暗中摸索,得数羊皮护体,仅不至死。质明[3]视之,恰符五数。哑然自笑神之戏己也。后以明经[4]授雒南[5]知县。毕载积先生志。

后很高兴,以为是吉兆。等到后来遇到流寇之乱,强盗把畅体元衣服扒得干干净净,把他关在一间空房子里。当时正值寒冬,他在黑暗中摸索,找到几张羊皮盖在身上,这才没有冻死。等天亮一看,正好是五张羊皮。畅体元不禁哑然失笑,神灵之前是在跟自己开玩笑。以后,他以贡生被授予雒南知县一职。这件事是毕载积先生记录的。

注释 1 河津:今山西运城下辖的河津市。 2 五羖(gǔ)大夫:即百里奚。春秋时期,晋献公借道伐虢,灭虞国和虢国,俘虏了虞国大夫百里奚。晋献公的大女儿嫁给秦缪公时,百里奚被当作陪嫁家奴送到秦国。后来百里奚逃离秦国跑到宛地,被楚国人捉住。缪公听说百里奚有才,想用重金赎买他,又担心楚国不给,便说自己的家奴逃到楚地,希望能用五张黑色公羊皮赎回。楚国答应了秦缪公的要求,收下羊皮交出了百里奚。秦缪公后来任命百里奚为上大夫,把国家政事交给他处理。因为仅用了五张黑色公羊皮赎回,人们又称百里奚为"五羖大夫"。羖,黑色的公羊。 3 质明:天刚亮的时候。 4 明经:本指明习经学者,明清时期为对贡生的敬称。 5 雒南:今陕西省洛南县。

毛 狐

原文

农子马天荣，年二十余，丧偶，贫不能娶。偶芸[1]田间，见少妇盛妆，践禾越陌[2]而过，貌赤色，致[3]亦风流。马疑其迷途，顾四野无人，戏挑之，妇亦微纳。欲与野合[4]，笑曰："青天白日宁宜为此？子归，掩门相候，昏夜我当至。"马不信，妇矢[5]之。马乃以门户向背俱告之，妇乃去。夜分果至，遂相悦爱。觉其肤肌嫩甚，火之，肤赤薄如婴儿，细毛遍体，异之。又疑其踪迹无据，自念得非狐耶？遂戏相诘，妇亦自认不讳[6]。

马曰："既为仙人，自当无求不得。既蒙缱绻，宁不以数金济我

译文

有个农家子弟叫马天荣，二十多岁死了妻子，因为家里穷，娶不起老婆。一次，他在地里除草，看见一位打扮华丽的少妇，踩着禾苗从田间小路走过来。只见她脸蛋红红的，韵致也颇为风流。马天荣怀疑她迷路了，向四周看了看没有人，就上前挑逗她，少妇也稍稍有些回应。马天荣就想跟她在野外交合，少妇笑着说："青天白日怎么能干这个呢？你回去把门虚掩着等候，晚上我自当过去找你。"马天荣不相信，少妇就指天发誓。马天荣把自己家详细方位告诉了她，少妇就走了。到了半夜，少妇果然来了，于是两人欢爱无比。马天荣感觉女子肌肤特别细嫩，点上灯一看，她皮肤像婴儿一样又红又薄，浑身长满了细细的绒毛，心里觉得很奇怪。又怀疑女子不知是哪里来的，于是就想：莫非是狐狸变的？于是就开玩笑询问她，结果少妇也毫不隐讳地承认了。

马天荣说："既然你是仙人，求你应该没有办不到的。我既然受你眷爱，为何不给我几两银子济贫呢？"少妇答应了他。

贫？”妇诺之。次夜来，马索金，妇故愕曰：“适忘之。”将去，马又嘱。至夜，问：“所乞或勿忘耶？”妇笑，请以异日。逾数日，马复索，妇笑向袖中出白金二铤，约五六金，翘边细纹，雅可爱玩。马喜，深藏于椟。积半岁，偶需金，因持示人。人曰：“是锡也。”以齿龁之，应口而落。马大骇，收藏而归。至夜，妇至，愤致诮让[7]，妇笑曰：“子命薄，真金不能任[8]也。”一笑而罢。

第二天再来时，马天荣向她要银子，少妇故作惊讶地说：“我恰巧忘了。”临走时，马天荣就又叮嘱她。到了夜里，马天荣问她：“我求你的事，没再忘了吧？”少妇笑了笑，请改天再办。过了几天，马天荣又向她要钱，少妇就笑着从袖子里拿出两锭银元宝，大约有五六两银子，两边翘起，上边有细密的纹路，精致可爱。马天荣很高兴，就把银子深藏在柜子里。过了半年，遇到事情需要花钱，就把银元宝拿出来给人看。那人说：“这是锡做的。”马天荣用牙使劲一咬，随口就咬掉一块。他吓了一跳，赶紧把元宝收起来回家。等晚上少妇来了，马天荣气愤地指责她骗自己，少妇笑着说：“你命薄，给你真的银子承受不起。”说完呵呵一笑，此事就过去了。

注释　1 芸：通“耘”，除草。　2 陌：田间小路。　3 致：风度韵味。　4 野合：指男女在野外交合。　5 矢：通“誓”。　6 不讳：不忌讳，无所避讳。　7 诮(qiào)让：责问。　8 任：担当，承受。

马曰：“闻狐仙皆国色[1]，殊亦不然。”妇曰：“吾等皆随人现化。子且无一金之福，落雁沉鱼何能消受？以我蠢陋

马天荣说：“听说狐仙都是国色天香，看你样子，也并非都是如此吧。”少妇就说：“我们都是根据对方的情况来变化的。你尚且没有一两银子的福分，沉鱼落雁的美女又如何能消受得起呢？我虽

固不足以奉上流[2],然较之大足驼背者,即为国色。”过数月,忽以三金赠马,曰:“子屡相索,我以子命不应有藏金。今媒聘有期,请以一妇之资相馈,亦借以赠别。”马自白无聘妇之说,妇曰:“一二日,自当有媒来。”马问:“所言姿貌何如?”曰:“子思国色,自当是国色。”马曰:“此即不敢望。但三金何能买妇?”妇曰:“此月老注定,非人力也。”马问:“何遽言别?”曰:“戴月披星[3],终非了局。使君自有妇,搪塞[4]何为?”天明而去,授黄末一刀圭,曰:“别后恐病,服此可疗。”

次日,果有媒来,先诘女貌,答:“在妍媸[5]之间。”“聘金几何?”“约四五数。”马

然比较愚蠢丑陋,不足以侍奉上流人物,但是跟那些大脚驼背的人比起来,就是国色了。”过了几个月,少妇忽然送给马天荣三两银子,说:“你屡屡跟我要钱,我因为你命里不应该有银子积蓄,所以一直没给。现在你将要娶妻,请允许我给你聘一个新娘的钱,也好借此赠别。”马天荣就解释说自己没有娶媳妇的事,少妇说:“过一两天自然有媒人过来。”马天荣就问:“你说的新媳妇长得怎么样?”回答说:“你觉得是国色,自然就是国色。”马天荣说:“这我可不敢奢望。但是三两银子怎么能买到媳妇呢?”少妇说:“姻缘是月老注定的,非人力所能强求。”马天荣又问:“为何突然要道别呢?”回答说:“我每天披星戴月来你家,终究不是解决的办法。假使你有了媳妇,我还跟你随便应付干什么呢?”天亮后少妇就走了,临别时,她给了马天荣一小撮黄色粉末,嘱咐说:“我走后你恐怕会生一场病,服下这些药就可以把病治好。”

第二天,果然有媒婆过来,马天荣上来就问女子相貌如何,回答说:“模样在美丑之间。”又问:“要多少聘金?”媒婆说:“四五两就够了。”马天荣也不讨价

不难其价，而必欲一亲见其人。媒恐良家子不肯炫露[6]，既而约与俱去，相机因便。既至其村，媒先往，使马候诸村外。久之来曰：“谐矣！余表亲与同院居，适往见女，坐室中。请即伪为谒表亲者而过之，咫尺可相窥也。”马从之。果见女子坐室中，伏体于床，倩人爬背。马趋过，掠之以目，貌诚如媒言。及议聘，并不争直，但求得一二金，妆女出阁。马益廉之，乃纳金，并酬媒氏及书券者，计三两已尽，亦未多费一文。择吉迎女归，入门，则胸背皆驼，项缩如龟，下视裙底，莲舡盈尺。乃悟狐言之有因也。

还价，却坚持一定要亲自见一下女方，媒婆担心良家女子不肯抛头露面，就约好马天荣跟自己一起过去，到时见机行事。等到了女方住的村子，媒婆先前往通报，让马天荣在村外等候。过了很久出来说：“事情商量妥了！我有个表亲和女方家住一个院子，刚才我到他家去，正好看见女子在屋里坐着。请你装作前去拜访我表亲，在她家门前经过可以走近看一眼。”马天荣就照办了。进门后，果然看见女子坐在屋里，上半身趴在床上，请人挠背。马天荣从她身边走过，匆匆瞥了一眼，相貌的确跟媒婆讲的一样。等商议聘礼时，女方家并不计较价钱多少，只要一二两银子给女儿置办些新衣服出嫁就行。马天荣又还了价，才给了钱，算上酬谢媒婆和写婚书的钱，正好花了三两银子，一文都没多花。等选好日子，就把女子迎回家，进门的时候，马天荣才发现新娘鸡胸驼背，脖子缩得像乌龟，往下看裙底，大脚有一尺多长。他这才明白，狐女之前说的话是有原因的。

注释 1 国色：容貌出众的女子。 2 上流：社会地位崇高的人。
3 戴月披星：身披星星，头顶月亮。形容早出晚归，辛勤劳动，或日夜赶路,旅途辛苦。 4 搪塞:指敷衍塞责,随便应付。 5 妍媸(yán chī):美和丑。 6 炫露:夸耀显露。

异史氏曰:"随人现化,或狐女之自为解嘲,然其言福泽,良可深信。余每谓:非祖宗数世之修行,不可以博高官;非本身数世之修行,不可以得佳人。信因果者,必不以我言为河汉[1]也。"

异史氏说:"随不同的人进行变化,或许是狐女为自己解嘲的话,然而她所说有关福泽的话,确实让人深信不疑。我经常说:如果不是祖宗几辈子积德修善,不可能做到大官;若非本人几辈子修行,不可能娶到漂亮老婆。相信因果的人,必定不会认为我讲这些是迂阔的空话。"

注释 1 河汉:银河。此处指迂阔不切实际的言论。

翩 翩

原文

罗子浮,邠[1]人,父母俱早世[2],八九岁,依叔大业。业为国子左厢[3],富有金缯[4]而无子,爱子浮若己出。十四岁,为匪人诱去,作狭邪游[5],

译文

罗子浮是陕西邠州人,父母都早早过世了,他八九岁的时候就投靠叔叔罗大业。罗大业是国子监祭酒,家产殷实富有,但是没有儿子,他非常疼爱罗子浮,把他当作自己的亲生儿子一样看待。罗子浮十四岁的时候受到坏人的引诱,寻花问柳。当时恰好有一个金陵籍的妓女暂住在邠州城里,罗子浮

会有金陵娼，侨寓郡中，生悦而惑之。娼返金陵，生窃从遁去。居娼家半年，床头金尽，大为姊妹行齿冷[6]，然犹未遽绝之。无何，广创[7]溃臭，沾染床席，逐而出。丐于市，市人见辄遥避。自恐死异域，乞食西行，日三四十里，渐至邠界。又念败絮脓秽，无颜入里门，尚趑趄[8]近邑间。

对其一见钟情，并深深地被她迷住了。妓女要返回金陵，罗子浮痴心不改，竟偷偷地跟着她离开了。此后，罗子浮在妓院的温柔乡里居住了半年，携带的银子全都花光了，开始受到妓女们的冷嘲热讽，只是还没有被立即赶出妓院大门。没过多久，罗子浮沾染了梅毒，脓疮溃烂腥臭，沾染得床上到处都是。于是妓院把他赶出门。罗子浮在街上乞讨，人们看见他，就远远地躲开。罗子浮担心自己会客死他乡，就一面乞讨一面向西走。就这样每天步行三四十里，渐渐走到了邠州地界。此时他想到自己穿着一身破烂的衣服，身上流着腥臭污秽的脓水，无颜回到家里，于是在临县境内犹豫徘徊。

注释　1 邠(bīn)：在今陕西彬县。　2 早世：早早过世。　3 国子左厢：明清时期对国子监祭酒的别称。　4 金缯：黄金和丝织品，泛指金银财物。　5 狭邪游：狎妓。　6 齿冷：耻笑，讥笑。　7 广创：即梅毒。因为梅毒最早从广东一带的通商口岸传入，故称。　8 趑趄(zī jū)：徘徊不前。

日就暮，欲趋山寺宿，遇一女子，容貌若仙，近问："何适？"生以实告。女曰："我出家人，居有

眼看日落西山，罗子浮打算去山上找个寺庙过夜，在路上，他遇到了一个女子，容颜俏丽，恍若仙女。女子走近问："你要到哪里去？"罗子浮把实情告诉了她。女子说："我是出家人，居住在山洞里，你可以来我这里

山洞，可以下榻[1]，颇不畏虎狼。”生喜，从去。入深山中，见一洞府，入则门横溪水，石梁[2]驾之。又数武[3]，有石室二，光明彻照，无须灯烛。命生解悬鹑[4]，浴于溪流，曰：“濯之，创当愈。”又开幛拂褥[5]促寝，曰：“请即眠，当为郎作裤。”乃取大叶类芭蕉，剪缀作衣，生卧视之。制无几时，折叠床头，曰：“晓取着之。”乃与对榻寝。生浴后，觉创疡[6]无苦，既醒摸之，则痂厚结矣。诘旦将兴[7]，心疑蕉叶不可着，取而审视，则绿锦滑绝。少间，具餐，女取山叶呼作饼，食之，果饼；又剪作鸡、鱼烹之，皆如

住宿，一点也不用畏惧虎狼。”罗子浮非常高兴，跟随女子往山上走。走入深山，罗子浮看到一个大山洞，进去后门前流淌着一条清澈的溪水，一座石桥横架两岸。又往前走了几步，就看到了两间石室，里面一片光明，根本就用不着点灯烛。女子让罗子浮脱下身上破破烂烂的衣服，去溪水中沐浴，说：“洗一洗，脓疮就会痊愈。”罗子浮洗完后，女子又打开帷帐，铺好被褥，催促他早点休息，还说：“你快睡下吧，我要为你做一套衣裤。”于是女子拿过一片硕大如同芭蕉叶的叶子，又是裁剪又是缝制地做衣服，罗子浮仰卧在床上讶异地看着。缝制了没有多大工夫，衣裤就完成了，女子将衣裤折叠好放在罗子浮的床头，说：“天亮后直接穿上就好了。”说完女子就在罗子浮对面的床上睡下了。罗子浮自从在溪水中洗过澡，感觉脓疮不痛了，一觉醒来后，摸了摸，早已结了厚厚的一层痂。第二天一早，罗子浮要起床，突然想起自己的衣裤，疑惑芭蕉叶做的衣裤没法穿，可是等拿到手上仔细一看，竟然是柔滑无比的绿色锦缎。过了一会儿，要吃早餐了，女子拿来山上的叶子，说是饼，罗子浮一吃，果真是饼。女子又用叶子剪出鸡和鱼，放在锅里烹煮，吃起来都和真的鸡、鱼没有什么不同。石室的一个角

真者。室隅一罂[8]贮佳酝,辄复取饮,少减,则以溪水灌益之。数日创痂尽脱,就女求宿。女曰:"轻薄儿!甫能安身,便生妄想!"生云:"聊以报德。"遂同卧处,大相欢爱。

落里放着一瓶美酒,女子总是倒出一些来品尝,只要瓶子里的酒减少了一点,女子就把溪水灌进去补充。这样过了几天,罗子浮的疮痂全部脱落了,他就请求和女子一起睡觉。女子说:"你这个轻薄的家伙!刚刚保全了性命安下身来,就开始胡思乱想了。"罗子浮诚恳地说:"我这样做是想报答你的大恩大德。"女子答应了,于是两人此后夜则同眠,相亲相爱,十分快乐。

注释 1 下榻:住宿。 2 石梁:石桥。 3 数武:几步。 4 悬鹑:鹌鹑毛斑尾秃,似披敝衣,因以"悬鹑"比喻衣服破烂。 5 开幛拂褥:打开帷帐,铺好被褥。 6 创疡:脓疮。 7 兴:起床。 8 罂:小口大肚的瓶子。

一日,有少妇笑入曰:"翩翩小鬼头快活死!薛姑子好梦[1]几时做得?"女迎笑曰:"花城娘子,贵趾久弗涉[2],今日西南风紧,吹送来也。小哥子抱得未?"曰:"又一小婢子。"女笑曰:"花娘子瓦窑[3]哉!那弗将来[4]?"曰:"方呜之,

一天,一个少妇笑着走进来,说:"翩翩,你这个小鬼头要快活死了吧!你们两个的好事是什么时候做成的?"翩翩迎出来笑着说:"是花城娘子啊,你好久没有来了,今天一定是西南风吹得紧,把你给吹来了。怎么?小相公抱上了没有?"花城说:"又是一个女儿。"翩翩笑着说:"花城娘子是瓦窑,只生女儿啊!为什么没有带过来,也让我们看看?"花城说:"我刚哄了她,现在正睡着呢。"于是花城坐下来,端起酒杯,轻抿美酒。又看向罗子浮说:"小郎君

睡却矣。”于是坐以款饮。又顾生曰：“小郎君焚好香[5]也。”生视之，年二十有三四，绰有余妍[6]，心好之。剥果误落案下，俯地假拾果，阴捻翘凤[7]。花城他顾而笑，若不知者。生方恍然神夺[8]，顿觉袍裤无温，自顾所服悉成秋叶，几骇绝。危坐移时，渐变如故。窃幸二女之弗见也。

少顷，酬酢[9]间，又以指搔纤掌。花城坦然笑谑，殊不觉知。突突怔忡[10]间，衣已化叶，移时始复变。由是惭颜息虑，不敢妄想。城笑曰：“而家小郎子，大不端好[11]！若弗是醋葫芦娘子，恐跳迹入云霄去。”女亦哂曰：“薄幸儿，便直得寒冻杀！”相与鼓掌。花

你烧高香了。”罗子浮仔细打量花城，有二十三四岁，风姿绰约，举止优雅迷人，心里喜欢上了她。罗子浮心猿意马，剥果子的时候手一哆嗦，果子不慎掉在了桌子下，他俯下身子，假装捡拾果子，却偷偷地用手捏了捏花城翘起的小脚。花城只是看着别的地方，大笑不止，好像什么事情都不知道。罗子浮正恍恍惚惚，好像魂魄都离开了身体，突然感觉身上的衣裤没有了温度，低头一看，衣裤都变成了秋天枯黄的叶子，他吓得差点死过去，赶紧正襟危坐，不再胡思乱想，这样过了一段时间，衣裤才渐渐变回原来的样子。罗子浮暗暗庆幸这两个女人没有看到自己的窘态。

过了一会儿，罗子浮借劝酒的机会，又偷偷用手指轻轻搔花城纤细的手掌。花城还是坦然笑着和翩翩开玩笑，好像什么事都不知道。罗子浮心口怦怦直跳，突然身上的衣裤又变成树叶，过了段时间才又变回去。于是罗子浮满面羞愧，打消了调戏花城的念想，不敢再有非分之想了。花城笑着说：“你家的小郎君可真不老实！如果不是醋葫芦娘子严加管教，他怕不是要跳到天上去。”翩翩也笑着说：“薄情的家伙，真该把你冻死才是！”说着两个女子互相

城离席曰："小婢醒，恐啼肠断矣。"女亦起曰："贪引他家男儿，不忆得小江城啼绝矣。"花城既去，惧贻诮责，女卒晤对[12]如平时。居无何，秋老风寒，霜零木脱，女乃收落叶，蓄旨御冬[13]。顾生肃缩[14]，乃持襆掇拾洞口白云为絮复衣[15]，着之温暖如襦[16]，且轻松常如新绵。

拍掌大笑。花城起身离席，说："我得走了，小女儿醒了，怕要哭断肠子。"翩翩也站起来说："你光记得勾引别人家的男子，哪里还记得小江城哭死呢。"花城离开后，罗子浮生怕翩翩会讥讽责骂。可是翩翩还是像以前一样对待他。没过多久，秋意渐浓，秋风渐冷，寒霜覆盖，树叶凋零，翩翩于是收集落叶，准备过冬的食物。回头看到罗子浮冻得缩着脖子，浑身发抖，于是拿一个包袱捡拾洞口的白云当作棉花为罗子浮做了一件夹袄。罗子浮穿在身上，感觉像棉袄暖和蓬松，就像穿着新棉衣一样。

注释　1 薛姑子好梦：指女子跟男子私通。在《续金瓶梅》中，薛姑子是个不守清规戒律的尼姑，曾多次跟男扮女装的相好偷情。　2 贵趾久弗涉：很久没有来了。趾，脚趾，代指脚步。　3 瓦窑：指专生女孩儿的妇女。瓦，本指纺砖，古代妇女纺织所用，故生女儿又称"弄瓦"。　4 那弗将来：为何不带过来。将，带。　5 焚好香：烧高香，指交了好运。　6 绰有余妍：形容女子丰姿秀逸，很有魅力。　7 翘凤：女子翘着的小脚。　8 神夺：神魂离开身体。　9 酬酢：主客互相敬酒，泛指应酬。　10 突突怔忡：形容心跳剧烈，心悸不安。　11 端好：指人品正派。　12 晤对：会面交谈，此处指对待。　13 蓄旨御冬：储蓄食物过冬。旨，甘美，引申为美味的食物。　14 肃缩：因寒冷而身子畏缩。　15 白云为絮复衣：用白云为棉絮做成棉袄。复衣，有衣里，内可装入棉絮的衣服。　16 襦(rú)：棉袄。

逾年，生一子，极惠美[1]，日在洞中弄儿为乐。然每念故里，乞与同归。女曰：“妾不能从。不然，君自去。”因循[2]二三年，儿渐长，遂与花城订为姻好。生每以叔老为念。女曰：“阿叔腊[3]故大高，幸复强健，无劳悬耿[4]。待保儿婚后，去住由君。”女在洞中，辄取叶写书，教儿读，儿过目即了[5]。女曰：“此儿福相，放教入尘寰[6]，无忧至台阁[7]。”未几，儿年十四，花城亲诣送女，女华妆至，容光照人。夫妻大悦，举家宴集。翩翩扣钗而歌曰：“我有佳儿，不羡贵官。我有佳妇，不羡绮纨[8]。今夕聚首，皆当喜欢。为君行酒，劝君加餐。”既而花城

过了一年，他们生下一个儿子，特别聪明俊美，罗子浮每日里在石室中以逗弄儿子取乐。然而他还是经常思念家乡，总是乞求翩翩和他一起回家。翩翩说：“我不能和你一起回去，不然，你自己回去吧。”此事就这样一直搁置着，又过了两三年，儿子渐渐长大，于是和花城的女儿订下婚约。罗子浮还是经常挂念年迈的叔叔。翩翩说：“叔叔虽然年事已高，但是所幸身体还算强健，你不用这样挂牵。等保儿完婚后，那时候是去是留，都随你的便。”翩翩在石室中，经常在叶子上写字，教儿子读书，保儿过目不忘。翩翩高兴地说：“我们的儿子很有福相，将来让他到俗世中去，就是做尚书、宰相也不是什么困难的事情。”没多久，儿子年满十四岁了，花城亲自把女儿江城送过来完婚。江城穿着华丽的衣服，光彩照人，罗子浮夫妇欢喜得不得了，全家聚在一起大摆筵席。翩翩敲击着钗子唱起歌来：“我有好儿郎，不羡做宰相。我有好儿媳，不羡穿锦衣。今晚聚一起，大家要欢喜。为君敬杯酒，劝君多加餐。”然后花城走了，罗子浮夫妇就住在儿子儿媳对面的石室里。新媳妇特别孝顺，总是喜欢依偎在翩翩的膝下，就像他们的亲生女儿一样。这时候罗

去，与儿夫妇对室居。新妇孝，依依膝下，宛如所生。生又言归，女曰："子有俗骨，终非仙品。儿亦富贵中人，可携去，我不误儿生平。"新妇思别其母，花城已至。儿女恋恋，涕各满眶。两母慰之曰："暂去，可复来。"翩翩乃剪叶为驴，令三人跨之以归。

大业已老归林下[9]，意侄已死，忽携佳孙美妇归，喜如获宝。入门，各视所衣悉蕉叶，破之，絮蒸蒸腾去，乃并易之。后生思翩翩，偕儿往探之，则黄叶满径，洞口路迷，零涕而返。

子浮又提出要回老家，翩翩说："你有俗骨，终究成不了仙人。我们的儿子也是富贵中人，你可以带着他一起回到俗世，我不想耽误他的一生。"新媳妇正想着要和母亲告别，花城说到就到了。一对儿女与母亲依依惜别，恋恋不舍，眼泪如同泉水溢满了眼眶。两个母亲强颜欢笑，安慰孩子说："你们暂且去吧，以后可以回来相聚。"于是翩翩用叶子剪出几头驴，让他们三人骑上回归俗世。

这时罗大业早已告老还乡，安享晚年。他以为侄子早就死了，没想到突然带着俊俏的孙子和美艳的孙媳回来了，他欢喜得像获得了无价之宝。走进家门，三人看身上的衣服，忽然变成了芭蕉叶子，用手一扯，就破碎了，衣服里的白云一片片徐徐飘走。于是三个人都换上了新衣服。后来罗子浮思念翩翩，便带着儿子一起去山里探望，只见枯黄的叶子已经覆盖了弯曲的小路，通往洞口的山路更是云遮雾绕，无法辨认，两个人只能哭着回去了。

注释 1 惠美：聪明俊美。 2 因循：搁置，拖延。 3 腊：年纪。 4 悬耿：牵挂于心。 5 了：明了。 6 尘寰：尘世，人世间。 7 台阁：本指尚书台，此指尚书、宰相一类的大官。明清时期称内阁大学士为"阁臣"，称六部尚书为“台官”。 8 绮纨：华丽的丝织品。 9 老归林下：告老回归家乡。林下，指隐居之地。

异史氏曰：“翩翩、花城，殆仙者耶？餐叶衣云，何其怪也！然帏幄诽谑[1]，狎寝生雏[2]，亦复何殊于人世？山中十五载，虽无‘人民城郭’[3]之异，而云迷洞口，无迹可寻。睹其景况，真刘、阮返棹[4]时矣。”

异史氏说：“翩翩、花城大概是仙人吧，以树叶为餐，以白云缝制衣服，这是多么奇怪啊！可是她们也会在闺房中嬉笑怒骂，有男欢女爱之情，生儿育女之事，这和人世有什么不同呢？罗子浮在山中生活了十五年，虽然没有经历‘城郭仍在，人民已非’的沧桑巨变，可是当他回去寻找翩翩的时候，云满山路，雾遮洞口，哪里还寻得到旧迹。这种情景，真和东汉时刘晨、阮肇重访仙女的情形差不多。”

注释 1 帏幄诽谑：指闺房之中的玩笑游戏。 2 狎寝生雏：指男欢女爱，生儿育女。 3 人民城郭：指人世间发生了很大的变动。据说辽东人丁令威曾学道成仙，后化为仙鹤返回家乡，落在城门前的华表柱上。有少年举弓欲射，仙鹤乃飞，在空中说道：“有鸟有鸟丁令威，去家千年今始归。城郭如故人民非，何不学仙冢累累。” 4 刘、阮返棹：东汉时期，刘晨、阮肇入天台山采药迷路，遇见两位仙女，邀至家中住了半年。后刘、阮思家，二仙女为其指路，两人得以返回。刘、阮回到家后，子孙已经过了七代。到晋代时，两人又入山寻仙，不知所终。蒲松龄认为二人寻仙未果而返。

黑兽

原文

闻李太公敬一[1]言:某公在沈阳[2],宴集山颠。俯瞰山下,有虎衔物来,以爪穴地,瘗[3]之而去。使人探所瘗,得死鹿,乃取鹿而掩其穴。少间,虎导一黑兽至,毛长数寸,虎前驱,若邀尊客。既至穴,兽眈眈蹲伺[4]。虎探穴失鹿,战伏[5]不敢少动。兽怒其诳,以爪击虎额,虎立毙,兽亦径去。

译文

我曾听太公李敬一讲过这样一个故事:某公在沈阳时,有次在山顶举办宴会。往山下俯瞰,见老虎衔着东西走过来,用爪子在地上挖了个洞,把东西埋好就走了。某公就让人前去挖出老虎埋的东西,得到一只死鹿,那人就把鹿拿出来又把洞填上。过了一会儿,老虎引着一只黑色的野兽前来,那只野兽毛长数寸,老虎在前领路,好像邀请的是一位贵客。等走到洞口,黑兽蹲下守候,眼睛恶狠狠地盯着老虎。老虎把爪子伸进洞里,发觉鹿丢了,吓得趴在地上直哆嗦,一动也不敢动。黑兽恼怒老虎骗自己,就用爪子击打老虎的额头,老虎顿时毙命,黑兽也径直离去了。

注释 1 李太公敬一:李思豫,字敬一,为蒲松龄好友李希梅的爷爷。 2 沈阳:即今辽宁沈阳。 3 瘗(yì):埋藏。 4 蹲伺:蹲下守候。 5 战伏:颤抖着趴在地上。

异史氏曰:"兽不知何名。然问其形,殊不大于虎,而何延颈[1]受死,惧

异史氏说:"这个野兽不知道叫什么名字。然而询问它的外形,并不比老虎大,为何老虎会伸长脖子等死,害怕黑

之如此其甚哉？凡物各有所制[2]，理不可解。如猕[3]最畏狨[4]，遥见之则百十成群，罗[5]而跪，无敢遁者。凝睛定息，听狨至，以爪遍揣[6]其肥瘠，肥者则以片石志颠顶。猕戴石而伏，悚若木鸡，惟恐堕落。狨揣志已，乃次第按石取食，余始哄散。余尝谓贪吏似狨，亦且揣民之肥瘠而志之，而裂食之，而民之戢耳[7]听食，莫敢喘息。蚩蚩之情[8]亦犹是也。可哀也夫！”

兽如此厉害呢？大凡万物都要受其他东西的克制，其中的道理难以理解。比如猕猴最怕狨，远远地看见它过来，百十成群的猕猴就分散着跪下，没有敢逃跑的。猕猴盯着狨，屏住呼吸等它走来。等到狨到了，就用爪子逐个捏猕猴，估量它们的肥瘦，肥的就用石片放在它头上做标记。猕猴顶着石头趴在地上，吓得如同木鸡，唯恐石头掉下来。狨捏完肥瘦，标记好了，就按放石片的顺序吃猕猴，剩下的猴子才一哄而散。我曾说过，贪官污吏就好比狨，也揣度百姓的贫富做标记，然后分食他们，而百姓则俯首帖耳，听任吞食，都不敢大声喘气。那种愚昧无知的样子，跟猕猴一样啊。真是令人悲哀！”

注释 1 延颈：伸长脖子。 2 制：制服，克制。 3 猕：通“猕”，猕猴。 4 狨(róng)：狨猴，古书中的狨，可能指的是金丝猴一类的动物。 5 罗：散布，分散。 6 揣：估量，忖度。 7 戢(jí)耳：形容卑屈驯服的样子。戢，收敛。 8 蚩蚩之情：老百姓面对官吏的盘剥，畏惧驯服的情形。蚩蚩，愚昧无知的样子。